Tourne la page pour découvrir ton poster !

1789 Prise de la Bastille [1]

1804 Napoléon Ier, Empereur [2]

1815 Défaite de Waterloo [3]

La révolution française (1789-1799)

- **Prise de la Bastille** [1] (14 juillet 1789), prison royale qui symbolisait les pouvoirs absolus du Roi.
- **La Déclaration des droits de l'homme et du citoyen** (26 août 1789) garantit la liberté et l'égalité de tous.
- **La proclamation de la Ire République** met fin à la monarchie (22 septembre 1792).
- Le roi Louis XVI est guillotiné (27 janvier 1793).
- La France est gouvernée par le Directoire. Début des campagnes militaires du général Bonaparte (1795-1799).

La prise de la bastille.

La Déclaration des droits de l'homme et du citoyen (attribué à Le Barbier).

La Seconde République (1848-1852)

- **La Seconde République** est proclamée (24 février 1848). [5]
- Le suffrage universel masculin est établi. Abolition de l'esclavage dans les colonies (Victor Schoelcher) (1848).
- Louis-Napoléon Bonaparte est élu président de la République française (décembre 1848).
- **Coup d'État de Bonaparte** (2 décembre 1851).

L'abolition de l'esclavage dans les colonies françaises (27 avril 1848). (Biard, 1849.)

Le Seco

- Louis-Napoléon Bonaparte devient l'empereur Napoléon III (2 décembre 1852). [6]
- Guerre contre la Prusse (1870). Septembre : défaite de Sedan.

Portrait en pied de Napoléon III (Flandrin, 1861).

L'urbanisation dans le monde

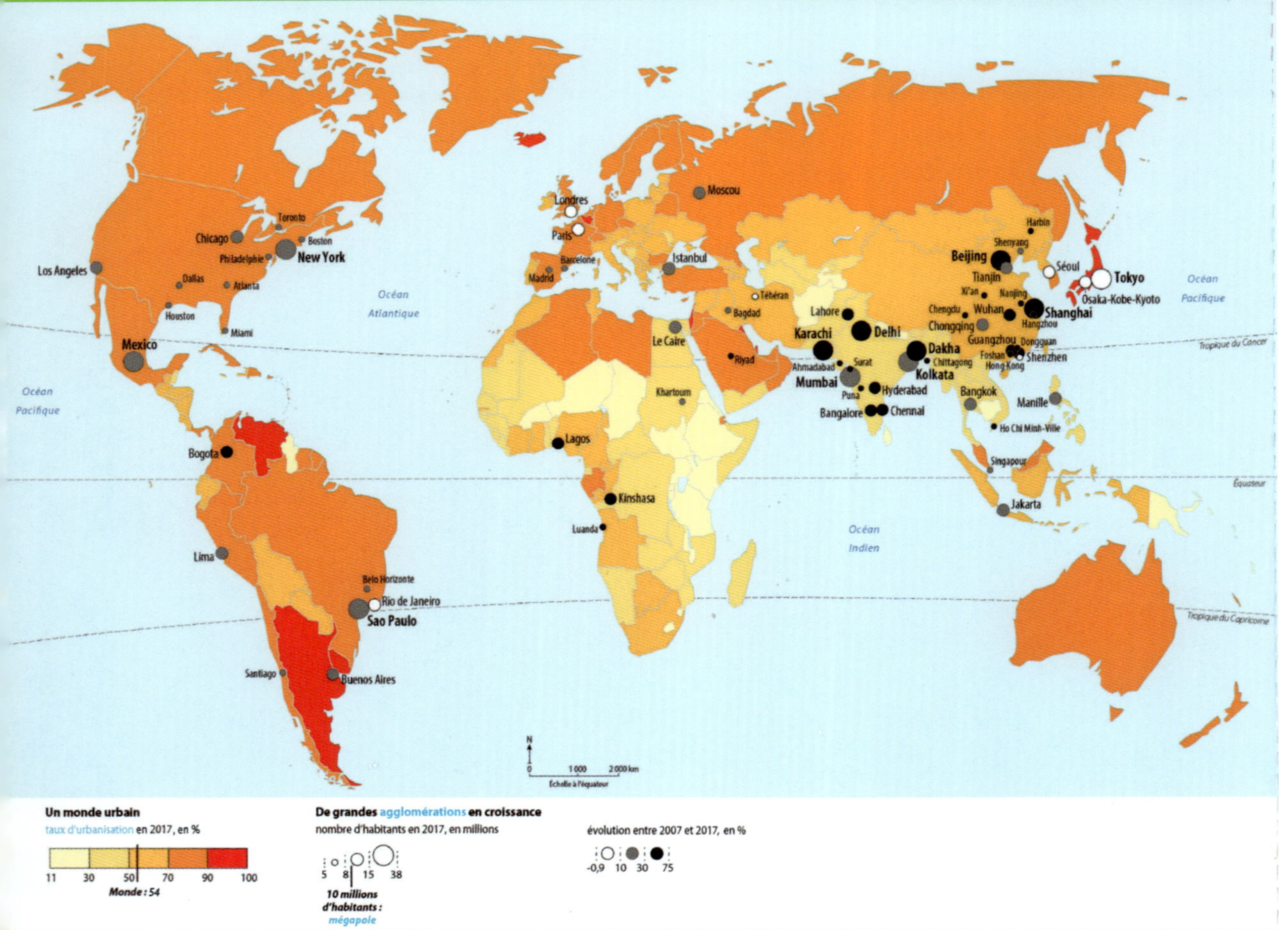

Quartier des affaires de Kuala Lumpur, une métropole récente qui a connu une croissance fulgurante.

- Plus de la moitié de la population mondiale habite en ville.
- La croissance urbaine se poursuit depuis les années 1950, en particulier dans les pays du Sud qui connaissent une explosion urbaine.
- Conséquence de la croissance urbaine, les villes s'étalent de plus en plus.
- Les paysages urbains sont très contrastés.

Le centre de Londres, qui abrite un quartier des affaires, des habitations et des monuments historiques.

1870
Troisième République [7]

1881-1882
Lois de Jules Ferry [8]

1894
Affaire Dreyfus [9]

1905
Loi de séparation de l'Église et de l'État [10]

La Restauration (1815-1848)

- **Règne de Louis XVIII** (1815-1824). La France est une monarchie constitutionnelle.
- **Règne de Charles X** (1824-1830).
- **Les Trois Glorieuses** [4] (27-28-29 juillet 1830). Le peuple se révolte contre Charles X, qui abdique.
- **Monarchie de Juillet** (1830-1848). Règne de Louis-Philippe Ier.
- Une nouvelle révolution pousse le roi à abdiquer (février 1848).

La Liberté guidant le peuple (Delacroix, 1830).

La Troisième République

Jules Ferry.

- **Lois de Jules Ferry** (1881-1882) : l'école est laïque, gratuite et obligatoire de 6 à 13 ans. [8]
- Loi autorisant les syndicats (1884).
- **Affaire Dreyfus** (1894). [9] Le capitaine Dreyfus, d'origine juive alsacienne, est accusé de trahison. Il est condamné et ne sera réhabilité qu'en 1906.

Le capitaine Dreyfus.

L'AURORE
Littéraire, Artistique, Sociale
J'Accuse...!
LETTRE AU PRÉSIDENT DE LA RÉPUBLIQUE
Par ÉMILE ZOLA

« J'accuse ».

- Émile Zola publie son article « J'accuse... ! » en soutien à Dreyfus (13 janvier 1898).
- **Loi de séparation des Églises et de l'État** (1905) : la République devient laïque. [10]

Les migrations économiques à l'é

Pays accueillant, un fort effectif de migrants économiques

Principales régions de départ

chelle mondiale

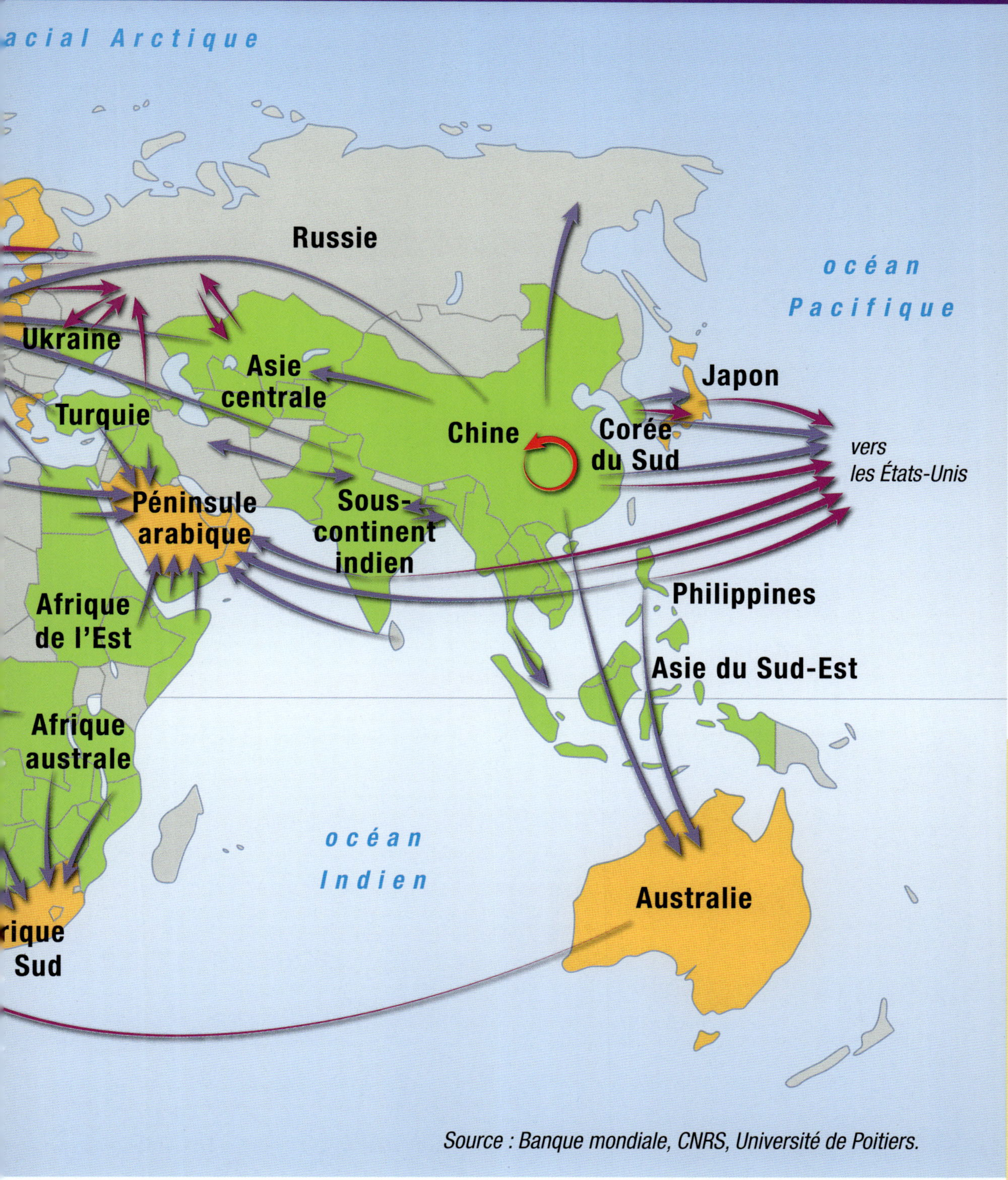

Source : Banque mondiale, CNRS, Université de Poitiers.

- Flux de migrants peu ou pas qualifiés
- Flux de migrants qualifiés
- Migrations économiques à l'intérieur de la zone

DE LA RÉVOLUTION À LA IIIe RÉPUBLIQUE

1830
Les Trois Glorieuses 4

1848
Seconde République 5

1852
Napoléon III, Empereur 6

Le Consulat et l'Empire (1799-1815)

Le général Bonaparte au conseil des Cinq-Cents à Saint-Cloud, le 18 brumaire an VII (Bouchet, 1840).

- **Coup d'État du général Bonaparte** (18 brumaire an VIII [9 novembre 1799]), qui instaure le Consulat. Bonaparte est nommé Premier Consul, puis Consul à vie.
- **Bonaparte devient empereur** sous le nom de Napoléon Ier (2 décembre 1804). Il est sacré à Notre-Dame de Paris par le Pape Pie VII. 2

Napoléon Ier, Empereur des Français (Lefèvre, 1811).

Bataille de Waterloo.

- **La défaite de Waterloo** 3 face aux Anglais et aux Prussiens met fin aux conquêtes militaires (18 juin 1815). Napoléon abdique.
- **Le Congrès de Vienne** (1815) rétablit les anciennes frontières en Europe.

nd Empire (1852-1870)

- **La Troisième République est proclamée** (4 septembre 1870). 7
- **Commune de Paris** (mars-mai 1871). Le peuple de Paris se révolte contre le gouvernement. La Commune est réprimée par l'armée lors de la « semaine sanglante » (21-28 mai 1871).
- Loi garantissant la liberté de la presse (1881).

Fusillade de communards, 1871.

Pour Comprendre

Toute la 4e

Français
Isabelle de Lisle

Maths
Josyane Curel
Paul Fauvergue
André Sarnette

Langues
Anglais : André Michoux
Espagnol : Oscar Torres
Allemand : Ulrike Jacqueroud

Histoire-Géographie
Enseignement moral et civique
Laurent Bonnet

Physique-Chimie-Technologie
Sébastien Dessaint

SVT
Fabienne Ottevaere

Orientation
Laurence Péchiné-Gautré

hachette
ÉDUCATION

Sommaire

À DÉTACHER

- Le Guide Parents avec :
  - des conseils et le détail des programmes
  - tous les corrigés
- Un Poster des repères en Histoire-Géographie

Français

Orthographe – Grammaire

Conjugaison

Lecture – Écriture

Maths

Nombres et calculs

Gestion de données – Fonction

Espace et géométrie

Grandeurs et mesures

Algorithmique et programmation

Cette partie du programme est intégrée dans différentes leçons, en particulier dans la leçon 12.

ISBN : 978-2-01-718377-8 www.parascolaire.hachette-education.com

Anglais

Espagnol

Allemand

Physique-Chimie-Technologie

Histoire-Géographie-EMC

Histoire

Géographie

Enseignement moral et civique (EMC)

SVT

ORIENTATION

Pour comprendre toute la quatrième !

Dans cet ouvrage, parfaitement conforme au programme officiel de la 4e, vous trouverez les outils indispensables pour progresser tout au long de l'année, en appui du cours dispensé en classe ou comme support des révisions de vacances.

1 Les doubles pages types dans chaque matière

Chaque double page présente **tout ce que vous devez savoir et savoir faire** sur chaque **notion fondamentale** du programme.

Retiens l'essentiel !
Un résumé de cours que vous devez bien connaître.

Bien prononcer (piste audio)
En langues, tous les exemples sont à écouter sur le site www.hachette-education.com : téléchargement gratuit du fichier AUDIO MP3.

Quiz-Test
Un test rapide pour vérifier que vous avez bien compris le cours.

Encadrés « Mots-clés », « Attention ! », « À savoir »
Des définitions, conseils ou compléments de cours.

S'entraîner
Des exercices gradués (faciles : ★ à plus difficiles ★★★) pour un entraînement progressif.

Comment faire ?
Tout pour savoir appliquer le cours dans les exercices : des explications pas à pas, systématiquement illustrées par des exemples.

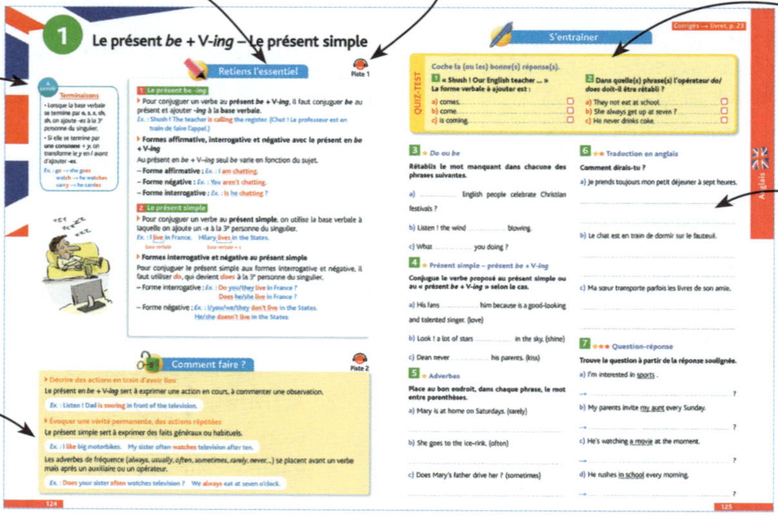

2 L'orientation

Vous trouverez, aux pages 259-265, un dossier Orientation présentant des fiches-métiers par secteur, pour découvrir différents domaines d'activités.

3 Le Guide Parents détachable

Le Guide Parents vous propose :

- **des conseils** pratiques et les **programmes** ;
- **tous les corrigés détaillés** des exercices de l'ouvrage.

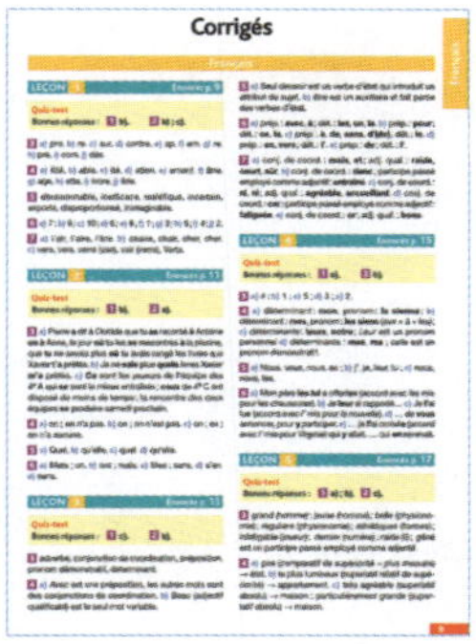

4 Le poster détachable

Le poster, ou dépliant détachable, vous présente les **dates et cartes-clés** du programme d'histoire-géographie.

5 Les tables de référence en maths, français, anglais et géographie

En fin d'ouvrage, retrouvez des savoirs de référence en français (conjugaisons), en maths (tables de conversion des unités), en anglais (verbes irréguliers) et en géographie (planisphère).

Français

Orthographe – Grammaire

Conjugaison

Lecture – Écriture

1 La formation des mots

Bien écrire les préfixes d'origine grecque

- *dys* = mal

Ex.: dysfonctionnement

- *hémi* = demi

Ex.: hémisphère

- *hyper* = au-delà

Ex.: hypertension

- *hypo* = en dessous

Ex.: hypotension

- *sym / syn* = avec

Ex.: symphonie

À savoir

Sens abstrait, sens concret

- Un terme **concret** renvoie à une réalité que l'on peut voir, sentir, toucher, etc.

Ex. : enfant, chaise, rouge.

- Un terme **abstrait** renvoie à une notion que l'on ne peut ni voir, ni sentir, ni toucher.

Ex. : peur, sentiment, démocratie.

Retiens l'essentiel

1 La composition d'un mot

- On appelle **radical** d'un mot, le mot simple contenu à l'intérieur de ce mot.

Ex. : impossibilité

- On appelle **préfixe**, l'élément qui se place devant le radical.

Ex. : impossibilité

- On appelle **suffixe**, l'élément qui se situe après le radical.

Ex. : impossibilité

- Les mots qui ont le même radical appartiennent à la même **famille**.

Ex. : possible et possibilité appartiennent à la même famille.

2 Le sens d'un mot

- Les mots qui renvoient à la même notion appartiennent au même **champ lexical**.

Ex. : course, gymnastique, ski, nager, performance appartiennent au champ lexical du sport.

- Deux **synonymes** sont deux mots de sens très proche.

Ex. : se dépêcher et se hâter sont deux synonymes.

- Deux **antonymes** sont deux mots de sens opposé.

Ex. : accélérer et ralentir sont deux antonymes.

- Deux **homonymes** sont deux mots de prononciation identique mais de sens différent.

Ex. : voix et voie sont deux homonymes.

Comment faire ?

Connaître l'origine des mots

→ L'**étymologie** désigne à la fois la science qui étudie l'origine des mots et le mot – latin ou grec, par exemple – dont peut être issu un terme de notre vocabulaire.

→ La **racine** d'un mot est le terme dont il est issu.

Éviter les confusions lexicales

Il ne faut pas confondre la **racine** d'un mot et le **radical** d'un mot qui est le mot simple inclus dans plusieurs mots appartenant à la même famille.

Ex. : Fleur et floraison ont la même racine latine, mais pas le même radical.

Bien orthographier un mot en s'aidant des mots de la même famille

Quand on se demande comment écrire un mot, on peut regarder les mots de la même famille.

Ex. : Terre → terrestre, atterrir
Frayeur → effrayer, effrayant
Graphie → graphologie, géographie, graphique, orthographe

Corrigés → livret, p. 9

S'entraîner

QUIZ-TEST

Coche la (ou les) bonne(s) réponse(s).

1 Le radical du mot *inaccessible* est :

a) *inaccess.* ☐
b) *access.* ☐
c) *accessible.* ☐

2 *Amour* et *haine* sont :

a) deux homonymes. ☐
b) deux antonymes. ☐
c) deux mots abstraits. ☐

3 ★ Les préfixes

Entoure les préfixes des mots suivants.

a) prolonger
b) refaire
c) surprendre
d) contredire
e) apporter
f) emporter
g) remarquer
h) préparer
i) comprendre
j) déshonorer

4 ★★ Les suffixes

Entoure les suffixes des mots suivants.

a) amabilité
b) comptable
c) rigidité
d) délégation
e) croisement
f) noirâtre
g) bavardage
h) maisonnette
i) herbivore
j) lisible

5 ★★ Les antonymes

En ajoutant un préfixe ou en le modifiant, donne l'antonyme des mots suivants.

raisonnable – ....

efficace – ....

bénéfique – ....

certain – ....

importé – ....

proportionné – ....

imaginable – ....

6 ★★ Les synonymes

Reconstitue les couples de synonymes.

a) franc	1. sûr
b) studieux	2. certitude
c) crainte	3. cacher
d) craintif	4. attaquer
e) craindre	5. essayer
f) certain	6. peureux
g) dissimuler	7. sincère
h) tenter	8. redouter
i) assaillir	9. travailleur
j) conviction	10. frayeur

7 ★★★ Les homonymes

Retrouve les homonymes oubliés dans les groupes de phrases.

a) Il a .... fatigué.

Calcule .... du cercle.

Nous ne sommes plus à .... glacière.

b) Il parle comme du haut d'une ....

Les cannibales mangent de la .... humaine.

C'est mon plus .... ami.

Ce pull est trop ....

c) Ce poème compte quatorze ....

Nous devons aller .... lui.

Est-ce une pantoufle de .... ou une pantoufle de .... ?

Les .... mènent leur campagne électorale.

2 Les confusions à éviter

Mot-clé

Les homophones

Les homophones sont des mots qui se prononcent de la même manière mais qui n'ont pas le même sens.

À savoir

Ni/n'y ; ce/se

• ***N'y*** et ***s'y*** ne se rencontrent que devant un verbe.

Ni est une conjonction de coordination double.
Ex. : Ni toi ni moi ne sommes concernés.

• ***Se*** ne se rencontre que devant un verbe.
Ex. : Ils se parlent.

Ce accompagne un nom ou un pronom. *Ex.* : Ce grand classeur ; ce que tu dis.
On peut aussi trouver ***ce*** devant le verbe ***être***.
Ex. : Ce sera moi. Il faut que ce soit moi. Ce fut une bonne journée.

Retiens l'essentiel

Un grand nombre d'erreurs en orthographe sont dues à des confusions entre des mots très courants. Ainsi, il est essentiel d'être vigilant et de savoir distinguer les homophones :

– ***a*** (*avait*) et ***à*** (préposition) ; ***ou*** (*ou bien*) et ***où*** (pronom relatif ou bien adverbe interrogatif) ; ***et*** (*et puis*) et ***est*** ;

– ***c'est, s'est, sais*** ou ***sait*** ;
Ex. : C'est Charles qui s'est le plus sérieusement entraîné et qui sait le mieux son rôle.

– ***quel, quelle, qu'elle*** ;
Ex. : Quel dommage qu'elle ne soit pas là !

– ***ni*** et ***n'y*** ;
Ex. : Il n'y a ni arbres, ni fleurs.

– ***si*** et ***s'y*** ;
Ex. : Si ton frère s'y connaît, qu'il vienne nous aider.

– ***ce, se*** (toujours devant un verbe) et ***ceux*** ;
Ex. : Ceux qui se seront entraînés seront sans doute sélectionnés pour ce rôle.

– ***on*** et ***on n'*** (devant une forme négative) ;
Ex. : On apprend son rôle et on n'oublie pas de prévoir des gestes.

– ***quand, quant*** (*quant à lui, quant aux autres...*) et ***qu'en***.
Ex. : Quant à ce roman, je ne sais pas quand il a été écrit ; qu'en pensez-vous ?

Comment faire ?

▸ Bien écrire *quel* et ses homophones

→ Regarde d'abord si la forme peut être remplacée par ***qu'il(s)***. Si c'est le cas, ***qu'elle(s)*** s'écrit avec une apostrophe. Sinon, ***quel(s)*** ou ***quelle(s)*** s'écrivent en un seul mot.

Ex. : J'aimerais qu'elle (qu'il) vienne. → *que* + pronom personnel *elle*
Quel (~~qu'il~~) film choisir ? → pronom interrogatif

→ Fais attention à l'accord. Pose-toi la question : que désigne *elle* dans *qu'elle(s)* ? À quel mot se rapporte *quel(s)/quelle(s)* ?

Ex. : Léa et Inès ont dit qu'elles nous aideraient.
Quelle histoire ! Je ne sais quelles chaussures mettre ?

→ Attention à l'expression **« quelle(s) qu'elle(s) soi(en)t »**

Ex. : Votre opinion, quelle qu'elle soit nous intéresse.
Vos idées quelles qu'elles soient nous intéressent.

Corrigés → livret, p. 9

S'entraîner

QUIZ-TEST

Coche la (ou les) bonne(s) réponse(s).

1 La phrase correctement orthographiée est :

a) Votre colère, quelle quand soit la cause, doit être dominée. ☐

b) Votre colère, quelle qu'en soit la cause, doit être dominée. ☐

c) Votre colère, qu'elle qu'en soit la cause, doit être dominée. ☐

2 La phrase correctement orthographiée est :

a) Ceux qui sont d'accord se lèvent. ☐

b) Ce qui sont d'accord se lèvent. ☐

c) Ceux qui sont d'accord ce lèvent. ☐

3 ★ Choisir le bon homophone

Pour compléter les phrases suivantes, choisis le mot qui convient dans les parenthèses et entoure-le.

a) Pierre (a, à, as) dit (a, à, as) Clotilde que tu (a, à, as) raconté (a, à, as) Antoine (ou, où) (a, à, as) Anne, le jour (ou, où) tu les (a, à, as) rencontrés (a, à, as) la piscine, que tu ne savais plus (ou, où) tu avais rangé les livres que Xavier t'(a, à, as) prêtés.

b) Je ne (sais, c'est, s'est) plus (quel, qu'elle, quels) livres Xavier (m'a, ma) prêtés.

c) (Ce, Ceux, Se) sont les joueurs de l'équipe des 4e A qui (ce, ceux, se) sont le mieux entraînés ; (ce, ceux, se) de 4e C ont disposé de moins de temps ; la rencontre des deux équipes (ce, ceux, se) produira samedi prochain.

4 ★★ *On* ou *on n'*

Complète les phrases suivantes par *on* ou *on n'*.

a) .... a du mal à faire les exercices quand .... a pas appris la leçon avant.

b) .... est venu le voir hier, mais .... est pas resté longtemps.

c) Quand .... applique les règles et qu'.................... est vigilant, ... a aucune raison de commettre des erreurs.

5 ★★ *Quel* ou *qu'elle* ?

Complète les phrases par *quel* ou *qu'elle*.

a) .... site as-tu consulté pour ton exposé ?

b) L'infirmière a assuré .... allait me recevoir.

c) Votre camarade .... qu'il soit est le bienvenu dans notre club.

d) Cette confiture est très fluide ; je crois .... ne conviendra pas.

6 ★★★ *Mais*, *on* et *sans*

Complète les phrases avec les mots de la liste suivante.

mais – mets – mes – on – ont – s'en – sans – sens.

a) .... tes mains dans tes poches car .... dit qu'il fait très froid.

b) Ils .... gagné la première manche, ... nous allons gagner le match.

c) .... amis sont partis .... me prévenir.

d) Revenez demain, le directeur écoutera votre problème et il .... occupera.

e) Je ne me .... pas très bien.

3 Classes grammaticales (natures) et fonctions

Retiens l'essentiel

À savoir

Fonctions essentielles et non essentielles

Les mots ou groupes de mots qui occupent une fonction essentielle **ne peuvent pas être supprimés**. C'est le cas du sujet, du COD, du COI et de l'attribut du sujet. Les compléments circonstanciels, les épithètes, les compléments du nom ne sont pas des fonctions essentielles et **peuvent être supprimés**.

1 La classe grammaticale (ou nature) d'un mot

Il existe cinq classes de mots variables et cinq classes de mots invariables.

▸ **Les mots variables**

– **Les verbes** : on distingue les **verbes d'action**, qui expriment un mouvement, une transformation… (*voyager*, *raconter*, *courir*…), et les **verbes d'état**, qui expriment une situation (*être*, *sembler*, *devenir*, *rester*…). Quant aux **auxiliaires** *avoir* et *être*, ils servent à former les différents temps composés (*j'ai mangé*).

– **Les noms** (propres et communs).

– **Les pronoms** : ils remplacent un nom, un groupe de mots, un adjectif… Ils désignent aussi le locuteur (*je*) et son destinataire (*tu*). Il existe plusieurs catégories de pronoms (voir *leçon* 4).

– **Les adjectifs** : ils précisent un nom ou un pronom (un cheval *noir*).

– **Les déterminants** (voir *leçon* 4).

▸ **Les mots invariables**

– **Les adverbes** : ils précisent le sens d'un verbe ou d'un adjectif.

– **Les prépositions** : elles introduisent un complément (*à*, *dans*, *par*, *pour*, *en*, *vers*, *avec*, *de*, *sans*, *sous*, *chez*, *malgré*, *sur*…).

– **Les conjonctions de coordination** : elles relient deux mots ou deux groupes de mots (*mais*, *ou*, *et*, *donc*, *or*, *ni*, *car*).

– **Les conjonctions de subordination :** elles relient les propositions subordonnées dites conjonctives à la proposition principale dont elles dépendent (*que*, *parce que*, *puisque*, *dès que*, *lorsque*, *étant donné que*, etc.).

– **Les interjections** (*Ah ! Oh ! Hola !*…).

2 La fonction d'un mot

▸ La fonction d'un mot ou d'un groupe de mots désigne le rôle de ce mot ou de ce groupe dans la phrase (*sujet*, *attribut*, *COD*…).

▸ La fonction d'un mot se définit toujours par rapport à un mot ou une phrase.

Comment faire ?

▸ Faire la différence entre classe grammaticale et fonction d'un mot

La **classe grammaticale** (nature) d'un mot est quelque chose qui le caractérise, qui ne change pas d'une phrase à l'autre, alors que la **fonction** d'un mot désigne le rôle de ce mot dans la phrase et par rapport à d'autres mots ; la fonction varie donc d'une phrase à l'autre.

Attention !

La **classe grammaticale** d'un mot figure dans le dictionnaire ; sa **fonction**, puisqu'elle varie selon la phrase, ne peut s'y trouver.

▸ Trouver la fonction d'un mot

Certains mots peuvent avoir beaucoup de fonctions possibles. Ainsi le **nom** ou le **pronom** peuvent être sujet du verbe, COD, COI…

Corrigés → livret, p. 9

S'entraîner

QUIZ-TEST

Coche la (ou les) bonne(s) réponse(s).

1 ***ou*** **est :**

a) un pronom relatif. ☐
b) une préposition. ☐
c) une conjonction de coordination. ☐

2 ***lorsque*** **est :**

a) une conjonction de coordination. ☐
b) une conjonction de subordination. ☐
c) un adverbe. ☐

3 ★ Connaître les classes grammaticales

Parmi les expressions suivantes, entoure celles qui désignent la classe grammaticale d'un mot.

complément d'objet direct – adverbe – subordonnée relative – sujet – conjonction de coordination – préposition – proposition – complément d'agent – apposition – pronom démonstratif – complément d'agent – déterminant – épithète.

4 ★★ Repérer les mots invariables

Parmi les mots suivants, relève l'intrus et justifie ta réponse.

a) avec – mais – car – donc – ni – ou – et – or.

....

b) toujours – souvent – donc – beau – si bien que – cependant – mais.

....

5 ★★ Les types de verbes

Parmi les verbes suivants, relève l'intrus et justifie ta réponse.

a) parler – naître – voir – donner – lire – devenir – poser – suivre – préparer – aimer.

....

....

b) regarder – écouter – défendre – répondre – être – étonner – apprécier – comprendre – éteindre – mériter.

....

....

6 ★★ Les prépositions et les déterminants

Dans les phrases suivantes, entoure les prépositions et souligne les déterminants.

a) J'aime bien me laver les mains avec un savon parfumé à la lavande.

b) Pour réussir ce montage, vous devez lire très attentivement la notice.

c) Vous n'arriverez à rien de bon et de solide sans le mode d'emploi.

d) En route vers l'aventure !

e) Il est sûrement très minutieux mais il n'a pas tenu compte de l'avis que je lui ai donné.

7 ★★★ Les conjonctions et les adjectifs

Dans les phrases suivantes, entoure les conjonctions de coordination et souligne les adjectifs.

a) Ce chemin est particulièrement raide, mais il est le plus court et le plus sûr.

b) Tu es le plus entraîné, tu marcheras donc devant.

c) Je ne l'ai trouvé ni agréable ni accueillant.

d) Elle est fatiguée aujourd'hui car elle a beaucoup marché hier.

e) Je vous ai conseillé de respirer plus profondément, or, vous n'avez pas tenu compte de mes bons conseils.

4 Les déterminants et les pronoms

Retiens l'essentiel

1 Les principaux déterminants

Dans le groupe nominal, le déterminant accompagne le nom.

- Les **articles indéfinis** : *un, une, des*.
- Les **articles définis** : *le, la, l', les*.
- Les **articles partitifs** : *du, de la, de l'*. On les remplace par *un peu de*.
Ex. : du pain (un peu de pain) – de la soupe – de l'ail.
- Les **déterminants démonstratifs** : *ce, cet, cette, ces*. Ils peuvent être composés. *Ex.* : ces jours-ci – cette année-là
- Les **déterminants possessifs** : *mon, ton, son, ma, mes, notre, votre, leur...*
- Les **déterminants numéraux** : *un, deux, trois...*
- Les **déterminants exclamatifs/interrogatifs** : *quel, quels, quelle, quelles*
Ex. : Quelle surprise !

2 Les principaux pronoms

Le pronom est un substitut : il remplace un nom ou un groupe de mots. Il peut avoir toutes les fonctions du mot ou de l'expression qu'il remplace.

- Les **pronoms personnels** : on distingue les pronoms personnels **sujets** (*je, tu, il, nous...*), les pronoms personnels compléments (*me, nous, lui, le, la, les, leur, eux...*) et les pronoms personnels **adverbiaux** (*en, y*).
- Les **pronoms démonstratifs** : *ce, c', celui, celle, ceux, celles, ceci, cela, celui-ci, celui-là, celle-ci, celles-là, ceux-ci, ceux-là*.
- Les **pronoms possessifs** : *le mien, le tien, le sien, la mienne, le nôtre...*
- Les **pronoms relatifs** : *qui, que, quoi, dont, où, lequel, laquelle...* (voir *leçon* 11).
- Les **pronoms interrogatifs** : *qui, que, quoi, lequel...* (voir *leçon* 11).

À savoir

Article défini contracté

L'article défini peut se contracter au contact des prépositions *de* et *à* : ce sont les **articles définis contractés** : *du (de + le), des (de + les), au (à + le), aux (à + les)*.

À savoir

Les indices de l'énonciation

L'énoncé est une communication entre un locuteur et un destinataire. Les pronoms personnels *je, tu, nous, vous* permettent de distinguer les personnes impliquées dans **l'énonciation**.
Les pronoms et les déterminants possessifs de première et deuxième personnes donnent aussi des indications sur l'énonciation.

Comment faire ?

Ne pas confondre les déterminants et les pronoms

Les déterminants accompagnent **le nom** alors que les pronoms sont des **remplaçants**.

Ex. : Ce n'est pas mon pull, c'est le tien.
(mon : déterminant possessif ; le tien : pronom possessif)

Il faut aussi faire la différence entre *le, la, les, l'* placés **devant un nom** (articles définis) et *le, la, les, l'* placés **devant un verbe** (pronoms personnels).

Ex. : les saisons ; je les connais.
(les saisons : article défini ; les connais : pronom personnel)

On évitera notamment de confondre *leur* pronom personnel invariable et *leur* (*leurs*) déterminant possessif.

Ex. : Je leur ai dit leurs quatre vérités.
(leur : pronom personnel ; leurs : déterminant possessif)

Corrigés → livret, p. 9

S'entraîner

QUIZ-TEST

Coche la (ou les) bonne(s) réponse(s).

1 Dans la phrase « *J'ai retrouvé tes lunettes.* », *tes* est :

a) un article défini. ☐
b) un article indéfini. ☐
c) un déterminant possessif. ☐

2 « *Le nôtre* » est :

a) un déterminant possessif. ☐
b) un pronom possessif. ☐
c) un pronom personnel. ☐

3 ★ Reconnaître les déterminants

Relie les déterminants suivants à la définition qui convient.

déterminants	*définitions*
a) cet	1. déterminant possessif
b) ses	2. article partitif
c) le	3. article indéfini
d) un	4. déterminant démonstratif
e) de la	5. article défini

4 ★ Les déterminants et les pronoms

Dans les phrases suivantes, entoure les déterminants possessifs et souligne les pronoms possessifs.

a) Mon histoire est authentique, la sienne est totalement farfelue et invraissemblable.

b) Je préfère mes canaris aux siens.

c) Leurs amis leur ont raconté que notre maison était hantée.

d) Mes cousins sont très gentils mais celle avec qui je m'entends le mieux, c'est ma cousine Laura.

5 ★★ Repérer les pronoms personnels

Entoure les pronoms personnels.

a) Nous n'irons pas à la piscine avec vous car nous en revenons !

b) J'ai vu tes frères et je leur ai donné le cahier que tu avais oublié.

c) Nous peignons des portraits et nous les afficherons.

6 ★★ Les pronoms personnels

Dans les phrases suivantes, remplace les mots en rouge par le pronom personnel correspondant.

Attention ! **dans trois phrases le remplacement par un pronom entraînera une modification orthographique.**

a) Mon père a offert à Marc pour son anniversaire des chaussures de randonnée.

....

....

b) J'ai rapporté à mes grands-parents un souvenir de mon voyage à Madrid.

....

....

c) J'ai lu une nouvelle fantastique de Maupassant.

....

....

d) Le moniteur a l'intention d'annoncer à Augustin et à toi que vous avez été sélectionnés pour participer à la compétition.

....

....

e) Hier, j'ai croisé Myriem qui allait à la piscine ; aujourd'hui, je l'ai croisée qui revenait de la piscine.

....

....

5 Le groupe nominal et l'adjectif qualificatif

Ne pas confondre CdN et COI

Le CdN et le COI répondent le plus souvent à la question « de quoi ? ». Pour le CdN, la question se pose à partir d'un nom ; pour le COI elle se pose à partir d'un verbe.

Ex. : Il fait le récit de ses vacances. Le récit (nom) de quoi ? *de ses vacances* est le complément du nom *récit*.

Il parle de ses vacances. Il parle (verbe) de quoi ? *de ses vacances* est le COI du verbe *parler*.

Mot-clé

L'adjectif

L'adjectif caractérise le nom auquel il se rapporte et avec lequel il s'accorde en genre (féminin ou masculin) et en nombre (singulier ou pluriel).

Ex. : des pommes vertes, de jolis papillons.

Retiens l'essentiel

1 Groupe nominal minimal et groupe nominal enrichi

- Le **groupe nominal minimal** comprend le nom et son déterminant.
- Le **groupe nominal enrichi** peut comprendre un ou plusieurs adjectifs, un complément du nom, une subordonnée relative (voir *leçon* 11).

Ex. : une bonne idée, l'idée de Julie, l'idée qui me plaît.

2 Le complément du nom (CdN)

- Le CdN apporte des précisions sur le nom auquel il se rapporte.

Ex. : C'est une décision du Principal. → *du Principal* : CdN *décision*.

- Le plus souvent, le CdN est introduit par une **préposition**.

Ex. : Je connais mal les sommets des Alpes. (des = de + les)

3 Les fonctions de l'adjectif

Pour trouver la fonction d'un adjectif, il faut tout d'abord repérer le mot avec lequel il s'accorde, puis examiner ce qui les relie ou les sépare.

- **Épithète du nom (au sein du groupe nominal)**

L'adjectif n'est pas séparé du nom par un verbe ou une virgule.

Ex. : C'est une histoire invraisemblable.
→ *invraisemblable* est épithète du nom histoire.

- **Apposé au nom (construction détachée)**

Si l'adjectif est séparé du nom par une virgule (sauf énumération), il est **apposé**.

Ex. : Cette histoire, invraisemblable, nous a fait peur.
→ *invraisemblable* est apposé au nom histoire.

- **Attribut (au sein du groupe verbal)**

– Lorsque un adjectif est relié au nom par un verbe, il est **attribut** du sujet.

Ex. : Cette histoire est invraisemblable.
→ *invraisemblable* est attribut du sujet histoire.

Comment faire ?

Repérer les degrés de signification de l'adjectif

→ **Le comparatif** :

– de supériorité ; *Ex.* : Pierre est plus petit que Marc.

– d'égalité ; *Ex.* : Pierre est aussi petit que Marc.

– d'infériorité. *Ex.* : Pierre est moins petit que Marc.

→ **Le superlatif relatif** :

– de supériorité ; *Ex.* : Pierre est le plus jeune de la classe.

– d'infériorité. *Ex.* : Pierre est le moins bavard.

→ **Le superlatif absolu** : *Ex.* : Pierre est très intelligent.

Corrigés → livret, p. 9

S'entraîner

QUIZ-TEST

Coche la (ou les) bonne(s) réponse(s).

1 Dans la phrase « *Tous semblent heureux de leur journée.* », *heureux* est :

a) un adjectif. ☐
b) l'attribut du sujet *Tous*. ☐
c) apposé au pronom *Tous*. ☐

2 Le plus souvent, le complément du nom est introduit par :

a) une conjonction de coordination. ☐
b) un adverbe. ☐
c) une préposition. ☐

3 ★ Les adjectifs

Dans le texte suivant, entoure les adjectifs et souligne à chaque fois le mot auquel ils se rapportent.

C'était un grand jeune homme de vingt-six ans, d'une physionomie belle et régulière, mais manquant d'expression. Sa taille et ses formes athlétiques justifiaient bien la réputation d'infatigable joueur de paume qu'on lui faisait dans le pays. Il était ce soir-là habillé avec élégance, exactement d'après la gravure du dernier numéro du Journal des modes. *Mais il me semblait gêné dans ses vêtements ; il était raide comme un piquet dans son col de velours, et ne se tournait que tout d'une pièce.*

Prosper Mérimée, *La Vénus d'Ille*.

4 ★★ Les comparatifs et les superlatifs

Dans les phrases suivantes, relève les adjectifs et précise leur degré de signification.

a) L'état de l'appartement que nous avons visité ce matin est pire que celui que nous avons vu hier.

....

b) Cet appartement est le plus lumineux de tous.

....

c) Nous pouvons aussi vous montrer une maison très agréable et particulièrement grande.

....

....

5 ★★ Les trois fonctions de l'adjectif

Dans les phrases suivantes, extraites de *La Vénus d'Ille* de Mérimée, donne la fonction des adjectifs en gras ; précise bien à quel mot se rapportent ces adjectifs.

a) C'était bien une Vénus et d'une **merveilleuse** beauté.

....

b) Vous êtes si **riches**, messieurs les savants de Paris !

....

c) Et moi, **fatigué**, et désespérant de rendre cette **diabolique** figure, je quittai bientôt mon dessin pour regarder les joueurs.

....

....

d) Les Parisiens sont si **difficiles**.

....

6 ★★ Repérer un CdN

Dans les phrases suivantes, souligne les CdN.

a) Grenoble est en bas des pistes de ski.

b) Je ne connais pas toutes les rues de Paris !

c) Si vous achetez en période de soldes, vous bénéficiez de réductions importantes.

d) Il nous a parlé de l'Égypte avec l'enthousiasme de la passion.

e) Ne confondez pas le complément du nom et les compléments du verbe.

6 L'orthographe des noms, des adjectifs, des déterminants et des adverbes

Noms au pluriel : exceptions

– des pneus, des bleus, des landaus
– des poux, des bijoux, des hiboux, des choux, des genoux,
– des coraux, des émaux, des travaux, des vitraux
– des bals, des carnavals, des chacals, des festivals

À savoir

Adjectifs de couleur : exceptions

Rose, *mauve*, *pourpre* et *fauve* s'accordent.
Ex. : des gants roses.

Formation des adverbes en *–ment*

aimable → aimablement
courant → couramment
patient → patiemment

Retiens l'essentiel

1 Les noms communs

Les noms communs prennent en général un *-s* au pluriel. Ceux qui se terminent par *-eu*, *-au* et *-eau* prennent pour la plupart un *-x* et ceux qui se terminent par *-al* ont leur pluriel en *-aux*.

Ex. : des villes, des rails, des trous, des lieux, des manteaux, un journal/des journaux

2 Les adjectifs

▸ L'adjectif s'accorde avec le nom auquel il se rapporte.

Ex. : un bon anniversaire, une bonne année

▸ Les adjectifs de couleur s'accordent sauf s'ils sont composés ou désignent quelque chose qui existe (un végétal le plus souvent).

Ex. : une chemise bleue, des gants bleu ciel, des chaussures marron

3 Les déterminants

▸ Le déterminant s'accorde avec le nom auquel il se rapporte.

Ex. : cet anniversaire, cette année, ces jours-ci

▸ Les déterminants numéraux cardinaux sont invariables sauf *vingt* et *cent* quand ils sont multipliés et non suivis d'un autre nombre.

▸ *Mille* est toujours au singulier mais *millier* (=1 000), *million* et *milliard* se mettent au pluriel.

Ex. : 300 : trois cents ; 80 : quatre-vingts ; 380 : trois cent quatre-vingts, 281 : deux cent quatre-vingt-un ou deux-cent-quatre-vingt-un (réforme de l'orthographe de 1990) ; 3020 : trois mille vingt ou trois-mille-vingt.

4 Les adverbes

Les adverbes sont invariables et il ne faut pas les confondre avec les adjectifs qui, eux, s'accordent.

Ex. : Ces vendeurs sont très agréables (adjectif) ; ils nous conseillent aimablement (adverbe).

Comment faire ?

▸ **Bien accorder les noms composés**

→ Les noms et les adjectifs forment des noms composés peuvent se mettre au pluriel.

Ex. : des wagons-lits, des chauves-souris, des porte-clés, des arrière-boutiques

→ Au singulier, certains noms composés prennent un *-s* car le sens le demande.

Ex. : Un porte-bagages, un porte-avions

→ La réforme de 1990 autorise : *portemonnaie, piquenique, croquemonsieur...*

Corrigés → livret, p. 10

S'entraîner

QUIZ-TEST

Coche la (ou les) bonne(s) réponse(s).

1 La phrase correctement orthographiée est :

a) Nous avons vraiment eu un belle été.......... ☐
b) Je vivrai peut-être deux cent quatre-vingts ans ! .. ☐
c) Ils jouent merveilleusemments de la guitare. ☐

2 Les phrases correctement orthographiées sont :

a) J'ai négligemment jeté mon ticket.............. ☐
b) J'ai deux pulls roses.................................. ☐
c) J'aime bien tes gants vert émeraude. .... ☐

3 ★ Le pluriel des noms

Mets au pluriel les noms suivants.

un détail ....

un trou ....

un vitrail ....

un pou ....

un végétal ....

un carnaval ....

un jeu ....

4 ★ Le pluriel des adjectifs

Écris les adjectifs au pluriel.

vrai ....

gras ....

amical ....

marron ....

5 ★★ Écrire les adverbes en -ment

Donne les adverbes correspondant aux adjectifs suivants.

rapide ....

vrai ....

puissant ....

récent ....

évident ....

6 ★★ Les déterminants

Place un déterminant démonstratif devant chaque nom.

a) .... livre. b) .... trousse.

c) .... crayon. d) .... été.

e) .... héros. f) .... année.

7 ★★ Le pluriel des adjectifs de couleur

Mets au pluriel les expressions suivantes.

un pull vert pomme ....

une chaussette orange ....

un bonnet rose ....

un gilet bleu marine ....

8 ★★★ Les nombres

Écris les nombres en lettres.

2 600 ....

280 ....

1 100 ....

2 260 ....

7 Le sujet, le COD, le COI et l'attribut

Retiens l'essentiel

1 Les fonctions essentielles

À la différence des compléments circonstanciels qui peuvent être supprimés, le sujet, le COD, le COI et l'attribut ne peuvent être supprimés. Ce sont des fonctions essentielles.

2 Le sujet

Le sujet détermine la terminaison du verbe. Il est souvent placé avant le verbe ; il peut parfois être inversé (après le verbe). *Ex. :* Que fais-tu ?

3 Le COD et le COI

Les deux compléments d'objet du verbe sont : le **complément d'objet direct (COD)** et le **complément d'objet indirect (COI)**.

- Le **COD** se rattache directement au verbe (sans préposition).

Ex. : Hercule Poirot a démasqué le coupable. (COD du verbe *démasquer*)
Hercule Poirot l'a démasqué. (*l'* : COD du verbe *démasquer*)

- Le **COI** est relié au verbe par une préposition.

Ex. : Hercule Poirot parle de ses exploits. (COI du verbe *parler*)
Hercule Poirot en parle. (*en* : COI du verbe *parler*)

Quand le COI est un pronom placé avant le verbe, il n'y a pas de préposition.

- Certains verbes admettent un COD et un COI à la fois.

Ex. : Hercule Poirot raconte ses exploits à son auditoire.
(ses exploits : COD de *raconter* ; à son auditoire : COI de *raconter*)

4 L'attribut du sujet et du COD

L'attribut donne une caractéristique du sujet (attribut du sujet) ou du complément d'objet direct (attribut du COD). L'attribut est relié au sujet ou au COD par un verbe et il ne peut pas être supprimé.

Ex. : Ce film me semble réussi. → *réussi* est attribut du sujet *film*.
Nous avons trouvé ce film réussi. → *réussi* est attribut du COD *film*, car on peut dire : Nous avons trouvé que ce *film était réussi*.

- L'attribut du sujet ou du COD se construit avec un **verbe attributif**. Les verbes attributifs sont principalement *être*, *sembler*, *devenir*, *paraître*, *rester*, etc.

À savoir

Classe grammaticale du sujet et des compléments d'objet

Le sujet et les compléments d'objet peuvent être :
- un nom ou un goupe nominal,
- un pronom,
- un verbe à l'infinitif ou un groupe infinitif,
- une proposition subordonnée.

Mots-clés

Verbes transitifs et intransitifs

- Un verbe **intransitif** n'admet pas de complément d'objet. *Ex. :* exister : tu existes Ø.
- Un verbe **transitif direct** admet un COD. *Ex. :* boire : nous buvons une limonade.
- Un verbe **transitif indirect** admet un COI. *Ex. :* participer : je participe à une compétition.

Comment faire ?

Repérer une forme impersonnelle

Lorsque le pronom personnel *il* ne désigne personne, la construction est dite **impersonnelle** et c'est bien souvent l'expression qui suit le verbe qui est à l'origine de l'action exprimée.

Ex. : Il s'est produit un événement exceptionnel.
(Il : sujet grammatical du verbe *se produire* ; un événement exceptionnel : sujet logique du verbe *se produire*)

Il ne faut pas confondre le sujet logique avec un COD.

Corrigés → livret, p. 10

S'entraîner

QUIZ-TEST

Coche la (ou les) bonne(s) réponse(s).

1 Dans la phrase « *J'ai vu ton frère et il te ressemble.* », *te* est :

a) le COD du verbe *ressembler*. ☐
b) le COI du verbe *ressembler*. ☐
c) le sujet du verbe *ressembler*. ☐

2 Dans la phrase « *Ces desserts sont trop sucrés.* », *sucrés* est :

a) attribut du sujet *desserts*. ☐
b) COD du verbe *être*. ☐
c) COI du verbe *être*. ☐

3 ★ Repérer un verbe transitif

Parmi les verbes suivants, entoure ceux qui admettent à la fois un COD et un COI.

voir – lire – dissuader – rencontrer – apercevoir – vérifier – annoncer – dénoncer – courir – prendre – acheter – feuilleter – enlever – proposer – détruire – vivre – regarder – encadrer.

4 ★★ Repérer un COI

Dans les phrases suivantes, souligne les COI et indique leur classe grammaticale.

a) Ce chien est têtu ; il n'obéit qu'à Bénédicte. ....

b) Je lui ai raconté un peu l'histoire et je pense qu'elle est terrorisée. ....

c) Le trésor appartiendra à qui le trouvera. ....

5 ★★ Repérer un attribut du sujet

Dans les phrases suivantes, relève les attributs du sujet et précise à quel sujet ils se rapportent.

a) Ce roman est un roman de science-fiction.

....

b) Il est considéré comme un chef-d'œuvre d'anticipation.

....

c) Si le voyage dans la Lune n'est plus un rêve, ce roman n'en demeure pas moins très intéressant.

....

6 ★★★ Sujet / COD / COI / COS du verbe

Dans les phrases suivantes, donne la fonction des mots ou groupes de mots en gras.

a) Il n'a pas d'**alibi** pour le soir du meurtre.

....

b) Il pense **que l'assassin s'est échappé en se laissant glisser le long de la gouttière**.

....

c) Dans la vallée profonde coule **une rivière**.

....

d) Il croit en **l'innocence du président Fontaine**.

....

e) Je participe **à la finale** et je **l'**attends avec impatience !

....

7 ★★★ Repérer un attribut du COD

Dans les couples de phrases suivants, relève celle qui contient un attribut du COD. Souligne en rouge le COD et en bleu son attribut.

a) 1. J'ai trouvé un chaton abandonné.
2. Je trouve ce chaton irrésistible.

b) 1. Nous avons élu nos délégués de classe.
2. Nous avons élu Joséphine et Guillaume délégués.

c) 1. Arthur s'est présenté et nous l'avons nommé suppléant.
2. Nous devons nommer un président de séance.

8 L'accord du verbe, de l'attribut et du participe passé

Retiens l'essentiel

1 L'accord du verbe avec le sujet

- La terminaison du verbe est commandée par le sujet.

Ex. : Les collégiens se réunissent ; ils préparent le spectacle de fin d'année.

- Quand le verbe a plusieurs sujets dont un à la première personne, le verbe se met à la première personne du pluriel. Quand le verbe a plusieurs sujets dont un à la deuxième personne, le verbe se met à la deuxième personne du pluriel.

Ex. : Julie et moi apprenons le chinois. Hector et toi apprenez le russe.

- Lorsque le sujet est *la foule ou le monde*, le verbe est au singulier.

Ex. : La foule est innombrable. Tout le monde est arrivé.

- Le verbe se met au pluriel quand le sujet est *la plupart*, *beaucoup*, *plusieurs*, *certains*…

Ex. : Beaucoup connaissent cet acteur.

2 L'accord de l'attribut du sujet

Quand il est un nom, un adjectif ou un participe passé, l'attribut s'accorde avec le sujet.

Ex. : Léa et Alix seront vétérinaires. Léa et Alix sont volontaires et motivées.

3 L'accord du participe passé

- **Employé sans auxiliaire**, le participe passé s'accorde avec le mot auquel il se rapporte. *Ex.* : Encouragés, nous progresserons.
- **Employé avec l'auxiliaire être**, le participe passé s'accorde avec le sujet du verbe. *Ex.* : Nous avons été encouragés.
- **Employé avec l'auxiliaire avoir**, le participe passé s'accorde avec le COD si celui-ci est placé devant le verbe. *Ex.* : Amaury nous a encouragés.

À savoir — Infinitif et subordonnée

Quand le sujet est un infinitif ou une subordonnée, le verbe est **au singulier**.

Ex. : Participer (Infinitif) est l'essentiel ; qu'ils aient tous participé (Subordonnée) est important également.

⚠ Pronom complément

Le pronom qui précède le verbe n'est pas toujours son sujet.

Ex. : Je leur parle. Je les regarde. Il nous parle.

À savoir — Participe passé

Pour connaître la dernière lettre d'un participe passé au masculin singulier, on le met au féminin.

Ex. : il a suivi (suivie) ; il a promis (promise) ; il a dit (dite).

Comment faire ?

▸ Bien repérer le sujet du verbe

Le sujet peut être **éloigné du verbe** ou **inversé**, c'est-à-dire placé après le verbe. En employant tout simplement la question « qui est-ce qui + verbe ? », on repère le sujet.

Ex. : Les auteurs (sujet) du XIXe siècle apprécient les descriptions minutieuses.

Alors, à l'horizon, commencent à apparaître les premières lueurs (sujet) du jour.

▸ Bien accorder un verbe dont le sujet est le pronom relatif *qui*

Il faut chercher l'antécédent du pronom relatif *qui*.

Ex. : Ce sont *tes amis* (Antécédent) qui arrivent ce soir. C'est *moi* (Antécédent) qui ai dressé ce chien.

Corrigés → livret, p. 10

S'entraîner

QUIZ-TEST

Coche la (ou les) bonne(s) réponse(s).

1 La phrase correctement orthographiée est :

a) C'est toi qui a raison. ☐
b) Beaucoup aiment cette chanson. ☐
c) Tom a promi de venir. ☐

2 La phrase correctement orthographiée est :

a) Je t'ai rendu les rollers que tu m'as prêtés ☐
b) Nous avons vus un magnifique feu d'artifice. ☐
c) Les trains seront retardé par la neige. ☐

3 ★ Trouver le sujet et accorder le verbe

Souligne le sujet du verbe et choisis dans la parenthèse la forme verbale correcte.

a) Nous (décidons / décident) de nous présenter à un concours.

b) Vous nous (donnons / donnez) de bonnes idées.

c) Les chiens (aimes / aiment) bien se promener.

d) Je les (promène / promènes) chaque matin dans le parc.

e) Les articles de cette revue m'(intéresse / intéressent).

f) Cette équipe de cyclistes (remporte / remportent) toutes les courses !

4 ★ Accorder le verbe au pronom *qui*

Place dans chaque phrase suivante l'antécédent qui convient.

moi / toi / Thomas / Manon / le chien / les chiens.

a) .... qui aboie est un caniche.

b) .... qui accompagnent les aveugles sont dressés.

c) C'est .... qui ai répondu au téléphone.

d) C'est .... qui est arrivé en tête.

e) C'est .... qui joues le mieux

f) C'est .... qui est venue m'aider.

5 ★★ L'accord de l'attribut du sujet

Récris les phrases en mettant au pluriel le mot en gras.

a) Le **fauve** de ce zoo semble triste.

....

b) **Je** deviendrai jongleur !

....

c) Cet **élève** est tombé malade jeudi.

....

6 ★★★ Accorder le participe passé

Écris au participe passé le verbe entre parenthèses.

a) Joris est (aller) .... à la patinoire où il a (rencontrer) .... Amin.

b) Comment avez-vous (trouver) .... la pièce que nous avons (jouer) .... ?

c) La séance a été (annuler) .... et les spectateurs ont été (rembourser) ....

d) Nos correspondants ont (visiter) .... notre ville et l'ont beaucoup (apprécier) ....

e) La cathédrale que nous avons (visiter) .... a été (bâtir) .... au Moyen-Âge.

9 Les compléments circonstanciels

À savoir

Les compléments circonstanciels peuvent être :

- un nom ou un groupe nominal,
- un pronom,
- un verbe à l'infinitif,
- une proposition subordonnée,
- un adverbe,
- un participe présent ou un gérondif.

Distinguer CC et COD ou COI

Un mot (ou une expression) représentant un lieu ou un moment n'est pas nécessairement un complément de phrase.

Ex. : La nuit, je dors.
(La nuit : complément de phrase)

J'aime la nuit.
(la nuit : COD du verbe)

Retiens l'essentiel

1 Définition

- Les **compléments circonstanciels** (abréviation : CC) présentent les circonstances de l'action exprimée par le verbe.
- Les compléments circonstanciels ne sont pas des compléments essentiels : ils peuvent être supprimés ou déplacés. Si on les supprime, on obtient la **phrase minimale**.

2 Les différents compléments circonstanciels

- **CC de lieu** (CCL) — *Ex.* : Il habite à Nice.
- **CC de temps** (CCT) — *Ex.* : Nous irons demain à la piscine.
- **CC de manière** — *Ex.* : Il court vite.
- **CC de moyen** — *Ex.* : Elle viendra à vélo.
- **CC d'accompagnement** — *Ex.* : Je viens avec toi.
- **CC de comparaison** — *Ex.* : Il joue du piano comme un professionnel.
- **CC de cause** — *Ex.* : Elle parle grec parce qu'elle a vécu en Grèce.
- **CC de conséquence** — *Ex.* : Elle a vécu en Grèce si bien qu'elle parle grec.
- **CC de but** — *Ex.* : Elle apprend le grec pour aller vivre en Grèce.

Comment faire ?

Ne pas confondre le CC de moyen et le CC de manière

Le CC de moyen désigne quelque chose de **concret** (on peut le voir, le toucher), tandis que le CC de manière désigne quelque chose d'**abstrait** (on ne peut ni le voir, ni le toucher).

Ex. : Il travaille sérieusement. (sérieusement : CC de manière) Il travaille avec un manuel. (avec un manuel : CC de moyen)

Ne pas confondre le CC de cause et le CC de conséquence

La **cause** et la **conséquence** sont deux notions qui s'enchaînent souvent à l'intérieur de la même phrase, la cause entraînant nécessairement une conséquence.

Le verbe (ou la proposition principale) peut exprimer la cause et le complément la conséquence (CC de conséquence).

Le verbe (ou la proposition principale) peut exprimer la conséquence et le complément la cause (CC de cause).

Ex. : Il travaille (cause) si bien qu'il réussit (CC de conséquence). Il réussit (conséquence) parce qu'il travaille (CC de cause).

Corrigés → livret, p. 10

S'entraîner

QUIZ-TEST

Coche la (ou les) bonne(s) réponse(s).

1 Dans la phrase « *Comme il pleut, le cross a été annulé.* », *Comme il pleut* est :

a) un CC de comparaison. ☐
b) un CC de cause. ☐
c) un CC de but. ☐

2 Dans la phrase « *Avec ce logiciel, vous pourrez tracer des figures complexes.* », *Avec ce logiciel* est :

a) un CC de moyen. ☐
b) un CC de manière. ☐
c) un CC d'accompagnement. ☐

3 ★ Les compléments circonstanciels

Donne le sens des compléments circonstanciels en rouge, en les reliant à leur définition.

phrases

a) Il regarde **par la fenêtre**.
b) Il rend service **par gentillesse**.
c) Tu parles **trop vite.**
d) Il écrit **avec une plume**.
e) Il écrit **avec un ami**.
f) Il est venu **pour toi**.
g) Je viendrai **lundi**.

définition des CC

1. CC de moyen
2. CC de but
3. CC de cause
4. CC de manière
5. CC d'accompagnement
6. CC de lieu
7. CC de temps

4 ★ Les compléments de lieu (CCL)

Dans les phrases suivantes souligne les compléments de lieu et précise leur classe grammaticale.

a) Sa grand-mère habite dans ce château.

....

b) Veux-tu nous retrouver à la patinoire ?

....

c) Comme il avait perdu les clés de sa maison, il a pu entrer par la fenêtre.

....

d) Tu t'entraînes au gymnase ?

....

5 ★ Les compléments de temps (CCT)

Dans les phrases suivantes, souligne les compléments de temps et indique leur classe grammaticale.

a) Lorsque mon roman sera publié je serai le garçon le plus heureux du monde.

....

b) Chaque année, nous étudions les compléments circonstanciels.

....

c) Cet oiseau vient toujours me réveiller à la même heure.

....

d) Dès que j'ai obtenu l'autorisation de mes parents, je vous téléphone.

....

e) En marchant, il parle tout seul.

....

6 ★★ Cause ou conséquence

Dans les couples de phrases suivantes, entoure le complément circonstanciel de cause et souligne le complément circonstanciel de conséquence.

a) Il est heureux parce que ses performances se sont améliorées.
Ses performances se sont améliorées si bien qu'il est heureux.

b) Il a été tellement patient qu'il a fini par y arriver.
Comme il a été patient il a fini par y arriver.

10 Phrase simple et phrase complexe

Retiens l'essentiel

1 Phrase verbale et phrase non verbale

▸ Une **phrase non verbale** ne contient aucun verbe conjugué à un mode personnel. *Ex.* : Quelle drôle d'idée ! Défense de se pencher. Pourquoi ? D'accord.

▸ Une **phrase verbale** contient un ou plusieurs verbes conjugués à un mode personnel. *Ex.* : Grégory est d'accord. Il sera là et nous aidera.

2 Phrase simple et phrase complexe

▸ La **phrase simple** contient un seul verbe conjugué.
Ex. : Il reviendra. Que dis-tu ? Viens vite !

▸ La **phrase complexe** contient plusieurs (deux ou plus) verbes conjugués.
Ex. : Il reviendra et nous aidera. Il nous a promis qu'il serait là.

3 Les trois grandes catégories de propositions

▸ La **proposition indépendante** se suffit à elle-même.
Ex. : Tom reviendra ; il l'a dit : deux propositions indépendantes **juxtaposées** (à côté, sans liaison).
Ex. : Je suis d'accord et je t'aide : deux propositions indépendantes **coordonnées** par *et*.

▸ La **proposition principale** dirige une ou plusieurs propositions subordonnées. *Ex.* : Je crois que tu seras d'accord. Elle sait que nous sommes prêts et que nous venons.

▸ La **proposition subordonnée** dépend d'une proposition principale ; elle est introduite par un mot subordonnant. *Ex.* : Je crois que tu seras d'accord.

Mot-clé

La proposition

Une proposition est un groupe de mots centré sur un verbe conjugué.

Dans une phrase, on compte autant de propositions que de verbes conjugués.

Ex. : Il reviendra et je raconterai ce qui s'est passé : → 3 propositions.

À savoir

On distingue trois types de relations entre les propositions : la juxtaposition (pas de lien), la coordination (avec une conjonction de coordination ou adverbe de liaison) et la subordination.

Comment faire ?

▸ **Bien repérer les propositions**

Voici une méthode pour repérer les propositions :

→ **Souligne et compte les verbes conjugués** ; il y a un verbe conjugué et un seul par proposition.

→ **Souligne les mots subordonnants** : ce sont les premiers mots des propositions subordonnées.

Ex. : Je pense que ce livre te plaira.

→ **Repère les propositions subordonnées** : elles sont introduites par un mot subordonnant.

Ex. : Je pense [que ce livre te plaira.]
proposition subordonnée

→ **Repère la (ou les) proposition(s) principale(s)** qui dirige(nt) la (ou les) proposition(s) subordonnée(s). Une proposition principale peut diriger plusieurs subordonnées mais une subordonnée ne peut dépendre d'une seule principale.

Ex. : [Je pense] [que ce livre te plaira] [et que tu le liras d'une traite].
prop. principale — prop. subordonnée — prop. subordonnée

→ Les propositions qui ne sont ni des subordonnées, ni des principales sont des indépendantes.

Pour Comprendre

Toute la 4e

Le Guide Parents

- Des **conseils** pour accompagner l'ado
- Les programmes expliqués
- Tous les **corrigés** des exercices

hachette ÉDUCATION

Sommaire

Guide Parents écrit par **Francine Saucier**, ancien chef d'établissement, et **Véronique Gaspard**, ancienne infirmière scolaire, formatrice certifiée en Communication Non Violente. Actualisation effectuée par **Brigitte Réauté**.

Les programmes expliqués

Au collège, l'enseignement est organisé par cycle. La quatrième est la classe centrale du cycle 4 (5e – 4e – 3e). Vous trouverez ici les grandes lignes des programmes et les objectifs de quatrième.

Les enseignements pratiques interdisciplinaires (EPI)

Pour aider les élèves à faire des liens entre les matières qui leur sont enseignées, des enseignants de disciplines différentes élaborent ensemble un projet qu'ils proposent à la classe. Ils dégagent du temps sur leurs heures de cours pour mettre en œuvre ce travail interdisciplinaire fondé sur les programmes qu'ils ont à enseigner.
Les professeurs guident les élèves tout au long du déroulement des étapes de réalisation du projet. Les élèves sont actifs : ils se répartissent les tâches et déroulent le projet qui peut donner lieu à une production : vidéo, réalisations artistiques ou techniques.

Français : les programmes font de la bonne acquisition de l'orthographe et de la maîtrise de la grammaire des enjeux centraux. L'enseignement du français s'articule autour de grands thèmes qui permettent d'aborder les différents genres littéraires (poésie, roman, théâtre…) et qui, en 4e, se déclinent en 1. « Dire l'amour » ; 2. « Individu et société : confrontation de valeurs ? » ; 3. « La fiction pour interroger le réel » ; 4. « Informer, s'informer, déformer » ; et éventuellement 5. « La ville, lieu de tous les possibles ».

Mathématiques : en algèbre, de nouvelles notions sont étudiées dès la classe de 4e : nombres premiers, fonctions… En géométrie, le théorème de Thalès, le cosinus d'un angle du triangle rectangle, la pyramide et le cône, la translation, l'agrandissement et la réduction des aires et des volumes sont aussi intégrés au programme. Les élèves apprennent à utiliser l'informatique et sont initiés à la programmation. L'algorithme est également introduit.

Langues vivantes : les élèves ont commencé l'apprentissage d'une LV2 en classe de 5e. Ils révisent tous les acquis en grammaire. La compréhension et l'expression orale et écrite sont privilégiées.

Physique-chimie : le programme propose une approche concrète des savoirs scientifiques. Les élèves étudient, entre autres, la vitesse d'un objet, les mouvements, le son.

SVT : dans l'ensemble du cycle, les SVT visent à sensibiliser les élèves à l'environnement et à l'action humaine ; elles traitent le fonctionnement du corps humain et la santé. Les attendus de fin de 4e portent notamment sur la nutrition, les risques géologiques, la puberté et l'éducation sexuelle.

Histoire-géographie-EMC : au-delà des connaissances, les élèves doivent développer des compétences telles que : analyser et comprendre un document, se repérer dans le temps et l'espace, etc. En histoire, les élèves étudient les XVIIIe et XIXe siècles au travers de la traite atlantique, des Lumières, et de la vie politique en France. En géographie, le programme est centré sur la question de la mondialisation. L'enseignement moral et civique tend à transmettre aux élèves le respect d'autrui, l'acquisition et le partage des valeurs de la République, et la construction d'une culture civique en accord avec les droits et les règles de la société. Le programme de 4e a pour concepts clés : la loi, la liberté et le droit de vote.

EPS : les élèves pratiquent la natation, l'athlétisme et les sports collectifs.
Arts plastiques : représentation d'une œuvre d'art et travail sur la lecture de l'image.
Éducation musicale : étude de huit chants et créations musicales.

Latin et autres enseignements facultatifs : votre enfant peut continuer à suivre un enseignement facultatif qu'il a choisi en 5e : les langues et cultures de l'Antiquité (LCA) : il étudie le latin, ou le grec (3 h maximum) ; les langues et cultures européennes (1 à 2 h pour l'une des langues étrangères qu'il étudie) ; les langues et cultures régionales (2 h maximum) ; le chant choral (1 à 2 h).

Le socle commun de connaissances, de compétences et de culture

• Le socle commun de connaissances, de compétences et de culture est constitué des différentes connaissances et compétences que tout élève doit avoir acquises à la fin de sa scolarité obligatoire (à l'âge de 16 ans). Comme le mot « socle » l'indique, c'est la base considérée comme nécessaire et commune sur laquelle chacun pourra ensuite édifier sa formation personnelle et son avenir professionnel.
• Ce socle commun est progressivement évalué à la fin de chaque cycle scolaire de 3 ans. Sa maîtrise finale est validée par le diplôme national du brevet (DNB). Le « bilan de fin de cycle » se présente différemment des « bilans périodiques » car le socle commun organise les connaissances et compétences des différentes disciplines en 5 domaines qui correspondent aux grands enjeux de formation. Pour connaître le contenu de chacun de ces domaines, allez sur la page suivante du site du Ministère de l'éducation : http://www.education.gouv.fr/cid2770/le-socle-commun-de-connaissances-et-de-competences.html.
• En fin de 3e, la maîtrise du socle commun est évaluée par l'un des 4 niveaux : « maîtrise insuffisante », « maîtrise fragile », « maîtrise satisfaisante », « très bonne maîtrise ».

Comment apprendre efficacement ?

En classe de quatrième, alors que votre adolescent peut être motivé par bien d'autres préoccupations, la charge de travail devient plus importante. Aidez-le à bien organiser son travail personnel.

Organiser son temps de travail

Si votre enfant a besoin de beaucoup de temps pour faire ses exercices ou mémoriser une leçon, c'est peut-être qu'il ne parvient pas, pendant le cours, à réfléchir à ce qui est dit, à faire des liens entre ce qui vient d'être enseigné et ce qu'il connaissait auparavant sur le sujet, à mémoriser l'essentiel. Vous pouvez faire le test suivant pour vérifier s'il a une écoute efficace en classe. Demandez-lui de vous raconter ce qu'il a appris de nouveau dans telle ou telle discipline. S'il vous répond simplement « j'ai travaillé » sans être capable de mettre des mots sur le contenu précis du cours, il y a lieu de revoir sa façon d'assister au cours, d'être présent à ce qui se dit et ce qui s'échange au sein de la classe. Car c'est dans les interactions entre le professeur et la classe que chaque élève s'approprie, à sa manière, le savoir. Si ce maillon est faible, le travail d'appropriation doit se faire à la maison et nécessite beaucoup de temps.

Si votre enfant rencontre des difficultés à organiser son temps de travail, à gérer les moments à consacrer à ses devoirs scolaires et ses loisirs, les sorties avec les copains, vous pouvez l'aider à construire un emploi du temps qui structure les soirées et les demi-journées libres (mercredi après-midi, samedi, dimanche). Il s'agit de définir des plages horaires qui sont réservées au travail scolaire, qu'il s'engage à respecter. Ces plages horaires doivent être réalistes, mais suffisamment ambitieuses pour lui donner toutes les chances de réussite. Ceci l'aidera à définir un rythme de travail plus régulier. N'hésitez pas à solliciter les enseignants pour évaluer le temps global de travail hebdomadaire à prévoir à la maison dans chacune des disciplines.

Comprendre les explications pour pouvoir les mettre en application

Il ne suffit pas de connaître un théorème pour savoir l'appliquer. Beaucoup d'enfants ne réussissent pas leurs contrôles car le passage de l'explication, la théorie, à l'application, la pratique, leur pose problème. Anxieux devant leur feuille blanche, ils ne voient pas les rapports entre ce qu'ils ont mis quelquefois tant de temps à apprendre, et ce qui leur est demandé. Et pourtant ils ont compris. Que leur manque-t-il ? La méthode et l'entraînement. À cet égard, comme à bien d'autres, l'ouvrage *Pour comprendre toute la 4e* propose une aide précieuse à votre enfant : pour chaque notion du programme, après le résumé du cours, une rubrique « Comment faire ? » explique les méthodes, trucs ou astuces à mettre en œuvre dans les exercices. En mathématiques, ces méthodes sont développées à travers des exercices d'apprentissage entièrement résolus et commentés. Suivent de nombreux exercices d'entraînement classés par ordre de difficulté croissante.

Tirer un meilleur parti des évaluations

Combien de parents et d'enfants se contentent de regarder la note du devoir sans examiner la copie ni lire l'appréciation ou les commentaires souvent éclairants de l'enseignant ? À intervalles réguliers, prenez le temps d'examiner avec votre enfant ses contrôles, et aidez-le à analyser ses erreurs et ses réussites. Mieux on analyse chacune de ses réussites et plus on a de chance de les reproduire, avec davantage d'aisance et de rapidité. On renforce ainsi son sentiment de compétence. Mais l'erreur fait aussi entièrement partie de la démarche d'apprentissage. Analyser attentivement ses erreurs permet de repérer ce qui est à corriger et de trouver des voies de remédiation efficaces.

En 4e, apprendre à raisonner avec rigueur

De nouvelles ambitions

L'année de quatrième est une année difficile, qui impose de nouvelles exigences. Les enseignants se projettent assez rapidement vers l'année de troisième car toutes les disciplines sont prises en compte pour l'attribution du Diplôme national du Brevet (DNB). En effet, le contrôle continu, somme des résultats dans toutes les disciplines, entre pour moitié dans l'attribution du diplôme. Les capacités devant être acquises à la fin de l'année de troisième sont progressivement introduites en cours de quatrième (la rédaction d'un paragraphe structuré en histoire-géographie, par exemple).

Dans de nombreux collèges, des devoirs communs à tous les élèves de quatrième, préalables aux brevets blancs de troisième, sont instaurés, avec des programmes de révision conséquents, qui imposent plus impérativement une bonne organisation de son travail personnel.

Un pas vers l'abstraction

En sixième et cinquième, les élèves passent beaucoup de temps à faire des exercices d'application: application de règles de grammaire, application de théorèmes. À partir de la quatrième, on leur demande d'atteindre un niveau de savoir plus élaboré. Cela oblige l'élève à réorganiser son savoir antérieur pour l'affiner, le rendre plus cohérent. Pour ce faire, il a besoin d'apprendre à rechercher les points communs plutôt que les différences, à mettre en relation une nouvelle connaissance avec celles déjà assimilées.

Dans toutes les disciplines, les professeurs exigent des enfants une capacité à abstraire, c'est-à-dire à faire des hypothèses, à choisir des stratégies, à relier des données de manière logique pour expliquer. La conceptualisation introduit des liens logiques qui permettent à l'enfant d'élaborer des raisonnements construits, qu'il pourra ensuite appliquer à des situations nouvelles.

Un exemple: en mathématiques, les élèves apprennent à résoudre une équation, à factoriser. S'ils ne comprennent pas pourquoi on se met à calculer avec des lettres: $(a+b)^2$, par exemple, ils vont se trouver en difficulté devant ces exercices et les réaliser de façon mécanique, sans en comprendre le sens. Il est éclairant de leur montrer qu'ils sont en train d'acquérir des automatismes indispensables pour aborder l'enseignement au lycée.

Assurez-vous que ces notions nouvelles sont en cours d'acquisition. Un bon test: demandez à votre enfant de vous résumer oralement les notions nouvelles importantes qu'il vient d'étudier en cours. S'il les a comprises, il est capable de les expliquer avec ses mots à lui. Dans le cas contraire, demandez conseil au professeur.

Construire mentalement des stratégies de réussite

Comment s'entraînent mentalement les sportifs de haut niveau? Pour se mettre en condition pour le jour de l'épreuve, ils ont recours à l'anticipation : l'entraîneur leur demande de se faire le film de l'effort à améliorer. Cela leur permet de percevoir intérieurement de façon précise et méthodique tous les mouvements à peaufiner, toutes les tensions à relâcher, les gestes à modifier pour lever les freins à l'amélioration de la vitesse, de la puissance ou de l'adaptation face à l'obstacle. De la même façon, certains professeurs travaillent là-dessus en classe, afin d'aider les élèves à mieux préparer les contrôles.

Vous pouvez, de la même manière, aider vos enfants à se préparer à un contrôle écrit, à un examen, en leur apprenant à visualiser leur réussite. En les aidant à se représenter à l'avance la nature de l'épreuve et à imaginer leurs bons résultats, cette méthode aura pour effets de les rassurer et d'éloigner les peurs qui empêchent le cerveau de fonctionner à plein rendement.

Habituez-les à organiser le déroulement de l'épreuve: choix du sujet, lecture de l'énoncé, questions à se poser, utilisation du brouillon, matériel nécessaire.

Aidez-les à se projeter dans une situation de contrôle: je connais ma leçon, je maîtrise les idées principales du sujet. Quelles questions je dois me poser pour me mettre en situation de réussite : qu'est-ce que je me remémore ? À quels éléments des cours la consigne me fait-elle penser ? Comment dois-je m'organiser : répondre directement au problème énoncé dans l'exercice ou rechercher mes connaissances, les ordonner point par point pour construire un plan que je vais rédiger ? Ils explorent ainsi, pour chaque discipline, leurs points forts et leurs points faibles, et se donnent le maximum de chances.

Plus l'enfant se passe le film de ses contrôles à l'avance et les anticipe, et mieux il franchit les différentes étapes le moment venu, sans se rendre compte des efforts à faire puisqu'il a pris le temps de s'y habituer, de les intégrer pendant les moments de visualisation imaginaire. Pour aider l'enfant dans cette démarche, n'hésitez pas à susciter l'entraînement à la réflexion logique par le jeu ou le débat (jeux de société, échange d'arguments sur un sujet dans la conversation...).

Prendre du plaisir à apprendre

En quatrième, les enfants sont en pleine période d'effervescence. Vous observez des moments de fatigue, des baisses de tonus, des phases de découragement. Cherchez à comprendre ce qui se passe et rendez-vous disponible pour donner un coup de pouce : apporter des éléments nouveaux, établir des liens avec d'autres disciplines, revoir la progression, l'ordre dans lequel les connaissances ont été acquises. Apportez une vision positive de la situation, relancez l'intérêt pour la tâche demandée.

Relancer l'intérêt

Souvent les enfants font un drame de ce qu'ils n'arrivent pas à comprendre. C'est souvent la fatigue qui bloque la capacité à réfléchir. Si c'est le cas, proposez à votre enfant d'aller courir, faire le tour du pâté de maisons, respirer, boire un verre d'eau. La qualité de l'attention et de la concentration s'en ressentira. Vous pourrez alors reprendre le travail interrompu en suscitant une réflexion. « Où en es-tu ? Que te reste-t-il à faire ? Comment vas-tu t'y prendre ? » Autant de questions qui conduisent votre enfant à prendre du recul par rapport à lui-même et par rapport à son activité pour mieux la réguler. Vous l'invitez ainsi à reformuler les éléments pertinents, à expliciter les procédures utilisées, à auto-évaluer l'activité. Plus vous aiderez votre enfant à verbaliser, à reformuler la question, à vérifier que toutes les données ont été utilisées, mieux il contrôlera la tâche à réaliser et parviendra au but.

Cultiver l'esprit de curiosité

Pour que votre enfant soit à l'aise en classe comme à la maison, il faut qu'il ait le sentiment d'être à la hauteur de la tâche, en réalisant les objectifs qu'il s'est fixés dans des conditions optimales. En quatrième, s'il gère efficacement son temps en s'avançant le mercredi après-midi ou pendant le week-end, il doit pouvoir poursuivre des activités qui lui font plaisir : sport, musique, activités culturelles. Valorisez ses initiatives pour qu'il soit plus confiant, qu'il se sente une personne digne d'intérêt et capable d'entreprendre. Ne supprimez surtout pas les activités de loisirs si les résultats scolaires ne sont pas à la hauteur de vos attentes. Cherchez plutôt des solutions en l'incitant à mieux gérer son temps de travail et son temps de loisir, ses heures de coucher et à réfléchir sur ses relations avec les copains.

Même s'il rue dans les brancards, l'intérêt que vous portez à ce qu'il apprend, aux difficultés qu'il rencontre et qu'il parvient à surmonter est à ses yeux la preuve tangible de votre affection. Vous avez un rôle à jouer : incitez-le à aller au-delà du programme, à approfondir des sujets qui le passionnent, à découvrir d'autres horizons, sportifs ou culturels, à cultiver l'esprit de curiosité.

Envisager sereinement l'avenir

L'horizon des adolescents est parfois assombri par les inquiétudes des adultes et des positions anxiogènes relayées par les réseaux sociaux. Ces représentations de l'avenir, sources de craintes ou d'espérances, conditionnent souvent les relations parents-enfants.

Votre enfant grandit. Réajustez le cadre de vos représentations et évitez de nourrir pour lui des rêves grandioses et de préparer à travers lui l'avenir que vous n'avez pas eu. Aidez-le à se documenter sur les métiers ou les passions qui le font rêver. Laissez-lui suffisamment d'espace pour qu'il invente lui-même, à travers les différentes sources de documentation qui sont à sa disposition et les rencontres qu'il va faire, les étapes de son projet.

Quelles ressources pour aider votre enfant ?

Plus votre enfant grandit, moins il semble solliciter votre aide. Sachez toutefois être présent et disponible en cas de nécessité. Si vous envisagez d'avoir recours à un étudiant, à une société spécialisée dans le soutien scolaire ou à un professeur, évitez que cette démarche soit assimilée à une forme de démission de votre rôle parental. Assurez-vous que votre enfant est bien demandeur et qu'il perçoit dans votre démarche l'intérêt que vous portez aux apprentissages et à la réussite scolaire. Il ne sert à rien d'imposer un soutien scolaire à un adolescent. Pour qu'il soit bénéfique, il faut qu'il réponde à un besoin clairement identifié.

L'accompagnement personnalisé

L'Éducation nationale, et donc le collège de votre enfant, a pour ambition la réussite de TOUS les élèves. Certains ont besoin d'une attention particulière, de méthodes pédagogiques différentes pour réussir. En fonction de l'analyse des besoins prioritaires des élèves, des professeurs consacrent une partie de leurs heures de cours à des séquences d'accompagnement personnalisé. La priorité est souvent donnée à la maîtrise de la langue française mais peut viser d'autres objectifs : répondre aux demandes des élèves, proposer une aide méthodologique, apprendre aux élèves à s'organiser, à planifier le travail pour la semaine… C'est un temps privilégié d'écoute bienveillante, de partage d'expériences. Chaque élève doit se sentir en confiance et pouvoir demander de l'aide sans crainte d'être jugé ou stigmatisé.

Les associations de quartier, des relais précieux

De nombreuses associations organisent des séances d'aide aux devoirs. Elles offrent aux collégiens un cadre de travail accueillant et sécurisant, des outils documentaires (dictionnaires, encyclopédies, Internet) et des adultes disponibles pour les encadrer. Pour des enfants qui ont du mal à se mettre au travail tout seuls et qui résistent difficilement à la tentation de regarder la télévision ou de surfer sur Internet dès qu'ils rentrent à la maison, c'est un bon moyen de retrouver des copains pour faire les devoirs ensemble, de s'épauler mutuellement.

Les stages de réussite

Beaucoup de collèges proposent aux enfants qui sont en difficulté dans leurs apprentissages de venir au collège une semaine, prise sur les vacances scolaires de printemps ou d'été, encadrés par des adultes. Ces stages peuvent être d'un grand secours pour des enfants qui ont besoin de se remettre à niveau et ne savent pas comment s'y prendre. La perspective de travailler pendant une semaine avec d'autres adolescents pour rattraper les retards accumulés et retrouver de l'aisance et de l'assurance par un entraînement systématique et une aide méthodologique appropriée, est souvent plus stimulante que de faire ce travail de révision seul ou avec un répétiteur. Mais rien de sérieux ne peut être envisagé si votre enfant n'adhère pas au projet.

Le dispositif « Devoirs faits »

« Devoirs faits » est un temps dédié, en dehors des heures de classe, à l'accomplissement par l'élève des tâches demandées par ses professeurs. Il a lieu dans l'établissement sur des horaires appropriés. Il ne s'agit pas d'un cours supplémentaire, mais bien d'un temps dédié à la réalisation des devoirs, en lien avec les connaissances et compétences travaillées en classe.

Les bilans de compétences

Pour un adolescent qui doute de ses compétences, ne voit pas le sens des apprentissages et décroche, il peut être intéressant de proposer un bilan de compétences réalisé par un professionnel de l'orientation. Le conseiller d'orientation esquisse des itinéraires possibles vers lesquels le jeune peut se sentir motivé. Il voit des accroches possibles et retrouve de l'énergie pour avancer.

Les ouvrages parascolaires

Dans les ouvrages parascolaires, on trouve tout ce qui peut aider un élève à progresser: des cours clairement expliqués et illustrés par de nombreux exemples ; des cahiers d'exercices de difficulté progressive, avec les corrigés complets entièrement rédigés, pour s'entraîner ; des conseils de méthode pour apprendre à faire des fiches, à bien rédiger, à mémoriser rapidement l'essentiel… À vous de choisir, avec votre enfant, l'ouvrage adapté à ses besoins: un cours clair qui va à l'essentiel? des exercices d'entraînement très progressifs? des conseils de méthode?…

Un pas vers une plus grande autonomie

Les parents ont tendance à considérer que le travail scolaire prime sur toutes les autres activités et hésitent à confier des responsabilités à leurs enfants : ranger leur chambre, faire les courses, la cuisine, jardiner. Comment trouver un équilibre entre activités en famille, rencontres avec les copains et travail scolaire ? L'exercice est délicat et demande à la fois de la souplesse, pour faire évoluer le cadre au fil du temps, et de la fermeté, pour poser des limites. Le parent idéal, selon les adolescents, est compréhensif, communicatif, capable d'autorité, juste, confiant, respectueux, responsable, affectueux, honnête ; il a le sens de l'humour et aime passer du temps avec ses enfants.

S'identifier à ses pairs

À treize ou quatorze ans, un adolescent attache beaucoup d'importance à son corps, à son look, à ses vêtements. Il a besoin de s'éloigner de vous pour mieux comprendre qui il est à travers ses groupes de pairs. Il va donc chercher par tous les moyens à se faire accepter par son groupe de copains et adopter son code vestimentaire, son langage, ses attitudes. Préoccupé par lui-même, aux prises avec ses propres changements internes et externes, il veut que son environnement s'adapte à ses exigences. Sachez trouver les mots pour lui faire entendre que vous comprenez son impatience mais qu'il est impératif de tenir compte des éléments extérieurs avant d'agir dans la vie quotidienne. Prenez l'exemple d'un personnage de film ou de série, ou parlez-lui de l'attitude que vous adoptez lorsque vous devez faire face vous-même à des situations frustrantes. Il comprendra mieux la nécessité de réguler le conflit interne qui l'occupe lorsqu'il rencontre la frustration. Dites alors clairement ce que vous êtes prêt à accepter et les limites que vous entendez poser.

Construire un espace plus libre, mais balisé

Si vous définissez clairement ce qui vous paraît acceptable au sein de votre famille et ce qui ne l'est pas, votre enfant sera rassuré, et c'est bien souvent ce qu'il cherche dans la provocation. Un exemple : il vous annonce qu'il veut se faire tatouer. Quel message veut-il que vous entendiez ? A-t-il besoin de se rattacher à un groupe de copains dont le code d'entrée serait le tatouage ? Pense-t-il que ce marquage va l'aider à se regarder dans un miroir et accepter sa nouvelle image ? Et s'il résistait à la pression du groupe, s'il arrivait à dire non, comment se sentirait-il, lui qui a tant besoin d'être un peu à la marge, de faire preuve d'originalité ? Quel regard porterait-il sur lui à ce moment-là ? Autant de pistes de réflexion qui permettent un dialogue constructif et prouvent que vous vous intéressez à la question, que vous n'avez pas de réponse toute faite, pas non plus de manifestation d'hostilité a priori. Vous l'invitez par cet échange à envisager diverses significations du tatouage auxquelles il n'avait peut-être pas réfléchi. Il sera sans doute plus disponible pour comprendre votre point de vue.

Communiquer sereinement

Les adolescents souhaitent vivre selon leurs désirs et leurs envies. Ils sont persuadés que cette demande est légitime. Cette certitude les conduit à affirmer leur droit à faire ce qu'ils veulent quand ils le veulent, aussi bien dans le cadre familial que dans le cadre scolaire. Lorsque les adultes affichent leur désaccord et empêchent les adolescents d'agir selon leurs désirs, ces derniers réagissent violemment, ne supportant pas les contraintes ni les limites. Ils adoptent des conduites agressives, s'expriment de manière excessive.

Repérez les situations dans lesquelles l'adolescent a du mal à contenir son impulsivité. Suggérez-lui de mettre en mots ses réactions volcaniques, pour mieux les contenir. Maintenez le dialogue coûte que coûte, malgré les sentiments de lassitude ou d'agacement qui peuvent vous envahir. Le contrôle des émotions et de l'agressivité est essentiel pour éviter que l'adolescent ne se place en position de victime.

Les turbulences de l'adolescence

L'adolescence est une période de vie riche en émotions, qu'elles soient du registre du bien-être ou du mal-être. C'est une période sensible, ce qui ne veut pas dire pathologique. Chaque enfant est unique. Le passage de l'état d'enfant à celui d'adulte engendre au sein de chaque famille des changements. Il faut sans cesse réinventer de nouvelles façons d'être ensemble. Être parent demande de l'humilité : dès qu'on croit avoir compris son enfant, il s'empresse de changer.

L'entrée dans l'adolescence

La plupart des adolescents se portent bien. L'entrée dans l'adolescence s'opère par petites touches qu'il est possible de décrypter :

• Il stationne devant le miroir et mobilise la salle de bain. Il ne se reconnaît ni dans son corps ni dans sa tête !

• Il change fréquemment d'humeur. Vous l'entendez soupirer, claquer les portes. Il semble à fleur de peau.

• Il teste votre autorité, remet en cause vos valeurs. Comme si le cadre, qui jusqu'alors le contenait, le rassurait, semble soudain l'étouffer, le contraindre. Il revendique le droit à l'autonomie.

• Il est attiré par ses pairs. Il tente de s'éloigner de vous tout en restant proche.

• Il s'isole dans sa chambre.

• Il a des fringales comme des pertes d'appétit.

Distinguer ce qui est inhérent aux changements pubertaires de ce qui nécessite un accompagnement est fondamental.

• Pour le bien-être de votre enfant en pleine mutation vers l'âge adulte, veillez à ce qu'il adopte au quotidien des gestes sains qui favoriseront son développement et son estime de soi : alimentation équilibrée, exercice physique régulier...

Repérer si l'adolescent a besoin d'aide

Utilisez votre intuition. Faites-vous confiance et soyez attentif. Tenez compte aussi de ce que vous disent les adultes de son entourage. Tous les appels au secours doivent être entendus. Ne renoncez jamais à en chercher la cause.

Ce qui peut vous interpeller si cela s'installe durablement :

• Votre enfant se désintéresse de ses études, s'absente, ou au contraire surinvestit l'école.

• Il se polarise sur une activité ou perd de l'intérêt pour une activité qu'il appréciait jusqu'alors.

• Vous observez un changement de comportement alimentaire.

• Des troubles de santé apparaissent.

• Il devient violent contre lui-même ou les autres.

• Il accumule les excès : tabac, alcool...

• Il se replie sur lui-même.

• Les conflits sont permanents. C'est souvent l'indice que votre enfant grandit et que les règles de fonctionnement définies ne correspondent plus à ses besoins. Chacun doit être entendu et respecté dans ses demandes. Même si sa position diffère de la vôtre, acceptez ses différences.

Prenez en compte toute réaction qui vous interpelle. Essayez d'analyser ce que vous observez. Que ressentez-vous ? Avez-vous des craintes ? Êtes-vous désemparé, vous sentez-vous inquiet, impuissant, préoccupé ? Qu'est-ce qui déclenche chez vous l'envie de vous exprimer ? Quels sont les faits ?

Pour vous accompagner dans la relation avec vos enfants, découvrez ce site ressource pour une meilleure qualité de communication :
www.cnvformations.fr

Allez à la rencontre de votre enfant en dehors d'une période de crise. Écoutez ce qu'il a à vous dire. Les adolescents en souffrance ont parfois du mal à exprimer ce qu'ils ressentent avec des mots, ils utilisent alors les maux. Demander de l'aide représente une difficulté supplémentaire. Exprimez-lui votre soutien. Offrez-lui le cadeau de votre présence. Lorsqu'il vous entend, demandez-lui ce qu'il ressent. Veut-il vous signifier qu'il grandit et qu'il a besoin de faire ses propres choix ? Ne recherche-t-il pas simplement le contact avec vous ? Accueillez et reconnaissez sa souffrance sans la juger. Ne banalisez pas, ne minimisez pas la situation. Quelle demande concrète pourriez-vous lui faire qui puisse à la fois vous rassurer et qui en même temps ne serait pas perçue comme une contrainte? S'il refuse d'échanger avec vous, guidez-le vers une tierce personne avec laquelle il se sent en confiance.

Mettez à la disposition de votre enfant le numéro vert anonyme et gratuit du
Fil santé jeunes : 0800.235.236.

Corrigés

Français

LEÇON 1 — Énoncés p. 9

Quiz-test
Bonnes réponses : **1** **b)**. **2** **b) ; c).**

3 a) pro. b) re. c) sur. d) contre. e) ap. f) em. g) re. h) pré. i) com. j) dés.

4 a) ilité. b) able. c) ité. d) ation. e) ement. f) âtre. g) age. h) ette. i) ivore. j) ible.

5 déraisonnable, inefficace, maléfique, incertain, exporté, disproportionné, inimaginable.

6 a) 7 ; b) 9 ; c) 10 ; d) 6 ; e) 8 ; f) 1 ; g) 3 ; h) 5 ; i) 4 ; j) 2.

7 a) l'air, l'aire, l'ère. b) chaire, chair, cher, cher. c) vers, vers, verre (vair), vair (verre), Verts.

LEÇON 2 — Énoncés p. 11

Quiz-test
Bonnes réponses : **1** **b)**. **2** **a)**.

3 a) Pierre **a** dit à Clotilde que tu **as** raconté **à** Antoine **ou à** Anne, le jour **où** tu les **as** rencontrés **à** la piscine, que tu ne savais plus **où** tu avais rangé les livres que Xavier t'**a** prêtés. b) Je ne **sais** plus **quels** livres Xavier **m'a** prêtés. c) **Ce** sont les joueurs de l'équipe des 4e A qui **se** sont le mieux entraînés ; **ceux** de 4e C ont disposé de moins de temps ; la rencontre des deux équipes **se** produira samedi prochain.

4 a) on ; on n'a pas. b) on ; on n'est pas. c) on ; on ; on n'a aucune.

5 a) Quel. b) qu'elle. c) quel. d) qu'elle.

6 a) Mets ; on. b) ont ; mais. c) Mes ; sans. d) s'en. e) sens.

LEÇON 3 — Énoncés p. 13

Quiz-test
Bonnes réponses : **1** **c)**. **2** **b)**.

3 adverbe, conjonction de coordination, préposition, pronom démonstratif, déterminant.

4 a) *Avec* est une préposition, les autres mots sont des conjonctions de coordination. b) *Beau* (adjectif) est le seul mot variable.

5 a) Seul *devenir* est un verbe d'état qui introduit un attribut du sujet. b) *être* est un auxiliaire et fait partie des verbes d'état.

6 a) prép. : **avec, à** ; dét. : **les, un, la**. b) prép. : **pour** ; dét. : **ce, la**. c) prép. : **à, de, sans, d'(de)** ; dét. : **le**. d) prép. : **en, vers** ; dét. : **l'**. e) prép. : **de** ; dét. : **l'**.

7 a) conj. de coord. : **mais, et** ; adj. : **raide, court, sûr**. b) conj. de coord. : **donc** ; participe passé employé comme adjectif : **entraîné**. c) conj. de coord. : **ni, ni** ; adj. : **agréable, accueillant**. d) conj. de coord. : **car** ; participe passé employé comme adjectif : **fatiguée**. e) conj. de coord. : **or** ; adj. : **bons**.

LEÇON 4 — Énoncés p. 15

Quiz-test
Bonnes réponses : **1** **c)**. **2** **b)**.

3 a) 4 ; b) 1 ; c) 5 ; d) 3 ; e) 2.

4 a) déterminant : **mon**, pronom : **la sienne** ; b) déterminant : **mes**, pronom : **les siens** (aux = à + les) ; c) déterminants : **leurs, notre** ; *Leur* est un pronom personnel d) déterminants : **mes, ma** ; *celle* est un pronom démonstratif.

5 a) Nous, vous, nous, en ; b) j', je, leur, tu ; c) nous, nous, les.

6 a) Mon père **les lui** a offert**es** (accord avec *les* mis pour *les chaussures*). b) Je **leur** ai rapporté… c) Je **l'**ai lu**e** (accord avec *l'* mis pour *la nouvelle*). d) … de **vous** annoncer, pour **y** participer. e) … je **l'**ai crois**ée** (accord avec *l'* mis pour *Virginie*) qui **y** allait, … qui **en** revenait.

LEÇON 5 — Énoncés p. 17

Quiz-test
Bonnes réponses : **1** **a) ; b)**. **2** **c)**.

3 grand (homme) ; jeune (homme) ; belle (physionomie) ; régulière (physionomie) ; athlétiques (formes) ; infatigable (joueur) ; dernier (numéro) ; raide (il) ; *gêné* est un participe passé employé comme adjectif.

4 a) pire (comparatif de supériorité = *plus mauvais*) → état. b) le plus lumineux (superlatif relatif de supériorité) → appartement. c) très agréable (superlatif absolu) → maison ; particulièrement grande (superlatif absolu) → maison.

5 a) **merveilleuse** : épithète du nom *beauté*. b) **riches** : attribut du sujet *vous*. c) **fatigué** : apposé au pronom *moi*, **diabolique** : épithète du nom *figure*. d) **difficiles** : attribut du sujet *Parisiens*.

6 a) **de ski** : CdN de *pistes*. b) **de Paris** : CdN de *rues* c) **de soldes** : CdN de *périodes*, *de réductions importantes* n'est pas un CdN mais le COI de *bénéficier*. d) *de l'Égypte* n'est pas un CdN mais le COI de *parler* ; **de la passion** : CdN *enthousiasme*. e) **du nom** : CdN de complément ; **du verbe** : CdN de *complément*.

LEÇON 6 — Énoncés p. 19

Quiz-test
Bonnes réponses : **1** b). **2** a) ; b) ; c).

3 des détails, des trous, des vitraux, des poux, des végétaux, des carnavals, des jeux.

4 vrais, gras, amicaux, marron.

5 rapidement, vraiment, puissamment, récemment, évidemment.

6 a) ce ; b) cette ; c) ce ; d) cet ; e) ce ; f) cette.

7 des pulls vert pomme, des chaussettes orange, des bonnets roses, des gilets bleu marine.

8 deux mille six cents, deux cent quatre-vingts, mille cent, deux mille deux cent soixante.
Depuis 1990 on peut aussi écrire deux-mille-six-cents, deux-cent quatre-vingts, mille-cent, deux-mille-deux-cent-soixante.

LEÇON 7 — Énoncés p. 21

Quiz-test
Bonnes réponses : **1** b). **2** a).

3 lire ; dissuader ; annoncer ; dénoncer ; prendre ; acheter ; enlever ; proposer.

4 a) **à Bénédicte** : groupe nominal. b) **lui** : pronom personnel. c) **à qui le trouvera** : proposition subordonnée relative (sans antécédent exprimé : celui qui le trouvera).

5 a) **un roman de science-fiction** : attribut du sujet *roman*. b) **un chef-d'œuvre d'anticipation** : attribut du sujet *il*. c) **un rêve** : attribut du sujet *voyage* ; **intéressant** : attribut du sujet *roman*.

6 a) COD du verbe *avoir*. b) COD du verbe *penser*. c) Sujet (inversé) du verbe *couler* d) COI du verbe *croire*. e) **à la finale :** COI de *participe* ; **l'** : COD de *attends*.

7 a) 2. **irrésistible** : attribut du COD *ce chaton*. b) 2. **délégués** : attribut du COD *Joséphine et Guillaume*. c) 1. **suppléant** : attribut du COD *l'*.

LEÇON 8 — Énoncés p. 23

Quiz-test
Bonnes réponses : **1** b). **2** a).

3 a) Nous décidons ; b) Vous donnez (*nous* est un pronom complément) ; c) Les chiens aiment ; d) Je promène (*les* est un pronom complément) ; e) Les articles m'intéressent ; f) Cette équipe remporte.

4 a) Le chien ; b) Les chiens ; c) moi ; d) Thomas (arrivé) ; e) toi ; f) Manon (venue).

5 a) **Les** fauves de ce zoo sembl**ent** triste**s**. b) **Nous** deviendr**ons** jongleur**s.** c) **Ces** élève**s** **sont** tombé**s** malade**s** jeudi.

6 a) allé ; rencontré. b) trouvé ; jouée. c) annulée ; remboursés. d) visité ; appréciée. e) visitée ; bâtie.

LEÇON 9 — Énoncés p. 25

Quiz-test
Bonnes réponses : **1** b). **2** a).

3 a) 6 ; b) 3 ; c) 4 ; d) 1 ; e) 5 ; f) 2 ; g) 7.

4 a) **dans ce château** : groupe nominal. b) **à la patinoire** : groupe nominal. c) **par la fenêtre** : groupe nominal. d) **au gymnase** : groupe nominal.

5 a) **Lorsque mon roman sera publié** : proposition subordonnée conjonctive. b) **Chaque année** : groupe nominal. c) **toujours** : adverbe ; **à la même heure** : groupe nominal. d) **Dès que j'ai obtenu l'autorisation de mes parents** : proposition subordonnée conjonctive. e) **En marchant** : gérondif.

6 a) CC de cause : **parce que ses performances se sont améliorées** ; CC de conséquence : **si bien qu'il est heureux**. b) CC de cause : **comme il a été patient** ; CC de conséquence : **tellement … qu'il a fini par y arriver**.

LEÇON 10 — Énoncés p. 27

Quiz-test
Bonnes réponses : **1** a) ; c). **2** a) ; b).

3 *Pourquoi ?* est une phrase non verbale dans une série de phrases verbales.

4 Nous viendrons et nous t'applaudirons. Je viendrai mais je serai en retard.

5 a) [**que** je vous fasse une confidence], [**que** vous m'aidassiez à lui écrire quelque chose dans un petit billet], [**que** je veux laisser tomber à ses pieds] ; b) [**que** vous lui voulez écrire] ; c) [**que** cela fût mis d'une manière galante], [**que** cela fût tourné gentiment].

6 a) Subordonnée : **qui** aimerait bien être noble ; principale : M. Jourdain est un bourgeois. b) subordonnée : **Quand** le tailleur lui apporte son habit de courtisan ; principale : M. Jourdain est enchanté. c) subordonnée : **que** tous ses proches l'admiraient ; principale : Il aimerait. d) subordonnée : **Comme** il est riche ; principale : M. Jourdain peut satisfaire tous ses caprices.

7 Mais ils se moquent de lui, et ils ne s'en privent pas.

8 a) subordonnée ; b) coordonnée ; c) juxtaposée.

9 *Phrase 1* : que Molière représenta pour la première fois le 13 octobre 1670 : prop. subordonnée. La comédie s'attaque aux prétentions de la bourgeoisie : prop. principale. *Phrase 2* : Monsieur Jourdain voudrait : prop. Principale ; qu'on le prenne pour un noble : prop. subordonnée. *Phrase 3* : Il s'habille comme un noble : prop. indépendante ; il apprend à faire la révérence comme à la cour : prop. indépendante ; il est très heureux : prop. principale ; lorsque Dorante, le flatteur, affirme avoir parlé de lui dans la chambre du Roi : prop. subordonnée.

LEÇON 11 — Énoncés p. 29

Quiz-test
Bonnes réponses : **1** b). **2** b).

3 a) qui (platane). b) où (ma maison). c) qui (la Seine) ; qui (la Seine) ; qui (bateaux). d) dont (deux goélettes).

4 a) **qui** attachent un homme à la terre ; **où** sont nés et morts ses aïeux. b) **qui** râlait de peine en vomissant une fumée épaisse.

5 a) que le train parte. b) que notre expédition est difficile. c) que vous soyez impatient(s) de découvrir la montagne.

6 a) subordonnée interrogative ; b) subordonnée conjonctive circonstancielle, subordonnée relative ; c) subordonnée conjonctive complétive.

LEÇON 12 — Énoncés p. 31

Quiz-test
Bonnes réponses : **1** c). **2** b) ; c).

3 subjonctif, participe, indicatif, impératif, infinitif.

4 a) habitude. b) vérité générale. c) futur proche. d) énonciation (actualité). e) narration.

5 a) habitude. b) arrière-plan d'une action principale. c) description.

6 a) se fit ; retentit. b) allions ; décidèrent ; fut. c) s'entraînait ; trébucha.

LEÇON 13 — Énoncés p. 33

Quiz-test
Bonnes réponses : **1** a) ; b). **2** b) ; c).

3 Je prends, je décide, je connais, je viens, je suis, je jette.

4 *répondre* : je réponds ; *défendre* : je défends ; *coudre* : je couds ; *suspendre* : je suspends.

5 *rejoindre* : je rejoins ; *éteindre* : j'éteins ; *plaindre* : je plains.

6 a) je déciderais : le verbe est au présent du conditionnel ; b) vous parleriez : le verbe est au présent du conditionnel.

7 a) j'aurai, j'aurais ; b) je serai, je serais ; c) j'applaudirai, j'applaudirais ; d) je copierai, je copierais ; e) j'attribuerai, j'attribuerais.

8 a) Je viens, nous prenons ; b) Théo repeint ; c) ne réponds-tu pas ; d) Léa recopie, réfléchit, résout ; e) j'éteins, j'entends.

LEÇON 14 — Énoncés p. 35

Quiz-test
Bonnes réponses : **1** a) ; c). **2** b).

3 Nous disions, je savais, tu pensais, il faisait, nous envoyions, vous laviez, ils entendaient, vous vouliez, je nettoyais, j'écrivais.

4 a) je faisais, vous faisiez. b) je devais, vous deviez. c) je variais, vous variiez. d) je riais, vous riiez. e) j'écrivais, vous écriviez.

5 a) prendre. b) vivre. c) venir. d) croire. e) recevoir.

6 a) j'apportai, il apporta. b) je saisis, il saisit. c) je savourai, il savoura. d) je développai, il développa. e) je dis, il dit. e) je retins, il retint.

7 a) Cosette s'avançait dans la nuit ; elle portait un seau et se rendait comme chaque soir à la fontaine. Un homme **apparut** au coin de la rue ; il la suivait depuis le début car il connaissait sa mère. b) Quand nous étions petits, nous oubliions souvent de nous brosser les dents et nos parents nous le rappelaient. c) Ce jour-là, nous **partîmes** de bon matin et ne **revînmes** qu'à la nuit tombée. d) Cette demeure **appartint** pendant trois cents ans à la même famille ; on la **transmettait** de génération en génération.

LEÇON 15 — Énoncés p. 37

Quiz-test
Bonnes réponses : **1** c). **2** b) ; c).

3 a) Je place, nous plaçons ; b) je nage, nous nageons ; c) je blague, nous blaguons ; d) j'emploie, nous employons ; e) je rejette, nous rejetons.

4 a) Je broierai, je broierais ; b) je rappellerai, je rappellerais ; c) je pèlerai, je pèlerais ; d) je m'ennuierai, je m'ennuierais ; e) je rachèterai, je rachèterais.

5 Il envoie, vous lacez, tu jetteras, ils essuient.

6 a) Tu larguais, tu larguas ; b) tu plongeais, tu plongeas ; c) tu rinçais, tu rinças ; d) tu appelais, tu appelas ; e) tu gelais, tu gelas ; f) tu envoyais, tu envoyas.

7 a) J'essuie la vaisselle et je la range. J'essuierai la vaisselle et je la rangerai. b) Tom lance le ballon et appelle Noémie. Tom lancera le ballon et appellera Noémie. c) Léo achète des ciseaux et jette l'emballage. Léo achètera des ciseaux et jettera l'emballage.

LEÇON 16 Énoncés p. 39

Quiz-test
Bonnes réponses : 1 c). 2 a).

3 a) J'aille ; b) Je fasse ; c) Je lise ; d) Je voie ; e) J'écrive ; f) Je veuille ; g) Je croie.

4 a) que j'aperçoive. b) que je sache. c) que je saisisse. d) que je puisse.

5 Je chante, je joue, je propose, je dessine, je suppose : ces verbes peuvent être à l'indicatif ou au subjonctif présent. Je sache, je vienne, j'entende : ces verbes sont au présent du subjonctif.

6 a) Que nous ayons ; b) que nous soyons ; c) que nous travaillions ; d) que nous payions ; e) que nous criions.

7 a) que j'associe, associe ; b) que je comprenne, comprends ; c) croire, que je croie ; d) que j'aille, va.

8 a) subjonctif. b) subjonctif. c) impératif. d) indicatif. e) indicatif.

LEÇON 17 Énoncés p. 41

Quiz-test
Bonnes réponses : 1 a) ; b). 2 b).

3 a) me précipitai. b) me dépêchais. c) glissais ; sursautai.

4 a) irai. b) aimerais. c) Verriez. d) voudrais.

5 a) sois. b) vienne. c) pleuve.

6 a) crois ; vois. b) que je voie. c) que tu croies. d) que tu aies. e) court ; qu'il ait.

LEÇON 18 Énoncés p. 43

Quiz-test
Bonnes réponses : 1 b). 2 b) ; c).

3 a) active. b) active. c) passive. d) passive. e) active. f) passive. g) passive. h) passive.

4 a) 7 ; b) 10 ; c) 8 ; d) 4 ; e) 9 ; f) 5 ; g) 1 ; h) 3 ; i) 6 ; j) 2.

5 a) d'un de ses camarades. b) par la fédération. c) par tout le stade, par toute son équipe. d) de tous. e) par notre classe.

6 a) Notre roman sera illustré par le professeur d'arts plastiques. b) Quelques exemplaires de notre roman policier seront déposés au CDI. c) Le concours organisé par la Ville aura peut-être été remporté par notre classe. d) Notre œuvre a été tirée en trente exemplaires.

LEÇON 19 Énoncés p. 45

Quiz-test
Bonnes réponses : 1 b). 2 b).

3 a) futur. b) imparfait. c) présent du conditionnel. d) présent. e) passé simple.

4 a) passé composé. b) futur antérieur. c) plus-que-parfait. d) passé composé. e) passé antérieur.

5 a) plus-que-parfait ; b) passé composé ; c) imparfait passif ; d) conditionnel passé passif ; e) passé simple passif ; f) passé antérieur ; g) passé composé passif ; h) passé composé.

6 a) vous eûtes fait. b) qu'il ait lancé. c) ils seraient devenus. d) tu auras approuvé. e) que j'eusse construit. f) il avait jeté.

LEÇON 20 Énoncés p. 47

Quiz-test
Bonnes réponses : 1 c). 2 b).

3 a) personnification ; b) comparaison ; c) hyperbole ; d) métaphore.

4 a) Les rimes du quatrain sont croisées. b) La **personnification** donne vie et présence à la nature. c) L'**antithèse** (*vieille/jeune*) surprend le lecteur.

5 a) L'amour est réciproque ; les jeunes gens se tiennent dans les bras l'un de l'autre. b) Le jeune homme est à l'extérieur du balcon car sa présence dans la famille est interdite. c) Le personnage à l'arrière-plan montre sa colère, ce qui nous conforte dans l'idée que l'amour des jeunes gens est interdit.

LEÇON 21 Énoncés p. 49

Quiz-test
Bonnes réponses : 1 b) ; c). 2 c).

3 a) interrogative. b) déclarative. c) impérative. d) déclarative. Phrase de forme exclamative : c). Phrase de forme négative : d).

4 Partielles : a), b). Totales : c), d).

5 a) C'est un texte descriptif. b) Le texte est écrit à la troisième personne du présent. c) pas plus gros, la plus petite, petit mouton, rien sentir, flocon, petit nez. d) joli, fines, douces, brillantes, soyeuse, beaux.

LEÇON 22 — Énoncés p. 51

Quiz-test

Bonnes réponses : **1** a). **2** a) ; b).

3 a) part-il ; b) parle-t-il ; c) dirons-nous ; d) danse-t-il ; e) comprend-il.

4 a) L'autobiographie est le récit de sa propre vie. b) L'auteur est une personne réelle alors que le narrateur peut être réel ou fictif. c) Dans l'autobiographie auteur et narrateur sont une même personne. Le narrateur, c'est l'auteur.

5 a) J'irai au cinéma avec toi demain si tu veux. b) Je n'ai pas entendu sonner le téléphone. c) Qu'est-ce que tu veux m'expliquer ? d) Quand vas-tu au CDI préparer ton exposé ?

6 **Je sais plus** est incorrect car la négation est incomplète (*Je ne sais plus*). Les autres phrases, verbales ou non verbales, sont correctes.

7 a) Je ne joue pas/plus/jamais au rugby ; b) Mon frère de 4 ans ne lit pas encore ! c) Ne sonnez pas avant d'entrer ; d) Ne pas éteindre les ordinateurs en partant ; e) Personne n'a vu le cambrioleur.

LEÇON 23 — Énoncés p. 53

Quiz-test

Bonnes réponses : **1** b) ; c). **2** a) ; b).

3 Termes mélioratifs : chef-d'œuvre, hors-pair, idéal, créateur ; termes péjoratifs : banal, médiocre, infecte, traitre, tortionnaire.

4 Théo viendra sûrement. Je suis d'accord avec vous. Il paraîtrait qu'il va pleuvoir. Je serai sans doute invité.

5 *Rancœur* est un terme négatif au milieu de sentiments positifs.

6 *Affliction* est un terme négatif au milieu de termes exprimant la joie.

7 **Colère :** indignation, fureur, courroux, emportement. **Peur :** frayeur, effroi, inquiet, anxieux, angoisse. **Surprise :** stupéfait, déconcerté, ébahi, médusé, étonnement.

8 a) passion ; b) passionnément ; c) séducteur ; d) bouleversés.

9 a) Combien j'aime les parfums de l'automne ! b) Comme je regrette ma petite enfance ! c) Quelle immense surprise !

LEÇON 24 — Énoncés p. 55

Quiz-test

Bonnes réponses : **1** a) ; c). **2** a) ; b).

3 a) … romans: *Le Père Goriot* … b) … endetté; il doit … c) … XVIIᵉ siècle ; Balzac … d) … Balzac: il faut que …

4 impassible. Il se mit … coups. Par une grâce … fatigué. Par système … Études. Le client … grognant.

5 1. a), d), e); 2. a), d), i); 3. a), e); 4. b), c), d), f); 5. a), i); 6. a), d), f), g); 7. b), d), f).

LEÇON 25 — Énoncés p. 57

Quiz-test

Bonnes réponses : **1** a) ; c). **2** c).

3 a) F. b) V. c) F. d) F. e) V.

4 a) ellipse. b) retour en arrière. c) progression chronologique. d) anticipation.

5 L'ordre du récit: **b), d), e), a), f), c).** *tout d'abord, lecture terminée, lorsque, au moment où, lorsque, finalement.*

LEÇON 26 — Énoncés p. 59

Quiz-test

Bonnes réponses : **1** b). **2** a) ; c).

3 une sphère; un œuf; concave; une volute; un anneau; une ellipse; bombé.

4 a) 3; b) 5; c) 6; d) 1; e) 10; f) 12; g) 8; h) 4; i) 7; j) 2; k) 9; l) 11.

5 virevolter; pivoter; bifurquer; tourbillonner; bondir; revenir; se creuser; trotter; circuler.

6 a) Le discours est descriptif (vocabulaire, imparfait). Le texte est une caricature : les traits sont grossis et soulignés par l'utilisation de nombreuses comparaisons. Le personnage présenté devient comique. b) Le texte est à l'imparfait, c'est le temps privilégié de la description. c) Le point de vue est externe.

LEÇON 27 — Énoncés p. 61

Quiz-test

Bonnes réponses : **1** b). **2** c).

3 a) 2; b) 5; c) 4; d) 3; e) 1.

4 a) Le pharmacien disait que c'était une femme de grands moyens qui ne serait pas déplacée dans une sous-préfecture. **b)** Elle pensait d'ailleurs qu'il ne l'aimait plus. **c)** Il répondit qu'il allait venir (que l'autre allait venir).

5 **a)** dit Charles en faisant une pirouette; répondit-il. **b)** Alors Rodolphe *demanda* si l'exercice du cheval ne serait pas bon. Comme elle *objectait* qu'elle n'avait point de cheval. Elle (...) *déclara* finalement que peut-être cela semblerait drôle. **c)** M. Rodolphe en offrit un; elle refusa ses offres. Elle (...) chercha mille excuses. L'amazone la décida.

LEÇON 28 — Énoncés p. 63

Quiz-test
Bonnes réponses : **1** a) ; b) **2** b).

3 **a)** Arg. : « L'avarice perd tout en voulant tout gagner. » Ex. : « celui dont la poule ... un œuf d'or ». **b)** Arg. : « Le romancier part à la recherche d'une vérité. » Ex. : « la figure du baron Hulot dans la Cousine Bette de Balzac ». **c)** Arg. : « les choses ... la meilleure fin ». Ex. : « les nez ... des lunettes ».

4 puisque; comme; car; parce que; à force; étant donné que; en raison de.

5 si bien que; de ce fait ; de sorte que; donc; en conséquence; par conséquent.

6 en revanche; malgré; quand bien même; mais; cependant; néanmoins; au contraire; bien que.

7 **a)** 5; **b)** 4; **c)** 2; **d)** 1; **e)** 6; **f)** 3.

Fais le bilan! — Énoncés p. 64

1 a) **2** c) **3** c) **4** c) **5** b)
6 c) **7** b) **8** b) **9** a) **10** a)

Maths

LEÇON 1 — Énoncés p. 67

Quiz-Test
Bonnes réponses : **1** b) $3 + 0 + 9 = 12$ et $12 = 3 \times 4$.
2 c) $4 \times 3 \times 25 = 300$.

3 Par 2 : **132** ; **540** ; **790**. Par 5 : **945** ; **540** ; **790**.
Par 3 : **945** ; **132** ; **540**. Par 9 : **945** ; **540**.

4 **182 ; 836 et 958 sont divisibles par 2 ;**
111 ; 741 et 5 217 sont divisibles par 3.

5 **a)** $10 = \mathbf{2 \times 5}$; $54 = 6 \times 9 = \mathbf{2 \times 3^3}$;
$540 = 54 \times 10 = \mathbf{2^2 \times 3^3 \times 5}$.
b) $100 = 10 \times 10 = \mathbf{2^2 \times 5^2}$; $42 = 6 \times 7 = \mathbf{2 \times 3 \times 7}$;
$4\,200 = \mathbf{2^3 \times 3 \times 5^2 \times 7}$.
c) $1\,000 = 10 \times 10 \times 10 = \mathbf{2^3 \times 5^3}$; $63 = 7 \times 9 = \mathbf{3^2 \times 7}$;
$63\,000 = \mathbf{2^3 \times 3^2 \times 5^3 \times 7}$.

6 **a)** $84 = 4 \times 21 = \mathbf{2^2 \times 3 \times 7}$; $72 = 8 \times 9 = \mathbf{2^3 \times 3^2}$.
b) $\frac{84}{72} = \frac{2^2 \times 3 \times 7}{2^3 \times 3^2} = \frac{(2^2 \times 3) \times 7}{(2^2 \times 3)\,(2 \times 3)} = \frac{7}{2 \times 3} = \mathbf{\frac{7}{6}}$.
c) $12 = \mathbf{2^2 \times 3}$; $\frac{12}{84} = \frac{2^2 \times 3}{2^2 \times 3 \times 7} = \mathbf{\frac{1}{7}}$;
$\frac{12}{72} = \frac{2^2 \times 3}{2^3 \times 3^2} = \frac{1}{2 \times 3} = \mathbf{\frac{1}{6}}$.

7 **a)** $A = (2 \times 3 \times 5^2) \times (2 \times 5)$; $A = B \times 10$; donc **B est un diviseur de A.**
b) La factorisation de C contient 3^2 qui n'est pas dans celle de A. Donc **C n'est pas un diviseur de A.**
c) $A = (2 \times 3 \times 5) \times (2 \times 5^2)$; $A = D \times 50$;
$B = (2 \times 3 \times 5) \times 5$; $B = D \times 5$;
$C = (2 \times 3 \times 5) \times (2 \times 3)$; $C = D \times 6$;
D est donc à la fois diviseur de A, de B et de C.
d) $C = (2 \times 3^2) \times (2 \times 5)$; $C = E \times 10$; donc **E est un diviseur de C**. E n'est un diviseur ni de A et ni de B.

LEÇON 2 — Énoncés p. 69

Quiz-Test
Bonnes réponses : **1** c) $9 - 5 = 4$.
2 b) $-7 + (-2) = -9$.

3

	3,1	– 2	– 4,7	6
–1,3	**1,8**	**–3,3**	**–6**	**4,7**
4,2	**7,3**	**2,2**	**–0,5**	**10,2**

4

a	12	–3,4	4,5	–6
b	–5,6	–4,2	9,3	7
a–b	**17,6**	**0,8**	**–4,8**	**–13**

5 $A = 15{,}8 + (-19{,}9) = \mathbf{-4{,}1}$.

6

a	5,3	–6,8	–4,7	0
–a	**–5,3**	**6,8**	**4,7**	**0**

« Le nombre noté $-a$ n'est pas toujours négatif » : **vrai**, car si a est négatif, son opposé $-a$ est un nombre positif.

7 $S = 4{,}1 + (-3{,}5) + (+7{,}2) + (-3{,}4) = \mathbf{4{,}4}$.

8 **a)** $\mathbf{-6{,}2 < -4 < -3{,}5 < -1{,}2 < 0 < 2{,}3 < 5{,}4}$.
b) $\mathbf{5{,}5 > 5{,}05 > 1{,}4 > 0 > -6 > -6{,}3 > -7}$.

9 **a)** Dans la cellule C2, on a saisi la formule « =**B2–6430** ».
b) Dans la cellule B8, on doit saisir la formule « =**SOMME(B2:B7)** ».
Dans la cellule B8, on obtiendra **40 620.**
Dans la cellule C8, on obtiendra **+ 2040.**

LEÇON 3 — Énoncés p. 71

Quiz-Test
Bonnes réponses : **1** **c) Le produit est positif.**
2 **c) 12 + 9 – 2 + 32 = 51.**

3

produit non effectué	signe du produit	produit effectué
–7 × 4	–	**– 28**
–8 × (–9)	+	**+ 72**
2,5 × (–4)	–	**–10**
5 × (–6,4)	–	**–32**

4

	1,5	–2	–3,5	0
–4	**–6**	**+8**	**+14**	**0**
2,5	**3,75**	**–5**	**–8,75**	**0**
–1	**–1,5**	**+2**	**+3,5**	**0**

5 $A = 2{,}8 \times \frac{16}{10} = 2{,}8 \times 1{,}6 = \mathbf{4{,}48}$.

$B = -3{,}5 \times \left(-\frac{5}{2}\right) = -3{,}5 \times (-2{,}5) = \mathbf{8{,}75}$.

$C = \frac{5}{4} \times (-0{,}8) = 1{,}25 \times (-0{,}8) = \mathbf{-1}$.

6

produit non effectué	signe du produit	produit effectué
–9 × 4 × 5	–	**–180**
–7 × (–9) × 10	+	**+630**
–4 × (–4) × (–5)	–	**–80**

7 $H = (-0{,}5 \times 2) \times [0{,}01 \times (-100)] = -1 \times (-1) = \mathbf{1}$.
$J = (0{,}25 \times 4) \times [10\,000 \times (-0{,}000\,1)] \times 26$
$= 1 \times (-1) \times 26 = \mathbf{-26}$.
$K = [-0{,}2 \times (-5)] \times [25 \times (-4)] \times [(-2) \times (-7)]$
$= 1 \times (-100) \times 14 = \mathbf{-1400}$.

8 **a)** Dans la cellule C2, on a saisi la formule « =**A2*B2** ».
Dans les cellules C3, C4, C5, on trouve respectivement : **76,80 ; 105,00 ; 31,20**.
b) Dans la cellule C6, on doit saisir la formule « =**SOMME(C2:C5)** ».
On obtiendra : **235,50**.

LEÇON 4 — Énoncés p. 73

Quiz-Test
Bonnes réponses :
1 **a), b) et c) Trois écritures du même nombre.**
2 **a) et b) 2,8/3,2 = 28/32 = 7/8.**

3

quotient non effectué	signe du quotient	quotient effectué
–25,6 : 100	–	**–0,256**
–3 : (–1000)	+	**+0,003**
16 : (–2)	–	**–8**
(–1,5) : (–0,5)	+	**+3**
8,4 : (–4)	–	**–2,1**

4 $\frac{-8}{6} = \mathbf{-\frac{4}{3}}$ (non décimal).

$\frac{9{,}6}{-3} = -\frac{96}{30} = -\frac{16}{5} = \mathbf{-3{,}2}$.

$\frac{-22}{-8} = \frac{11}{4} = \mathbf{2{,}75}$.

5 $12x = -28$ a pour solution $\frac{-28}{12}$, soit $\mathbf{-\frac{7}{3}}$.

$-7{,}2x = -8{,}4$ a pour solution $\frac{-8{,}4}{-7{,}2} = \frac{84}{72} = \mathbf{\frac{7}{6}}$.

6 $\frac{x}{5} = \frac{4{,}7}{4}$ s'écrit $4x = 23{,}5$; solution : **23,5/4** ou **47/8** ou **5,875**.

$\frac{x}{0{,}7} = \frac{-0{,}9}{2}$ s'écrit $2x = -0{,}63$; solution : $\mathbf{\frac{-0{,}63}{2}}$ ou $\mathbf{-\frac{63}{200}}$ ou **–0,315**.

7 La calculatrice affiche : 22 / 7 = 3,142857…
À 1 près : **3** < 22/7 < **4**.
À 0,1 près : **3,1** < 22/7 < **3,2**.
À 0,01 près : **3,14** < 22/7 < **3,15**.
L'encadrement de 22/7 est le même que celui de π, jusqu'aux centièmes, mais à 0,001 près, on a :
3,142 < 22/7 < **3,143** et **3,141** < π < **3,142**.

LEÇON 5 — Énoncés p. 75

Quiz-Test
Bonnes réponses :
1 **b) et c) –84/45 = –28/15.**
2 **a) et b)** $\mathbf{-\frac{7}{4} = -1{,}75}$.

3 $A = \frac{-2}{7} \times \frac{4}{3} = \mathbf{-\frac{8}{21}}$; $B = \frac{-3}{4} \times \frac{5}{-7} = \mathbf{\frac{15}{28}}$;
$C = -2{,}4 \times \frac{5}{7} = \mathbf{-\frac{12}{7}}$.

4 $K = \frac{21}{72} \times \frac{32}{35} = \mathbf{\frac{4}{15}}$ (simplification par $2 \times 2 \times 2 \times 3 \times 7$, ou directement par $8 \times 3 \times 7$).

$L = \frac{-63}{64} \times \frac{56}{81} = \mathbf{-\frac{49}{72}}$ (simplification par $2 \times 2 \times 2 \times 3 \times 3$, ou directement par 8×9).

5 $5x = 1$ a pour solution **1/5** ou **0,2**.
$\frac{-3}{7}x = 1$ a pour solution $\mathbf{-\frac{7}{3}}$.
$-\frac{13}{17}x = 1$ a pour solution $\mathbf{-\frac{17}{13}}$.

6 $\frac{2}{3} : \frac{5}{7} = \mathbf{\frac{14}{15}}$; $-3 : \frac{7}{3} = \mathbf{-\frac{9}{7}}$; $\frac{-4}{7} : 3 = \mathbf{-\frac{4}{21}}$;
$\frac{2{,}4}{7} : \frac{8}{2{,}1} = \mathbf{\frac{9}{100}}$; $\frac{-1{,}6}{7} : \frac{-3{,}2}{-3{,}5} = \mathbf{-\frac{1}{4}}$.

7 $-\frac{5}{6}x = \frac{4}{9}$ a pour solution $\frac{4}{9} : -\frac{5}{6}$ ou $\mathbf{-\frac{8}{15}}$.
$\frac{-3}{11}x = \frac{5}{-7}$ a pour solution $\frac{5}{-7} : \frac{-3}{11}$ ou $\mathbf{\frac{55}{21}}$.

LEÇON 6 Énoncés p. 77

Quiz-Test

Bonnes réponses : **1 c) Un dénominateur commun est 36.** **2 c)** $\mathbf{-\frac{8}{7} - \frac{21}{7} = -\frac{29}{7}}$.

3 $\frac{4}{7}+\frac{5}{7}=\mathbf{\frac{9}{7}}$; $\frac{5}{6}+\frac{-7}{6}=-\frac{2}{6}=\mathbf{-\frac{1}{3}}$;
$-3+\frac{4}{7}=-\frac{21}{7}+\frac{4}{7}=\mathbf{-\frac{17}{7}}$.

4 $M_9=\{9 ; 18...\}$; $M_6=\{6 ; 12 ; 18...\}$
$\frac{7}{9}+\frac{7}{6}=\frac{14}{18}+\frac{21}{18}=\mathbf{\frac{35}{18}}$.
$M_{12}=\{12 ; 24 ; 36...\}$; $M_{18}=\{18 ; 36...\}$
$\frac{5}{12}=\frac{15}{36}$ et $\frac{7}{18}=\frac{14}{36}$.

D'où : $\frac{5}{12}+\frac{7}{18}=\frac{15}{36}+\frac{14}{36}=\mathbf{\frac{29}{36}}$.
$M_{12}=\{12 ; 24 ; 36 ; 48...\}$; $M_{16}=\{16 ; 32 ; 48...\}$
D'où : $\frac{-5}{12}+\frac{7}{16}=\frac{-20}{48}+\frac{21}{48}=\mathbf{\frac{1}{48}}$.
$M_{15}=\{15 ; 30 ; 45...\}$; $M_9=\{9 ; 18 ; 27 ; 36 ; 45...\}$
D'où : $\frac{7}{15}+\frac{-5}{9}=\frac{21}{45}+\frac{-25}{45}=\mathbf{\frac{-4}{45}}$.

5 $\frac{4}{7}-\frac{3}{7}=\mathbf{\frac{1}{7}}$; $\frac{-2}{3}-\frac{5}{3}=\mathbf{-\frac{7}{3}}$; $\frac{2}{3}-\frac{4}{9}=\frac{6}{9}-\frac{4}{9}=\mathbf{\frac{2}{9}}$;
$\frac{5}{12}-\frac{5}{18}=\frac{15}{36}-\frac{10}{36}=\mathbf{\frac{5}{36}}$.

6 $x+2=\frac{3}{7}$ a pour solution $\frac{3}{7}-2$ ou $\mathbf{-\frac{11}{7}}$.
$x+\left(-\frac{5}{14}\right)=-\frac{5}{28}$ a pour solution $-\frac{5}{28}-\left(-\frac{5}{14}\right)$;
$-\frac{5}{28}+\frac{5}{14}=-\frac{5}{28}+\frac{10}{28}=\mathbf{\frac{5}{28}}$.

7 $E=\frac{2}{3}+\frac{4}{3}\times\frac{5}{12}=\frac{2}{3}+\frac{5}{9}=\frac{6}{9}+\frac{5}{9}=\mathbf{\frac{11}{9}}$.
$F=\frac{-4}{5}+\frac{8}{5}:\left(-\frac{1}{3}\right)=\frac{-4}{5}+\left(\frac{-24}{5}\right)=\mathbf{-\frac{28}{5}}$.
$G=\frac{2}{7}-\frac{4}{14}\times\left(-\frac{1}{2}\right)=\frac{2}{7}+\frac{1}{7}=\mathbf{\frac{3}{7}}$.

LEÇON 7 Énoncés p. 79

Quiz-Test

Bonnes réponses : **1 c) De +2,3 à –2,3.**
2 c) –8/14 > –9/14 car –8 > –9.

3 a) $12 < 17$; $-12 < 17$; $12 > -17$; $-12 > -17$.
b) $3,2 > -1,4$; $-7,5 < -4$; $-1,2 > -2,5$.
c) $4,21 > 4,2$; $-3,15 < -2,1$; $-6,125 < 5,18$.

4 a) $\mathbf{-8 < -6 < -2 < 0 < +2}$.
b) $\mathbf{+10 > +8 > +5 > -3 > -4}$.

5 a) $\frac{2,1}{3,2} > \frac{2,09}{3,2}$; $\frac{0,7}{1,5} > \frac{0,07}{1,5}$; $\frac{12,4}{5,7} < \frac{13,2}{5,7}$;
b) $\frac{7}{6} < \frac{5}{3}$; $\frac{7}{18} < \frac{4}{9}$; $\frac{8}{15} > \frac{13}{30}$.

6 $\frac{-7}{12}$ et $\frac{-5}{6}$; $\mathbf{\frac{-7}{12} > \frac{-10}{12}}$ car $-7 > -10$.
$\frac{-8}{7}$ et $\frac{15}{-14}$; $\mathbf{\frac{-16}{14} < \frac{-15}{14}}$ car $-16 < -15$.
$-\frac{7}{10}$ et $-\frac{11}{15}$; $\mathbf{\frac{-21}{30} > \frac{-22}{30}}$ car $-21 > -22$.
$\frac{3,5}{-0,9}$ et $\frac{-8}{1,8}$; $\mathbf{\frac{-70}{18} > \frac{-80}{18}}$ car $-70 > -80$ ou $\mathbf{\frac{-7}{1,8} > \frac{-8}{1,8}}$.
$\frac{7}{-2,4}$ et $\frac{5}{-1,2}$; $\mathbf{\frac{-70}{24} > \frac{-100}{24}}$ car $-70 > -100$
ou $\mathbf{\frac{-7}{2,4} > \frac{-10}{2,4}}$.

7 $\mathbf{\frac{8}{9} < \frac{9}{8}}$ car $\frac{8}{9} < 1 < \frac{9}{8}$.
$\mathbf{\frac{12}{13} < \frac{15}{14}}$ car $\frac{12}{13} < 1 < \frac{15}{14}$.
$\mathbf{\frac{2,4}{2,1} > \frac{3,2}{3,3}}$ car $\frac{2,4}{2,1} > 1 > \frac{3,2}{3,3}$.

LEÇON 8 Énoncés p. 81

Quiz-Test

Bonnes réponses : **1 b) et c)** $\mathbf{(10 \times 10) \times (10 \times 10 \times 10) = 10^5}$. **2 c) Quatre chiffres après la virgule.**

3 a) 10^{10} = **10 000 000 000** ; 10^{-5} = **0,000 01**.
b) 1 000 000 = $\mathbf{10^6}$; 0,000 1 = $\mathbf{10^{-4}}$.

4 $10^4 \times 10 = (10 \times 10 \times 10 \times 10) \times 10 = \mathbf{10^5}$.
$10^3 \times 10^5 = (10 \times 10 \times 10) \times (10 \times 10 \times 10 \times 10 \times 10) = \mathbf{10^8}$.
$(10^3)^2 = 10^3 \times 10^3 = (10 \times 10 \times 10) \times (10 \times 10 \times 10) = \mathbf{10^6}$.
$(10^4)^{-1} = (10 \times 10 \times 10 \times 10)^{-1} = \frac{1}{10 \times 10 \times 10 \times 10} = \mathbf{10^{-4}}$.
$\frac{10^5}{10^2} = \frac{10 \times 10 \times 10 \times 10 \times 10}{10 \times 10} = 10 \times 10 \times 10 = \mathbf{10^3}$.
$\frac{10^2}{10^4} = \frac{10 \times 10}{10 \times 10 \times 10 \times 10} = \frac{1}{10 \times 10} = \mathbf{10^{-2}}$.

5 a) 351×10^{-4} = **0,0351** ; 27×10^3 = **27 000** ;
$5,43 \times 10^{-2}$ = **0,0543**.
b) 325,42 = $\mathbf{3,2542 \times 10^2}$; 0,032 = $\mathbf{3,2 \times 10^{-2}}$;
–3256 = $\mathbf{-3,256 \times 10^3}$.

6 a) La notation scientifique de 0,00567 est $\mathbf{5,67 \times 10^{-3}}$ **b)** $\mathbf{10^{-3}} < 0,005\,67 < \mathbf{10^{-2}}$.

7 Distance (km) : 2 900 000 000 = $\mathbf{2,9 \times 10^9}$.
Diamètre (mm) : 0,000 000 000 4 = $\mathbf{4 \times 10^{-10}}$.

8 a) Volume de sang (en mm^3) : $\mathbf{5,2 \times 10^6}$ car
5,2 L = 5,2 dm^3 = $5,2 \times 10^3$ cm^3 = $5,2 \times 10^6$ mm^3.
b) Nombre de globules rouges : $\mathbf{2,34 \times 10^{13}}$ car $4,5 \times 10^6 \times 5,2 \times 10^6 = (4,5 \times 5,2) \times (10^6 \times 10^6) = 23,4 \times 10^{12}$
et $23,4 \times 10^{12} = 2,34 \times 10^{13}$ (notation scientifique).

LEÇON 9 Énoncés p. 83

Quiz-Test

Bonnes réponses : **1 a) –300 + 30 – 6 = –276.**
2 c) On ajoute l'opposé de la seconde somme.

3 Dans la cellule B2, on a saisi la formule « **=5*B1^2–6*B1** »

x	–3	–2	–1	0	1	2	3
$A(x)$	63	32	11	0	**–1**	**8**	**27**

4

a	–17	3,2	2,1	–4,5
b	19	–2,4	3,5	–5,2
$a–b$	**–36**	**5,6**	**–1,4**	**0,7**
$b–a$	**36**	**–5,6**	**1,4**	**–0,7**
$(a–b) + (b–a)$	**0**	**0**	**0**	**0**

b) **Les nombres $a - b$ et $b - a$ sont opposés.**
On a toujours : $a + (-b) + b + (-a) = 0$.

5 $A(x) = -5x^2 + 3x - 8$ = $\mathbf{-5x^2 + 3x + (-8)}$;
$B(x) = 7x^3 - 3x^2 - 5x + 7$ = $\mathbf{7x^3 + (-3x^2) + (-5x) + 7}$.

6 $F(x)$ = $\mathbf{4x^2 + 7 - x + 4}$ ou $4x^2 - x + 11$ après réduction. $G(x)$ = $\mathbf{3x + 4 + 5x^2 - 2x^3}$ ou $-2x^3 + 5x^2 + 3x + 4$.
Il suffit de « supprimer » les parenthèses.

7 $F(x)$ = $\mathbf{4x^2 + 7 + x + (-4)}$ ou $\mathbf{4x^2 + x + 3}$ après réduction. $G(x)$ = $\mathbf{3x + (-4) + (-5x^2) + 2x^3}$ ou $G(x)$ = $\mathbf{2x^3 - 5x^2 + 3x - 4}$.

LEÇON 10 — Énoncés p. 85

Quiz-Test
Bonnes réponses : **1** **a) et b) car $(2 - 7)x^2 = -5x^2$**
2 **c) $6x^2 - 4x^2 = 2x^2$ et $-5x - 7x = -12x$**

3 $5x + 12x = (5 + 12)x$ = $\mathbf{17x}$.
$-7{,}2x + 1{,}8x = (-7{,}2 + 1{,}8)x$ = $\mathbf{-5{,}4x}$.
$4x^2 - 7x^2 = (4 - 7)x^2$ = $\mathbf{-3x^2}$.
$3{,}2x^3 + x^3 = 3{,}2x^3 + 1x^3 = (3{,}2 + 1)x^3$ = $\mathbf{4{,}2x^3}$.

4 a) $A = 4x^2 - 7 + 6x^2 + 12$ = $\mathbf{10x^2 + 5}$. Avec $x = 10$, on a : **393 + 612 = 1005** et **1000 +5 = 1005.**
b) $B = -7x^2 + 4x - 3 + 3x^2 - 5x - 7$ = $\mathbf{-4x^2 - x - 10}$.
Avec $x = 10$, on obtient deux fois **–420**.

5 a) $A = (-7x^2 + 4x) - (2x^2 - 5x) = -7x^2 + 4x - 2x^2 + 5x$;
$\mathbf{A = -9x^2 + 9x}$. **Avec $x = 10$, on obtient –810.**
b) $B = (-4x^2 - 5x - 8) - (7x^2 - 3x + 6)$.
$B = -4x^2 - 5x - 8 - 7x^2 + 3x - 6$ = $\mathbf{-11x^2 - 2x - 14}$.
Avec $x = 10$, on obtient –1134.

6 Si on appelle a le nombre choisi au départ, on a :
$a \to a + 3 \to a(a + 3) \to a(a + 3) - a^2$.
En développant et en réduisant le résultat final, on obtient $3a$ car : $a(a + 3) - a^2 = a^2 + 3a - a^2 = 3a$.
Le résultat est donc le triple du nombre choisi au départ.

7 a) $(-3x + 12) - (5x - 9) = 0$;
$-3x + 12 + (-5x) + 9 = 0$;
$-8x + 21 = 0$; $8x = 21$;
d'où : $x = 21/8$, puis x = **2,625**.
b) $7x + 13 - (-9x + 5) = 0$; $7x + 13 + 9x - 5 = 0$;
$16x + 8 = 0$; $16x = -8$; x = **– 0,5**.

LEÇON 11 — Énoncés p. 87

Quiz-Test
Bonnes réponses : **1** **b).** **2** **a) et c).**

3 a) $-3(x + 5)$ = $\mathbf{-3x - 15}$; avec $x = 10$, on a :
-3×15 = **– 45** et $-30 - 15$ = **–45**.
b) $x^2(x - 3)$ = $\mathbf{x^3 - 3x^2}$; avec $x = 10$, on a :
100×7 = **700** et $1\,000 - 300$ = **700**.
c) $3x(x^2 - 2x + 5)$ = $\mathbf{3x^3 - 6x^2 + 15x}$; avec $x = 10$, on a :
30×85 = **2 550** et $3\,000 - 600 + 150$ = **2 550**.
d) $x^2(5 + x - 8x^2)$ = $\mathbf{5x^2 + x^3 - 8x^4}$; avec $x = 10$, on a :
$100 \times (-785)$ = **–78 500** et $500 + 1\,000 - 80\,000$ = **–78 500**.

4 a) $7x + 28$ = $\mathbf{7(x + 4)}$; avec $x = 10$, on a :
$70 + 28$ = **98** et 7×14 = **98**.
b) $5x^2 - 2x$ = $\mathbf{x(5x - 2)}$; avec $x = 10$, on a :
$500 - 20$ = **480** et 10×48 = **480**.
c) $10x^3 + 5x^2$ = $\mathbf{5x^2(2x + 1)}$; avec $x = 10$, on a :
$10\,000 + 500$ = **10 500** et 500×21 = **10 500**.
d) $6x^3 - 5x^2 + 2x$ = $\mathbf{x(6x^2 - 5x + 2)}$; avec $x = 10$, on a :
$6\,000 - 500 + 20$ = **5 520** et 10×552 = **5 520**.

5 a) **= B1 ^ 2 *(3 * B1 + 2)** ; **= B1*(3 *B1^ 2+ 2)** ;
= 3*B1 ^ 3 + 2 * B1^ 2.
b) Colonne D : **0 ; 0 ; 0** ; colonne E : **5 ; 5 ; 5** ; colonne F : **32 ; 28 ; 32**.
c) **Faux** car f(–3) = - 63 et g(–3) = -87.
Vrai car $x^2(3x + 2) = 3x^3 + 2x^2$ (identité).

6 a) Programme A : **10 12 36 56**
Programme B : **10 13 26 56**
b) Elle a raison car :
Prog. A : $x \to x+2 \to 3(x+2) \to 3(x+2) + 2x$ soit $\mathbf{5x + 6}$.
Prog. B : $x \to x+3 \to 2(x+3) \to 2(x+3) + 3x$ soit $\mathbf{5x + 6}$.

LEÇON 12 — Énoncés p. 89

Quiz-Test
Bonnes réponses : **1** **b) 49 – 14 = 35.**
2 **c) 20 – 100 = –80.**

3 a) Respectivement : **24 ; 12 ; 4 ; 0 ; 0 ; 4 ; 12.**
b) Si on appelle x le nombre choisi :
Programme long : $x \to x^2 \to 2x^2 \to 2x^2 - 2x$.
Programme court : $x \to x - 1 \to 2x(x - 1)$.
En développant, on obtient : $\mathbf{2x(x - 1)} = \mathbf{2x^2 - 2x}$.
Les deux programmes donnent donc le même résultat pour toute valeur de la variable.

4 a) Avec $x = 12$, on a : **12 → 24 → 29.**
b) On doit soustraire 5, puis diviser par 2.
L'antécédent de 12 est 3,5 car (12 – 5) : 2 = 3,5.
Trouver ce nombre revient à résoudre $\mathbf{2x + 5 = 12}$.
On a : $2x = 12 - 5$; $2x = 7$; $x = 7 : 2$; $x = 3{,}5$.

5 a) $x \to x^2 \to x^2 + 2x \to x^2 + 2x + 1$

Variable	–3	–2	–1	0	1	2	3
Résultat	**4**	**1**	**0**	**1**	**4**	**9**	**16**

b) **Les résultats sont tous des carrés d'entiers.**

6 Au bout d'un an, on a successivement :
2800 → 140 →2940 car :
$2800 \times 0,05 = 140$ et $2800 + 140 = 2940$.
Au bout d'un an, son capital est de 2940 €.
À la fin de la deuxième année, on a successivement :
2940 → 147 → 3087 car :
$2940 \times 0,05 = 147$ et $2940 + 147 = 3087$.
Au bout de deux ans, son capital est de 3087 €.
NB : on peut programmer un ordinateur (boucle informatique) pour calculer le capital au bout de n années.

LEÇON 13 — Énoncés p. 91

Quiz-Test
Bonnes réponses : **1 a), b).**
2 a) Solution commune : 1.

3 a) On développe et on réduit.
$2(x - 4) = 6 - (x - 1)$ devient $\mathbf{2x - 8 = -x + 7}$.
b) $3x = 15$ a pour **solution 15/3, soit 5.** On remplace x par 5 :
– premier membre : $2(5 - 4) = \mathbf{2}$.
– second membre : $6 - (5 - 1) = \mathbf{2}$.

4 1,5 est solution de $2x + 12 = 15$, car $2 \times 1,5 + 12 = 15$ **(égalité 15 = 15)**. 1,5 est solution de $x^2 - 4x + 3,75 = 0$, car $1,5^2 - 4 \times 1,5 + 3,75 = 0$ **(égalité 0 = 0)**. –2 n'est pas solution de $3(x - 2) = 8x$ car : $3(-2 - 2) \neq 8 \times (-2)$ **(–12 ≠ –16)**. 3 est solution de $x^3 - 5x^2 + 6x = 0$ car : $3^3 - 5 \times 3^2 + 6 \times 3 = 0$ **(égalité 0 = 0)**.
2,5 n'est pas solution de l'équation $x^3 - x = x^2 + x$ car $2,5^3 - 2,5 \neq 2,5^2 + 2,5$ **(13,125 ≠ 8,75)**.

5 a) $3x = 18$ a pour solution : 18/3 ou **6**.
b) $3 + 5x = 18$ s'écrit $5x = 15$; la solution est 15/5 soit **3**.
c) $5(x + 3) = 3(x + 5)$ s'écrit $5x + 15 = 3x + 15$, puis $2x = 0$. La solution est 0/2, soit **0**.

6 a) $9x + 50$ sur le plateau de gauche et $5x + 250$ sur celui de droite ; soit $\mathbf{9x + 50 = 5x + 250}$.
b) L'équation $9x + 50 = 5x + 250$ devient $9x - 5x = 250 - 50$; $4x = 200$; $x = 50$.
Solution : 50 ; soit 50 g pour une bille.

LEÇON 14 — Énoncés p. 93

Quiz-Test
Bonnes réponses : **1 a) b) et c) Coefficient 1,8 ; égalité 6,75 = 6,75.**
2 b) Égalité : $7x = 30,8$; $x = 30,8 : 7$.

3 a) 2,1 est le triple de 0,7 ; x est donc le triple de 0,3 ; $\mathbf{x = 0,9}$.
b) $21 = 2,1 \times 10$; $y = 0,9 \times 10$; $\mathbf{y = 9}$.
c) $23,1 = 2,1 + 21$; $z = 0,9 + 9$; $\mathbf{z = 9,9}$.

4 Premier tableau : $\mathbf{x = 4}$ car $2,1 \times x = 2,4 \times 3,5$; $x = (2,4 \times 3,5) : 2,1 = 8,4 : 2,1 = 4$.

Second tableau : $\mathbf{x = 6,3}$ car $3,3 \times x = 7,7 \times 2,7$; $x = (7,7 \times 2,7) : 3,3 = 20,79 : 3,3 = 6,3$.

5 a) L'ordonnée du point d'abscisse 3 est **3,6.**
L'abscisse du point d'ordonnée 5,4 est **4,5.**
b) Les points sont alignés avec l'origine du repère, le graphique est associé à un tableau de proportionnalité.
c)

0	2	3	**4,5**	5
0	**2,4**	**3,6**	5,4	**6**

× 1,2

LEÇON 15 — Énoncés p. 95

Quiz-Test
Bonnes réponses : **1 b) 7860 : 10 480 = 0,75 soit 75%. 2 a) 20 000 cm = 200 m.**

3 a) Pinsons : **63 filles** car $84 \times \frac{75}{100} = 63$.
Canaris : **12 filles** car $48 \times \frac{25}{100} = 12$.
b) Effectif total : 132 choristes dont 75 filles car $84 + 48 = 132$ et $63 + 12 = 75$.

Effectif total	132	100
Nombre de filles	75	x

$132 \times x = 75 \times 100$; $x = (75 \times 100) : 132$; $x \approx 56,8$;
Soit environ **57 % de filles** dans la réunion des chorales.

4 a) Au 1er janvier 2021 : **77 250 habitants** car $75\,000 \times 0,03 = 2\,250$ et $75\,000 + 2\,250 = 77\,250$.
b) Au 1er janvier 2022 : environ **79 568 habitants** car $77\,250 \times 0,03 = 2\,317,5$ et $77\,250 + 2\,317,5 = 79\,567,5$.
c) 4 568 habitants de plus sur 75 000 soit une augmentation en deux ans d'environ **6,09 %** car $\frac{79\,568 - 75\,000}{75\,000} \times 100 \approx 6,0906...$

5 a) 1 cm sur la carte représente 250 000 cm sur le terrain soit 2,5 km.
Distance minimale : 20 km car $8 \times 2,5 = 20$.
Distance maximale : 22,5 km car $9 \times 2,5 = 22,5$.
Différence : 2,5 km car $22,5 - 20 = 2,5$.
b) 9 cm – 8cm = 1 cm et 1 cm sur la carte représente 2,5 km sur le terrain.

6 a) Si on appelle x, y et z les trois parts (en €) on doit avoir :
$\frac{x}{a} = \frac{y}{b} = \frac{z}{c} = \frac{x + y + z}{a + b + c} = \frac{4\,200}{6} = 700$.
D'où : $\mathbf{x = 700}$ **€,** $\mathbf{y = 1\,400}$ **€** et $\mathbf{z = 2\,100}$ **€** car $700 \times 1 = 700$; $700 \times 2 = 1\,400$ et $700 \times 3 = 2\,100$.
b) Si on appelle x, y et z les trois parts (en €) on doit avoir :
$\frac{x}{3} = \frac{y}{27} = \frac{z}{10} = \frac{x + y + z}{3 + 27 + 10} = \frac{4\,200}{40} = 105$.
D'où : $\mathbf{x = 315}$ **€,** $\mathbf{y = 2\,835}$ **€** et $\mathbf{z = 1\,050}$ **€** car $105 \times 3 = 315$; $105 \times 27 = 2\,835$ et $105 \times 10 = 1\,050$.

LEÇON 16 Énoncés p. 97

Quiz-test

Bonnes réponses : **1 c) $10^2 - 3 = 97$.**
2 a) $5x + 3 = 10$; $5x = 7$; $x = 1{,}4$.

3 a) Au moment du départ : **60 battements par minute.**
Après 20 min de course : **140 battements par minute.**
b) Fréquence cardiaque maximale : **160 battements par minute.**
c) La fréquence cardiaque de ce coureur est de 120 battements/min après **40 min de course.**

4 a) 36 € pour 60 min c'est 0,6 € pour 1 min car 36 : 60 = 0,6 soit pour x minutes : $\boldsymbol{y = 0{,}6x + 50}$.
b) **On doit payer 104 €** car $0{,}6 \times 90 + 50 = 104$;
c) **La réparation a duré 2 h** car $0{,}6x + 50 = 122$;
$0{,}6x = 72$; $x = 72 : 0{,}6$; $x = 120$ min soit 2 h.

5 a) Au bout de 0,1 s la tension mesurée est égale à **3 Volts.**
b) 80 % de 5V c'est 4 V car $\frac{80}{100} \times 5 = 4$.
D'après ce graphique, **la tension atteint 4 V après 0,2 s.**

LEÇON 17 Énoncés p. 99

Quiz-Test

Bonnes réponses : **1 b) 11,5 pour Léon, 11,3 et 10,4 pour les autres.** **2 c) Entre la 9e et la 10e valeur.**

3 a) 1er trim. : $\frac{12 + 15 + 7 + 2 + 18 + 10}{6} = \frac{64}{6} \approx \mathbf{10{,}7}$.
2e trim. : $\frac{8 + 18 + 17 + 5 + 4}{5} = \frac{52}{5} = \mathbf{10{,}4}$.
3e trim. : $\frac{13 + 14 + 16 + 12}{4} = \frac{55}{4} = \mathbf{13{,}75}$.
b) Moyenne des 15 notes : $\frac{171}{15} = \mathbf{11{,}4}$.
Moyenne des 3 moyennes : $\frac{34{,}85}{3} \approx \mathbf{11{,}6}$.

4 a) Par ordre croissant : **2 – 4 – 5 – 7 – 8 – 10 – 12 – 12 – 13 – 14 – 15 – 16 – 17 – 18 – 18.**
b) Il y a 15 notes ; $15 = 2 \times 7 + 1$. La médiane est **12** (c'est la 8e note de la série ordonnée ; il y a 7 notes avant et 7 notes après).

5 a) $\frac{14 \times 2 + 6 \times 3}{5} = 9{,}2$. **La moyenne est 9,2.**
b) $\frac{6 \times 2 + 14 \times 3}{5} = 10{,}8$. **La moyenne serait 10,8.**

6 a) Dans la cellule B5, on a saisi la formule « **=SOMME(B2:B4)/3** » ou la formule « **=MOYENNE(B2:B4)** ».
b) Le prix moyen est **3,08 €** environ car :
$\frac{2{,}30 + 3{,}15 + 3{,}80}{3} = \frac{9{,}25}{3} \approx 3{,}08$.

LEÇON 18 Énoncés p. 101

Quiz-Test

Bonnes réponses : **1 b) c) 3/6 = 1/2 = 0,5.**
2 a), c) 4/32 = 0,125.

3 Il y a 7 jetons en tout.
a) 4 jetons sont rouges ; probabilité : **4/7.**
b) 3 jetons sont pairs (rouge : 2 et 4, bleu : 2) ; probabilité : **3/7.**
c) 2 jetons sont rouges et pairs ; probabilité : **2/7.**

4 a)

	6	7	8	9
6	36	42	48	54
7	42	49	56	63
8	48	56	64	72
9	54	63	72	81

b) 12 produits sur 16 sont des multiples de 3 ; **la probabilité d'obtenir un multiple de 3 est égale à 12/16** ou **3/4** après simplification.
c) 8 produits sur 16 sont des multiples de 9 (36 ; 54 ; 54 ; 63 ; 63 ; 72 ; 72 ; 81).
La probabilité d'obtenir un multiple de 9 est égale à 8/16 soit 1/2 ou 0,5.

5 a) Les 6 issues manquantes sont, de haut en bas : **ppf ; pfp ; pff ; fpp ; fpf ; ffp.**
b) 2 tirages sont favorables (ppp ; fff) ;
probabilité : **2/8** ou **1/4.**
c) Les 6 autres issues ne donnent pas trois fois le même résultat ; probabilité : **6/8** ou **3/4.**

LEÇON 19 Énoncés p. 103

Quiz-Test

Bonnes réponses : **1 b) $10 < 8 + 9$.**
2 a), b) et c) car les triangles sont superposables (1er cas d'égalité).

3 a) *ABC* est équilatéral :
$\widehat{ABC} = \widehat{BCA} = \widehat{CAB} = 60°$. $\widehat{ACD} = \widehat{BCA} = 60°$;
$\widehat{ADC} = 30°$ car : $180° - (90° + 60°) = 30°$.
b) Dans l'ordre :
– on trace le segment [*AC*] de 2 cm ;
– on trace, dans un même demi-plan de frontière (AC), deux arcs de cercles de 2 cm de rayon, l'un de centre *A*, l'autre de centre *C* ;
– on appelle *B* l'intersection des deux arcs ;
– on trace les segments [*BA*] et [*BC*] ;
– on trace, dans le demi-plan de frontière (*AC*) ne contenant pas *B*, une demi-droite [*Ax* perpendiculaire en *A* à (*AC*) et une demi-droite [*Cy* telle que $\widehat{ACy} = 60°$.
– on appelle *D* l'intersection de [*Ax* et [*Cy*.

4 a) Les triangles ABC et ADC sont tels que $AC = AC$ (côté commun) ; $\widehat{BAC} = \widehat{DAC}$ (bissectrice de $\widehat{BAD}$) et $\widehat{BCA} = \widehat{DCA}$ (bissectrice de $\widehat{BCD}$) ; alors **les triangles sont superposables** (1er cas d'égalité).
b) Les éléments correspondants sont égaux ; d'où : $\boldsymbol{\widehat{ABC} = \widehat{ADC}}$, ***AB = AD et CB = CD***.
c) On vient de prouver que $AB = AD$ et $CB = CD$.
Or : « si un point est équidistant des extrémités d'un segment, il est sur la médiatrice de ce segment ».
Donc A et C appartiennent à la médiatrice de $[BD]$; **la droite (*AC*) est la médiatrice de [*BD*].**
Remarque : on en déduit que les triangles ABC et ADC sont symétriques par rapport à la droite (AC).

5 a) Les triangles AOB et COD sont tels que : $AB = CD$; $OA = OC$ (rayons du cercle) et $OB = OD$ (rayons du cercle) ; **les triangles *AOB* et *COD* sont superposables** (3e cas d'égalité).
b) Les éléments correspondants de ces triangles sont égaux, en particulier : $\boldsymbol{\widehat{AOB} = \widehat{COD}}$.
Remarque : on démontre ainsi que « dans un cercle, des cordes égales sont associées à des angles au centre égaux ».

LEÇON 20 — Énoncés p. 105

Quiz-Test
Bonnes réponses : **1** **b) (Théorème de Thalès).** **2** **a) (Réciproque de Thalès).**

3 On sait que (MN) // (BC), le théorème de Thalès donne : $\frac{AM}{AB} = \frac{AN}{AC} = \frac{MN}{BC}$; $\frac{2,5}{3,5} = \frac{AN}{4,9}$;
AN = (2,5 × 4,9) : 3,5 ; **AN = 3,5 cm.**
NC = 1,4 cm car 4,9 – 3,5 = 1,4.

4 a) On calcule : $\frac{KI}{KL} = \frac{8}{32} = \frac{1}{4}$; $\frac{KJ}{KM} = \frac{11}{44} = \frac{1}{4}$.
D'où : $\frac{KI}{KL} = \frac{KJ}{KM}$; on en déduit **(IJ) // (LM)** (réciproque du théorème de Thalès).
b) On sait maintenant que (IJ) // (LM) ; le théorème de Thalès donne : $\frac{KI}{KL} = \frac{KJ}{KM} = \frac{IJ}{LM} = \frac{1}{4}$. D'où : $\frac{IJ}{60} = \frac{1}{4}$;
IJ = (60 × 1) : 4 ; **IJ = 15 mm.**

5 a) M' est le milieu de [PM], par suite $\frac{PM'}{PM} = \frac{1}{2}$.
N' est le milieu de [PN], par suite $\frac{PN'}{PN} = \frac{1}{2}$.
D'où l'égalité : $\frac{PM'}{PM} = \frac{PN'}{PN}$; le théorème réciproque de Thalès permet d'affirmer : **(M'N') // (MN).**

b) Sachant que (M'N') // (MN), le théorème de Thalès donne : $\frac{PM'}{PM} = \frac{PN'}{PN} = \frac{M'N'}{MN} = \frac{1}{2}$.
De l'égalité $\frac{M'N'}{MN} = \frac{1}{2}$ on tire $M'N' = \frac{1}{2}MN$;
M'N' est égale à la moitié de MN.

6 a) On sait que O est le milieu de [FH], on en déduit $\frac{FO}{FH} = \frac{1}{2}$.
On sait que (OP) // (HG) ; le théorème de Thalès donne : $\frac{FO}{FH} = \frac{FP}{FG} = \frac{OP}{HG} = \frac{1}{2}$; de l'égalité $\frac{FP}{FG} = \frac{1}{2}$ on tire $FP = \frac{1}{2}FG$;
P est donc le milieu de [FG].
b) De l'égalité $\frac{OP}{HG} = \frac{1}{2}$ on tire $OP = \frac{1}{2}HG$ et **OP est égal à la moitié de HG.**

LEÇON 21 — Énoncés p. 107

Quiz-Test
Bonnes réponses : **1** **b) $\sqrt{130}$; 11,4 n'est qu'une valeur approchée.** **2** **b) [PM] est l'hypoténuse et $\widehat{N}$ l'angle droit.**

3 Le théorème de Pythagore appliqué au triangle PQR rectangle en R donne :
a) $PQ^2 = RP^2 + RQ^2$ soit $PQ^2 = 6^2 + 8^2$; $PQ^2 = 100$, d'où $PQ = \sqrt{100}$ et $\boldsymbol{PQ = 10}$ **cm.**
b) $PQ^2 = RP^2 + RQ^2$ soit $PQ^2 = 9,5^2 + 6,7^2$; $PQ^2 = 135,14$, d'où $PQ = \sqrt{135,14}$ et $\boldsymbol{PQ \approx 11,6}$ **cm.**

4 Le théorème de Pythagore appliqué au triangle OHK rectangle en O donne :
a) $HK^2 = OH^2 + OK^2$; $13^2 = OH^2 + 5^2$; d'où : $OH^2 = 169 - 25$; $OH^2 = 144$; $OH = \sqrt{144}$; $\boldsymbol{OH = 12}$ **cm.**
b) $HK^2 = OH^2 + OK^2$; $11^2 = OH^2 + 7,5^2$; d'où : $OH^2 = 64,75$; $OH = \sqrt{64,75}$; $\boldsymbol{OH \approx 8}$ **cm.**

5 Les diagonales du losange $ABCD$ sont perpendiculaires et se coupent en leur milieu O.
D'où : $OA = 9$ mm ; $OB = 16$ mm. Le théorème de Pythagore, appliqué au triangle AOB rectangle en O, donne : $AB^2 = AO^2 + OB^2$, soit $AB^2 = 9^2 + 16^2 = 337$ et $AB = \sqrt{337}$; $AB \approx 18,4$. **Les côtés ont pour longueur environ 18,4 mm.**

6 $276^2 + 115^2 = 76\ 176 + 13\ 225 = 89\ 401$. $299^2 = 89\ 401$. Par suite on a : $276^2 + 115^2 = 299^2$. L'égalité de Pythagore est vérifiée ; **cette voile a la forme d'un triangle rectangle.**

7 a) D'après la position de la corde : $AB = 4$, $AC = 3$ et $BC = 5$. $AB^2 = 16$, $AC^2 = 9$ et $BC^2 = 25$. Donc $BC^2 = AB^2 + AC^2$. L'égalité de Pythagore est vérifiée ; ABC est rectangle (réciproque du théorème de Pythagore) donc $\boldsymbol{\widehat{BAC}}$ **est un angle droit.**
b) On aurait $AB = AC = 3$ et $BC = 6$. $BC^2 = 6^2 = 36$. $AB^2 + AC^2 = 3^2 + 3^2 = 18$. $BC^2 \neq AB^2 + AC^2$.
Le triangle ne serait pas rectangle.

LEÇON 22 — Énoncés p. 109

Quiz-Test
Bonnes réponses : **1** **a) et c).** **2** **b) et c).**

3 On a : $\cos \widehat{C} = \frac{CA}{CB} = \frac{16}{36} = \frac{4}{9}$; $\boldsymbol{\widehat{C} \approx 64°}$.
4 a) $BC^2 = 6,5^2 = 42,25$;
$AB^2 + AC^2 = 3,9^2 + 5,2^2 = 42,25$;

$BC^2 = AB^2 + AC^2$ (l'égalité de Pythagore est vérifiée) ;
Le triangle ABC est donc rectangle en A.

b) On a : $\cos \widehat{C} = \dfrac{CA}{CB} = \dfrac{5{,}2}{6{,}5}$; $\widehat{\mathbf{C}} \approx \mathbf{37°}$.

5 a) *« Si un triangle est inscrit dans un cercle ayant pour diamètre un de ses côtés, alors ce triangle est rectangle (et le diamètre du cercle en est l'hypoténuse) ».* **ABC est donc rectangle en A.**

b) On a : $\cos \widehat{C} = \dfrac{CA}{CB} = \dfrac{4}{6} = \dfrac{2}{3}$; $\widehat{\mathbf{C}} \approx \mathbf{48°}$.

6 a) ABC est rectangle en A ; $BA = BC \times \cos \widehat{B}$;
$BA = 50 \times \cos 25°$; **BA ≈ 45 mm.**

b) ABC est inscrit dans un cercle de diamètre [BC], il est donc rectangle en A ; $BA = BC \times \cos \widehat{B}$;
$BA = 4 \times \cos 40°$; **BA ≈ 3 cm.**

c) $\widehat{B} + \widehat{C} = 55° + 35° = 90°$; le triangle ABC a deux angles aigus complémentaires, c'est donc un triangle rectangle.
$CA = CB \times \cos 35° = 5 \times \cos 35°$.
$BA = BC \times \cos 55° = 5 \times \cos 55°$.
$p = BC + CA + BA$.
Par suite : $p = 5 + 5 \times \cos 35° + 5 \times \cos 55°$;
$\mathbf{p = 5(1 + \cos 35° + \cos 55°)}$.
La calculatrice donne $p \approx 12$ cm.

LEÇON 23 — Énoncés p. 111

Quiz-Test
Bonnes réponses : **1 a) ; b) et c). 2 a).**

3 a) ABCD est un parallélogramme, d'où : (AB) // (DC).
Par suite : (AF) // (EC).
(AE) ⊥ (BD) et (CF) ⊥ (BD) donnent (AE) // (CF).
AFCE est un parallélogramme car ses côtés opposés sont parallèles (définition).

b) Dans ABCD, O est le milieu de la diagonale [AC].
Dans AFCE, les diagonales [AC] et [EF] se coupent en leur milieu ; **O est donc le milieu de [EF].**

4 a) I milieu de [AB] et K milieu de [AC] donne $\dfrac{AI}{AB} = \dfrac{AK}{AC} = \dfrac{1}{2}$.
D'où : **(IK) // (BC)** d'après la réciproque du théorème de Thalès.
De même **(JK) // (BA)** car J et K sont les milieux de [CB] et [CA].

b) BJKI est un parallélogramme car il a ses côtés opposés parallèles.

c) BJI a pour image JCK car B ↦ J ; J ↦ C et I ↦ K.

5 a)

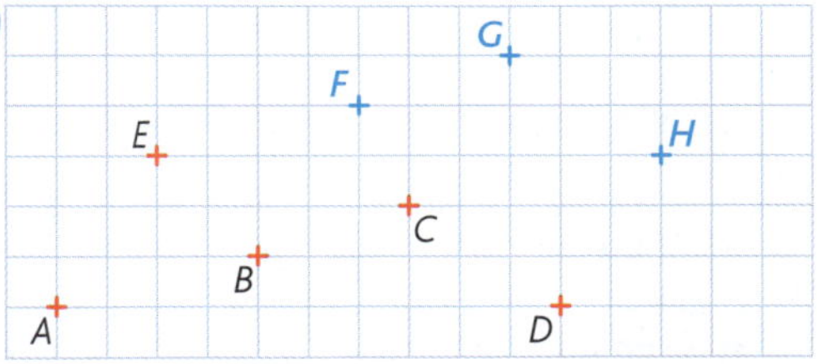

b) (AE) // (BF) // (CG) // (DH) ; AE = BF = CG = DH.

6 a)

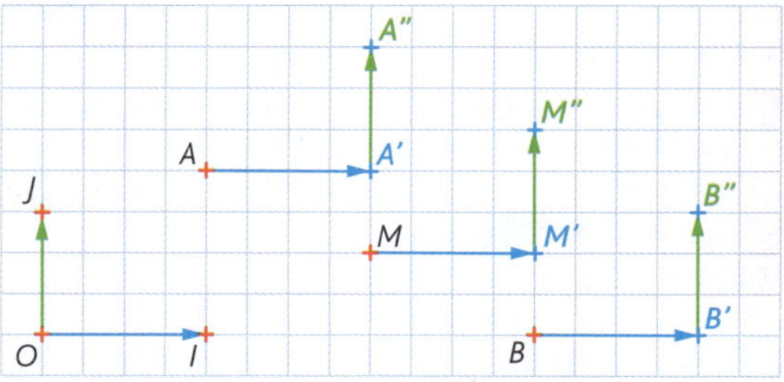

b) La translation conserve l'alignement et les distances, elle conserve donc les milieux ; d'où : **M' est le milieu de [A'B'] ; M'' est le milieu de [A'' B''].**

LEÇON 24 — Énoncés p. 113

Quiz-Test
Bonnes réponses : **1 c). 2 b).**

3 a) On sait que (MN) // (AB) ; d'où : $\dfrac{SM}{SA} = \dfrac{SN}{SB} = \dfrac{MN}{AB}$ (Théorème de Thalès) ; $\dfrac{27}{36} = \dfrac{MN}{28}$;
$MN = (27 \times 28) : 36$; **MN = 21 mm.**

b) Aire du carré MNPQ : 441 mm² car $21^2 = 441$.

4 a) Dans SPH : (RK) // (PH) et PH = 22 mm car 44 : 2 = 22.
D'où : $\dfrac{SR}{SP} = \dfrac{SK}{SH} = \dfrac{RK}{PH}$; $\dfrac{RK}{22} = \dfrac{21}{28}$ (théorème de Thalès).
RK = 16,5 mm car (22 × 21) : 28 = 16,5.

b) Aire disque de rayon RK : 855 mm²
car $\pi \times 16{,}5^2 \approx 855$.

5 a) Dans AEF, rectangle en E : $AF^2 = AE^2 + EF^2$ (égalité de Pythagore) ;
$AF^2 = 2^2 + 2^2 = 8$; $\mathbf{AF = \sqrt{8}}$ **cm** (environ 2,8 cm).
De même dans AEH : $\mathbf{AH = \sqrt{8}}$ **cm.**

b) Dans EFG, rectangle en F, on trouve $\mathbf{EG = \sqrt{8}}$ **cm.**
Dans AEG, rectangle en E : $AG^2 = AE^2 + EG^2$;
$AG^2 = 2^2 + 8$; $AG^2 = 12$ et $\mathbf{AG = \sqrt{12}}$ **cm** (environ 3,5 cm).

c) Patron de la pyramide :

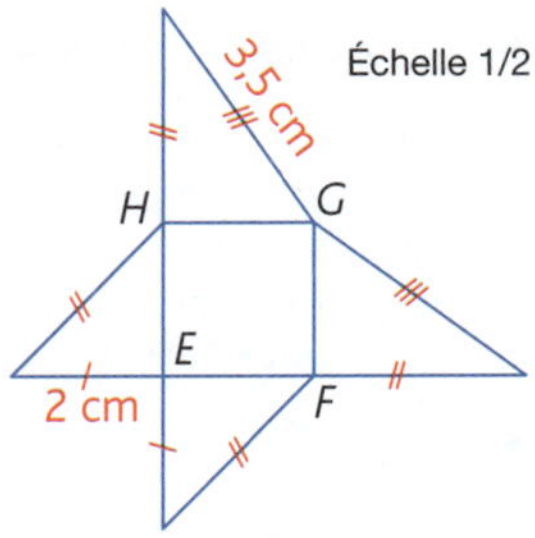

LEÇON 25 — Énoncés p. 115

Quiz-Test
Bonnes réponses : **1 a) et c) 24 × 60 = 1440 ; 1440 × 60 = 86 400. 2 c) 1 L = 1 dm³ = 1000 cm³.**

3 a) 240 000 dam^2 = **2400 hm^2** ; 3,25 km^2 = **325 hm^2.**
b) Son aire est égale à **205 200 m^2,** soit **20,52 hm^2**, soit aussi 2052 dam^2 ou **2052 ares.**

4 a) 3,5 dm^3 = **3500 cm^3** ; 45 250 mm^3 = **45,25 cm^3.**
b) Son volume est égal à **27 dm^3** car $V = 3^3 = 27$, soit **27 000 cm^3**.

5 a) 280 500 L = **2805 hL** ; 3580 daL = **358 hL.**
b) $\pi \times 2^2 \times 12 = 48\pi$, soit environ 151 m^3 ou 151 000 dm^3.
La cuve a une capacité de **151 000 L**, soit **1510 hL.**

6 a) 530 = 60 × 8 + 50 ; 530 min = **8 h 50 min.**
915 = 60 × 15 + 15 ; 915 min = **15 h 15 min.**
b) 1048 = 60 × 17 + 28 ; 1048 min = 17 h 28 min.
Il met 17 h 28 min pour faire 10 tours.

7 a) 2,510 GW = **2510 MW**; 0,000 325 TW = **325 MW.**
b) 1 250 000 MW = **1250 GW ;** 2,5 TW = **2500 GW.**

LEÇON 26 — Énoncés p. 117

Quiz-Test
Bonnes réponses : **1** **a) (5 × 6) : 2 = 15.**
2 **c) 452 cm^2 n'est qu'une approximation.**

3 a) **Aire 4,86 dm^2** car 2,7 × 1,8 = 4,86.
b) Aire après réduction : **2,16 dm^2** car $4{,}86 \times \left(\frac{2}{3}\right)^2 = 2{,}16$.

4 a) **Périmètre environ 57,5 m** car
$2 \times 9{,}15 \times \pi \approx 57{,}5$.
b) **Aire environ 263 m^2** car $9{,}15^2 \times \pi \approx 263$.
c) Après réduction à l'échelle $\frac{1}{20}$, l'aire est multipliée par $\left(\frac{1}{20}\right)^2$ soit $\frac{1}{400}$;
l'aire est égale à 65,8 dm^2 car $9{,}15^2 \times \pi \times \frac{1}{400} \approx 0{,}658$ et 0,658 m^2 = 65,8 dm^2.

5 Le demi-disque de diamètre [*AB*] a pour rayon 20 mm ; son aire est égale à 200 π mm^2 car $(\pi \times 20^2) : 2 = 200\pi$.
Le demi-disque de diamètre [*AO*] a pour rayon 10 mm ; son aire est égale à 50 π mm^2 car $(\pi \times 10^2) : 2 = 50\pi$.
L'aire de la partie découpée est égale à **100 π mm^2** car $50\pi \times 2 = 100\pi$.
L'aire de la partie colorée est aussi égale à **100 π mm^2** car $200\pi - 100\pi = 100\pi$.

6 a) **Aire ABC = 8 U.A** car $\frac{BC \times AH}{2} = \frac{4 \times 4}{2} = 8$.
(JL) // (BC) ; AJL est une réduction de ABC (Théorème de Thalès) ; le rapport de réduction *k* est tel que $k = \frac{AJ}{AC} = \frac{AL}{AB} = \frac{AK}{AH} = \frac{2}{4} = \frac{1}{2}$.
Le rapport des aires est égal à $\left(\frac{1}{2}\right)^2$ soit $\frac{1}{4}$.
Aire AJL = 2 U.A car $8 \times k^2 = 8 \times \frac{1}{4} = 2$.
b)

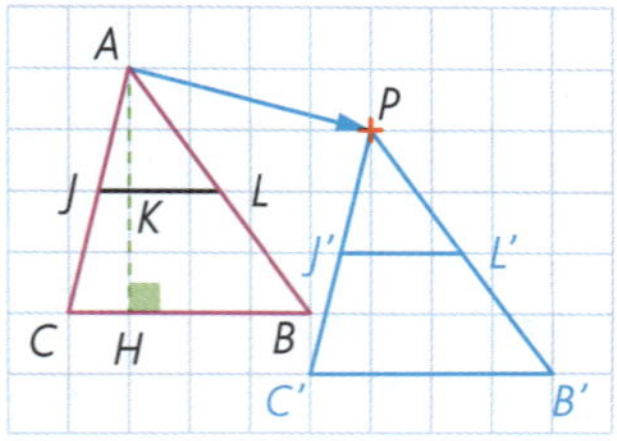

c) La translation conserve les aires ; par suite : **aire PB'C' = 8 U.A et aire PJ'L' = 2 U.A.**

LEÇON 27 — Énoncés p. 119

Quiz-Test
Bonnes réponses : **1** **b).** **2** **b).**

3 a) $V = \frac{B \times h}{3}$; $V = \frac{4 \times 6}{3}$; $\boldsymbol{V = 8}$ **m^3**.
b) $B = \frac{3V}{h}$; $B = \frac{3 \times 12}{2}$; $\boldsymbol{B = 18}$ **m^2**.
c) $h = \frac{3V}{B}$; $h = \frac{3 \times 8}{3}$; $\boldsymbol{h = 8}$ **m.**

4 a) $V = \frac{B \times h}{3}$; $V = \frac{5 \times 3}{3}$; $\boldsymbol{V = 5}$ **m^3**.
b) $B = \frac{3V}{h}$; $B = \frac{3 \times 6}{10}$; $\boldsymbol{B = 1{,}8}$ **m^2**.
c) $h = \frac{3V}{B}$; $h = \frac{3 \times 4}{6}$; $\boldsymbol{h = 2}$ **m.**

5 Aire ABC = $\frac{AB \times AC}{2} = \frac{2{,}4 \times 2{,}7}{2}$;
Aire ABC = 3,24 m^2.
$V = \frac{B \times h}{3}$; $V = \frac{3{,}24 \times 3{,}3}{3}$; $\boldsymbol{V = 3{,}564}$ **m^3**.
La pyramide SA'B'C' est une réduction de la pyramide SABC ; le rapport de réduction *k* est tel que : $k = \frac{2{,}2}{3{,}3} = \frac{2}{3}$; les volumes sont dans le rapport k^3 soit $\left(\frac{2}{3}\right)^3$ ou $\frac{8}{27}$; $V' = V \times \frac{8}{27}$; $\boldsymbol{V' = 1{,}056}$ **m^3.**

6 a) Rayon : 20 cm ; $V = \frac{\pi \times 20^2 \times 30}{3}$;
$\boldsymbol{V = 4000\,\pi}$ **cm^3** ; soit environ 12 566 cm^3.
b) Le cône de sommet S et de base D' est une réduction du cône de sommet S et de base D ; le rapport de réduction *k* est tel que $k = \frac{SO'}{SO} = \frac{15}{30} = \frac{1}{2}$.
$\boldsymbol{V' = 500\,\pi}$ **cm^3** car $4000\,\pi \times \left(\frac{1}{2}\right)^3 = 500\,\pi$;
soit environ 1571 cm^3.
c) $\boldsymbol{V'' = 3\,500\,\pi}$ **cm^3** car $4000\,\pi - 500\,\pi = 3\,500\,\pi$; soit environ 10 996 cm^3 ou 11 dm^3 ou 11 L.

LEÇON 28 — Énoncés p. 121

Quiz-Test
Bonnes réponses : **1** **b) 120 + 120 + 60 = 300.**
2 **b) 2 h 30 min = 2,5 h ; 12 : 2,5 = 4,8.**

3 • 1 h 50 min = 110 min ; 150 : 110 ≈ 1,364.
La vitesse de l'autobus est d'environ **1,364 km/min.**
Soit **81,8 km/h** car (150 : 110) × 60 ≈ 81,8.
• 5000 : 13 ≈ 384,6. La vitesse du coureur est environ **384,6 m/min**, soit environ **23 km/h** car : (5 : 13) × 60 ≈ 23,1.
• 200 : 20 = 10. La vitesse du sprinter est **10 m/s**, soit **36 km/h** car (10 × 3600) : 1000 = 36.

4 a) Elle imprime **123 caractères en 1 s** et **7380 caractères en une minute** car 4920 : 40 = 123 et 123 × 60 = 7380.

b) 10 000 : 123 ≈ 81,3. Elle met **81 s et 3 dixièmes** pour imprimer 10 000 caractères.

5 **a)** Elle débite **2,5 L/s** car 150 : 60 = 2,5.
Elle débite **9000 L/h** car 150 × 60 = 9000.
b) La capacité du bassin est de 45 000 L car 5 × 4,5 × 2 = 45 et 45 m^3 = 45 000 dm^3 = 45 000 L.
Elle met 5 h pour vider le bassin car 45 000 : 9000 = 5.

6 **a)** La distance parcourue est telle que $d = vt$.
À 100 km/h, en 1 h 30 min, il parcourt 150 km car :
1 h 30 min = 1,5 h et 100 × 1,5 = 150.
À 60 km/h, en 1 h 30 min, il parcourt 90 km car :
60 × 1,5 = 90.
1 h 30 + 1 h 30 = 3 h ; 150 km + 90 km = 240 km.
En 3 h, il a parcouru 240 km ; sa vitesse moyenne est égale à **80 km/h** car 240 : 3 = 80.
b) La durée est telle que $t = d/v$.
Pour parcourir 90 km à la vitesse moyenne de 100 km/h, il met 0,9 h, soit 54 min, car 90 : 100 = 0,9 et 0,9 × 60 = 54.
Pour parcourir 90 km à la vitesse moyenne de 60 km/h, il met 1,5 h, soit 1 h 30 min, car 90 : 60 = 1,5 et 1,5 h = 1 h 30 min.
54 min + 1 h 30 min = 144 min ;
90 km + 90 km = 180 km.
Il a parcouru 180 km en 144 min ; sa vitesse moyenne est égale à **1,25 km/min, soit 75 km/h,** car 180 : 144 = 1,25 et 1,25 × 60 = 75.
c) La moyenne des vitesses est **80 km/h** car $\frac{100 + 60}{2} = 80$. **Dans le premier cas, la vitesse moyenne est égale à la moyenne des vitesses sur chaque portion du trajet.**

7 **a)** La vitesse moyenne minimale est égale à **24,6 km/h** car
1,6 × 10 = 16 ; 16 : 39 ≈ 0,410 et 0,410 × 60 = 24,6.
b) 1 L pour 2300 km, soit $\frac{1}{2300}$ L pour 1 km et $\frac{16}{2300}$ L pour 16 km, soit une **consommation d'environ 0,007 L (7 mL).**

Fais le bilan ! Énoncés p.122

1 b) **2** b) **3** a) **4** b) **5** a)
6 c) **7** b) **8** a) **9** c) **10** c)

Anglais

LEÇON 1 Énoncés p. 125

Quiz-test
Bonnes réponses : 1 c). 2 a) ; b).

3 **a)** Do ; **b)** is ; **c)** are.

4 **a)** love ; **b)** are shining ; **c)** kisses.

5 **a)** Mary is rarely at home on Saturdays ; **b)** She often goes to the ice-rink ; **c)** Does Mary's father sometimes drive her ?

6 **a)** I always have breakfast at seven. **b)** The cat is sleeping on the armchair. **c)** My sister sometimes carries her friend's books.

7 **a)** What are you interested in ? **b)** Who does he usually have a coffee with ? **c)** What is he watching at the moment ? **d)** Where does he rush every morning ?

LEÇON 2 Énoncés p. 127

Quiz-test
Bonnes réponses : 1 a) ; c). 2 b).

3 **a)** using ; **b)** to work ; **c)** to speak ; **d)** being ; **e)** playing ; **f)** running-sailing.

4 **a)** 3 ; **b)** 4 ; **c)** 1 ; **d)** 2 ; **e)** 5.

5 **a)** The police want <u>Inspector Clever to inquire about yesterday's burglary</u>. = The police want **him** to inquire … **b)** The burglar expects <u>the police to arrest him</u>. = He expects **them** to arrest him. **c)** The Editor asked <u>Kate to interview the burglar</u>. = The editor asked **her** to interview … **d)** Inspector Clever makes the <u>burglar frighten</u>. = Inspector Clever makes **him** frighten.

6 **a)** I'd like to become a class representative. **b)** Our teacher wants us to vote again. **c)** My stepmother likes giving parties. **d)** I can't stand my aunt.

LEÇON 3 Énoncés p. 129

Quiz-test
Bonnes réponses : 1 b) ; c). 2 a) ; c).

3 **a)** walked - missed ; **b)** divorced - invited ; **c)** found ; **d)** didn't exist ; **e)** gave.

4 **a)** played ; **b)** found - took ; **c)** went - saw ; **d)** ate ; **e)** stopped ; **f)** made.

5 **a)** They got married in 2011. **b)** She wore a lovely white dress. **c)** No, they spent their honeymoon in Seychelles.

6 **a)** My father studied Chinese at secondary school (high school in America). **b)** Two years ago, his boss sent him to China. **c)** He worked there from January to April.

LEÇON 4 Énoncés p. 131

Quiz-test
Bonnes réponses : 1 a) ; c). 2 a).

3 a) didn't ; b) Did ; c) were ; d) wasn't ; e) weren't - was ; f) Were – was.

4 a) was watching – rang ; b) were gardening – heard ; e) was opening - escaped ; f) were fishing - fell.

5 a) There was one car in the garage. b) Peter bumped into a stopped bus while he was driving the children to school. c) I was having a bath when you phoned. d) While I was painting the garden gate, it started to rain cats and dogs.

6 a) He arrived as she was leaving. b) My parents were watching their soap opera when the light went out.

LEÇON 5 — Énoncés p. 133

Quiz-test
Bonnes réponses : **1** **a) ; b).** **2** **c).**

3 a) the biggest ; b) more mountainous ; c) the most mysterious ; d) better ; e) cleverer ; f) the brightest.

4 a) so ; b) neither ; c) neither ; d) so.

5 a) as ; b) more ; c) the most ; d) stronger ; e) than.

6 a) I don't like listening to rappers and neither does my brother. b) My geography teacher is stricter than my art teacher. c) Kathy is the cleverest girl in the class.

LEÇON 6 — Énoncés p. 135

Quiz-test
Bonnes réponses : **1** **a) ; b).** **2** **a) ; b).**

3 a) have seen ; b) have decided ; c) has been (On emploie been parce qu'il est rentré des États-Unis.) ; d) Have you ever tried … ? e) I've read ; f) has broken … has stolen.

4 a) ever ; b) ever (ou already) - never ; c) never - already ; d) yet ; e) yet.

5 a) How many films has Sylvester Stallone been in ? b) What have Hank and Laura bought in Los Angeles ? c) What has he just read ? d) Where have they never been ? e) Who has Sandy written to ? f) Why has she always feared mice ?

6 a) I've never seen the film *Everest*. b) This writer has already sold 2 million books.

LEÇON 7 — Énoncés p. 137

Quiz-test
Bonnes réponses : **1** **b).** **2** **c).**

3 a) for ; b) since ; c) for ; d) for ; e) since ; f) since ; g) for ; h) since.

4 a) She's been in France **since** 2010. b) I've caught a cold **since** Sunday. c) She has waited for her **for** twenty minutes. d) The crossing lasted **for** one hour and a half yesterday. e) They've moved **since** June 1st ; f) I've studied English **for** three years.

5 a) My uncle has been ill (sick) for six months. b) My brother has worked at the post office since July. c) I've collected stamps for a long time. d) Mary played the guitar during the weekend. e) The football match has lasted for ninety-five minutes.

LEÇON 8 — Énoncés p. 139

Quiz-test
Bonnes réponses : **1** **b) ; c).** **2** **a).**

3 a) will stay ; b) I won't use ; c) Will you help ; d) He'll never forget ; e) will hug ; f) won't agree.

4 a) He'd prefer ; b) …would you like … ; c) wouldn't live ; d) I'd like.

5 a) They'll eat - they arrive ; b) I'm ready - I'll tell … ; c) the bell rings, they'll rush ; d) When we have - we'll buy ; e) makes - will mow.

6 a) 6 ; b) 1 ; c) 2 ; d) 3 ; e) 4 ; f) 5.

LEÇON 9 — Énoncés p. 141

Quiz-test
Bonnes réponses : **1** **a) ; b).** **2** **b).**

3 a) I won't watch the soap opera **if** my parents … b) I **will** (**'ll**) give you a ring if … . c) What do you need a computer **for** ? d) **Would** you like to become a teacher ? e) I'd tell you if I **was** (**were**) guilty.

4 a) I'd play ; b) won ; c) she'll visit ; d) wouldn't buy ; e) were ; f) Would you like.

5 a) I need money to buy a loaf of bread. b) He ordered a bean soup yesterday because it sounded good. c) My girlfriend will need a new smartphone to take pictures. d) I've phoned the police because I've heard a shot.

6 a) What do you suggest (to do) ? b) What does he need £50 for ? c) Why do you hate history ?

LEÇON 10 — Énoncés p. 143

Quiz-test
Bonnes réponses : **1** **c).** **2** **a) ; c).**

3 a) Ø music ? - **the** piano. b) Ø Princess - Ø hockey. c) Ø thrillers - **the** thriller. d) **the** cheesecake - at Ø school ; e) to Ø bed before Ø dinner. f) Ø England -

the United Kingdom - **the** Republic of Ireland - **the** European Union.

4 a) many; b) much; c) many; d) many; e) much.

5 a) Most; b) A lot of (ou lots of); c) A few; d) all.

6 You just need **a few** ingredients : **a little** flour, **a few** apples, **a little** butter, **a little** sugar, **a little** water and a pinch of salt.

LEÇON 11 Énoncés p. 145

Quiz-test

Bonnes réponses : **1** a) ; c). **2** b).

3 a) which; b) who; c) Ø (which); d) Ø (which); e) where; f) Ø (which); g) whose.

4 a) How; b) so; c) What a; d) How; e) such; f) What.

5 a) La proposition relative est en gras. **which sells goods overseas**. b) **who has played in a lot of films**. c) **whose books are well-known**. d) **I don't always like**. (which pour introduire la relative I don't always like ne serait pas faux mais il est préférable d'omettre le relatif complément d'objet direct). e) **where you can learn a lot of things**.

LEÇON 12 Énoncés p. 147

Quiz-test

Bonnes réponses : **1** c). **2** a); c).

3 a) can; b) can't; c) can't - Can; d) can't.

4 a) must; b) must; c) mustn't; d) must; e) mustn't.

5 a) When will he be allowed to watch television ? b) Why can't they play with us ? c) What does Mike have to do ? d) Who was able to solve the problem yesterday ? e) What time did Peter have to be in New York last Monday ?

6 a) I must (have to) leave early tomorrow morning. b) I'll manage to be ready. c) My father can play chess but he can't ride a horse. d) Our friends might divorce. e) You're not late. You needn't hurry.

LEÇON 13 Énoncés p. 149

Quiz-test

Bonnes réponses : **1** b). **2** a); c).

3 a) said; b) asked; c) told; d) asked.

4 Les verbes à la voix passive sont soulignés. a) has; b) <u>is polluted</u>; c) have; d) <u>are made</u>; e) <u>is kept</u>.

5 a) was hurt; b) has been swept; c) will (probably) be discovered d) was written.

6 a) They said they wanted to reach England. b) He asked John where the murderer hid. c) She asked him if he could help her. d) She asked him to look after his baby brother. e) Anna told her boyfriend she would help him tomorrow.

Fais le bilan ! Énoncés p.178

1 b) **2** a) **3** a) **4** b) **5** b)
6 c) **7** a) **8** c) **9** a) **10** b)

Espagnol

LEÇON 1 Énoncés p. 151

Quiz-test

Bonnes réponses: **1** b). **2** b).

3 a) el, la. b) un. c) la, los. d) las.

4 a) La chica saluda a su amiga. b) La doctora habla con la vecina. c) La autora escribe a su hija. d) La estudiante escucha a la profesora.

5 a) El hermano pequeño tiene un juego. b) El niño come con su tío. c) El empleado está enfermo.

6 a) Los alumnos van a las escuelas. b) Los profesores dan las clases a los alumnos. c) Los hermanos pequeños tienen unos juguetes.

7 a) El turista hace fotos (hace una foto) del monumento. b) El deportista saluda al aficionado con la mano abierta. c) El colombiano está contento con el rey. d) El conductor del autobús va al aeropuerto.

LEÇON 2 Énoncés p. 153

Quiz-test

Bonnes réponses : **1** a) ; c). **2** b).

3 a) entro, entramos. b) corro, corremos. c) cruzo, cruzamos. d) abro, abrimos. e) leo, leemos.

4 a) contar. b) entender. c) preparar. d) preguntar. e) comprender.

5 a) saludan. b) bajáis. c) busco. d) compramos. e) puede ; f) pintas.

6 a) juego. b) pierden. c) empiezas. d) cuesta. e) entiende. f) vuelvo.

7 a) conozco. b) conduzco. c) concluyo. d) cojo. e) traduzco. f) obedezco.

LEÇON 3 — Énoncés p. 155

Quiz-test

Bonnes réponses : 1 a). 2 a) ; c).

3 a) hago, haces. b) pongo, pones. c) salgo, sales. d) traigo, traes. e) voy, vas.

4 a) tú te despiertas. b) ellos se duermen. c) vosotros os divertís. d) yo me visto. e) nosotros nos preparamos. f) se lava.

5 a) Yo voy a Italia en abril. b) Yo tengo un teléfono móvil. c) Yo vengo de Madrid. d) Yo sé la lección. e) Salgo del cine.

6 a) Usted se acuesta a las once de la noche. b) Tú te pones las zapatillas de deportes cuando vas a correr. c) Las chicas se visten con abrigo porque hace mucho frío. d) ¿Cómo os llamáis vosotros?

LEÇON 4 — Énoncés p. 157

Quiz-test

Bonnes réponses : 1 a) ; b). 2 a) ; b).

3 a) mi. b) nuestros. c) sus. d) tu.

4 a) este, ese. b) estos, esos. c) esta. d) esa.

5 a) 4 ; b) 1 ; c) 2 ; d) 3.

6 a) Es su casa. b) Son sus libros. c) ¿Es vuestro perro? d) Son sus abuelos.

7 a) Es el nuestro. b) Es la vuestra. c) Son las suyas. d) Son los tuyos.

LEÇON 5 — Énoncés p. 159

Quiz-test

Bonnes réponses : 1 b). 2 b).

3 a) están. b) es. c) estás. d) estáis. e) somos.

4 a) 3 ; b) 1 ; c) 2 ; d) 4.

5 a) son ; la ville ; le pays d'origine. b) está ; la position. c) es ; la profession. d) estamos ; le temps. e) estáis ; la situation.

6 es ; está ; somos ; es ; es ; es ; es ; soy ; está ; está.

7 a) La madre está preocupada, su hija está mala (enferma). b) Estoy de vacaciones, estoy contento. c) Es mi vecino, es panadero.

LEÇON 6 — Énoncés p. 161

Quiz-test

Bonnes réponses : 1 b). 2 a).

3 a) ¿Cómo se llama...? b) ¿Cuántos años tienes...? c) ¿Qué estudias...? d) ¿Cuándo empiezan...?

4 a) ¿Cuándo...? b) ¿De qué...? c) ¿Cómo...? d) ¿Cuáles...?

5 a) ¿Cómo te llamas? b) ¿Cuántos años tienes? c) ¿Quiénes son tus padres?

6 a) ¿Cuántos años tiene tu hermana? Mi hermana tiene veinte años. b) ¿Cómo vienen tus amigos? Mis amigos vienen en tren. c) ¿Cuándo llega nuestro primo? Nuestro primo llega el viernes.

7 a) ¿Cuál es tu país preferido? b) ¿Cuándo vamos al cine? c) ¿Qué quiere comer usted? d) ¿Dónde están sus libros?

LEÇON 7 — Énoncés p. 163

Quiz-test

Bonnes réponses : 1 c) 2 a).

3 a) dio, daba. b) estuvo, estaba. c) volvió, volvía. d) abrió, abría. e) durmió, dormía. f) puso, ponía

4 a) había pintado. b) han visto. c) he escuchado. d) habíamos ido. e) habéis vuelto. f) habías vivido

5 a) Hemos hecho nuestras compras en el supermercado. b) El partido de fútbol ha terminado a las cinco y media. c) Fue al médico porque está enferma. d) El año pasado había venido a Valencia en tren.

6 a) Siempre ha venido a mi cumpleaños. b) Me he lavado las manos antes de comer. c) Ya hemos estudiado el subjuntivo. d) En esa época, los abuelos no habían visto mucho la televisión.

Allemand

LEÇON 1 — Énoncés p. 165

Quiz-test

Bonnes réponses : 1 b). 2 c).

3 a) ein Brot. b) einen Liter Milch. c) ein Kilo Karotten. d) eine Flasche Ketchup. e) ein Glas Mayonnaise. f) einen Becher Erdbeerjoghurt.

4 a) Also, das ist meinØ Vater. Er heißt Ben. b) Meine Mutter heißt Lara. c) Sie spricht mit meinem Bruder Nils. d) Auf diesem Foto siehst du meinen Onkel Tom. e) Meine Schwester Anna heißt wie meine Großmutter. f) Und das sind Finn und Leonie, meine Cousins.

5 a) „Was sollen wir Jule zu ihrem Geburtstag kaufen? Hast du eine Idee?" b) „Hmm... Wir können ihren Bruder fragen." c) „Oder mit ihrer Mutter sprechen." d) „Du, Jule kocht gerne. Wir könnten ihr einØ Kochbuch schenken." e) „Ja, klasse! Oder wir schenken ihr einen Kochkurs." f) „Hast du ihre Sporttasche gesehen? Sie ist kaputt." g) „Ich finde die Idee mit dem Kochkurs am besten!"

6 uns → **c** – dich → **d** – der Frau → **e** – dem Mann → **a** – den Lehrer → **f** – euch → **g** – ihrer Tochter → **b**.

LEÇON 2 — Énoncés p. 167

Quiz-test
Bonnes réponses : **1** b). **2** c).

3 **a)** Hi, das ist Paul, mein bester Freund. **b)** Pauls Mutter kommt aus England. **c)** Sie arbeitet als Dolmetscherin. **d)** Paul spricht perfekt Englisch! **e)** Er hat viel Glück! **f)** Paul isst am liebsten Vanilleeis. **g)** Er sieht gern fern und liest nur Mangas.

4 **a)** „Kannst du mir bitte helfen? Ich muss für den Biologieunterricht ein Referat machen." **b)** „Wie lange soll dein Referat dauern?" **c)** „Der Lehrer hat gesagt, ich muss drei Minuten sprechen und ich darf auch ein paar Fotos zeigen. Er will aber keine Videos haben. Er mag Videos nicht."

5 **a)** Ich kaufe immer auf dem Markt ein. **b)** Sie vergisst immer ihre Hausaufgaben. **c)** Machst du bitte das Fenster auf? **d)** Wir nehmen unser Fahrrad in die Ferien mit. **e)** Ich bekomme von meiner Tante immer ein total tolles Geschenk. **f)** Die Schüler schreiben die Vokabeln ab.

6 **a)** Niko fährt mit dem Bus in die Stadt. **b)** Er trifft seine Freundin und lädt sie ins Kino ein. **c)** Sie trinken Eistee und Nikos Freundin isst Popcorn. **d)** Aber Niko schläft, der Film ist nicht interessant.

LEÇON 3 — Énoncés p. 169

Quiz-test
Bonnes réponses : **1** b). **2** a) ; c).

3 **a)** spielen / haben. **b)** schwimmen / sein. **c)** tanzen / haben. **d)** laufen / sein. **e)** bleiben / sein. **f)** sein / sein. **g)** singen / haben. **h)** haben / haben.

4 **a)** Anton war mit seiner Schwester im Skatepark. **b)** Sie hatten gestern Nachmittag keine Schule. **c)** Ihr Lehrer war krank. **d)** Warst du auch im Skatepark? **e)** Ach ja! Du hattest ja Schule! **f)** Schade, deine Lehrer waren nicht krank!

5

M	I	T	G	E	K	O	M	M	E	N	G
V	+	+	+	+	+	+	G	+	E	E	E
+	E	+	+	+	+	E	+	B	+	N	T
+	+	R	+	N	F	+	E	+	E	N	R
+	+	+	S	A	E	I	+	S	+	O	O
+	+	+	L	T	R	G	S	+	+	G	F
+	+	L	+	H	A	E	N	+	+	E	F
+	E	+	C	+	G	N	+	A	+	B	E
N	+	S	+	E	+	+	D	+	G	+	N
+	E	+	G	+	G	E	L	E	G	E	N
G	N	E	N	N	O	W	E	G	N	+	G
+	+	+	+	+	+	+	+	+	+	+	+

gefallen – gewonnen – gelegen – geschrieben – getroffen – verstanden – gegangen – begonnen – mitgekommen – gegessen

6 ist … gefahren – haben … gewohnt – waren / hat … organisiert – hat … entdeckt – hat … besucht – war / hat … gegessen – waren.

LEÇON 4 — Énoncés p. 171

Quiz-test
Bonnes réponses : **1** b). **2** a).

3 **a)** Er freut sich, weil die Sonne scheint. **b)** Ich mache viel Sport, weil ich fit bleiben will. **c)** Sie kauft Äpfel, weil sie einen Apfelkuchen backen will. **d)** Ich möchte eine Katze, weil ich Tiere mag.

4 **a)** Sie glaubt, dass Kim gut singen kann. **b)** Der Lehrer ist sicher, dass Laura krank ist. **c)** Ich denke, dass der Film langweilig ist. **d)** Bist du sicher, dass Leonie Hunde mag?

5 **a)** Er fragt sich, ob das Auto viel kostet. **b)** Sie weiß nicht, ob Finn Handball spielt. **c)** Sie wissen nicht, ob Elias Fisch isst. **d)** Wir fragen uns, ob Mama das Geschenk gefällt.

6 **a)** Die Lehrerin will wissen, ob die Schüler die Vokabeln gelernt haben. **b)** Lisa denkt, dass sie die Vokabeln gut kann. **c)** Daniel ist gestresst, weil er sie nicht gelernt hat. **d)** Die Lehrerin sagt, dass die Schüler ein Blatt nehmen sollen. **e)** Sie wissen nicht, ob sie eine gute Note bekommen werden

LEÇON 5 — Énoncés p. 173

Quiz-test
Bonnes réponses : **1** a). **2** b).

3 **a)** Er ist älter als seine Frau. **b)** Die Poststraße ist kürzer als die Schillerstraße. **c)** Mein Hund ist schwärzer als meine Katze. **d)** Die Schüler der 7. Klasse sind jünger als die Schüler der 8. Klasse. **e)** Ich darf länger auf der Party bleiben als meine Freundin. **f)** Die blaue Hose ist moderner als die grüne Hose.

4 **a)** Emilia ist nicht so groß wie ihre Schwester. **b)** Das alte Handy ist nicht so modern wie das neue Handy. **c)** Frau Klein ist nicht so nett wie Herr Münter. **d)** Meine Tasche ist nicht so schön wie deine Tasche.

5 **a)** Luca spielt besser Tennis als Timo. **b)** Er isst mehr als sie. **c)** Berlin hat interessantere Museen als Frankfurt. **d)** Der Tiger rennt schneller als der Elefant.

6 **a)** Er ist der jüngste. **b)** Sie sind die ältesten. **c)** Es ist das schnellste. **d)** Sie ist die beste. **e)** Er ist der größte. **f)** Sie ist die kürzeste.

LEÇON 6 — Énoncés p. 175

Quiz-test
Bonnes réponses : **1** a). **2** c).

3 a) Wo wohnst du? b) Wohin geht sie? c) Wo treffen wir uns? d) Wohin fährst du? e) Wohin wollt ihr? f) Wo ist es schön?

4 a) 5. b) 3. c) 4. d) 2. e) 1.

5 Hi Max, wie sind deine Ferien in Ø Österreich? Oder bist du in die Schweiz gefahren? Ich bin hier in Ø Köln. Gestern war ich in dem Schokolademuseum. Einfach super! Heute will ich in den Kölner Dom gehen. Im Moment bin ich in dem/einem Restaurant und esse eine leckere Currywurst. Morgen fahren wir noch nach Ø Bonn und gehen in das Beethovenhaus. Bis bald! Dein Samuel

6 a) Elsa und ihre Mutter fahren in das Stadtzentrum. b) In den Ferien gehe ich jeden Tag an den Strand. c) Lena fährt zu ihrer Tante. d) Möchtest du nach Wien fliegen? e) Am Mittwoch schlafe ich bei meinem Freund. f) Lara fährt nach Spanien.

LEÇON 7 Énoncés p. 177

Quiz-test
Bonnes réponses : **1** c). **2** a) ; c).

3 a) Ich habe keine Lust, ins Theater zu gehen. b) Er hat vor, seiner Mutter ein Geschenk zu machen. c) Sie hofft, nicht krank zu werden. d) Es macht Tom keinen Spaß, Handball zu spielen. e) Es gefällt Lina, in einem Chor zu singen.

4 a) Ich wünsche mir, einen Hund zu haben. b) Du musst dir ein moderneres Handy Ø kaufen. c) Niko hat vor, im Unterricht besser mitzumachen. Er möchte bessere Noten Ø haben. d) Herr Kahn geht Ø einkaufen. e) Dieses Jahr habe ich vor, in die Theater-AG zu gehen. f) Die Mutter lässt ihr Baby Ø schlafen.

5 a) Sie fährt nach Deutschland, um besser Deutsch zu sprechen. b) Sarah braucht deine Telefonnummer, um dich anzurufen. c) Ich freue mich aufs Wochenende, um lange zu schlafen. d) Du konzentrierst dich, um im Deutschunterricht besser aufzupassen. e) Er hilft seiner Mutter, um mehr Taschengeld zu bekommen.

6 a) Ich muss noch meine Hausaufgaben machen. b) Ich habe keine Lust, ihn morgen zu treffen. c) Ich mache schnell meine Matheübungen, um Computer zu spielen. d) Ich habe vor, nach Italien zu fahren. Ich möchte Rom besichtigen. e) Es beginnt / fängt an zu regnen. f) Wir kaufen Äpfel, um einen Kuchen zu backen.

Histoire-Géographie-Enseignement moral et civique

LEÇON 1 Énoncés p. 181

Quiz-test
Bonnes réponses : **1** a) ; b). **2** a) ; c).

3 a) La principale activité du port est le commerce maritime avec les colonies et le commerce du vin. b) Le commerce avec les colonies permet l'enrichissement de la ville, dont la population augmente. Bordeaux s'agrandit avec la construction de nombreux bâtiments, dont des hôtels. c) Le port de Bordeaux se lance dans le commerce négrier à partir du milieu du XVIIIe siècle.

4

	La vie politique	La société
Montesquieu	– Séparer les trois pouvoirs	– Protéger les libertés du peuple
Rousseau	– Partager les pouvoirs – Instaurer une république	– Protéger les libertés et améliorer l'égalité

5 Rousseau veut imposer le principe d'égalité, tout en sachant qu'elle ne sera jamais totale. Voltaire pense que l'égalité est impossible à instaurer dans la société.

LEÇON 2 Énoncés p. 183

Quiz-test
Bonnes réponses : **1** a). **2** a) ; b) ; c).

3 a) Montesquieu, Rousseau, Voltaire sont des écrivains, des philosophes des Lumières. b) Ces textes sont rédigés au XVIIIe siècle. c) Montesquieu prône la séparation des pouvoirs exécutif, législatif et judiciaire.

LEÇON 3 Énoncés p. 185

Quiz-test
Bonnes réponses : **1** b) ; c). **2** a).

3 a) Les deux périodes comparées sont : le temps de la monarchie absolue (avant la Révolution), et la monarchie constitutionnelle (constitution de 1791) pendant la Révolution. b) La Révolution impose le partage des pouvoirs du roi. c) Tous les citoyens doivent payer des impôts. d) Le peuple a le pouvoir de voter. e) La liberté et l'égalité sont les droits du peuple défendus par la Révolution.

LEÇON 4 Énoncés p. 187

Quiz-test
Bonnes réponses : **1** a). **2** b) ; c).

3 Ce tableau a été peint en 1877, c'est-à-dire quarante ans après la construction de la gare Saint-Lazare, en 1837.

4 **a)** Le charbon a permis la création des machines à vapeur et la fabrication d'acier. **b)** Le quartier de la gare Saint-Lazare a été modifié par l'installation des voies ferrées, la construction du pont de l'Europe et de nouveaux immeubles.

5 L'invention du chemin de fer a modifié la vie quotidienne car le train facilite les déplacements des personnes, qui peuvent aller plus vite et plus loin, découvrir de nouvelles régions et il permet l'augmentation des échanges de marchandises.

LEÇON 5 Énoncés p. 189

Quiz-test
Bonnes réponses : **1** a) ; c). **2** b).

3 **a)** Les deux empires les plus vastes sont les empires espagnol et portugais en 1815 ; les empires britannique et français en 1914. **b)** Le continent le plus colonisé est l'Amérique latine en 1815 ; l'Afrique en 1914.

LEÇON 6 Énoncés p. 191

Quiz-test
Bonnes réponses : **1** c). **2** a).

3 **a)** La caricature est réalisée en 1834. Le roi Louis-Philippe d'Orléans est au pouvoir. **b)** Le roi est le personnage assis, le républicain est celui qui est debout. **c)** Le roi apparaît riche, il consomme un repas très copieux, il est de forte corpulence, ce qui sous-entend qu'il mange plus qu'à sa faim. À l'opposé, le républicain est maigre, mal habillé, semble pauvre.

4 **a)** Cette caricature est une critique contre le roi. **b)** Cette caricature dénonce la richesse du roi et la misère du peuple. **c)** Le mécontentement de la population a abouti à une révolution (1848), qui a entraîné le départ du roi Louis-Philippe d'Orléans et la mise en place de la IIe République.

LEÇON 7 Énoncés p. 193

Quiz-test
Bonnes réponses : **1** a) ; b). **2** a).

3

THÈMES	ÉVÉNEMENTS
Plus de libertés	6, 8, 10
Le droit à l'école pour les enfants	4, 5, 7
La valorisation de la République	2, 3, 7
La lutte contre l'influence de l'Église	7, 11

LEÇON 8 Énoncés p. 195

Quiz-test
Bonnes réponses : **1** a). **2** c).

3 **a)** L'espace A réunit des gratte-ciel ; il s'agit d'un quartier des affaires situé en centre-ville. L'espace B est un espace périphérique, constitué d'un bidonville. **b)** Un quartier des affaires a été construit dans le quartier A. **c)** Les quartiers indiqués par la lettre B sont habités par des familles très pauvres.

4 **a) et b)**

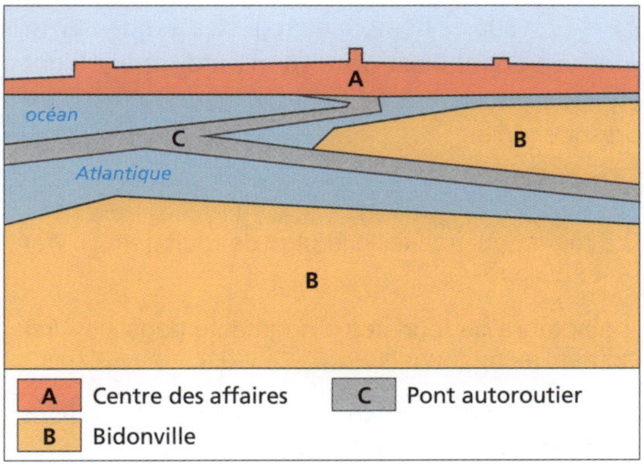

LEÇON 9 Énoncés p. 197

Quiz-test
Bonnes réponses : **1** b) ; c). **2** a) ; c).

3

4 **a)** Les plus puissantes sont : Tokyo et New York. Ensuite, les autres villes monde puissantes sont : Los Angeles, Chicago, Londres et Paris. **b)** New York, Tokyo, Londres et Paris.

LEÇON 10 Énoncés p. 199

Quiz-test

Bonnes réponses : 1 a). 2 a) ; b).

3 Il faut relier :
« Pays à très forte immigration » à « Arabie saoudite » ;
« Pays à forte immigration » à « États-Unis » et « France » ;
« Pays à très forte émigration » à « Kazakhstan » ;
« Pays à forte émigration » à « Mexique » et « Maroc ».

LEÇON 11 Énoncés p. 201

Quiz-test

Bonnes réponses : 1 a) ; b). 2 a) ; b).

3 **a)** En 1995, le nombre de touristes est de 527 millions. En 2019, il est de 1,46 milliard. **b)** Il y a donc eu une forte augmentation (le nombre de touristes a presque triplé).

4

La région qui accueille le plus de touristes est l'Europe.	Vrai
Le nombre de touristes a augmenté dans toutes les régions.	Vrai
Les Amériques ont connu la plus forte augmentation du nombre de touristes.	Faux
L'Asie/Pacifique a dépassé les Amériques comme région d'accueil des touristes.	Vrai

LEÇON 12 Énoncés p. 203

Quiz-test

Bonnes réponses : 1 a). 2 a) ; c).

3 **a)** Les trois principaux pôles sont l'Amérique du Nord (les États-Unis surtout), l'Europe de l'Ouest (Union européenne) et l'Asie (Japon, pays émergents). **b)** Les principaux partenaires des pays d'Amérique du Nord sont : les pays d'Amérique du Nord, puis ceux d'Asie et d'Europe de l'Ouest. Les principaux partenaires des pays d'Europe de l'Ouest sont : les pays d'Europe de l'Ouest, puis ceux d'Asie et d'Amérique du Nord. Les principaux partenaires des pays d'Asie sont les pays d'Asie puis ceux d'Amérique du Nord et d'Europe de l'Ouest.

4 Les principaux flux (en milliards de dollars)

plus de 800 — 300 à 800 — 100 à 300

plus de 4 000 — 3 000 à 4 000 — 1 000 à 3 000 — moins de 1 000

LEÇON 13 Énoncés p. 205

Quiz-test

Bonnes réponses : 1 b). 2 b).

3

a) Des espaces au cœur de la mondialisation
- le Nord-Est, cœur du pays et de l'espace mondial
- la *Sunbelt* : centre national et mondial pour la haute technologie
- les espaces les plus dynamiques de la *Sunbelt*
- grandes plaines agricoles : le « grenier » du monde

b) Les métropoles dans la mondialisation
- métropoles mondial
- autres villes importantes
- mégalopole

c) Les principaux flux liés à la mondialisation
- main-d'œuvre étrangère attirée par les États-Unis
- migrations de populations vers les régions les plus dynamiques
- principales façades maritimes (ports importants)

d) Les espaces les moins dynamiques
- régions de montagne : les Rocheuses

LEÇON 14 Énoncés p. 207

Quiz-test

Bonnes réponses : 1 a) ; b). 2 a) ; c).

3 **a)** Les deux jeunes ont commis un braquage. **b)** R. B. est mineur alors que son complice est majeur.

4 **a)** La sanction est moins lourde pour le mineur, car le tribunal pour enfant tient compte de la gravité du délit mais aussi de l'âge des délinquants. **b)** La peine prononcée contre le mineur coupable de braquage respecte la loi, qui prévoit des peines de prison pour les mineurs coupables des délits les plus graves.

Fais le bilan ! Énoncés p.208

1 a) **2** b) **3** b) **4** c) **5** c)
6 b) **7** c) **8** b) **9** a) **10** c)

LEÇON 1 Énoncés p. 211

Quiz-test

Bonnes réponses : 1 a) ; c). 2 b).

3 a)

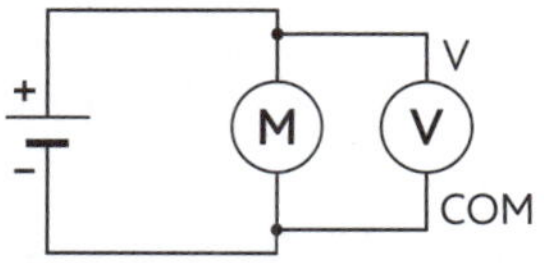

b) Un voltmètre se branche en dérivation aux bornes du dipôle.

4 a) On peut lire la tension nominale de la lampe. b) Pour fonctionner normalement, cette lampe doit recevoir une tension proche de sa tension nominale, soit 9 volts.

c)

Tension reçue	fonctionnement
3V	Sous-tension
9V	Tension nominale
12V	surtension

5 a) Les lampes L1 et L2 sont branchées en dérivation. b) Dans ce circuit, il faut utiliser la loi d'unicité des tensions. c) L'égalité $U_{\text{pile}} = U_{\text{lampe 1}} = U_{\text{lampe 2}}$ décrit ce circuit.

6 a) Pour mesurer la tension, on a utilisé un voltmètre. b) La tension dans ce circuit est décrite par l'égalité $U_{\text{générateur}} = U_{\text{moteur}} + U_{\text{lampe}}$. c) La tension reçue par le moteur est : $U_{\text{moteur}} = U_{\text{générateur}} - U_{\text{lampe}} = 12 - 7 =$ 5 volts.

LEÇON 2 Énoncés p. 213

Quiz-test

Bonnes réponses : 1 b) ; c). 2 b) ; c).

3 a)

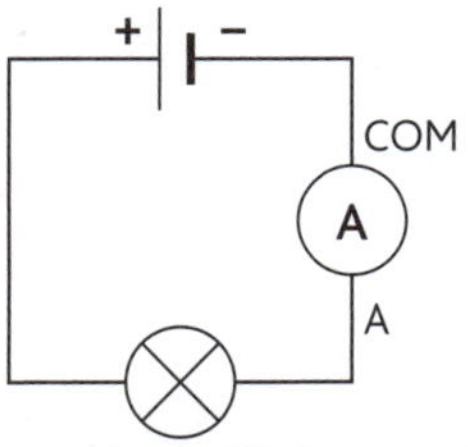

b) L'appareil de mesure utilisé est un ampèremètre. Il est branché en série. c) La valeur mesurée est l'intensité du courant, qui est 0,24 ampère.

4 a) faux ; b) vrai ; c) vrai ; d) vrai.

5 a)

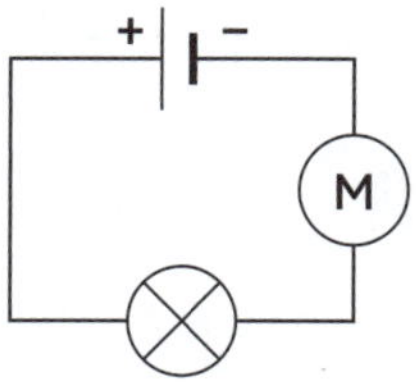

b) Les dipôles sont reliés en série car le circuit respecte la loi d'unicité des intensités.

6 a) et b)

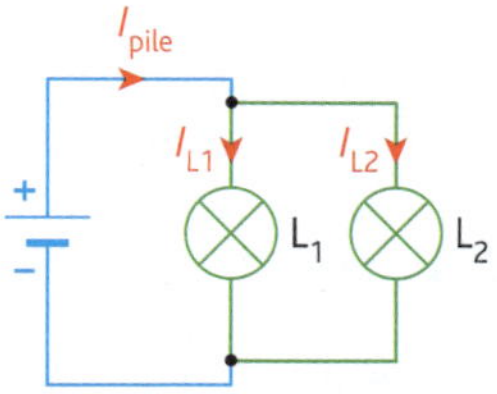

c) L'égalité entre les trois courants est $I_{\text{pile}} = I_{\text{lampe 1}} + I_{\text{Lampe 2}}$. d) L'intensité du courant dans la branche principale est $I_{\text{pile}} = I_{\text{lampe1}} + I_{\text{Lampe 2}} = 0{,}2 + 0{,}3 = 0{,}5$ ampère.

LEÇON 3 Énoncés p. 215

Quiz-test

Bonnes réponses : 1 b). 2 a) ; c).

3 a) 1 (car la résistance du conducteur ohmique est plus élevée.) b) 2 (car la résistance du conducteur ohmique est moins élevée.) c) 2 (car l'intensité est plus forte.) d) 1 (car l'intensité est plus faible.)

4 a) 1 kΩ = 1000Ω b) 2300 Ω = 2,3 kΩ c) 15 kΩ = 15000Ω d) 0,33 kΩ = 330Ω .

5 a) La grandeur portée en abscisse est l'intensité. b) La grandeur portée en ordonnée est la tension. c) Le dipôle étudié est un conducteur ohmique car sa caractéristique est une droite passant par l'origine. d) Pour déterminer la résistance on utilise la loi d'Ohm et un couple de points du graphique. $R = U/I = 3/0{,}04 = 75\ \Omega$.

6 a) On applique la loi d'Ohm : $U = R \times I = 220 \times 0{,}04 = 8{,}8$ volts. b) On applique la loi d'Ohm : $I = U/R = 11{,}2/560 = 0{,}02$ ampère. c) On applique la loi d'Ohm : $R = U/I = 5/0{,}02 = 250\ \Omega$.

LEÇON 4 Énoncés p. 217

Quiz-test

Bonnes réponses : 1 c). 2 c).

3 b) C'est une durée en seconde. c) C'est une vitesse en kilomètres par heure. d) C'est une vitesse en mètres par seconde. **e)** C'est une distance en mètres. **f)** C'est une durée en heures.

4 **a)** 15 km = 15 × 1 000 = 15 000 m. **b)** 3 500 m = 3 500 / 1 000 = 3,5 km. **c)** 2 h 30 min = 2 + (30/60) = 2,5 h. **d)** 45 min = 45 × 60 = 2 700 s. **e)** 45 km/h = 45/3,6 = 12,5 m/s. **f)** 35 m/s = 35 × 3,6 = 126 km/h.

5 **a)** La distance parcourue est de 120 km. La durée du parcours est de 2 h 30 min. Il faut la convertir en heure. 2 h 30 min = 2 + (30/60) = 2,5 h. On applique ensuite la formule v = d / t. v = 120 / 2,5 soit v = 48 km/h. Pour convertir la vitesse en m/s, il faut diviser la vitesse par 3,6. v = 48 / 3,6 soit v ≈ 13,3 m/s. **b)** La distance parcourue est de 100 m. La durée du parcours est de 12 s. On applique ensuite la formule v = d / t. v = 100 / 12 soit v ≈ 8,3 m/s. Pour convertir la vitesse en km/h il faut multiplier la vitesse par 3,6. v = 8,3 × 3,6 soit v = 30 km/h.

6 **a)** Heure de départ : 11 h 30. Heure d'arrivée : 14 h 30. Durée du trajet : 14 h 30-11 h 30 = 3 h. Kilomètres parcourus : 255 km. **b)** v = d / t soit v = 255 / 3 = 85 km/h. La vitesse moyenne du véhicule est de 85 km/h. **c)** Oui, c'est possible. Il ne faut pas confondre vitesse moyenne et vitesse instantanée. En moyenne, Margaux a roulé à la vitesse de 85 km/h, mais elle a pu accélérer ou ralentir pendant son trajet. Le compteur de vitesse indique la vitesse du véhicule à un instant donné : c'est la vitesse instantanée. C'est cette vitesse qui est mesurée par le radar.

7 **a)** 90 / 3,6 = 25. Donc v = 25 m/s. **b)** Il faut appliquer la formule $D_A = D_R + D_F$. D_A = 25 + 45. D_A = 70 mètres. Il faut 70 mètres pour arrêter ce véhicule.

LEÇON 5 Énoncés p. 219

Quiz-test
Bonnes réponses : 1 a) ; b). 2 b) ; c).

3 **a)** masse ; **b)** balance ; **c)** volume ; **d)** litre ; **e)** masse volumique.

4 **a)** L'expérience 1 donne la masse m = 202,5 g. L'expérience 2 donne le volume V = 215 – 134 = 81 mL. **b)** On utilise la formule de la masse volumique p = m / V. p = 202,5 / 81. p = 2,5 g/mL soit 2,5 g/cm^3 car 1 cm^3 = 1 mL.

5 L'extrait du carnet nous donne la masse de la bague m = 179,5 g et le volume V = 9,3 cm^3 (rappel : 1mL = 1 cm^3). On utilise la formule de la masse volumique p = m / V. p = 179,5 / 9,3. p = 19,3 g/cm^3. En comparant la valeur avec celle de la leçon, on en déduit que la bague est en or pur.

6 **a)** Pour calculer le volume maximal de sable sec, on va utiliser la formule p = m / V. Ici, on cherche V donc la formule devient V = m / p. V = 800 / 1 600. V = 0,5 m^3. 1 m^3 = 1 000 L donc V = 500 L. Antoine peut mettre au maximum 0,5 m^3 soit 500 L de sable dans sa remorque. **b)** Antoine veut rapporter 3 m^3. Sa remorque peut contenir 0,5 m^3 au maximum. Il doit donc faire 3 / 0,5 = 6 voyages. **c)** Oui, cela modifie les calculs d'Antoine, car le sable mouillé a une masse volumique plus importante que le sable sec. Il va devoir faire plus de voyages pour rapporter le sable. V = 800 / 2 000 = 0,4 m^3. Nombre de voyages = 3 / 0, 4 = 7,5. Il devra faire 8 voyages si le sable est mouillé.

LEÇON 6 Énoncés p. 221

Quiz-test
Bonnes réponses : 1 a). 2 c).

3

combustible	comburant	Source d'énergie
Bois carton carbone butane	Dioxygène air	Etincelle flamme

4 **a)** 2 ; **b)** 3 ; **c)** 1.

5 Après quelques instants, tout le dioxygène contenu dans le pot a été consommé. Il n'y a plus de comburant. La combustion s'arrête.

6 **a)** L'eau de chaux permet de détecter la présence de dioxyde de carbone. Elle réagit en formant un précipité blanc. **b)** Le test est positif dans le flacon A car on distingue un précipité blanc. **c)** Le flacon A contient du dioxyde de carbone, le flacon B n'en contient pas.

7 **a)** Les réactifs sont le butane et le dioxygène. **b)** Les produits sont le dioxyde de carbone et l'eau. **c)** Butane + dioxygène → dioxyde de carbone + eau.

LEÇON 7 Énoncés p. 223

Quiz-test
Bonnes réponses : 1 a) ; c). 2 a) ; b).

3 **a)** Les sphères de couleur représentent chacune un atome. Blanc : hydrogène ; noir : carbone ; bleu : azote ; rouge : oxygène. **b)** 1 et 4 : atome ; 2 et 3 : molécule.

4

nom : dioxygène	formule : O_2
Composition : 2 atomes d'oxygène	Modélisation : 

Nom : dioxyde de carbone	Formule : CO_2
Composition : 1 atome de carbone 2 atomes d'oxygène	Modélisation : 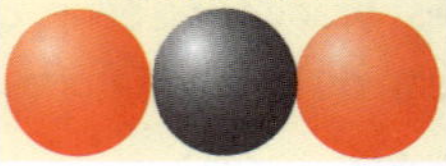

Nom : Eau	Formule : H_2O
Composition : 2 atomes d'hydrogène 1 atome d'oxygène	Modélisation : 

Nom : dihydrogène	Formule : H_2
Composition : 2 atomes d'hydrogène	Modélisation : 

5 a) Cette écriture est une équation de réaction. b) La formule chimique du méthane est CH_4. c) Les produits formés sont le dioxyde de carbone et de l'eau. d) Les molécules ne sont pas conservées. Les molécules des réactifs se transforment en nouvelles molécules, les produits.

LEÇON 8 — Énoncés p. 225

Quiz-test
Bonnes réponses : 1 b). 2 a).

3 a) vrai. b) faux. c) faux. d) vrai. e) faux. f) vrai.

4 a) Terre - Soleil - Système solaire - Voie lactée - Amas de Persée. b) Réponses dans l'ordre des définitions : Amas de Persée - Terre - Voie lactée - Soleil - système solaire.

5 ua : unité astronomique – distance Terre-Soleil – 150 millions de kilomètres. a.l. : année-lumière – distance parcourue par la lumière en un an – 9 500 milliards de kilomètres.

6 a) 1 minute = 60 secondes, donc 12 min 40 s = (12 × 60) + 40 = 720 + 40 = 760 secondes. La lumière produite par le Soleil met 760 secondes pour parvenir jusqu'à Mars. b) On cherche la distance $d = c \times t$. $d = 3 \times 10^8 \times 760$. $d = 2{,}28 \times 10^{11}$ m. La distance Terre-Mars est de $2{,}28 \times 10^{11}$ mètres. Pour convertir une distance en mètre en kilomètre, il faut la diviser par 1 000. $d = 2{,}28 \times 10^{11} / 1000$. $d = 2{,}28 \times 10^8$ kilomètres. La distance Terre-Mars est de $2{,}28 \times 10^8$ kilomètres. c) L'unité astronomique (ua) est la distance moyenne entre la Terre et le Soleil, soit 150 millions de kilomètres : 1 ua $\approx 150 \times 10^6$ km. Pour convertir une distance en unité astronomique, il faut diviser la distance par 150×10^6. $d = 2{,}28 \times 10^8 / 150 \times 10^6$. $d = 1{,}52$ ua. La distance Terre-Mars est de 1,52 unité astronomique.

7 a) L'année-lumière (a.l.) est la distance parcourue par la lumière en une année, soit 9 500 milliards de kilomètres : 1 a.l. $\approx 9{,}5 \times 10^{12}$ km. Pour convertir une distance en année-lumière, il faut diviser cette distance par $9{,}5 \times 10^{12}$ km. $d_{Terre\text{-}Véga} = 2{,}37 . 10^{14} / 9{,}5 \times 10^{12}$. $d_{Terre\text{-}Véga} \approx 25$ a.l. La distance entre la Terre et Véga est d'environ 25 années-lumière. b) La lumière produite par Véga a voyagé pendant 25 années avant d'arriver sur Terre. Si on observe Véga en 2022, la lumière reçue a été émise en 1997 (2022 – 25 = 1997).

LEÇON 9 — Énoncés p. 227

Quiz-test
Bonnes réponses : 1 b). 2 c).

3 a) vélo : se déplacer ; réfrigérateur : conserver des aliments ; enceintes : écouter de la musique.

4 *Quoi ?* Être alerté en cas d'incendie. *Qui ?* Tout le monde. *Où ?* Dans une habitation. *Quand ?* 24 heures sur 24. *Comment ?* Par un signal sonore et lumineux. *Pourquoi ?* Pour limiter les risques d'incendie.

5 L'enceinte Bluetooth® permet à l'utilisateur de connecter sans fil son téléphone portable afin d'écouter de la musique.

6

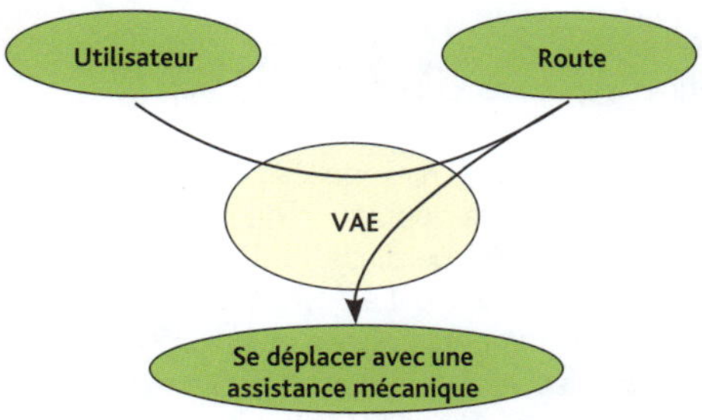

7 a) *À qui le produit rend-il service ?* À l'utilisateur. *Sur qui/quoi le produit agit-il ?* Sur le curseur (la flèche) se trouvant sur l'écran de l'ordinateur. *Dans quel but ?* Permettre à l'utilisateur de déplacer le curseur sur l'écran.
b)

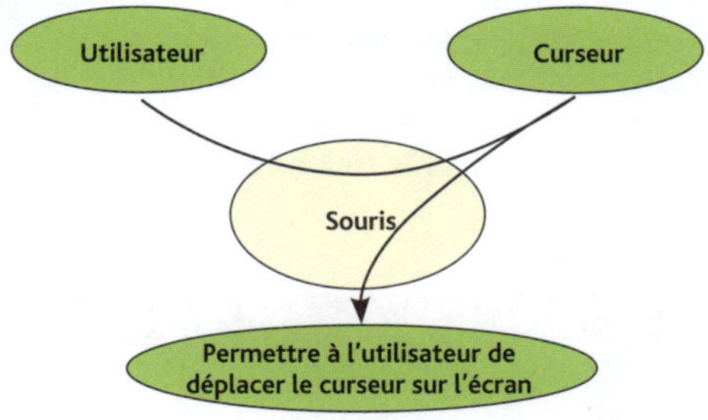

Fais le bilan ! — Énoncés p. 228

1 a) 2 b) 3 c) 4 a) 5 a)
6 c) 7 b) 8 c) 9 b) 10 a)

LEÇON 1 — Énoncés p. 231

Quiz-test
Bonnes réponses : 1 c). 2 b).

3 Les mesures effectuées (tableau) nous indiquent que la longueur totale des plants avec nodosités ainsi que leur masse sèche unitaire sont très supérieures à celles dans plants dépourvus de nodosités. Les plants avec nodosités ont donc fabriqué plus de matière organique grâce à la matière minérale fournie par les bactéries.

4 Une symbiose est une association durable, avantageuse pour les deux organismes vivants impliqués. L'algue fournissant au champignon une partie de la matière organique qu'elle fabrique et le champignon fournissant à l'algue de la matière minérale, ainsi que des substances fixatrices et protectrices, il s'agit bien d'une symbiose.

LEÇON 2 — Énoncés p. 233

Quiz-test
Bonnes réponses : 1 c). 2 a) ; c).

3 **a)** Les effectifs d'hirondelles rustiques sont restés stables alors que la population de pipit maritime a fortement augmenté à partir de 1997 soit l'année suivant l'éradication des rats. **b)** La population de pipit maritime était particulièrement fragilisée par la présence des rats qui se nourrissaient des œufs et oisillons dans les nids posés au sol. **c)** Action négative de l'homme : introduction accidentelle des rats sur l'île. Action positive : éradication des rats introduits.

4 **a)** La nouvelle voie empruntée par le tram va avoir pour effet de fragmenter l'habitat du vison et de la loutre d'Europe qui devront traverser cette voie. **b)** Des grillages et entonnoirs vont être mis en place pour guider les animaux vers des voies de franchissement des voies de circulation. **c)** L'étude d'impact est indispensable pour que l'homme puisse continuer à faire des aménagements tout en préservant au mieux les écosystèmes.

LEÇON 3 — Énoncés p. 235

Quiz-test
Bonnes réponses : 1 b) ; c). 2 a) ; c).

3 Le microbiote se forme durant l'accouchement par voie naturelle, à partir de la flore fécale et vaginale de la mère. Or un enfant né par césarienne n'entre pas en contact avec cette flore. L'enfant va développer un microbiote différent, ce qui peut expliquer qu'il soit plus enclin à être asthmatique.

4 **a)** Le microbiote de la jumelle obèse, contrairement à celui de la jumelle mince, entraîne la prise de poids de la souris receveuse. Il existe donc un lien entre la qualité du microbiote et la corpulence, et donc l'obésité. **b)** En ingérant les excréments de la souris B, la souris A, qui aurait normalement grossi, a bénéficié du microbiote en provenance de la jumelle mince. Elle est restée mince. Cela confirme l'influence de la qualité du microbiote sur la corpulence.

LEÇON 4 — Énoncés p. 237

Quiz-test
Bonnes réponses : 1 b). 2 a) ; c).

3 **a)** La mortalité par maladies cardio-vasculaires est très supérieure en Crète.

b)

Aliments à privilégier	Aliments dont il faut limiter la consommation
Pain, légumes secs, légumes verts, fruits, poisson, huile d'olive	Viande, graisses industrielles

4 **a)** L'IMC augmente très rapidement de 0 à 1 an. Il diminue de 1 à 6 ans (période importante de croissance). L'IMC augmente lentement après 6 ans. **b)** La masse corporelle est toujours un peu plus faible chez les filles que chez les garçons, d'où ce décalage de la courbe vers le bas. **c)** Contrôler l'IMC permet de voir si le jeune patient ne présente pas une tendance à l'obésité ou au contraire une insuffisance pondérale.

LEÇON 5 — Énoncés p. 239

Quiz-test
Bonnes réponses : 1 a) ; c). 2 a) ; b) ; c).

3 **a)** L'hippocampe peut se développer du fait des nombreuses heures consacrées à l'apprentissage des rues de Londres et des connexions neuronales que cela entraîne. **b)** C'est la plasticité cérébrale qui est ici mise en évidence.

4 Juste après l'apprentissage, les taux de réponses correctes sont identiques pour les deux groupes d'enfants. Par contre, après la pause, les enfants ayant fait une sieste ont un taux de réponses correctes supérieur à celui des enfants qui n'ont pas dormi. L'écart est encore plus important le lendemain. Le sommeil (sieste ou nuit) permet de consolider durablement les apprentissages.

LEÇON 6 Énoncés p. 241

Quiz-test
Bonnes réponses : 1 a). 2 b).

3 a) En 1800, les premières règles survenaient en moyenne à 16 ans contre 12,5 ans en 2000. L'âge moyen des premières règles a donc diminué. b) Une cause possible est que les jeunes filles ont une alimentation plus riche qu'autrefois, associée à une masse plus importante.

4 a) Le premier jour du cycle correspond au premier jour des règles, donc le 10 mars. Le cycle s'achève 30 jours plus tard soit le 8 avril. La jeune fille aura ses règles le 9 avril, premier jour du cycle suivant. b) L'ovulation se produit 14 jours avant les règles, soit le 26 mars.

LEÇON 7 Énoncés p. 243

Quiz-test
Bonnes réponses : 1 a). 2 b).

3 La pilule a pour effet de supprimer le pic de LH (hormone cérébrale). Les ovaires ne sont donc pas stimulés et l'ovulation ne se produit pas.

4 a) Le jeune homme ne fabrique pas assez d'hormones cérébrales (le taux sanguin est inférieur à la norme). Comme celles-ci stimulent normalement le développement des organes reproducteurs, les testicules ne fabriquent pas non plus assez de testostérone, et les caractères sexuels secondaires (pilosité…) n'apparaissent pas. b) Les hormones cérébrales prescrites devraient permettre de stimuler la production de testostérone par les testicules et donc le développement des caractères sexuels secondaires.

LEÇON 8 Énoncés p. 245

Quiz-test
Bonnes réponses : 1 a). 2 a) ; c).

3 Tout rapport sexuel à proximité de la date d'ovulation peut conduire à une grossesse, même le premier. Le préservatif, correctement employé, est un contraceptif efficace et protège des IST qui peuvent elles aussi se transmettre dès les premiers rapports.

4 La pilule n'est efficace que si elle est prise quotidiennement à peu près à la même heure. Cela demande à l'utilisatrice d'être très rigoureuse. Léa étant « tête en l'air », on peut lui suggérer d'utiliser l'implant contraceptif, qui, certes, présente la contrainte de la pose, mais qui est efficace 3 ans sans que l'utilisatrice n'ait à y penser.

5 b) La fécondation, rencontre puis fusion des cellules reproductrices, ne peut plus se produire. c) Une méthode contraceptive a une efficacité réversible, c'est-à-dire qu'elle cesse dès l'arrêt du contraceptif. Ces méthodes étant définitives, on parle de stérilisation à visée contraceptive.

LEÇON 9 Énoncés p. 247

Quiz-test
Bonnes réponses : 1 b). 2 b) ; c).

3 a) On observe une relative stabilité du nombre de jumeaux de 1900 à 1970. Après les années 1970, le nombre de jumeaux en France a considérablement augmenté (surtout les faux jumeaux). b) La recrudescence des grossesses gémellaires est liée à l'augmentation du recours à la fécondation in vitro et à son taux de réussite de plus en plus important (surtout depuis les début de La fécondation in vitro avec ICSI). Au cours d'une FIVETE, on implante souvent deux embryons dans l'utérus de la mère ; si les deux se développent, on obtient des faux jumeaux.

4 a) Les cas d'infertilité pourraient être liés au degré d'exposition aux pesticides. Les hommes exposés (pour lesquels on retrouve le plus de pesticides dans les urines) ont un sperme moins riche en spermatozoïdes. b) On peut proposer à ces couples une fécondation in vitro avec ICSI.

LEÇON 10 Énoncés p. 249

Quiz-test
Bonnes réponses : 1 a) ; c). 2 b) ; c) ; d).

3 a) Ce caryotype peut appartenir à un humain car il comporte 23 paires de chromosomes. b) On peut affirmer que ce caryotype appartient à une femme car il comporte 2 chromosomes X, ce qui correspond aux chromosomes sexuels féminin. c) Ce caryotype comporte 3 chromosomes 13 au lieu de deux normalement : on peut parler de trisomie 13. d) Les chromosomes étant le support des informations à l'origine des caractères héréditaires d'un individu, une anomalie de leur nombre entraîne des modifications des caractères.

4 a) La membrane et le cytoplasme de la cellule-œuf modifiée proviennent de la cellule « b » de la souris noire et le noyau provient de la cellule « a » de la souris blanche. b) Le souriceau qui naît est blanc ; or, seul le noyau de la cellule-œuf à l'origine du souriceau provient d'une souris blanche. On peut donc affirmer que les informations génétiques (dont celle déterminant la couleur du pelage) sont dans le noyau de la cellule.

c) Le noyau utilisé pour l'expérience a été extrait d'une cellule de muscle mais il contenait quand même toutes les informations pour former un nouvel individu. Le programme génétique est présent dans le noyau des différentes cellules d'un organisme.

LEÇON 11 Énoncés p. 251

Quiz-test
Bonnes réponses : 1 a) ; b). 2 b).

3 Première question : réponse a). Le séisme a été enregistré par des sismographes de Guadeloupe et de métropole car les ondes sismiques, qui se propagent dans toutes les directions depuis l'épicentre, peuvent être enregistrées partout dans le monde. Seconde question : réponses a) et b). Les ondes sismiques ne sont pas enregistrées au même moment car les stations de surveillance ne sont pas situées à la même distance du séisme, et plus une station est éloignée de l'épicentre, plus elle reçoit les ondes tardivement.

4 a) L'épicentre se situe près de la grande ville de Katmandou. b) À proximité de l'épicentre, les vibrations sont fortes car les ondes sont peu atténuées. La ville étant très bâtie et peuplée, les dégâts sont nombreux.

LEÇON 12 Énoncés p. 253

Quiz-test
Bonnes réponses : 1 a) ; d). 2 b) ; c).

3 a) L'éruption du Colima est une éruption explosive. b) Le nuage de cendres visible ainsi que la nuée ardente qui dévale les pentes du volcan permettent d'affirmer que l'éruption est explosive. Le Colima est un volcan explosif ou volcan gris.

4 a) Les séismes sont de moins en moins profonds à l'approche de l'éruption. b) Les nombreux séismes qui se produisent annoncent une éruption. La surveillance sismique d'un volcan permet de faire une prévention efficace (évacuation des populations…).

LEÇON 13 Énoncés p. 255

Quiz-test
Bonnes réponses : 1 b) ; c). 2 b).

3

Affirmations	VRAI	FAUX
On peut affirmer qu'il s'agit d'une frontière entre deux plaques du fait des nombreux séismes représentés.	x	
Les plaques indo-australienne et eurasiatique convergent.	x	
La plaque indo-australienne est constituée uniquement de l'Inde.		x
Les séismes sont de plus en plus profonds quand on s'éloigne de la fosse océanique, sous la plaque eurasiatique.	x	
La plaque eurasiatique plonge par subduction sous la plaque indo-australienne.		x
La plaque indo-australienne plonge par subduction sous la plaque eurasiatique.	x	
Sur le document, on observe également une dorsale océanique.	x	

LEÇON 14 Énoncés p. 257

Quiz-test
Bonnes réponses : 1 b). 2 b).

3 a) L'aléa sismique est fort en Guadeloupe, Martinique ainsi qu'en métropole, dans les Pyrénées et les Alpes. b) Le risque prend en compte l'aléa, mais également l'enjeu (personnes et biens menacés). Dans certaines régions, des séismes sont fréquents mais le risque est faible, car il s'agit de zones peu peuplées.

4 a) Un séisme peut engendrer un tsunami. b) En arrivant sur les côtes de l'Amérique du Sud, les vagues étaient moins hautes, mais surtout, l'évacuation des populations avait été ordonnée, ce qui explique qu'il n'y ait pas eu de victime.

Fais le bilan ! Énoncés p. 258

1 b) **2** c) **3** c) **4** a) **5** c)
6 b) **7** a) **8** c) **9** a) **10** c)

Corrigés → livret, p. 10

S'entraîner

QUIZ-TEST

Coche la (ou les) bonne(s) réponse(s).

1 **Les propositions « Il pleut et nous regardons un film » sont :**

a) indépendantes. ☐
b) juxtaposées. ☐
c) coordonnées. ☐

2 **La phrase « *Je préférerais que nous allions à la patinoire.* » :**

a) est une phrase complexe. ☐
b) comprend une proposition principale et une proposition subordonnée. ☐
c) comprend deux propositions indépendantes. ☐

3 ★ Les phrases verbales et non verbales

Entoure l'intrus et justifie ta réponse.

Que dis-tu ? Viens ! Nous viendrons et nous t'applaudirons. Pourquoi ? Dépêche-toi ! Je viendrai mais je serai en retard.

....

4 ★ Les phrases complexes

Souligne les phrases complexes dans l'exercice précédent.

5 ★ Les propositions subordonnées

Entoure les mots subordonnants et mets entre crochets les propositions subordonnées.

Toutes les phrases sont extraites du Bourgeois gentilhomme *(acte II, scène 6).*

a) Au reste, il faut que je vous fasse une confidence. Je suis amoureux d'une personne de grande qualité, et je souhaiterais que vous m'aidassiez à lui écrire quelque chose dans un petit billet que je veux laisser tomber à ses pieds.

b) Sont-ce des vers que vous lui voulez écrire ?

c) Je voudrais que cela fût mis d'une manière galante, que cela fût tourné gentiment.

6 ★★ Les propositions principales et subordonnées

Souligne en rouge les propositions subordonnées et en bleu les propositions principales. Les mots subordonnants sont en rouge.

a) M. Jourdain est un bourgeois qui aimerait bien être un noble.

b) Quand le tailleur lui apporte son habit de courtisan, M. Jourdain est enchanté.

c) Il aimerait que tous ses proches l'admirent mais ils se moquent de lui.

d) Comme il est riche, M. Jourdain peut satisfaire tous ses caprices et il ne s'en prive pas.

7 ★★ Les propositions indépendantes

Entoure les deux propositions indépendantes de l'exercice 6.

8 ★★ Les liens entre les propositions

Pour chaque phrase, indique si la seconde proposition est juxtaposée, coordonnée ou subordonnée à la première.

a) Dis-moi que tu es d'accord. ....

b) Tu viendras et tu ne seras pas déçu. ....

c) Prends courage ; entraîne-toi. ....

9 ★★★ Les différents types de propositions

Dans le texte suivant, souligne en bleu les propositions principales, en rouge les propositions subordonnées et en vert les propositions indépendantes.

La comédie que Molière représenta pour la première fois le 13 octobre 1670 s'attaque aux prétentions de la bourgeoisie. Monsieur Jourdain voudrait qu'on le prenne pour un noble. Il s'habille comme un noble ; il apprend à faire la révérence comme à la Cour ; il est très heureux lorsque Dorante, le flatteur, lui dit avoir parlé de lui dans la chambre du Roi.

11 Les subordonnées relative, conjonctive et interrogative indirecte

Retiens l'essentiel

1 La subordonnée relative

▶ La **proposition subordonnée relative** est une proposition subordonnée introduite par un pronom relatif. Elle appartient au groupe nominal.

▶ Le mot que le pronom relatif remplace s'appelle son **antécédent**.

Ex. : C'est cette histoire que je préfère.

→ *que* remplace le nom *histoire* : *histoire* est l'antécédent de *que*.

▶ Dans la plupart des cas, la subordonnée relative est **complément de cet antécédent** ; c'est sa fonction.

Ex. : C'est cette histoire que je préfère.

→ La fonction de *que je préfère* est : complément de l'antécédent *histoire*.

2 La subordonnée conjonctive

▶ Elle est introduite par une **conjonction de subordination** : *que, parce que, quand, dès que, bien que, si, même si, puisque*, etc.

▶ La subordonnée conjonctive introduite par *que* est appelée **subordonnée conjonctive complétive.**

Ex. : Je voudrais que tu m'aides.
(que tu m'aides : COD de *voudrais*)

▶ Les subordonnées conjonctives introduites par les autres conjonctions de subordination sont des **subordonnées conjonctives circonstancielles.** Elles indiquent les circonstances de l'action (temps, cause, but…) :

Ex. : Comme j'ai fini mon travail, je viens te voir. → Cause
J'ai compris si bien que je peux t'expliquer cette leçon. → Conséquence
Je lui ai téléphoné afin qu'il soit au courant. → But

3 La subordonnée interrogative indirecte

▶ Elle est le plus souvent introduite par un **pronom interrogatif** (*qui, que, quoi, lequel*…) ou un **adverbe interrogatif** (*où, quand, pourquoi*…).

Ex. : Je me demande qui *a sonné.* Je ne sais pourquoi *tu dis cela.*

▶ Elle est **COD** de la proposition principale.

Ex. : *Qui a sonné* : COD du verbe *demander* (*je me demande quoi ?*).

À savoir — Simples ou composés

On distingue les **pronoms relatifs simples** (qui, que, quoi, dont, où) et les **pronoms relatifs composés** (lequel, auquel, duquel…).

Attention !

Pour ne pas confondre les **subordonnées relative et interrogative**, il faut faire la différence entre le **pronom relatif**, qui a en général un **antécédent**, et le **pronom interrogatif**, qui désigne l'élément sur lequel porte la question.

Comment faire ?

▶ **Identifier une subordonnée introduite par « que »**

Une subordonnée introduite par *que* peut être :

→ **Une relative** : *que* a un antécédent. *Ex.* : C'est le roman que je préfère.

→ **Une interrogative** : *ce que* est un pronom (désigne quelque chose), mais il n'a pas d'antécédent ; le verbe de la principale suppose que l'on s'interroge. *Ex.* : Je ne sais pas ce que vous voulez.

→ **Une conjonctive** : *que* n'est pas un pronom mais une conjonction ; il ne désigne rien.

Ex. : Je veux que tu viennes.

Corrigés → livret, p. 11

S'entraîner

QUIZ-TEST

Coche la (ou les) bonne(s) réponse(s).

1 Dans la phrase « *Je t'ai apporté le roman de Zola dont je t'ai parlé.* », l'antécédent de *dont* est :

a) le verbe *apporter*. ☐
b) le nom *roman*. ☐
c) le nom *Zola*. ☐

2 Dans la phrase « *Je me demande qui a bien pu apporter ce paquet.* », on relève :

a) une subordonnée relative. ☐
b) une subordonnée interrogative indirecte. ☐
c) une subordonnée conjonctive. ☐

Les phrases des exercices 3, 4 et 5 sont extraites du Horla, *de Guy de Maupassant.*

3 ★ Repérer les pronoms relatifs

Dans les phrases suivantes, souligne les pronoms relatifs et entoure leur antécédent.

a) J'ai passé toute la matinée étendu dans l'herbe, devant ma maison, sous l'énorme platane qui la couvre, l'abrite et l'ombrage tout entière.

b) J'aime ma maison où j'ai grandi.

c) De mes fenêtres, je vois la Seine qui coule, le long de mon jardin, derrière la route, presque chez moi, la grande et large Seine qui va de Rouen au Havre, couverte de bateaux qui passent.

d) Après deux goélettes anglaises, dont le pavillon rouge ondoyait sur le ciel, venait un superbe trois-mâts brésilien, tout blanc, admirablement propre et luisant.

4 ★ Repérer les subordonnées relatives

Dans les phrases suivantes, souligne les propositions subordonnées relatives.

a) J'aime ce pays, et j'aime y vivre parce que j'y ai mes racines, ces profondes et délicates racines qui attachent un homme à la terre où sont nés et morts ses aïeux.

b) Vers onze heures, un long convoi de navires, traînés par un remorqueur, gros comme une mouche, et qui râlait de peine en vomissant une fumée épaisse, défila devant ma grille.

5 ★ Écrire une subordonnée conjonctive

Dans les phrases suivantes remplace le groupe nominal en gras par une proposition subordonnée conjonctive complétive.

a) Nous attendons **le départ du train**.

....

b) Savez-vous bien **la difficulté de notre expédition** ?

....

c) Je ne m'étonne pas **de votre impatience à découvrir la montagne**.

....

....

6 ★★ Identifier les subordonnées

Précise la nature des subordonnées en gras.

a) Je me demande **pourquoi il marche si vite**.

....

b) **Comme il n'avait de billet**, il n'a pas pu visiter l'exposition **qu'il comptait voir**.

....

....

c) Je crois **que tu te trompes**.

....

12 Les modes et les temps

Retiens l'essentiel

1 La valeur des modes personnels

▶ L'**indicatif** est le mode des actions certaines.

▶ Le **conditionnel** exprime une action éventuelle, qui dépend d'une condition, ou une hypothèse.

Ex. : Hier, Tom m'a dit qu'il viendrait. Si c'était possible, il viendrait.

▶ Le **subjonctif** est le mode des actions incertaines car soumises à la réalisation de l'action exprimée dans la proposition principale.

Ex. : Je veux que tu viennes. → Ici, l'action de venir n'est pas certaine.

À la troisième personne, le subjonctif peut servir à exprimer un ordre.

Ex. : Qu'il vienne immédiatement !

▶ L'**impératif** sert à exprimer un ordre, une interdiction, un conseil.

2 Les valeurs des temps simples de l'indicatif

▶ **Le présent** exprime une action qui se produit au moment où on parle ; c'est le présent de l'énonciation ou présent d'actualité.

Ex. : Il est 12 h, je déjeune. / Tous les matins, je me brosse les dents.

▶ Le **passé simple** exprime une action limitée dans le temps ; c'est le temps du récit, des actions qui s'enchaînent les unes aux autres.

Ex. : Les Martiens voyagèrent pendant trois mille ans.

▶ **L'imparfait** exprime une action qui n'est pas limitée dans le temps ; il peut exprimer l'arrière-plan d'une action principale ou une habitude. Il permet aussi de décrire.

▶ Le **futur** exprime une action qui se produira dans l'avenir. Il peut aussi exprimer un ordre.

Ex. : Tu rangeras ta chambre.

Mot-clé

La valeur d'un mode ou d'un temps

Le mot « valeur » désigne ce qu'exprime le mode ou le temps.

Attention !

Certaines grammaires considèrent que le conditionnel fait partie de l'indicatif.

À savoir

Le présent

Il peut aussi exprimer :
– une habitude ;
– une vérité générale ;
Ex. : Une semaine comprend sept jours.
– un futur proche ; *Ex.* : Je pars demain pour Londres.
– une action passée : c'est le présent de narration.
Ex. : Le général de Gaulle lance un appel à la résistance.

Comment faire ?

▶ **Bien faire la différence entre mode et temps**

→ Les différents temps sont regroupés dans de grandes catégories appelées modes.

Les **modes impersonnels** (infinitif et participe) ne portent pas de marques de la personne. Le gérondif (ex. : *en chantant*) est souvent considéré comme un troisième mode impersonnel.

On compte quatre **modes personnels** : l'indicatif (8 temps), le conditionnel (2 ou 3 temps), le subjonctif (4 temps), l'impératif (2 temps). On peut aussi considérer que le conditionnel fait partie de l'indicatif.

→ Une forme verbale présente à la fois un mode et un temps.

→ Il ne faut pas confondre les valeurs qui caractérisent le **mode** (certitude, incertitude, ordre ou conseil) et les valeurs qui se rapportent au **temps** (habitude, futur proche, description, vérité générale, etc.).

Corrigés → livret, p. 11

S'entraîner

QUIZ-TEST

Coche la (ou les) bonne(s) réponse(s).

1 Dans la phrase « *L'année comporte douze mois.* », le présent :

a) est un présent de narration. ☐
b) est un présent d'habitude. ☐
c) est un présent de vérité générale. ☐

2 L'imparfait peut exprimer :

a) une vérité générale. ☐
b) une habitude. ☐
c) une action passée secondaire. ☐

3 ★ Les modes et les temps

Entoure les mots qui désignent des modes.

subjonctif – relatif – passé simple – plus-que-parfait – participe – adjectif – indicatif – adverbe – impératif – qualificatif – infinitif – démonstratif

4 ★★ Les valeurs du présent

Quelle est la valeur du présent dans chacune des phrases suivantes ?

a) Chaque printemps, notre équipe rencontre l'équipe du collège voisin. ....

b) Deux et deux ne font jamais six. ....

c) Je reviens dans une heure. ....

d) Que fais-tu ? Un exercice sur les valeurs du présent de l'indicatif.

....

e) À ce moment-là, Napoléon s'adresse à ses soldats.

....

5 ★★ Les valeurs de l'imparfait

Quelle est la valeur de l'imparfait dans chacune des phrases suivantes ?

a) Autrefois, nous allions à la piscine tous les jeudis.

....

b) Pierre lisait quand la sonnerie du téléphone le tira de son aventure.

....

c) C'était une petite ville tranquille qui se blotissait autour de son clocher.

....

6 ★★★ Imparfait ou passé simple ?

Récris les phrases suivantes en mettant à l'imparfait ou au passé simple les verbes entre parenthèses.

a) Soudain, un explosion (se faire) entendre, puis un éclat de rire (retentir).

....

....

b) Chaque été, nous (aller) passer un mois dans la maison de mes grands-parents ; un jour, ils (décider) de vendre cette demeure et ce (être) la fin de mes vacances à la campagne.

....

....

....

c) Yann (s'entraîner) pour sa prochaine compétition lorsqu'il (trébucher) sur une pierre.

....

....

13 Le présent et le futur de l'indicatif, le présent du conditionnel

Retiens l'essentiel

1 Le présent

▶ Les terminaisons des verbes du 1er groupe (en *-er*) sont toujours :

-e, *-es*, *-e*, *-ons*, *-ez*, *-ent* même si on n'entend pas le *e* final.

Ex. : je joue, tu joues, il joue, nous jouons, vous jouez, ils jouent

▶ Les terminaisons des autres verbes sont de quatre sortes :

– *-s*, *-s*, *-t*, *-ons* (*issons*), *-ez* (*-issez*), *-ent* (*-issent*). *Ex.* : courir, finir (2e groupe)

– *-ds*, *-ds*, *-d*, *-ons*, *-ez*, *-ent*. *Ex.* : prendre

– *-e*, *-es*, *-e*, *-ons*, *-ez*, *-ent*. *Ex.* : cueillir

– *-x*, *-x*, *-t*, *-ons*, *-ez*, *-ent*. Ce modèle ne s'applique qu'aux verbes *pouvoir*, *vouloir* et *valoir*.

2 Le futur

▶ Les terminaisons du futur sont les mêmes pour tous les verbes : *–ai*, *–as*, *–a*, *–ons*, *–ez*, *–ont*.

Ex. : le verbe *partir* : je partirai, tu partiras, il partira, nous partirons, vous partirez, ils partiront

▶ Pour de nombreux verbes, notamment ceux en *-er*, le futur se forme à partir de l'infinitif du verbe.

Ex. : le verbe *crier* : je crierai, nous crierons ; finir : je finirai ; dormir : je dormirai

3 Le présent du conditionnel

Le radical du présent du conditionnel est le même que celui du futur. Les terminaisons sont celles de l'imparfait.

Ex. : le verbe *crier* : je crierais, tu crierais, il crierait, nous crierions, vous crieriez, ils crieraient

À savoir

Les verbes en *–indre* et *–soudre*

Les verbes en –indre et –soudre ne se conjuguent pas comme *prendre* mais comme *courir*.

Ex. : Craindre → je crains, tu crains, il craint

Peindre → je peins, tu peins, il peint

Joindre → je joins, tu joins, il joint

Résoudre → je résous, tu résous, il résout

Les verbes irréguliers au futur

Certains verbes sont irréguliers au futur :

- *aller* → *j'irai, tu iras...*
- *faire* → *je ferai, tu feras...*
- *tenir* → *je tiendrai, tu tiendras...*
- *venir* → *je viendrai, tu viendras...*
- *voir* → *je verrai, tu verras...*
- *savoir* → *je saurai, tu sauras...*
- *courir* → *je courrai, tu courras...*

Comment faire ?

▶ Bien conjuguer un verbe au présent

Pour bien conjuguer un verbe au présent, il faut voir selon quel modèle il se conjugue.

Ex. : *parier* (comme *jouer*) : je parie, tu paries ; *rire* (comme *courir*) : je ris, tu ris, il rit.

▶ Bien conjuguer les verbes en *–ier*, *–uer*, *–ouer*

Attention au *–e* muet !

→ Présent :

Ex. : *crier* : je crie ; *distribuer* : je distribue ; *avouer* : j'avoue.

→ Futur et conditionnel présent :

Ex. : Je crierai ; je distribuerais ; nous avouerions.

Corrigés → livret, p. 11

S'entraîner

QUIZ-TEST

Coche la (ou les) bonne(s) réponse(s).

1 La(les) forme(s) correcte(s) au présent de l'indicatif (est) sont :

a) je parie. ☐
b) je ris. ☐
c) je répond. ☐

2 Les formes correctes au futur sont :

a) je parierais. ☐
b) je viendrai. ☐
c) je saurai. ☐

3 ★ Repérer le présent

Entoure les verbes au présent de l'indicatif.

Je prends, je décide, je courrai, je savais, j'ai dit, je connais, je proposai, je viens, je suis, je pensais, je pris, je répondis, je jette.

4 ★ Le présent des verbes en *–dre*

Entoure les verbes qui se conjuguent comme *prendre* et écris-les à la première personne du singulier du présent.

Tenir – appeler – répondre – suivre – écrire – défendre – coudre – lire – sauter – suspendre.

....

5 ★ Le présent des verbes en *–indre*

Entoure les verbes qui se conjuguent comme *craindre* et écris-les à première personne du singulier du présent.

Surprendre – rejoindre – entendre – éteindre – reprendre – attendre – plaindre.

....

6 ★ Le futur

Relève l'intrus dans chaque liste et justifie ta réponse.

a) Je verrai – il entendra – nous viendrons – je déciderais – tu penseras.

....

b) Je dirai – tu iras – vous parleriez – ils feront – je rougirai.

....

7 ★ Futur et présent du conditionnel

Mets les verbes suivants à la première personne du singulier du futur et du présent du conditionnel.

a) Avoir : ....

b) Être : ....

c) Applaudir : ....

d) Copier : ....

e) Attribuer : ....

8 ★★ Conjuguer au présent

Mets les verbes entre parenthèses au présent de l'indicatif. Attention aux verbes en *–indre* et *–soudre*.

a) Je (venir) avec toi et nous (prendre) le bus de 16h30.

....

b) Théo (repeindre) son vélo.

....

c) Pourquoi ne (répondre)-tu pas au téléphone?

....

d) Léa (recopier) la consigne, (réfléchir) et (résoudre) le problème rapidement.

....

e) Quand j'(éteindre) l'ordinateur, j'(entendre) un curieux bruit.

....

14 L'imparfait et le passé simple de l'indicatif

Retiens l'essentiel

1 L'imparfait

- Tous les verbes ont les mêmes terminaisons à l'imparfait de l'indicatif : *–ais*, *–ais*, *–ait*, *–ions*, *–iez*, *–aient*.
- Le radical du verbe est celui du présent de l'indicatif aux deux personnes du pluriel.

Ex. : Parler (présent : *nous parlons*) : je parlais, tu parlais, il parlait, nous parlions, vous parliez, ils parlaient.

2 Le passé simple

Les terminaisons sont :

- pour les verbes du 1er groupe (en *-er*) : *-ai*, *-as*, *-a*, *-âmes*, *-âtes*, *-èrent*.

Ex. : le verbe *parler* : je parlai, tu parlas, il parla, nous parlâmes, vous parlâtes, ils parlèrent.

- Pour les autres verbes (2e et 3e groupes), on rencontre trois types différents : un type en *i*, un type en *u*, un type en *in*.

Ex. : Type en *i* : je finis, tu finis, il finit, nous finîmes, nous finîtes, ils finirent. (2e groupe)
je vis, tu vis, il vit, nous vîmes, vous vîtes, ils virent. (3e groupe)

Ex. : Type en *u* : je crus, tu crus, il crut, nous crûmes, vous crûtes, ils crurent.

Ex. : Type en *in* : je vins, tu vins, il vint, nous vînmes, vous vîntes, ils vinrent.
Ce type concerne les verbes *tenir* et *venir* ainsi que leurs composés.

Distinguer l'imparfait et le passé simple

Pour les verbes du 1er groupe, à la 1re personne du singulier, il ne faut pas confondre le passé simple en *-ai* avec l'imparfait en *-ais*. Pour ne pas te tromper, conjugue le verbe à la 3e personne du singulier.

Ex. : je parlai ⟶ il parla : passé simple
je parlais ⟶ il parlait : imparfait

Comment faire ?

Attention aux deux premières personnes du pluriel à l'imparfait

Le *–i* de la terminaison (*–ions*, *–iez*) ne s'entend pas toujours. Il peut s'ajouter à un *–y* et même à un *–i*.

Ex. : Gagner (présent : *nous gagnons*) : nous gagnions, vous gagniez.
Travailler (présent : *nous travaillons*) : nous travaillions vous travailliez.
Payer (présent : *nous payons*) : nous payions, vous payiez.
Crier (présent : *nous crions*) : nous criions, vous criiez.
Croire (présent : *nous croyons*) : nous croyions, vous croyiez.

Attention à la 1re personne du passé simple pour les verbes du 1er groupe et *aller*

Alors que la voyelle qui domine dans le passé simple des verbes en *-er* est *-a*, la 1re personne est en *-ai*.

Ex. : il parla ; je parlai.

Attention à bien distinguer passé simple et participe passé

Ex. : Voir : je vis (*j'ai vu*) ; entendre : j'entendis (*j'ai entendu*) ; venir : je vins (*je suis venu*) ; répondre : je répondis (*j'ai répondu*).

Pour certains verbes, la forme est la même : je pris, j'ai pris ; il dit, il a dit.

Corrigés → livret, p. 11

S'entraîner

QUIZ-TEST

Coche la (ou les) bonne(s) réponse(s).

1 Les formes correctes à l'imparfait de l'indicatif sont :

a) je parlais. ☐
b) nous répondons. ☐
c) vous oubliiez. ☐

2 Au passé simple, à la 1re personne du pluriel, le verbe *venir* s'écrit :

a) *nous vîmes.* ☐
b) *nous vînmes.* ☐
c) *nous vinssions.* ☐

3 ★ Repérer un verbe à l'imparfait

Entoure les verbes à l'imparfait.

Nous disions – vous portez – je savais – je donnerais – tu pensais – il faisait – nous envoyions – vous laviez – ils entendaient – vous vouliez – je nettoyais – tu apporteras – il viendrait – j'écrivais.

4 ★ Écrire un verbe à l'imparfait

Écris à l'imparfait à la 1re personne du singulier et à la 2e personne du pluriel des verbes suivants.

a) faire ....

b) devoir ....

c) varier ....

d) rire ....

e) écrire ....

5 ★ Trouver l'infinitif d'un verbe

Donne l'infinitif correspondant aux verbes au passé simple qui suivent.

a) vous prîtes ....

b) je vécus ....

c) je vins ....

d) je crus ....

e) il reçut ....

6 ★★ Écrire un verbe au passé simple

Écris au passé simple la première et la troisième personnes du singulier des verbes suivants.

a) apporter ....

b) saisir ....

c) savourer ....

d) développer ....

e) dire ....

f) retenir ....

7 ★★ Conjuguer imparfait et passé simple

Entoure les formes qui conviennent ; parmi elles, souligne les verbes au passé simple.

a) Cosette (s'avançait / s'avancait) dans la nuit ; elle (portait / porta) un seau et se (rendait / rendit) comme chaque soir à la fontaine. Un homme (apparit / apparut) au coin de la rue ; il la (suivait / suivit) depuis le début car il (connaissait / connaissais) sa mère.

b) Quand nous (étions, fûmes) petits, nous (oublions / oubliions) souvent de nous brosser les dents et nos parents nous le (rappelait / rappelaient).

c) Ce jour-là, nous (partîmes / partûmes) de bon matin et ne (revîmes / revînmes) qu'à la nuit tombée.

d) Cette demeure (appartenut / appartint) pendant trois cents ans à la même famille ; on la (transmettait, transmettaient) de génération en génération.

15 Les particularités des verbes du 1er groupe

Retiens l'essentiel

1 Verbes en *–cer*, *–ger* et *–guer*

- **Les verbes en *–cer*** prennent une cédille devant un *–o* ou un *–a*.

Présent → nous lançons ; Imparfait → je lançais ; passé simple : je lançai.

- **Les verbes en *–ger*** intercalent un *–e* entre le *–g* et les terminaisons commençant par un *–a* ou *–o*.

Présent → nous mangeons ; Imparfait → je mangeais ;
Passé simple → je mangeai.

- **Les verbes en *–guer*** gardent le *–u* après le *–g* même lorsqu'il n'est pas rendu nécessaire par la prononciation.

Présent → nous naviguons ; Imparfait → je naviguais ;
Passé simple → il navigua.

2 Verbes en *–yer*

- Le *–y* se transforme en *–i* devant un *–e* muet.

Ex. : Employer : j'emploie (mais nous employons), j' emploierai, j'emploierais.
Appuyer : j'appuie (mais *nous appuyons*), j'appuierai, j'appuierais.

- Les verbes en *–ayer* ont deux possibilités :

Payer : je paye/je paie ; je payerai/je paierai ; je payerais/je paierais.

3 *Appeler*, *jeter* et leurs composés

- Quand on entend **le son –e–** devant le *–l* ou devant le *–t*, la consonne (*–l* ou *–t*) n'est pas doublée : c'est ce qui se passe à l'infinitif.

Ex. : nous appelons, j'appelais, j'appelai ; vous jetez, tu jetais, tu jetas.

- Quand on entend **le son –è–** devant le *–l* ou devant le *–t*, la consonne (*–l* ou *–t*) est doublée.

Ex. : j'appelle, j'appellerai, j'appellerais ; tu jettes, tu jetteras, tu jetterais.

- Les composés des verbes *appeler* et *jeter* suivent la même règle : *rappeler*, *interpeler*, *rejeter*...

À savoir

Les verbes en *–eler* et *–eter*

Certains verbes en *–eler* et *–eter* se conjuguent comme *geler* et *acheter*.

Ex. : Geler : je gèle, nous gelons, je gèlerai, je gelais, je gelai...

Acheter : tu achètes, vous achetez, tu achèteras, tu achetais, tu achetas...

Comment faire ?

Bien conjuguer un verbe en *–eler* et *–eter*

→ S'il s'agit d'*appeler*, de *jeter* ou d'un de leurs composés (*rappeler*, *rejeter*...), j'applique les règles ci-dessus.

→ Un certain nombre de verbes (*amonceler*, *atteler*, *carreler*, *chanceler*, *dételer*, *ensorceler*, *épeler*, *étinceler*, *ficeler*, *harceler*, *morceler*, *renouveler*, *cacheter*, *déchiqueter*, *étiqueter*...) se conjuguent comme *appeler* et *jeter* mais depuis la réforme de 1990, on peut suivre le modèle d'*acheter* et de *geler*.

Bien conjuguer un verbe en *–yer*

→ Quand on entend le son « ill », on met un *–y* : *Ex.* : nous envoyons, j'appuyais...

→ Quand on n'entend pas le son « ill », on met un *–i* : *Ex.* : j'envoie, j'appuie, j'essuierai, tu emploierais...

Corrigés → livret, p. 11

S'entraîner

QUIZ-TEST

Coche la (ou les) bonne(s) réponse(s).

1 La forme correcte au présent de l'indicatif est :

a) nous jettons. ☐
b) j'appuye. ☐
c) nous plongeons. ☐

2 Les formes correctes au futur simple de l'indicatif sont :

a) je lançerai. ☐
b) nous appellerons. ☐
c) vous achèterez. ☐

3 ★ Le présent de l'indicatif

Mets les verbes suivants à la première personne du singulier et du pluriel du présent de l'indicatif.

a) placer : ....

b) nager : ....

c) blaguer : ....

d) employer ....

e) rejeter : ....

4 ★ Le futur simple et le présent du conditionnel

Mets les verbes suivants à la première personne du singulier du futur simple de l'indicatif et du présent du conditionnel.

a) broyer : ....

b) rappeler : ....

c) peler : ....

d) s'ennuyer : ....

e) racheter : ....

5 ★★ Le présent et le futur simple de l'indicatif

Barre les quatre verbes mal orthographiés et récris-les correctement.

Il envoye, il appuiera, il jette, nous essayons, vous laçez, vous appelez, tu jeteras, ils essuyent.

....

6 ★ L'imparfait et le passé simple

Mets les verbes suivants à la deuxième personne du singulier de l'imparfait et du passé simple.

a) larguer : ....

b) plonger : ....

c) rincer : ....

d) appeler : ....

e) geler : ....

f) envoyer : ....

7 ★★ Le présent et le futur simple de l'indicatif

Mets les phrases au présent puis au futur simple.

a) J'essuyais la vaisselle et la rangeais.

....

....

b) Tom lança le ballon et appela Noémie.

....

....

c) Léo acheta des ciseaux et jeta l'emballage.

....

....

16 Le subjonctif et l'impératif

Retiens l'essentiel

À savoir

Être et avoir au présent du subjonctif

- ***Avoir :*** *que j'aie, que tu aies, qu'il ait, que nous ayons, que vous ayez, qu'ils aient.*
- ***Être :*** *que je sois, que tu sois, qu'il soit, que nous soyons, que vous soyez, qu'ils soient.*

L'impératif

Au présent de l'impératif on ne rencontre pas la terminaison –**es**.

Ex. : Ne t'inquiète pas ! Attrape !

Toutefois, quand le verbe est suivi des pronoms *y* ou *en*, on peut ajouter un *-s* si besoin.

Ex. : Attrapes-en-une.

1 Le mode subjonctif

▸ Le mode subjonctif se rencontre principalement dans les **propositions subordonnées** pour exprimer une action qui n'est pas certaine, car elle dépend du verbe de la proposition principale.

Ex. : Je veux que tu saches cette leçon.

▸ Le subjonctif comprend **quatre temps**, deux temps simples (le présent et l'imparfait) et deux temps composés (le passé et le plus-que-parfait). Seuls le présent et le passé sont couramment employés aujourd'hui.

▸ Au présent du subjonctif, les terminaisons des verbes des trois groupes sont toujours : ***-e, -es, -e, -ions, -iez, -ent***.

Ex. : que je parle, que tu parles, qu'il parle, que nous parlions, que vous parliez, qu'ils parlent.
Que je voie, que tu voies, qu'il voie, que nous voyions, que vous voyiez, qu'ils voient.

2 Le mode impératif

▸ Le mode **impératif** comprend deux temps, un temps simple (le présent) et un temps composé (le passé). Seul le présent est fréquemment employé.

▸ L'impératif se conjugue à la deuxième personne du singulier et aux première et deuxième personnes du pluriel.

Ex. : le verbe *avancer* : avance, avançons, avancez.

▸ Pour les verbes en *-er*, la 2e personne du singulier prend un **e**.
Pour les autres verbes, elle se termine par un ***s***.

Ex. : verbe en *-er* : parle ; autres verbes : finis, cours, prends.

▸ Le verbe ***aller*** est irrégulier :

Ex. : Va, allons, allez. – Vas-y, va-t-en.

Comment faire ?

▸ Bien conjuguer le présent du subjonctif

Pour trouver une forme verbale irrégulière au présent du subjonctif, il faut la faire précéder de « il faut que ».

Ex. : savoir → il faut que je sache ; aller → il faut que j'aille ; vouloir → il faut que je veuille

On rencontre pour les deux premières personnes du pluriel les mêmes difficultés que pour l'imparfait, et il faut faire particulièrement attention aux verbes en ***-yer***, en ***-ier***, ainsi qu'aux verbes ***voir*** et ***croire***.

Ex. : Que nous envoyions, que vous envoyiez
Que nous criions, que vous criiez
Que nous voyions, que vous voyiez,
Que nous croyions, que vous croyiez

Corrigés → livret, p. 12

S'entraîner

QUIZ-TEST

Coche la (ou les) bonne(s) réponse(s).

1 Au présent du subjonctif, le verbe *avoir* se conjugue au singulier :

a) *que j'aie, que tu aies, qu'il aie.* ☐
b) *que j'aies, que tu aies, qu'il ait.* ☐
c) *que j'aie, que tu aies, qu'il ait.* ☐

2 La phrase correctement orthographiée est :

a) Ouvre ton placard et cherche tes rollers. ☐
b) Ouvres ton placard et cherches tes rollers. ☐
c) Ouvres ton placard et cherche tes rollers. ☐

3 ★ Le présent du subjonctif

Dans les couples de formes verbales, entoure la forme qui est au présent du subjonctif.

a) Je vais / J'aille. b) Je fasse / Je fais. c) Je lis / Je lise. d) Je vois / Je voie. e) J'écrive / J'écris. f) Je veuille / Je veux. g) Je croie / Je crois.

4 ★ Le présent du subjonctif

Mets au présent du subjonctif, à la première personne du singulier, les verbes suivants.

a) apercevoir ....

b) savoir ....

c) saisir ....

d) pouvoir ....

5 ★★ Le présent du subjonctif

Entoure les verbes qui sont ou peuvent être au présent du subjonctif.

Je dis – je viens – je chante – je joue – je finis – je propose – je sache – je sois – je vienne – je dessine – je suppose – j'entende.

6 ★★ Le présent du subjonctif

Mets au présent du subjonctif à la première personne du pluriel les verbes suivants.

a) Avoir : ....

b) Être : ....

c) Travailler : ....

d) Payer : ....

e) Crier : ....

7 ★★ Le subjonctif et l'impératif

Complète le tableau suivant.

infinitif	présent du subjonctif 1re personne du singulier	présent de l'impératif 2e personne du singulier
a) associer	....	....
b) comprendre	....	....
c)	....	crois
d) aller	....	....

8 ★★★ Les modes personnels

Indique le mode des formes verbales suivantes (elles sont toutes au présent).

a) tu aies ....

b) vous changiez ....

c) réfléchis ....

d) vous pliez ....

e) je prends ....

17 Les terminaisons verbales à ne pas confondre

Retiens l'essentiel

1 Passé simple et imparfait de l'indicatif : *–ai / –ais*

Pour les verbes du 1er groupe à la première personne du singulier, il ne faut pas se tromper entre l'imparfait et le passé simple.

Ex. : Je me couchai (passé simple) puis j'éteignis la lumière. Je me couchais (imparfait) quand l'orage éclata.

Pour éviter la confusion, il faut mettre le verbe à la troisième personne ; on identifie alors clairement le temps.

Ex. : Il se coucha (passé simple) puis il éteignit la lumière → Je me couchai.
Il se couchait (imparfait) quand l'orage éclata → Je me couchais.

2 Le futur et le présent du conditionnel : *rai* ou *rais*

Pour tous les verbes, il faut distinguer, à la première personne du singulier, le futur de l'indicatif et le présent du conditionnel.

Ex. : Demain je passerai (futur) te voir. Je passerais (présent du conditionnel) te voir si mon vélo n'était pas cassé.

Pour éviter la confusion, il faut mettre le verbe à la troisième personne.

Ex. : Demain il passera (futur) te voir → Je passerai.
Il passerait (présent du conditionnel) te voir si son vélo... → Je passerais.

3 Présent de l'indicatif et présent du subjonctif : *s* ou *e* ; *s* ou *es* ; *t* ou *e*

Tous les verbes ont des terminaisons en *–e*, *–es*, *–e* au singulier du présent du subjonctif. Certains verbes se prononcent de la même manière au présent de l'indicatif et au présent du subjonctif mais s'écrivent différemment.

Ex : Je revois (indicatif) ma leçon ; Il faut que je revoie (subjonctif) ma leçon.

Pour identifier le mode employé, il faut remplacer le verbe par *savoir (sais/sache)*, *faire (fais/fasse)* ou *prendre (prends/prenne)*.

Ex. : Je pense que tu crois (tu fais : indicatif) ce que je dis.
J'aimerais que tu croies (tu fasses : subjonctif) ce que je dis.

À savoir

Imparfait et passé simple

On ne peut pas confondre l'imparfait et le passé simple des verbes en *–ir*, *–oir* et *–re* (2e et 3e groupes).

Ex. : *Finir* : je finissais/je finis ; *courir* : je courais/je courus ; *venir* : je venais/je vins.

Présent de l'indicatif et présent du subjonctif au pluriel

Indicatif : nous oublions

Subjonctif : il faut que nous oubliions.

On remplace par *faire* (faisons/fassions) ou *savoir* (savons/sachons) pour reconnaître le mode.

Comment faire ?

▸ Ne pas confondre les terminaisons des verbes conjugués et celles des noms

Le *s* est une marque du pluriel quand il s'agit d'un nom, alors que c'est une indication de personne (1re ou 2e) pour les verbes.

Ex. : Tu déjeunes ; ils déjeunent ; les déjeuners.

Attention : dans la phrase *Je les regarde* → *regarde* s'accorde avec *je* et non avec *les*.

▸ Ne pas confondre verbe en *-er* et nom masculin de la même famille

Ex. : Le travail / je travaille ; un oubli / j'oublie ; un pari / je parie.

Corrigés → livret, p. 12

S'entraîner

QUIZ-TEST

Coche la (ou les) bonne(s) réponse(s).

1 Les phrases correctement orthographiées sont :

a) Je regardais un film quand tu m'as téléphoné. ☐
b) Je sortis puis refermai soigneusement la porte. ☐
c) L'année dernière je m'entraînai cinq heures par semaine. ☐

2 La phrase correctement orthographiée est :

a) Ce n'est pas moi qui est pris ton livre de maths. ☐
b) Je voudrais que tu voies ce film étonnant. ☐
c) Cette paire de chaussures me semblent convenir. ☐

3 ★★ Imparfait ou passé simple ?

Mets les verbes entre parenthèses à la 1re personne du singulier à l'imparfait ou au passé simple.

a) Je vis mon camarade au loin et .... pour le rattraper. (se précipiter)

b) Chaque soir, je .... de rejoindre le gymnase. (se dépêcher)

c) Alors que .... doucement dans le sommeil, je .... en entendant grincer la porte d'entrée. (glisser, sursauter)

4 ★★ Futur ou présent du conditionnel ?

Mets les verbes entre parenthèses au futur ou au présent du conditionnel.

a) L'année prochaine j'(aller) avec mes cousins en Italie.

....

b) Moi aussi, j'(aimer) bien aller en Italie.

....

c) (Voir)-vous un inconvénient à ce que j'ouvre un peu la fenêtre ?

....

....

d) Je (vouloir) deux kilos de cerises, s'il vous plaît.

....

5 ★★ Le présent du subjonctif

Complète les phrases en mettant le verbe entre parenthèses au présent du subjonctif.

a) Pensez-vous qu'il .... au courant ? (être)

a) J'aimerais que tu .... à la réunion. (venir)

a) Il ne faut pas qu'il .... ce soir. (pleuvoir)

6 ★★★ Indicatif ou subjonctif ?

Mets les verbes entre parenthèses au présent de l'indicatif ou au présent du subjonctif.

a) Je (croire) que je (voir) beaucoup mieux avec ces verres-là.

....

b) Il faut absolument que je (voir) ce film.

....

c) Il n'est pas sérieux que tu (croire) à toutes ces superstitions.

....

d) Il faudrait d'abord que tu (avoir) envie de nous accompagner.

....

e) Thomas (courir) bien qu'il (avoir) le temps.

....

18 Le passif

Retiens l'essentiel

1 Voix active et voix passive

▸ Un verbe est à la **voix active** lorsque le sujet fait l'action exprimée par ce verbe.

Ex. : La mer roule les galets. → La mer agit.

▸ Un verbe est à la **voix passive** lorsque le sujet subit l'action exprimée par ce verbe.

Ex. : Les galets sont roulés par la mer. → Les galets subissent.

2 La transformation passive

▸ On appelle **transformation passive** la transformation d'une phrase ou d'une expression de la voix active à la voix passive.

Ex. : La mer roule les galets. → Les galets sont roulés par la mer.

▸ Au cours de la transformation passive :

– le **sujet** (*la mer*) devient le **complément d'agent**,

– le **COD** (*les galets*) devient **le sujet**.

3 La conjugaison d'un verbe au passif

▸ Au passif, les verbes se conjuguent avec l'auxiliaire *être*.

▸ À chaque temps de la voix active correspond une forme à la voix passive. L'auxiliaire *être* se met au temps correspondant à la voix active.

Ex. : elle roule (*voix active*) ; ils sont roulés (*voix passive*).

4 Le complément d'agent

▸ Le complément d'agent fait l'action exprimée par le verbe à la voix passive.

▸ Le complément d'agent est introduit par la préposition *par* ou par la préposition *de*.

Ex. : Il est estimé par tous ; il est estimé de tous.

À savoir – N'oublie pas !

Au cours de la transformation passive, le verbe change de forme, mais ne change pas de temps : ***roule*** et ***sont roulés*** sont au présent de l'indicatif.

Attention !

Un verbe au passif n'est pas toujours accompagné d'un complément d'agent.

Ex.: Mes efforts ont été récompensés.

Attention !

Seuls les verbes **transitifs directs** (qui admettent un COD) peuvent se mettre à la voix passive.

Comment faire ?

▸ **Repérer une forme verbale au passif**

→ La voix passive se conjugue toujours avec l'auxiliaire *être*, mais certains verbes, tels *aller*, *venir* ou *partir*, se conjuguent également avec l'auxiliaire *être* à la voix active.

Ex. : Il est arrivé : voix active, indicatif, passé composé.
Il est encouragé : voix passive, indicatif, présent.

→ Pour reconnaître la voix d'un verbe, on peut lui ajouter le complément d'agent **par quelqu'un**.

Ex. : Il est arrivé ~~par quelqu'un~~ : c'est impossible, la voix est active.
Il est encouragé par quelqu'un : c'est possible, la voix est passive.

Corrigés → livret, p. 12

S'entraîner

QUIZ-TEST

Coche la (ou les) bonne(s) réponse(s).

1 Au passif, la phrase « *Théo tiendra le rôle principal.* » devient :

a) Le rôle principal aura été tenu par Théo...... ☐
b) Le rôle principal sera tenu par Théo........... ☐
c) Le rôle principal est tenu par Théo............. ☐

2 Les phrases contenant un complément d'agent sont :

a) Cette histoire est racontée avec beaucoup de talent. .... ☐
b) Cette histoire est connue de tous............. ☐
c) Cette histoire est mise en musique par notre professeur.................................. ☐

3 ★ Actif ou passif ?

Indique si les formes verbales suivantes sont à la voix active ou à la voix passive.

a) il a raconté..

b) il eut dansé..

c) il avait été contacté ....

d) il sera félicité..

e) il aura compris ....

f) il fut entendu..

g) il est offert..

h) il aura été remarqué ....

4 ★★ Formes verbales actives et passives

Relie chaque forme verbale suivante, à la voix active, à la forme passive correspondante.

voix active	*voix passive*
a) il regardera	1. il eut été regardé
b) il avait regardé	2. sois regardé
c) il regarde	3. qu'il soit regardé
d) il regarderait	4. il serait regardé
e) il regarda	5. il aura été regardé
f) il aura regardé	6. il aurait été regardé
g) il eut regardé	7. il sera regardé
h) qu'il regarde	8. il est regardé
i) il aurait regardé	9. il fut regardé
j) regarde	10. il avait été regardé

5 ★★ Repérer les compléments d'agent

Dans les phrases suivantes, souligne les compléments d'agent.

a) Notre cousin est accompagné d'un de ses camarades du club d'aviron.

b) Son exploit a été homologué par la fédération.

c) Sa performance a été reconnue par tout le stade et admirée par toute son équipe.

d) Elle est appréciée de tous car elle est toujours prête à rendre service.

e) Cette horloge a été vraiment fabriquée de toute pièce par notre classe.

6 ★★★ Réécrire une phrase au passif

Mets les phrases suivantes au passif.

a) Le professeur d'arts plastiques illustrera notre roman.

....

b) On déposera quelques exemplaires de notre roman policier au CDI.

....

c) Notre classe aura peut-être remporté le concours organisé par la Ville.

....

d) On a tiré notre œuvre en trente exemplaires.

....

19 Les temps composés

Retiens l'essentiel

1 Les temps composés

Les temps composés sont formés d'un auxiliaire, ***avoir*** ou ***être***, conjugué à un temps simple, et du participe passé du verbe.

À chaque temps simple correspond un temps composé.

▸ L'indicatif

Présent → Passé composé : *J'ai vu. Je suis venu(e)*

Futur → Futur antérieur : *J'aurai vu. Je serai venu(e)*

Imparfait → Plus-que-parfait : *J'avais vu. J'étais venu(e)*

Passé simple → Passé antérieur : *J'eus vu. Je fus venu(e)*

▸ Le conditionnel

Présent → Passé : *J'aurais vu. Je serais venu(e)*

▸ Le subjonctif

Présent → Passé : *Que j'aie vu. Que je sois venu(e)*

Imparfait → Plus-que-parfait : *Que j'eusse vu. Que je fusse venu(e)*

▸ L'impératif

Présent → Passé : *aie fini, sois revenu(e)*

2 Les temps composés au passif

L'auxiliaire se met au temps composé :

- ▸ Passé composé de l'indicatif : j'ai été vu(e) → auxiliaire au passé composé
- ▸ Futur antérieur de l'indicatif : j'aurai été vu(e) → auxiliaire au futur antérieur
- ▸ Plus-que-parfait de l'indicatif : j'avais été vu(e) → auxiliaire au plus-que-parfait
- ▸ Passé antérieur de l'indicatif : j'eus été vu(e) → auxiliaire au passé antérieur
- ▸ Passé du conditionnel : j'aurais été vu(e)
- ▸ Passé du subjonctif : que j'aie été vu(e)
- ▸ Plus-que-parfait du subjonctif : que j'eusse été vu(e)

Pour identifier un temps (simple ou composé) à la voix passive, il faut simplement trouver le temps de l'auxiliaire.

À savoir

Bien orthographier le participe passé

- Pour connaître la dernière lettre d'un participe passé du 3e groupe, on le met au féminin.
  Ex. : promis (promise) ; écrit (écrite)
- Le participe passé employé avec ***avoir*** ne s'accorde pas avec le sujet ; quand le verbe est conjugué avec ***être***, le participe passé s'accorde avec le sujet.
  Ex. : Nous avons nagé ; nous sommes arrivés.

Attention !

Les règles d'accord du participe passé sont présentées dans la leçon 8.

Comment faire ?

▸ Ne pas confondre la voix active et la voix passive

Il ne faut pas confondre les temps composés avec les temps conjugués à la voix passive, car certains verbes se conjuguent, à la voix active, avec l'auxiliaire *être*.

Ex. : *Il est venu* : passé composé, voix active ; le verbe se conjugue avec l'auxiliaire *être*.
Il est entendu : présent, voix passive ; pour repérer le temps, on ne considère que l'auxiliaire.

Dans le second exemple, on peut reconnaître le passif en ajoutant « par quelqu'un » (complément d'agent), ce qui n'est pas possible dans le premier exemple.

Corrigés → livret, p. 12

S'entraîner

QUIZ-TEST

Coche la (ou les) bonne(s) réponse(s).

1 Le verbe au plus-que-parfait de l'indicatif est :

a) *Il eut proposé.* ☐
b) *Nous avions entendu.* ☐
c) *Elles étaient admirées.* ☐

2 Le verbe de la phrase « *Ils auront été suivis* » est :

a) au passé antérieur. ☐
b) au futur antérieur. ☐
c) au plus-que-parfait. ☐

3 ★ La formation des temps composés

À quel temps se met l'auxiliaire dans les temps composés suivants ?

a) futur antérieur ....

b) plus-que-parfait ....

c) passé du conditionnel ....

d) passé composé ....

e) passé antérieur ....

4 ★ Les temps composés de l'indicatif

À quel temps de l'indicatif sont les formes verbales suivantes ?

a) Il est arrivé ....

b) Elle aura gagné ....

c) Ils avaient entendu ....

d) Tu as rencontré ....

e) Nous eûmes décidé ....

5 ★★ Actif ou passif ?

Indique le temps des verbes.

Attention ! **certains verbes sont au passif.**

a) Il avait entendu ....

b) Nous avons rencontré ....

c) Il était apporté ....

d) Ils auraient été récompensés ....

e) Elle fut découverte ....

f) Ils eurent écrit ....

g) Nous avons été repérés ....

h) Vous êtes arrivés ....

6 ★★★ Modes et temps, à la voix active

Écris à la voix active la forme verbale correspondant aux indications suivantes.

a) faire : indicatif, passé antérieur, 2e personne du pluriel. ....

b) lancer : subjonctif, passé, 3e personne du singulier.

....

c) devenir : conditionnel passé, 3e personne du pluriel.

....

d) approuver : indicatif, futur antérieur, 2e personne du singulier. ....

e) construire : subjonctif, plus-que-parfait, 1re personne du singulier. ....

f) jeter : indicatif, plus-que-parfait, 3e personne du singulier. ....

20 Analyser un texte et une image

Retiens l'essentiel

1 Quelques procédés (figures) de style

▶ **La personnification :** elle attribue à des animaux ou à des êtres inanimés des caractéristiques humaines. *Ex. :* « Maître Renard [...] lui tint à peu près ce langage. »

▶ **La comparaison et la métaphore :** ces deux procédés comparent une réalité à exprimer (le comparé) à une autre réalité plus claire pour le lecteur (le comparant). La comparaison a recours à un outil de comparaison (*comme*, *de même que*...), ce qui n'est pas le cas pour la métaphore.

Comparaison	Métaphore
Un champ de blé semblable à la mer.	Un océan de blé (pour désigner le champ).

▶ **L'hyperbole :** en employant des superlatifs ou des termes forts, en utilisant des énumérations, on peut exagérer une situation ou une description afin d'impressionner le lecteur. Cela peut être un procédé à effet dramatique ou à visée comique, comme dans la caricature.
Ex. : « C'est un roc ! C'est un pic ! C'est un cap ! » pour évoquer le nez de Cyrano de Bergerac (Edmond Rostand).

▶ **L'antithèse :** Deux mots, deux expressions ou deux notions s'opposent. *Ex. :* jeune et vieux ; beau et laid...

▶ **L'oxymore ou alliance de mots :** ce procédé consiste à rapprocher deux termes antithétiques. *Ex. :* « le soleil noir de la mélancolie. » (Gérard de Nerval).

2 La photographie et le film : quelques procédés

▶ **L'angle de prise de vue :** de face, sur le côté, en plongée, en contre-plongée.

▶ **L'échelle :** plan d'ensemble, plan de demi-ensemble (ne couvrant qu'une partie du décor), plan moyen (personne en pied), plan américain (cadrage au-dessus du genou), plan rapproché (buste), gros plan (tête et cou), très gros plan (visage).

▶ **La fixité ou le mouvement de la caméra :** travelling avant/arrière, caméra portée, effet de zoom...

À savoir

La versification

Les principaux vers :
- Alexandrin : 12 syllabes
- Décasyllabe : 10 syllabes
- Octosyllabe : 8 syllabes
- Vers libre : rien de fixe

Les principales strophes :
- Quatrain : 4 vers
- Tercet : 3 vers

Les systèmes de rimes :
- Rimes suivies : aabb...
- Rimes croisées : abab
- Rimes embrassées : abba

Plan de demi-ensemble et angle de face.
Scène du film *2001 : l'odyssée de l'espace* de Stanley Kubrick, 1968.

Comment faire ?

▶ **Commenter un procédé stylistique**

Il ne suffit pas de repérer un procédé, il faut le commenter. Toute étude technique d'un texte ou d'une image doit être reliée au sens du texte et déboucher sur une interprétation.
Demande-toi quelle impression crée le procédé. Par exemple :
→ **Personnification :** la nature en paraît plus humaine, plus proche du lecteur. L'auteur exprime les caractères des hommes en les projetant sur les animaux, les plantes, les objets.
→ **Comparaison et métaphore :** elles permettent de dire une idée, un sentiment difficile à exprimer avec les mots de tous les jours.

S'entraîner

Corrigés → livret, p. 12

QUIZ-TEST

Coche la (ou les) bonne(s) réponse(s).

1 **L'« *obscure clarté* » est :**

a) une métaphore. ☐
b) une hyperbole. ☐
c) un oxymore. ☐

2 **Une strophe de 4 vers est :**

a) un quadrisyllabe. ☐
b) un quatrain. ☐
c) un alexandrin. ☐

3 ★ Identifier un procédé de style

Identifie le procédé stylistique de chaque phrase.

a) « L'océan blême » (Laforgue) ....

b) Tu es rouge comme une pivoine. ....

c) Cet exercice est d'une longueur infinie ! ....

....

d) Les étoiles de ton regard. ....

....

4 ★★ Identifier et commenter un procédé de style

« Une eau courait, fraîche et creuse,
Sur les mousses de velours ;
Et la nature amoureuse
Dormait dans les grands bois sourds. »

Victor Hugo, *« Vieille chanson du jeune temps »*, *Les Contemplations*, 1831.

a) Quel est le système de rimes employé ?

....

b) Quel est le procédé de style employé dans les deux derniers vers ? Quel est l'effet produit ?

....

c) Quel procédé de style employé dans le titre du poème surprend le lecteur ?

....

5 ★ Commenter une image

Roméo rejoint Juliette. Scène de *Roméo et Juliette* de W. Shakespeare (acte III).

a) L'amour est-il réciproque ? Justifie ta réponse.

....

....

b) Où se trouve le jeune homme au premier plan ? Pourquoi ?

....

....

c) Quelle est l'attitude du personnage à l'arrière-plan ? Que peut-on déduire quant à l'amour des deux jeunes gens ?

....

....

21 Les types de phrases et de textes

Mot-clé

Les interrogations

On distingue les interrogations **totales** qui n'admettent que deux réponses possibles « oui / non » (*Ex.* : Vient-il ?) et les interrogations **partielles** qui admettent une infinité de réponses possibles (*Ex.* : Quand vient-il ?).

À savoir

La tragédie

La tragédie met en scène des personnages nobles qui sont victimes du destin et meurent le plus souvent à la fin.

La comédie

La comédie met en scène des personnages ordinaires dans des situations amusantes et propose un dénouement heureux.

La poésie

La poésie, traditionnelle ou moderne, est caractérisée par une utilisation particulière du langage.

Retiens l'essentiel

1 Les types de phrases

- **La phrase déclarative** : elle donne une information.
- **La phrase interrogative** : elle demande une information.
- **La phrase impérative** : elle exprime un ordre ou un conseil.

Les phrases peuvent être mises à la **forme négative** ou à la **forme exclamative**.

2 Les types de textes

Les œuvres littéraires sont classées par genre. Les œuvres d'un même genre présentent les mêmes caractéristiques.

- **Les genres où domine la narration** : le roman (long récit fictif), la nouvelle (court récit fictif), le conte (court récit qui transmet une leçon), l'autobiographie (récit de sa propre vie).
- **Le théâtre** : le texte est destiné à être représenté sur une scène devant un public.
- **La poésie** : on rencontre des poèmes en vers fixes, en prose ou en vers libres (rythme libre et absence de rimes). À partir de la seconde moitié du XIXe siècle, la poésie commence à se libérer des règles de versification.

Au sein des différentes œuvres, on rencontre différents types de textes :

- le **texte narratif** qui raconte une histoire ;
- le **texte descriptif** qui décrit un objet, un paysage, une personne... ;
- le **texte explicatif** qui analyse un fait ou une idée (l'article d'une encyclopédie, par exemple) ;
- le **texte argumentatif** qui vise à emporter l'adhésion du destinataire grâce à des arguments et à des procédés.

Comment faire ?

Comprendre un texte

Pour bien comprendre un texte, il faut le lire attentivement et se demander : Quelle est l'idée principale du texte ? Quelles sont successivement les différentes étapes du texte (c'est le plan ou la composition du texte) ? Qui raconte l'histoire ? etc.

N'oublie pas !

Étudier un texte, c'est chercher à dégager sa spécificité. On peut étudier son genre, son plan, son vocabulaire, les procédés de style utilisés. On précise sa signification, les émotions qu'il suscite.

Comprendre l'implicite d'un texte

Une fois que l'on a dégagé les informations explicites (ce qui se passe, les personnages, le cadre...), il faut aller plus loin et dégager ce qui est implicite (= sous-entendu) : pourquoi les personnages se comportent-ils ainsi ? Quelles sont les intentions de l'auteur dans ce texte ?

Répondre à une question sur un texte

La première phrase de la réponse doit reprendre les mots de la question.

Il faut justifier la réponse en citant le texte sans oublier les guillemets.

Corrigés → livret, p. 12

S'entraîner

QUIZ-TEST

Coche la (ou les) bonne(s) réponse(s).

1 La phrase « *Cours* ! » est :

a) une phrase déclarative. ☐
b) une phrase de forme exclamative. ☐
c) une phrase impérative. ☐

2 Un portrait est un discours :

a) narratif. ☐
b) explicatif. ☐
c) descriptif. ☐

3 ★ Les types de phrases

Indique pour chaque phrase s'il s'agit d'une phrase déclarative, interrogative ou impérative. Surligne une phrase de forme exclamative et une phrase de forme négative.

a) Viendrez-vous assister à notre représentation du *Bourgeois Gentilhomme* ?

....

b) Plusieurs élèves de notre classe ont travaillé la mise en scène de cette pièce.

....

c) Prenez place, s'il vous plaît !

....

d) Le rideau ne s'est pas encore levé.

....

4 ★ Les phrases interrogatives

Parmi les interrogations suivantes extraites du *Bourgeois Gentilhomme* (acte III, scène 10), quelles sont les interrogations totales et quelles sont les interrogations partielles ?

a) Qu'as-tu donc Covielle ?

....

b) Quel chagrin vous possède ?

....

c) Êtes-vous muet, Cléonte ?

....

d) N'est-il pas vrai, Cléonte, que c'est là le sujet de votre dépit ?

....

5 ★★ Étudier un texte

Il s'appelle Fanfreluche, très joli nom de chien, qu'il porte avec bonheur. Fanfreluche n'est pas plus gros que le poing fermé de sa maîtresse, et l'on sait que Madame la Marquise a la plus petite main du monde ; et cependant il offre à l'œil beaucoup de volume et paraît presque un petit mouton, car il a des soies d'un pied de long, si fines, si douces, si brillantes que la queue de Minette semble une brosse en comparaison. Quand il donne la patte et si on la lui serre un peu, l'on est tout étonné de ne rien sentir du tout. Fanfreluche est plutôt un flocon de laine soyeuse où brillent deux beaux yeux bruns et un petit nez rose, qu'un véritable chien.

Théophile Gautier, Le Petit Chien de la marquise, *chap. II « Le bichon fanfreluche ».*

a) À quel type de texte appartient cet extrait ?

....

b) À quel temps et à quelle personne est écrit le texte ?

....

....

c) Relève les mots ou les expressions qui expriment la petite taille du chien.

....

....

d) Souligne les adjectifs qui valorisent le chien.

22 Formuler correctement sa pensée à l'écrit et à l'oral

Retiens l'essentiel

1 Différencier l'écrit et l'oral

À l'oral
- Je peux hésiter :
  Ex. : « Le lyrisme est un poème ; non, le lyrisme en poésie permet d'exprimer des sentiments. »
- J'utilise des phrases non verbales.
  Ex. : « Non, inutile. »
- J'utilise le niveau de langue familier ou courant.
  Familier : « Tu peux m'aider ? »
  Courant : « Est-ce que tu viens ? »

À l'écrit
- J'écris une phrase achevée :
  Ex. : Le lyrisme en poésie permet d'exprimer des sentiments.
- Je privilégie les phrases verbales.
  Ex. : C'est inutile.
- J'utilise les niveaux de langue courant ou soutenu.
  Courant : Est-ce que c'est un conte ?
  Soutenu : Ce poème est-il lyrique ?

2 La phrase correcte

▶ Une phrase correcte est une phrase qui respecte les codes de la langue.

Ex. : Roman moi → phrase incorrecte et incompréhensible.
Le roman me lit → phrase correcte, compréhensible mais absurde.
Je lis un roman → phrase correcte, compréhensible et sensée.

3 Phrase minimale ou enrichie

▶ Les **phrases minimales** peuvent créer un certain suspens.
Ex. : Une branche craqua. Je retins ma respiration. Le silence était pesant.

▶ Les **phrases enrichies** permettent au lecteur d'imaginer la scène.
Ex. : Le jeune chien friand de bêtises se faufila sans un bruit dans la cuisine.

À savoir — La construction négative

La négation est double.
Je ne viens pas.
Je ne cours jamais.
Personne n'est venu.
Aucun de nous n'est disponible.

⚠ La phrase interrogative

Attention à l'inversion du sujet.
Que dis-tu ?
Que réponds-tu ?
Que raconte-t-il ?

Comment faire ?

▶ **Présenter un exposé**

→ Il ne faut pas rédiger le texte mais noter ce que l'on va dire en style télégraphique et en aérant la présentation pour pouvoir relire rapidement.
→ Il faut s'entraîner à parler et à faire des phrases à partir de notes.

▶ **Enrichir son texte à l'écrit**

→ **Développer un groupe nominal.** Pour préciser un groupe nominal, on peut ajouter des adjectifs, un complément du nom, une subordonnée relative.

Ex. : C'est le gros dictionnaire de mon père que j'ai oublié en salle 12.

→ **Ajouter des compléments de phrase (circonstanciels).**

Ex. : Ce jour-là, en raison du froid, nous avions exceptionnellement renoncé à notre excursion.

→ **Enrichir un dialogue inséré dans un récit.** Pour intéresser le lecteur, il faut enrichir les incises (proposition indépendantes entre virgules) et ajouter des phrases de récit entre les répliques pour décrire la scène.

Ex. : C'est d'accord, dit-il avec assurance en me regardant droit dans les yeux.

Corrigés → livret, p. 13

S'entraîner

QUIZ-TEST

Coche la (ou les) bonne(s) réponse(s).

1 Les phrases non verbales sont :

a) plus nombreuses à l'oral. ☐
b) plus nombreuses à l'écrit. ☐
c) incorrectes. ☐

2 « Le chien dort » est :

a) une phrase verbale. ☐
b) une phrase minimale. ☐
c) une phrase enrichie. ☐

3 ★ Écrire une phrase interrogative correcte

Complète les phrases interrogatives.

a) Quand ton frère part .... il à Lyon ?

b) Pourquoi parle .... il si fort ?

c) Que lui dirons .... nous ?

d) Comment danse .... il aussi bien ?

e) Ce robot comprend .... il le français ?

4 ★ Parler et écrire à partir de notes

Dis puis écris les phrases correspondant aux notes.

a) Autobiographie récit propre vie.

....

b) Auteur personne réelle / narrateur réel ou fictif.

....

....

c) Autobiographie : narrateur = auteur.

....

5 ★★ Dire et écrire une phrase correcte

Récris les phrases correctement en effectuant les modifications nécessaires.

a) Je aller cinéma demain avec toi si tu vouloir.

....

b) Je avoir pas entendu sonner téléphone.

....

c) Qu'est-ce que tu vouloir expliquer à moi ?

....

d) Quand toi aller CDI exposé préparer ?

....

6 ★★ Dire et écrire une phrase correcte

Entoure l'intrus et justifie ta réponse.

Tu n'y connais rien. Qui a dit cela ? Vite ! Tout est possible. Seras-tu là ? Je n'ai jamais vu ce film. Je sais plus. Nous ne sommes pas pressés. Pourquoi pas ?

....

....

7 ★★ Écrire une phrase négative correcte

Mets les phrases à la forme négative.

a) Je joue au rugby.

....

b) Mon frère de 4 ans lit déjà !

....

c) Sonnez avant d'entrer.

....

d) Eteindre les ordinateurs en partant.

....

e) Quelqu'un a vu le cambrioleur.

....

23 Exprimer ses sentiments et son point de vue

Mots-clés

Le lyrisme

Un texte, notamment un poème, qui exprime les sentiments de l'auteur est un texte **lyrique**.

La visée d'un texte

La *visée* désigne les intentions de l'auteur, l'émotion, le sentiment, l'opinion qu'il cherche à faire partager à son lecteur. Quand l'auteur cherche à transmettre un point de vue, une opinion, on dit que **la visée est argumentative**. Quand il dénonce un fait, **la visée est critique**. Quand il cherche à toucher par un travail particulier sur le langage, on parle de **visée esthétique**.

Retiens l'essentiel

1 L'expression des sentiments

▸ Le **vocabulaire** (noms, verbes, adjectifs) permet d'exprimer les sentiments.
Ex. : Amour, haine, indifférence, fascination, répulsion, horreur, crainte…

▸ La **phrase de forme exclamative** souligne l'intensité des sentiments.
Ex. : Quel paysage extraordinaire ! → admiration.

▸ Les **procédés (figures) de style** (répétition, comparaison, métaphore…) peuvent aussi rendre le lecteur sensible aux sentiments de l'auteur ou des personnages.

« Ma femme à la chevelure de feu de bois
Aux pensées d'éclairs de chaleur
À la taille de sablier
Ma femme à la taille de loutre entre les dents du tigre »

André Breton, « Union libre », *Clair de Terre*, 1923.

2 L'expression d'un point de vue

▸ Le **lexique mélioratif** permet de montrer qu'on apprécie l'objet, la personne, la situation dont on parle.
Ex. : Merveilleux, magnifique, grandeur, beauté, apprécier, aimer…

▸ Le **lexique péjoratif ou dépréciatif** permet de montrer qu'on rejette l'objet, la personne, la situation dont on parle.
Ex. : Horrible, repoussant, stupide, laideur, blesser, user…

▸ Les **modalisateurs** sont des mots ou des expressions qui laissent passer l'opinion de celui qui parle.

– adverbes : *certainement*, *peut-être*, *probablement*.
Ex. : Il viendra probablement demain.

– verbes : *il me semble*, *je crois*, *je suis sûr*…
Ex. : L'été est chaud, me semble-t-il.

Comment faire ?

▸ **Étudier l'expression du sentiment amoureux**

→ Il faut d'abord s'interroger sur la **nature de ce sentiment** : qui aime qui ? Cet amour est-il réciproque ou au contraire à sens unique ? Cet amour est-il comblé ou déçu ?

→ Pour étudier les **manifestations de l'amour**, on examine les personnages, leurs actions, leurs paroles. Au théâtre et dans le roman, la scène d'aveu, de déclaration d'amour est courante : comment l'auteur procède-t-il ?

→ Pour étudier l'**expression de l'amour**, on examine le lexique et les procédés. On distingue ce qui est explicite de ce qui est implicite (sous-entendu).

Ex. : **Explicite** : Je t'aime (déclaration) / **Implicite** : les compliments (éloge des yeux, des cheveux…).

Corrigés → livret, p. 13

S'entraîner

QUIZ-TEST

Coche la (ou les) bonne(s) réponse(s).

1 « ***écœurant*** » **est un adjectif :**

a) mélioratif. ☐
b) dépréciatif. ☐
c) péjoratif. ☐

2 « ***probablement*** » **est :**

a) un adverbe. ☐
b) un modalisateur. ☐
c) un terme péjoratif. ☐

3 ★ Vocabulaire mélioratif et péjoratif

Entoure en rouge les termes mélioratifs et en bleu les termes péjoratifs.

Chef-d'œuvre – vert – hors-pair – banal – intermédiaire – vertical – médiocre – infecte – idéal – rectangulaire – traitre – créateur – tortionnaire.

4 ★ Exprimer son point de vue

Souligne les phrases qui affirment un point de vue.

Théo viendra sûrement. Il pleut. Je suis d'accord. Il paraîtrait qu'il va pleuvoir. Théo habitait à Londres. Nous sommes des collégiens. Je serai sans doute là.

5 ★★ Le vocabulaire des sentiments

Entoure l'intrus et justifie ta réponse.

Apprécier – aimer – tendresse – affection – rancœur – passionné – épris – attachement – adorer.

....

6 ★★ Le vocabulaire des sentiments

Entoure l'intrus et justifie ta réponse.

Allégresse – euphorie – rire – bonheur – heureux – joyeux – affliction – jovial – gai – jubilation.

....

7 ★★ Le vocabulaire des sentiments

Classe les termes dans le tableau selon qu'ils manifestent de la colère, de la peur ou de la surprise.

Indignation – inquiet – frayeur – effroi – fureur – stupéfait – déconcerté – ébahi – médusé – anxieux – courroux – emportement – angoisse – étonnement.

Colère	Peur	Surprise
....	....	....
....	....	....
....	....	....

8 ★★ Le vocabulaire amoureux

Complète les phrases avec les mots suivants : *séducteur*, *passionnément*, *bouleversés*, *passion*.

a) Roméo et Juliette éprouvent une .... fatale.

b) Ils sont .... amoureux l'un de l'autre.

c) Ne te fie pas à Tom ; c'est un simple ....

d) Ils se regardèrent ....

9 ★★ Exprimer un sentiment

Récris les phrases en utilisant le mot exclamatif en rouge.

a) J'aime les parfums de l'automne. Combien

.... !

b) Je regrette ma petite enfance. Comme

.... !

c) La surprise a été immense. Quelle

.... !

24 Utiliser la ponctuation et construire son devoir

Retiens l'essentiel

1 La ponctuation : définition

La ponctuation transcrit les intonations et les pauses de la voix. Sans ponctuation, ou avec une mauvaise ponctuation, un texte est illisible.

2 Les signes de ponctuation en fin de phrase

- **Le point** (.) : il termine une phrase déclarative ou injonctive.
- **Le point d'interrogation** (?) : il termine une question.
- **Le point d'exclamation** (!) : il exprime une sensation ou un sentiment.
- **Les points de suspension** (...) : ils donnent l'impression que la phrase est inachevée ; c'est au lecteur de deviner ce qui est sous-entendu.

3 Les signes de ponctuation à l'intérieur de la phrase

- **Le point-virgule** (;) : il sépare deux propositions.

Ex. : Il pleut ; nous allons rester à la maison.

- **Les deux points** (:) : ils introduisent un développement ; ce peut être une explication, des précisions, une énumération, une citation.
- **La virgule** (,) : elle marque une pause légère entre deux éléments ; elle peut séparer deux propositions, deux compléments, deux noms...

4 Le paragraphe

- Dans un récit, une description, une argumentation, **le paragraphe forme un tout** : il développe un moment de l'histoire (pour le récit), un aspect du paysage, de la personne décrite, une idée, un argument.
- Pour marquer le début d'un paragraphe, on s'écarte de la marge (alinéa). À la fin du paragraphe, on va à la ligne.

À savoir

La ponctuation du dialogue

- **Les deux points** (:) introduisent une parole.
- **Le tiret** (–) précède la réplique ; on le place au début de la ligne et on va à la ligne pour présenter une autre réplique ou pour reprendre le récit.
- **Les guillemets** (« ... ») se placent au début et à la fin d'une réplique.

(voir aussi *leçon* 27)

À savoir

Lire attentivement le sujet

Après avoir lu attentivement le sujet, réponds aux questions suivantes : mon récit sera-t-il au présent ou au passé ? Mon récit sera-t-il à la première personne ou à la troisième personne ? Quelles seront les différentes étapes de mon devoir ?

Comment faire ?

Construire son devoir

→ Avant de rédiger le récit, la description ou l'argumentation, il faut rédiger **un plan** au brouillon, c'est-à-dire prévoir les différentes étapes du devoir.
→ Chaque étape fera l'objet d'un paragraphe.
→ L'introduction présente ce qui va être développé (personnage, lieu, circonstances, opinion...).
→ La conclusion dresse un bilan.

Relire son devoir

1° Vérifie que **le sujet est bien traité** et que le devoir est compréhensible.
2° Vérifie **le temps des verbes** et leurs accords.
3° Vérifie **la ponctuation**, en particulier celle des dialogues.
4° Vérifie **l'orthographe**, notamment les accords et les homophones.

Corrigés → livret, p. 13

S'entraîner

QUIZ-TEST

Coche la (ou les) bonne(s) réponse(s).

1 Les phrases correctement ponctuées sont :

a) Dépêche-toi. ☐
b) Dépêche-toi ? ☐
c) Dépêche-toi ! ☐

2 Avant de rédiger le devoir, il est indispensable :

a) d'examiner les attentes du sujet. ☐
b) de bâtir un plan. ☐
c) de choisir un thème original. ☐

3 ★ Deux points ou point virgule ?

Dans les phrases suivantes, ajoute les deux points ou les points-virgules.

a) Balzac a écrit de nombreux romans *Le Père Goriot*, *Le Colonel Chabert*, *La Peau de chagrin*…

b) Balzac est endetté il doit écrire de nombreux romans pour rembourser ses dettes.

c) Molière est un auteur du XVIIe siècle Balzac est un romancier du XIXe siècle.

d) Je connais mal Balzac il faut que je lise un de ses romans.

4 ★★ Les points et les majuscules

Dans le texte suivant, on a oublié les points. Ajoute-les et effectue les modifications nécessaires.

L'inconnu resta impassible il se mit à regarder modestement autour de lui, comme un chien qui, en se glissant dans une cuisine étrangère, craint d'y recevoir des coups par une grâce de leur état, les clercs n'ont jamais peur des voleurs, ils ne soupçonnèrent donc point l'homme au carrick et lui laissèrent observer le local, où il cherchait vainement un siège pour se reposer, car il était visiblement fatigué par système, les avoués laissent peu de chaises dans leurs Études le client vulgaire, lassé d'attendre sur ses jambes, s'en va grognant

Honoré De Balzac, *Le Colonel Chabert*.

5 ★★★ Comprendre un sujet

Lis les sujets proposés et pour chacun d'eux relève parmi les propositions suivantes celles qui te paraissent exactes.

Sujets

1. Imaginez que vous vous retrouvez seul sur une île déserte. Racontez.
2. Après avoir décrit votre machine à remonter le temps, vous présenterez la destination de votre voyage.
3. Il vous est arrivé d'être extrêmement jaloux. Racontez.
4. Imaginez une histoire dont les premières lignes seront : *L'homme marche rapidement, sa petite valise à la main. La nuit est noire et la rue déserte. Brusquement, une ombre surgit d'un porche.*
5. Décrivez votre chambre puis imaginez la chambre de vos rêves.
6. Le personnage principal du texte écrit à un ami pour lui raconter ce qui vient de lui arriver. Imaginez cette lettre.
7. Dans le texte, Marcello vient de s'évader. Faites le récit de son évasion.

Propositions

a) Mon récit est à la première personne.
b) Mon récit est à la troisième personne.
c) Mon récit est obligatoirement au présent.
d) Mon récit est obligatoirement imaginaire.
e) Mon récit doit mettre en relief un sentiment.
f) Je vais devoir tenir compte des détails et du ton d'un texte pour imaginer mon histoire.
g) Je peux deviner le dénouement de mon histoire dans le sujet.
h) Je suis entièrement libre.
i) Le sujet suppose que mon devoir va comporter deux parties.

25 Étudier et composer un récit complexe

Retiens l'essentiel

1 Définition

Le récit, qu'il soit réel ou imaginaire, raconte quelque chose qui s'est passé. Cela suppose donc que s'écoule une certain temps, que le récit ait un début et une fin.

2 Techniques du récit

La personne

– Le récit est raconté par un **narrateur**, qui peut s'exprimer à la **première** ou à la **troisième** personne.

– Lorsque le récit est à la première personne, il est **autobiographique**, et l'auteur et le narrateur sont une même personne.

Le temps

– Le récit peut se faire au **présent**, ce qui le rend vivant et proche du lecteur.

– Le récit est le plus souvent conduit au **passé** : si le récit est écrit, ce sont l'imparfait et le passé simple qui sont les temps les plus fréquents.

3 Progression du récit : le schéma narratif

Un récit simple, comme un conte ou une fable, progresse selon un schéma narratif qui suit cinq étapes :

– La **situation initiale** est stable.

– **L'élément perturbateur** ou **déclencheur** vient briser l'équilibre initial.

– Les **péripéties** s'enchaînent et font évoluer la situation des personnages.

– **L'élément de résolution** dénoue le problème.

– La **situation finale** apporte un nouvel équilibre.

À savoir

Le point de vue

Dans un récit à la 3e **personne**, l'histoire peut être racontée selon un point de vue :

– **omniscient** : le narrateur sait tout du personnage ;

– **externe** : le narrateur semble être un simple observateur ;

– **interne** : le narrateur adopte le point de vue d'un personnage.

À savoir

Réussir la rédaction d'un récit

Pour réussir un récit, il faut prévoir dès le début le déroulement de l'histoire, l'élément de résolution et la situation finale.

Comment faire ?

Étudier le traitement du temps d'un récit

Du début à la fin d'un récit, un certain nombre d'événements ont lieu. Le récit peut :

→ suivre l'ordre des événements : la progression est **chronologique** ;

→ procéder à un **retour en arrière** en racontant des événements qui se sont produits avant le début du récit ;

→ présenter une **anticipation** en évoquant des événements qui ont lieu plus tard dans la chronologie ;

→ sauter des événements qui ne présentent pas d'intérêt pour la narration : l'auteur effectue une **ellipse** ;

→ détailler le récit pour qu'on ait l'impression que le temps s'écoule plus lentement, ce qui participe au **suspens** ou à l'**intensité dramatique**.

Attention !

On peut aussi étudier dans un récit l'enchaînement **logique** (de cause à conséquence) des faits racontés.

Corrigés → livret, p. 13

S'entraîner

QUIZ-TEST

Coche la (ou les) bonne(s) réponse(s).

1 Dans une autobiographie :

a) le récit est à la première personne. ☐
b) le temps dominant est le présent. ☐
c) l'auteur et le narrateur sont confondus. ☐

2 Dans le récit, l'ellipse consiste à :

a) effectuer un retour en arrière. ☐
b) évoquer un événement qui va se produire. ☐
c) sauter une période jugée peu intéressante. ☐

3 ★★ Le texte narratif

Écris V ou F dans les cases, selon que les propositions suivantes sont vraies ou fausses.

a) Un récit raconte toujours une histoire imaginaire. ☐

b) On trouve un narrateur dans un récit à la première personne. ☐

c) Le dénouement se situe après la situation finale. ☐

d) Une histoire se termine bien lorsque la situation finale a résolu les problèmes posés au début du récit. ☐

e) Il se peut qu'un récit ne suive pas l'ordre chronologique des événements. ☐

4 ★★ Le traitement du temps

De quel traitement du temps les passages en gras sont-ils significatifs ?

a) **Une semaine plus tard**, la sonnerie du téléphone retentit à nouveau trois fois.

....

b) Il était plongé dans la lecture de *Robinson Crusoé* ; **il avait découvert ce roman dix ans plus tôt, un beau soir de septembre, dans la bibliothèque de sa grand-mère.**

....

c) **Tout d'abord** l'inspecteur de police photographia la pièce dévastée sous différents angles, **puis** il rangea dans des sacs en plastique quelques objets susceptibles de porter des empreintes ; il inspecta **enfin** minutieusement le sol à la recherche de quelque indice.

....

d) Il lut et relut la lettre mystérieuse ; **plus tard**, il en mesurerait le sens et la vérité à la lumière des événements qui allaient se produire.

....

5 ★★★ La chronologie

Reconstitue le récit qui suit en remettant les passages dans l'ordre. Tu souligneras les indicateurs de temps qui t'ont permis de retrouver la chronologie des actions.

a) Au moment où il saisissait le téléphone, il eut la curieuse impression que quelqu'un essayait d'ouvrir la porte d'entrée de son appartement.

b) Tout d'abord il décida de se reposer quelques instants en lisant le journal tranquillement ; son esprit serait ensuite plus disponible pour examiner le dossier qu'il avait emporté.

c) Finalement, il composa sur son téléphone le numéro du poste de police.

d) Sa lecture terminée, il commença à étudier les premiers rapports rassemblés dans le dossier.

e) Il rangeait ses notes dans son cartable lorsqu'une sonnerie retentit.

f) Il tendit l'oreille et lorsque la sonnerie eut cessé, il entendit distinctement que l'on touchait à sa serrure. Il eut envie de se sauver par la fenêtre avec les notes et le dossier.

....

26 Le texte descriptif

Retiens l'essentiel

1 Définition

▶ Un **texte descriptif** est un texte qui donne les **caractéristiques** d'un paysage, d'un décor, d'un animal, d'un personnage afin de permettre au lecteur de se les représenter. Le texte descriptif vise à donner au lecteur une certaine **impression** (angoisse, tranquillité, ridicule, etc.) et tous les détails du texte concourent à créer cette impression.

▶ Lorsque la description porte sur un personnage, on utilise plutôt le mot **portrait**. Dans un récit, le portrait d'un personnage permet d'expliquer son rôle et son comportement. On distingue :
– **le portrait physique** qui présente les caractéristiques physiques du personnage, tout ce qui précise son apparence ;
– **le portrait moral** qui se rapporte à l'intériorité du personnage et qui présente son caractère, ses sentiments.

Ces deux portraits peuvent être distincts ou mêlés.

À savoir – Le portrait

Dans un récit, les portraits des personnages peuvent constituer des passages nettement définis ou peuvent au contraire être dispersés en petits paragraphes glissés au milieu du récit.

Lorsque le portrait est exagéré, lorsque les traits du personnage sont grossis, on parle de **caricature**.

2 Techniques de la description

▶ **La progression de la description**

Qu'il s'agisse de la peinture d'un paysage ou du portrait d'un personnage, la description se fait selon une progression logique : portrait physique et portrait moral, traits physiques et attitudes, de haut en bas, de droite à gauche, du premier plan à l'arrière-plan, du général au particulier, etc.

▶ **Le point de vue selon lequel s'organise la description**

– La description a l'air de s'effectuer toute seule ; on dirait que le narrateur sait tout du paysage ou du personnage, qu'il peut le voir sous tous les angles à la fois : c'est **le point de vue omniscient**.

– Le paysage ou le personnage sont vus comme par une caméra : le **point de vue est externe**.

– Le paysage semble être vu par un des personnages de l'histoire : le **point de vue est interne**.

À savoir – La description dans un recit au passé

Dans un texte au passé, la description se fait à l'**imparfait** car c'est le temps de l'arrière-plan et des actions non-limitées dans le temps (voir *leçon* 14).

Comment faire ?

▶ **Rédiger une description enrichie (ou un portrait)**

→ La qualité d'une description tient en grande partie à la précision et à la richesse du vocabulaire : nuances de couleur, de bruits, verbes de perception...

→ Veille aussi à ordonner les remarques de détail en ajoutant des adjectifs, des compléments du nom et des propositions subordonnées relatives.

→ N'oublie pas de faire en sorte que tous les détails donnés contribuent à créer une même impression.

Attention !

Utilise le plus possible des noms, des adjectifs et des verbes variés et évite les « il y a », les « se trouve », les « grand », « petit », « joli », etc.

Corrigés → livret, p. 13

S'entraîner

QUIZ-TEST

Coche la (ou les) bonne(s) réponse(s).

1 Le temps dominant de la description au passé est :

a) le passé simple ☐
b) l'imparfait ☐
c) le plus-que-parfait ☐

2 Quand le narrateur présente en détail le caractère d'un personnage, on dit :

a) qu'il effectue son portrait moral ☐
b) qu'il adopte un point de vue externe ☐
c) que son point de vue est omniscient ☐

3 ★ Le vocabulaire des lignes

Parmi les mots suivants, entoure ceux qui expriment une ligne courbe ?

un angle – un carrefour – une sphère – un œuf – une raie – concave – une volute – un anneau – une pyramide – perpendiculaire – une ellipse – bombé.

4 ★★ Le vocabulaire du bruit

Relie les situations suivantes au nom qui les décrit le mieux.

situations	*noms appartenant au champ lexical du bruit*
a) les feuilles dans le vent	1. un grincement
b) une branche cassée	2. un murmure
c) une chaudière	3. un bruissement
d) une porte mal huilée	4. un cliquetis
e) un moteur d'avion	5. un craquement
f) la mer au loin	6. un ronronnement
g) une vieille radio	7. un tapage
h) des clés	8. un grésillement
i) des fêtards	9. un hurlement
j) une source	10. un vrombissement
k) une sirène	11. un crépitement
l) le feu	12. un grondement

5 ★★ Les verbes de mouvement

Parmi les verbes suivants, entoure les verbes de mouvement.

virevolter – pivoter – dormir – regarder – bifurquer – tourbillonner – entendre – être – bondir – demeurer – revenir – se creuser – sembler – trotter – circuler.

6 ★★★ Étudier une description

Le tranche-montagne est un comédien faisant partie d'une petite troupe ambulante.

Le Tranche-montagne, lui, était maigre, hâve, noir et sec comme un pendu d'été. Sa peau semblait un parchemin collé sur des os ; un grand nez recourbé en bec d'oiseau de proie, et dont l'arête mince luisait comme de la corne, élevait sa cloison entre les deux côtés de sa figure aiguisée et encore allongée par une barbiche pointue. Ces deux profils collés l'un contre l'autre avaient beaucoup de peine à former une face, et les yeux, pour s'y loger se retroussaient à la chinoise vers les tempes. Les sourcils à demi rasés se contournaient en virgule noire au-dessus d'une prunelle inquiète, et les moustaches, d'une longueur démesurée, poissées et maintenues à chaque bout par un cosmétique, remontaient en arc de cercle et poignardaient le ciel ; […].

Il marchait fendu comme un compas, la tête rejetée en arrière, le poing sur la hanche et la main à la coquille de l'épée.

Théophile Gautier, Le Capitaine Fracasse.

a) De quel type de texte s'agit-il ? Justifie ta réponse.

....

....

....

b) Quel est le temps utilisé ? Justifie son emploi.

....

....

c) De quel point de vue est mené le portrait ?

....

27 Le dialogue

Retiens l'essentiel

1 Les quatre façons de rapporter des paroles

▶ **Le discours direct :** on entend la parole prononcée.
Ex. : Elle demanda : « Que fais-tu ? »

▶ **Le discours indirect :** on n'entend pas la parole prononcée, elle est rapportée dans une subordonnée.
Ex. : Elle lui demanda ce qu'il faisait.

▶ **Le discours indirect libre :** c'est une forme intermédiaire ; la parole est insérée dans le récit comme au discours indirect et, pourtant, on entend l'intonation comme dans le style direct.
Ex. : Elle s'interrogea. Que faisait-il ?

▶ Allons plus loin : parfois, les paroles ne sont pas rapportées mais résumées : on parle de **discours narrativisé**.
Ex. : Elle lui raconta ses différents voyages.

2 La ponctuation du dialogue

▶ Les paroles rapportées **directement** sont introduites par un **tiret** ou par des **guillemets**.

▶ Dans le discours **direct**, comme dans le discours **indirect libre**, l'intonation de la phrase est exprimée par la **ponctuation** : point d'interrogation, d'exclamation, de suspension.

▶ Dans le discours **indirect**, les paroles ne sont pas signalées par un tiret ou des guillemets. L'intonation n'est pas reproduite : l'interrogation indirecte ne se terminera pas par un point d'interrogation.

À savoir

La proposition incise

C'est la petite proposition qui se glisse dans une réplique pour la lier au récit. Elle peut être précédée d'une virgule, d'un point d'interrogation ou d'un point d'exclamation, jamais d'un point. Elle ne commence jamais par une majuscule.
Ex. : – Que fais-tu ? demanda-t-elle.

La proposition incise est au minimum composée du verbe introducteur et de son sujet inversé.
Des compléments peuvent venir préciser le ton ou les circonstances de la réplique.

Comment faire ?

▶ Réussir un dialogue

1° Veille à bien mettre la ponctuation. En style direct, n'oublie pas les guillemets ou les tirets : le plus simple est d'utiliser les guillemets lorsqu'on a une seule parole et de garder les tirets pour plusieurs répliques.

2° Pour rédiger un bon dialogue, il faut varier les procédés afin de le rendre aussi vivant qu'à l'oral.

→ Varie les types de discours : rapporte la plupart de tes répliques en style direct et glisse de temps en temps quelques passages au style indirect.

→ Varie les verbes introducteurs de tes répliques : *dire, demander, répliquer, suggérer, crier*…

→ Varie la place du verbe introducteur : avant la réplique (*Ex.* : Il demanda : « … »), en proposition incise (*Ex.* : murmura-t-il) au début ou à la fin de la réplique.

→ Varie la longueur des répliques.

→ Alterne des passages de récit et des passages de dialogue afin de ne pas lasser ton lecteur, sauf, bien entendu, s'il est précisé dans la consigne que tu ne dois rédiger qu'un dialogue.

Attention !

Pour rédiger un bon dialogue et intéresser le lecteur, **il ne faut reproduire que les paroles essentielles** et résumer le reste dans quelques phrases de récit.

Corrigés → livret, p. 13

S'entraîner

QUIZ-TEST

Coche la (ou les) bonne(s) réponse(s).

1 Lorsque la parole d'un personnage est rapportée dans une subordonnée, on parle de :

a) discours direct. ☐
b) discours indirect. ☐
c) discours indirect libre. ☐

2 Le passage « *Il remporterait le tournoi, monterait sur le podium !* » est au :

a) discours direct. ☐
b) discours indirect. ☐
c) discours indirect libre. ☐

3 ★★ La proposition incise

Dans les listes suivantes, relie chaque réplique à la proposition incise correspondante.

répliques	*propositions incises*
a) Dépêche-toi !	1. suggéra-t-il
b) Tu es sourd !	2. ordonna-t-il
c) Ce pull vert ou ce bleu...	3. reconnut-il
d) Tu as raison, je me suis trompé.	4. hésita-t-il
e) Et si on allait à la piscine ?	5. hurla-t-il

4 ★★ Le discours indirect

Transforme les répliques suivantes (Flaubert, *Madame Bovary*) en discours indirect.

a) Le pharmacien disait :

– C'est une femme de grands moyens et qui ne serait pas déplacée dans une sous-préfecture.

....

....

....

b) – D'ailleurs, il ne m'aime plus, pensait-elle.

....

....

c) – Il va venir, répondit-il.

....

5 ★★★ Les types de paroles rapportées

Rodolphe Boulanger suggère à Charles Bovary que sa femme devrait monter à cheval.

Alors Rodolphe demanda si l'exercice du cheval ne serait pas bon.

– Certes ! Excellent, parfait ! ... Voilà une idée ! Tu devrais la suivre.

Et, comme elle objectait qu'elle n'avait point de cheval, M. Rodolphe en offrit un ; elle refusa ses offres ; il n'insista pas [...].

Et, dès qu'ils [Emma et Charles] furent seuls :

– Pourquoi n'acceptes-tu pas les propositions de M. Boulanger, qui sont si gracieuses ?

Elle prit un air boudeur, chercha mille excuses, et déclara finalement que peut-être cela semblerait drôle.

– Ah ! je m'en moque pas mal ! dit Charles en faisant une pirouette. La santé avant tout. Tu as tort !

– Eh ! comment veux-tu que je monte à cheval, puisque je n'ai pas d'amazone ?

– Il faut t'en commander une ! répondit-il.

L'amazone la décida.

Gustave Flaubert, Madame Bovary.

a) Relève, dans ce texte, les propositions incises : souligne-les en bleu.

b) Relève les phrases qui contiennent un discours indirect : souligne en vert le discours indirect et encadre le verbe introducteur.

c) Souligne en rouge les phrases qui résument des paroles non rapportées par l'auteur (discours narrativisé).

28 Étudier et composer une argumentation

Retiens l'essentiel

À savoir

Genres littéraires

Le discours argumentatif peut se rencontrer dans différents genres : essai, roman, théâtre, fable...

Mot-clé

La rhétorique

C'est l'art de manier le vocabulaire et la syntaxe pour toucher la sensibilité du destinataire. Le locuteur a recours à différents procédés : les exclamations, les appels au destinataire, les répétitions, les parallélismes, les oppositions...

1 Définition

Le **discours argumentatif** cherche à emporter l'adhésion du destinataire ; il est donc essentiel d'identifier le locuteur, le lecteur visé et le contexte de l'énonciation. L'auteur s'appuie sur des arguments et une logique ; il cherche à **persuader** en touchant la sensibilité grâce à des procédés de style.

2 Lexique du texte argumentatif

– **Antithèse** : thèse contraire à celle défendue par l'auteur.

– **Argument** : idée qui vient prouver que la thèse soutenue par l'auteur est fondée. Un argument est illustré par un exemple.

– **Argumenter** : développer des arguments (idées) pour soutenir une thèse sur un sujet.

– **Convaincre** : atteindre le lecteur grâce à des arguments.

– **Discuter** : montrer en quoi une thèse est fondée et en quoi elle ne l'est pas.

– **Exemple** : cas particulier présenté et développé par l'auteur afin de mieux faire comprendre au lecteur ce que signifie son argument.

– **Illustrer** : présenter un ou plusieurs exemples pour éclairer un argument.

– **Persuader** : atteindre le lecteur grâce au style.

– **Réfuter** : montrer qu'une thèse ou qu'un argument ne sont pas fondés.

– **Situation d'énonciation** : contexte de production du discours argumentatif. (Qui ? Pour qui ? Quand ? Où ?)

– **Thèse** : point de vue que l'auteur défend. Elle est rappelée ou sous-entendue tout au long du texte. Elle est soutenue par des arguments.

Comment faire ?

▸ Comprendre un texte argumentatif

→ Lire l'ensemble du texte et dégager la thèse défendue par l'auteur tout au long du passage.

→ Repérer les différents arguments développés successivement dans le texte.

→ Bien distinguer les arguments des exemples ; s'appuyer sur les exemples pour vérifier que l'on a bien compris l'argument exposé.

Sois méthodique !

Entoure avec un crayon les petits mots qui indiquent la logique du raisonnement. Ainsi, *mais* ou *cependant* introduisent une idée contraire à celle qui précède.

▸ Rédiger un texte argumentatif

→ Formuler la thèse que l'on veut démontrer en une phrase.

→ Chercher au brouillon les arguments qui soutiennent la thèse choisie.

→ Chercher pour chaque argument un ou plusieurs exemples précis.

→ Classer les arguments par ordre d'importance : du moins important au plus important.

Attention !

Rédige en veillant à être clair et à utiliser les mots logiques qui conviennent.

S'entraîner

Corrigés → livret, p. 14

QUIZ-TEST

Coche la (ou les) bonne(s) réponse(s).

1 Pour convaincre son destinataire, l'auteur d'un texte argumentatif :

a) a recours à un raisonnement logique. ☐
b) présente des arguments. ☐
c) utilise des figures de style. ☐

2 Réfuter une thèse, c'est :

a) la démontrer. ☐
b) s'opposer à elle. ☐
c) dire en quoi elle est juste et en quoi elle est discutable. ☐

3 ★ Les arguments et les exemples

Dans les passages suivants, souligne l'argument en vert et l'exemple en rouge.

a) « L'avarice perd tout en voulant tout gagner.
Je ne veux, pour le témoigner,
Que celui dont la poule à ce que dit la fable,
Pondait tous les jours un œuf d'or. » *La Fontaine*

b) « Le romancier part à la recherche d'une vérité. Je prendrai comme exemple la figure du baron Hulot dans La Cousine Bette de Balzac. » *Zola*

c) « Il est démontré, disait-il, que les choses ne peuvent être autrement : car tout n'étant fait pour une fin, tout est nécessairement pour la meilleure fin. Remarquez bien que les nez ont été faits pour porter des lunettes ; aussi avons-nous des lunettes. » *Voltaire*

4 ★★ Exprimer une cause

Dans la liste suivante, entoure les mots susceptibles d'introduire une cause.

puisque – comme – dès que – mais – car – depuis – si bien que – parce que – en revanche – donc – à force – étant donné que – en raison de.

5 ★★ Exprimer une conséquence

Dans la liste suivante, entoure les mots susceptibles d'introduire une conséquence.

comme – mais – si – si bien que – de ce fait – car – de sorte que – à condition que – donc – en conséquence – malgré – bien que – par conséquent.

6 ★★ Exprimer une opposition

Dans la liste suivante, entoure les mots susceptibles d'exprimer une opposition.

en revanche – puisque – comme – malgré – quand bien même – mais – cependant – néanmoins – de même – au contraire – si bien que – bien que – lorsque.

7 ★★★ Illustrer un argument

Voici deux listes, une liste d'arguments et une liste d'exemples. Relie chaque argument à l'exemple qui l'illustre le mieux.

Arguments

a) Les animaux s'organisent aussi en sociétés complexes.

b) Certains romanciers annoncent de futures découvertes scientifiques.

c) Les enfants ne sont pas aussi bons et innocents que le prétend Rousseau.

d) Le progrès technique n'est pas toujours utilisé au service de l'homme.

e) Notre vie est de plus en plus ouverte sur l'ensemble du monde.

f) La grande ville est le lieu de l'anonymat.

Exemples

1. La découverte du nucléaire a permis de fabriquer des bombes.

2. On peut voir des petits se battre dans les cours de récréation.

3. Dans les grands immeubles, il est fréquent de ne pas connaître ses voisins.

4. Jules Verne imagine un voyage vers la Lune.

5. La fourmi a un rôle très précis dans la fourmilière.

6. Internet établit un réseau de communication à l'échelle de la planète.

Corrigés → livret, p. 14

Français : fais le bilan !

Coche, pour chaque exercice, la bonne réponse. Reporte-toi ensuite aux corrigés, p. 14, pour obtenir ton score sur 10.

1 ***Donc*** **est :**

a) une conjonction de coordination. ☐
b) une préposition. ☐
c) une conjonction de subordination. ☐

2 La phrase qui contient un complément d'agent est :

a) Il se promène par habitude. ☐
b) Il voyage par bateau. ☐
c) Il est admiré de tous. ☐

3 La phrase qui contient une subordonnée relative est :

a) Je me demande où est mon stylo. ☐
b) Qui est là ? ☐
c) J'aime le film que tu as vu. ☐

4 La conjonction de subordination ***si bien que*** **introduit :**

a) un COD. ☐
b) une subordonnée relative. ☐
c) une conséquence. ☐

5 Au présent du subjonctif, la forme correcte est :

a) que je crois. ☐
b) que je croie. ☐
c) que je croies. ☐

6 La phrase qui comprend un présent de vérité générale est :

a) Je viens te voir demain. ☐
b) Je devine un navire à l'horizon. ☐
c) La Lune est un satellite de la Terre. ☐

7 Au passé, le temps de la description est :

a) le passé composé. ☐
b) l'imparfait. ☐
c) le passé simple. ☐

8 La phrase correcte est :

a) Il c'est joué de la clarinette. ☐
b) Il sait jouer de la clarinette. ☐
c) Il s'est jouer de la clarinette. ☐

9 La phrase correcte est :

a) Émilie a réussi à prendre son bus. ☐
b) Émilie as réussi à prendre son bus. ☐
c) Émilie à réussi a prendre son bus. ☐

10 Un décasyllabe est :

a) un vers de dix syllabes. ☐
b) une figure de style. ☐
c) un défaut de prononciation. ☐

TOTAL BILAN .... /10

Maths

Nombres et calculs

Gestion de données – Fonction

Espace et géométrie

Grandeurs et mesures

Algorithmique et programmation

Cette partie du programme est intégrée dans différentes leçons, en particulier dans la leçon 12.

1 Nombres premiers

Retiens l'essentiel

1 Nombres premiers

▶ Dire que l'entier naturel a **est divisible par** l'entier naturel b non nul c'est dire qu'il existe un entier naturel q tel que $a = b \times q$ (la division euclidienne de a par b donne pour quotient q et pour reste 0).

Ex. : 56 est divisible par 7 car $56 = 7 \times 8$.
On dit aussi « 56 est un multiple de 7 » et « 7 est un diviseur de 56 ».

▶ Un nombre entier, autre que 0 et 1, qui n'est divisible que par 1 et par lui-même est un **nombre premier**.

Ex. : 29 est premier car il n'est divisible que par 1 et par 29.

▶ Tout nombre non premier peut s'écrire **de façon unique** comme **produit de facteurs premiers** (à l'ordre des facteurs près).

Ex. : $4 = 2 \times 2 = 2^2$ (« 2 exposant 2 » ou « 2 au carré ») ; $6 = 2 \times 3$;
$8 = 2 \times 2 \times 2 = 2^3$ (« 2 exposant 3 » ou « 2 au cube ») ; $9 = 3 \times 3 = 3^2$;
$10 = 2 \times 5$; $12 = 2^2 \times 3$; $14 = 2 \times 7$; $15 = 3 \times 5$; $16 = 2 \times 2 \times 2 \times 2 = 2^4$ (« 2 exposant 4 ») ; $18 = 2 \times 3^2$; $20 = 2^2 \times 5$ ...
Les nombres 2^2, 2^3, 2^4 ... sont des puissances de 2 (Cf. leçon 11).

2 Multiples, diviseurs et nombres premiers

▶ a est un multiple de b si et seulement si la décomposition en produit de facteurs premiers de a contient celle de b.

▶ b est un diviseur de a si et seulement si la décomposition en produit de facteurs premiers de b est contenue dans celle de a.

Ex. : Si $a = 2^3 \times 3 \times 5^2$ et $b = 2^2 \times 5$, alors on a :
$2^3 \times 3 \times 5^2 = (2^2 \times 5) \times (2 \times 3 \times 5)$; on a donc $a = b \times 30$.
Par suite : a est un multiple de b et b est un diviseur de a.

À savoir

Critères de divisibilité

- Si le chiffre des unités est 0 ; 2 ; 4 ; 6 ou 8 alors le nombre est divisible par 2.
- Si le chiffre des unités est 0 ou 5, alors le nombre est divisible par 5.
- Si la somme des chiffres qui composent le nombre est divisible par 3, alors ce nombre est divisible par 3.
- Si la somme des chiffres qui composent le nombre est divisible par 9, alors ce nombre est divisible par 9.

Nombres premiers

2 – 3 – 5 – 7 – 11 – 13 – 17 – 19 – 23 – 29 – 31 – 37 – 41 – 43 – 47 – 53 – 59 – 61 – 67 – 71 – 73 – 79 – 83 – 89 – 97 ... est le début de la liste des nombres premiers.

Comment faire ?

▶ **Décomposer un entier naturel en produit de facteurs premiers**

Décompose le nombre 294 en produit de facteurs premiers.

L'écriture sous forme de produit de facteurs premiers étant unique (à l'ordre des facteurs près), on peut procéder de diverses façons ; par exemple :

• 294 n'est pas premier car le chiffre des unités est 4 ; 294 est divisible par 2 ; 2 est le plus petit diviseur premier de 294 ; on a : $294 = 2 \times 147$.

• 147 n'est pas premier car $1 + 4 + 7 = 12$; 147 est divisible par 3 ; 3 est le plus petit diviseur premier de 147 ; on a : $147 = 3 \times 49$ et $294 = 2 \times 3 \times 49$.

• 49 n'est pas premier car $49 = 7 \times 7$; 7 est le plus petit diviseur premier de 49 ; on a : $49 = 7 \times 7$ et $294 = 2 \times 3 \times 7 \times 7$ (les facteurs sont tous premiers).

• **$294 = 2 \times 3 \times 7^2$**.

294	2
147	3
49	7
7	7
1	

Corrigés → livret, p. 14

S'entraîner

Maths

QUIZ-TEST

Coche la (ou les) bonne(s) réponse(s).

1 Le nombre 309 est divisible :

a) par 3 et par 9 ☐
b) par 3 ☐
c) par 9 ☐

2 La décomposition en produit de facteurs premiers de 300 est :

a) $2 \times 3 \times 5$ ☐
b) 3×10^2 ☐
c) $2^2 \times 3 \times 5^2$ ☐

3 ★ Divisibilité

Pour chacun des nombres de la première ligne, indique s'il est divisible par 2 ou par 5 (chiffre des unités), par 3 ou par 9 (somme des chiffres).

	945	132	540	790
Divisible par 2	non	......	......	......
Divisible par 3	oui	......	......	......
Divisible par 5	oui	......	......	......
Divisible par 9	oui	......	......	......

4 ★ Pas premiers !

Un vieux grimoire affirme que les nombres 111 ; 182 ; 741 ; 836 ; 958 et 5 217 ne sont pas premiers.

Explique pourquoi cela est vrai.

....

....

5 ★ Décomposition guidée

Écris sous forme d'un produit de facteurs premiers :

a) 10 = ... ; 54 = ... ;

540 = ...

b) 100 = ... ; 42 = ... ;

4 200 = ...

c) 1 000 = ... ; 63 = ... ;

63 000 = ...

6 ★★ Simplification

a) Complète la décomposition en produit de facteurs premiers :

$84 = 4 \times 21 =$ .... ; $72 = 8 \times 9 =$ ....

b) Simplifie la fraction $\frac{84}{72}$.

....

c) Écris la décomposition en produit de facteurs premiers de 12, puis simplifie les fractions $\frac{12}{84}$ et $\frac{12}{72}$.

....

....

7 ★★ C'est visible !

$A = 2^2 \times 3 \times 5^3$; $B = 2 \times 3 \times 5^2$; $C = 2^2 \times 3^2 \times 5$; $D = 2 \times 3 \times 5$ et $E = 2 \times 3^2$.

Justifie chacune des affirmations suivantes :

a) B est un diviseur de A.

oui c'est le même

b) C n'est pas un diviseur de A.

oui c'est le même

c) D est un diviseur de A, de B et de C.

non ce n'est pas les même

d) E est diviseur d'un des nombres A, B ou C.

oui c'est extement les même

2 Décimaux relatifs : addition et soustraction

Retiens l'essentiel

Mot-clé

Nombres opposés

- 0 est à la fois positif et négatif.

$+0 = -0 = 0$

- Deux nombres qui ont pour somme 0 sont des **nombres opposés**.

Ex. : $+5,3 + (-5,3) = 0$

$-6,8 + (+6,8) = 0$

L'opposé de b est noté $-b$.

On a : $b + (-b) = 0$.

- Deux nombres opposés sont de **signes contraires**.

Ex. : L'opposé de +5,3 est −5,3. L'opposé de −6,8 est +6,8.

- Les nombres positifs peuvent être notés sans le signe +.

Ex. : $5,3 + (-5,3) = 0$

$-6,8 + 6,8 = 0$

1 Somme de deux décimaux relatifs

▶ Lorsque les décimaux sont de même signe :

même signe +

$(+\ 3,2) + (+\ 7,5) = +\ 10,7$

même signe −

$(-\ 3,2) + (-\ 7,5) = -\ 10,7$

Dans les deux cas : $3,2 + 7,5 = 10,7$.

▶ Lorsque les décimaux sont de signes contraires :

$(+\ 3,2) + (-\ 7,5) = -\ 4,3$

$(-\ 3,2) + (+\ 7,5) = +\ 4,3$

Dans les deux cas : $7,5 > 3,2$.

D'où $7,5 - 3,2 = 4,3$ et le signe de la somme est celui qui précède 7,5.

2 Différence de deux décimaux relatifs

▶ Si a et b sont deux décimaux relatifs connus et x un nombre inconnu, alors l'écriture $b + x = a$ est une **équation**. Le nombre x qu'il faut ajouter à b pour avoir a est égal à la différence de a et de b ; on écrit : $x = a - b$.

▶ Le calcul de la différence de deux nombres se fait en ajoutant au premier l'**opposé** du second. En notant $-b$ l'opposé du nombre b, alors :

$$a - b = a + (-b).$$

Ex. : $13,5 - (-7,9) = 13,5 + (+7,9) = 13,5 + 7,9 = 21,4$.

Comment faire ?

▶ Calculer une somme de plusieurs décimaux relatifs

Calcule de trois façons la somme S telle que $S = -4 + 5 + (-7) + (-15) + 7 + (-5)$.

1° Dans l'ordre. **2°** En regroupant les opposés. **3°** En regroupant les positifs et les négatifs.

Vérifie ainsi que le résultat ne dépend pas de la méthode utilisée.

1° $-4 + 5 = 1$; $1 + (-7) = -6$; $-6 + (-15) = -21$; $-21 + 7 = -14$; $-14 + (-5) = -19$; $\mathbf{S = -19}$.

2° $S = [5 + (-5)] + [(-7) + 7] + (-4) + (-15) = 0 + 0 + (-4) + (-15) = \mathbf{-19}$.

3° $S = (5 + 7) + [-4 + (-7) + (-15) + (-5)] = 12 + (-31) = \mathbf{-19}$.

▶ Calculer une différence

Calcule : **1°** $8 - (-3)$. **2°** $-5 - 3,7$.

1° On sait que $a - b = a +$ opposé de b. On a : $8 - (-3) = 8 + (+3) = 8 + 3 = \mathbf{11}$.

2° L'opposé de 3,7 (ou + 3,7) est −3,7. D'où : $-5 - 3,7 = -5 + (-3,7) = \mathbf{-8,7}$.

Corrigés → livret, p. 14

S'entraîner

Maths

QUIZ-TEST

Coche la (ou les) bonne(s) réponse(s).

1 Soit $S = (-2) + (+5) + (+4) + (-3)$; on a :

a) $S = 2$ ☐
b) $S = -14$ ☐
c) $S = 4$ ☐

2 Soit l'égalité $R = -7 - 2$; on a :

a) $R = 9$ ☐
b) $R = -9$ ☐
c) $R = -5$ ☐

3 ★ Somme de deux nombres

Complète le tableau suivant en écrivant la somme des deux nombres à l'intersection d'une ligne et d'une colonne.

	3,1	−2	−4,7	6
−1,3				
4,2				

4 ★ Différence de deux nombres

Complète le tableau suivant :

a	12	−3,4	4,5	−6
b	−5,6	−4,2	9,3	7
$a - b$				

5 ★ Somme de plusieurs nombres

Calcule le nombre *A* tel que :

$A = -3{,}8 + (-5{,}6) + (-7) + (+8) + (-3{,}5) + (+7{,}8)$.

....

6 ★★ L'opposé est-il négatif ?

Complète le tableau ci-dessous :

a	5,3	−6,8	−4,7	0
$-a$				

« $-a$ n'est pas toujours négatif. » ☐ vrai ☐ faux

7 ★★ Additions et soustractions

$S = 4{,}1 + (-3{,}5) - (-7{,}2) - (+3{,}4)$.

Transforme *S* en une suite d'additions, puis calcule *S*.

$S =$ ....

8 ★★ Rangement

On rappelle que ranger des nombres dans l'**ordre croissant**, c'est les écrire du plus petit au plus grand ; les ranger dans l'**ordre décroissant**, c'est les écrire du plus grand au plus petit.

a) Range par ordre croissant les nombres suivants :

−3,5 ; −6,2 ; 0 ; −1,2 ; 5,4 ; −4 ; 2,3.

....

b) Range par ordre décroissant les nombres suivants :

−6 ; −6,3 ; 0 ; 1,4 ; 5,5 ; −7 ; 5,05.

....

9 ★★ Avec ou sans tableur

On a saisi dans une feuille de calcul d'un tableur le nombre de spectateurs ayant assisté aux six premiers matchs d'une équipe de basket et les variations par rapport à la moyenne de l'année précédente (qui était de 6 430 spectateurs).

	A	B	C
1	Mois	Nombre	Variation
2	Janvier	7 250	+ 820
3	Février	5 830	− 600
4	Mars	6 280	− 150
5	Avril	7 010	+ 580
6	Mai	5 940	− 490
7	Juin	8 310	+ 1 880
8	Total		

a) Quelle formule a été saisie dans la cellule C2, puis étirée vers le bas jusqu'en C7 ?

....

b) Quelle formule doit être saisie dans la cellule B8, puis étirée vers la droite ? Quels nombres apparaîtront dans les cellules B8 et C8 ?

....

3 Décimaux relatifs : multiplication

À savoir

Signe du produit

Le produit de deux décimaux relatifs de **même signe** est un **décimal positif**.
Le produit de deux décimaux relatifs de **signes contraires** est un **décimal négatif**.

Cas particuliers

Quel que soit le nombre décimal *a*, on a :

$a \times 1 = a$;
$a \times 0 = 0$;
$a \times (-1) = -a$
(*rappel :* $-a$ = opposé de a).

Retiens l'essentiel

1 Produit de deux décimaux relatifs

$(+\ 2{,}4) \times (+\ 1{,}5) = +\ 3{,}6$ — *« même signe » entraîne signe +*

$(-\ 2{,}4) \times (-\ 1{,}5) = +\ 3{,}6$ — *« même signe » entraîne signe +*

$(+\ 2{,}4) \times (-\ 1{,}5) = -\ 3{,}6$ — *« signes contraires » entraîne signe –*

$(-\ 2{,}4) \times (+\ 1{,}5) = -\ 3{,}6$ — *« signes contraires » entraîne signe –*

Dans les quatre cas, on a : **2,4 × 1,5 = 3,6.**

2 Propriétés

▶ Dans un produit de décimaux relatifs, on peut modifier l'ordre des facteurs et effectuer des regroupements, sans changer le résultat.

Ex. : $(-2{,}5) \times (+1{,}8) \times (-4) = [(-2{,}5) \times (-4)] \times (+1{,}8) = (+10) \times (+1{,}8) = +\ 18$

▶ En l'absence de parenthèses de priorité, la multiplication est prioritaire sur l'addition et la soustraction.

Ex. : $-3{,}5 + 2{,}5 \times 12$ est une écriture simplifiée de la somme $-3{,}5 + (2{,}5 \times 12)$.

Comment faire ?

▶ Calculer le produit de deux décimaux relatifs

Calcule les produits suivants :

$3{,}5 \times (-1{,}4)$; $-3{,}5 \times 1{,}4$; $-3{,}5 \times (-1{,}4)$;
$-11{,}7 \times 1$; $-11{,}7 \times 0$; $-11{,}7 \times (-1)$.

$3{,}5 \times (-1{,}4) = \mathbf{-4{,}9}$; $-3{,}5 \times 1{,}4 = \mathbf{-4{,}9}$; $-3{,}5 \times (-1{,}4) = \mathbf{4{,}9}$;
$-11{,}7 \times 1 = \mathbf{-11{,}7}$; $-11{,}7 \times 0 = \mathbf{0}$; $-11{,}7 \times (-1) = \mathbf{11{,}7}$.

▶ Calculer le produit de plusieurs décimaux relatifs

1° Calcule *A* tel que $A = -2 \times 3{,}57 \times (-5) \times (-10)$.
2° Calcule *B* tel que $B = -87 \times (-20) \times (-4) \times 5 \times (-2{,}5)$.

1° On ne change pas la valeur d'un produit en modifiant l'ordre des facteurs et en faisant des regroupements.

$A = [-2 \times (-5)] \times (-10) \times 3{,}57 = [+10 \times (-10)] \times 3{,}57 = -100 \times 3{,}57 = \mathbf{-357}$.

2° On remarque que $20 \times 5 = 100$ et $4 \times 2{,}5 = 10$.

$B = [(-20) \times 5] \times [(-4) \times (-2{,}5)] \times (-87) = -100 \times 10 \times (-87) = -1000 \times (-87) = \mathbf{87\ 000}$.

Corrigés → livret, p. 15

S'entraîner

QUIZ-TEST

Coche la (ou les) bonne(s) réponse(s).

1 Le produit −2,5 × (−9) est égal à :

a) S = −11,5 ☐
b) S = −22,5 ☐
c) S = + 22,5 ☐

2 12 − 2 × (−4,5) − 2 + 8 × 4 est égal à :

a) −44,5 ☐
b) −9 ☐
c) 51 ☐

3 ★ D'abord le signe !

Complète le tableau suivant :

produit non effectué	signe du produit	produit effectué
−7 × 4		
−8 × (−9)		
2,5 × (−4)		
5 × (−6,4)		

4 ★ Tableau à double entrée

Complète le tableau suivant en écrivant le produit des deux nombres à l'intersection d'une ligne et d'une colonne :

	1,5	−2	−3,5	0
−4				
2,5				
−1				

5 ★★ Décimaux et fractions

Calcule les produits suivants, après avoir remplacé les fractions par des nombres en écriture décimale :

$A = 2{,}8 \times \frac{16}{10} =$ ....

$B = -3{,}5 \times \left(-\frac{5}{2}\right) =$ ....

$C = \frac{5}{4} \times (-0{,}8) =$ ....

6 ★★ Produit de trois nombres

Complète le tableau suivant :

produit non effectué	signe du produit	produit effectué
−9 × 4 × 5		
−7 × (−9) × 10		
−4 × (−4) × (−5)		

7 ★★ Regrouper pour faciliter les calculs

Fais des regroupements, puis effectue :

$H = -0{,}5 \times 0{,}01 \times 2 \times (-100)$;

....

....

$J = 0{,}25 \times 10\,000 \times 26 \times (-0{,}000\,1) \times 4$;

....

....

$K = -0{,}2 \times 25 \times (-5) \times (-2) \times (-4) \times (-7)$.

....

....

8 ★★ Avec ou sans tableur

On a utilisé une feuille de calcul d'un tableur pour calculer le coût en euros d'une facture.

	A	B	C
1	Prix unitaire	Quantité	Coût (€)
2	7.50	3	22.50
3	12.80	6	
4	8.75	12	
5	10.40	3	
6	Total	24	

a) Quelle formule a été saisie dans la cellule C2 ? En copiant cette formule, **quels nombres trouvera-t-on dans les cellules C3, C4 et C5 ?**

....

b) Quelle formule doit être saisie dans la cellule C6 ? Quel nombre apparaîtra dans cette cellule ?

....

4 Décimaux relatifs : division

Retiens l'essentiel

À savoir

Signe du quotient

- Si les deux termes d'un quotient sont de **même signe**, alors le quotient est **positif**.

Ex. : $\frac{+2}{+3} = \frac{-2}{-3} = \frac{2}{3}$

- Si les deux termes d'un quotient sont de **signes contraires**, alors le quotient est **négatif**.

Ex. : $\frac{+2}{-3} = \frac{-2}{+3} = -\frac{2}{3}$

- Il vaut mieux calculer avec des dénominateurs positifs.

1 Quotients de décimaux relatifs

▸ a et b étant deux décimaux relatifs connus ($b \neq 0$), diviser a par b, c'est rechercher le nombre x tel que $\boldsymbol{bx = a}$.

Cette équation a une solution et une seule, appelée **quotient** de a par b.

Ce quotient peut se noter $\boldsymbol{a : b}$ ou $\frac{a}{b}$ ou $\boldsymbol{a/b}$; a et b en sont les **termes**.

$\frac{a}{b}$ est **l'écriture fractionnaire** du quotient ; a est le **numérateur** et b le **dénominateur**. Par définition : $b \times \frac{a}{b} = a$.

▸ Les quotients de deux décimaux relatifs sont des **nombres rationnels**.

2 Quotients égaux

▸ Si on multiplie ou si on divise les deux termes d'un quotient de décimaux relatifs par un même décimal relatif non nul, on obtient un quotient égal.

a, b, k et m étant des décimaux relatifs tels que $b \neq 0$, $k \neq 0$ et $m \neq 0$, on a :

$$\frac{a}{b} = \frac{a \times k}{b \times k} \quad \text{et} \quad \frac{a}{b} = \frac{a : m}{b : m}$$

▸ **Égalité de quotients et produits en croix**

a, b, c et d sont des décimaux relatifs tels que $b \neq 0$ et $d \neq 0$.

Si on a $\frac{a}{b} = \frac{c}{d}$, on en déduit que $\boldsymbol{ad = bc}$ (égalité des produits en croix).

Si on a $\boldsymbol{ad = bc}$ (égalité des produits en croix), on en déduit que $\frac{a}{b} = \frac{c}{d}$.

Comment faire ?

▸ **Donner une écriture avec une fraction la plus simple possible**

Résous les équations $57x = -33$ et $-2{,}7x = -1{,}8$.
Écris chaque solution avec une fraction la plus simple possible.

→ L'équation $57x = -33$ a pour solution $\frac{-33}{57}$ ou $-\frac{33}{57}$.

33 et 57 sont tous deux divisibles par 3. D'où : $-\frac{33}{57} = -\frac{33 : 3}{57 : 3} = -\frac{11}{19}$.

→ L'équation $-2{,}7x = -1{,}8$ a pour solution $\frac{-1{,}8}{-2{,}7}$ ou $\frac{1{,}8}{2{,}7}$.

$\frac{1{,}8}{2{,}7} = \frac{1{,}8 \times 10}{2{,}7 \times 10} = \frac{18}{27} = \frac{18 : 9}{27 : 9} = \frac{2}{3}$.

on multiplie les deux termes par 10 (étape $\frac{1{,}8 \times 10}{2{,}7 \times 10}$)

on divise les deux termes par 9 (étape $\frac{18 : 9}{27 : 9}$)

Corrigés → livret, p. 15

S'entraîner

QUIZ-TEST

Coche la (ou les) bonne(s) réponse(s).

1 Le quotient $\frac{2,1}{-28}$ est égal à :

a) –21/280 ☐
b) –3/40 ☐
c) –0,075 ☐

2 La solution de l'équation $3,2x = 2,8$ est :

a) 2,8/3,2 ☐
b) 7/8 ☐
c) –0,875 ☐

3 ★ D'abord le signe !

Complète le tableau suivant, sans utiliser ta calculatrice, en écrivant les résultats sous forme de nombres décimaux relatifs :

quotient non effectué	signe du quotient	quotient effectué
–25,6 : 100		
–3 : (–1 000)		
16 : (–2)		
(–1,5) : (–0,5)		
8,4 : (–4)		

4 ★ Décimal ou non décimal ?

Le quotient de deux décimaux relatifs :

– ou bien est un décimal relatif :

$$3 : (-4) = \frac{3}{-4} = -\frac{3}{4} = -0,75$$

(la division de 3 par 4 « tombe juste » !) ;

– ou bien n'est pas un décimal relatif :

$$2 : (-3) = \frac{2}{-3} = -\frac{2}{3}$$

(la division de 2 par 3 « ne tombe pas juste » !).

Donne, pour chacun des quotients suivants, son écriture avec une fraction la plus simple, puis une écriture décimale si le quotient est décimal :

$\frac{-8}{6}$ = ...

$\frac{9,6}{-3}$ = ...

$\frac{-22}{-8}$ = ...

5 ★ Résoudre une équation

Résous les équations suivantes en donnant pour chacune des solutions son écriture avec une fraction la plus simple possible :

$12x = -28$ a pour solution .... ;

$-7,2x = -8,4$ a pour solution ....

6 ★★ Équation et produits en croix

Pour résoudre l'équation $\frac{x}{7} = \frac{5}{4}$, on écrit l'égalité des produits en croix : $4x = 35$.

La solution est $\frac{35}{4}$ soit 8,75.

Résous de même chacune des équations :

$\frac{x}{5} = \frac{4,7}{4}$ s'écrit .... ; solution : ....

$\frac{x}{0,7} = \frac{-0,9}{2}$ s'écrit .... ; solution : ....

7 ★★★ Approximations décimales

Le quotient de 50 par 11 n'est pas un nombre décimal (la division « ne tombe pas juste »). La calculatrice affiche 4.545454...

Cela permet d'encadrer $\frac{50}{11}$ par des approximations décimales :

à 1 près : $4 < \frac{50}{11} < 5$; à 0,1 près : $4,5 < \frac{50}{11} < 4,6$;

à 0,01 près : $4,54 < \frac{50}{11} < 4,55$.

Donne de même un encadrement du quotient $\frac{22}{7}$,

à 1 près: ....

à 0,1 près: ....

à 0,01 près: ....

5 Écritures fractionnaires : produits et quotients

Retiens l'essentiel

Mot-clé

Inverses

- Deux nombres dont le produit est égal à 1 sont inverses l'un de l'autre.

Ex. : $0{,}5 \times 2 = 1$;
0,5 est l'inverse de 2 ;
2 est l'inverse de 0,5.

- L'inverse de $\frac{a}{b}$ est $\frac{b}{a}$ ($a \neq 0$ et $b \neq 0$). L'inverse de x ($x \neq 0$) peut se noter $\frac{1}{x}$.

1 Produits

Quels que soient les décimaux relatifs a, b, c et d ($b \neq 0$; $d \neq 0$), on a :

$$\frac{a}{b} \times \frac{c}{d} = \frac{a \times c}{b \times d} = \frac{ac}{bd}$$

← produit des numérateurs
← produit des dénominateurs

2 Quotients

Diviser par un nombre non nul, c'est multiplier par son **inverse**.

Ainsi, $\frac{a}{b} : \frac{c}{d}$, que l'on note aussi $\frac{\frac{a}{b}}{\frac{c}{d}}$, est égal à $\frac{a}{b} \times \frac{d}{c}$ ou $\frac{ad}{bc}$

(avec $b \neq 0$, $c \neq 0$ et $d \neq 0$).

Comment faire ?

▸ Calculer un produit (écriture fractionnaire)

Calcule le produit $\frac{-1{,}2}{7} \times \frac{-4}{-0{,}7}$, puis écris le résultat avec une fraction simplifiée.

$$\frac{-1{,}2}{7} \times \frac{-4}{-0{,}7} = \frac{-1{,}2 \times (-4)}{7 \times (-0{,}7)} = \frac{+(1{,}2 \times 4)}{-(7 \times 0{,}7)} = \frac{4{,}8}{-4{,}9} = -\frac{4{,}8}{4{,}9} = \mathbf{-\frac{48}{49}}.$$

produit des numérateurs ; *produit des dénominateurs* ; *signe du numérateur* ; *signe du dénominateur* ; *signe du quotient*

Remarque : on peut écrire $\frac{-1{,}2}{7} \times \frac{-4}{-0{,}7} = -\frac{1{,}2}{7} \times \frac{4}{0{,}7} = -\left(\frac{1{,}2}{7} \times \frac{4}{0{,}7}\right) = -\frac{4{,}8}{4{,}9} = -\frac{48}{49}$.

▸ Calculer un quotient (écriture fractionnaire)

Calcule les quotients suivants : $\frac{-3}{7} : 3$ et $\frac{13}{5} : \frac{-26}{15}$ (résultats avec une fraction simplifiée).

→ $\frac{-3}{7} : 3 = \frac{-3}{7} \times \frac{1}{3} = \frac{-3 \times 1}{7 \times 3} = \frac{\mathbf{3} \times (-1)}{\mathbf{3} \times 7} = \frac{-1}{7} = -\mathbf{\frac{1}{7}}$.

on multiplie par l'inverse

on fait apparaître des facteurs communs au numérateur et au dénominateur, pour les supprimer, car $\frac{ak}{bk} = \frac{a}{b}$

→ $\frac{13}{5} : \frac{-26}{15} = \frac{13}{5} \times \frac{15}{-26} = \frac{13 \times 15}{5 \times (-26)} = \frac{\mathbf{13} \times \mathbf{5} \times 3}{\mathbf{5} \times \mathbf{13} \times (-2)} = \frac{3}{-2} = -\frac{3}{2} = \mathbf{-1{,}5}$.

Corrigés → livret, p. 15

S'entraîner

QUIZ-TEST

Coche la (ou les) bonne(s) réponse(s).

1 Le produit $\frac{-14}{9} \times \frac{-6}{-5}$ est égal à :

a) 84/45 ☐
b) –84/45 ☐
c) –28/15 ☐

2 La solution de l'équation $-\frac{4}{9}x = \frac{7}{9}$ est :

a) –7/4 ☐
b) –1,75 ☐
c) –28/81 ☐

3 ★ Produits de quotients

Calcule les produits suivants :

$A = \frac{-2}{7} \times \frac{4}{3} =$ ....

$B = \frac{-3}{4} \times \frac{5}{-7} =$ ....

$C = -2{,}4 \times \frac{5}{7} =$ ....

4 ★★ Simplifier avant d'effectuer

Exemple :

$J = -\frac{7}{8} \times \left(-\frac{16}{21}\right)$. *Le produit est positif.*

$J = \frac{7}{8} \times \frac{16}{21} = \frac{7 \times 16}{8 \times 21} = \frac{7 \times 8 \times 2}{8 \times 3 \times 7}$

$J = \frac{(7 \times 8) \times 2}{(8 \times 7) \times 3} = \frac{2}{3}$ $\left(\text{car } \frac{na}{nb} = \frac{a}{b}\right)$

Pratiquement, cela revient à « éliminer » les facteurs communs au numérateur et au dénominateur (ici, ce sont les facteurs 7 et 8).

Calcule, en écrivant le résultat avec une fraction la plus simple possible :

$K = \frac{21}{72} \times \frac{32}{35} =$ ....

$L = \frac{-63}{64} \times \frac{56}{81} =$ ....

5 ★★ Équation de la forme $ax = 1$

Exemple :

Résolvons l'équation $3x = 1$.

Puisque le produit $3x$ est égal à 1, x est l'inverse de 3.

La solution est $\frac{1}{3}$.

Résous les équations suivantes :

$5x = 1$; ....

$\frac{-3}{7}x = 1$; ....

$-\frac{13}{17}x = 1$; ....

6 ★★ Quotients de quotients

Effectue les opérations suivantes en donnant les résultats sous forme fractionnaire.

$\frac{2}{3} : \frac{5}{7} =$ ....

$-3 : \frac{7}{3} =$ ....

$\frac{-4}{7} : 3 =$ ....

$\frac{2{,}4}{7} : \frac{8}{2{,}1} =$ ....

$\frac{-1{,}6}{7} : \frac{-3{,}2}{-3{,}5} =$ ....

7 ★★★ Résoudre une équation

Exemple :

Résolvons l'équation $\frac{4}{7}x = -\frac{3}{11}$.

La solution est le quotient de $-\frac{3}{11}$ par $\frac{4}{7}$;

c'est le nombre $-\frac{3}{11} : \frac{4}{7}$.

$-\frac{3}{11} : \frac{4}{7} = -\frac{3}{11} \times \frac{7}{4} = -\frac{3 \times 7}{11 \times 4} = -\frac{21}{44}$.

La solution de l'équation est $-\frac{21}{44}$.

Résous les équations suivantes :

$-\frac{5}{6}x = \frac{4}{9}$; ....

$\frac{-3}{11}x = \frac{5}{-7}$; ....

6 Écritures fractionnaires : sommes et différences

Retiens l'essentiel

À savoir

Équation $b + x = a$

- Toute **équation** de la forme $b + x = a$, dans laquelle a et b sont des nombres relatifs connus et x un nombre relatif inconnu, a pour solution la différence $a - b$.
- La **différence** de deux nombres relatifs s'obtient en ajoutant au premier l'opposé du second : **$a - b = a$ + opposé de b.**

1 Sommes

Il est indispensable d'écrire les quotients avec le même **dénominateur**.

Quels que soient les décimaux relatifs a, b et d ($d \neq 0$), on a :

$$\frac{a}{d} + \frac{b}{d} = \frac{a+b}{d}$$

← somme des numérateurs
← dénominateur commun

2 Différences

Il est indispensable d'écrire les quotients avec le même **dénominateur**.

Quels que soient les décimaux relatifs a, b et c ($c \neq 0$), on a :

$$\frac{a}{c} - \frac{b}{c} = \frac{a-b}{c}$$

← différence des numérateurs
← dénominateur commun

Comment faire ?

▶ Calculer une somme de nombres relatifs en écriture fractionnaire

Calcule les sommes suivantes : $\frac{-3}{-7} + \frac{5}{-7}$; $2 + \frac{2}{-3}$ et $\frac{4}{-7} + \frac{-5}{14}$.

- $\frac{-3}{-7} + \frac{5}{-7} = \frac{-3+5}{-7} = \frac{2}{-7} = -\mathbf{\frac{2}{7}}$.
- $2 + \frac{2}{-3} = \frac{2}{1} + \frac{-2}{3} = \frac{2 \times 3}{1 \times 3} + \frac{-2}{3} = \frac{6}{3} + \frac{-2}{3} = \frac{6+(-2)}{3} = \mathbf{\frac{4}{3}}$.
- $\frac{4}{-7} + \frac{-5}{14} = \frac{4 \times (-2)}{-7 \times (-2)} + \frac{-5}{14} = \frac{-8}{14} + \frac{-5}{14} = \frac{-8+(-5)}{14} = \frac{-13}{14} = -\mathbf{\frac{13}{14}}$.

▶ Résoudre une équation de la forme $b + x = a$ (a et b nombres relatifs)

Résous l'équation : $\frac{-2}{3} + x = -\frac{5}{6}$.

La solution de l'équation proposée est $-\frac{5}{6} - \left(\frac{-2}{3}\right)$.

Pour soustraire un nombre, on ajoute l'opposé de ce nombre.

Or, l'opposé du nombre $\frac{-2}{3}$ est $\frac{2}{3}$. Par suite, la solution est $-\frac{5}{6} + \frac{2}{3}$.

$-\frac{5}{6} + \frac{2}{3} = \frac{-5}{6} + \frac{2 \times 2}{3 \times 2} = \frac{-5}{6} + \frac{4}{6} = \frac{-5+4}{6} = \frac{-1}{6} = -\frac{1}{6}$.

La solution de l'équation est $\mathbf{-\frac{1}{6}}$.

Vérification : $-\frac{2}{3} + \left(-\frac{1}{6}\right) = -\frac{4}{6} + \left(-\frac{1}{6}\right) = -\frac{5}{6}$.

Corrigés → livret, p. 16

S'entraîner

QUIZ-TEST

Coche la (ou les) bonne(s) réponse(s).

1 **La différence $\frac{-7}{18} - \frac{5}{12}$ est égale à :**

a) –12/6 ☐
b) –12/30 ☐
c) –29/36 ☐

2 **La solution de l'équation $x + 3 = \frac{-8}{7}$ est :**

a) –11/7 ☐
b) 29/7 ☐
c) –29/7 ☐

3 ★ Le même dénominateur

Calcule les sommes suivantes :

a) $\frac{4}{7} + \frac{5}{7} =$ ....

b) $\frac{5}{6} + \frac{-7}{6} =$ ....

c) $-3 + \frac{4}{7} =$ ....

4 ★ Dénominateur commun

Exemple :
Calculons la somme $\frac{5}{6} + \frac{4}{9}$.

On écrit simultanément les listes des multiples non nuls de 6 et de 9 ; *on s'arrête lorsque, dans ces listes, apparaît le premier multiple commun :*

$M_6 = \{6, 12, 18, ...\}$;
$M_9 = \{9, 18, ...\}$.

Le dénominateur commun sera 18 *; c'est le plus petit multiple commun.*

En utilisant la règle $\frac{a}{b} = \frac{ak}{bk}$ *et le dénominateur commun valant* 18, *on a :*

$$\frac{5}{6} = \frac{5 \times 3}{6 \times 3} = \frac{15}{18} \text{ et } \frac{4}{9} = \frac{4 \times 2}{9 \times 2} = \frac{8}{18}.$$

Par suite : $\frac{5}{6} + \frac{4}{9} = \frac{15}{18} + \frac{8}{18} = \mathbf{\frac{23}{18}}$.

Utilise cette méthode pour calculer les sommes suivantes :

$\frac{7}{9} + \frac{7}{6} =$ ....

$\frac{5}{12} + \frac{7}{18} =$ ....

$\frac{-5}{12} + \frac{7}{16} =$ ....

$\frac{7}{15} + \frac{-5}{9} =$ ....

5 ★ Dénominateur commun

Calcule les différences suivantes :

$\frac{4}{7} - \frac{3}{7} =$ ....

$\frac{-2}{3} - \frac{5}{3} =$ ....

$\frac{2}{3} - \frac{4}{9} =$ ....

$\frac{5}{12} - \frac{5}{18} =$ ....

6 ★★ Équations

Résous les équations suivantes :

$x + 2 = \frac{3}{7}$; ....

$x + \left(-\frac{5}{14}\right) = -\frac{5}{28}$; ....

7 ★★★ Priorité

On rappelle qu'en l'absence de parenthèses de priorité, la multiplication et la division sont prioritaires par rapport à l'addition et à la soustraction.

Exemple : *Calculons A tel que* $A = 2 + \frac{2}{7} \times \frac{-1}{3}$.

$A = 2 + \frac{2 \times (-1)}{7 \times 3}$ *(multiplication prioritaire) ;*

$A = \frac{42}{21} + \frac{-2}{21} \left(\text{car } 2 = \frac{2}{1} = \frac{42}{21}\right)$; $\mathbf{A = \frac{40}{21}}$.

Effectue les opérations suivantes :

$E = \frac{2}{3} + \frac{4}{3} \times \frac{5}{12} =$ ....

$F = \frac{-4}{5} + \frac{8}{5} : \left(-\frac{1}{3}\right) =$ ....

$G = \frac{2}{7} - \frac{4}{14} \times \left(-\frac{1}{2}\right) =$ ....

7 Comparaison de nombres relatifs

Retiens l'essentiel

1 Comparer des nombres décimaux relatifs

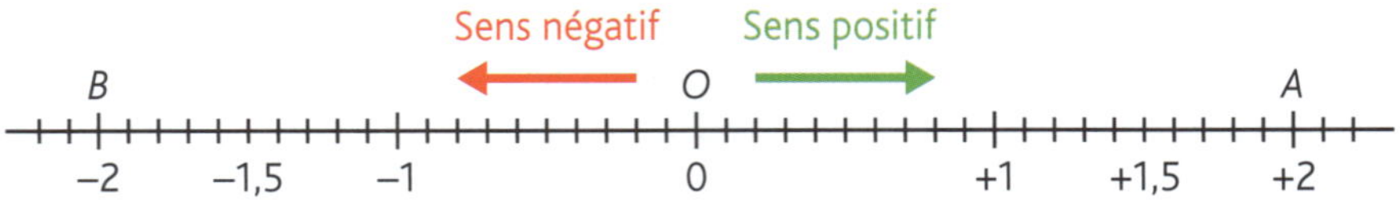

▸ Le point *A* a pour abscisse +2 ; il est à 2 unités de l'origine et, de *O* à *A*, on va dans le **sens positif**. Le point *B* a pour abscisse –2, il est à 2 unités de l'origine et, de *O* à *B*, on va dans le **sens négatif**. Les points *A* et *B* sont symétriques par rapport à *O* ; leurs abscisses sont des **nombres opposés**.

▸ Sur la droite graduée ci-dessus, lorsqu'on lit les abscisses dans le sens positif (de la gauche vers la droite), les nombres sont rangés par **ordre croissant** :
$-2 < -1{,}5 < -1 < 0 < +1 < +1{,}5 < +2$

▸ Des nombres négatifs sont rangés dans l'ordre contraire de leurs opposés.
On a : $1 < 1{,}5 < 2$; d'où : $-1 > -1{,}5 > -2$, soit $-2 < -1{,}5 < -1$.

2 Comparer des nombres en écriture fractionnaire

▸ Deux quotients de **décimaux positifs** ayant le même dénominateur sont rangés comme leurs **numérateurs** : $\frac{a}{d}$ et $\frac{b}{d}$ sont rangés comme *a* et *b*.

Ex. : $\frac{3}{11} < \frac{7}{11}$ car $3 < 7$; $\frac{2{,}4}{1{,}7} > \frac{1{,}75}{1{,}7}$ car $2{,}4 > 1{,}75$.

▸ Pour comparer des quotients de **décimaux relatifs**, on peut les écrire avec le même dénominateur positif ; les quotients sont alors rangés comme leurs **numérateurs**.

Ex. : $\frac{-2{,}5}{7} < \frac{1{,}2}{7}$ car $-2{,}5 < 1{,}2$; $\frac{-3{,}8}{1{,}1} > \frac{-4}{1{,}1}$ car $-3{,}8 > -4$.

À savoir

Inégalités

- $a < b$ est une **inégalité** ; a est le premier membre ; b est le second membre.
- On utilise quatre **signes d'inégalité** :
  $a < b$ (strictement inférieur)
  $a > b$ (strictement supérieur)
  $a \leqslant b$ (inférieur ou égal)
  $a \geqslant b$ (supérieur ou égal).
- « Le nombre a est strictement négatif » est synonyme de « $a < 0$ ».
- « Le nombre b est strictement positif » est synonyme de « $b > 0$ ».
- **0 est à la fois positif et négatif.**

Comment faire ?

▸ Comparer des nombres en écriture fractionnaire

Compare $\frac{-1{,}4}{3}$ et $\frac{-0{,}8}{6}$, puis $\frac{-3{,}5}{1{,}8}$ et $\frac{5}{-0{,}6}$.

→ Pour comparer $\frac{-1{,}4}{3}$ et $\frac{-0{,}8}{6}$, on les écrit avec le même dénominateur positif.

$\frac{-1{,}4}{3} = \frac{-1{,}4 \times 2}{3 \times 2} = \frac{-2{,}8}{6}$; $\frac{-2{,}8}{6} < \frac{-0{,}8}{6}$ car $-2{,}8 < -0{,}8$. D'où $\mathbf{\frac{-1{,}4}{3} < \frac{-0{,}8}{6}}$.

→ Pour comparer $\frac{-3{,}5}{1{,}8}$ et $\frac{5}{-0{,}6}$, on les écrit avec le même dénominateur positif.

$\frac{5}{-0{,}6} = \frac{5 \times (-3)}{-0{,}6 \times (-3)} = \frac{-15}{1{,}8}$; $\frac{-3{,}5}{1{,}8} > \frac{-15}{1{,}8}$ car $-3{,}5 > -15$. D'où : $\mathbf{\frac{-3{,}5}{1{,}8} > \frac{5}{-0{,}6}}$.

Corrigés → livret, p. 16

S'entraîner

QUIZ-TEST

Coche la (ou les) bonne(s) réponse(s).

1 **Lorsqu'on range par ordre décroissant les nombres –2,3 ; 2,3 ; –1,9 ; 1,9 et 0, on a :**

a) $-2{,}3 < -1{,}9 < 0 < 1{,}9 < 2{,}3$ ☐

b) $2{,}3 > 1{,}9 > 0 > -2{,}3 > -1{,}9$ ☐

c) $2{,}3 > 1{,}9 > 0 > -1{,}9 > -2{,}3$ ☐

2 **Lorsqu'on compare $\frac{-4}{7}$ et $\frac{-9}{14}$, on a :**

a) $\frac{-4}{7} < \frac{-9}{14}$ ☐

b) $\frac{-4}{7} = \frac{-9}{14}$ ☐

c) $\frac{-4}{7} > \frac{-9}{14}$ ☐

3 ★ Comparaison de décimaux

Complète avec < ou >.

a) 12 ... 17 ; –12 ... 17 ; 12 ... –17 ; –12 ... –17.

b) 3,2 ... –1,4 ; –7,5 ... –4 ; –1,2 ... –2,5.

c) 4,21 ... 4,2 ; –3,15 ... –2,1 ; –6,125 ... 5,18.

4 ★ Ranger des décimaux relatifs.

Le tableau ci-contre donne les températures (en degré Celsius) relevées sous abri dans cinq villes un jour d'hiver.

Ville	Minimum	Maximum
A	+2	+8
B	–8	–4
C	0	+5
D	–6	–3
E	–2	+10

a) Range par ordre croissant les températures minimales.

....

b) Range par ordre décroissant les températures maximales.

....

5 ★ Comparaison de quotients

Complète avec < ou >.

a) $\frac{2{,}1}{3{,}2}$ ... $\frac{2{,}09}{3{,}2}$; $\frac{0{,}7}{1{,}5}$ ... $\frac{0{,}07}{1{,}5}$; $\frac{12{,}4}{5{,}7}$ ... $\frac{13{,}2}{5{,}7}$;

b) $\frac{7}{6}$ ... $\frac{5}{3}$; $\frac{7}{18}$ ... $\frac{4}{9}$; $\frac{8}{15}$ ... $\frac{13}{30}$.

6 ★★ Quotients de décimaux relatifs

Écris les quotients avec le même dénominateur positif, puis compare-les.

$\frac{-7}{12}$ et $\frac{-5}{6}$ ....

$\frac{-8}{7}$ et $\frac{15}{-14}$ ....

$-\frac{7}{10}$ et $-\frac{11}{15}$ ....

$\frac{3{,}5}{-0{,}9}$ et $\frac{-8}{1{,}8}$ ....

$\frac{7}{-2{,}4}$ et $\frac{5}{-1{,}2}$ ....

7 ★★★ Comparaison à 1

Pour des nombres strictement positifs,

si $a < b$, alors $\frac{a}{b} < 1$;

si $a > b$, alors $\frac{a}{b} > 1$.

Pour comparer $\frac{2}{3}$ et $\frac{8}{7}$, il suffit de remarquer que $\frac{2}{3} < 1$ (car $2 < 3$) et $\frac{8}{7} > 1$ (car $8 > 7$) ;

on a : $\frac{2}{3} < 1 < \frac{8}{7}$, c'est-à-dire $\frac{2}{3} < \frac{8}{7}$.

Compare de même :

$\frac{8}{9}$ et $\frac{9}{8}$ ....

$\frac{12}{13}$ et $\frac{15}{14}$ ....

$\frac{2{,}4}{2{,}1}$ et $\frac{3{,}2}{3{,}3}$ ....

8 Puissances de 10 – Notation scientifique

À savoir

Puissances de 10

• Soit n entier tel que $n > 1$, $10^n = \underbrace{10...0}_{n \text{ zéros après le 1}}$.

Ex. : $10^7 = 10\,000\,000$ (7 zéros)

$10^{-n} = \underbrace{0,0...0}_{n \text{ zéros avant le 1}}1$

Ex. : $10^{-7} = 0,000\,000\,1$ (7 zéros)

Notation scientifique

• **L'écriture scientifique** est de la forme $d \times 10^k$; le nombre d a toujours un seul chiffre avant la virgule et ce chiffre n'est pas 0.

Retiens l'essentiel

1 Puissances de 10

▶ Si n est un entier strictement supérieur à 1, on a : $\underbrace{10 \times 10 \times ... \times 10}_{n \text{ facteurs}} = 10^n$.

10^{-n} est l'inverse de 10^n.

10^3	10^2	10^1	10^0	10^{-1}	10^{-2}	10^{-3}
1000	100	10	1	0,1	0,01	0,001

▶ k et p étant des entiers relatifs, on a :

$$10^k \times 10^p = 10^{k+p} \ ; \quad (10^k)^p = 10^{kp} \ ; \quad \frac{10^k}{10^p} = 10^{k-p}.$$

2 Notation scientifique d'un décimal relatif

La notation scientifique d'un décimal relatif est de la forme $\boldsymbol{d \times 10^k}$, avec :

• $1 \leqslant d < 10$ si le nombre est positif. *Ex. :* $0,012 = 1,2 \times 10^{-2}$.

• $-10 < d \leqslant -1$ si le nombre est négatif. *Ex. :* $-273 = -2,73 \times 10^2$.

L'exposant k est un entier relatif.

Comment faire ?

▶ Trouver la notation scientifique d'un nombre (sans calculatrice)

Donne la notation scientifique de 143,2 et de 0,047.

La notation scientifique est de la forme $d \times 10^k$.

• Pour 143,2 le nombre d est 1,432. Par suite : $143,2 = 1,432 \times 10^k$.

Pour avoir 143,2 à partir de 1,432 il faut déplacer la virgule de deux rangs vers la droite, donc multiplier par 100 ou 10^2.

D'où : $\mathbf{143,2 = 1,432 \times 10^2}$.

• Pour 0,047 le nombre d est 4,7. Par suite : $0,047 = 4,7 \times 10^k$.

Pour avoir 0,047 à partir de 4,7 il faut déplacer la virgule de deux rangs vers la gauche, donc multiplier par 0,01 ou 10^{-2}.

D'où : $\mathbf{0,047 = 4,7 \times 10^{-2}}$.

▶ Encadrer un nombre par des puissances de 10

Donne un encadrement entre deux puissances de 10 du nombre 8 070 000.

L'écriture scientifique de 8 070 000 est $8,07 \times 10^6$.

On a : $1 < 8,07 < 10$. On multiplie par 10^6 tous les termes de la double inégalité ; on obtient :

$1 \times 10^6 < 8,07 \times 10^6 < 10 \times 10^6$; c'est-à-dire $\mathbf{10^6 < 8\,070\,000 < 10^7}$.

Corrigés → livret, p. 16

S'entraîner

Maths

QUIZ-TEST

Coche la (ou les) bonne(s) réponse(s).

1 $A = 10^2 \times 10^3$; on peut affirmer :

a) $A = 10^6$ ☐
b) $A = 10 \times 10 \times 10 \times 10 \times 10$ ☐
c) $A = 10^5$ ☐

2 Le nombre $8{,}4 \times 10^{-3}$ est égal à :

a) -8400 ☐
b) $-0{,}0084$ ☐
c) $0{,}0084$ ☐

3 ★ Changer d'écriture

a) Écris sous forme de nombre décimal :

10^{10} = ...

10^{-5} = ...

b) Écris sous forme de puissance de 10 :

1 000 000 = ...

0,000 1 = ...

4 ★ Une seule puissance de 10 !

Calcule (résultat sous forme d'une puissance de 10) :

$10^4 \times 10$ = ... $10^3 \times 10^5$ = ...

$(10^3)^2$ = ... $(10^4)^{-1}$ = ...

$\frac{10^5}{10^2}$ = ... $\frac{10^2}{10^4}$ = ...

5 ★★ Notation scientifique

a) Donne l'écriture décimale :

351×10^{-4} = ...

27×10^3 = ...

$5{,}43 \times 10^{-2}$ = ...

b) Donne la notation scientifique :

325,42 = ...

0,032 = ...

–3 256 = ...

6 ★★ Encadrement

a) Coche la bonne réponse.

La notation scientifique de 0,005 67 est :

567×10^{-5} ☐

$5{,}67 \times 10^{-3}$ ☐

b) Donne un encadrement entre deux puissances de 10 du nombre 0,005 67.

.... < 0,005 67 < ....

7 ★★ Langage scientifique

La distance d'Uranus au Soleil est d'environ deux-mille-neuf-cent-millions de kilomètres. Le diamètre d'un atome d'uranium est d'environ quatre-dix-milliardièmes de millimètres.

Donne la notation scientifique de ces deux nombres.

Distance d'Uranus au Soleil : ....

Diamètre d'un atome d'uranium : ....

8 ★★★ Un peu de biologie

L'analyse de sang d'une personne indique qu'elle a $4{,}5 \times 10^6$ globules rouges par mm^3 de sang.
On sait que cette personne a environ 5,2 L de sang.
$1\ L = 1\ dm^3 = 1000\ cm^3 = 1\,000\,000\ mm^3$.

Complète (résultat en notation scientifique).

a) Volume de sang (en mm^3) : ....

b) Nombre de globules rouges : ....

9 Expressions littérales : addition, soustraction, parenthèses

Retiens l'essentiel

1 Expression littérale

▸ L'écriture $3x^2 - x + 1$ dans laquelle la lettre x désigne un nombre quelconque (variable) est une **expression littérale**.

▸ Lorsqu'on remplace x par une valeur, on peut effectuer les calculs indiqués et on trouve la valeur numérique correspondante de l'expression littérale.

Ex. : Pour $x = 2$, l'expression littérale $3x^2 - x + 1$ prend la valeur numérique $3 \times 2^2 - 2 + 1$, soit 11.

▸ $+x$ désigne le même nombre que x ;

$-x$ désigne l'opposé de x et $-x$ est aussi égal à $(-1) \times x$.

On sait aussi que $a - b = a +$ **(opposé de b)** $= a + (-b)$.

2 Ajouter ou retrancher une somme

▸ Toute suite d'additions et de soustractions peut être considérée comme une somme.

Ex. : $3x^2 - x + 1 = 3x^2 + (-x) + 1$; c'est la somme des trois termes : $3x^2$; $-x$ et 1.

▸ Une somme ne dépend pas de l'ordre des termes.

Ex. : $3x^2 - x + 1 = 3x^2 + (-x) + 1 = -x + 3x^2 + 1 = -x + 1 + 3x^2$
$= 1 + (-x) + 3x^2$ [ou $1 - x + 3x^2$].

▸ L'opposé d'une somme s'obtient en remplaçant chaque terme par son opposé.

Ex. : L'opposé de $3x^2 + (-x) + 1$ est $-3x^2 + x + (-1)$.

À savoir

Ajouter ou retrancher une somme

• Pour **ajouter une somme**, on ajoute successivement chaque terme de la somme.

Ex. : $A = (x^2 - 3) + (2x + 5)$
$A = x^2 - 3 + 2x + 5$
$A = x^2 + 2x + 2$.

• Pour **retrancher une somme**, on ajoute la somme opposée.

Ex. : $B = (x^2 - 3) - (2x + 5)$
$B = x^2 - 3 + (-2x - 5)$
$B = x^2 - 3 - 2x - 5$
$B = x^2 - 2x - 8$.

Comment faire ?

▸ Calculer la valeur numérique d'une expression littérale

Vérifie que les expressions littérales $(2x - 3)(x + 1)$ et $2x^2 - x - 3$ prennent la même valeur numérique lorsqu'on remplace x par 10.

Pour calculer la valeur numérique, on remplace x par 10, puis on effectue les calculs.

→ Avec $x = 10$, la valeur numérique de $(2x - 3)(x + 1)$ est **187**, car :

$(2 \times 10 - 3)(10 + 1) = 17 \times 11 = 187$.

→ Avec $x = 10$, la valeur numérique de $2x^2 - x - 3$ est **187**, car :

$2 \times 10^2 - 10 - 3 = 200 - 10 - 3 = 187$.

▸ Écrire l'opposé d'une expression littérale

Soit $S = 2x^2 - 3x - 4$. Écris l'opposé de cette expression littérale.

$S = 2x^2 - 3x - 4 = 2x^2 + (-3x) + (-4)$.

L'opposé de $2x^2 + (-3x) + (-4)$ est $-2x^2 + (+3x) + (+4)$.

Si on note $-S$ l'opposé de S, on écrit plus simplement : $\mathbf{-S = -2x^2 + 3x + 4}$.

Corrigés → livret, p. 16

S'entraîner

Maths

QUIZ-TEST

Coche la (ou les) bonne(s) réponse(s).

1 Lorsqu'on remplace la variable x par 10, la valeur numérique de l'expression littérale $-3x^2 + 3x - 6$ est :

a) −276 ☐
b) 924 ☐
c) −6 ☐

2 L'expression $(2x^3 + 5) - (4x^2 + 5x)$, écrite sans parenthèses, devient :

a) $2x^3 + 5 - 4x^2 + 5x$ ☐
b) $2x^3 + 5 + 4x^2 - 5x$ ☐
c) $2x^3 + 5 - 4x^2 - 5x$ ☐

3 ★ Avec ou sans tableur !

Léa a utilisé un tableur pour calculer des valeurs numériques de $f(x)$ avec $f(x) = 5x^2 - 6x$.
(L'écriture $f(x)$ indique que x est la variable.)

	A	B	C	D	E	F	G	H
1	x	−3	−2	−1	0	1	2	3
2	$f(x)$	63	32	11	0	…	…	…

Quelle formule a été saisie dans la cellule B2 pour obtenir 63 ? Complète le tableau.

....

4 ★ Différences opposées

a) Complète le tableau suivant :

a	−17	3,2	2,1	−4,5
b	19	−2,4	3,5	−5,2
$a-b$				
$b-a$				
$(a-b)+(b-a)$				

b) Que peut-on dire des nombres $a - b$ et $b - a$?

....

5 ★★ Les termes de la somme

L'expression littérale $4x - 2$ peut être considérée comme la somme des termes $4x$ et -2, car : $4x - 2 = 4x + (-2)$.

Montre que chacune des expressions suivantes peut être considérée comme une somme.

$A(x) = -5x^2 + 3x - 8$ ....

$B(x) = 7x^3 - 3x^2 - 5x + 7$ ....

6 ★★ Ajouter une somme

$E(x) = (2x^3 - 3x) + (x^2 - 7)$ est une somme de deux expressions littérales.
Pour ajouter la somme $(x^2 - 7)$, on ajoute successivement chaque terme de la somme.
$E(x) = 2x^3 - 3x + x^2 - 7 = 2x^3 + x^2 - 3x - 7$.

Écris de même sous forme d'une somme sans parenthèses :

$F(x) = (4x^2 + 7) + (-x + 4)$

$F(x) =$ ....

$G(x) = 3x + (4 + 5x^2 - 2x^3)$

$G(x) =$ ....

7 ★★★ Soustraire une somme

$E(x) = (2x^3 - 3x) - (x^2 - 7)$ est une différence de deux expressions littérales.
Pour retrancher la somme $(x^2 - 7)$, on ajoute la somme opposée : $(-x^2) + (+7)$.
$E(x) = 2x^3 - 3x + (-x^2) + (+7)$
$= 2x^3 - x^2 - 3x + 7$.

Écris de même sous forme d'une somme sans parenthèses :

$F(x) = (4x^2 + 7) - (-x + 4)$

$F(x) =$ ....

$G(x) = 3x - (4 + 5x^2 - 2x^3)$

$G(x) =$ ....

10 Expressions littérales : factoriser pour réduire

Retiens l'essentiel

Mots-clés

Développer

Quand on utilise l'égalité $a(b + c) = ab + ac$, on dit que l'on **développe**.

Ex. : $3(x^2 + x) = 3x^2 + 3x$.
$x(2x + 5) = 2x^2 + 5x$.

Factoriser

Quand on utilise l'égalité $ab + ac = a(b + c)$, on dit que l'on **factorise** : a est le facteur commun.

Ex. : $9x + 4x = (9 + 4)x$
$= 13x$.
x est le facteur commun.

1 Distributivité

La multiplication est distributive par rapport à l'addition.
Cela se traduit par l'égalité : $a(b + c) = ab + ac$.

2 Réduction d'expressions littérales (exemples)

- On utilise uniquement la distributivité pour factoriser.

Ex. : $4x + 2x = (4 + 2)x = 6x$;
Ex. : $7x - 5x = 7x + (-5)x = [7 + (-5)]x = 2x$;
Ex. : $4x^2 - x^2 = 4x^2 + (-1)x^2 = [4 + (-1)]x^2 = 3x^2$.

- On fait d'abord des regroupements.

Ex. : $S = 2x^2 + 3x + 7 + (-7)x^2 + (-5)$
$= [2x^2 + (-7)x^2] + 3x + [7 + (-5)]$
$= -5x^2 + 3x + 2$.
(Somme réduite et ordonnée suivant les puissances décroissantes de x.)

Comment faire ?

Utiliser un programme de calcul

Voici deux programmes de calcul :

Programme A
- Prendre un nombre.
- Lui ajouter 3.
- Multiplier le résultat par le nombre de départ.

Programme B
- Prendre un nombre.
- L'élever au carré.
- Ajouter le triple du nombre de départ.

1° Léa a choisi le nombre 100. Quel est le résultat final avec chacun des programmes ?

2° Léo affirme que l'on va toujours avoir le même résultat. A-t-il raison ?

1° Léa a trouvé successivement : **100 ; 103 ; 10 300 en suivant le programme A** et **100 ; 10 000 ; 10 300 en suivant le programme B.**

2° **Léo a raison.** Si on appelle a le nombre de départ, on a successivement :
avec le programme A : a ; $a + 3$; $a(a + 3)$; avec le programme B : a ; a^2 ; $a^2 + 3a$.
En développant $a(a + 3)$, on obtient $a^2 + 3a$; **l'égalité est vraie quel que soit le nombre de départ a.**

Réduire une expression littérale à une variable et tester le résultat

Réduis l'expression littérale A telle que $A = 3x^2 + (5x - 7) - (x^2 - 8x + 1)$.

Ajouter $5x - 7$, c'est ajouter $5x$ et ajouter -7.
Soustraire $x^2 - 8x + 1$, c'est ajouter $-x^2$, ajouter $8x$ et ajouter -1.
Par suite : $A = 3x^2 + 5x + (-7) + (-x^2) + 8x + (-1)$.
On modifie l'ordre des termes : $A = 3x^2 + (-x^2) + 5x + 8x + (-7) + (-1)$.
On réduit : $A = 2x^2 + 13x + (-8)$ ou $\mathbf{A = 2x^2 + 13x - 8}$.

On peut tester le résultat en remplaçant x par une valeur numérique ($x = 10$ par exemple) :
– dans l'expression initiale :
$A(10) = 300 + 43 - 21 = \mathbf{322}$.
– dans l'expression finale :
$A(10) = 200 + 130 - 8 = \mathbf{322}$.

Corrigés → livret, p. 17

S'entraîner

QUIZ-TEST

Coche la (ou les) bonne(s) réponse(s).

1 Après factorisation, $2x^2 - 7x^2$ s'écrit :

a) $(2 - 7)x^2$ .... ☐
b) $-5x^2$ .... ☐
c) $5x^2$ .... ☐

2 Après réduction, l'expression littérale $6x^2 - 5x - 4x^2 - 7x$ peut s'écrire :

a) $10x^2 - 2x$ .... ☐
b) $-2x^2 + 12x$ .... ☐
c) $2x^2 - 12x$ .... ☐

Maths

3 ★ Simple réduction

Réduis chacune des expressions littérales suivantes :

$5x + 12x =$ ....

$-7{,}2x + 1{,}8x =$ ....

$4x^2 - 7x^2 =$ ....

$3{,}2x^3 + x^3 =$ ....

4 ★ Réduire une somme

a) Soit $A = (4x^2 - 7) + (6x^2 + 12)$.

Réduis A à une somme de deux termes, puis teste l'égalité avec $x = 10$ (voir « *Comment faire ?* » p. 84).

$A =$ ....

$A =$ ....

b) **Fais de même pour B tel que :**
$B = (-7x^2 + 4x - 3) + (3x^2 - 5x - 7)$.

$B =$ ....

$B =$ ....

5 ★ Réduire une différence

a) Soit $A = (-7x^2 + 4x) - (2x^2 - 5x)$.

Réduis A à une somme de deux termes, puis teste l'égalité avec $x = 10$ (voir « *Comment faire ?* » p. 84).

$A =$ ....

....

b) **Fais de même pour B tel que :**
$B = (-4x^2 - 5x - 8) - (7x^2 - 3x + 6)$.

$B =$ ....

....

6 ★★★ C'est toujours égal !

On applique le programme de calcul suivant :
- Prendre un nombre.
- Lui ajouter 3.
- Multiplier le résultat par le nombre choisi.
- Retrancher du résultat le carré du nombre de départ.

Explique pourquoi on trouve toujours le triple du nombre choisi au départ.

....

....

7 ★★★ Résoudre une équation

Exemple :
On doit résoudre l'équation $(5x + 7) - (3x + 4) = 0$.
On doit d'abord réduire le premier membre.
On a : $5x + 7 - 3x - 4 = 0$
$2x + 3 = 0$.
$2x$ *et* 3 *ont pour somme* 0 *: ce sont des nombres opposés. On a :* $2x = -3$ *; d'où :* $x = -\frac{3}{2}$ *ou* $-1{,}5$.

Résous de même :

a) $(-3x + 12) - (5x - 9) = 0$

....

b) $7x + 13 - (-9x + 5) = 0$

....

11 Expressions littérales : développer ou factoriser

Retiens l'essentiel

À savoir

Règle des signes

- **+ *a*** désigne le nombre ***a*** (ce nombre peut être positif ou négatif).
- ***–b*** désigne l'opposé du nombre ***b*** (ce nombre peut être positif ou négatif).
- Selon la **règle des signes** :

$(+a) \times (+b) = +ab$ (ou ab).

$(-a) \times (-b) = +ab$ (ou ab).

$(+a) \times (-b) = -ab$.

$(-a) \times (+b) = -ab$.

1 Puissance d'exposant positif

a est un nombre relatif ; **n** est un entier naturel (entier positif).

a^n est une **puissance de a** ; **n** est l'**exposant**.

– Si $n \geqslant 2$, $a^n = a \times ... \times a$ (n facteurs)

Si $n = 1$, $a^1 = a$; si $n = 0$ et $a \neq 0$, $a^0 = 1$.

– Pour multiplier deux puissances du même nombre a, on peut revenir à la définition ou utiliser la règle $a^n \times a^m = a^{n+m}$.

Ex. : $(-5)^2 \times (-5)^4 = (-5) \times (-5) \times (-5) \times (-5) \times (-5) \times (-5) = (-5)^6$.

$(-5)^8 \times (-5)^{12} = (-5)^{20}$ (car 8 + 12 = 20 ; soit 20 facteurs).

2 Développer

La multiplication est distributive par rapport à l'addition.

Pour multiplier une somme par un nombre (ou un nombre par une somme), on multiplie chaque terme de la somme par le nombre et l'on ajoute les produits obtenus.

$$a(b + c) = ab + ac \qquad a(b + c + d) = ab + ac + ad$$

On remplace un produit par une somme, on dit que l'**on développe.**

Ex. : $9(-5 + 3x) = -45 + 27x$; $-7(x^2 + 3x - 5) = -7x^2 - 21x + 35$

3 Factoriser

Quand on écrit $ab + ac = a(b + c)$ ou $ab + ac + ad = a(b + c + d)$, on remplace une somme par un produit ; on dit que l'**on factorise.** Le nombre a est le **facteur commun.**

Ex. : $2x + 2y = 2(x + y)$; $-7x + 14 = (-7) \times x + (-7) \times (-2) = (-7)(x - 2)$.

Comment faire ?

Développer une expression littérale

Développe chacune des expressions littérales. **1°** $x^2(x^3 + 5)$. **2°** $-3x(3x^2 - 5x + 8)$.

1° On sait que $a(b + c) = ab + ac$; ici : $a = x^2$, $b = x^3$ et $c = 5$.

$x^2(x^3 + 5) = x^2 \times x^3 + x^2 \times 5 = \mathbf{x^5 + 5x^2}$.

2° On sait que $a(b + c + d) = ab + ac + ad$; ici : $a = -3x$; $b = 3x^2$; $c = -5x$ et $d = +8$.

$-3x(3x^2 - 5x + 8) = -3x \times 3x^2 + (-3x) \times (-5x) + (-3x) \times 8 = \mathbf{-9x^3 + 15x^2 - 24x}$.

Factoriser une expression littérale

Factorise chacune des expressions littérales. **1°** $24x - 32$. **2°** $18x^2 + 12x$.

On sait que $ab + ac = a(b + c)$; a est le facteur commun. On doit mettre en évidence un facteur commun.

1° $24x - 32 = 8 \times (3x) + 8 \times (-4) = 8 \times [(3x) + (-4)] = \mathbf{8(3x - 4)}$.

2° $18x^2 + 12x = 6x \times 3x + 6x \times 2 = \mathbf{6x(3x + 2)}$.

Corrigés → livret, p. 17

S'entraîner

QUIZ-TEST

Coche la (ou les) bonne(s) réponse(s).

1 En développant $2x^2(3x + 5)$ on obtient :

a) $5x^3 + 10x^2$ ☐
b) $6x^3 + 10x^2$ ☐
c) $6x^3 + 10$ ☐

2 En factorisant $8x^3 + 6x^2$ on obtient :

a) $x^2(8x + 6)$ ☐
b) $6x(2x^2 + x)$ ☐
c) $2x^2(4x + 3)$ ☐

3 ★ Développer, puis tester

Développe chaque produit, puis teste l'identité obtenue en remplaçant x par 10 dans le produit donné, puis dans la somme obtenue.

a) $-3(x + 5) =$ ……………………

Avec $x = 10$, on a : ……………………

b) $x^2(x - 3) =$ ……………………

Avec $x = 10$, on a : ……………………

c) $3x(x^2 - 2x + 5) =$ ……………………

Avec $x = 10$, on a : ……………………

d) $x^2(5 + x - 8x^2) =$ ……………………

Avec $x = 10$, on a : ……………………

4 ★ Factoriser, puis tester

Factorise chaque somme, puis teste l'identité obtenue en remplaçant x par 10 dans la somme donnée, puis dans le produit obtenu.

a) $7x + 28 =$ ……………………

Avec $x = 10$, on a : ……………………

b) $5x^2 - 2x =$ ……………………

Avec $x = 10$, on a : ……………………

c) $10x^3 + 5x^2 =$ ……………………

Avec $x = 10$, on a : ……………………

d) $6x^3 - 5x^2 + 2x =$ ……………………

Avec $x = 10$, on a : ……………………

5 ★★ Avec un tableur

On a trois expressions littérales : $f(x) = x^2(3x + 2)$; $g(x) = x(3x^2 + 2)$ et $h(x) = 3x^3 + 2x^2$. On a calculé des valeurs numériques avec un tableur.

	A	B	C	D	E	F
1	x	–3	–2	0	1	2
2	f(x)	–63	–16	…	…	…
3	g(x)	–87	–28	…	…	…
4	h(x)	–63	–16	…	…	…

a) **Quelles formules a-t-on saisies dans les cellules B2, B3 et B4, puis étirées vers la droite ?**

……………………

b) **Complète les colonnes D, E et F.**

c) **Coche la bonne réponse, puis justifie ta réponse.**

– Pour toute valeur de x, on a $f(x) = g(x)$
☐ vrai ☐ faux

……………………

– Pour toute valeur de x, on a $f(x) = h(x)$
☐ vrai ☐ faux

……………………

6 ★★ Comparer les programmes

Voici deux programmes de calcul :

Programme A	Programme B
• Prendre un nombre • Lui ajouter 2 • Multiplier le résultat par 3 • Ajouter au résultat le double du nombre de départ • Afficher le résultat	• Prendre un nombre • Lui ajouter 3 • Multiplier le résultat par 2 • Ajouter au résultat le triple du nombre de départ • Afficher le résultat

a) **Quel nombre obtient-on avec chacun de ces programmes si on choisit 10 comme nombre de départ ?**

Programme A : ……………………

Programme B : ……………………

b) Léa affirme que les deux programmes donnent toujours le même résultat. **A-t-elle raison ?**

……………………

12 Expressions littérales : programme de calcul et algorithme

Retiens l'essentiel

À savoir

Algorithme

Un algorithme indique, dans un ordre précis, des **calculs** à effectuer pour obtenir un résultat à partir de nombres choisis.

Plus généralement, un algorithme indique des **actions** à effectuer dans un ordre précis pour résoudre un problème.

1 Programme de calcul

Dans un **programme de calcul**, on doit choisir un nombre (c'est la **variable**), puis effectuer dans un ordre donné des opérations à partir de ce nombre jusqu'à obtenir le résultat attendu.

Ex. : • Choisir un nombre.
• Lui ajouter 2.
• Élever le nombre obtenu au carré.

Si on choisit le nombre 10, ce programme donne successivement : 10 ⟶ 12 ⟶ 144.

Dans le **langage mathématique**, le nombre variable est souvent noté x.

2 Algorithme

On peut présenter un programme sous forme d'un **algorithme**.

L'écriture, à partir de l'algorithme, d'un **programme informatique** permet de résoudre un problème à l'aide d'un ordinateur.

Comment faire ?

▸ Comparer les résultats donnés par deux programmes de calcul

On propose les deux programmes de calcul suivants :

Programme A

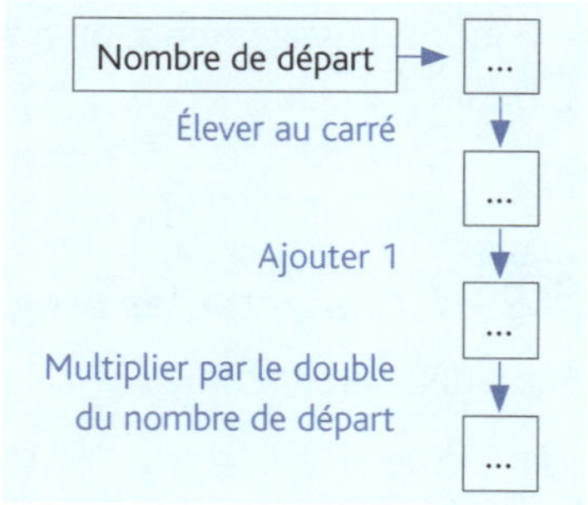

Programme B

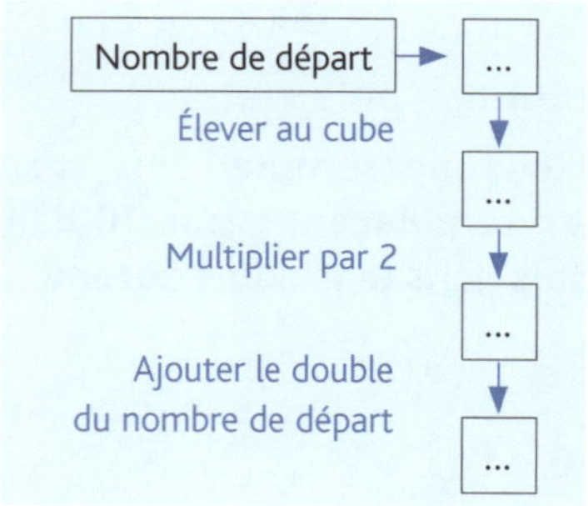

1° Montre que si on choisit 10 comme nombre de départ, les deux programmes donnent le même résultat final. Montre qu'il en est de même pour trois valeurs **de ton choix** de la variable.

2° Après avoir utilisé ces deux programmes avec différentes valeurs de la variable, on peut conjecturer que ces deux programmes donnent toujours le même résultat. Explique pourquoi cela est toujours vrai.

1° Programme A : on obtient 10 ⟶ 100 ⟶ 101 ⟶ **2 020.**

Programme B : on obtient 10 ⟶ 1000 ⟶ 2000 ⟶ **2 020.**

Si on choisit 2, on obtient **20** avec les deux programmes ; si on choisit 5, on obtient **260** avec les deux programmes ; si on choisit – 10 on obtient – 2 020 avec les deux programmes.

2° Ceci est toujours vrai. Si on appelle x le nombre de départ, on obtient :

Programme A : $x \longrightarrow x^2 \longrightarrow x^2 + 1 \longrightarrow 2x(x^2 + 1)$, soit $\mathbf{2x^3 + 2x}$ après développement.

Programme B : $x \longrightarrow x^3 \longrightarrow 2\,x^3 \longrightarrow 2x^3 + 2x$, soit $\mathbf{2x^3 + 2x}$.

Corrigés → livret, p. 17

S'entraîner

QUIZ-TEST

Coche la (ou les) bonne(s) réponse(s).

1 Après avoir choisi un nombre, on doit l'élever au carré, puis retrancher le double du nombre de départ. Ayant choisi le nombre 7, on trouve :

a) 63 ☐
b) 35 ☐
c) 0 ☐

2 Après avoir choisi un nombre, on doit calculer son double, puis retrancher le carré du nombre de départ. Ayant choisi le nombre 10, on trouve :

a) 120 ☐
b) 0 ☐
c) –80 ☐

3 ★ Valeurs numériques

a) Calcule la valeur numérique de l'expression $2x^2 - 2x$ pour tous les nombres entiers de –3 à +3.

x	–3	–2	–1	0	1	2	3
$2x^2 - 2x$	...	...	...	...	...	...	...

b) Vérifie que les programmes suivants donnent les mêmes valeurs numériques qu'à la question a).

Programme long :
- Choisir un nombre
- L'élever au carré
- Calculer le double du nombre obtenu
- Retrancher de ce résultat le double du nombre initial.

Programme court :
- Choisir un nombre
- Retrancher 1 au nombre choisi
- Multiplier le résultat par le double du nombre initial.

4 ★ Une équation

On considère le programme de calcul :
- Choisir un nombre.
- Le multiplier par 2.
- Ajouter 5 au nombre obtenu.

a) Quel est le résultat final si on a choisi 12 ?

....

b) Quel était le nombre choisi si on a obtenu 12 ?

....

Trouver ce nombre revient à résoudre une équation.

Indique laquelle :

☐ $2x + 5 = 12$ ☐ $(x - 5) : 2 = 12$

5 ★★ Encore un carré !

On considère le programme de calcul :

Nombre de départ → ...
↓ Élever au carré
...
↓ Ajouter le double du nombre de départ
...
↓ Ajouter 1
...

a) Complète le tableau.

Variable	–3	–2	–1	0	1	2	3
Résultat	...	...	...	...	...	...	

b) Que peut-on conjecturer en observant ces résultats ?

....

6 ★★★ Intérêt composé

On considère le programme de calcul :
- Choisir un nombre.
- Le multiplier par 0,05.
- Ajouter le résultat au nombre choisi.

Un épargnant place pendant 1 an un capital de 2 800 € au taux de 5 %. Il place ensuite pendant un an, au même taux, le nouveau capital (capital initial + intérêt de la première année).

En utilisant le programme ci-dessus, calcule la valeur de son capital au bout de deux ans.

....

....

....

13 Mettre en équation et résoudre un problème

Retiens l'essentiel

À savoir

Comment résoudre une équation

Pour résoudre l'équation $4x + 5 = 7$, on ajoute -5 aux deux membres :
$4x + 5 - 5 = 7 - 5$
$4x = 7 - 5$ (car $5 - 5 = 0$).
On dit que l'on **transpose** 5 (+5 au premier membre devient −5 au second).
On **réduit** le second membre :
$4x = 2$ (forme $ax = b$).
La solution est $\frac{2}{4}$ ou 0,5.

1 Équation du premier degré à une inconnue

▶ Une équation du premier degré à une inconnue x est une équation qui, après transformations, s'écrit sous la forme $\boldsymbol{ax = b}$.

Si le nombre a est différent de zéro, la solution de l'équation $ax = b$ est $\frac{b}{a}$.

▶ Les transformations permises pour arriver à la forme $ax = b$ sont :

– modifier l'écriture des deux membres en développant et en réduisant ;

– ajouter un même nombre ou une même expression contenant x aux deux membres ;

– multiplier les deux membres par un même nombre non nul.

2 Les étapes de la résolution d'un problème à une inconnue

▶ **Choix de l'inconnue** (bien préciser les unités).

▶ **Mise en équation** (cela recouvre la traduction, à l'aide de l'inconnue, de tous les renseignements donnés dans l'énoncé et aboutit dans cette leçon à une équation du premier degré à une inconnue).

▶ **Résolution** (de l'équation obtenue).

▶ **Retour à l'énoncé** (on cherche à savoir si la solution de l'équation est ou non solution du problème).

Comment faire ?

▶ Mettre en équation et résoudre un problème

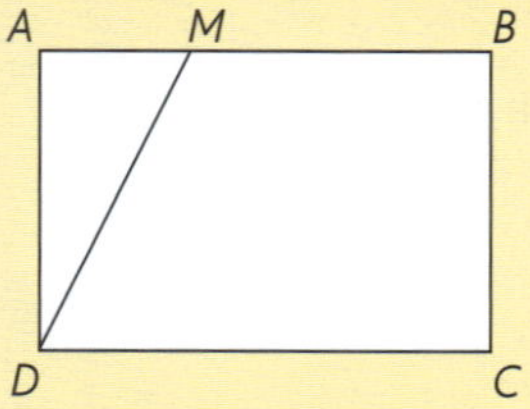

ABCD est un rectangle tel que $AB = 3$ cm et $BC = 2$ cm.
M est un point de [*AB*] dont la position est variable.
Détermine la position de *M* pour que l'aire du trapèze *MBCD* soit le double de l'aire du triangle *DAM*.

→ Désignons par x la longueur AM (en cm). On doit avoir $0 < x < 3$.

→ L'aire (en cm²) du triangle rectangle DAM est x car $(AD \times AM) : 2 = x$.
L'aire du trapèze *MBCD* est égale à l'aire du rectangle *ABCD* diminuée de celle du triangle *DAM*.
Donc l'aire (en cm²) du trapèze *MBCD* est $6 - x$.
L'aire du trapèze doit être égale au double de celle du triangle.
On doit avoir $6 - x = 2 \times x$, c'est-à-dire $6 - x = 2x$.

→ Résolvons l'équation $6 - x = 2x$; on ajoute x aux deux membres : $6 = 3x$.
D'où : $x = 6 : 3$, soit $x = 2$. On a : $0 < 2 < 3$; la solution de l'équation est **2**.

→ **Le point *M* doit être à 2 cm du point *A*.**

Vérification : aire du triangle = 2 cm² ; aire du trapèze = 4 cm².

Corrigés → livret, p. 18

S'entraîner

QUIZ-TEST

Coche la (ou les) bonne(s) réponse(s).

1 Le nombre 1 est solution de l'équation :

a) $3x + 2 = 5$. ☐
b) $x^2 + 3x - 4 = 0$. ☐
c) $-3x + 2 = 1$. ☐

2 Les équations $5x = 3x + 2$ et $2x + 1 = x + 2$:

a) ont la même solution. ☐
b) ont pour solution 2. ☐
c) ont des solutions opposées. ☐

3 ★ Une solution bien guidée !

Soit l'équation $2(x - 4) = 6 - (x - 1)$.

a) **Explique pourquoi cette équation peut s'écrire $2x - 8 = -x + 7$.**

....

....

b) En ajoutant ensuite à chacun de ses membres d'abord 8, puis x, cette équation peut s'écrire $3x = 15$. **Résous cette équation. Vérifie le résultat** en reportant la valeur trouvée dans l'équation du début.

....

....

....

4 ★ Est-ce bien une solution ?

En remplaçant x par 1,5, on peut savoir si ce nombre est ou non solution d'une équation donnée.

1,5 est-il solution de l'équation $2x + 12 = 15$?

oui ☐ non ☐

1,5 est-il solution de l'équation $x^2 - 4x + 3{,}75 = 0$?

oui ☐ non ☐

De même :

–2 est-il solution de l'équation $3(x - 2) = 8x$?

oui ☐ non ☐

3 est-il solution de l'équation $x^3 - 5x^2 + 6x = 0$?

oui ☐ non ☐

2,5 est-il solution de l'équation $x^3 - x = x^2 + x$?

oui ☐ non ☐

5 ★★ On se ramène à $ax = b$!

Résous chacune des équations suivantes :

a) $3x = 18$

....

....

b) $3 + 5x = 18$

....

....

c) $5(x + 3) = 3(x + 5)$

....

....

6 ★★ Avec une balance

Toutes les billes ont la même masse.
On observe l'équilibre suivant.

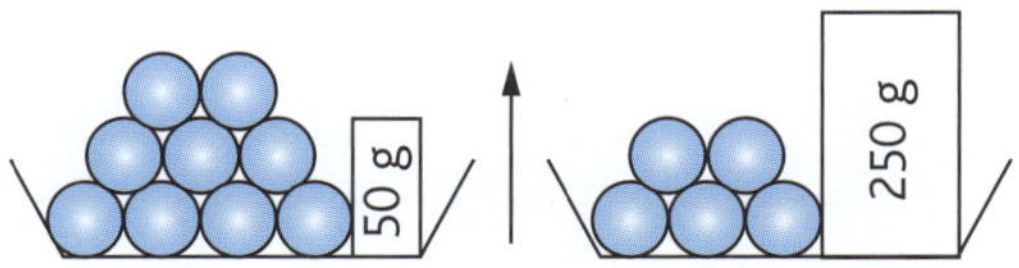

On veut déterminer la masse d'une bille.

a) Si on appelle x la masse (en grammes) d'une bille, **quelle équation peut-on écrire ?**

....

b) **Résous cette équation :**

....

....

14 Proportionnalité

Retiens l'essentiel

1 Représentation graphique et proportionnalité

▸ Si un tableau est de proportionnalité, alors la représentation graphique associée est constituée de **points alignés avec l'origine du repère.**

▸ Si les points d'une représentation graphique sont alignés avec l'origine du repère alors ce graphique représente une **relation de proportionnalité.**

2 Quatrième proportionnelle

▸ Si on connaît trois nombres d'un tableau de proportionnalité à quatre nombres, calculer le quatrième nombre c'est calculer une **quatrième proportionnelle**.

▸ On a un tableau de proportionnalité à quatre nombres.

a	b
c	x

$\times k$

x est la quatrième proportionnelle.

On a : $k = \frac{c}{a} = \frac{x}{b}$; $k = \frac{c \times b}{a \times b} = \frac{x \times a}{b \times a}$; d'où : $\mathbf{c} \times \mathbf{b} = x \times \mathbf{a}$.

On dit que "*les produits en croix sont égaux*" et on a : $x = \frac{c \times b}{a}$.

À savoir

Caractériser la proportionnalité

L'alignement des points d'une représentation graphique avec l'origine du repère caractérise la proportionnalité.

Cela entraîne :

– Si les points sont alignés avec l'origine du repère, alors c'est une situation de proportionnalité.

– Si les points ne sont pas alignés avec l'origine du repère, alors c'est une situation de non-proportionnalité.

Comment faire ?

▸ Reconnaître la proportionnalité à l'aide d'un graphique

Un des graphiques ci-dessous représente une relation de proportionnalité. Lequel et pourquoi ?

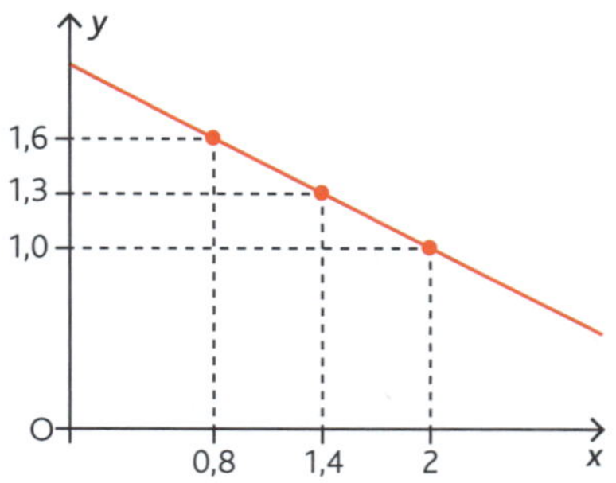

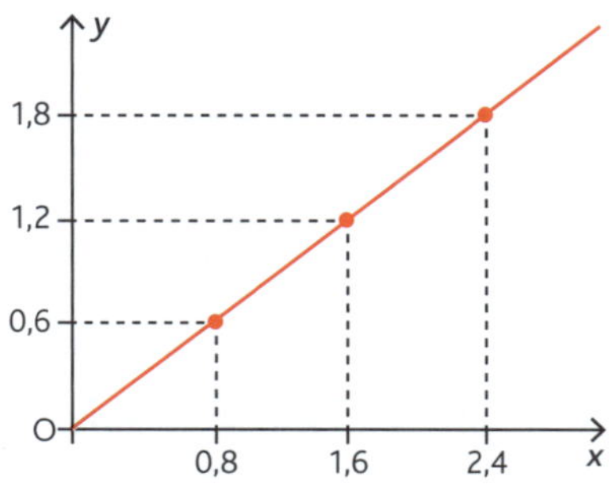

• Dans le premier graphique, les points sont alignés, mais la droite ne passe pas par l'origine du repère ; ce graphique ne représente donc pas une relation de proportionnalité.

• Dans le second graphique, les points sont alignés sur une droite qui passe par l'origine du repère ; **ce graphique représente une relation de proportionnalité**.

Corrigés → livret, p. 18

S'entraîner

QUIZ-TEST

Coche la (ou les) bonne(s) réponse(s).

1 En observant ce tableau, on peut dire que :

1,5	2,5
2,7	4,5

a) c'est un tableau à quatre nombres ☐
b) c'est un tableau de proportionnalité ☐
c) 1,5 × 4,5 = 2,7 × 2,5 ☐

2 Dans ce tableau de proportionnalité, la quatrième proportionnelle est :

7	11
2,8	x

a) 6,8 ☐
b) 4,4 ☐
c) 44 ☐

3 ★ Tableau de proportionnalité

Le tableau ci-dessous est un tableau de proportionnalité.

0,7	2,1	21	23,1
0,3	x	y	z

a) En remarquant que 2,1 est le triple de 0,7, **calcule le nombre x** (on dit que x est image de 2,1).

....

b) En remarquant que 21 s'obtient en multipliant 2,1 par 10, **calcule le nombre y** (c'est l'image de 21).

....

c) En remarquant que 23,1 s'obtient en ajoutant 2,1 et 21, **calcule le nombre z** (c'est l'image de 23,1).

....

4 ★ Quatrième proportionnelle

Les tableaux ci-dessous sont des tableaux de proportionnalité.

Calcule la quatrième proportionnelle.

2,1	3,5
2,4	x

....

....

7,7	x
3,3	2,7

....

....

5 ★ Du graphique au tableau

La représentation graphique est constituée de cinq points appartenant au segment [OA], O et A compris.

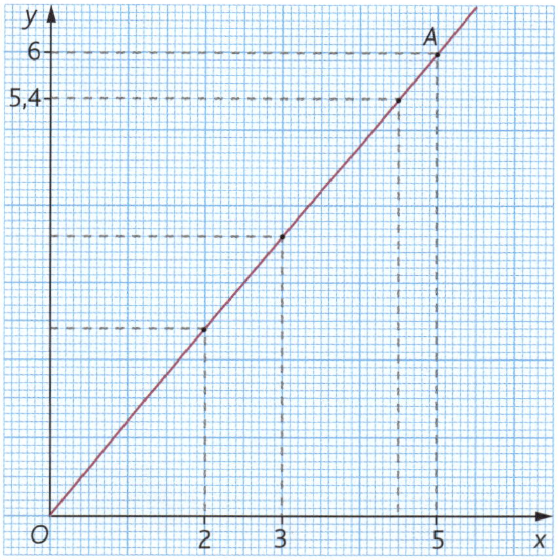

a) Lis sur ce graphique :

– l'ordonnée du point d'abscisse 3 : ....

– l'abscisse du point d'ordonnée 5,4 : ....

b) Cette représentation graphique est associée à un tableau de proportionnalité. **Pourquoi ?**

....

....

c) Complète le tableau associé à ce graphique.

0	2	3	…	5
0	…	…	5,4	6

× …

15 Pourcentage – Échelle

Retiens l'essentiel

À savoir

Appliquer un pourcentage

Parmi les 540 élèves d'un collège, 85 % habitent la commune.

On connaît l'effectif total et le taux. L'effectif partiel s'obtient en multipliant l'effectif total par le taux.

$540 \times \frac{85}{100} = 459.$

459 élèves habitent la commune.

1 Pourcentage

Exprimer un résultat en **pourcentage** facilite les comparaisons en ramenant tous les effectifs à 100, tout en conservant les proportions.

Ex. : Parmi les 28 élèves d'une classe on sait que 21 élèves ont 13 ans.
On imagine une situation fictive : une classe de 100 élèves et on calcule, en conservant les proportions, quel serait alors le nombre d'élèves ayant 13 ans. On a un tableau de proportionnalité :

LE TOUT (effectif total)	28	100
LA PARTIE (effectif partiel)	21	x
	Situation réelle	Situation fictive

On a : $x = \frac{21 \times 100}{28}$; $x = 75$; 75 % des élèves ont 13 ans.

2 Échelle

- Sur un plan (ou sur une carte), les dimensions doivent être proportionnelles aux dimensions réelles.
- Lorsque les dimensions réelles et les dimensions sur le plan (ou sur la carte) sont exprimées avec la même unité, le coefficient de proportionnalité est **l'échelle** du plan (ou de la carte).

Ex. : Dire qu'un plan est à l'échelle 1/1 000, c'est dire que 1 cm sur le plan représente 1 000 cm dans la réalité (soit 10 m).

Comment faire ?

Calculer l'échelle d'une carte

Sur une carte, une ligne droite de 4,5 km est représentée par un segment de 9 cm. Quelle est l'échelle de cette carte ?

On exprime la distance réelle et la distance sur la carte avec la même unité (par exemple, dans ce cas, le centimètre) :
4,5 km = 450 000 cm.

Distance réelle (cm)	450 000	x
Distance réduite (cm)	9	1

(: 9 d'une colonne à l'autre ; $\times k$ de la ligne du haut à celle du bas)

9 cm représentent 450 000 cm ; 1 cm représente $\frac{450\,000}{9}$ cm,
soit $x = 50\,000$ cm ; **l'échelle est** $k = \frac{1}{50\,000}$.

Remarque : Le coefficient k est tel que $k = \frac{9}{450\,000} = \frac{1}{x}$, soit $9 \times x = 450\,000 \times 1$

(égalité des produits en croix) ; d'où : $x = \frac{450\,000 \times 1}{9}$; $x = 50\,000$.

L'échelle est $\frac{1}{x}$ soit $\frac{1}{50\,000}$.

Corrigés → livret, p. 18

S'entraîner

QUIZ-TEST

Coche la (ou les) bonne(s) réponse(s).

1 Parmi les 10 480 spectateurs d'un match, 7 860 sont abonnés, soit en pourcentage :

a) 70 % d'abonnés ☐
b) 75 % d'abonnés ☐
c) 80 % d'abonnés ☐

2 À l'échelle 1/20 000, un segment de 1 cm représente :

a) 200 m ☐
b) 2 km ☐
c) 20 km ☐

3 ★ Chanter en chœur

La chorale du collège des Pinsons compte 84 choristes dont 75 % de filles. La chorale du collège des Canaris compte 48 choristes dont 25 % de filles.

a) **Quel est le nombre de filles dans chaque chorale ?**

b) On réunit les deux chorales. **Quel est alors le pourcentage de filles ?**

4 ★★ Démographie

Au 1er janvier 2020, une ville compte 75 000 habitants. Une étude démographique prévoit que la population de cette ville devrait augmenter de 3 % chaque année pendant les prochaines années.

a) **Quelle serait alors la population au 1er janvier 2021 ?**

b) **Quelle serait alors la population au 1er janvier 2022 ?**

c) **Quel serait le pourcentage d'augmentation de la population entre le 1er janvier 2020 et le 1er janvier 2022 ?**

5 ★★ Bien utiliser l'échelle

En étudiant une carte à l'échelle 1/250 000, un randonneur estime que la distance qu'il doit parcourir est comprise, sur la carte, entre 8 cm et 9 cm.

a) **Quelle distance doit-il parcourir en réalité ?**

Distance minimale :

Distance maximale :

Différence :

b) **Peut-on trouver directement cette différence avec l'échelle ?**

6 ★★★ Tout dépend du ratio !

Partager une quantité S en trois parts (notées, par exemple, x, y et z) selon un ratio donné (par exemple dans le ratio a : b : c) c'est dire que les nombres x, y et z sont proportionnels aux nombres a, b et c.

On a alors : $\frac{x}{a} = \frac{y}{b} = \frac{z}{c} = \frac{x+y+z}{a+b+c} = \frac{S}{a+b+c}$.

Trois employés doivent se partager une prime de 4 200 €. **Calcule la part de chacun dans les deux cas suivants.**

a) Le partage peut se faire suivant le ratio 1 : 2 : 3 (nombre d'enfants dont ils ont la charge).

b) Le partage se fait dans le ratio 3 : 27 : 10 (ancienneté dans l'entreprise).

16 Notion de fonction

Retiens l'essentiel

Mot-clé

Image – Antécédent

Soit une fonction f telle que $x \mapsto y$ avec $y = f(x)$:

• si on connaît une valeur de x, alors on peut calculer y ; **y est l'image de x.**

• si on connaît une valeur de y et si l'on trouve un nombre x tel que $x \mapsto y$, alors **x est un antécédent de y.**

Ex. : Soit la fonction $x \mapsto y$ avec $y = 2x + 3$

• si $x = 4$, alors $y = 11$ car 2 x 4 + 3 = 11 ; 11 est l'image de 4.

• si $y = 21$, alors $x = 9$ car l'équation $2x + 3 = 21$ a pour solution 9 ; 9 est l'antécédent de 21.

1 Notation et vocabulaire

Lorsque, à un nombre variable x, on fait correspondre un nombre unique y qui dépend de x, on détermine une **fonction numérique.**

On peut noter cette fonction $x \mapsto y$ (on lit : « x ***a pour image*** y »).

Si on appelle f la fonction, on a : $x \mapsto y$ et $y = f(x)$ (on lit : « f de x »).

Ex. : On appelle x la mesure (en cm) du côté d'un carré et y la mesure (en cm^2) de l'aire de ce carré (x et y sont deux nombres positifs).
On a : $x \mapsto y$ avec $y = x^2$.

2 Représentation graphique d'une fonction

Dans un repère cartésien, la **représentation graphique** d'une fonction numérique est l'ensemble des points de coordonnées (x ; y) tels que $x \mapsto y$.

Ex. : Soit x un nombre positif.
La représentation graphique de la fonction $x \mapsto y$ avec $y = x^2$ est l'ensemble des points ayant pour coordonnées (x ; x^2).
Par exemple : (0 ; 0) ; (1 ; 1) ; (2 ; 4) ; (3 ; 9)...
mais aussi (0,5 ; 0,25) ; (1,2 ; 1,44) ; (2,1 ; 4,41) ; (3,3 ; 10,89)...

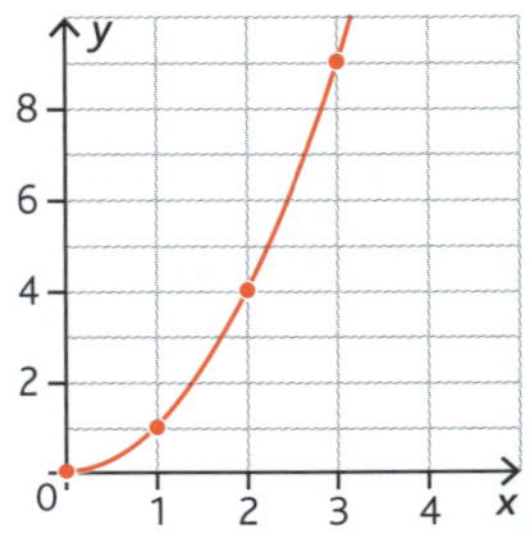

Comment faire ?

▸ Lire une représentation graphique

La distance de freinage d'un véhicule dépend de sa vitesse. Le graphique ci-contre représente la distance de freinage d'un véhicule sur route sèche (cette courbe dépend aussi du type de véhicule considéré).

1° Détermine la distance de freinage correspondant à une vitesse de 40 km/h.

2° Détermine la vitesse correspondant à une distance de freinage de 60 m.

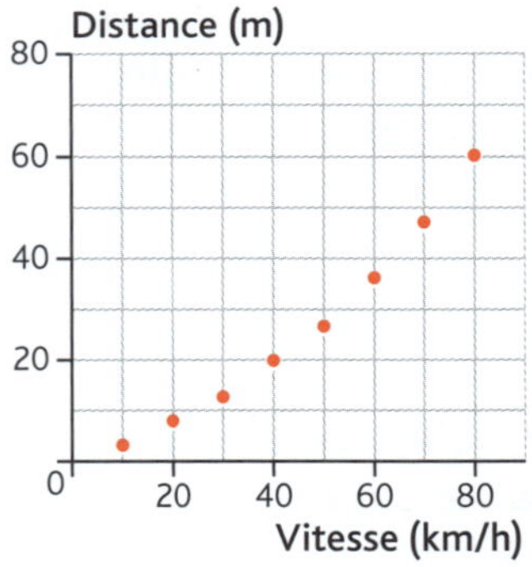

1° On repère la vitesse sur l'axe des abscisses (40 km/h) et on lit la distance sur l'axe des ordonnées (flèches bleues) ; pour 40 km/h, la **distance de freinage est de 20m** (20 est **l'image** de 40).

2° On repère la distance sur l'axe des ordonnées (60 m) et on lit la vitesse sur l'axe des abscisses (flèches vertes) ; une distance de freinage de 60 m correspond à une **vitesse de 80 km/h** (80 est **l'antécédent** de 60).

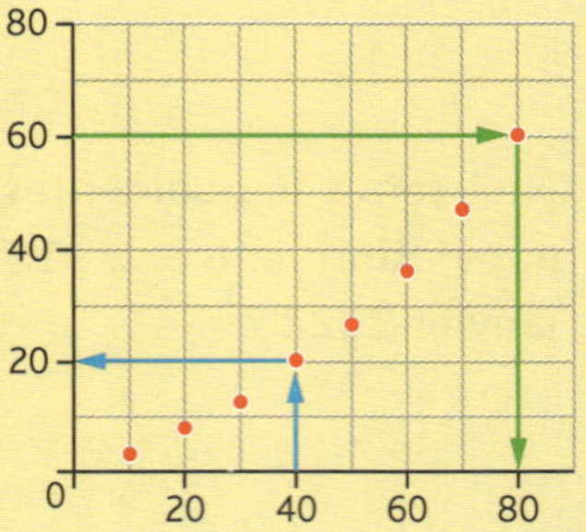

Corrigés → livret, p. 19

S'entraîner

QUIZ-TEST

Coche la (ou les) bonne(s) réponse(s).

1 **Si $x \mapsto x^2 - 3$, l'image de 10 est :**

a) 17 .... ☐
b) 103 .... ☐
c) 97 .... ☐

2 **Si $x \mapsto 5x + 3$, l'antécédent de 10 est :**

a) 1,4 .... ☐
b) 53 .... ☐
c) 2,6 .... ☐

3 ★ Vélo tout terrain

Le graphique représente la fréquence cardiaque (en nombre de battements par minute) d'un coureur en fonction de la durée écoulée depuis le départ.

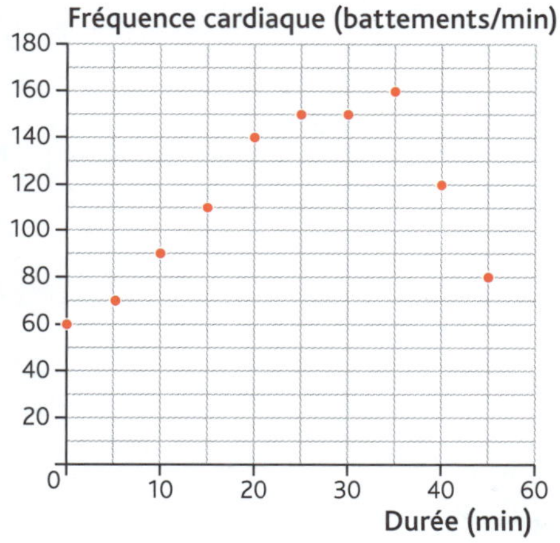

a) Détermine la fréquence cardiaque de ce coureur :

– au moment du départ : ....

– après 20 min de course : ....

b) Quelle est la fréquence cardiaque maximale de ce coureur pendant cette course ?

....

c) Donne un moment de la course où la fréquence cardiaque est de 120 battements/min.

....

4 ★ Quel est l'antécédent ?

Un société de dépannage à domicile affiche le tarif suivant : déplacement : 50 € ; travail : 36 € de l'heure.

a) Soit x la durée (en minutes) d'un dépannage et y le coût total (en euros) de ce dépannage.

Explique pourquoi on a : $y = 0{,}6x + 50$.

....

b) Combien doit-on payer pour une réparation qui a duré 90 minutes ?

....

c) Combien de temps a duré une réparation dont la facture s'élève à 122 € ?

....

5 ★★ La tension augmente

Un condensateur est un composant électronique qui permet de stocker de l'énergie électrique pour la restituer ultérieurement. Le graphique montre l'évolution de la tension (en volts)mesurée aux bornes d'un condensateur en fonction de la durée (en secondes) pendant laquelle il est en charge.

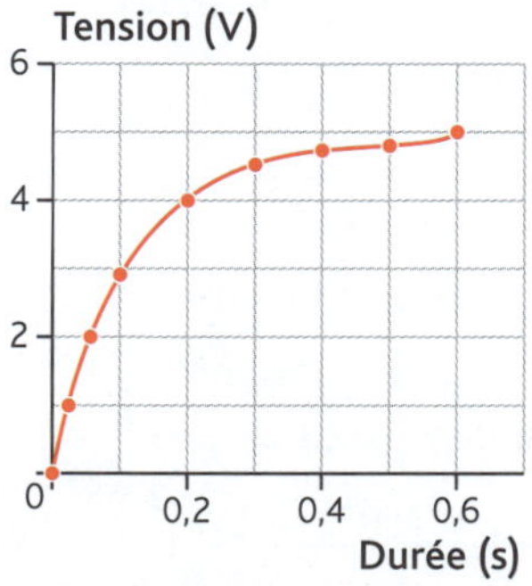

a) Quelle est la tension mesurée au bout de 0,1 s ?

b) Au bout de combien de secondes, la tension est-elle égale à 80 % de la tension maximale estimée à 5V ?

....

....

....

17 Statistique : moyenne – médiane

Mot-clé

La statistique

• Une **enquête statistique** porte sur une **population**. On étudie un **caractère** qui peut être **qualitatif** (couleur des yeux, loisir préféré...) ou **quantitatif** (âge, taille, note...).

• Lorsque la série statistique étudiée est numérique, on peut déterminer la **moyenne** et la **médiane**.

Retiens l'essentiel

1 Moyenne et médiane d'une série statistique

Pour une série statistique numérique :

▶ La **moyenne** d'une série statistique est le quotient de la somme des nombres figurant dans la série par le nombre d'éléments de cette série.

▶ La **médiane** d'une série statistique dont les termes ont été rangés (dans l'ordre croissant ou décroissant) est un nombre qui partage cette série en deux parties de même effectif (chacune contient au plus la moitié des termes).

Ex. : Les 13 notes obtenues dans l'année par un élève, rangées par ordre croissant (pour la recherche de la médiane), sont :
5 ; 8 ; 8 ; 10 ; 12 ; 12 ; 13 ; 15 ; 15 ; 15 ; 15 ; 16 ; 19.

• La moyenne de cette série est environ 12,5 car :

$$\frac{5+2\times8+10+2\times12+13+4\times15+16+19}{13}=\frac{163}{13}\approx 12{,}5.$$

• La médiane de cette série est 13 car il y a 6 notes inférieures à 13 (5 ; 8 ; 8 ; 10 ; 12 ; 12) et 6 notes supérieures à 13 (15 ; 15 ; 15 ; 15 ; 16 ; 19).

Comment faire ?

▶ Déterminer la moyenne et la médiane d'une série statistique numérique

Le tableau ci-contre donne les notes obtenues à un devoir par les 26 élèves d'une classe.

Note obtenue	4	6	9	10	12	14	15	16	20
Effectif	1	2	4	6	6	3	2	1	1

Détermine la moyenne et la médiane de cette série statistique.

Le tableau indique que la note 4 a été obtenue par 1 élève, la note 6 par 2 élèves, etc.

• La moyenne est le quotient de la somme des notes par le nombre de notes.

La moyenne est 11,23 car :

$$\frac{1\times4+2\times6+4\times9+6\times10+6\times12+3\times14+2\times15+1\times16+1\times20}{26}=\frac{292}{26}\approx 11{,}23.$$

• La médiane partage la série des notes ordonnées en deux parties contenant chacune au plus la moitié de l'effectif.

Il y a 26 notes ; 26 = 2 × 13 + 0. La médiane est entre le 13e et le 14e nombre de la série ordonnée (13 notes se trouvent avant et 13 après).

Les 13 premières notes sont : 4 – 6 – 6 – 9 – 9 – 9 – 9 – 10 – 10 – 10 – 10 – 10 – 10 ;

les 13 suivantes sont : 12 – 12 – 12 – 12 – 12 – 12 – 14 – 14 – 14 – 15 – 15 – 16 – 20.

La médiane est entre 10 et 12 ; on choisit la moyenne des deux ; (10 + 12) : 2 = 11.

La médiane est 11.

Corrigés → livret, p. 19

S'entraîner

Maths

QUIZ-TEST

Coche la (ou les) bonne(s) réponse(s).

1 Léa a eu 3 notes : 10 ; 12 ; 12.
Léon a eu 4 notes : 2 ; 12 ; 13 ; 19.
Lucie a eu 5 notes : 6 ; 8 ; 10 ; 12 ; 16.
Qui a eu la meilleure moyenne ?

a) Léa. ☐
b) Léon. ☐
c) Lucie. ☐

2 On a rangé par ordre croissant l'âge des jeunes d'un club de judo : 10 – 10 – 11 – 12 – 12 – 13 – 13 – 13 – 14 – 15 – 15 – 15 – 15 – 16 – 16 – 17 – 17 – 17. La médiane est :

a) 14 ☐
b) 15 ☐
c) 14,5 ☐

3 ★ Quelle moyenne ?

Un élève a eu les notes suivantes :
– 1er trimestre : 12 – 15 – 7 – 2 – 18 – 10 ;
– 2e trimestre : 8 – 18 – 17 – 5 – 4 ;
– 3e trimestre : 13 – 14 – 16 – 12.

a) Calcule sa moyenne pour chaque trimestre.

....

....

....

b) Calcule sa moyenne annuelle :

– en calculant la moyenne de ses quinze notes ;

....

– en calculant la moyenne de ses trois moyennes trimestrielles.

....

4 ★ Quelle médiane ?

On considère la série statistique de toutes les notes obtenues dans l'année par l'élève cité dans l'exercice 3.

a) Range ces 15 notes par ordre croissant.

....

....

b) Quelle est la médiane de cette série ?

....

....

5 ★★ Moyenne pondérée

Les tests d'admission dans une école de conduite comportent deux épreuves :
– code de la route (coefficient 2) ;
– mécanique (coefficient 3).

a) Quelle est la moyenne de Victor qui a obtenu respectivement les notes 14 et 6 ?

....

b) Quelle serait la moyenne de Victor s'il avait obtenu respectivement les notes 6 et 14 ?

....

6 ★★★ Avec ou sans tableur

On a relevé la masse (en g) et le prix (en €) de trois fromages. On a noté ces valeurs dans une feuille de calcul d'un tableur.

	A	B	C
1	Marque	Masse (g)	Prix (€)
2	Carré	250	2,30
3	Rond	180	3,15
4	Triangle	200	3,80
5	Moyenne	210	…

a) Quelle formule a-t-on saisie dans la cellule B5 pour obtenir la masse moyenne ?

....

b) Calcule le prix moyen de ces trois fromages, avec ou sans tableur.

....

....

18 Notion de probabilité

À savoir

Fréquence et probabilité

- Dans une **expérience aléatoire**, le tirage se fait au hasard.
- Si on répète plusieurs fois le tirage, on peut calculer la fréquence d'apparition d'une des issues.
- Si on répète un grand nombre de fois le tirage, la **fréquence d'apparition** d'une des issues est proche de la **probabilité de cette issue**.

Retiens l'essentiel

1 Probabilité d'une issue

On tire une boule dans une urne contenant huit boules numérotées de 1 à 8. Les boules étant indiscernables au toucher, on dit que c'est un **tirage au hasard**.

On a huit **issues** (1 – 2 – 3 – 4 – 5 – 6 – 7 – 8). La probabilité d'obtenir une de ces issues est 1/8 ou 0,125. Dans ce cas, les huit issues ont la même probabilité, on a une **situation d'équiprobabilité**.

Issues	1	2	3	4	5	6	7	8
Probabilités	$\frac{1}{8}$	$\frac{1}{8}$	$\frac{1}{8}$	$\frac{1}{8}$	$\frac{1}{8}$	$\frac{1}{8}$	$\frac{1}{8}$	$\frac{1}{8}$

La somme des probabilités des huit issues (ou éventualités) est égale à 1.

2 Probabilité d'un événement

Dans l'expérience aléatoire décrite au paragraphe précédent, on considère l'**événement** « le numéro obtenu est un multiple de 3 ».

Il y a 2 **cas favorables** (3 et 6) sur les 8 **cas possibles** ; la probabilité de cet événement est $\frac{2}{8}$, soit $\frac{1}{4}$ ou 0,25.

L'**événement contraire** « le numéro n'est pas un multiple de 3 » a pour probabilité $\frac{6}{8}$ ou 0,75.

Comment faire ?

Déterminer la probabilité d'un événement

On lance un dé parfaitement équilibré et on lit le nombre de points sur la face supérieure. Sur l'illustration ci-contre, on a obtenu le nombre 6 ; c'est une des six issues.

1° Calcule la probabilité de l'événement « le nombre obtenu est un multiple de 3 ».

2° Quel est l'événement contraire ? Quelle est sa probabilité ?

1° Un arbre permet de visualiser toutes les issues (on dit aussi « éventualités »).
Parmi les six issues, il y a deux issues favorables (3 et 6).

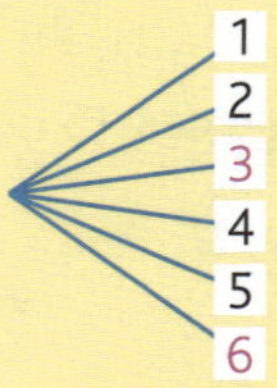

La probabilité de l'événement « le nombre obtenu est un multiple de 3 » est égale à $\frac{2}{6}$, soit $\frac{1}{3}$ après simplification.

2° L'événement contraire est « **le nombre obtenu n'est pas un multiple de 3** ».
Il y a 4 issues favorables ; **la probabilité est égale à** $\frac{4}{6}$ ($\frac{2}{3}$ après simplification).

Remarque : On a : $\frac{2}{6} + \frac{4}{6} = 1$. La somme de la probabilité d'un événement et de celle de l'événement contraire est égale à 1.

Corrigés → livret, p. 19

S'entraîner

QUIZ-TEST

Coche la (ou les) bonne(s) réponse(s).

1 On jette un dé non truqué. La probabilité de l'événement « le nombre de points sur la face supérieure est un nombre impair » est :

a) 1/6 ☐
b) 3/6 ☐
c) 0,5 ☐

2 On tire une carte au hasard dans un jeu de 32 cartes. La probabilité de l'événement « la carte tirée est un as » est égale à :

a) 4/32 ☐
b) 1/32 ☐
c) 0,125 ☐

3 ★ Des jetons de couleur

Un sac contient sept jetons indiscernables au toucher. Quatre sont rouges et numérotés de 1 à 4. Trois sont bleus et numérotés de 1 à 3.

On tire au hasard un jeton (7 issues).

Quelle est la probabilité de chaque événement ?

a) « Le jeton est de couleur rouge. »

....

b) « Le jeton porte un numéro pair. »

....

c) « Le jeton est rouge et le numéro est pair. »

....

4 ★★ Tables de multiplication

Une urne contient quatre jetons numérotés de 6 à 9. On tire un jeton au hasard, on note le nombre, puis on remet le jeton dans l'urne.

On tire alors un deuxième jeton et on note le nombre obtenu. On calcule le produit des deux nombres. Les seize issues sont visualisées dans un tableau à double entrée partiellement rempli.

	6	7	8	9
6	36	42	48	54
7	42	49	56	63
8	...	...	...	...
9	...	...	...	...

a) Complète le tableau et colorie les cases où le produit est un multiple de 3.

b) Quelle est la probabilité de l'événement : « le produit est un multiple de 3 » ?

....

c) Quelle est la probabilité de l'événement : « le produit est un multiple de 9 » ?

....

....

5 ★★ Pile ou face

On jette trois fois une pièce de monnaie parfaitement équilibrée. Après chaque jet, on note si la face visible est pile (p) ou face (f). Un arbre permet de visualiser les huit issues après les trois jets.

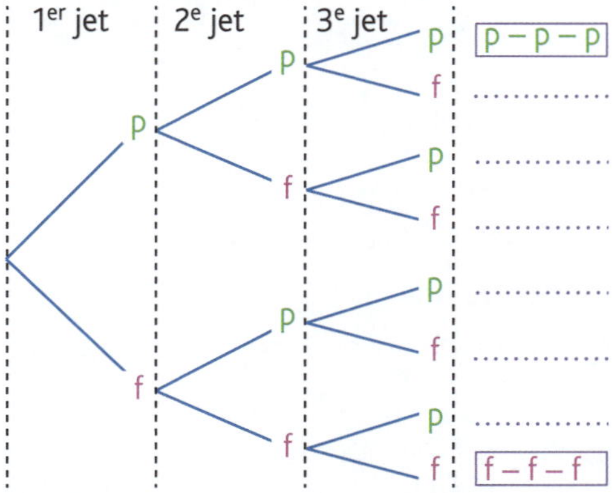

a) Complète les 6 issues manquantes.

b) Quelle est la probabilité de l'événement : « le tirage donne trois fois le même résultat » ?

....

c) Quelle est la probabilité de l'événement : « le tirage ne donne pas trois fois le même résultat » ?

....

19 Cas d'égalité des triangles

Retiens l'essentiel

À savoir

Somme des angles d'un triangle

La somme des angles d'un triangle est égale à 180°.

Inégalité triangulaire

- *A*, *M* et *B* étant trois points du plan :

– si $M \in [AB]$, alors $MA + MB = AB$.

– si $M \notin [AB]$ alors $MA + MB > AB$.

- Dans un triangle, un côté est strictement inférieur à la somme des deux autres. Cela permet de savoir si l'on peut construire un triangle dont les côtés ont pour mesures trois longueurs données.

1 Trois théorèmes (cas d'égalité)

▸ Si deux triangles ont un côté de même longueur adjacent à deux angles respectivement égaux, alors ils sont superposables (égaux).

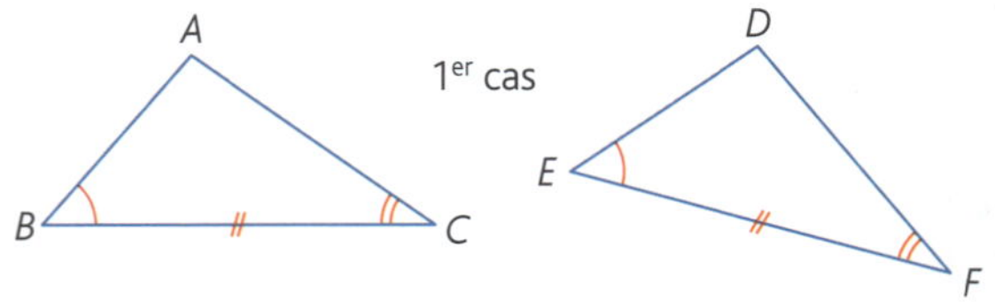

▸ Si deux triangles ont un angle égal compris entre deux côtés respectivement de même longueur, alors ils sont superposables (égaux).

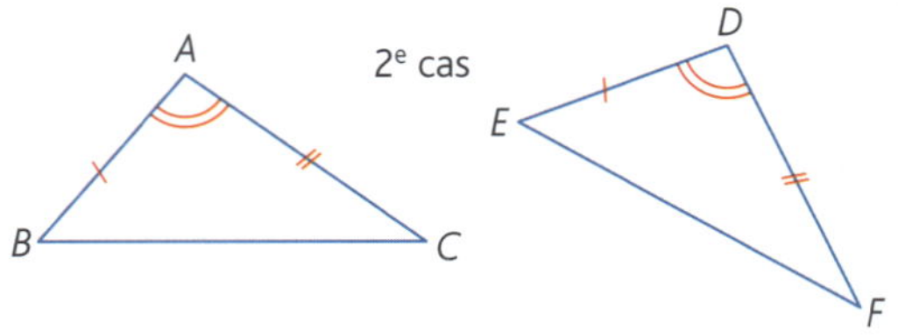

▸ Si deux triangles ont les trois côtés respectivement de même longueur, alors ils sont superposables (égaux).

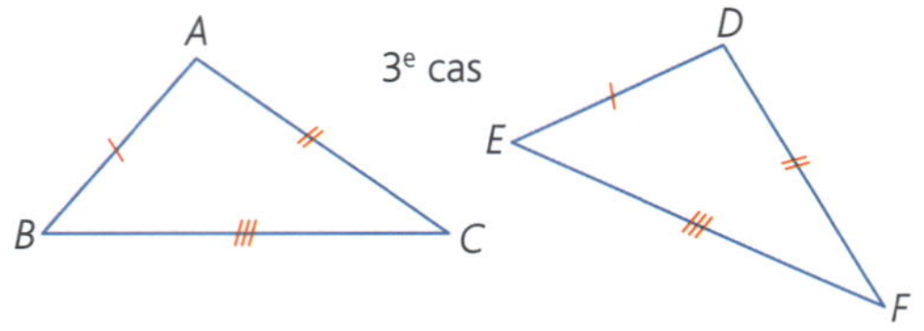

Comment faire ?

▸ Utiliser un cas d'égalité

Sur les côtés [*AB*] et [*AC*] d'un triangle *ABC*, on a construit, à l'extérieur, deux triangles équilatéraux *ABE* et *ACF*.

1° Démontre que les triangles *EAC* et *BAF* sont égaux.

2° Que peut-on en déduire pour les côtés et les angles de ces triangles ?

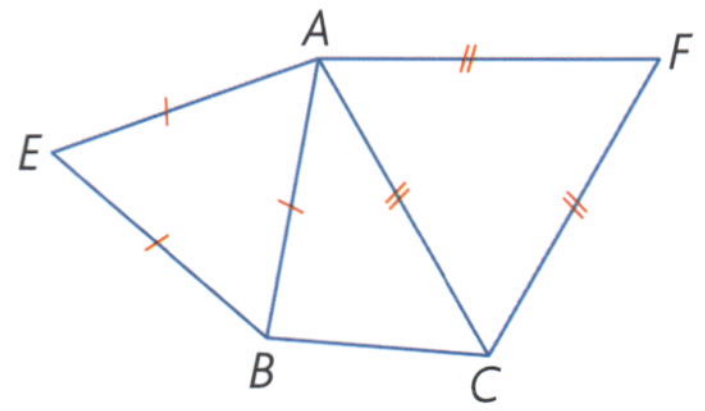

1° On complète la figure pour faire apparaître les triangles EAC et BAF. Un triangle équilatéral a trois angles de 60°.

Les angles $\widehat{EAC}$ et $\widehat{BAF}$ sont égaux car :

$\widehat{EAC} = 60° + \widehat{BAC}$ et $\widehat{BAF} = \widehat{BAC} + 60°$.

Les triangles *EAC* et *BAF* ont donc un angle égal ($\widehat{EAC} = \widehat{BAF}$) compris entre deux côtés respectivement de même longueur ($AE = AB$ et $AC = AF$). Donc les triangles **EAC et BAF sont égaux** (2e cas).

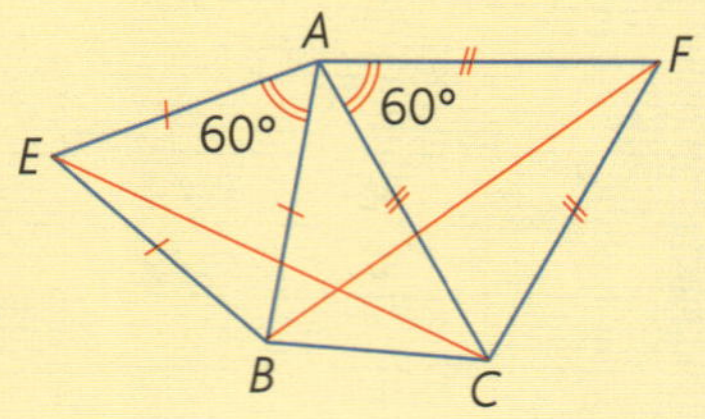

2° Tous les éléments correspondants sont superposables :

$\boldsymbol{EC = BF \,;\, \widehat{AEC} = \widehat{ABF}}$ **et** $\boldsymbol{\widehat{ACE} = \widehat{AFB}}$.

Corrigés → livret, p. 19

S'entraîner

Maths

QUIZ-TEST

Coche la (ou les) bonne(s) réponse(s).

1 Dans quel cas peut-on construire un triangle avec les données ci-dessous ?

a) 7 cm, 9 cm, 1,6 cm ☐
b) 8 cm, 10 cm, 9 cm ☐
c) 9 cm, 7 cm, 2 cm ☐

2 On connaît deux angles et un côté :

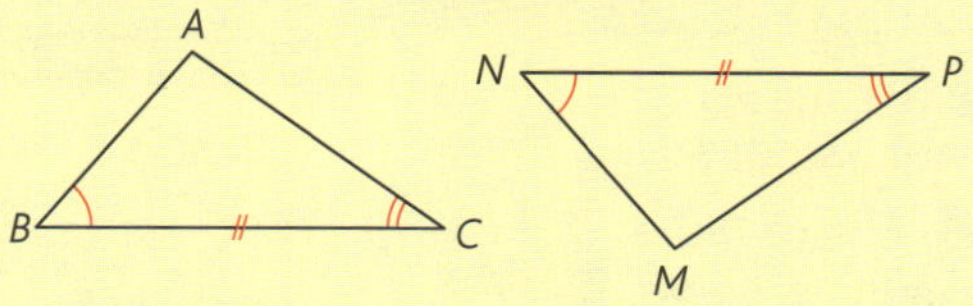

a) On en déduit que AB = MN ☐
b) On en déduit que AC = MP ☐
c) On en déduit que $\widehat{A} = \widehat{M}$ ☐

3 ★ Lire et réfléchir avant de construire

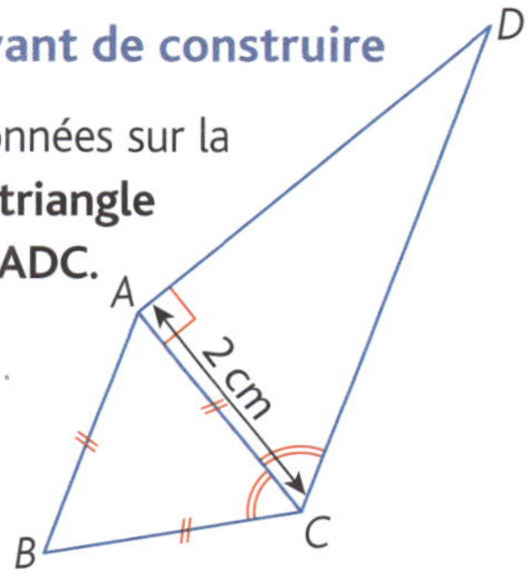

a) D'après les indications données sur la figure, **calcule les angles du triangle ABC, puis ceux du triangle ADC.**

b) **Indique – étape par étape – comment procéder pour construire le quadrilatère *ABCD*.**

b) Que peut-on en déduire pour les angles $\widehat{ABC}$ et $\widehat{ADC}$, pour les côtés [*AB*] et [*AD*], [*BC*] et [*DC*] ?

c) (*AC*) est la médiatrice de [*BD*]. **Justifie cette affirmation.**

4 ★★ Un cerf-volant

Dans le quadrilatère *ABCD*, la diagonale [*AC*] est bissectrice des angles $\widehat{BAD}$ et $\widehat{BCD}$.

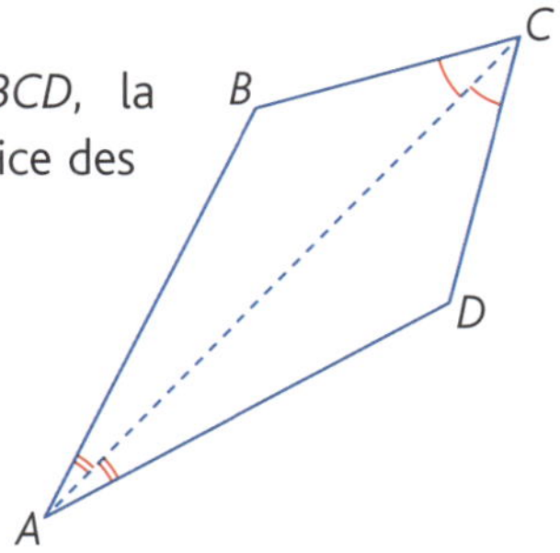

a) Prouve que les triangles *ABC* et *ADC* sont superposables (on dit aussi « égaux »).

5 ★★ Angles au centre

[*AB*] et [*CD*] sont deux cordes d'un cercle de centre *O* telles que *AB* = *CD*.

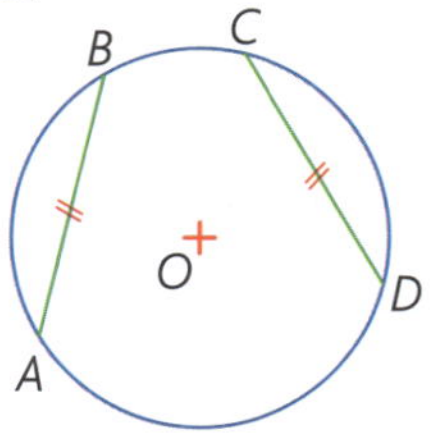

a) Prouve que les triangles *AOB* et *COD* sont égaux.

b) Que peut-on en déduire pour les angles au centre $\widehat{AOB}$ et $\widehat{COD}$?

20 Configuration de Thalès

Retiens l'essentiel

1 Théorème de Thalès

On sait :

ABC est un triangle.

M ∈ [AB] et N ∈ [AC]

(MN) // (BC).

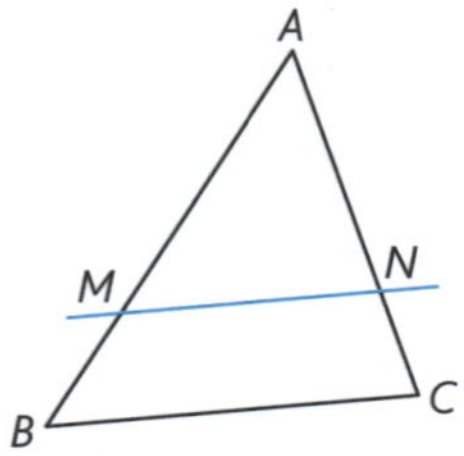

On en déduit :

$\dfrac{\mathbf{AM}}{\mathbf{AB}} = \dfrac{\mathbf{AN}}{\mathbf{AC}} = \dfrac{\mathbf{MN}}{\mathbf{BC}}$.

Les côtés du triangle AMN sont proportionnels à ceux du triangle ABC (AMN est une **réduction** du triangle ABC et ABC est un **agrandissement** de AMN).

2 Réciproque du théorème de Thalès

On sait :

ABC est un triangle.

M ∈ [AB] et N ∈ [AC]

$\dfrac{\mathbf{AM}}{\mathbf{AB}} = \dfrac{\mathbf{AN}}{\mathbf{AC}}$.

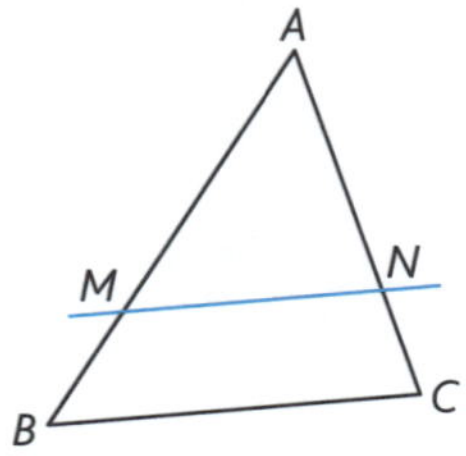

On en déduit :

(MN) // (BC).

À savoir

Quel théorème ?

- Le théorème de Thalès s'applique lorsqu'on sait qu'une droite, parallèle à un côté d'un triangle, coupe les deux autres côtés ; il permet d'écrire des quotients égaux.
- Le théorème réciproque du théorème de Thalès permet de démontrer qu'une droite est parallèle à un côté d'un triangle.

Comment faire ?

▸ Utiliser le théorème réciproque du théorème de Thalès

ABC est un triangle tel que AB = 3,6 cm, AC = 2,1 mm et BC = 4,2 cm.

M ∈ [AB] et AM = 2,4 cm ; N ∈ [AC] et AN = 1,4 cm.

1° Prouve que (MN) est parallèle à (BC).

2° Calcule MN.

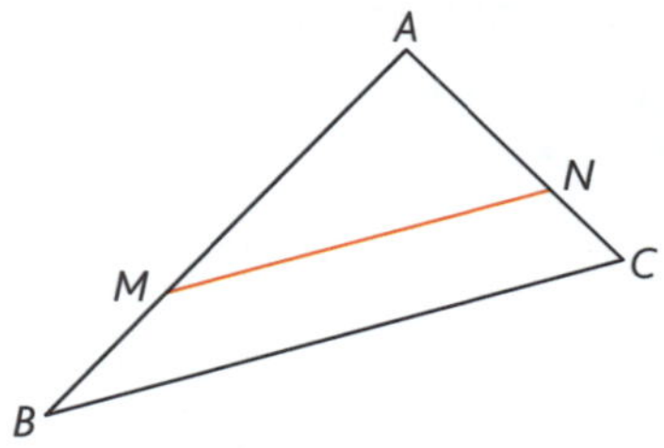

1° On calcule : $\dfrac{AM}{AB} = \dfrac{2{,}4}{3{,}6} = \dfrac{24}{36} = \dfrac{2}{3}$; $\dfrac{AN}{AC} = \dfrac{1{,}4}{2{,}1} = \dfrac{14}{21} = \dfrac{2}{3}$. D'où l'égalité $\dfrac{AM}{AB} = \dfrac{AN}{AC}$.

D'après le théorème réciproque du théorème de Thalès, on a : **(MN) // (BC).**

2° Dans le triangle ABC, on sait maintenant que (MN) // (BC).

Le théorème de Thalès donne : $\dfrac{AM}{AB} = \dfrac{AN}{AC} = \dfrac{MN}{BC} = \dfrac{2}{3}$; d'où : $\dfrac{MN}{4{,}2} = \dfrac{2}{3}$ et $MN = \dfrac{4{,}2 \times 2}{3}$; **MN = 2,8 cm.**

S'entraîner

Corrigés → livret, p. 20

QUIZ-TEST

Coche la (ou les) bonne(s) réponse(s).

1 **Sachant que AF = 18 mm ; AC = 24 mm ; AB = 16 mm et (EF) // (BC), on peut :**

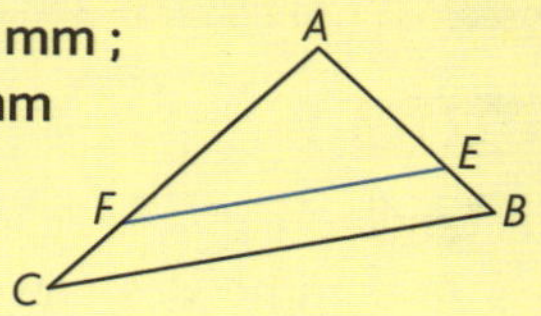

a) Prouver que BC = 30 mm .... ☐
b) Prouver que AE = 12 mm .... ☐
c) Prouver que ABC est rectangle .... ☐

2 **Sachant que AF = 1,8 cm ; AC = 2,4 cm ; AE = 1,2 cm et AB = 1,6 cm, on peut :**

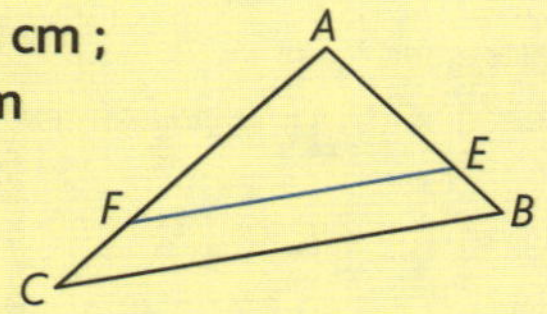

a) Prouver que (EF) // (BC) .... ☐
b) Prouver que BC = 3 cm .... ☐
c) Prouver que EF = 2,8 cm.......................... ☐

3 ★ Triangles emboîtés

La figure ci-contre ne respecte pas les dimensions.
On sait que AB = 3,5 cm ; AM = 2,5 cm ; AC = 4,9 cm ; (MN) // (BC).
Calcule AN, puis NC.

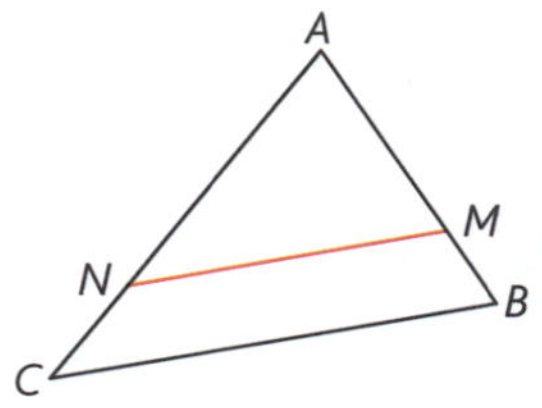

....

....

....

4 ★ Est-ce bien parallèle ?

Soit KLM un triangle tel que KL = 32 mm, LM = 60 mm et MK = 44 mm.
I sur [KL] et J sur [KM] sont tels que KI = 8 mm et KJ = 11 mm.

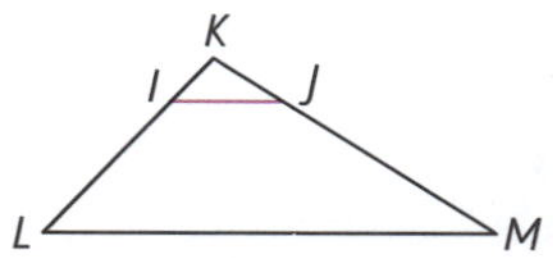

échelle ½

a) Prouve que (IJ) et (LM) sont parallèles.

....

....

....

b) Calcule IJ.

....

....

....

5 ★★ On joint deux milieux

MNP est un triangle quelconque.
On sait que M' est le milieu de [PM] et N' celui de [PN].

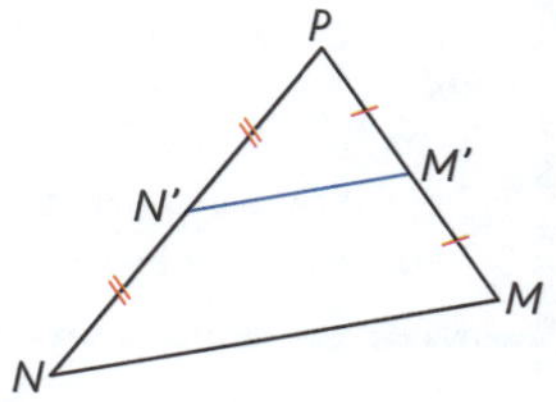

a) Prouve que (M'N') // (MN).

....

b) La longueur M'N' semble être égale à la moitié de la longueur MN. **Prouve que cela est vrai.**

....

....

6 ★★ On découvre un milieu

FGH est un triangle quelconque.
O est le milieu de [FH].
La parallèle à (HG) passant par O coupe [FG] en P.

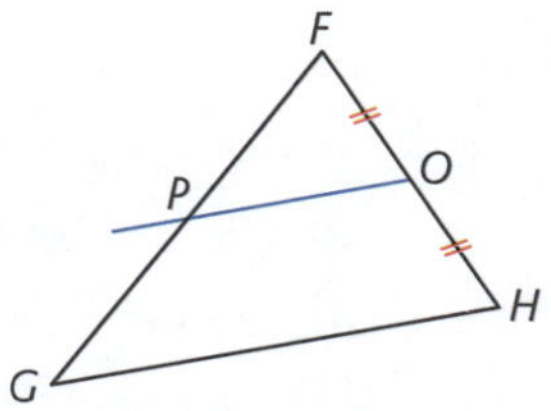

a) Prouve que P est le milieu de [FG].

....

b) La longueur OP semble être égale à la moitié de la longueur HG. **Prouve que cela est vrai.**

....

....

21 Relation de Pythagore

Retiens l'essentiel

Mot-clé

Carré – Racine carrée

- ABCD est un carré ; le mot « *carré* » désigne un quadrilatère. Si la mesure (en cm) du côté du carré est égale à 3, son aire $\mathcal{A}$ (en cm²) est telle que $\mathcal{A} = 3 \times 3$, que l'on note 3^2 et qui est égale à 9.
- 9 est le carré de 3 ; le mot « *carré* » désigne ici un nombre qui est le produit de deux facteurs égaux : $9 = 3 \times 3 = 3^2$. Inversement, « 3 est la racine carrée de 9 » ; on écrit : $3 = \sqrt{9}$.

1 Théorème de Pythagore

Si un triangle est rectangle, alors le carré de l'hypoténuse est égal à la somme des carrés des côtés de l'angle droit.

Ex. : On sait que ABC est rectangle en A, on en déduit : $BC^2 = AB^2 + AC^2$ (égalité de Pythagore).

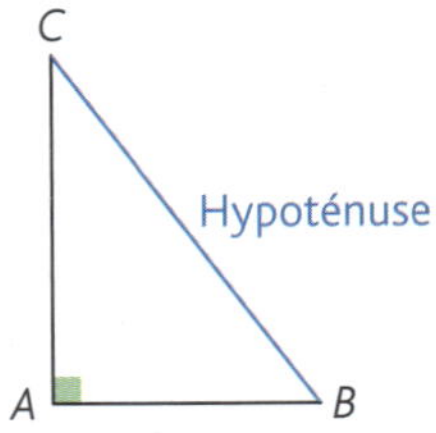

2 Réciproque du théorème de Pythagore

Si, dans un triangle, le carré d'un côté est égal à la somme des carrés des deux autres côtés, alors ce triangle est rectangle.

Ex. : NP est le plus grand côté ; $NP^2 = 25^2 = 625$;
$MP^2 + MN^2 = 15^2 + 20^2 = 625$.
On a : $NP^2 = MP^2 + MN^2$ (l'égalité de Pythagore est vérifiée).
On en déduit : MNP est un triangle rectangle en M.

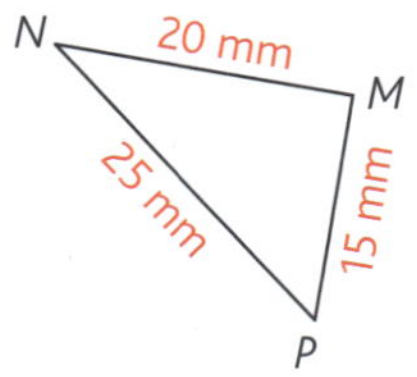

Comment faire ?

▸ Calculer un côté d'un triangle rectangle

La figure représente deux triangles rectangles ayant la même hypoténuse. Calcule *AC*, puis *DC* (valeur exacte, puis arrondie au mm).

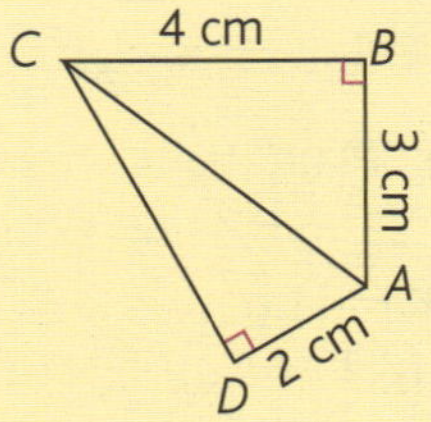

échelle 1/2

→ Le triangle *ABC* est rectangle en *B* ; son hypoténuse est [*AC*].

Dans un triangle rectangle, le carré de l'hypoténuse est égal à la somme des carrés des deux autres côtés.

D'où : $AC^2 = BA^2 + BC^2$; $AC^2 = 3^2 + 4^2$; $AC^2 = 25$;

AC est la racine carrée de 25 ; $AC = \sqrt{25}$; $\boldsymbol{AC = 5}$ **cm**.

→ Le triangle *ADC* est rectangle en *D* ; son hypoténuse est [*AC*].

On a : $AC^2 = DA^2 + DC^2$; $25 = 2^2 + DC^2$; $DC^2 = 25 - 4$; $DC^2 = 21$;

$\boldsymbol{DC = \sqrt{21}}$; la calculatrice affiche : 4.5825... ; $\boldsymbol{DC \approx 4{,}6}$ **cm**.

▸ Prouver qu'un triangle n'est pas rectangle

Le triangle ci-contre n'est pas rectangle. Pourquoi ?

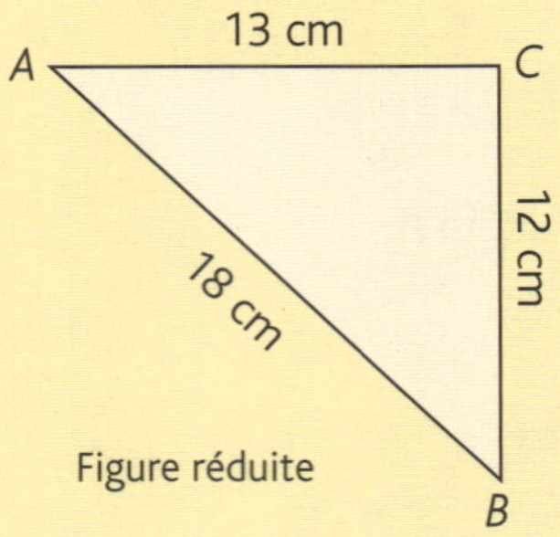

Figure réduite

Si ce triangle était rectangle, le plus grand côté serait son hypoténuse et on devrait avoir : $AB^2 = CA^2 + CB^2$.

Or $AB^2 = 18^2 = 324$ et $CA^2 + CB^2 = 13^2 + 12^2 = 313$.

Comme $324 \neq 313$, **le triangle *ABC* ne peut pas être rectangle.**

Corrigés → livret, p. 20

S'entraîner

QUIZ-TEST

Coche la (ou les) bonne(s) réponse(s).

1 **Dans le triangle *ABC* rectangle en *A*, quelle est la mesure exacte de *BC* ?**

a) 130 cm. .... ☐
b) $\sqrt{130}$ cm. .... ☐
c) 11,4 cm. .... ☐

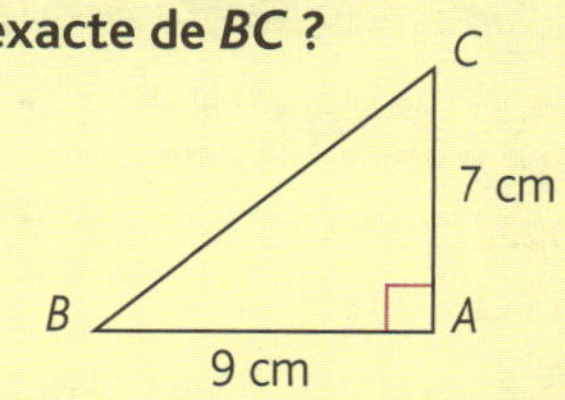

2 **Un triangle MNP est tel que MN = 5 cm, NP = 12 cm et PM = 13 cm. On a : $13^2 = 5^2 + 12^2$. On en déduit :**

a) MNP est rectangle en M .... ☐
b) MNP est rectangle en N .... ☐
c) MNP est rectangle en P .... ☐

3 ★ Hypoténuse inconnue

Calcule l'hypoténuse *PQ* du triangle rectangle *PQR* dans chacun des cas suivants :

a) $PR = 6$ cm et $RQ = 8$ cm ; pr² + RQ² =
rQ² = 14² cm

b) $PR = 9{,}5$ cm et $RQ = 6{,}7$ cm ; Pr² + RQ² =
rQ =

4 ★ Côté de l'angle droit inconnu

Calcule le côté *OH* du triangle *OHK* rectangle en *O* dans chacun des cas suivants :

a) $HK = 13$ cm et $OK = 5$ cm ; HK² + OK² =
Ho² = 13² + 5² = 18²

b) $HK = 11$ cm et $OK = 7{,}5$ cm ; HK² + OK² =
Ho² = 11² + 7,5 = 18,5²

5 ★★ Le côté du losange

Le losange *ABCD* de centre *O* est tel que $AC = 18$ mm et $BD = 32$ mm.

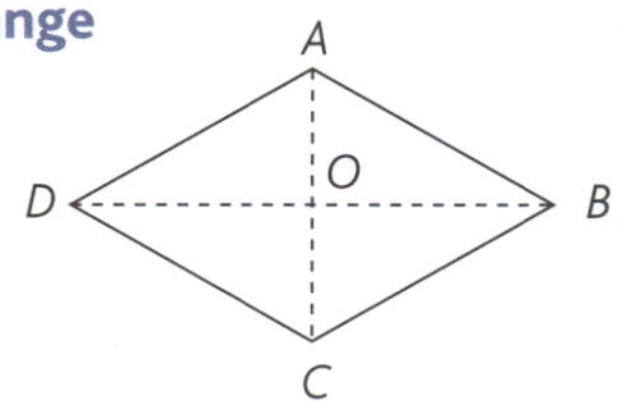

Calcule la longueur des côtés.

AC = 18 mm
Bd = 50 m

6 ★★ Voile triangulaire

Une voile triangulaire a des côtés mesurant respectivement 299 cm, 276 cm et 115 cm.

Cette voile a-t-elle la forme d'un triangle rectangle ?

7 ★★ La corde à 13 nœuds

Une corde comportant 13 nœuds séparant 12 intervalles de même longueur est utilisée par les hommes de terrain pour tracer des droites perpendiculaires sur un sol plat. Voici comment ils procèdent :

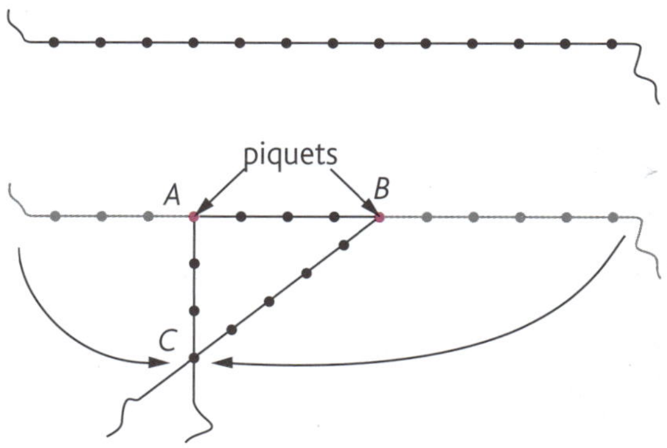

a) **Justifie cette méthode en prouvant que le triangle *ABC* est bien rectangle en *A*.**

b) **Le triangle serait-il encore rectangle si on prenait 3 intervalles pour *AB*, 3 pour *AC* et 6 pour *BC* ?**

Maths

22 Cosinus d'un angle aigu d'un triangle rectangle

À savoir

Calculer un angle aigu

Un triangle ABC rectangle en A est tel que BC = 6,5 cm ; BA = 6 cm

$\cos \widehat{B} = \frac{BA}{BC} = \frac{6}{6{,}5}$ soit environ 0,923076…

Suivant la calculatrice, la touche « arccos » ou la touche « $\cos^{-1}$ » permet de calculer l'angle dont on connaît le cosinus.

La séquence

arccos (6 : 6,5) =

donne $\widehat{B} \approx 23°$.

Retiens l'essentiel

1 Reconnaître un triangle rectangle

▸ Si un triangle a un angle droit (ou deux angles aigus complémentaires), **alors c'est un triangle rectangle**.

▸ Si un triangle a des côtés qui vérifient l'égalité de Pythagore, **alors c'est un triangle rectangle**.

▸ Si un triangle est inscrit dans un cercle ayant pour diamètre un de ses côtés, **alors c'est un triangle rectangle**.

2 Cosinus d'un angle aigu d'un triangle rectangle

▸ Le triangle est rectangle en A ; le côté [BC] en est l'**hypoténuse**.

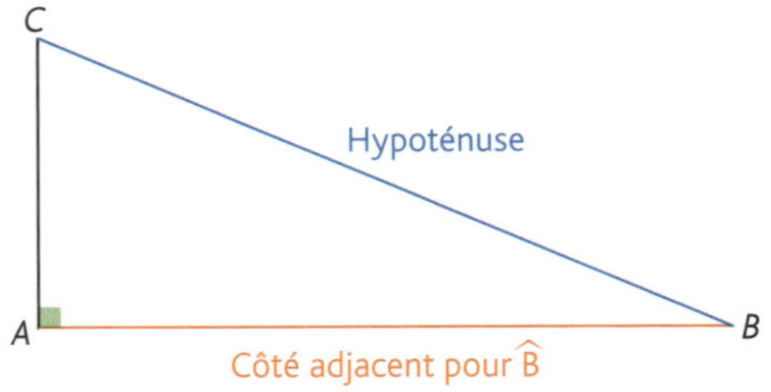

L'angle $\widehat{B}$ est un angle aigu ; le cosinus de l'angle $\widehat{B}$ se note $\cos \widehat{B}$.

On a : $\mathbf{\cos \widehat{B}} = \frac{\textbf{côté adjacent pour } \widehat{B}}{\textbf{hypoténuse}}$.

$\cos \widehat{B} = \frac{BA}{BC}$.

▸ Le cosinus d'un angle aigu est un nombre compris entre 0 et 1.

Comment faire ?

▸ Utiliser le cosinus pour calculer un côté d'un triangle rectangle

DEF est un triangle rectangle en D.

On sait que FE = 4 cm et $\widehat{F} = 30°$.

Calcule FD.

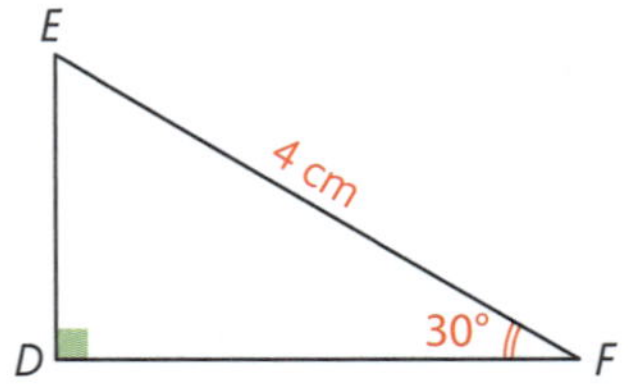

On sait que $\cos \widehat{F} = \frac{\text{côté adjacent pour } \widehat{F}}{\text{hypoténuse}}$; $\cos \widehat{F} = \frac{FD}{FE}$.

On en déduit : $FD = FE \times \cos \widehat{F}$; $FD = 4 \times \cos 30°$.

Pour cos 30°, la calculatrice affiche 0,866… ; d'où : **FD ≈ 3,5 cm**.

Corrigés → livret, p. 20

S'entraîner

QUIZ-TEST

Coche la (ou les) bonne(s) réponse(s).

1 Si un triangle ABC est rectangle en A, alors on a :

a) $\cos \widehat{B} = \dfrac{BA}{BC}$ ☐

b) $\cos \widehat{B} = \dfrac{BC}{BA}$ ☐

c) $\cos \widehat{C} = \dfrac{CA}{CB}$ ☐

2 Le triangle ABC est rectangle en A.
On sait que BA = 30 mm et BC = 60 mm.
On en déduit :

a) $\widehat{B} = \dfrac{30}{60} = \dfrac{1}{2}$ ☐

b) $\cos \widehat{B} = \dfrac{1}{2}$ ☐

c) $\widehat{B} = 60°$ ☐

3 ★ La calculatrice s'impose !

Le triangle ABC est rectangle en A ; BC = 36 mm et AC = 16 mm.

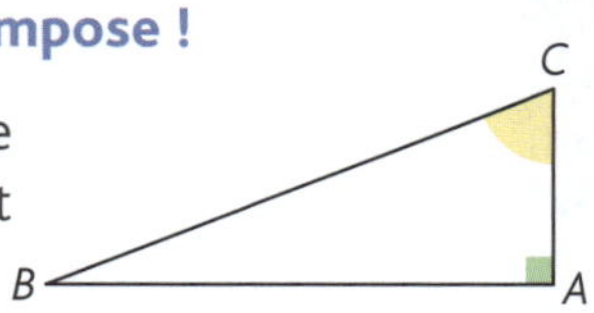

Calcule $\widehat{C}$.

4 ★ Est-il vraiment rectangle ?

Le triangle ABC est tel que AB = 3,9 cm ; CB = 6,5 cm et CA = 5,2 cm.
(La figure est à l'échelle 1/2.)

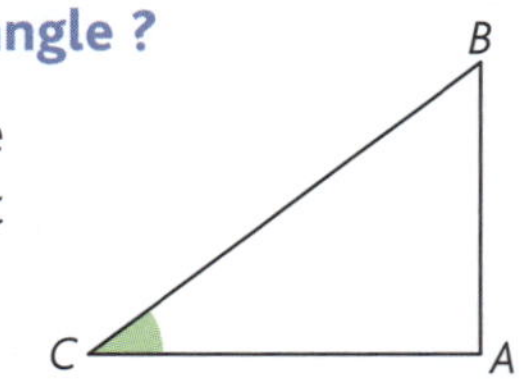

a) **Prouve que le triangle ABC est rectangle.**

b) **Calcule $\widehat{C}$.**

5 ★★ Triangle inscrit

[CA] est une corde du cercle de diamètre [BC].
BC = 6 dm et CA = 4 dm.
(La figure est à l'échelle 1/20.)

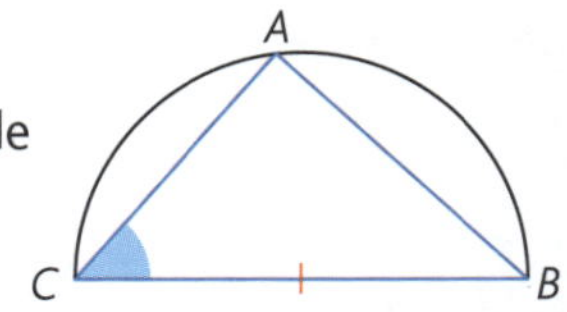

a) **Prouve que le triangle ABC est rectangle.**

b) **Calcule $\widehat{C}$.**

6 ★★ Calculer une longueur

Lorsque $\widehat{B}$ est un angle aigu d'un triangle rectangle, on a : $\cos \widehat{B} = \dfrac{\text{côté adjacent pour } \widehat{B}}{\text{hypoténuse}}$; on en déduit :

côté adjacent pour $\widehat{B}$ = hypoténuse × cos $\widehat{B}$

a) ABC est un triangle tel que $\widehat{A} = 90°$, $\widehat{B} = 25°$ et BC = 50 mm.

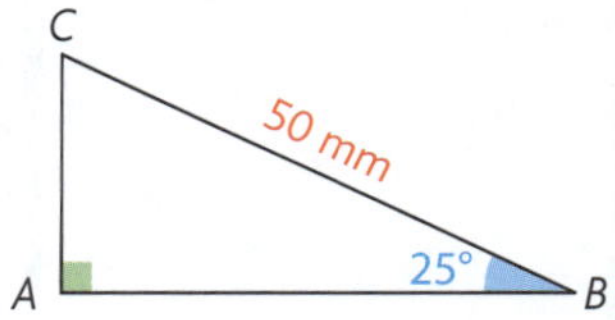

Calcule BA.

b) [BA] est une corde du cercle de diamètre [BC].
On sait que BC = 4 cm et $\widehat{B} = 40°$.

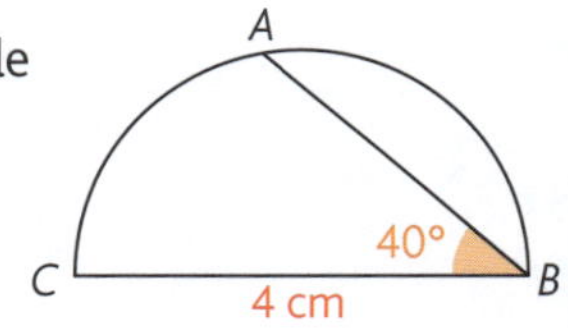

Prouve que ABC est rectangle en A, puis calcule BA.

c) Le périmètre *p* du triangle ABC est égal à 5(1 + cos 35° + cos 55°).

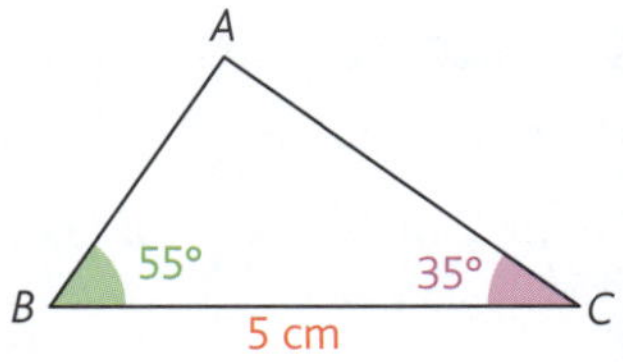

Justifie cette affirmation. Calcule *p*.

23 Parallélogramme et translation

Retiens l'essentiel

Mot-clé

Convexe

Un quadrilatère est convexe lorsqu'il est entièrement contenu dans un demi-plan ayant pour frontière un de ses côtés, quel que soit ce côté.

ABCD est convexe.

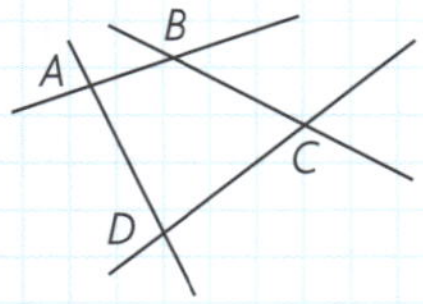

EFGH n'est pas convexe.

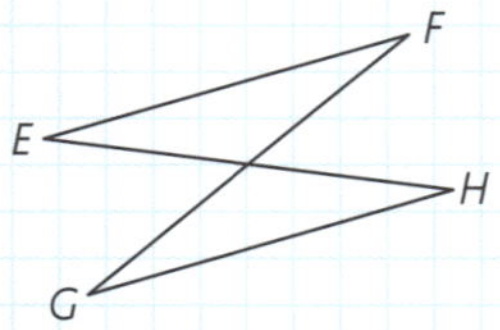

1 Parallélogramme

- Si un quadrilatère a ses côtés opposés parallèles, **alors c'est un parallélogramme** (c'est la définition).
- Si un quadrilatère a ses diagonales qui se coupent en leur milieu, **alors c'est un parallélogramme**.
- Si un quadrilatère convexe a deux côtés parallèles et de même longueur, **alors c'est un parallélogramme**.

2 Un mouvement de translation

- Sur l'écran d'un ordinateur, avec un logiciel de géométrie, on a appliqué à la *figure 1* un mouvement de translation qui a amené le point A sur le point A' et la *figure 1* sur la *figure 2*.

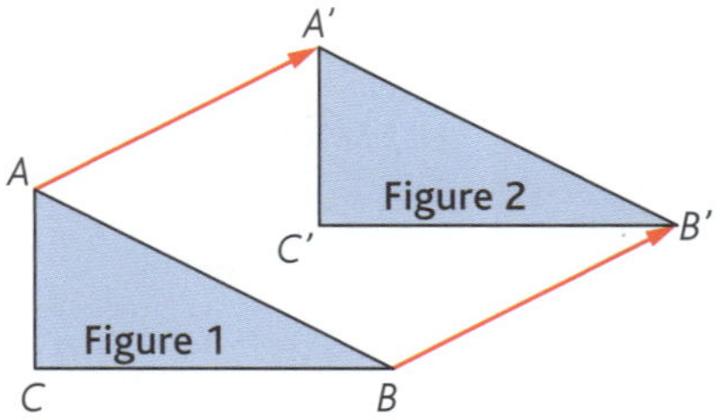

La connaissance de deux points suffit pour définir une translation.
Lorsqu'on va de A vers A', le couple de points (A ; A') représente le **vecteur de la translation**.
A est l'origine ; A' est l'extrémité.
Le sens dans lequel s'effectue le déplacement est important.

AA'B'B est un parallélogramme ; on a : (BB') // (AA') ; BB' = AA' et on va de B vers B' dans le même sens que de A vers A'.

De même AA'C'C est un parallélogramme.

- Dans une translation une figure a pour image une figure superposable.

Un segment a pour image un segment de même longueur, un angle a pour image un angle de même mesure.

- Dans une translation une droite a pour image une droite parallèle.

Comment faire ?

Reconnaître une translation

MNOP est un parallélogramme.

1° Quelle est l'image de M dans la translation qui amène P sur O ?

2° Quelle est l'image de P dans la translation qui amène O sur N ?

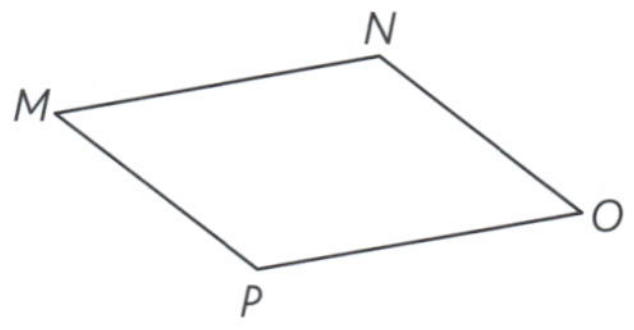

1° Dans la translation qui amène P sur O **le point M a pour image le point N** car (MN) // (PO) ; MN = PO et on va de M vers N dans le même sens que de P vers O.

2° Dans la translation qui amène O sur N **le point P a pour image le point M** car (PM) // (ON) ; PM = ON et on va de P vers M dans le même sens que de O vers N.

Corrigés → livret, p. 21

S'entraîner

QUIZ-TEST

Coche la (ou les) bonne(s) réponse(s).

1 **ABCD est un parallélogramme de centre O. On peut écrire :**

a) (AB) // (DC) .... ☐
b) AD = BC .... ☐
c) BO = OD .... ☐

2 **La translation qui amène A sur B et M sur N est telle que :**

a) (AB) // (MN) .... ☐
b) (AN) // (BM) .... ☐
c) AN = BM .... ☐

3 ★ Parallélogramme(s)

ABCD est un parallélogramme de centre O.
E ∈ [DC] et (AE) ⊥ (BD) ;
F ∈ [AB] et (CF) ⊥ (BD).

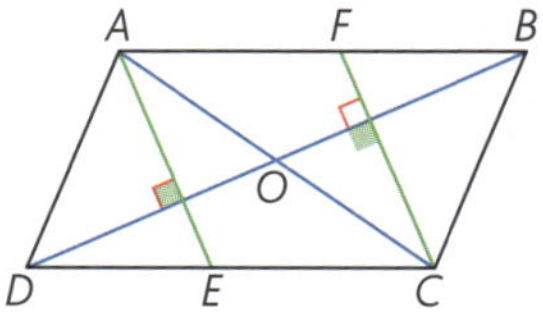

a) Prouve que AFCE est un parallélogramme.

....

....

b) O est le milieu de [EF]. **Justifie cette affirmation.**

....

4 ★ D'un milieu à l'autre

I, J et K sont les milieux respectifs des côtés [AB], [BC] et [CA] du triangle ABC. On a pour objectif d'étudier l'effet sur le triangle BJI de la translation qui amène B sur J.

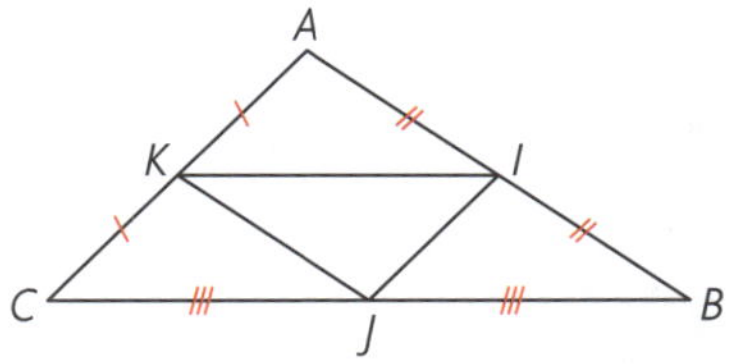

a) Prouve que l'on a (IK) // (BC) et (JK) // (BA).

....

....

b) BJKI est un parallélogramme ; **justifie cette affirmation.**

....

c) Quelle est l'image du triangle BJI dans la translation qui amène le point B sur le point J ?

....

5 ★ Une translation

On appelle E, F, G et H, les images respectives des points A, B, C et D dans la translation qui amène A sur E.

a) En utilisant le quadrillage, place les points F, G et H.

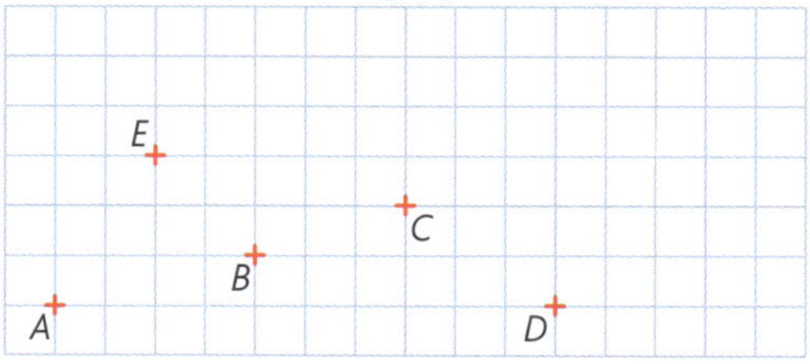

b) Nomme des droites parallèles et des segments de même longueur.

....

6 ★★ Des translations

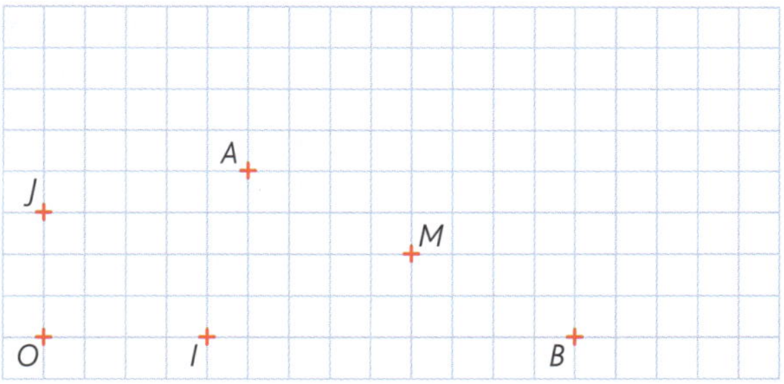

a) La translation qui amène O sur I amène les points A, M et B respectivement sur A′, M′ et B′.
Place les points A′, M′ et B′.

b) La translation qui amène O sur J amène les points A′, M′ et B′ respectivement sur A″, M″ et B″.
Place les points A″, M″ et B″.

c) Le point M est le milieu du segment [AB].
Que peut-on en déduire pour les points A′, M′ et B′ et pour les points A″, M″ et B″ ?

....

....

24 Pyramide et cône

Retiens l'essentiel

À savoir

Polygone régulier

- Un polygone régulier a ses côtés de même longueur et ses angles égaux.
- Un polygone régulier est inscrit dans un cercle dont le centre est appelé « centre du polygone régulier ».
- Le carré et le triangle équilatéral sont des exemples de polygones réguliers.

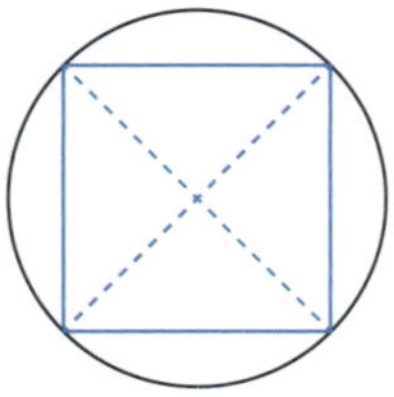

1 Pyramide régulière

▸ Une **pyramide** est un solide limité par une base polygonale et des faces latérales triangulaires ayant un sommet commun.

▸ Dans une **pyramide régulière** la base est un polygone régulier *(un carré sur la figure 1)* et la perpendiculaire à la base en son centre est l'axe du polygone régulier et le support de la hauteur (*figure 1* : axe (SH) ; hauteur [SH]).

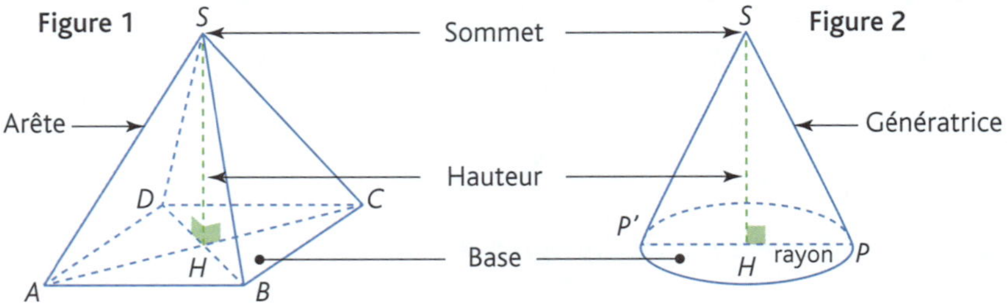

Le volume de la pyramide et du cône est étudié dans la leçon 27.

2 Cône de révolution

▸ Un **cône de révolution** est un solide limité par un disque de base et une surface conique *(figure 2)*. L'axe d'un cône de révolution est perpendiculaire au plan du disque de base en son centre ; c'est le support de la hauteur (*figure 2* : axe (SH) ; hauteur [SH]).

▸ Un **cône de révolution** peut être engendré par la révolution (tour complet) d'un triangle rectangle [SHP sur la *figure 2*] autour d'un axe [(SH) sur la *figure 2*] ; pour cette raison, un segment tel que [SP], qui engendre la surface conique, est appelé **génératrice** du cône.

Comment faire ?

▸ Calculer la génératrice d'un cône de révolution

La figure représente la section par un plan contenant l'axe de révolution du cône de révolution représenté ci-dessus.

On sait que PH = 22 mm (rayon de base) et SH = 28 mm (hauteur du cône).

Calcule SP (génératrice du cône).

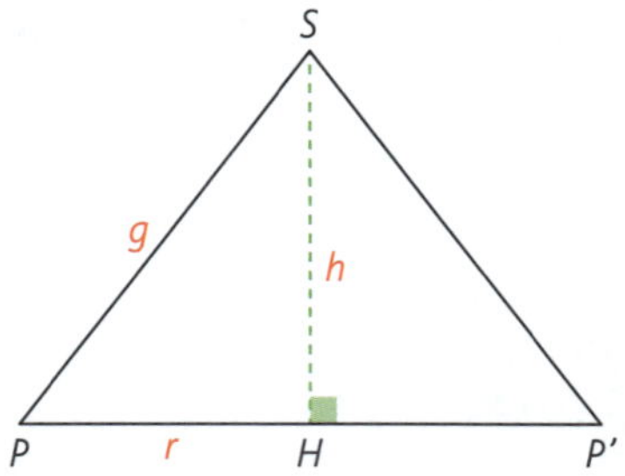

Le théorème de Pythagore s'applique à des sections planes d'une figure de l'espace.

Le triangle SHP est rectangle en H ; on a : $SP^2 = SH^2 + HP^2$ (égalité de Pythagore) ;

$SP^2 = 28^2 + 22^2$; $SP^2 = 1\,268$; $SP = \sqrt{1\,268}$; **SP ≈ 36 mm.**

Avec PH = r ; SH = h et SP = g, l'égalité de Pythagore s'écrit : $g^2 = h^2 + r^2$.

Corrigés → livret, p. 21

S'entraîner

QUIZ-TEST

Coche la (ou les) bonne(s) réponse(s).

1 **Chaque face latérale d'une pyramide régulière est :**

a) un triangle équilatéral .... ☐
b) un carré .... ☐
c) un triangle isocèle .... ☐

2 **Un segment qui joint le sommet d'un cône de révolution a un point du cercle de la base est :**

a) un rayon .... ☐
b) une génératrice .... ☐
c) une hauteur .... ☐

3 ★★ Section plane d'une pyramide

On a coupé une pyramide à base carrée par un plan $\mathcal{P}$ parallèle à la base. Le plan $\mathcal{P}$ coupe la face SAB suivant le segment [MN] parallèle à [AB]. On sait que : AB = 28 mm ; SA = 36 mm ; M ∈ [SA] et SM = 27 mm.

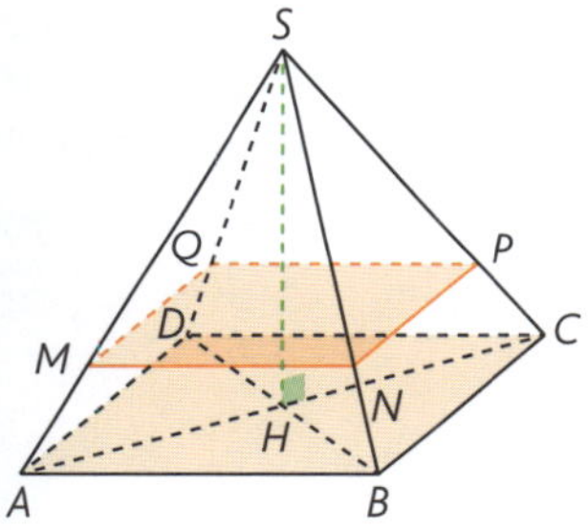

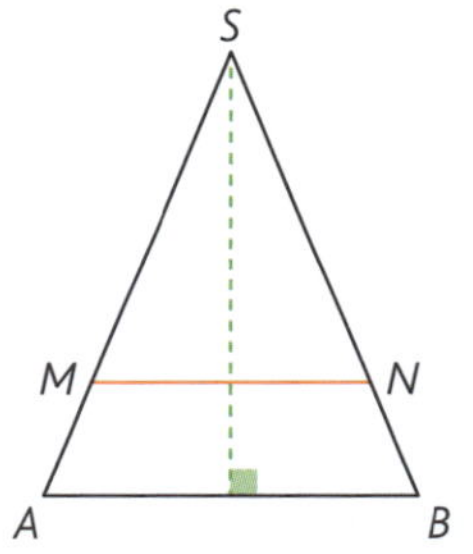

a) **Calcule MN.**

....

....

b) La section de la pyramide par le plan $\mathcal{P}$ est un carré MNPQ. **Calcule l'aire de ce carré.**

....

4 ★★ Section plane d'un cône

On a coupé un cône de révolution par un plan $\mathcal{P}$ parallèle à la base. Le plan $\mathcal{P}$ coupe le plan PSP' (contenant la hauteur [SH] du cône et un diamètre [PP'] du disque de base) suivant un segment [RR'] parallèle au diamètre [PP'].
SH = 28 mm ; PP' = 44 mm ; K ∈ [SH] et SK = 21 mm.

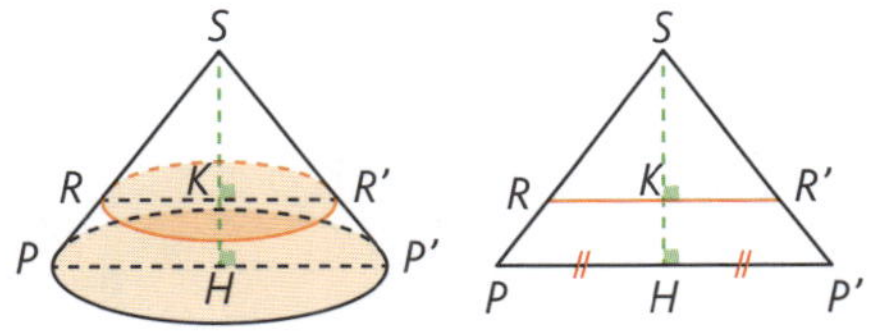

a) **Calcule RK.**

....

....

b) La section du cône par le plan $\mathcal{P}$ est un disque de rayon [RK]. **Calcule l'aire de ce disque.**

....

5 ★★★ Une pyramide d'angle

Soit un cube de 2 cm d'arête. En joignant le sommet A à chacun des sommets du carré EFGH, on obtient une pyramide (non régulière) dont l'arête [AE] est la hauteur.

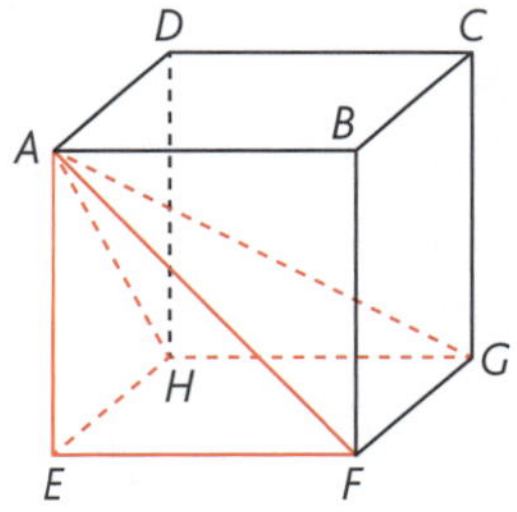

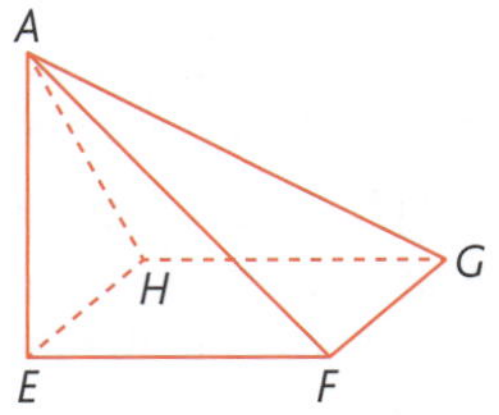

a) **Calcule AF et AH (résultats arrondis à 1 mm près).**

....

....

b) En utilisant les triangles rectangles EFG et AEG, **calcule EG, puis AG (résultats arrondis à 1 mm près).**

....

....

c) **Fais un patron de cette pyramide.**

25 Changements d'unités de mesure

À savoir

Unités de contenance

• Le litre est l'unité principale de contenance.

1 L = 1 dm^3.

Les unités de contenance vont de dix en dix.

Ex. : 1 L = 10 dL ;
1 dL = 10 cl…

• 1 L = 1 dm^3 = 1000 cm^3
1 L = 1000 mL
Par suite, **1 mL = 1 cm^3**.

« Unité de contenance » est synonyme de « unité de capacité ».

Retiens l'essentiel

1 Unités de longueur, d'aire et de volume

▸ L'unité principale de **mesure de longueur** est le **mètre** (noté m).
Les multiples et sous-multiples vont de 10 en 10 :

10 cm = 1 dm ; 10 dm = 1 m ; 10 m = 1 dam ; 10 dam = 1 hm…

▸ L'unité principale de **mesure d'aire** est le **mètre carré** (noté m^2).
Les multiples et sous-multiples vont de 100 en 100 :

100 cm^2 = 1 dm^2 ; 100 dm^2 = 1 m^2 ; 100 m^2 = 1 dam^2…

▸ L'unité principale de **mesure de volume** est le **mètre cube** (noté m^3).
Les multiples et sous-multiples vont de 1000 en 1000 :

1000 cm^3 = 1 dm^3 ; 1000 dm^3 = 1 m^3 ; 1000 m^3 = 1 dam^3…

2 Unités de durée

▸ L'unité principale de **mesure de durée** est la **seconde** (notée s).

1 min = 60 s ; 1 h = 60 min = 3600 s ; 1 jour = 24 h.

▸ Pour les durées inférieures à la seconde, on utilise le dixième de seconde (0,1 s), le centième de seconde (0,01 s)…

Comment faire ?

▸ Convertir des mesures de durée

1° Le vainqueur d'une étape d'une course cycliste a mis 4 h 25 min 12 s pour parcourir les 180,2 km de cette étape. Exprime la durée en secondes et la distance en mètres.
Est-il vrai que le vainqueur a parcouru en moyenne plus de 10 mètres par seconde ?

2° Une cabine de téléphérique parcourt 1 305 m en 240 s. Exprime la distance en décamètres et la durée en minutes.
Est-il vrai qu'elle parcourt en moyenne moins de 40 décamètres par minute ?

1° On sait que : 1 h = 3 600 s ; 1 min = 60 s et 1 km = 1 000 m.

4 h 25 min 12 s = 15 912 s car $4 \times 3600 + 25 \times 60 + 12 = 15912$; 180,2 km = 180 200 m.

Il a parcouru plus de 10 mètres par seconde car 180 200 : 15 912 ≈ 11,325.

2° 1305 m = 130,5 dam et 240 s = 4 min car 240 : 60 = 4.

Elle parcourt moins de 40 décamètres par minute car 130,5 : 4 = 32,625.

▸ Convertir des mesures de contenance

Un aquarium a la forme d'un cube de 25 cm d'arête intérieure.
Exprime en litres, puis en centilitres sa contenance maximale.

Le volume *V* d'un cube d'arête *a* est tel que $V = a^3$.

Le volume intérieur de cet aquarium est égal à 15 625 cm^3 car $25^3 = 15625$.

15 625 cm^3 = 15,625 dm^3 = 15,625 L car 1 dm^3 = 1L. 15,625 L = 1562,5 cL car 1 L = 100 cL.

La contenance maximale est de 15,625 L, soit 1 562,5 cL.

Corrigés → livret, p. 21

S'entraîner

QUIZ-TEST

Coche la (ou les) bonne(s) réponse(s).

1 Dans une journée, il y a :

a) 1 440 min. ☐
b) 2 400 min. ☐
c) 86 400 s. ☐

2 Dans 1 litre, il y a :

a) 1 000 mm^3. ☐
b) 10 dm^3. ☐
c) 1 000 cm^3. ☐

3 ★ Des hectomètres carrés

a) **Exprime chaque aire en hm^2.**

240 000 dam^2 = ...

3,25 km^2 = ...

b) Un terrain rectangulaire a une longueur de 540 m et une largeur de 380 m. **Calcule son aire en m^2, puis en hm^2. Exprime cette aire en ares (l'are est une unité agraire : 1 are = 1 dam^2).**

....

....

4 ★ Des centimètres cubes

a) **Exprime en cm^3 chacun des volumes :**

3,5 dm^3 = ...

45 250 mm^3 = ...

b) Un cube a une arête de 3 dm.

Exprime son volume en dm^3, puis en cm^3.

....

5 ★★ Des grandes contenances

a) **Exprime chaque contenance en hL.**

280 500 L = ...

3 580 daL = ...

b) Une cuve cylindrique a un rayon de 2 m et une hauteur de 12 m. Le volume V d'un cylindre de rayon R et de hauteur h est tel que $V = \pi R^2 h$.

Exprime sa contenance en L, puis en hL.

....

6 ★★ Des divisions utiles

a) Si on calcule le **quotient entier** de 250 par 60, on trouve 4 et il reste 10 ; on écrit : 250 = 60 × 4 + 10. On en déduit que : 250 min = 4 h 10 min.

Exprime de même en heures et minutes :

530 min = ... h ...... min.

915 min = ... h ...... min.

b) Un satellite effectue dix fois le tour de la Terre en 1 048 min.

Exprime cette durée en heures et minutes.

....

7 ★★★ Méga, Giga et Tera

Un mégawatt (MW), c'est « 10^6 watts » (un million de watts).

Un gigawatt (GW), c'est « 10^9 watts » (un milliard de watts).

Un térawatt (TW), c'est « 10^{12} watts » (un million de millions de watts).

a) **Exprime en MW chacune des puissances :**

2,510 GW = ...

0,000 325 TW = ...

b) **Exprime en GW chacune des puissances :**

1 250 000 MW = ...

2,5 TW = ...

26 Aires : agrandissement – réduction

À savoir

Unités

- Les dimensions doivent être exprimées avec des unités correspondantes.
  Ex. : Des longueurs exprimées en m sont associées à une aire exprimée en m^2.
- Les unités de longueur vont de dix en dix :
  Ex. : 1 m = 10 dm ;
  1 dm = 10 cm...
- Les unités d'aire vont de cent en cent :
  Ex. : 1 m^2 = 100 dm^2 ;
  1 dm^2 = 100 cm^2...

Retiens l'essentiel

1 Formulaire

▶ **Triangle et parallélogramme**

L'aire $\mathcal{A}$ d'un **triangle** de base b et de hauteur h est telle que $\mathcal{A} = (\mathbf{b} \times \mathbf{h}) : \mathbf{2}$.

L'aire $\mathcal{A}$ d'un **parallélogramme** de base b et de hauteur h est telle que $\mathcal{A} = \mathbf{b} \times \mathbf{h}$.

▶ **Disque**

L'aire $\mathcal{A}$ d'un **disque** de rayon R est telle que $\mathcal{A} = \pi \times \boldsymbol{R^2}$.

2 Agrandissement et réduction

▶ **Dans un agrandissement ou une réduction, si les longueurs sont dans un rapport k, les aires sont dans le rapport k^2.**

▶ Dans une configuration de Thalès, on a un triangle ABC, M ∈ [AB] ; N ∈ [AC] ; et (MN) // (BC).

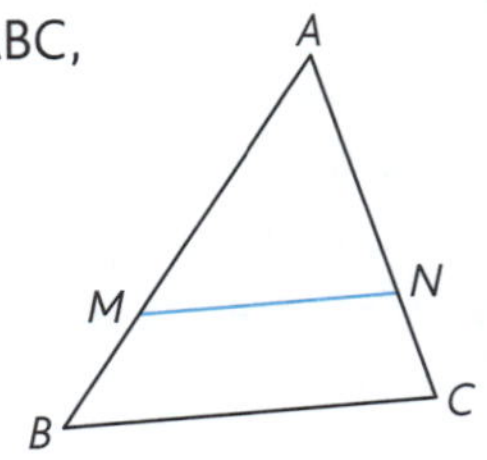

On en déduit : $\dfrac{AM}{AB} = \dfrac{AN}{AC} = \dfrac{MN}{BC} = k$.

Le triangle AMN est une **réduction** du triangle ABC ; k est le rapport de réduction ($k < 1$).

Pour les aires, on a : $\dfrac{\text{Aire AMN}}{\text{Aire ABC}} = k^2$.

ABC est un **agrandissement** de AMN ; le rapport des longueurs est k' tel que k' est l'inverse de k.

Comment faire ?

▶ **Utiliser l'échelle d'un agrandissement**

Soit ABC un triangle et [AH] la hauteur issue de A.

BC = 45 mm et AH = 22 mm.

1° Calcule l'aire du triangle ABC.

2° Quelle est l'aire du triangle obtenu lorsqu'on agrandit le triangle ABC à l'échelle $\dfrac{4}{3}$?

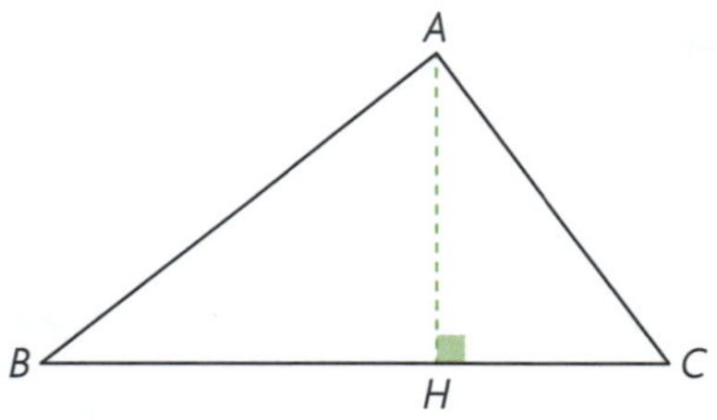

1° L'aire du triangle ABC est égale à 495 mm² car $\dfrac{BC \times AH}{2} = \dfrac{45 \times 22}{2} = 495$.

2° L'échelle est $\dfrac{4}{3}$, toutes les longueurs sont multipliées par $\dfrac{4}{3}$ et l'aire est multipliée par $\left(\dfrac{4}{3}\right)^2$ c'est-à-dire par $\dfrac{16}{9}$.

Le triangle agrandi a pour aire 880 mm² car $495 \times \dfrac{16}{9} = 880$.

S'entraîner

Corrigés → livret, p. 22

QUIZ-TEST

Coche la (ou les) bonne(s) réponse(s).

1 Un triangle a une base de 5 cm ; la hauteur associée est égale à 60 mm ; son aire est :

a) 15 cm² ☐
b) 30 cm² ☐
c) 150 cm² ☐

2 L'aire d'un disque de rayon 12 cm est égale à :

a) 75 cm² ☐
b) 452 cm² ☐
c) 144 π cm² ☐

3 ★ Aire du parallélogramme

Soit un parallélogramme ABCD ; [AH] est la hauteur associée à [BC] ; BC = 2,7 dm et AH = 1,8 dm.

a) **Calcule l'aire de ce parallélogramme.**

....

b) On représente ce parallélogramme à l'échelle 2/3. **Quelle est l'aire du parallélogramme sur cette représentation ?**

....

4 ★ Le rond central

Le « rond central » d'un terrain de football borde un disque de 9,15 m de rayon (10 yards).

a) **Quel est le périmètre de ce disque (en m) ?**

....

b) **Quelle est l'aire de ce disque (en m²) ?**

....

c) On représente ce terrain à l'échelle 1/20. **Calcule l'aire du disque sur cette représentation (en dm²).**

....

5 ★★ Quart de disque

Dans un demi-disque de centre *O* et de diamètre [*AB*], on a découpé deux demi-disques ayant pour diamètres [*AO*] et [*OB*]. On a : *AO* = *OB* = 20 mm.

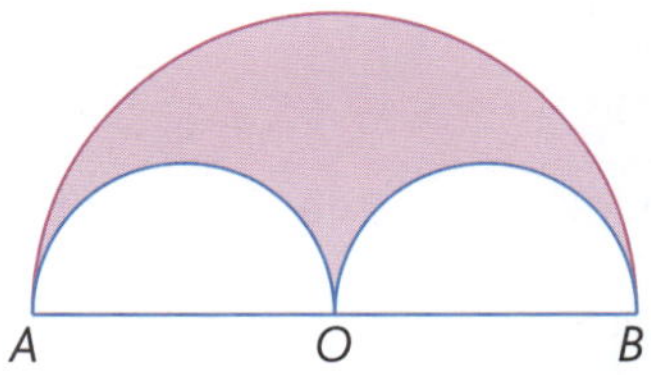

Justifie l'affirmation : « La partie découpée a la même aire que la partie colorée ».

....

....

....

6 ★★★ Quadrillage

Le quadrillage est constitué de carrés juxtaposés.
Le côté d'un carré est l'unité de longueur ; l'aire d'un carré est l'unité d'aire (notée U.A).
Le quadrillage permet d'affirmer que l'on a :
(AH) ⊥ (BC) et (JL) // (BC).

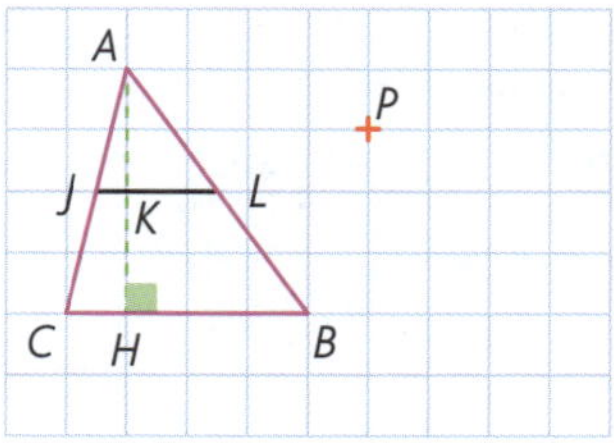

a) **Calcule l'aire du triangle ABC, puis celle de AJL.**

....

....

b) **Construis l'image des triangles ABC et AJL dans la translation qui amène le point A sur le point P.**

On appelle B', C', J' et L' les images respectives des points B, C, J et L.

c) **Que peut-on dire de l'aire des triangles PB'C' et PJ'L'.**

....

....

27 Volumes : agrandissement – réduction

Retiens l'essentiel

À savoir — Unités

• Les dimensions doivent être exprimées avec des unités correspondantes.

Ex. : Des longueurs exprimées en m sont associées à un volume exprimé en m^3.

• Les unités de longueur vont de dix en dix :

Ex. : 1 m = 10 dm ; 1 dm = 10 cm…

• Les unités de volume vont de mille en mille :

Ex. : 1 m^3 = 1 000 dm^3 ; 1 dm^3 = 1 000 cm^3 ; 1 cm^3 = 1 000 mm^3…

1 Pyramide et cône

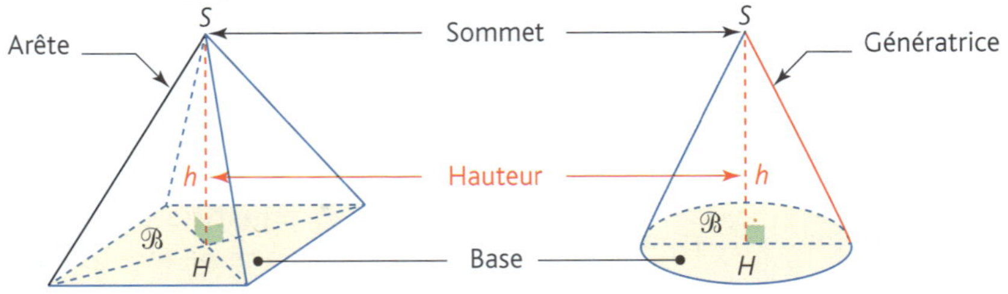

Le volume V d'une pyramide (ou d'un cône) dont la hauteur est h et dont la base a pour aire B est tel que $\mathbf{V = \frac{B \times h}{3}}$.

2 Agrandissement - Réduction

▸ **Dans un agrandissement ou une réduction, si les longueurs sont dans un rapport k, les volumes sont dans le rapport k^3.**

Comment faire ?

▸ Calculer un volume

Une boîte est constituée d'un cylindre surmonté d'un cône de révolution de même diamètre et de même hauteur que le cylindre.
Calcule le volume total de cette boîte.

On rappelle que le volume V d'un cylindre de rayon R et de hauteur h est tel que $V = \pi R^2 h$.

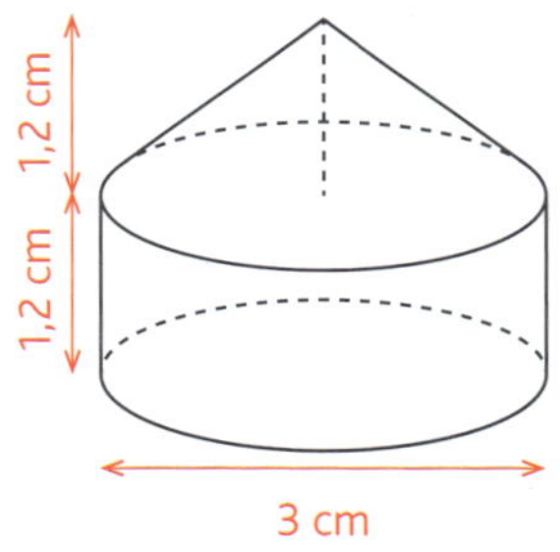

Le volume V' de la boîte est égal au volume du cylindre de rayon R et de hauteur h, augmenté du volume du cône de rayon R et de hauteur h.

$V' = \pi R^2 h + \frac{1}{3}\pi R^2 h = (1 + \frac{1}{3})\pi R^2 h = \frac{4}{3}\pi R^2 h$.

Le cylindre et le cône ont pour rayon $R = 1{,}5$ cm et pour hauteur $h = 1{,}2$ cm.

$V' = 11{,}3$ cm³ car $\frac{4}{3} \times \pi \times 1{,}5^2 \times 1{,}2 = 3{,}6\,\pi$ et $3{,}6\,\pi \approx 11{,}3$.

▸ Utiliser une formule

Le volume V d'une pyramide de base B et de hauteur h est tel que $V = \frac{B \times h}{3}$; par suite, $3 \times V = B \times h$; d'où : $B = \frac{3V}{h}$ et $h = \frac{3V}{B}$. Calcule la hauteur d'une pyramide de volume 8 m^3 dont l'aire de base est 6 m^2.

On a : $h = \frac{3V}{B}$ avec $V = 8$ m^3 et $B = 6$ m^2 ; d'où : **hauteur h = 4 m** car $\frac{3 \times 8}{6} = 4$.

Corrigés → livret, p. 22

S'entraîner

QUIZ-TEST

Coche la (ou les) bonne(s) réponse(s).

1 **Une pyramide a une base carrée de 5 cm de côté et une hauteur de 3 cm. Son volume est :**

a) 10 cm^3 .... ☐
b) 25 cm^3 .... ☐
c) 75 cm^3 .... ☐

2 **Un cône de révolution a un rayon de base de 5 m et une hauteur de 6 m. Son volume est :**

a) environ 471 m^3 .... ☐
b) environ 157 m^3 .... ☐
c) environ 63 m^3 .... ☐

3 ★ Calcul mental

a) Le volume V d'une pyramide de base 4 m^2 et de hauteur 6 m est tel que : $V =$ ....

b) L'aire de base B d'une pyramide de hauteur 2 m et de volume 12 m^3 est telle que : $B =$ ....

c) La hauteur h d'une pyramide de volume 8 m^3 dont l'aire de base est 3 m^2 est telle que : $h =$ ....

4 ★ Calcul mental

a) Le volume V d'un cône de révolution de base 5 m^2 et de hauteur 3 m est tel que : $V =$ ....

b) L'aire de base B d'un cône de révolution de hauteur 10 m et de volume 6 m^3 est telle que : $B =$ ....

c) La hauteur h d'un cône de révolution de volume 4 m^3 dont l'aire de base est 6 m^2 est telle que : $h =$ ....

5 ★★ Pyramide d'angle

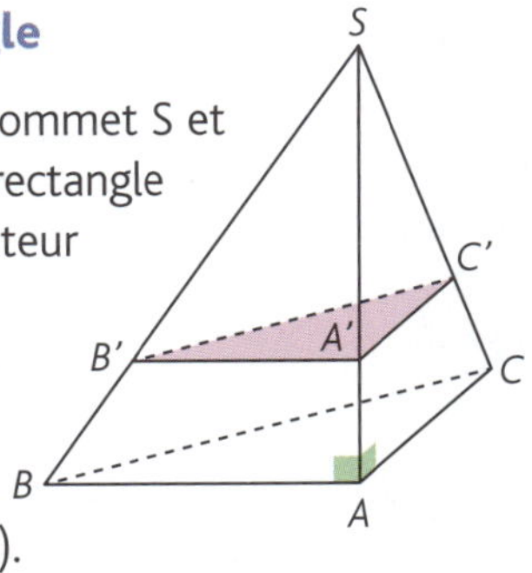

La pyramide SABC a pour sommet S et pour base un triangle ABC rectangle en A. L'arête [SA] est la hauteur de la pyramide. Un plan parallèle au plan de la base coupe les trois faces et on a : (A'B') // (AB) ; (A'C') // (AC) ; (B'C') // (BC).
La pyramide SA'B'C' est une réduction de SABC.

On a : AB = 2,4 cm, AC = 2,7 cm ; SA = 3,3 cm et SA' = 2,2 cm.
Calcule le volume V de la pyramide SABC et le volume V' de la pyramide SA'B'C'.

....

....

6 ★★ Tronc de cône

Un récipient à la forme d'un tronc de cône dont les bases (disque 𝒟 de centre O et disque 𝒟' de centre O') sont dans des plans parallèles. L'objectif est de calculer le volume de ce récipient.

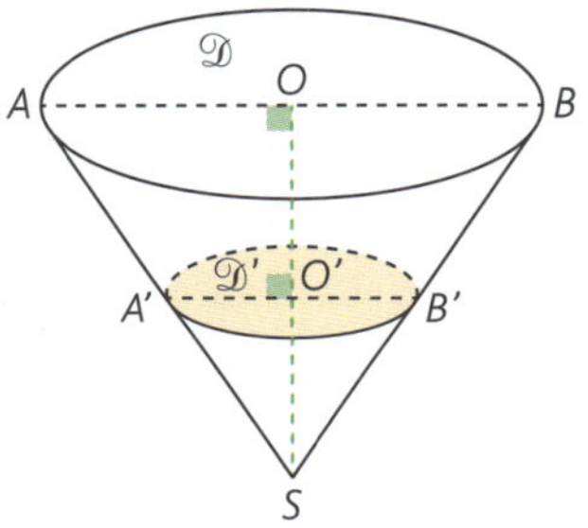

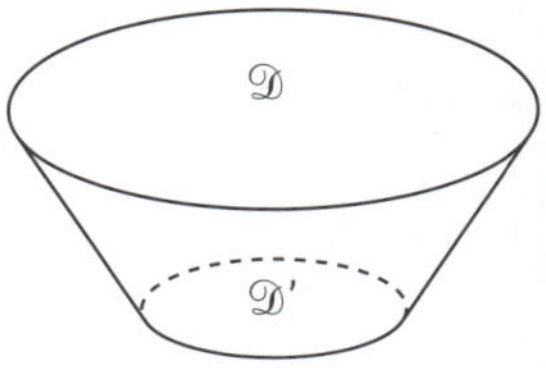

Tronc de cône

a) Le cône de sommet S a pour base le disque 𝒟 de diamètre [AB] et pour hauteur [SO].
On a : AB = 40 cm et SO = 30 cm.
Calcule le volume V de ce cône.

....

b) Le cône de sommet S ayant pour base le disque 𝒟 est coupé par un plan parallèle au plan de la base.
Les points S, A, B, A', B', O et O' sont dans un même plan. On a : (A'B') // (AB) et SO' = 15 cm.
Calcule le volume V' du cône de sommet S ayant pour base le disque 𝒟'.

....

....

c) **Calcule le volume V'' du tronc de cône ayant pour bases 𝒟 et 𝒟'.**

....

....

....

28 Vitesse moyenne – Débit moyen

Retiens l'essentiel

Unités

Dans la formule $d = vt$, il faut exprimer les grandeurs en unités correspondantes :
- si d est en km et t en h, alors v est en km/h ;
- si d est en m et t en s, alors v est en m/s.

À savoir – Variantes

La formule $d = vt$ peut aussi s'écrire :
- $v = \frac{d}{t}$ (pour calculer la vitesse moyenne).
- $t = \frac{d}{v}$ (pour calculer la durée du parcours).

1 Vitesse moyenne

▸ Lorsqu'un mouvement n'est pas **uniforme**, la distance parcourue n'est pas proportionnelle à la durée du parcours, mais on peut considérer que la distance parcourue $\boldsymbol{d}$ et la durée du parcours $\boldsymbol{t}$ sont reliées par la formule $\boldsymbol{d = vt}$ dans laquelle $\boldsymbol{v}$ désigne la **vitesse moyenne**.

▸ Cela revient à modéliser la situation en remplaçant le mouvement réel par un mouvement uniforme (distance proportionnelle à la durée).

2 Débit moyen

Lorsqu'un fluide s'écoule de façon uniforme, le débit est la quantité de ce fluide qui s'écoule par unité de durée.

Ex. : Un canon à neige a un débit moyen de 4 m^3 par seconde (4 m^3/s).
On peut modéliser la situation en considérant que le volume produit est proportionnel à la durée de production.
Cela permet de calculer le volume de neige produit en 15 min (on trouve 3600 m^3 car 15 min = 900 s et $900 \times 4 = 3600$).
On peut calculer la durée nécessaire pour fabriquer 10000 m^3 de neige (on trouve 41 min 40 s car $10000 : 4 = 2500$ et 2500 s = 41 min 40 s).

Comment faire ?

▸ Utiliser les formules liant distance, durée et vitesse

1° Lors d'une compétition, un skieur a parcouru les 3000 m d'une descente en 2 min. Calcule sa vitesse moyenne (en m/s, puis en km/h).

2° Lors d'une course cycliste, un champion a parcouru 45 km à la vitesse moyenne de 50 km/h. Calcule la durée du trajet (en heures, puis en minutes).

3° Lors d'une course pédestre, une championne a couru pendant 1 h 20 min à la vitesse moyenne de 300 m/min. Calcule la distance parcourue (en m, puis en km).

1° On utilise la formule $v = d/t$.

2 min = 120 s donc $v = 3000 : 120 = 25$ m/s.

1 h = 3600 s ; parcourir 25 m en 1 s, c'est 90000 m en 3600 s car $25 \times 3600 = 90000$.

90000 m = 90 km, donc $v = 90$ km/h.

Sa vitesse moyenne est de 25 m/s ou 90 km/h.

2° On utilise la formule $t = d/v$.

$t = 45 : 50 = 0,9$ h. **Il a roulé pendant 0,9 h, soit 54 min** car $0,9 \times 60 = 54$.

3° On utilise la formule $d = vt$.

1 h 20 min = 80 min donc $d = 300 \times 80 = 24000$.

Elle a parcouru 24000 m, soit 24 km.

Corrigés → livret, p. 22

S'entraîner

QUIZ-TEST

Coche la (ou les) bonne(s) réponse(s).

1 Une automobiliste a roulé pendant 2 h 30 min à la vitesse moyenne de 120 km/h. Elle a parcouru :

a) 276 km. ☐
b) 300 km. ☐
c) 360 km. ☐

2 Un marcheur met 2 h 30 min pour parcourir 12 km. Sa vitesse moyenne est :

a) 5,2 km/h ☐
b) 4,8 km/h ☐
c) 30 km/h ☐

3 ★ Vitesse moyenne

Calcule la vitesse moyenne :

– Un autobus parcourt 150 km en 1 h 50 min.

v = ... km/min ; v = ... km/h

– Un coureur de fond parcourt 5 000 m en 13 min.

v = ... m/min ; v = ... km/h

– Un sprinter parcourt 200 m en 20 s.

v = ... m/s ; v = ... km/h

4 ★ Débit d'encre

Une imprimante imprime une page contenant 4920 caractères en 40 s.

a) **Combien imprime-t-elle de caractères :**

– en 1 s ? ....

– en 1 min ? ....

b) **Combien de temps met-elle pour imprimer 10 000 caractères ?**

....

5 ★★ Débit d'eau

Une moto-pompe débite 150 L d'eau par minute.

a) **Combien de litres d'eau débite-t-elle :**

– en 1 s ? ....

– en 1 h ? ....

b) **Combien de temps met-elle pour vider un bassin parallélépipédique de 5 m de long, 4,5 m de large et 2 m de profondeur ?**

....

6 ★★ La moyenne des vitesses

a) Un véhicule roule pendant 1 h 30 min à la vitesse moyenne de 100 km/h, puis roule pendant 1 h 30 min à la vitesse moyenne de 60 km/h.
Calcule sa vitesse moyenne sur ce trajet.

....

b) Un véhicule parcourt les 90 km séparant deux villes à la vitesse moyenne de 100 km/h, puis revient à son point de départ à la vitesse moyenne de 60 km/h.
Calcule sa vitesse moyenne sur ce trajet.

....

c) Dans l'une des deux situations, la vitesse moyenne est la moyenne (demi-somme) des vitesses sur chaque portion du trajet. **Indique laquelle.**

....

7 ★★★ Consommation record

200 équipes d'étudiants européens ont participé à un défi : parcourir dix tours de 1,6 km chacun en moins de 39 min en consommant le moins de carburant possible.

a) **Quelle est la vitesse moyenne minimale ?**

....

....

b) Un journal affirme que l'un des concurrents aurait pu parcourir environ 2300 km avec 1 L d'essence.
Combien a-t-il consommé de carburant pour parcourir les 16 km imposés ?

....

....

Corrigés → livret, p. 23

Maths : fais le bilan !

Coche, pour chaque exercice, la bonne réponse. Reporte-toi ensuite aux corrigés, p. 23, pour obtenir ton score sur 10.

1 $-2{,}5 - 5 \times 4{,}2 + \dfrac{-3}{-0{,}5}$ est égal à :

a) –22 ☐
b) –17,5 ☐
c) –29,5 ☐

2 Le carré du produit $(2 \times 10^2) \times (3 \times 10^3)$ est égal à :

a) 6×10^5 ☐
b) 36×10^{10} ☐
c) 36×10^{12} ☐

3 Soit $E = x^2(3x + 7) - 4x(x - 3)$. Si l'on développe, puis réduit E, on a :

a) $3x^3 + 3x^2 + 12x$ ☐
b) $3x^3 + 3x^2 - 12x$ ☐
c) $3x^3 + 7x^2 - 4x^2 + 12x$ ☐

4 L'équation $5(x - 2) - 2(x - 3) = 0$ a pour solution :

a) 3/4 ☐
b) 4/3 ☐
c) –4/3 ☐

5 La probabilité d'obtenir un multiple de 3 après avoir jeté un dé est égale à :

a) 2/6 ☐
b) 1/6 ☐
c) 3/6 ☐

6 *EDF* est un triangle rectangle en *F*. L'égalité de Pythagore s'écrit :

a) $ED = EF + FD$ ☐
b) $FD^2 = FE^2 + ED^2$ ☐
c) $ED^2 = EF^2 + FD^2$ ☐

7 MNP est un triangle rectangle en P. Le cosinus de $\widehat{M}$ est égal à :

a) NP/NM ☐
b) MP/MN ☐
c) MN/MP ☐

8 Une pyramide de base 25 mm² et de hauteur 15 mm a pour volume :

a) 125 mm³ ☐
b) 375 mm³ ☐
c) 75 mm³ ☐

9 Un avion vole à 990 km/h. Sa vitesse exprimée en m/s est égale à :

a) 16 500 m/s ☐
b) 16,5 m/s ☐
c) 275 m/s ☐

10 Pour parcourir 100 km à la vitesse moyenne de 80 km/h, on met :

a) 1 h 25 min ☐
b) 1 h 20 min ☐
c) 1 h 15 min ☐

TOTAL BILAN .... /10

Anglais

Espagnol

Allemand

1 Le présent *be* + V-*ing* – Le présent simple

Retiens l'essentiel

Piste 1

À savoir

Terminaisons

- Lorsque la base verbale se termine par **o**, **s**, **x**, **ch**, **sh**, on ajoute **-*es*** à la 3e personne du singulier.
- Si elle se termine par **une consonne + *y***, on transforme le ***y*** en ***i*** avant d'ajouter **-*es***.

Ex. : go → she goes
watch → he watches
carry → he carries

1 Le présent be -*ing*

▸ Pour conjuguer un verbe au **présent *be* + V-*ing***, il faut conjuguer ***be*** au présent et ajouter **-*ing*** à la **base verbale**.

Ex. : Shush ! The teacher is calling the register. (Chut ! Le professeur est en train de faire l'appel.)

▸ **Formes affirmative, interrogative et négative avec le présent en *be* + V-*ing***

Au présent en *be* + V–*ing* seul *be* varie en fonction du sujet.

– **Forme affirmative :** *Ex.* : I am chatting.

– **Forme négative :** *Ex.* : You aren't chatting.

– **Forme interrogative :** *Ex.* : Is he chatting ?

2 Le présent simple

▸ Pour conjuguer un verbe au **présent simple**, on utilise la base verbale à laquelle on ajoute un **-*s*** à la 3e personne du singulier.

Ex. : I live in France. (live : base verbale) Hilary lives in the States. (lives : base verbale + s.)

▸ **Formes interrogative et négative au présent simple**

Pour conjuguer le présent simple aux formes interrogative et négative, il faut utiliser ***do***, qui devient ***does*** à la 3e personne du singulier.

– Forme interrogative : *Ex.* : Do you/they live in France ?
Does he/she live in France ?

– Forme négative : *Ex.* : I/you/we/they don't live in the States.
He/she doesn't live in the States.

Comment faire ?

Piste 2

▸ **Décrire des actions en train d'avoir lieu**

Le présent en *be* + V-*ing* sert à exprimer une action en cours, à commenter une observation.

Ex. : Listen ! Dad is snoring in front of the television.

▸ **Évoquer une vérité permanente, des actions répétées**

Le présent simple sert à exprimer des faits généraux ou habituels.

Ex. : I like big motorbikes. My sister often watches television after ten.

Les adverbes de fréquence (*always*, *usually*, *often*, *sometimes*, *rarely*, *never*...) se placent avant un verbe mais après un auxiliaire ou un opérateur.

Ex. : Does your sister often watch television ? We always eat at seven o'clock.

Corrigés → livret, p. 23

S'entraîner

QUIZ-TEST

Coche la (ou les) bonne(s) réponse(s).

1 **« Shush ! Our English teacher ... »**
La forme verbale à ajouter est :

a) comes. ☐
b) come. ☐
c) is coming. ☒

2 **Dans quelle(s) phrase(s) l'opérateur *do/does* doit-il être rétabli ?**

a) They not eat at school. ☐
b) She always get up at seven ? ☒
c) He never drinks coke. ☐

3 ★ *Do* ou *be*

Rétablis le mot manquant dans chacune des phrases suivantes.

a) ...do... English people celebrate Christian festivals ?

b) Listen ! the wind ...is... blowing.

c) What ...are... you doing ?

4 ★ Présent simple – présent *be* + V-*ing*

Conjugue le verbe proposé au présent simple ou au « présent *be* + V-*ing* » selon le cas.

a) His fans ...love... him because he is a good-looking and talented singer. (love)

b) Look ! a lot of stars ...are shining... in the sky. (shine)

c) Dean never ...kisses... his parents. (kiss)

5 ★ Adverbes

Place au bon endroit, dans chaque phrase, le mot entre parenthèses.

a) Mary is at home on Saturdays. (rarely)

...Mary is rarely home on Saturday...

b) She goes to the ice-rink. (often)

...She often goes to the ice-rink...

c) Does Mary's father drive her ? (sometimes)

...Does Mary's father drive her sometimes ?...

6 ★★ Traduction en anglais

Comment dirais-tu ?

a) Je prends toujours mon petit déjeuner à sept heures.

....

....

b) Le chat est en train de dormir sur le fauteuil.

....

....

c) Ma sœur transporte parfois les livres de son amie.

....

....

7 ★★★ Question-réponse

Trouve la question à partir de la réponse soulignée.

a) I'm interested in sports .

→ .... ?

b) He usually has a coffee with Jennifer.

→ .... ?

c) He's watching a movie at the moment.

→ .... ?

d) He rushes in school every morning.

→ .... ?

2 L'infinitif
La forme « base verbale + *ing* »

Retiens l'essentiel

Piste 3

1 L'infinitif

L'infinitif se construit avec la base verbale précédée de **to**.

Ex. : play → to play swim → to swim give → to give
I promise to work harder. My sister wants to go to the States.

2 La subordonnée infinitive

La subordonnée infinitive dépend d'une principale. On la rencontre souvent après les verbes tels que **want**, **expect**, **ask**, **tell**.

Ex. : I want (*proposition principale*) John to get up earlier (*subordonnée infinitive*)

3 Le gérondif

- On forme un gérondif en ajoutant **-ing** à la base verbale.

Ex. : play → playing swim → swimming give → giving

- La forme « base verbale + -ing » peut être :

– sujet d'un verbe : *Ex.* : Hiking is good for old people. (Faire de la randonnée est bon pour les personnes âgées.)

– complément d'un verbe : *Ex.* : My sister likes reading. (Ma sœur aime lire)

- On doit toujours l'employer après une préposition :

Ex. : My mother is good at cooking. (Ma mère est douée pour faire la cuisine.)

- Elle est également obligatoire après ***enjoy, can't stand, mind*** (ce dernier s'employant surtout à la forme interrogative et négative) :

Ex. : I don't mind walking to school. (Cela ne me dérange pas de marcher jusqu'à l'école.)

À savoir

Le pronom personnel

Lorsque le sujet de la subordonnée infinitive est un pronom personnel, il est toujours sous la forme complément : me, you, him, her, it, us, you, them.

Ex. : He expects Sue to come.
→ He expects her to come.

Make

La proposition infinitive introduite par ***make*** se construit **sans *to***.

Ex. : Our Maths teacher makes the children tremble.

Comment faire ?

Piste 4

Exprimer l'intention, le désir de faire quelque chose

L'emploi de l'infinitif après **want** ou **would like** permet de faire connaître le projet de quelqu'un.

Ex. : My friends want to spend a day at Disneyland. I'd like to go with them.

Exprimer la volonté, le souhait, l'attente

Pour parler de l'influence qu'une personne exerce sur une autre, on peut employer une proposition infinitive.

Ex. : Mrs. Clearner wants Helen to do the washing up (Mme Clearner veut que Helen fasse la vaisselle).
I'd like them not to come.

Parler de ses goûts

Pour dire ce que l'on aime ou n'aime pas faire, on emploie le gérondif. *Ex.* : Mary enjoys cooking.

Corrigés → livret, p. 23

S'entraîner

QUIZ-TEST

Coche la (ou les) bonne(s) réponse(s).

1 Dans quelle(s) phrase(s) *to* est-il nécessaire devant la base verbale ?

a) He wants me ... help her. ☐
b) Ghosts make ... me laugh. ☐
c) I often tell them ... be careful. ☐

2 « My parents would like ... » On peut terminer cette phrase par :

a) going to the opera. ☐
b) to go to the opera. ☐
c) go to the opera. ☐

3 ★ Infinitif ou gérondif ?

Complète en utilisant l'infinitif ou la forme « base verbale + *-ing* », selon le cas.

a) I love.................... my smatphone to take « selfies ». (use)

b) We promise .... better. (work)

c) I'd like .... English fluently. (speak)

d) Kate looks happy .... a modern English princess. (be)

e) What about .... tennis ? – Yes, good idea. (play)

f) Does your father enjoy .... and .... ? (run / sail)

4 ★★ Construire des phrases

Construis des phrases correctes en reliant logiquement les éléments de chaque colonne.

a) I can't stand	**1.** me to help her.
b) He'd like to	**2.** isn't always easy.
c) My mother wants	**3.** listening to classical music.
d) Choosing a present	**4.** invite his friend.
e) You are not allowed to write on the board without	**5.** asking your teacher.

5 ★★ Pronoms personnels

Souligne la proposition infinitive puis récris la phrase en remplaçant le nom (ou groupe nominal) sujet de l'infinitif par le pronom personnel correspondant.

a) The police want Inspector Clever to inquire about yesterday's burglary.

....

b) The burglar expects the police to arrest him.

....

c) The Editor asked Kate to interview the burglar.

....

d) Inspector Clever makes the burglar frighten.

....

6 ★★★ Traduire en anglais

Comment dirais-tu à un Anglais ?

a) J'aimerais devenir déléguée de classe.

....

b) Notre professeur veut que nous votions à nouveau.

....

c) Ma belle-mère aime donner des fêtes.

....

d) Je ne peux pas supporter ma tante.

....

3 Le prétérit simple

Retiens l'essentiel

Piste 5

À savoir

Terminaisons

- Lorsque le verbe se termine par une consonne suivie d'un -*y*, on ajoute –*ied*.

Ex. : marry → married

- Lorsque le verbe se termine par une seule voyelle avant une consonne, on double la consonne.

Ex. : stop → stopped

Quelques verbes irréguliers courants

Become → became
Bring → brought
Come → came
Drink → drank
Find → found
Get → got
Give → gave
Know → knew
See → saw
Write → wrote

1 Verbes réguliers

▸ On forme le prétérit des verbes réguliers en ajoutant ***-ed*** à la base verbale. Le prétérit a la même forme à toutes les personnes.

Ex. : play → played arrive → arrived

▸ **Prononciation du « -*ed* »**

Le « -ed », qui est la marque du passé des verbes réguliers, se prononce [t], [d] ou [id].

– Il se prononce [t] lorsque la base verbale se termine par les sons : [s], [p], [k], [f], [ʃ], [tʃ].

Ex. : miss [s] → missed [t] help [p] → helped [t] stop [p] → stopped [t]
book [k] → booked [t] laugh [f] → laughed [t] finish [ʃ] → finished [t]
watch [tʃ] → watched [t]

– Il se prononce [id] après les sons [d] et [t].

Ex. : mend [d] → mended [id] want [t] → wanted [id]

– Il se prononce [d] dans tous les autres cas.

Ex. : love → loved [d] call → called [d]

2 Verbes irréguliers

Au passé, certains verbes ont une **forme particulière**. Il faut l'apprendre par cœur. C'est la même à toutes les personnes.

Ex. : go → (I, you, he, she, it, we, you, they) went

3 Formes affirmative, interrogative et négative au passé

Aux formes interrogative et négative, c'est l'opérateur ***do*** qui prend la marque du prétérit. Le verbe reste à la forme base verbale.

do → did ; doesn't → didn't

Ex. : John (S) went (V•) to the States in 2020.

Did (Op•) John (S) go (V) to the States in 2020 ? John (S) didn't (Op• + nég) go (V) to the States in 2020.

Comment faire ?

Piste 6

▸ **Évoquer le passé**

On emploie le prétérit simple pour parler d'une action ou d'un fait révolu.

→ On justifie souvent la rupture avec le présent en employant des marqueurs de temps tels que : *yesterday*, *last*…, …*ago*, **une date**.

Ex. : My best friend's parents *divorced* last January.

→ Pour préciser le temps qui nous sépare d'un événement révolu, on emploie **ago**.

Ex. : When *did* you *meet* him ? I *met* him two days ago. (il y a deux jours)

Corrigés → livret, p. 23

S'entraîner

QUIZ-TEST

Coche la (ou les) bonne(s) réponse(s).

1 La (les) phrase(s) au prétérit est (sont) :

a) Our neighbours feel tired. .... ☐
b) I lost my mobile phone two days ago. .... ☐
c) Dad and his boss talked for an hour yesterday. .... ☐

2 Pour justifier l'emploi du prétérit, on peut utiliser :

a) *last year*. .... ☐
b) *at the moment*. .... ☐
c) une expression avec *ago*. .... ☐

3 ★ Prétérit

Complète les phrases suivantes en conjuguant les verbes entre parenthèses au prétérit.

a) My mother .... back home yesterday evening because she .... the bus. (walk / miss)

b) Peter's parents .... last November so, we .... him for Christmas. (divorce / invite)

c) My cousin .... a part-time job in a library last month. (find)

d) In 1789 computers .... (not exist)

e) My parents .... me a smartphone for my last birthday. (give)

4 ★★ Verbes au prétérit

Retrouve dans les phrases suivantes les verbes au prétérit qui manquent.

a) They .... tennis yesterday.

b) John .... a wallet in the street this morning. He .... it to the police.

c) My parents .... to the cinema last Saturday. They .... a very good film.

d) Mary is ill today. Yesterday she .... too many sweets.

e) My father doesn't smoke any more. He .... smoking two years ago.

f) Helen is a good cook. She .... a delicious chocolate cake this morning.

5 ★★★ Question-réponse

Réponds par des phrases complètes en utilisant les éléments entre parenthèses.

a) When did Kate and William get married ? (2011)

....

b) What did Kate wear ? (a lovely white dress)

....

c) Did they spend their honeymoon in Scotland ? (Seychelles)

....

6 ★★★ Traduire en anglais

Comment dirais-tu à un Anglais :

a) Mon père a étudié le chinois au lycée.

....

b) Il y a deux ans, son patron l'a envoyé en Chine.

....

c) Il a travaillé là-bas de janvier à avril.

....

4 Le prétérit de *be* / Le prétérit *be* + V-*ing*

Retiens l'essentiel

Piste 7

1 Le prétérit de *be*

▸ **Be** a deux formes au passé : (I, he, she, it) **was** (you, we, you, they) **were**

Ex. : Were you at school yesterday ? Yes, I was but Chris and Sue weren't.

2 Le prétérit *be* + V-*ing*

▸ Lorsqu'on veut conjuguer un verbe au prétérit *be* + *V-ing*, il faut conjuguer ***be*** au prétérit et ajouter ***-ing*** à la **base verbale**.

▸ Le **prétérit be + V-ing** est souvent accompagné d'un **prétérit simple** dans une même phrase. Cela permet d'exprimer que quelque chose « était en train d'avoir lieu » (prétérit be + V-ing) lorsqu'un autre événement est arrivé (prétérit simple).

Ex. : The children were playing when the headteacher came in.
(Les enfants étaient en train de jouer quand le directeur est entré.)

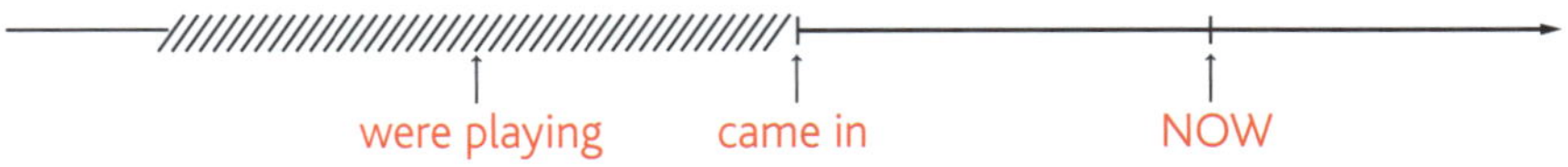

▸ **Formes affirmative, interrogative et négative au prétérit en -ing**

Ex. : The old lady was *sleeping* when the burglar broke into the house.
Was the old lady *sleeping* when the burglar broke into the house ?
The old lady wasn't *sleeping* when the burglar broke into the house.

▸ ***While* et *as***

Les conjonctions *while* et ***as*** servent parfois à introduire une subordonnée au prétérit avec *-ing*. Dans ce cas, le verbe principal est au prétérit simple.

Ex. : While they were waiting in front of the cinema, they met a friend.
The phone rang as she was coming in.

À savoir

While* et *as

On utilise **as** et **while** pour indiquer que quelque chose était en train d'avoir lieu lorsqu'un autre événement s'est produit.

Ex. : As Jenny was locking the door the Bronsons arrived.
The accident happened while they were crossing the Channel.

Comment faire ?

Piste 8

▸ **Évoquer la présence (ou l'absence)**

Pour parler de la présence ou de l'absence de quelqu'un ou de quelque chose dans le passé, on emploie ***there was*** ou ***there were***. ***There was*** est suivi d'un singulier, ***there were*** d'un pluriel.

Ex. : While de Gaulle was president, there was a terrible war in Algeria.
In those days there were lots of French people in that country.

▸ **Décrire une action en cours dans le passé**

Le prétérit continu (prétérit be + V-ing) permet d'évoquer des activités en déroulement dans le passé.

Ex. : I was having a bath when Mike called me.

Corrigés → livret, p. 23

S'entraîner

QUIZ-TEST

Coche la (ou les) bonne(s) réponse(s).

1 La (les) question(s) à compléter par *be* au prétérit est (sont) :

a) ... they at home last Sunday ? ☐
b) What ... they do ? ☐
c) ... there a good film on TV yesterday ? ☐

2 Pour dire ce qui était en train de se passer on utilise :

a) le prétérit *be* + V-*ing* ☐
b) le prétérit simple ☐
c) *be* au prétérit ☐

3 ★ *Be ou do ?*

Complète par *did/didn't, was/wasn't, were/weren't,* selon le cas.

a) We ...didn't... have great fun yesterday.

b) ...weren't... you go to the disco last Saturday ?

c) What ...was... they wearing when they arrived ?

d) Luckily, my brother ...was... at home when the fire started.

e) There ...did... many people at the cinema yesterday, the room ...were... almost empty.

f) ...Were... you frightened when you met the gangster ? – Of course, I ...did... .

4 ★★ Prétérit simple, prétérit -ing

Conjugue chaque verbe proposé au prétérit simple ou au prétérit be *-ing* selon le sens.

a) I ...watching... the News when you .... (watch / ring)

b) They .... when they suddenly .... an explosion. (garden / hear)

c) Just as I .... the door, the dog .... (open / escape)

d) While we .... Emerik .... into the river. (fish / fall)

5 ★★★ Question-réponse

Réponds par des phrases complètes en utilisant les éléments entre parenthèses.

a) How many cars were there in the garage ? (one)

....

b) What did Peter do while he was driving the children to school ? (bump into a stopped bus)

....

....

c) What were you doing when I phoned ? (have a bath)

....

d) What happened while you were painting the garden gate ? (start to rain cats and dogs)

....

....

6 ★★★ Traduire

Comment dirais-tu à un Anglais :

a) Il est arrivé alors qu'elle partait. ....

....

b) Mes parents regardaient leur feuilleton télévisé lorsque la lumière s'est éteinte. ....

....

5 La comparaison – La similitude

Retiens l'essentiel

Piste 9

1 La comparaison

Le comparatif de supériorité

– Adjectifs courts : **adjectif** + ***-er*** + ***than***

Ex. : The Channel is deeper than the Thames. Mum is chillier than Dad.

– Adjectifs longs : ***more*** + **adjectif** + ***than***

Ex. : Our parents want to go to Disneyland. They're more enthusiastic than us.

Le comparatif d'égalité

as + **adjectif (long ou court)** + ***as***

Ex. : I'm as tall as my mother. Sue is not as enthusiastic as Peter.

Le comparatif d'infériorité

less + adjectif long + **than** ou **not as** + adjectif (long ou court) + **as**

Ex. : Sue is less enthusiastic than Peter.

Le superlatif

– Adjectifs courts : ***the*** + **adjectif** + ***-est***

Ex. : It's the brightest star in the sky.

– Adjectifs longs : ***the most*** + **adjectif**

Ex. : It was the most attractive idea.

2 La similitude

Si la phrase est :

– affirmative : ***so*** + **opérateur (auxiliaire)** + **sujet**

Ex. : Joe likes pop music and so does Jane.

– négative : ***neither*** + **opérateur (auxiliaire)** + **sujet**

Ex. : I'm not very tired. – Neither am I.

Il faut utiliser l'opérateur qui correspond au temps de la phrase.

À savoir

L'infériorité

Le **comparatif d'infériorité** est peu employé. Les Anglais préfèrent utiliser, à la place, le **comparatif de supériorité** ou le **comparatif d'égalité** à la forme négative.

Ex. : Sue is less enthusiastic than Peter
→ Peter is more enthusiastic than Sue.
→ Sue is not as enthusiastic as Peter.

Les irréguliers

- good / well → better → the best
- bad → worse → the worst
- far → farther (ou further) → the farthest (ou the furthest)

Comment faire ?

Piste 10

Bien utiliser le comparatif

Pour comparer deux personnes ou deux choses, on utilise un comparatif de supériorité, d'égalité ou d'infériorité.
Pour comparer une personne ou une chose à toutes les autres, on emploie le superlatif.

Bien écrire le comparatif

– Lorsque l'adjectif court se termine par une consonne suivie d'un *-y*, on ajoute ***–ier***.

Ex. : dry → drier

– Lorsque l'adjectif court se termine par une consonne précédée d'une seule voyelle, on double la consonne.

Ex. : big → bigger

Corrigés → livret, p. 24

S'entraîner

QUIZ-TEST

Coche la (ou les) bonne(s) réponse(s).

1 Le comparatif s'utilise pour comparer :

a) deux choses. .... ☐
b) deux personnes. .... ☐
c) une personne à l'ensemble des autres. .... ☐

2 Il faut compléter la phrase « She's ... elegant girl in our class. » par :

a) as. .... ☐
b) more. .... ☐
c) the most. .... ☐

3 ★ Comparatif ou superlatif

Complète en mettant l'adjectif au comparatif ou au superlatif selon le sens.

a) The Boeing factory is one of ..est the.......... building in the world. (big)

b) Scotland is ......the........ than England. (mountainous)

c) The loch Ness is mys!........ loch in Scotland. (mysterious)

d) French food is .... than Indian food. (good)

e) Doctor Fleming was .... than Doctor Smith. (clever)

f) Carol is .... girl in the class. (bright)

4 ★★ La similitude

Complète les phrases suivantes par *so* ou *neither*.

a) John likes playing chess and .... does Clara.

b) My father didn't watch the match yesterday and .... did my brother.

c) I don't like eating cabbage and .... does my sister.

d) My aunt was very good at English and .... were my parents.

5 ★★ Comparatif et superlatif

Complète les phrases suivantes en utilisant les mots (ou groupes de mots) suivants :
More – stronger- the most – than – as.

a) A traditionel oven isn't as convenient .... a microwave oven.

b) A tiger is .... dangerous than a cat.

c) Eton is .... famous public school in Europe and maybe in the world.

d) Alan can carry a heavy bag. Adam can't. Alan is .... than Adam.

e) Handball is less violent .... ice hockey.

6 ★★★ Traduire en anglais

Comment dirais-tu à un Anglais :

a) Je n'aime pas écouter les rappeurs et mon frère non plus. ....

....

b) Mon professeur de géographie est plus sévère que mon professeur de dessin. ....

....

c) Kathy est la fille la plus intelligente de la classe.

....

....

6 Le *present perfect*

Retiens l'essentiel

Piste 11

Mot-clé

Have

Lorsqu'il est employé comme auxiliaire, ***have*** peut se contracter :

– **à la forme affirmative** :
- singulier :

I have → I've ;
you have → you've ;
he has → he's ;
she has → she's ;
it has → it's
- pluriel :

we have → we've ;
you have → you've ;
they have → they've

– **à la forme négative** :
have not → haven't ;
has not → hasn't

1 Formation du *present perfect*

▸ Le present perfect se forme à l'aide de ***have*** au présent et du **participe passé** du verbe (le participe passé peut être symbolisé par V-en).

I/you/we/they have + V participe passé (have V-en)
He/she/it has + V participe passé (has V-en)

Ex. : My friend has visited Madame Tussaud's museum several times.
I have been to Disneyland with my family twice.

▸ **Verbes réguliers**

Le participe passé des verbes réguliers est en **V-*ed***, comme pour le prétérit.
Ex. : play → played

▸ **Verbes irréguliers**

Au participe passé, les verbes irréguliers ont une **forme particulière** qu'il faut apprendre par cœur. *Ex.* : write → written

2 Formes affirmative, interrogative et négative au *present perfect*

They**'ve** ***seen*** her recently	**Have** they ***seen*** her recently?	They **haven't** ***seen*** her recently.
She**'s** ***passed*** her exam.	**Has** she ***passed*** her exam?	She **hasn't** ***passed*** her exam.

3 *Already, ever, never, yet*

Already s'emploie surtout à la forme affirmative pour établir le bilan de ce que l'on a déjà fait. Il peut aussi servir à interroger sur une action passée.
Ex. : Yes, I've already been there.

Ever s'emploie dans une question pour savoir si quelque chose s'est déjà produit et à la forme affirmative avec un comparatif ou un superlatif.
Ex. : Have you ever been to London ?

Never permet de dire que quelque chose ne s'est jamais produit.
Ex. : I've never been to Stratford-upon-Avon.

Yet se place à la fin d'une phrase interrogative ou négative et sert à se renseigner sur ce que l'on a déjà fait ou à parler de ce que l'on n'a pas encore fait. *Ex.* : Has he called yet ? No, he hasn't called yet.

À savoir

Réponses brèves

En anglais, on répond souvent à une question en utilisant un pronom et en répétant l'auxiliaire employé pour formuler la question.

Ex. : Have you seen that film ?
Yes, I have.
No, I haven't.

Comment faire ?

Piste 12

▸ **Bien utiliser le *present perfect***

→ On utilise le *present perfect* pour parler d'un évènement passé qui a une conséquence dans le présent.

Ex. : I've missed the bus. I'm late now.

→ Pour parler d'une action qui vient de se produire, on emploie le *present perfect* avec l'adverbe ***just***, qui se place entre l'auxiliaire et le verbe.

Ex. : Helen is going to take a taxi because she's just missed the last bus.

Corrigés → livret, p. 24

S'entraîner

QUIZ-TEST

Coche la (ou les) bonne(s) réponse(s).

1 La (les) phrase(s) au *present perfect* est (sont) :

a) He's finished his homework. ☐
b) She's walked five miles. ☐
c) She's tired. ☐

2 Quelle(s) phrase(s) faut-il compléter par *have/has* ?

a) ... you ever been to London ? ☐
b) My sister... never read a detective novel. ☐
c) When ... you go to Dublin ? ☐

3 ★ Present perfect

Dans les phrases suivantes, conjugue le verbe entre parenthèses au *present perfect*.

a) My parents .... the film twice. (see)

b) Several museums .... to ban visitors taking selfies. (decide)

c) Mr. Carler .... to the United States. (be)

d) .... you ever .... unicycling ? (try)

e) I can lend you the book. I .... it. (read)

f) Mary is upset. A burglar .... into her house and .... her jewels. (break into, steal)

4 ★★ Le bon adverbe

Complète par *ever*, *never*, *already* ou *yet*.

a) It's the most tasteful cake I've .... eaten.

b) Have you .... found a wallet in the street ? – No, ...

c) I've .... crossed the Atlantic ocean on a catamaran but Isabelle Autissier has .... done it.

d) Why haven't you tidied your room .... ?

e) I haven't seen this movie ....

5 ★★★ Question-réponse

Pose la question à partir de la réponse soulignée.

a) Sylvester Stallone has been in <u>dozens</u> of films.

→ .... ?

b) Hank and Laura have bought <u>a mansion</u> in Los Angeles.

→ .... ?

c) He's just read <u>a Harry Potter book</u>.

→ .... ?

d) They've never been <u>to Italy</u>.

→ .... ?

e) Sandy has written to <u>her cousin</u>.

→ .... ?

f) She has always feared mice <u>because they bite</u>.

→ .... ?

6 ★★★ Traduire

Comment dirais-tu à un Anglais :

a) Je n'ai jamais vu le film *Everest* !

....

....

b) Cet écrivain a déjà vendu deux millions de livres.

....

....

7 La durée – *For* – *Since*

Retiens l'essentiel

Piste 13

1 *For*

▶ ***For*** est une préposition qui sert à introduire un complément exprimant une durée. ***For*** employé avec le **présent** permet d'exprimer une durée pour un fait habituel.

Ex. : They play cards **for** hours every Sunday. (Ils jouent aux cartes pendant des heures tous les dimanches.)

▶ ***For*** utilisé avec le **prétérit** sert à indiquer la durée d'un événement passé qui n'est plus d'actualité.

Ex. : Messi played for Barcelona **for** seventeen years. (Messi a joué pour Barcelone pendant dix-sept ans.)

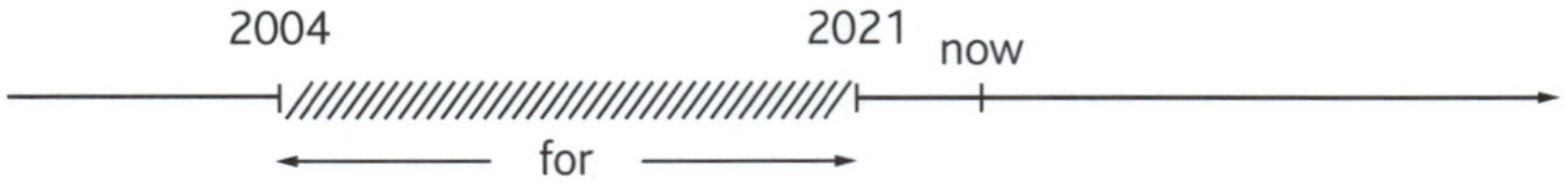

▶ ***For*** employé avec le ***present perfect*** sert à mesurer la durée d'une action ou d'un fait toujours d'actualité au moment présent.

Ex. : Ben has been in Paris **for** two years. (Ça fait deux ans que Ben est à Paris.)

2 *Since*

▶ On utilise la préposition *since* pour indiquer le point de départ d'une action qui dure encore dans le présent. *Since* s'emploie avec le ***present perfect***. En français, la phrase se traduit au présent.

Ex. : He has worked in London **since** 2002. (Il travaille à Londres depuis 2002.)

For et *during*

Il ne faut pas confondre ***for*** et ***during***. On peut aussi traduire ***during*** par « pendant », mais il n'indique pas une durée. ***During*** permet de situer l'action dans une période donnée.

Ex. : He did his homework **during** the weekend. (Il a fait ses devoirs pendant le week-end.)

Comment faire ?

Piste 14

▶ ***How long + present perfect***

How long utilisé avec le *present perfect* sert à interroger sur une durée s'étendant jusqu'au moment présent.

Ex. : **How long** has he been in Paris ?
How long have you learnt English ?

Corrigés → livret, p. 24

S'entraîner

QUIZ-TEST

Coche la (ou les) bonne(s) réponse(s).

1 Pour interroger sur la durée d'une action commencée dans le passé et non encore terminée, on utilise *How long* :

a) avec le prétérit. ☐
b) avec le *present perfect*. ☐
c) avec le présent. ☐

2 Pour indiquer le point de départ d'une action toujours d'actualité, on emploie :

a) *for* avec le *present perfect*. ☐
b) *for* avec le *prétérit*. ☐
c) *since* avec le *present perfect*. ☐

3 ★ *For* ou *since* ?

Complète par *for* ou *since* selon le cas.

a) I've been at the secondary school .... three years.

b) Helen has been at the secondary school .... 2003.

c) My grandparents have lived in Grasse .... five years.

d) He's going away .... a few days.

e) She has been there .... 2 o'clock.

f) John's sister has worked .... July 1st.

g) Nicki has begun rapping .... several years.

h) We've known her .... she was five.

4 ★★ Interrogations

Réponds aux questions suivantes en utilisant les éléments entre parenthèses qui seront introduits par *for* ou *since*, selon le cas.

Ex. : How long have you been in this village ? (ten years)
→ I've been in this village for ten years.

a) How long has she been in France ? (2010)

....

b) How long have you caught a cold ? (Sunday)

....

c) How long has she waited for her ? (20 minutes)

....

d) How long did the crossing last yesterday ? (one hour and a half)

....

e) How long have they moved ? (June 1st)

....

f) How long have you studied English ? (three years)

....

5 ★★★ Traduire en anglais

Comment dirais-tu à un Anglais :

a) Mon oncle est malade depuis six mois.

....

b) Mon frère travaille à la poste depuis juillet.

....

c) Je collectionne les timbres depuis longtemps.

....

d) Mary a joué de la guitare pendant le week-end.

....

e) Cela fait 95 minutes que le match de football dure.

....

8 L'expression du futur et du conditionnel

Retiens l'essentiel

Piste 15

1 L'expression du futur

▸ **Construction du futur : *will* + base verbale.** On l'utilise pour exprimer une décision ou une certitude. ***Will*** se contracte en ***'ll***.

Ex. : She will *apply* for a job tomorrow. I'll *play* tennis next Sunday.

▸ **Formes affirmative, interrogative et négative au futur**

Ex. : He'll *pay* for the meals.
Will he *pay* for the meals ? → He won't *pay* for the meals.

2 Les temporelles à sens futur

Dans les subordonnées de temps introduites par ***when*** (quand), ***as soon as*** (dès que), ***while*** (pendant que), le verbe est au présent en anglais, alors qu'on emploie le futur en français.

Ex. : I'll tell them as soon as I see them. (Je leur dirai dès que je les verrai.)
When I'm older, I'll be a bank clerk. She'll cook a cheesecake while I'm at school.

3 L'expression du conditionnel

▸ **Construction du conditionnel : *would* + *base verbale*.**

La forme contractée de ***would*** est ***'d***.

Ex. : She'd *like* to become a nurse.

▸ **Formes affirmative, interrogative et négative au conditionnel**

Ex. : Hugh would *prefer* to live in the States.
Would he *prefer* to live in England ?
He wouldn't *prefer* to live in England.

À savoir

Shall

• Pour suggérer quelque chose, on emploie ***shall***.

Ex. : Shall we go to the cinema ? Yes, let's go there together.

• Pour exprimer un avis, un conseil, on emploie ***should* + base verbale**.

Ex. : Your mother is tired. You should help her. Teenagers shouldn't smoke.

Comment faire ?

Piste 16

▸ **Situer dans l'avenir**

On peut parler de l'avenir en utilisant le **présent en *be* + V-*ing*** et un marqueur de temps.

Ex. : They're leaving at 8, tomorrow.

Pour évoquer une intention, une prévision, on emploie ***be going to* + base verbale**.

Ex. : My parents are going to buy a new car. It's going to rain.

▸ **Demander poliment, évoquer un souhait, un futur dans le passé**

Pour faire une demande polie, évoquer un souhait ou exprimer un futur dans le passé, on emploie ***would* + base verbale**.

Ex. : Would you mind waiting ? I hoped he would come.

Corrigés → livret, p. 24

S'entraîner

QUIZ-TEST

Coche la (ou les) bonne(s) réponse(s).

1 **« Dad will phone us as soon as he ... »**
On peut compléter cette phrase par :

a) will arrive. ☐
b) arrives. ☐
c) can. ☐

2 **La phrase « My uncle should stop smoking. » exprime :**

a) un conseil. ☐
b) une obligation. ☐
c) une possibilité. ☐

3 ★ Futur

Complète les phrases suivantes en conjuguant le verbe proposé au futur. Utilise la forme contractée chaque fois que c'est possible.

a) The « Tube » .... open on Saturday nights. (stay)

b) I .... my smartphone at school. (no use)

c) .... you .... him to do his homework ? (help)

d) He .... never .... what she said. (forget)

e) Daryl .... her daughter when she meets her again. (hug)

f) I'm sure he .... with you. (no agree)

4 ★ Conditionnel

Complète les phrases suivantes en conjuguant le verbe proposé au conditionnel et en contractant, lorsque c'est possible.

a) The Nelsons are going to the National Gallery. Mark is disappointed. He .... to stay at home and play electronic music. (prefer)

b) Which States in the U.S.A. .... you .... to visit ? (like)

c) Helen .... in Los Angeles if she could choose. (not live)

d) I .... to have more school outings. (like)

5 ★★ Présent ou futur ?

Dans les phrases suivantes, conjugue les verbes proposés au présent ou au futur, selon le cas.

a) They .... a piece of cake when they .... (eat / arrive)

b) When I .... ready, I .... you. (be / tell)

c) As soon as the bell .... they .... outside. (ring / rush)

d) When we .... enough money, we .... a car. (have / buy)

e) While Fred .... a cheese cake, Betty .... the lawn. (make / mow)

6 ★★ Construire des phrases

Relie les éléments des deux colonnes qui se correspondent.

a) Shall we go to the swimming-pool ?	1. I'll be sad.
b) When my sister leaves	2. phone his mother.
c) John should	3. as soon as he arrives.
d) He'll hire out a car	4. when you show me the proof.
e) I'll believe you	5. they'll get married.
f) As soon as they find a flat	6. Yes, let's go there together.

9 La proposition complément d'objet – La condition – La cause – Le but

Retiens l'essentiel

Piste 17

1 La proposition subordonnée complétive complément d'objet

Elle est introduite par ***that***. Mais contrairement au français, la conjonction n'est pas obligatoire. On aura donc ***that*** ou ∅.

Ex. : I hope that he'll succeed. *ou* I hope ∅ he'll succeed.
I don't think that it's a warm jumper. *ou* I don't think ∅ it's a warm jumper.

2 La subordonnée de condition

La subordonnée de condition est introduite par *if*.

▸ Lorsque la situation est **réalisable**, on emploie **le futur** dans la **principale** et le **présent** dans la **subordonnée**.

Ex. : We'll go for a walk if they *arrive* in time.

▸ Lorsque la situation est **irréalisable**, on emploie le **conditionnel** dans la **principale** et le **prétérit** dans la ***subordonnée***. L'ordre des propositions peut être inversé. *Ex.* : If I *was* rich, I'd buy a motorcycle.

▸ **Remarque :** lorsque l'on doit employer ***be*** au prétérit dans une subordonnée hypothétique introduite par ***if***, on utilise parfois ***were*** à la place de ***was***.

Ex. : If he *were* rich, he'd buy a motorcycle. If I *were* you, I should work harder.

3 La subordonnée de cause

La subordonnée de cause est introduite par ***because***.

Ex. : Why didn't he go fishing ? He didn't go fishing because the wind was blowing.

4 Le but

On exprime souvent une finalité au moyen d'un **infinitif**.

Ex. : What do you need money for ? I need money to go to the cinema.

That

That peut avoir plusieurs fonctions :

- adjectif démonstratif :
  Ex. : I like that book.
- pronom relatif pour compléter un nom :
  Ex. : It's the book that I like.
- conjonction pour compléter un verbe :
  Ex. : I know that you like this book.

À savoir

La condition négative

Pour exprimer une condition à la forme négative, on peut utiliser la conjonction ***unless*** (sauf si).

Ex. : I won't go if he doesn't come with me → I won't go unless he comes with me.

(Je n'irais pas s'il ne vient pas avec moi. → Je n'irais pas, sauf s'il vient avec moi.)

Comment faire ?

Piste 18

▸ Évoquer une cause

Pour évoquer une cause, on utilise une subordonnée introduite par ***because***. On utilise le mot interrogatif ***why*** pour poser une question sur le motif de la cause.

Ex. : Why is he late ? He is late because he missed the train.

On peut aussi employer la conjonction ***since*** pour exprimer la cause.

Ex. : He is late since he missed the train.

▸ Évoquer un but

Pour parler d'un but à atteindre, on emploie l'infinitif ***to*** + base verbale. On utilise la question ***what ... for*** pour poser une question sur la finalité.

Ex. : What are those presents for ? They are to give to the children.

Corrigés → livret, p. 24

S'entraîner

QUIZ-TEST

Coche la (ou les) bonne(s) réponse(s).

1 Dans la phrase « Dad said ... he was too busy to help us. », on peut :

a) ne rien écrire dans l'espace. ☐
b) compléter par *that*. ☐
c) compléter par *because*. ☐

2 Lorsque la subordonnée de condition introduite par *if* est au prétérit, le verbe de la principale est sous la forme :

a) *will* + base verbale. ☐
b) *would* + base verbale. ☐
c) *shall* + base verbale. ☐

3 ★ Mot manquant

Un mot a été omis dans chacune des phrases suivantes. Rétablis-le.

a) I won't watch the soap opera .... my parents come back early.

b) I .... give you a ring if I understand the exercise.

c) What do you need a computer .... ? I need one to play games.

d) .... you like to become a teacher ? No, I wouldn't because pupils are too noisy.

e) I'd tell you if I .... guilty.

4 ★★ Conjugaison

Complète en conjuguant chaque verbe proposé au temps qui convient.

a) If I was 1 m 92 tall, I .... basketball. (play)

b) If my parents .... the lottery, they would buy a big house. (win)

c) If my sister goes to Canada, she .... Vancouver. (visit)

d) My parents .... wood if they had a central heating. (not buy)

e) We'd buy a beautiful cottage if we .... rich. (be)

f) .... to become a singer if you had a beautiful voice ? (like)

5 ★★ Cause - but

Utilise les éléments entre parenthèses pour exprimer une cause ou une finalité.

a) What do you need money for ? (buy a loaf of bread)

....

b) Why did he order a bean soup yesterday ? (sound good)

....

c) What will your girlfriend need a new smartphone for ? (take pictures)

....

d) Why have you phoned the police ? (hear a shot)

....

6 ★★★ Question-réponse

Trouve la question à partir de la réponse soulignée.

a) I suggest to do <u>our homework</u>.

→ .... ?

b) He needs £50 <u>to buy new shoes</u>.

→ .... ?

c) I hate history <u>because it is difficult</u>.

→ .... ?

10 Le déterminant *the* – Les quantifieurs

Retiens l'essentiel

Piste 19

1 Le déterminant *the*

▸ Le déterminant ***the*** est un déterminant **défini** qui s'emploie aussi bien au **singulier** qu'au **pluriel**.

Ex. : The girl I prefer is Jane. The teachers are strict in our school.

▸ **Omission de *the***

On omet l'article ***the*** lorsque l'on parle de quelque chose en **général**.

Ex. : I like cheese. ***mais*** I liked the cheese I ate yesterday.

– Devant les noms de repas lorsqu'ils représentent un moment de la journée. *Ex.* : I have breakfast at 7 every morning.

– Devant les noms évoquant un sport. *Ex.* : I often play tennis.

– Devant les noms de pays au singulier, sauf s'ils sont composés ou construits avec ***of***. *Ex.* : England – the United States – the Republic of Ireland

2 Les quantifieurs

▸ **Quantifieurs + nom dénombrable (au pluriel)**

Most / most of / a lot of / lots of / plenty of / many / enough / few / a few / some of

Ex. : Most of English students use a computer. Some of them own one.
Lots of teenagers listen to music. They know plenty of English groups but they don't know many French singers. The children were hungry because they had few (peu de) vegetables. There are a few (quelques) apples left.

▸ **Quantifieurs + nom indénombrable (au singulier)**

Most / a lot of / plenty of / much / enough / little / a little

Ex. : Most gas is imported. There's a lot of smoke.
Do you drink much beer ? No, but I drink plenty of coke and a little wine.
Is there enough bread to make a sandwich ? Yes, but there's little butter.

Mots-clés

Dénombrable

Un nom dénombrable est un nom que l'on peut compter avec des chiffres (*one*, *two*, ...) ou des mots comme several (plusieurs) et que l'on peut mettre au pluriel :

Ex. : two oranges ; several questions.

Indénombrable

Un nom indénombrable désigne quelque chose que l'on ne peut ni compter, ni mettre au pluriel. Ce peut être des choses concrètes (*Ex.* : water) ou abstraites (*Ex.* : fear).

Many* et *much

On utilise ***many*** avec des noms dénombrables et ***much*** avec des noms indénombrables.

Comment faire ?

Piste 20

▸ **Exprimer un excès**

Pour exprimer un excès, on emploie ***too*** avec un adjectif ou un adverbe, ***too much*** avec un verbe ou un nom au singulier, ***too many*** avec un nom au pluriel.

Ex. : There are too many pupils in this class. They speak too much.
They're too talkative. There's too much noise.

▸ **Placer correctement *enough***

Enough se place devant un nom mais après un adjectif ou un adverbe.

Ex. : They don't eat enough fruit. He isn't strict enough.

Corrigés → livret, p. 24

S'entraîner

QUIZ-TEST

Coche la (ou les) bonne(s) réponse(s).

1 **Il faut compléter par le déterminant *the* dans la/les phrase(s) :**

a) My sister likes ... ice creams. ☐
b) ... Scotland is a beautiful country. ☐
c) ... house where we live is very large. ☐

2 **« My father drinks ... wine. » On peut compléter par :**

a) little. ☐
b) few. ☐
c) a little. ☐

3 ★ *The* ou Ø

Complète les phrases suivantes par *the* ou Ø, selon le cas.

a) – Do you like .... classical music ? – Yes, I play .... piano.

b) .... Princess Kate enjoys playing .... hockey.

c) I like .... thrillers but .... thriller I watched yesterday was uninteresting.

d) .... cheesecake I ate at .... school last Monday was disgusting.

e) My little sister sometimes goes to .... bed before .... dinner.

f) .... England is in .... United Kingdom and .... Republic of Ireland is a member of .... European Union.

4 ★ *Much* ou *many*

Dans les phrases suivantes, utilise *many* ou *much*, selon le cas.

a) Have they got .... friends ?

b) She is in a hurry. She hasn't got .... time.

c) Has John as .... records as his cousin ?

d) Most people think that the Prime Minister has too .... obligations.

e) Do you need .... sugar to make a cheesecake ?

5 ★★ Quantifieurs

Complète par un des quantifieurs suivants : *all*, *most*, *a lot of* ou *a few*.

In our school, there are 692 students.

a) 662 students learn English.

→ .... of the students learn English.

b) 436 students practise a sport.

→ .... students practise a sport.

c) 26 students learn Italian.

→ .... students learn Italian.

d) 25 years ago, 487 students in 487 were boarders. (pensionnaires)

→ 25 years ago, ... the students were boarders.

6 ★ Recette

Utilise *a little* ou *a few* pour compléter le texte ci-dessous.

Making an apple-pie is very easy. You just need .... ingredients : .... flour, ... apples, ... butter, ... sugar, ... water and a pinch of salt.

11 Relatifs – Exclamatifs Questions avec *How*

Retiens l'essentiel

Piste 21

1 Les pronoms relatifs

- Le pronom relatif varie selon sa fonction – sujet ou complément - et son antécédent, animé ou neutre.

Fonction du relatif	Antécédent animé (être vivant)	Antécédent neutre
sujet	**who** (ou that)	**which** (ou that)
complément d'objet	**who [m]** (ou that) ∅ préférable	**which** (ou that) ∅ préférable
complément de nom	**whose**	**whose**
complément de lieu		**where**

Ex. : The boy who shook my hand was smiling.

- Le pronom relatif complément d'objet est généralement omis.

Ex. : A man that I know has got a yacht. { A man who[m] I know has got a yacht / A man ∅ I know has got a yacht. (préférable)

2 Phrases exclamatives

- Lorsque l'exclamation porte sur un nom, on utilise :

What (a) + groupe nominal
Ex. : What a wonderful actress (she is) !
What horrible ties he wears !

such (a) + groupe nominal
Ex. : It's such a wonderful actress !
He wears such horrible ties !

- Lorsque l'exclamation porte sur un adjectif, on utilise :

How + adjectif ou adverbe
Ex. : How thick the mist is !

so + adjectif ou adverbe
Ex. : It's so misty !

3 Phrases interrogatives avec *How*

- ***How*** ... ?
Ex. : How are you ?

- ***How*** + adjectif ou adverbe ... ?
Ex. : How *old* are you ?

Ne pas confondre !

Les pronoms *relatifs* ***who***, ***which***, ***whose*** et ***where*** peuvent aussi être des mots interrogatifs.

Ex. : Who is playing tennis ?
John, who plays tennis, is not here.

À savoir

How

Pour distinguer ***how*** exclamatif et ***how*** interrogatif, il faut regarder l'ordre des mots dans la phrase. Dans la phrase interrogative, il y a inversion entre le sujet et l'auxiliaire.

Ex. : How tall are you ?
How tall you are !

Comment faire ?

Piste 22

Interroger avec *How*

How peut être employé avec un **adjectif** ou un **adverbe** pour interroger sur l'âge (*How old*), la taille (*How tall*), la hauteur (*How high*), la durée, la longueur (*How long*), la distance (*How far*), la fréquence (*How often*), la rapidité (*How fast*).

Ex. : How fast does this champion run a 100 metres ?

Corrigés → livret, p. 25

S'entraîner

QUIZ-TEST

Coche la (ou les) bonne(s) réponse(s).

1 Le pronom relatif *which* peut être :

a) complément d'objet direct. ☐
b) complément du nom. ☐
c) sujet. ☐

2 « What a funny teacher »
Le signe de ponctuation à placer à la fin de cette phrase est :

a) . ☐
b) ! ☐
c) ? ☐

3 ★ Relatifs

Complète par *who*, *which*, *Ø*, *whose* ou *where*.

a) The car .... never starts is John's.

b) There are a lot of young engineers .... can't find a job.

c) The book .... she read was interesting.

d) The tie .... I prefer is the blue one.

e) This is the house .... I was born.

f) The American national park .... Graham has never visited is Yellowstone Park.

g) Mr. Sader .... wife died last year looks mysterious.

4 ★ Exclamatifs

Complète les phrases suivantes par *what (a)*, *such*, *how* ou *so*.

a) .... scared you were on the big wheel !

b) Her boyfriend is .... friendly !

c) .... good idea !

d) .... painful it is !

e) It is .... a narrow road !

f) .... deep valleys !

5 ★★ Propositions relatives

Transforme les deux propositions indépendantes en une seule phrase comprenant une principale et une subordonnée relative.

Ex. : My sister is a fearful girl.
She is frightened of everything.
→ My sister is a fearful girl who is frightened of everything.

a) An export company is a firm. It sells goods overseas.

....

....

b) This girl is an actress. She has played in a lot of films.

....

....

c) Dickens is a novelist. His books are well-known.

....

....

d) My grandfather often tells me strange stories. I don't always like them.

....

....

e) A school is an important place. You can learn a lot of things there.

....

....

12 Les modaux : *can*, *may*, *must*

Retiens l'essentiel

Piste 23

Les auxiliaires modaux

▶ Les auxiliaires modaux ont la **même forme** à toutes les personnes.

capacité, possibilité, permission	can
incapacité, impossibilité, interdiction	can't
obligation	must
interdiction	mustn't
autorisation, possibilité éventuelle, incertitude	may
absence de permission, probabilité	may not
absence d'obligation, de nécessité	needn't

Les modaux n'ont pas de forme à l'infinitif.

▶ Les auxiliaires modaux sont suivis d'**une base verbale** et ne peuvent pas s'utiliser avec les formes en *-ing*.

Ex. : Can you come and play tennis with me ?
No, I can't at the moment, I must help my father to paint the garden gate, it may rain. You needn't wait for me.

▶ ***Can*** possède un temps passé, ***could***.

Ex. : He could ride a motorbike when he was younger. (Il pouvait...)

Could correspond parfois au conditionnel.

Ex. : Could you tell me where Trafalgar Square is, please ? (Pourriez-vous...)

▶ ***Must*** ne s'emploie qu'au présent. Si on veut exprimer une obligation à un autre temps, il faut utiliser son équivalent : ***Have to*** (+V). ***Have to*** se conjugue comme un verbe normal.

Ex. : He had to go to London yesterday. → Did he have to... ?
→ He didn't have to...

▶ ***May*** a un prétérit, ***might***, qui correspond au conditionnel en français.

Ex. : Betty might come and see us tomorrow. (Il se pourrait que Betty...)

▶ ***Needn't***

Need peut être un verbe normal ou un auxiliaire modal. Dans ce dernier cas, il s'utilise surtout à la **forme négative**.

Ex. : I'll see you tomorrow. You needn't call me. (Ce n'est pas la peine de...)

À savoir — *Must et have to*

• ***Must*** et ***have to*** n'ont pas tout à fait le même sens.

Ex. : I must finish my homework. (*Obligation que je me fais à moi-même*)
I have to finish my homework. (*Contrainte extérieure : parents...*)

• ***Must*** ne s'emploie qu'au présent. ***Have to*** peut s'utiliser à tous les temps.

Attention !

• On ne peut pas utiliser deux modaux dans la même phrase.

• Pour exprimer ***can*** au futur, on le remplace par ***be able to + verbe***. ***Be able to*** peut aussi se conjuguer au présent et au prétérit simple.

Ex. : Next year, I will be able to speak English fluently.

• ***May*** n'existe qu'au présent. Pour exprimer le passé ou le futur, on utilise ***be allowed to + verbe***.

Ex. :Mark won't be allowed to go to the cinema next Sunday.

Comment faire ?

Piste 24

▶ **Demander la permission**

On peux demander la permission avec certains modaux :

→ ***Can et could*** *Ex.* : Can I buy this book ? (Est-ce que je peux acheter ce livre ?)
Could I buy this book ? (Est-ce que je pourrais acheter ce livre ?)

→ ***May*** *Ex.* : May I open the window ?

Corrigés → livret, p. 25

S'entraîner

QUIZ-TEST

Coche la (ou les) bonne(s) réponse(s).

1 « Dad had to do the shopping yesterday ». Cette phrase exprime :

a) une hypothèse. ☐
b) une interdiction. ☐
c) une obligation. ☐

2 Pour exprimer une éventualité, on utilise :

a) might. ☐
b) must. ☐
c) may. ☐

3 ★ *Can* ou *can't*

Complète les phrases suivantes par *can* ou *can't*.

a) Helen has learned the piano since she was seven. She .... play very well.

b) My sister is only three. She .... speak English.

c) I .... do my exercises. They're too difficult. .... you help me ?

d) My brother .... get to sleep because he's too excited.

4 ★ *Must* ou *mustn't*

Complète les phrases suivantes par *must* ou *mustn't*.

a) My shoes are worn out. I .... buy a new pair.

b) Our Mum .... stay in bed because she's ill.

c) He's drunk a bottle of wine. He .... drive.

d) My uncle has sent me a present. I .... thank him.

e) You .... smoke in public places.

5 ★★ Question-réponse

Pose la question à partir de la réponse soulignée.

a) He'll be allowed to watch television <u>next week</u>.

→ .... ?

b) They can't play with us <u>because they are hurt</u>.

→ .... ?

c) Mike has to do <u>the laundry</u>.

→ .... ?

d) <u>Mark and Sophie</u> were able to solve the problems yesterday.

→ .... ?

e) Peter had to be in New York <u>at 9 o'clock</u> last Monday.

→ .... ?

6 ★★★ Traduire en anglais

Comment dirais-tu à un Anglais ?

a) Je dois partir de bonne heure demain matin.

....

b) Je me débrouillerais pour être prêt(e).

....

c) Mon père sait jouer aux échecs mais ne sait pas monter à cheval.

....

d) Il se pourrait que nos amis divorcent.

....

e) Tu n'es pas en retard. Tu n'as pas besoin de te dépêcher.

....

13 Le discours indirect – La voix passive

Retiens l'essentiel

Piste 25

À savoir

Verbe d'introduction

Le discours indirect permet de rapporter ce que quelqu'un a dit ou a demandé. On utilise généralement ***say***, ***tell*** ou ***ask*** comme verbe d'introduction.

Say* et *tell

Say et ***tell*** se traduisent tous les deux par « dire » mais ne se construisent pas de la même façon. ***Tell*** doit être immédiatement suivi du nom ou du pronom qui désigne la personne à qui l'on parle : tell somebody something (dire quelque chose à quelqu'un).

Ex. : He told Anna to eat./ He told her to eat.

1 Le style indirect

Le passage du **discours direct** au **discours indirect**, avec un verbe d'introduction au passé, entraîne des transformations de temps et de personnes. L'ordre des mots de l'interrogation indirecte est celui de la forme affirmative.

Style direct	Style indirect
présent	prétérit
futur	conditionnel
impératif	infinitif

Ex. : Peter : « I'm cold. » → He said (that) he was cold.
Mark to Sue : « I'm in love with you ». → Mark told Sue he was in love with her.
John to Brenda : « Can you help me ? ». → John asked Brenda if she could help him.
Helen to Chris : « When will you come back ? »
→ Helen asked Chris when he'd come back.
Mrs. Jones to her husband : « Wait for me. »
→ Mrs. Jones asked her husband to wait for her.

2 La voix passive

- Pour transformer une phrase active à la voix passive, il faut qu'elle puisse avoir un **complément d'objet direct**. Ce complément à la voix active devient le sujet à la voix passive.

Ex. : Sarah knitted a muffler. → The muffler was knitted by Sarah.

- Un verbe à la voix passive se compose toujours de ***be*** et du **participe passé**. Il peut se conjuguer à tous les temps (*voir la leçon* 6).

Ex. : Laws are voted *by* the Members of Parliament.
Important laws will be voted *by* the Members of Parliament next week.
An important law has been voted *by* the Members of Parliament.

- Le **complément d'agent**, lorsqu'il est exprimé, est introduit par ***by***.

Ex. : My bike was found *by* the police yesterday.

Comment faire ?

Piste 26

Parler d'une action subie

La voix passive permet d'exprimer une action subie, le « on » français ou une tournure impersonnelle.

Ex. : The boy was taken to the hospital.
The car has to be repaired.
I was told to read.

Corrigés → livret, p. 25

S'entraîner

QUIZ-TEST

Coche la (ou les) bonne(s) réponse(s).

1 Dans la phrase « My girlfriend ...me she had a new i-phone. », le mot manquant est :

a) tells. ☐
b) told. ☐
c) says. ☐

2 Dans quelle(s) phrase(s) le verbe est-il à la voix passive ?

a) Grandma has been taken to the hospital. ☐
b) My aunt has been to the U.S.A. ☐
c) Our dishwasher will be repaired tomorrow. ☐

3 ★ Discours indirect

Complète par *said*, *told* ou *asked*.

a) He .... he liked oranges.

b) Zoe .... Henry if he laid the table.

c) James .... Chloe he felt tired.

d) Polly .... William what he'd want for his birthday.

4 ★ Voix active ou voix passive ?

Complète les phrases suivantes par *is*, *are*, *have* ou *has*. Souligne les verbes à la voix passive.

a) My uncle .... travelled a lot.

b) Air .... polluted by factories.

c) The children .... broken the vase.

d) These computers .... made by Japanese engineers.

e) The imperial crown .... kept at the Tower of London.

5 ★★★ Voix passive

Complète les phrases suivantes, en conjuguant le verbe entre parenthèses à la voix passive, au temps qui convient.

a) Harold .... by a Norman in the battle of Hastings in 1066. (hurt)

b) The room is clean now. It .... by the children for twenty minutes. (sweep)

c) A new medicine against the cancer .... probably .... soon. (discover)

d) The famous novel 'Jane Eyre' .... by Charlotte Brontë. (write)

6 ★★★ Question-réponse

Réponds aux questions suivantes.

Ex. : « I suffer from hunger. »
What did the homeless say ?
→ He said he suffered from hunger.

a) « We want to reach England. »
What did the migrants say ?

→ ....

b) « Where does the murderer hide ? »
What did inspector Clever ask John ?

→ ....

c) « Can you help me ? »
What did Mary ask her husband ?

→ ....

d) « Look after your baby brother ! »
What did Mum ask Peter ?

→ ....

e) « I'll help you tomorrow. »
What did Anna tell her boyfriend ?

→ ....

1 Les articles – Le genre – Le nombre

Retiens l'essentiel

Piste 1

Mot-clé

Lo

L'article neutre ***lo*** s'emploie devant un adjectif ou un participe passé, et leur donne la valeur d'un nom commun.
Ex. : lo difícil (ce qui est difficile) ;
lo divertido (ce qui est amusant)

Attention à ces exceptions !

– **la** mano ; **el** poeta ; **el** tema ; **el** problema ; **el** sistema

– **la** flor ; **la** labor ; **la** coliflor (le chou-fleur)

À savoir

Les mots finissant en *–ante* ou *–ista* n'indiquent pas le genre, c'est l'article qui le précise.
Ex. : el deportista mexicano, la deportista mexicana ; un estudiante serio, una estudiante seria.

1 Les articles définis et indéfinis

	Articles définis			Articles indéfinis	
	Masculin	Féminin	Neutre	Masculin	Féminin
Singulier	el	la	lo	un	una
Pluriel	los	las		unos	unas

▶ L'article ***el*** se contracte après les prépositions ***a*** et ***de*** et devient ***al*** ou ***del***. *Ex. :* Vamos al parque. Venimos del espectáculo.

▶ Les articles indéfinis pluriels ***unos*** et ***unas*** s'emploient peu. On les utilise pour désigner des objets qui vont par paire. *Ex. :* unas gafas (des lunettes)
Le plus souvent, on les traduit par **quelques**. *Ex. :* Tengo unos libros. (J'ai quelques livres.)

▶ On ne met jamais un article indéfini devant ***otro***. *Ex. :* Vendré otro día. (Je reviendrai un autre jour.)

2 Le genre des noms et des adjectifs

▶ Les mots masculins se terminent généralement en *–**o***, les mots féminins en *–**a***. *Ex. :* un chico ; una chica.

▶ Les mots se terminant en ***-or***, ***-sor***, ***-dor***, ***-tor***, ***-ón***, ***-án***, ***-ín***, ***-és*** sont masculins. Pour les mettre au féminin, on ajoute un *–**a***.
Ex. : un jugador → una jugadora.

▶ Les noms se terminant en *–**tad***, ***-dad***, ***-sión***, ***-ción*** sont féminins.
Ex. : la libertad, la canción.

▶ L'adjectif s'accorde avec le nom : lorsqu'il se termine en *–**o*** il est masculin, en *–**a*** il est au féminin. *Ex. :* un chico alto ; una chica alta.

3 Le nombre des noms et des adjectifs

▶ Les mots terminés par les voyelles **-o**, **-a**, **-e** non accentuées prennent un **–s** au pluriel. *Ex. :* El hombre rico → los hombres ricos

▶ Les mots terminés par une consonne, un **-y** ou un **-í** accentué forment leur pluriel en ajoutant *–**es***. *Ex. :* La mujer marroquí → las mujeres marroquíes

Comment faire ?

Piste 2

▶ **Bien utiliser les articles**

→ Les articles partitifs français **du**, **de**, **des** ne se traduisent pas en espagnol.

Ex. : No bebo vino sino agua. (Je ne bois pas de vin mais de l'eau.)

→ Les noms des jours de la semaine sont précédés de l'article ***el*** ; ***los*** indique la répétition de l'action.

Ex. : Iremos el miércoles. (Nous irons mercredi.) Iremos los miércoles. (Nous irons tous les mercredis.)

Corrigés → livret, p. 25

S'entraîner

QUIZ-TEST

Coche la (ou les) bonne(s) réponse(s).

1 La (les) phrase(s) correcte(s) est (sont) :

a) La chico uruguayo vive en una piso nuevo. .. ☐
b) El chico uruguayo vive en un piso nuevo. .... ☐
c) El chica uruguaya vive en un piso nueva. ..... ☐

2 La (les) phrase(s) correcte(s) est (sont) :

a) Lo pasajeros bajan del coche. .... ☐
b) Los pasajeros bajan del coche. .... ☐
c) Unas pasajeros baja del coche. .... ☐

3 ★ Articles définis – articles indéfinis

Complète les phrases avec les articles définis ou indéfinis qui conviennent.

a) .... libro está sobre .... mesa.

b) Pablo tiene .... perro.

c) .... casa de .... amigos de Pedro es muy grande.

d) .... preguntas del test son difíciles.

4 ★ Mettre au féminin

Mets les phrases suivantes au féminin.

a) El chico saluda a su amigo.

....

b) El doctor habla con el vecino.

....

c) El autor escribe a su hijo.

....

d) El estudiante escucha al profesor.

....

5 ★ Mettre au masculin

Mets les phrases suivantes au masculin.

a) La hermana pequeña tiene un juego.

....

b) La niña come con su tía.

....

c) La empleada está enferma.

....

6 ★★ Mettre au pluriel

Réécris les phrases suivantes en remplaçant les groupes nominaux par le pluriel correspondant. (Le verbe entre parenthèse est déjà conjugué au pluriel.)

a) El alumno va (van) a la escuela.

....

b) El profesor da (dan) la clase al alumno.

....

c) El hermano pequeño tiene (tienen) un juguete.

....

7 ★★ Mettre au singulier

Réécris les phrases suivantes en mettant les groupes nominaux au singulier. (Le verbe entre parenthèses est déjà conjugué au singulier.)

a) Los turistas hacen (hace) fotos de los monumentos.

....

b) Los deportistas saludan (saluda) a los aficionados con las manos abiertas.

....

c) Los colombianos están (está) contentos con los reyes.

....

d) Los conductores de los autobuses van (va) al aeropuerto.

....

2 Le présent de l'indicatif

Retiens l'essentiel

Piste 3

1 Les verbes réguliers

▸ Il existe trois groupes de verbes.

Personne	1er gr. en *–ar* hablar (parler)	2e gr en *–er* comer (manger)	3e gr. en *–ir* escribir (écrire)
yo	hablo	como	escribo
tú	hablas	comes	escribes
él /ella/usted	habla	come	escribe
nosotros/as	hablamos	comemos	escribimos
vosotros/as	habláis	coméis	escribís
ellos/ellas/ustedes	hablan	comen	escriben

2 Les verbes à diphtongue et à affaiblissement

▸ Pour certains verbes, la voyelle du radical diphtongue :

– Le **–e-** devient **–ie-**. *Ex. :* pensar → pienso, piensas, piensa, piensan.

– Le **–o-** ou le **–u-** deviennent **–ue-**. *Ex. :* poder → puedo, puedes, puede, pueden ; jugar → juego, juegas, juega, juegan.

▸ Dans le cas des verbes à affaiblissement, le **–e-** du radical devient **–i-**. *Ex. :* pedir → pido, pides, pide, piden.

3 Les modifications de consonnes

Certains radicaux subissent une modification de leur consonne finale, mais seulement à la première personne du singulier.

– Les verbes se terminant en **–acer**, **-ecer**, **-ocer** et **-ucir**, prennent un **–z-** devant le **–c-**. *Ex. :* conocer → conozco.

– Les verbes en **–ger** ou en **–gir** changent le **–g-** pour un **–j-**.

Ex. : coger → cojo ; dirigir → dirijo.

– Les verbes en **– guir** perdent le **–u-**. *Ex. :* distinguir → distingo.

– Les verbes en **–uir** prennent un **–y-** à la place du **–i-**. *Ex. :* distribuir → distribuyo.

À savoir

Les diphtongues et les affaiblissements ne concernent que les trois personnes du singulier et la troisième personne du pluriel.
Ex. : pienso mais pensamos, pensáis.

Accent écrit

À la deuxième personne du pluriel, on met un accent :

– Sur le *–a-* pour les verbes du 1er groupe. *Ex.* : trabajáis

– Sur le *–e-* pour les verbes du 2e groupe. *Ex.* : leéis

– Sur le *–i-* pour les verbes du 3e groupe. *Ex.* : escribís

Comment faire ?

Piste 4

▸ **Le vouvoiement**

En espagnol, pour vouvoyer :

– une seule personne, on emploie le pronom ***usted*** et le verbe à la troisième personne du singulier.

– plusieurs personnes, on emploie le pronom ***ustedes*** et le verbe à la troisième personne du pluriel.

Ex. : Anna, usted va a presentar el documento. (Anna, vous allez présenter le document.)
¿ Quieren ustedes un café ? (Souhaitez-vous un café ?)

Corrigés → livret, p. 25

S'entraîner

QUIZ-TEST

Coche la (ou les) bonne(s) réponse(s).

1 Quelle est (sont) la (les) phrase(s) correcte(s) ?

a) Yo y tú caminamos por la playa. ☐
b) Yo hablan en español con mis padres. ☐
c) Mis amigos miran un programa en la tele. ☐

2 À la troisième personne du pluriel, le verbe *volver* s'écrit :

a) volven. ☐
b) vuelven. ☐
c) volvemos. ☐

3 ★ *Yo* et *nosotros*

Conjugue au présent à la première personne du singulier et du pluriel.

a) entrar ....
b) correr ....
c) cruzar ....
d) abrir ....
e) leer ....

4 ★ Infinitif

Donne l'infinitif des verbes suivants.

a) Yo cuento. ....
b) Tú entiendes. ....
c) Nosotras preparamos. ....
d) Ellos preguntan. ....
e) Vosotros comprendéis. ....

5 ★★ Conjuguer au présent

Conjugue les verbes entre parenthèses.

a) Los alumnos .... (saludar) al profesor.
b) Vosotros .... (bajar) la escalera del metro.
c) Yo .... (buscar) a mis amigos.
d) Nosotros .... (comprar) las entradas para el teatro.
e) Por favor, ¿.......... (usted, poder) llamar a mi jefe ?
f) Tú .... (pintar) la entrada de rojo.

6 ★★ Diphtongue

Conjugue les verbes en faisant attention à la diphtongue.

a) Yo .... (jugar) con mi hermano.
b) Ellos .... (perder) los billetes de avión.
c) Tú .... (empezar) un libro policiaco.
d) La pintura .... (costar) 5 €.
e) Ella no .... (entender) esta lección.
f) Yo .... (volver) a casa.

7 ★★ Changement de radical

Conjugue les verbes en faisant attention aux consonnes du radical.

a) Yo .... (conocer) esta película.
b) Yo .... (conducir) un coche amarillo.
c) Yo .... (concluir) mi presentación a las dos.
d) Yo .... (coger) una bolsa en el supermercado.
e) Yo .... (traducir) el libro al francés.
f) Yo .... (obedecer) a mi padre.

3 Les verbes irréguliers au présent de l'indicatif – Les verbes pronominaux

Retiens l'essentiel

Piste 5

1 Les verbes irréguliers

▸ Les verbes irréguliers changent de forme à la première personne du singulier. Toutes les autres personnes sont régulières, sauf pour quelques verbes.

▸ **Les verbes en *–go***

Plusieurs verbes ont leur terminaison en ***–go*** à la première personne du singulier : caer → cai**go** ; decir → di**go** ; hacer → ha**go** ; oír → oi**go** ; poner → pon**go** ; salir → sal**go** ; tener → ten**go** ; traer → trai**go** ; valer → val**go** ; venir → ven**go**

▸ **Autres irrégularités**

– Le verbe ***dar*** se termine en ***–oy*** à la première personne du singulier. dar → ***doy***.

– ***Saber*** fait ***sé*** à la première personne du singulier.

▸ **Les verbes entièrement irréguliers**

Les verbes ***haber*** et ***ir*** sont entièrement irréguliers. Il faut les apprendre par cœur. Pour les verbes ***ser*** et ***estar***, voir leçon 5.

Ir (aller)	Haber (avoir, auxiliaire.)
Voy Vas Va Vamos Vais Van	He Has Ha Hemos Habéis Han

2 Les verbes pronominaux

▸ Les verbes pronominaux se construisent avec les pronoms personnels réfléchis ***me, te, se, nos, os, se***. Les pronoms se placent avant le verbe lorsqu'il est conjugué. À l'infinitif, le pronom ***se*** est collé à la fin du verbe. Les verbes pronominaux se conjuguent normalement.

Ex. : levantarse → me levanto, te levantas, ...

Autres particularités

- Les verbes ***tener*** et ***venir*** sont aussi des verbes qui diphtonguent (*voir leçon 2*).

tener → tienes, etc. ;
venir → vienes, etc.

- Le verbe ***decir*** est un verbe à affaiblissement (*voir leçon 2*). Digo, dices, dice, decimos, decís, dicen.

- Le verbe ***oír*** fait oyes, oye et oyen.

Comment faire ?

Piste 6

▸ **Utiliser les verbes pronominaux**

→ Beaucoup de verbes pronominaux décrivent les actions de la vie courante.

Ex. : levantarse (se lever), lavarse (se laver), acostarse (se coucher)...
Por la mañana, me levanto a las ocho y me ducho.

→ Pour construire une phrase négative avec un verbe pronominal, il faut placer la négation devant le pronom. *Ex. :* Los chicos no se lavan las manos.

Corrigés → livret, p. 26

S'entraîner

QUIZ-TEST

Coche la (ou les) bonne(s) réponse(s).

1 À la deuxième personne du singulier, le verbe *ir* fait :

a) vas. ☐
b) va. ☐
c) vat. ☐

2 « Vous vous occupez du chat » se dit :

a) Os ocupáis del gato. ☐
b) Nos ocupamos del gato. ☐
c) Se ocupa del gato. ☐

3 ★ Irréguliers

Mets les verbes suivants à la première personne et à la deuxième personne du singulier du présent de l'indicatif.

a) hacer ....
b) poner ....
c) salir ....
d) traer ....
e) ir ....

4 ★ Verbes pronominaux

Conjugue les verbes au présent à la personne demandée.

a) despertarse : tú ....
b) dormirse (s'endormir) : ellos ....
c) divertirse (s'amuser) : vosotros ....
d) vestirse : yo ....
e) prepararse : nosotros ....
f) lavarse : ella ....

5 ★★ À la première personne

Transpose les phrases à la première personne du singulier, comme dans l'exemple.

Ex. : Damos un regalo → yo doy un regalo.

a) Vamos a Italia en abril.

....

b) Tiene un teléfono móvil.

....

c) Vienes de Madrid.

....

d) Sabéis la lección.

....

e) Salimos del cine.

....

6 ★★ Construire des phrases

Construis des phrases en remettant dans l'ordre les éléments proposés et conjugue le verbe à la personne demandée, comme dans l'exemple.

Ex. : Levantarse [se lever]/ de la mañana/ yo/a las siete. → Yo me levanto a las siete de la mañana.

a) Acostarse/a las once/usted/de la noche.

→ ....

b) Ponerse/tú/cuando/las zapatillas de deporte/vas a correr.

→ ....

c) Vestirse/las chicas/frío/con abrigo (manteau) /porque hace mucho.

→ ....

....

d) Llamarse/ ?/cómo/vosotros/ ¿

→ ....

4 Les possessifs – Les démonstratifs

Retiens l'essentiel

Piste 7

Accords

- Les adjectifs possessifs s'accordent en nombre avec le nom qu'ils qualifient ; les formes *nuestro* et *vuestro* s'accordent aussi en genre.
Ex. : Nosotros tenemos nuestras cosas en vuestra habitación.
- Les pronoms possessifs s'accordent en genre et en nombre avec le nom qu'ils remplacent.
Ex. : Estas gafas son las mías.

1 Les possessifs

Les adjectifs possessifs

Un possesseur		Plusieurs possesseurs	
Un objet	Plusieurs objets	Un objet	Plusieurs objets
mi tu su	mis tus sus	nuestro (a) vuestro (a) su	nuestros (as) vuestros (as) sus

Ex. : Yo te presento a mi hermana y a mis padres.

Les pronoms possessifs

Un possesseur		Plusieurs possesseurs	
Un objet	Plusieurs objets	Un objet	Plusieurs objets
el mío / la mía el tuyo / la tuya el suyo / la suya	los míos / las mías los tuyos / las tuyas los suyos / las suyas	el nuestro / la nuestra el vuestro /la vuestra el suyo /la suya	los nuestros / las nuestras los vuestros / las vuestras los suyos / las suyas

Ex. : Tenemos muchos libros : los suyos son más interesantes que los míos.

À savoir – N'oublie pas !

Les adjectifs et les pronoms démonstratifs ont la même forme. Ils s'accordent en genre et en nombre. Ils permettent de désigner et de situer dans l'espace ou dans le temps les objets ou les personnes.

2 Les adjectifs et les pronoms démonstratifs

Les adjectifs démonstratifs s'accordent en genre et en nombre.

	Singulier	Pluriel	Neutre
Proximité Situation intermédiaire Éloignement	este / esta ese / esa aquel / aquella	estos / estas esos /esas aquellos / aquellas	esto eso aquello

Ex. : Prefiero este ordenador y no ése.
En aquella época, no teníamos el teléfono móvil.

Pour traduire « celui qui » ou « celui de », on utilise les tournures ***el que*** ou ***el de***.
Ex. : El que habla es mi padre.

Comment faire ?

Piste 8

Bien traduire le possessif de la troisième personne

Le possessif de troisième personne peut se traduire par « son, sa, leur » mais aussi par « votre », lorsqu'on vouvoie une personne (*usted*, *ustedes*).

Ex. : Juan ha olvidado su bolígrafo. (Juan a oublié son stylo-bille.)
Las chicas se comen la (su) tarta. (Les filles mangent leur gâteau.)
Señores, sus billetes están en sus asientos. (Messieurs, vos billets sont sur vos sièges.)

Corrigés → livret, p. 26

S'entraîner

QUIZ-TEST

Coche la (ou les) bonne(s) réponse(s).

1 La (les) phrase(s) correcte(s) est (sont):

a) Mis tíos y primos llegan hoy a vuestra casa. ☐
b) Yo con mis padres vivimos en Cuenca......... ☐
c) Mi libro es bueno pero la suya está difícil. ... ☐

2 La (les) phrase(s) correcte(s) est (sont):

a) Prefiero este teléfono porque ese es muy caro. ☐
b) Este camino es más corto, aquel es más agradable. ☐
c) Aquello posibilidad es más improbable que esto. ☐

3 ★ Les adjectifs possessifs

Entoure l'adjectif possessif qui convient.

a) Llego a mi/mis casa después del colegio.

b) Nuestros/nuestras abuelos viven cerca de Río.

c) Los turistas compran regalos para su/sus chicos.

d) Juegas con tu/vuestra gato.

4 ★ Les démonstratifs

Complète les phrases avec *esta, esa, estos, esos, este, ese*.

a) .... chico es moreno, ... es rubio.

b) Picasso ha pintado .... cuadros, Dalí ....

c) .... película que vemos hoy es mejor que la de ayer.

d) Los libros de .... autora son más famosos que los de Balzac.

5 ★★ Construire des phrases

Relie les éléments pour former des phrases.

a. Usted busca	1. a tu casa.
b. Te vuelves	2. con nuestra madre.
c. Vamos al teatro	3. para vuestro hijo.
d. Compráis un regalo	4. sus gafas.

6 ★★ Choisir le bon possessif

Réécris les phrases suivantes en remplaçant les expressions en rouge par l'adjectif possessif qui convient.

a) Es la casa de Ana.

....

b) Son los libros de Miguel.

....

c) ¿Es el perro de vosotros?

....

d) Son los abuelos de Martín.

....

7 ★★ Les pronoms possessifs

Transforme les phrases selon l'exemple.

Ex. : Esta chica es mi hermana. → Es la mía.

a) Este tren es nuestro tren.

....

b) Esta habitación es vuestra habitación.

....

c) Estas camisetas son sus camisetas.

....

d) Estos regalos son tus regalos.

....

5 *Ser* et *Estar*

Retiens l'essentiel

Piste 9

1 Conjugaison de *ser* et *estar*

- ***Ser*** et ***estar*** peuvent tous les deux se traduire par « être », mais leurs emplois sont différents.
- Leur conjugaison est irrégulière.

	Ser	Estar
Yo	Soy	Estoy
Tú	Eres	Estás
Él, ella, usted	Es	Está
Nosotros (as)	Somos	Estamos
Vosostros (as)	Sois	Estáis
Ellos, ellas, ustedes	Son	Están

2 Emplois de *ser*

- On utilise ***ser*** lorsque l'on souhaite décrire ou définir une personne ou une chose.
- ***Ser*** s'emploie toujours :

→ devant un nom ou un pronom.

Ex. : Es una película cómica. Las gafas son mías.

→ devant un nombre.

Ex. : En la familia, somos tres hermanos.

→ devant un adjectif qui indique une caractéristique essentielle, la nationalité, la couleur.

Ex. : Pedro es mexicano. Es moreno y alto. La camiseta es roja.

3 Emplois de *estar*

- On utilise ***estar*** pour décrire un état ou situer une personne ou une chose.
- Estar s'emploie toujours:

→ devant un complément de lieu ou de temps.

Ex. : Estamos en Madrid. Estamos en julio.

→ devant un adjectif qui indique un état passager.

Ex. : Estoy cansada (*fatiguée*).

Attention

Certains adjectifs changent de sens selon qu'ils sont construits avec ***ser*** ou ***estar***.

Ex. :
– ser bueno (être bon)/ estar bueno (être en bonne santé) ;
– ser malo (être méchant)/ estar malo (être malade) ;
– ser listo (être intelligent)/ estar listo (être prêt) ;
– ser moreno (être brun)/ estar moreno (être bronzé).

Comment faire ?

Piste 10

Traduire « c'est »

Pour traduire « c'est » en espagnol, on utilise ***ser***, sauf si « c'est » est suivi d'un adverbe ; dans ce cas, on utilise ***estar***.

Ex. : Es el verano. (C'est l'été.) mais Está bien. (C'est bien.)

Corrigés → livret, p. 26

S'entraîner

QUIZ-TEST

Coche la (ou les) bonne(s) réponse(s).

1 Complète la phrase : « Somos... »:

a) en invierno. ☐
b) franceses. ☐
c) cansados. ☐

2 « Les enfants sont prêts à sortir » se traduit par :

a) Los chicos son listos para salir. ☐
b) Los chicos están listos para salir. ☐
c) Los chicos estamos listas para salir. ☐

3 ★ *Ser* ou *estar*

Entoure le verbe qui convient.

a) ¿ Dónde son/están las fotografías ?

b) La camisa está/es verde.

c) Tú es/estás en la escuela.

d) Estáis/ sois en el cine.

e) Somos/estamos veinte en el autobús.

4 ★ Construire des phrases

Construis des phrases correctes en reliant les éléments de chaque colonne.

a) Mis zapatos son	1) viernes.
b) Hoy es	2) de vacaciones.
c) No estamos	3) blancos.
d) Estoy	4) en nuestra casa.

5 ★★ Justifier

Complète avec *ser* ou *estar* selon les cas. Pour chaque phrase, explique ton choix.

a) Los chicos .... de Madrid.

....

b) El libro .... sobre la mesa.

....

c) Mi padre .... profesor de inglés.

....

d) .... en el mes de mayo.

....

e) Vosotros .... de vacaciones.

....

6 ★★ Compléter un texte

Complète le texte avec *ser* ou *estar*.

Cecilia .... mi amiga. .... en la misma clase de inglés. .... alumnas de secundaria. .... una chica tímida pero .... muy lista. Su libro preferido .... *Don Quijote*. Cecilia .... de Buenos Aires, yo .... colombiana. Hoy, ella no .... en clase porque .... enferma.

7 ★★★ Traduire en espagnol

Comment dirais-tu en espagnol :

a) La mère est inquiète (preocupada), sa fille est malade.

....

....

b) Je suis en vacances, je suis content.

....

c) C'est mon voisin, il est boulanger (panadero).

....

6 L'interrogation

Retiens l'essentiel

Piste 11

Attention

- Une phrase interrogative commence toujours par un point d'interrogation inversé, ¿.
- Lorsqu'il n'y a pas de mot interrogatif, le sujet du verbe est inversé.
Ex. : ¿Vienes tú con nosotros? (Viens-tu avec nous?).
- Lorsqu'on utilise un mot interrogatif, on le place au début de la phrase.
- Les mots interrogatifs portent toujours un accent écrit.

1 Les mots interrogatifs

Les mots interrogatifs invariables

– ¿Qué? → ¿Qué tienes? (Qu'as-tu ?)

– ¿Dónde? → ¿Dónde vives? (Où habites-tu ?)

– ¿Cómo? → ¿Cómo te llamas? (Comment t'appelles-tu ?)

– ¿Cuándo? → ¿Cuándo llega tu padre? (Quand arrive ton père ?)

– ¿Por qué? → ¿Por qué estás cansado? (Pourquoi es-tu fatigué ?)

Les mots interrogatifs variables

– **Les mots interrogatifs variables en nombre** :

¿Quién? ¿Quiénes? → ¿Quién es el guía? (Qui est le guide ?) ¿Quiénes son los turistas? (Qui sont les touristes ?)

¿Cuál? ¿Cuáles? → ¿Cuál es tu número de teléfono? (Quel est ton numéro de téléphone ?) ¿Cuáles son tus libros preferidos? (Quels sont tes livres préférés ?)

– **Les mots interrogatifs variables en genre et en nombre** :

¿Cuánto? ¿Cuánta? ¿Cuántos? ¿Cuántas? → ¿Cuántos hermanos tienes? (Combien de frères as-tu?)

2 Les prépositions avec les mots interrogatifs

On peut placer certaines prépositions, comme ***a***, ***de***, ***en***, ***por***, devant un mot interrogatif. Elles ajoutent une précision sur le sujet, le but, la destination.

Ex. : ¿ De quién es el libro ? (À qui est ce livre ?) ; ¿ De qué hablas ? (De quoi parles-tu ?) ; ¿ Adónde vamos ? (Où allons-nous ?) ; ¿ De dónde vienen ? (D'où viennent-ils ?) ; ¿ Por dónde pasáis ? (Par où passez-vous ?)

Comment faire ?

Piste 12

Traduire « pourquoi ? »

Il y a deux façons de traduire le pronom interrogatif « pourquoi ? » en espagnol : **¿por qué? et ¿para qué?** On utilise **¿para qué?** pour poser une question sur le but. On utilise **¿por qué?** pour poser une question sur la cause.

Ex. : ¿Para qué aprendes el francés? (Pourquoi (dans quel but) apprends-tu le français ?)
¿Por qué estás contento? (Pourquoi (pour quelle raison) es-tu content ?)

Attention ! Il ne faut pas confondre l'interrogatif **¿por qué?,** en deux mots et avec un accent, avec **porque**, en un seul mot et sans accent, qui signifie « parce que ».

Ex. : ¿Por qué vas al cine? (Pourquoi vas-tu au cinéma ?).
Porque estoy de vacaciones. (Parce que je suis en vacances.)

Corrigés → livret, p. 26

S'entraîner

QUIZ-TEST

Coche la (ou les) bonne(s) réponse(s).

1 Quelle (s) est (sont) la (les) formulation(s) correcte(s) ?

a) ¿Cuántas hermanos tienes ? ☐
b) ¿Cuántos hermanos tienes ? ☐
c) ¿Cuántas coches tienes ? ☐

2 On peut traduire « *¿ De dónde vienes ?* » par :

a) D'où viens-tu ? ☐
b) Par où viens-tu ? ☐
c) Où vas-tu ? ☐

3 ★ Mots interrogatifs

Complète les phrases avec le mot interrogatif qui convient : ¿Cuándo? ¿Cuántos? ¿Qué? ¿Cómo?

a) ¿..................... se llama tu hermano?

b) ¿..................... años tienes tú?

c) ¿..................... estudias este año?

d) ¿..................... empiezan las vacaciones de verano?

4 ★ Le bon interrogatif

Parmi les deux propositions, entoure celle qui convient.

a) ¿Cuándo/Cuánto vas a mi casa?

b) ¿De qué/A qué habláis?

c) ¿Qué/Cómo vamos a la escuela?

d) ¿Cuál/Cuáles son sus zapatos?

5 ★★ Question-réponse

Écris la question qui correspond à la réponse, en suivant l'exemple.

Ex. : Vivo en San José. → ¿ Dónde vives ?

a) Me llamo Juan Ramón.

¿...?

b) Tengo 14 años.

¿...?

c) Mis padres son Gabriel y Pilar.

¿...?

6 ★★ Construire des phrases

À partir des éléments donnés, construis la question et sa réponse, comme dans l'exemple.

Ex. : Pedro/vivir/Barcelona.
¿Dónde vive Pedro? Pedro vive en Barcelona.

a) Mi hermana/tener/20 años.

¿...?

....

b) Mis amigos/venir/en tren.

¿...?

....

c) Nuestro primo/ llegar/ el viernes.

¿...?

....

7 ★★★ Traduire en espagnol

Comment traduirais-tu en espagnol ?

a) Quel est ton pays préféré ?

....

b) Quand allons-nous au cinéma ?

....

c) Que voulez-vous manger ?

....

d) Où sont leurs livres ?

....

7 Les temps du passé de l'indicatif

Retiens l'essentiel

Piste 13

1 Le passé simple

▶ Les terminaisons des verbes réguliers au passé simple sont :
– Pour les verbes du 1er groupe en *–ar* : habl*é*, *-aste*, *-ó*, *-amos*, *-asteis*, *-aron*.
– Pour les verbes des 2e et 3e groupes, en *–er* et *–ir* : comí, *-iste*, *-ió*, *-imos*, *isteis*, *ieron*.

▶ **Quelques irréguliers au passé simple :**
– Avec les terminaisons : *-e*, *-iste*, *-o*, *-imos*, *-isteis*, *-ieron* : andar → anduve ; decir → dije (dijeron) ; estar → estuve ; haber → hube ; hacer → hice ; poder → pude ; poner → puse ; tener → tuve ; venir → vine.
– Avec les terminaisons : *i*, *-iste*, *-io*, *-imos*, *-isteis*, *-ieron* : dar → di, diste, dio, ... dieron ; ver → vi, viste, vio, ... vieron.

▶ ***Ser*** et ***ir*** ont la même conjugaison irrégulière : ***fui***, ***fuiste***, ***fue***, ***fuimos***, ***fuisteis***, ***fueron***.

2 L'imparfait

▶ Les terminaisons des verbes réguliers à l'imparfait sont :
– Pour les verbes du 1er groupe en *–ar* : habl*aba*, *– abas*, *-aba*, *-ábamos*, *-abais*, *-aban*.
– Pour les verbes des 2e et 3e groupes en *–er* et *–ir* : com**ía**, **-ías**, **-ía**, **-íamos**, **-íais**, **-ían**.

▶ Seulement trois verbes ont un imparfait irrégulier :
– ***Ir*** : iba, ibas, iba, íbamos, ibais, iban.
– ***Ser*** : era, eras, era, éramos, erais, eran.
– ***Ver*** : veía, veías, veía, veíamos, veíais, veían.

3 Les temps composés

▶ **Le passé composé** se construit avec l'auxiliaire ***haber*** conjugué au présent (voir leçon 3), suivi du participe passé du verbe.
– Le participe passé des verbes en *–ar* se construit avec le radical suivi de *–ado*. *Ex. :* hablar → hablado. Le participe passé des verbes en *–er* et *–ir* se construit avec le radical suivi de *–ido*. *Ex. :* comido, venido.

▶ **Le plus-que-parfait** se construit avec l'auxiliaire ***haber*** conjugué à l'imparfait, suivi du participe passé du verbe.
– ***Haber*** à l'imparfait : ***había***, ***habías***, ***había***, ***habíamos***, ***habíais***, ***habían***.

À savoir

L'utilisation du passé simple

L'espagnol utilise presque systématiquement le passé simple, même à l'oral, pour exprimer une action terminée qui n'a plus de rapport avec le présent, alors que le français utilise plutôt le passé composé.

Participes passés irréguliers

- Certains verbes ont un participe passé irrégulier.
Ex. : decir → dicho ; escribir → escrito ; hacer → hecho ; poner → puesto ; ver → visto ; volver → vuelto.
- Le participe passé est invariable.
Ex. : Las cartas que ha escrito. (Les lettres qu'il a écrites.)

Comment faire ?

Piste 14

▶ **Les verbes pronominaux aux temps composés**

Aux temps composés, les verbes pronominaux se construisent selon la forme **pronom + auxiliaire + participe passé.**

Ex. : levantarse → me he levantado.

Corrigés → livret, p. 26

S'entraîner

QUIZ-TEST

Coche la (ou les) bonne(s) réponse(s).

1 Le mot *estuvimos* est :

a) au participe passé. .... ☐
b) au passé composé. .... ☐
c) au passé simple. .... ☐

2 À la troisième personne du singulier de l'imparfait, le verbe *venir* se conjugue :

a) venía. .... ☐
b) vení. .... ☐
c) venaba. .... ☐

3 ★ Passé simple et imparfait

Écris au passé simple, puis à l'imparfait la troisième personne du singulier des verbes suivants.

a) dar ....
b) estar ....
c) volver ....
d) abrir ....
e) dormir ....
f) poner ....

4 ★ Temps composés

Conjugue le verbe entre parenthèses au temps composé indiqué.

a) El artista .... (pintar/plus-que-parfait) un cuadro muy famoso en 1896.

b) Ustedes .... (ver/ passé composé) la nueva película de Almodóvar.

c) Esta mañana, yo .... (escuchar/passé composé) la información meteorológica.

d) Nosotros .... (ir/ plus-que-parfait) de compras.

e) Hoy, vosotros .... (volver/ passé composé) de Barcelona.

f) En aquella época, tù .... (vivir/plus-que-parfait) en Argentina.

5 ★★ Questions réponses

Réponds aux question en respectant le temps, comme dans l'exemple.

Ex. : ¿A quién viste ayer? / Pedro → Vi a Pedro.

a) ¿Dónde habéis hecho vuestras compras?/ supermercado.

....

b) ¿Cuándo ha terminado el partido de fútbol?/17:30.

....

c) ¿Por qué fue al médico? / estar enferma.

....

d) ¿Cómo habías venido a Valencia el año pasado?/tren.

....

6 ★★ Construire des phrases

Remets les mots dans l'ordre pour former une phrase.

a) Ha/mi cumpleaños/siempre/venido/a.

....

b) Me/las manos/lavado/he/de comer/antes.

....

c) Hemos/ya/el/estudiado/subjuntivo.

....

d) Época/los abuelos/visto/habían/en esa/mucho/la televisión/no.

....

1 La déclinaison des déterminants et des pronoms personnels

Retiens l'essentiel

Piste 1

Mots-clés

Déclinaison
Forme que prend le déterminant, le pronom ou l'adjectif pour indiquer la fonction du mot dans la phrase.

Genre
Il y a trois genres en allemand : masculin, neutre, féminin. Ils ne correspondent pas automatiquement au genre des mots français. Il faut les apprendre par cœur.

Cas
Fonction qu'occupe le mot dans la phrase (sujet/attribut du sujet, COD, COI). Les cas se reconnaissent grâce aux déclinaisons/marques portées par le déterminant, l'adjectif épithète ou le pronom personnel.

Nominatif
Correspond en français au sujet ou à l'attribut du sujet.

Accusatif
Correspond en français au complément d'objet direct (COD).

Datif
Correspond en français au complément d'objet indirect (COI).

- L'allemand est une langue à **déclinaison** et possède trois **genres** (masculin, neutre, féminin).
- En allemand, la fonction du groupe nominal (sujet/attribut du sujet, COD, COI) est donnée par les **cas**. Les déterminants et les pronoms prennent donc **une forme différente selon la fonction qu'occupe le mot dans la phrase.**

1 Les articles définis et indéfinis et les possessifs

	Masculin	Neutre	Féminin	Pluriel
Nominatif	der (m)einØ	das (m)einØ	die (m)eine	die Ø / (m)eine
Accusatif	den (m)einen	das (m)einØ	die (m)eine	die Ø / (m)eine
Datif	dem (m)einem	dem (m)einem	der (m)einer	den Ø / (m)einen

Remarque : au pluriel, il n'y a pas d'article indéfini, sauf quand on exprime une négation (aucun, pas de...) :

– *keine* (nominatif) ;

– *keine* (accusatif) ;

– et *keinen* (datif).

Ex. : Ich habe keine Geschwister. (Je n'ai pas de frères et sœurs.)

2 Les pronoms personnels

	1re pers. sing.	2e pers. sing.	3e pers. masc.	3e pers. neutre	3e pers. fém.	1re pers. pl.	2e pers. pl.	3e pers. pl./ politesse
Nom.	ich	du	er	es	sie	wir	ihr	sie/Sie
Acc.	mich	dich	ihn	es	sie	uns	euch	sie/Sie
Dat.	mir	dir	ihm	ihm	ihr	uns	euch	ihnen/Ihnen

Comment faire ?

Piste 2

Connaître les possessifs au nominatif

Les possessifs **s'accordent** avec **le possesseur** (*mein-*, *dein-*...) et **l'objet possédé** (-Ø, -Ø, -e, -e).
Ils **se déclinent** comme **l'article indéfini** (cf. §1), selon le genre et le nombre de l'objet possédé.

1re pers. sing.	2e pers. sing.	3e pers. masc.	3e pers. neutre	3e pers. fém.	1re pers. pl.	2e pers. pl.	3e pers. pl./ politesse
mein	dein	sein	sein	ihr	unser	euer	ihr/Ihr

Corrigés → livret, p. 26

S'entraîner

QUIZ-TEST

Coche la (ou les) bonne(s) réponse(s).

1 ***« Ich sehe ... Bus. »***
Quel est le bon déterminant ?

a) der. ☐
b) den. ☐
c) dem. ☐

2 ***« Sie sucht ... Füller. »***
Quel est le possessif manquant ?

a) ihr. ☐
b) seinen. ☐
c) ihren. ☐

3 ★ Les articles indéfinis

Complète les phrases avec le bon article indéfini à l'accusatif.

Hallo, Liebling!
Kannst du bitte diese Sachen kaufen? Danke!

a) .... (1) Brot (*neutre*).

b) .... (1) Liter (*masc.*) Milch.

c) .... (1) Kilo (*neutre*) Karotten.

d) .... (1) Flasche (*fém.*) Ketchup.

e) .... (1) Glas (*neutre*) Mayonnaise.

f) .... (1) Becher (*masc.*) Erdbeerjoghurt.

4 ★★ Les possessifs

Elias présente sa famille. Complète les possessifs avec la bonne terminaison.

a) Also, das ist mein.............. Vater. Er heißt Ben.

b) Mein.............. Mutter heißt Lara.

c) Sie spricht mit mein.............. Bruder Nils.

d) Auf diesem Foto siehst du mein.............. Onkel Tom.

e) Mein.............. Schwester Anna heißt wie mein.............. Großmutter.

f) Und das sind Finn und Leonie, mein.............. Cousins.

5 ★★ Accusatif ou datif ?

Complète avec le bon cas.

a) „Was sollen wir Jule zu ihr.............. Geburtstag kaufen? Hast du ein.............. Idee?"

b) „Hmm... Wir können ihr.............. Bruder fragen."

c) „Oder mit ihr.............. Mutter sprechen."

d) „Du, Jule kocht gerne. Wir könnten ihr ein.............. Kochbuch schenken."

e) „Ja, klasse! Oder wir schenken ihr ein.............. Kochkurs."

f) „Hast du ihr........... Sporttasche gesehen? Sie ist kaputt."

g) „Ich finde di........... Idee mit d........... Kochkurs am besten!"

6 ★★★ Déterminants et pronoms

De quoi s'agit-il ? Trouve la bonne définition.

uns → ...... – dich → ...... – der Frau → ...... – dem Mann → ...... – den Lehrer → ...... – euch → ...... – ihrer Tochter → ......

a) Article défini masculin, datif.
b) Possessif, 3e pers. sing., féminin, datif.
c) Pronom personnel, 1re pers. pl., accusatif ou datif.
d) Pronom personnel, 2e pers. sing., accusatif.
e) Article défini féminin, datif.
f) Article défini masculin, accusatif.
g) Pronom personnel, 2e pers. pl., accusatif ou datif.

2 Le groupe verbal au présent

Retiens l'essentiel

Piste 3

À savoir

Les auxiliaires *sein* (être) et *haben* (avoir)

	sein:	haben:
ich	bin	habe
du	bist	hast
er/es/sie	ist	hat
wir	sind	haben
ihr	seid	habt
sie/Sie	sind	haben

Attention

Les verbes dont le radical se termine par *s*, *ß* ou *z* ne prennent **pas de *s*** à la 2e personne du singulier.

Ex. : Du tanzt.

Pour les verbes dont le radical se termine par *d*, *m*, *n* ou *t*, on **intercale un *e*** entre le radical et la terminaison aux 2e et 3e personnes du singulier ainsi qu'à la 2e personne du pluriel.

Ex. : Du arbeitest.
Er findet.
Ihr zeichnet.

1 Les verbes faibles (réguliers) avec ou sans particule séparable

▸ En supprimant la marque de l'infinitif ***-en***, on obtient le **radical** qui **ne change jamais**.

▸ On lui ajoute la **terminaison** correspondant à la personne voulue : *-e*, *-st*, *-t*, *-en*, *-t*, *-en*. Ces terminaisons sont **identiques** pour **tous les verbes**.

	wohnen	zumachen
ich	wohne	mache ... zu
du	wohnst	machst ... zu
er/es/sie	wohnt	macht ... zu
wir	wohnen	machen ... zu
ihr	wohnt	macht ... zu
sie/Sie	wohnen	machen ... zu

2 Les verbes forts (irréguliers) avec ou sans particule séparable

Pour les verbes forts dont le radical contient la lettre ***a*** ou ***e***, la **voyelle du radical** change pour les **2e et 3e personnes du singulier** : le ***a*** devient ***ä*** et le ***e*** devient ***i*** ou ***ie***. Les terminaisons sont les mêmes que celles des verbes faibles.

	geben	anfangen
ich	gebe	fange ... an
du	gibst	fängst ... an
er/es/sie	gibt	fängt ... an
wir	geben	fangen ... an
ihr	gebt	fangt ... an
sie/Sie	geben	fangen ... an

3 Les verbes de modalité ont une conjugaison irrégulière

	können *être capable*	müssen *devoir/ être obligé*	sollen *devoir/ être incité*	dürfen *avoir le droit*	wollen *vouloir*	mögen *aimer*
ich	kannØ	mussØ	sollØ	darfØ	willØ	magØ
du	kannst	musst	sollst	darfst	willst	magst
er/es/sie	kannØ	mussØ	sollØ	darfØ	willØ	magØ
wir	können	müssen	sollen	dürfen	wollen	mögen
ihr	könnt	müsst	sollt	dürft	wollt	mögt
sie/Sie	können	müssen	sollen	dürfen	wollen	mögen

Comment faire ?

Piste 4

▸ Distinguer les verbes à particule séparable des verbes à particule inséparable

→ Les verbes à particule séparable

Il existe en allemand des verbes auxquels on ajoute un **préfixe** qui **change le sens du verbe** (faible ou fort) et qui **se détache** quand on **conjugue** le verbe. Ce préfixe **se place à la fin de la proposition**.

Ces verbes commencent par les préfixes suivants : *ab-*, *an-*, *auf-*, *aus-*, *bei-*, *ein-*, *mit-*, *nach-*, *vor-*, *zu-* ainsi que *fern* (dans *fern/sehen*).

→ Les verbes à particule inséparable

Comme pour les verbes à particule séparable, le préfixe **change le sens du verbe**, mais il **ne se détache pas** quand on conjugue le verbe.

Ces verbes commencent par les préfixes suivants : *zer-*, *be-*, *er-*, *ge-*, *miss-*, *emp-*, *ent-*, *ver-*.
Cette phrase peut aider pour mémoriser les particules inséparables : Cerbère gémit en enfer.

Corrigés → livret, p. 27

S'entraîner

QUIZ-TEST

Coche la (ou les) bonne(s) réponse(s).

1 Quelle affirmation est juste ? Un verbe irrégulier :

a) n'a pas les mêmes terminaisons qu'un verbe régulier. ☐
b) change son radical aux 2e et 3e personnes du singulier. ☐
c) se décline comme un verbe de modalité. ☐

2 À la 3e personne du singulier, le verbe *nehmen* se conjugue de quelle manière ?

a) Er nihmt. ☐
b) Er nehmt. ☐
c) Er nimmt. ☐

3 ★ Les auxiliaires et verbes irréguliers

Que dit Lucas sur son meilleur ami ? Conjugue les verbes entre parenthèses au présent.

a) Hi, das .... (sein) Paul, mein bester Freund.

b) Pauls Mutter .... (kommen) aus England.

c) Sie .... (arbeiten) als Dolmetscherin.

d) Paul .... (sprechen) perfekt Englisch!

e) Er .... (haben) viel Glück!

f) Paul .... (essen) am liebsten Vanilleeis.

g) Er .... (fernsehen) gern .... und .... (lesen) nur Mangas.

4 ★★ Les verbes de modalité

Conjugue les verbes entre parenthèses au présent.

a) „............... (können) du mir bitte helfen? Ich .... (müssen) für den Biologieunterricht ein Referat machen."

b) „Wie lange .... (sollen) dein Referat dauern?"

c) „Der Lehrer hat gesagt, ich .... (müssen) drei Minuten sprechen und ich .... (dürfen) auch ein paar Fotos zeigen. Er .... (wollen) aber keine Videos haben. Er .... (mögen) Videos nicht."

5 ★★ Particule séparable ou pas ?

Conjugue les verbes entre parenthèses au présent.

a) (einkaufen) Ich .... immer auf dem Markt ....

b) (vergessen) Sie (3e *personne du singulier*) .... immer ihre Hausaufgaben ....

c) (aufmachen) .... du bitte das Fenster ....?

d) (mitnehmen) Wir .... unser Fahrrad in die Ferien ....

e) (bekommen) Ich .... von meiner Tante immer ein total tolles Geschenk ....

f) (abschreiben) Die Schüler .... die Vokabeln ....

6 ★★★ Verbe régulier, irrégulier ou à particule ?

Traduis les phrases suivantes au brouillon.

a) Niko va en bus en ville.

b) Il rencontre son amie et l'invite au cinéma.

c) Ils boivent du thé glacé et l'amie de Niko mange du pop-corn.

d) Mais Niko dort, le film n'est pas intéressant.

3 Le passé : le parfait, le prétérit de *haben* et *sein*

Retiens l'essentiel

Piste 5

1 Le parfait

Il correspond au passé composé en français. Il est surtout utilisé à l'oral.

auxiliaire *haben* ou *sein* (conjugué au présent, position 2) **+ participe passé du verbe** (invariable, dernière position)

Ex. : Ich habe Karten gespielt. (J'ai joué aux cartes.)
Wir sind nach Österreich gefahren. (Nous sommes allés en Autriche.)

2 La formation du participe passé

- Pour les **verbes faibles** : ***ge*** **+ radical du verbe +** ***t***.

Ex. : machen → gemacht (faire → fait)

Lorsque le **radical se termine par *d*, *m*, *n* ou *t*** ou si plusieurs consonnes se suivent, on **intercale un *e*** entre le radical et le ***t***.

Ex. : arbeiten → gearbeitet (travailler → travaillé)

- Pour les **verbes forts** : ***ge*** **+ radical du verbe souvent modifié +** ***en***.

Ex. : trinken → getrunken (boire → bu)

- Pour les **verbes à particule séparable**, le ***ge*** est **intercalé** entre la **particule** et le **participe passé**.

Ex. : mitmachen → mitgemacht (participer → participé)

- Pour les **verbes à particule inséparable**, on n'ajoute pas ***ge***.

Ex. : besuchen → besucht (rendre visite → rendu visite)
verstehen → verstanden (comprendre → compris)

- Pour les **verbes en *-ieren***, on n'ajoute pas ***ge***. Ils se terminent par ***t***.

Ex. : telefonieren – telefoniert (téléphoner → téléphoné)

3 Le prétérit de *haben* et *sein*

Il correspond à l'imparfait et au passé simple en français. Il est surtout utilisé à l'écrit, sauf pour les auxiliaires et les verbes de modalité.

sein: **ich warØ, du warst, er/es/sie warØ, wir waren, ihr wart, sie/Sie waren**

haben: **ich hatteØ, du hattest, er/es/sie hatteØ, wir hatten, ihr hattet, sie/Sie hatten**

Attention

Contrairement au français, ces verbes construisent leur passé composé avec l'auxiliaire *être* :

Ich bin geschwommen. (J'ai nagé.)
Ich bin gelaufen. (J'ai couru.)

À savoir — Le participe passé des verbes irréguliers

Il faut apprendre le participe passé des verbes irréguliers par cœur :

bleiben → geblieben (rester → resté)
essen → gegessen (manger → mangé)
finden → gefunden (trouver → trouvé)
fliegen → geflogen (voler (en l'air) → volé)
nehmen → genommen (prendre → pris)
schreiben → geschrieben (écrire → écrit)
singen → gesungen (chanter → chanté)
sprechen → gesprochen (parler → parlé)
treffen → getroffen (rencontrer → rencontré)

Comment faire ?

Piste 6

Bien choisir l'auxiliaire

→ On utilise l'auxiliaire ***sein*** avec :

– des verbes qui expriment un changement de lieu ou d'état : *auf/stehen* (se lever), *fahren* (aller en voiture/dans un véhicule), *fliegen* (voler dans les airs), *gehen* (aller), *kommen* (venir), *laufen* (courir), etc. ;

– ***sein*** (être), *bleiben* (rester), *werden* (devenir), *passieren* (arriver qqc).

→ Pour les autres verbes, on utilise l'auxiliaire ***haben***.

Ex. : Er ist um 17 Uhr gekommen. (Il est venu à 17 heures.)
Ich bin in Deutschland gewesen. (J'ai été en Allemagne.)

Corrigés → livret, p. 27

S'entraîner

QUIZ-TEST

Coche la (ou les) bonne(s) réponse(s).

1 Les verbes faibles forment leur participe passé avec :

a) *ge* + radical modifié + *t*. ☐
b) *ge* + radical + *t*. ☐
c) *ge* + radical + *en*. ☐

2 Pour quels verbes n'y a-t-il pas de *ge* devant le radical ?

a) Les verbes à particule inséparable ☐
b) Les verbes à particule séparable ☐
c) Les verbes en *-ieren* ☐

3 ★ L'infinitif et l'auxiliaire

Note l'infinitif de ces participes passés et dis avec quel auxiliaire se forme leur passé composé.

a) gespielt ....
b) geschwommen ....
c) getanzt ....
d) gelaufen ....
e) geblieben ....
f) gewesen ....
g) gesungen ....
h) gehabt ....

4 ★ Le prétérit

Complète les phrases suivantes en mettant les verbes entre parenthèses au prétérit.

a) Anton .... (sein) mit seiner Schwester im Skatepark.

b) Sie .... (haben) gestern Nachmittag keine Schule.

c) Ihr Lehrer .... (sein) krank.

d) .... (sein) du auch im Skatepark?

e) Ach ja! Du .... (haben) ja Schule!

f) Schade, deine Lehrer .... (sein) nicht krank!

5 ★★ Le participe passé

Retrouve dans la grille les participes passés des verbes suivants.

fallen – gewinnen – liegen – schreiben – treffen – verstehen – gehen – beginnen – mitkommen – essen

M	I	T	G	E	K	O	M	M	E	N	G
V	Z	L	K	X	C	O	G	G	E	E	E
K	E	V	Y	N	I	E	C	B	F	N	T
S	B	R	I	N	F	K	E	S	E	N	R
R	X	Y	S	A	E	I	R	S	V	O	O
K	T	A	L	T	R	G	S	T	X	G	F
U	M	L	B	H	A	E	N	H	Z	E	F
Z	E	L	C	V	G	N	R	A	M	B	E
N	O	S	V	E	T	A	D	Y	G	A	N
K	E	V	G	H	G	E	L	E	G	E	N
G	N	E	N	N	O	W	E	G	N	P	G
W	C	X	D	N	K	F	K	F	C	B	L

6 ★★★ Le passé

Complète le texte en mettant les verbes entre parenthèses au passé (au parfait ou au prétérit).

Nele .... mit ihrer Familie in die Ferien .... (fahren). Sie .... auf einem Campingplatz .... (wohnen). Auf dem Campingplatz .... (sein) viele Jugendliche und Nele .... einen Ausflug mit ihnen .... (organisieren). Nele .... viele interessante Sachen .... (entdecken). Sie .... Wien .... (besuchen). Natürlich .... (sein) sie auch in einem Wiener Caféhaus und .... eine Sachertorte .... (essen). Neles Ferien .... (sein) wirklich toll!

4 Les subordonnées complétives et de cause

Retiens l'essentiel

Piste 7

Comme le français, l'allemand utilise des conjonctions de subordination pour introduire des subordonnées. Ces conjonctions de subordination sont toujours suivies du sujet de la proposition qu'elles introduisent.

1 Les subordonnées complétives en *dass* et *ob*

▸ On emploie ***dass*** (que) quand le verbe dont dépend cette complétive exprime un **fait** ou une **certitude**.

Ex. : Er ist sicher, dass es morgen regnen wird.
(Il est sûr qu'il pleuvra / qu'il va pleuvoir demain.)
Ich habe dir gesagt, dass du nicht kommen sollst.
(Je t'ai dit que tu ne dois pas venir.)

▸ La complétive est introduite par ***ob*** (si) lorsque le verbe dont elle dépend exprime une **question** ou une **incertitude**.

Ex. : Ich frage mich, ob du mich hören kannst.
(Je me demande si tu peux m'entendre.)
Sie weiß nicht, ob das eine gute Idee ist.
(Elle ne sait pas si c'est une bonne idée.)

2 Les subordonnées exprimant une cause ou une justification en *weil*

On utilise ***weil*** (parce que) pour exprimer une **cause** ou une **justification**.

Ex. : Ich bin müde, weil ich schlecht geschlafen habe.
(Je suis fatigué(e) parce que j'ai mal dormi.)
Sie kommt zu spät, weil sie den Bus verpasst hat.
(Elle est en retard parce qu'elle a raté le bus.)

Attention

Dans toutes les subordonnées, le **verbe conjugué** se trouve **à la fin** de la proposition.

Ex. : Ich denke, dass sie in der Schule ist.
(Je pense qu'elle est à l'école.)
Max muss seine Vokabeln lernen, weil er einen Englischtest hat.
(Max doit apprendre son vocabulaire parce qu'il a un contrôle d'anglais.)

À savoir — N'oublie pas !

Contrairement au français, la proposition principale est séparée de la subordonnée par une **virgule**.

Ex. : Ich glaube, dass Currywurst und Pommes dein Lieblingsessen sind.
(Je crois que la saucisse au curry et les frites sont ton plat préféré.)

Comment faire ?

Piste 8

▸ **Choisir entre *dass* et *ob***

→ ***dass***

Le verbe de la phrase principale exprime une certitude, un fait : *denken* (penser), *glauben* (croire), *sagen* (dire), *sicher sein* (être sûr/sûre), *wissen* (savoir), etc.

Ex. : Er sagt, dass er gut Deutsch spricht.
(Il dit qu'il parle bien allemand.)

→ ***ob***

Le verbe de la phrase principale exprime une incertitude, une interrogation : *(sich) fragen* ((se) demander), *nicht wissen* (ne pas savoir), etc.

Ex. : Er weiß nicht, ob er gut Deutsch spricht.
(Il ne sait pas s'il parle bien allemand.)

Corrigés → livret, p. 27

S'entraîner

QUIZ-TEST

Coche la (ou les) bonne(s) réponse(s).

1 *« Er weiß nicht, ... er eine Banane will. »* Quelle est la bonne conjonction de subordination ?

a) das. ☐
b) ob. ☐
c) dass. ☐

2 La conjonction de subordination *dass* s'utilise dans une subordonnée qui exprime :

a) un fait. ☐
b) une condition. ☐
c) une incertitude. ☐

3 ★★ Les subordonnées en *weil*

Relie les deux phrases en transformant la seconde en une subordonnée avec *weil*.

a) Er freut sich. Die Sonne scheint.

....

b) Ich mache viel Sport. Ich will fit bleiben.

....

c) Sie kauft Äpfel. Sie will einen Apfelkuchen backen.

....

d) Ich möchte eine Katze. Ich mag Tiere.

....

4 ★★ Les subordonnées en *dass*

Relie les deux propositions en transformant le groupe verbal entre parenthèses en une subordonnée avec *dass*.

a) Sie glaubt (Kim gut singen können).

....

b) Der Lehrer ist sicher (Laura krank sein).

....

c) Ich denke (der Film langweilig sein).

....

d) Bist du sicher (Leonie Hunde mögen)?

....

5 ★★ Les subordonnées en *ob*

Relie les deux propositions en transformant le groupe verbal entre parenthèses en une subordonnée avec *ob*.

a) Er fragt sich (das Auto viel kosten).

....

b) Sie weiß nicht (Finn Handball spielen).

....

c) Sie wissen nicht (Elias Fisch essen).

....

d) Wir fragen uns (Mama das Geschenk gefallen).

....

6 ★★★ *dass, ob* ou *weil* ?

Complète les phrases avec la bonne conjonction de subordination.

a) Die Lehrerin will wissen, ... die Schüler die Vokabeln gelernt haben.

b) Lisa denkt, ... sie die Vokabeln gut kann.

c) Daniel ist gestresst, ... er sie nicht gelernt hat.

d) Die Lehrerin sagt, ... die Schüler ein Blatt nehmen sollen.

e) Sie wissen nicht, ... sie eine gute Note bekommen werden.

5 L'adjectif attribut, le comparatif et le superlatif

Retiens l'essentiel

Piste 9

1 L'adjectif attribut

Contrairement au français, l'adjectif attribut est invariable en allemand.

Ex. : Der Mann ist schön. (L'homme est **beau**.)
Die Frau ist schön. (La femme est **belle**.)

2 Le comparatif

▶ Le comparatif d'**égalité** permet de comparer deux éléments en établissant une **équivalence** ou une **égalité**. Il se construit de la manière suivante :

so + adjectif + *wie*

Ex. : Ich bin so schön wie du. (Je suis aussi beau que toi.)

▶ Le **comparatif d'infériorité** permet de comparer deux éléments en signalant que **l'un est inférieur à l'autre**. Il se construit de la manière suivante :

nicht so + adjectif + *wie*

Ex. : Thomas ist nicht so groß wie Jan. (Thomas n'est pas aussi grand que Jan.)

▶ Le **comparatif de supériorité** permet de comparer deux éléments en signalant que **l'un est supérieur à l'autre**. Il se construit de la manière suivante :

(*nicht*) adjectif auquel on ajoute *-er* + *als*

Ex. : Ich bin (nicht) schöner als Nina. (Je (ne) suis (pas) plus beau que Nina.)

3 Le superlatif au nominatif

Le superlatif des adjectifs épithètes au nominatif se construit de la manière suivante :

der/*das*/*die*/*die* + adjectif + *-st-* + *-e*/*-e*/*-e*/*-en*

Ex. : Er ist der beste in Deutsch. (Il est le meilleur en allemand.)
Das ist das schönste Bild von Picasso. (C'est le plus beau tableau de Picasso.)
Frau Jahn ist die netteste Lehrerin an unserer Schule.
(Mme Jahn est la professeure la plus sympathique de notre école.)
Ihr seid die besten Eltern! (Vous êtes les meilleurs parents !)

Attention

Certains adjectifs sont **irréguliers** dans la formation du comparatif et du superlatif :

gut (bon)
→ besser, beste
gern (volontiers)
→ lieber, liebste
viel (beaucoup)
→ mehr, meiste
hoch (haut)
→ höher, höchste
nah (près)
→ näher, nächste

Comment faire ?

Piste 10

▶ **Bien connaître les adjectifs qui changent de voyelle**

Quand on utilise le comparatif ou le superlatif, **les voyelles *a*, *o*, *u*** de certains **adjectifs courts** deviennent **ä, *ö*, *ü***. Il faut les apprendre par cœur.

alt (vieux) → älter ; arm (pauvre) → ärmer ; dumm (bête) → dümmer ; gesund (en bonne santé) → gesünder ; groß (grand) → größer ; hart (dur) → härter ; jung (jeune) → jünger ; kalt (froid) → kälter ; klug (malin) → klüger ; krank (malade) → kränker ; kurz (court) → kürzer ; lang (long) → länger ; scharf (épicé, coupant) → schärfer ; schwach (faible) → schwächer ; schwarz (noir) → schwärzer ; stark (fort) → stärker ; warm (chaud) → wärmer

Corrigés → livret, p. 28

S'entraîner

QUIZ-TEST

Coche la (ou les) bonne(s) réponse(s).

1 « *Ich bin so alt wie du.* » **est un comparatif :**

a) d'égalité. ☐
b) d'infériorité. ☐
c) de supériorité. ☐

2 **Le comparatif de supériorité se forme avec :**

a) *so* – adjectif – *wie*. ☐
b) adjectif+*er* – *als*. ☐
c) *so* – adjectif – *als*. ☐

3 ★ Le comparatif de supériorité

Complète avec un comparatif de supériorité.

a) Er ist .... (alt) als seine Frau.

b) Die Poststraße ist .... (kurz) als die Schillerstraße.

c) Mein Hund ist .... (schwarz) als meine Katze.

d) Die Schüler der 7. Klasse sind .... (jung) als die Schüler der 8. Klasse.

e) Ich darf .... (lang) auf der Party bleiben als meine Freundin.

f) Die blaue Hose ist .... (modern) als die grüne Hose.

4 ★★ Moins bien que...

Fais des phrases en indiquant qu'il y a une infériorité entre les éléments.

a) Emilia – ihre Schwester – groß sein

....

b) das alte Handy – das neue Handy – modern sein

....

c) Frau Klein – Herr Münter – nett sein

....

d) meine Tasche – deine Tasche – schön sein

....

5 ★★★ Mieux que...

Fais des phrases en indiquant qu'il y a une supériorité entre les éléments.

a) Luca – Timo – gut Tennis spielen

....

b) er – sie – viel essen

....

c) Berlin – Frankfurt – interessante Museen haben

....

....

d) der Tiger – der Elefant – schnell rennen

....

6 ★★★ Le superlatif

Transforme les phrases en utilisant un superlatif.

a) Er ist jung. Er ist ....

b) Diese Schuhe sind alt.

....

c) Dieses Auto ist schnell.

....

d) Diese Pizza ist gut. ....

e) Niko ist groß. ....

f) Diese Straße ist kurz. ....

6 Le locatif et le directif

Retiens l'essentiel

Piste 11

À savoir

Les noms de pays avec un article défini

Pour les noms de **pays** qui sont précédés d'un **article défini** (*die Schweiz, die Türkei, die USA*...), il faut utiliser la préposition ***in*** suivie du datif ou de l'accusatif selon que l'on est ou que l'on va dans le pays en question.

Ex. : Max lebt in der Schweiz. (Max vit en Suisse.)
Fährst du in die Schweiz? (Vas-tu en Suisse ?)

▸ Pour indiquer un lieu, l'allemand utilise des prépositions telles que *in* et *an* pour introduire ce lieu et fait une distinction entre le lieu où l'on est et le lieu où l'on va.

1 Le locatif – le lieu où l'on est

▸ Pour indiquer le lieu où l'on est, l'allemand utilise un complément au **datif**.

Ex. : Er spielt in dem Garten. (Il joue dans le jardin.)
Ich bin in dem Kino. (Je suis au cinéma.)
Wir sind in der Schule. (Nous sommes à l'école.)
Dieses Jahr war ich an dem Meer. (Cette année, j'étais à la mer.)

▸ Les prépositions *in* et *an* peuvent se contracter avec **les articles définis masculin** et **neutre** au **datif** : *in dem* → *im*, *an dem* → *am*.

Ex. : Er spielt im Garten. (Il joue dans le jardin.)
Ich bin im Kino. (Je suis au cinéma.)
Dieses Jahr war ich am Meer. (Cette année, j'étais à la mer.)

2 Le directif – le lieu où l'on va

▸ Pour indiquer le lieu où l'on va, l'allemand utilise un complément à l'**accusatif**.

Ex. : Er geht in den Garten. (Il va dans le jardin.)
Ich gehe in das Kino. (Je vais au cinéma.)
Wir fahren in die Schule. (Nous allons à l'école.)
Dieses Jahr fahre ich an das Meer. (Cette année, je vais à la mer.)

▸ Les prépositions *in* et *an* peuvent se contracter avec **l'article défini neutre** à l'**accusatif** : *in das* → *ins*, *an das* → *ans*.

Ex. : Ich gehe ins Kino. (Je vais au cinéma.)
Dieses Jahr fahre ich ans Meer. (Cette année, je vais à la mer.)

3 Pour parler d'un pays ou d'une ville

	Lieu où l'on est	Lieu où l'on va
Pays	in Lena wohnt in Deutschland. (Lena habite en Allemagne.)	nach Fanny fährt nach Deutschland. (Fanny va en Allemagne.)
Ville	in Lena wohnt in München. (Lena habite à Munich.)	nach Fanny fährt nach München. (Fanny va à Munich.)

Attention

Pour dire que l'on est ou que l'on va **chez une personne**, il faut utiliser les prépositions ***bei*** et ***zu***. Toutes deux étant suivies du **datif**, il n'y a pas de distinction entre locatif et directif.

Ex. : Sie sind bei ihrer Großmutter. (Ils sont chez leur grand-mère.)
Sie fahren zu ihrer Großmutter. (Ils vont chez leur grand-mère.)

Comment faire ?

Piste 12

▸ **Bien choisir entre le locatif et le directif**

Pour savoir si le groupe nominal qui suit une préposition est au locatif ou au directif, il suffit de poser :

– soit la question ***wo?*** = où l'on se trouve → locatif ;
– soit la question ***wohin?*** = où l'on va → directif.

S'entraîner

Corrigés → livret, p. 28

QUIZ-TEST

Coche la (ou les) bonne(s) réponse(s).

1 ***« Kommst du mit in ... ? »***
Complète la phrase avec la bonne solution.

a) den Stadtpark. ☐
b) dem Stadtpark. ☐
c) der Stadtpark. ☐

2 Quelle affirmation est juste ?
Tu utilises la préposition *bei* pour dire que :

a) tu vas chez quelqu'un. ☐
b) tu es dans une ville. ☐
c) tu es chez quelqu'un. ☐

3 ★ *wo ou wohin ?*

Trouve la question qui a été posée.

a) Ich wohne in Stuttgart.

....

b) Sie geht ins Schwimmbad.

....

c) Wir treffen uns im Café.

....

d) Ich fahre nach Italien.

....

e) Wir wollen in den Supermarkt.

....

f) Am Strand ist es schön.

....

4 ★★ Les noms de villes et de pays

Relie les parties de phrases qui vont ensemble.

a) Dieser Zug fährt	**1)** in der Schweiz.
b) Scott wohnt	**2)** in die USA.
c) Rom liegt	**3)** in London.
d) Wir fliegen	**4)** in Italien.
e) Genf liegt	**5)** nach Paris.

5 ★★★ L'emploi de l'accusatif et du datif

Complète, si nécessaire, avec le bon déterminant à l'accusatif ou au datif.

Hi Max,

wie sind deine Ferien in .... Österreich? Oder bist du in .... Schweiz gefahren? Ich bin hier in .... Köln. Gestern war ich in .... Schokolademuseum. Einfach super! Heute will ich in .... Kölner Dom gehen. Im Moment bin ich in .... Restaurant und esse eine leckere Currywurst. Morgen fahren wir noch nach .... Bonn und gehen in .... Beethovenhaus.

Bis bald! Dein Samuel

6 ★★★ *in, nach, an, bei, zu ?*

Complète les phrases avec la bonne préposition.

a) Elsa und ihre Mutter fahren .... das Stadtzentrum.

b) .... den Ferien gehe ich jeden Tag .... den Strand.

c) Lena fährt .... ihrer Tante.

d) Möchtest du .... Wien fliegen?

e) Am Mittwoch schlafe ich .... meinem Freund.

f) Lara fährt .... Spanien.

7 Les constructions avec l'infinitif

Retiens l'essentiel

Piste 13

> **Attention**
>
> Certains verbes allemands introduisent l'infinitif ou le groupe verbal à l'infinitif qui suit avec *zu*, contrairement au français, par exemple :
>
> denken (penser)
> glauben (croire)
> hoffen (espérer)
> fühlen (sentir)
> sagen (dire)
> wissen (savoir)
> wünschen (souhaiter)
>
> *Ex. :* Wir hoffen, bald zu kommen!
> (Nous espérons venir bientôt !)

1 L'infinitif complément

L'infinitif peut servir à apporter un complément d'information à une proposition principale. L'infinitif est toujours placé à la fin de la phrase, précédé éventuellement de ses compléments.

Ex. : Ich höre meine Eltern in der Garage sprechen.
(J'entends mes parents parler dans le garage.)

L'infinitif complément précédé de *zu*

Le français utilise souvent les prépositions « à » et « de » pour introduire un infinitif ou un groupe infinitif. En allemand, cet infinitif complément est le plus souvent précédé de **zu**, notamment avec des verbes ou groupes verbaux tels que *(nicht) Lust haben, (nicht) vor/haben, (nicht) planen, sich (nicht) freuen, (nicht) gefallen, (keinen) Spaß machen*.

Ex. : Sie freut sich, euch zu sehen. (Elle se réjouit de vous voir.)
In London hat Maja gelernt, besser Englisch zu sprechen.
(À Londres, Maja a appris à mieux parler anglais.)

Lorsque l'infinitif est accompagné d'un complément, il peut être séparé de la proposition principale par une **virgule**. Pour les **verbes à particule séparable**, *zu* s'intercale entre la particule et l'infinitif.

Ex. : Er hat vergessen, mich anzurufen. (Il a oublié de m'appeler.)

L'infinitif complément sans *zu*

L'infinitif complément s'emploie sans *zu* quand il est complément d'un verbe tel que *bleiben* (rester), *gehen* (aller), *hören* (entendre), *lassen* (laisser), *sehen* (voir) ou d'un verbe de modalité.

Ex. : Er sieht sie tanzen. (Il la voit danser.)
Er will seine Hausaufgaben nicht machen. (Il ne veut pas faire ses devoirs.)

2 L'expression du but : *um ... zu* + infinitif

Pour exprimer un but, l'allemand utilise la structure *um ... zu* + infinitif. Le sujet de la subordonnée (qui est sous-entendu) est le même que celui de la principale.

Ex. : Er geht in den Supermarkt, um Limonade zu kaufen.
(Il va au supermarché pour acheter de la limonade.)

Comment faire ?

Piste 14

Bien choisir entre « pour » = *für* et « pour » = *um ... zu*

La préposition « pour » peut se traduire en allemand soit par *für* (+ accusatif), soit par *um ... zu*. Pour choisir la bonne traduction, il suffit de vérifier si l'on peut remplacer « pour » par « afin de/dans le but de ». Si tel est le cas, il faut utiliser *um ... zu* en allemand.

Ex. : Le cadeau est pour ma sœur.
→ Das Geschenk ist für meine Schwester.
Jonas va en Allemagne pour (= afin de) mieux parler allemand.
→ Jonas fährt nach Deutschland, um besser Deutsch zu sprechen.

Corrigés → livret, p. 28

S'entraîner

QUIZ-TEST

Coche la (ou les) bonne(s) réponse(s).

1 Quelle phrase est juste ?

a) Ich habe Lust, ins Kino gehen. ☐
b) Ich habe Lust, ins Kino zu geht. ☐
c) Ich habe Lust, ins Kino zu gehen. ☐

2 Quel(s) verbe(s) ou groupe(s) verbal (verbaux) exige(nt) un infinitif précédé de *zu* ?

a) planen. ☐
b) können. ☐
c) sich freuen. ☐

3 ★ *zu* + infinitif

Complète les phrases en introduisant le groupe verbal entre parenthèses par *zu*.

a) Ich habe keine Lust (ins Theater gehen).

....

b) Er hat vor (seiner Mutter ein Geschenk machen).

....

c) Sie hofft (nicht krank werden).

....

d) Es macht Tom keinen Spaß (Handball spielen).

....

e) Es gefällt Lina (in einem Chor singen).

....

4 ★★ *zu* ou pas de *zu* ?

Complète les phrases si nécessaire.

a) Ich wünsche mir einen Hund .... haben.

b) Du musst dir ein moderneres Handy .... kaufen.

c) Niko hat vor, im Unterricht besser mit.............. machen.

Er möchte bessere Noten .... haben.

d) Herr Kahn geht .... einkaufen.

e) Dieses Jahr habe ich vor, in die Theater-AG .... gehen.

f) Die Mutter lässt ihr Baby .... schlafen.

5 ★★ Dans quel but ?

Transforme les deux phrases en une principale et une subordonnée en utilisant la structure *um ... zu*.

a) Sie fährt nach Deutschland. Sie will besser Deutsch sprechen.

....

b) Sarah braucht deine Telefonnummer. Sie will dich anrufen.

....

c) Ich freue mich aufs Wochenende. Ich will lange schlafen.

....

d) Du konzentrierst dich. Du willst im Deutschunterricht besser aufpassen.

....

e) Er hilft seiner Mutter. Er will mehr Taschengeld bekommen.

....

6 ★★★ Traduction

Traduis les phrases suivantes au brouillon.

a) Je dois encore faire mes devoirs.
b) Je n'ai pas envie de le rencontrer demain.
c) Je fais vite mes exercices de math pour jouer à l'ordinateur.
d) Je prévois d'aller en Italie. Je voudrais visiter Rome.
e) Il commence à pleuvoir.
f) Nous achetons des pommes pour faire un gâteau.

Corrigés → livret, p. 25

Anglais : fais le bilan !

Coche, pour chaque exercice, la bonne réponse. Reporte-toi ensuite aux corrigés, p. 25, pour obtenir ton score sur 10.

1 La phrase correcte est :

a) He's sometimes helping his sister.

b) He sometimes helps his sister.

c) Does he sometimes helps his sister ?

2 La phrase correcte est :

a) She expects him to win.

b) She expects her husband winning.

c) She expects her husband win.

3 « Kevin ... the bus this morning. » Le mot manquant est :

a) missed ;

b) didn't missed ;

c) usually missed.

4 « I was playing chess when you called. » *Was playing* :

a) est au prétérit simple.

b) est au prétérit *be* + V-ing.

c) est au présent *be* + V-ing.

5 La phrase correcte est :

a) He's been to Scotland last year.

b) He's been to Scotland several times.

c) He went to Scotland twice.

6 *Since* sert à exprimer :

a) une durée ;

b) un fait passé ;

c) le début d'une action.

7 « If..., I'd buy a new phone. » La forme verbale manquante est :

a) I were you ;

b) I'll be you ;

c) I can.

8 La phrase correcte est :

a) That lady wears a red dress !

b) That lady wears a red dress ?

c) That lady wears a red dress.

9 « Did he have to study alone ? » On interroge sur :

a) une obligation ;

b) une capacité ;

c) une interdiction.

10 La phrase correcte à la voix passive est :

a) The house is been sold.

b) The house has been sold.

c) The house have been sold.

TOTAL BILAN .... /10

Histoire
Géographie
Enseignement moral et civique

Histoire

Géographie

Enseignement moral et civique (EMC)

1 Négoces internationaux et traites négrières (XVIIIe siècle)

Retiens l'essentiel

À savoir

Le commerce triangulaire

Le commerce triangulaire se fait entre l'Europe, l'Afrique et l'Amérique. Les Européens échangent des produits manufacturés (tissus, armes) contre des prisonniers Africains qui sont transportés vers les colonies d'Amérique. Là, ils sont échangés contre des produits tropicaux (cacao, tabac, sucre) qui sont rapportés et vendus en Europe.

Mot-clé

Le Code Noir

Recueil de lois imposé par Colbert en 1685, réglementant la vie des esclaves noirs et leurs rapports avec leurs maîtres.

1 Les traites négrières et l'esclavage au XVIIIe siècle

- La traite négrière atlantique se développe dans le cadre du commerce triangulaire qui connaît **son apogée au XVIIIe siècle**. On estime au total que plus de 11 millions de personnes ont été transférées vers les colonies.
- L'Afrique est alors le théâtre de nombreux conflits internes. Pour se procurer des esclaves, les Européens achètent des prisonniers à des rois ou des chefs africains, accentuant ainsi les rivalités entre Africains.
- La plupart des captifs deviennent des **esclaves qui travaillent dans les plantations américaines, d'autres sont domestiques ou artisans**. Ils sont mal logés, mal nourris, mal soignés. Ceux qui se révoltent sont exécutés. La torture est officiellement interdite, mais les esclaves subissent de nombreuses violences. Ils sont considérés comme des objets.

1685	1794	1802	1848
Louis XIV promulgue le Code Noir	1re abolition de l'esclavage en France	Bonaparte rétablit l'esclavage	2e abolition de l'esclavage en France

2 L'essor du commerce entre les pays européens

- **Au début du XVIIIe siècle, l'Europe est dominée par trois principales puissances : la France, l'Autriche et l'Angleterre.** L'Autriche a le territoire le plus vaste et le plus peuplé d'Europe. La France et l'Angleterre sont les deux premières puissances coloniales. La France possède des territoires aux **Antilles** (Martinique, Guadeloupe et l'ouest de Saint-Domingue), en **Amérique du Nord** (Louisiane et Canada) et en **Inde** (nombreux comptoirs).
- **Les pays européens échangent de plus en plus de marchandises** entre eux car ils parviennent à produire plus de biens agricoles et industriels, et peuvent donc en exporter. Ils développent également leur **commerce avec le monde** : dans **l'océan Indien** (cotonnades indiennes, thé et porcelaines de Chine, etc.), et spécialement avec les **colonies d'Amérique,** à travers le commerce triangulaire.

Comment faire ?

Confronter des documents de nature différentes

Pour confronter deux documents de natures différentes, il faut :

1° Repérer le type de document : tableau, photographie, texte descriptif, article, etc.

2° Relever, pour chaque document, les informations essentielles : date, lieu, thèmes ou événements historiques. Identifier les points communs.

3° Dégager, à partir des informations, le thème général commun aux documents et son importance historique.

Entraîne-toi : exercice 3, p. 181.

Corrigés → livret, p. 28

S'entraîner

QUIZ-TEST

Coche la (ou les) bonne(s) réponse(s).

1 Au début du XVIIIe siècle, la France possède des colonies :

a) aux Antilles. ☐
b) en Amérique du Nord. ☐
c) en Afrique. ☐

2 Le commerce triangulaire :

a) est dominé par les Européens. ☐
b) passe par le Pacifique. ☐
c) repose sur la traite des esclaves. ☐

Le commerce du port de Bordeaux au XVIIIe siècle

Joseph Vernet, *Le port de Bordeaux.*

1 : Nouveaux bâtiments, dont des hôtels construits par la bourgeoisie bordelaise.

2 : Nombreux tonneaux de vin, qui sont exportés en Europe (principale activité économique du port).

3 : Navire marchand.

Doc. 1. Première vue du port de Bordeaux : prise du côté des Salinières.

À Bordeaux, le port se lance au début du XVIIIe siècle dans le commerce avec les colonies : c'est un énorme succès. Bordeaux devient une ville riche, dont la population augmente. Ce commerce consiste à faire partir des navires aux Antilles pour approvisionner les îles en denrées alimentaires et en produits manufacturés, et à revenir à Bordeaux avec les productions coloniales : le café, le cacao, l'or [...] qui étaient réexportées vers les pays d'Europe.

Au milieu du XVIIIe siècle, la demande pour certaines denrées coloniales, comme le sucre, augmente considérablement. Il faut donc accroître la production dans les colonies : c'est notamment pour cela que le port de Bordeaux s'engage dans le commerce négrier. Ayant commencé à développer le commerce de traite plus tard que les grands ports négriers français, comme Nantes ou La Rochelle, les négociants bordelais rencontrent une rude concurrence sur les comptoirs de la côte ouest-africaine. C'est la raison pour laquelle un certain nombre d'entre eux choisit d'aller chercher des esclaves ailleurs, vers le Mozambique. Bordeaux développe cette activité très rapidement, au point de devenir le second port négrier français, après Nantes, vers la fin du siècle.

D'après www.musee-marine.fr/public/virtuel/vernet/index.html

Doc. 2. Bordeaux, un grand port de commerce au XVIIIe siècle.

3 ★★ Relever les informations essentielles

a) Quelle est la principale activité commerciale du port de Bordeaux au début du XVIIIe siècle (doc. 1 et 2) ?

....

....

b) Quelles sont les conséquences du commerce avec les colonies pour la ville de Bordeaux (doc. 1 et 2) ?

....

....

c) Quand le port de Bordeaux se lance-t-il dans le commerce négrier (doc. 2) ?

....

....

2 L'Europe des Lumières (XVIIIe siècle)

À savoir

Les Lumières

Au XVIIIe siècle, la monarchie absolue est critiquée par des philosophes et savants, c'est le mouvement des **Lumières**. Diderot, Condorcet, Voltaire, Rousseau, Montesquieu expliquent que **la liberté, l'égalité et la recherche du bonheur** sont menacées par les pouvoirs absolus du roi.

Diderot

Mot-clé

Despotisme éclairé

Régime politique dans lequel le souverain se conduit en maître absolu et pratique une politique inspirée de la philosophie des Lumières.

Retiens l'essentiel

1 Une contribution aux progrès scientifiques et techniques

- Les **progrès scientifiques** gagnent toute l'Europe et particulièrement la France : l'astronomie (ex. : évaluation de la distance Terre-Lune), la physique (ex. : étude des phénomènes électriques), les sciences naturelles (ex. : Buffon étudie la reproduction animale), la médecine (ex. : progrès de la chirurgie)…
- Les **progrès techniques** sont surtout l'œuvre des Britanniques, avec, par exemple, la création de la machine à vapeur.

2 Une condamnation de la monarchie absolue

- **Les penseurs des** Lumières **condamnent la monarchie absolue et la société d'Ancien Régime.** Ils veulent limiter les pouvoirs du roi. Montesquieu demande **la séparation des trois pouvoirs** (exécutif, législatif, judiciaire) pour protéger les libertés individuelles. Les Lumières ne sont cependant pas démocrates, ni républicains, mis à part Rousseau. Leur confiance dans la capacité du peuple à réaliser les réformes est limitée.
- **Ils critiquent le pouvoir de la religion** sur la société, lui préférant les sciences et leurs progrès.
- **Ils écrivent pour la protection des libertés** plutôt que pour l'égalité entre les hommes. Dans son article « Égalité » de l'*Encyclopédie,* Voltaire présente l'égalité entre tous les hommes comme un vœu illusoire.

3 La diffusion des idées des Lumières

- Les philosophes des Lumières rédigent l'***Encyclopédie*** pour enrichir les connaissances et **développer l'esprit critique** des sujets du roi. Elle doit, selon leurs auteurs, changer la vision du monde, faire découvrir les sciences.
- D'autres écrivains restés inconnus reprennent le message des Lumières.
- La diffusion des idées des Lumières se fait dans les **académies littéraires**, les **chambres de lectures** et les **salons** fréquentés par les nobles et les riches bourgeois, qui y lisent des livres, des journaux.

Comment faire ?

Bien comprendre un texte et savoir l'exploiter

Pour comprendre un texte et savoir l'exploiter dans un exercice il faut :

1° **Identifier l'auteur :** s'il est connu, il faut donner son nom et sa fonction. S'il est inconnu, il faut citer le groupe social qu'il représente.

2° **Relever la date :** elle permet d'expliquer dans quel contexte le texte a été rédigé à l'aide de ses connaissances.

3° **Trouver les mots-clés et les idées principales :** il faut essayer de les classer pour dégager les grands thèmes du texte.

4° **Le comparer à d'autres textes** afin d'exercer un regard critique sur les idées énoncées par les auteurs.

Entraîne-toi : exercices 3, 4 et 5, p. 183.

Corrigés → livret, p. 28

S'entraîner

QUIZ-TEST

Coche la (ou les) bonne(s) réponse(s).

1 Les philosophes des Lumières :

a) critiquent la monarchie. ☐
b) critiquent la révolution. ☐
c) critiquent l'égalité. ☐

2 Les Lumières diffusent leurs idées :

a) dans les journaux. ☐
b) grâce à l'Encyclopédie. ☐
c) dans les salons fréquentés par la bourgeoisie. ☐

Les idées des Lumières

« Lorsque dans la même personne ou dans le même corps de magistrats, la puissance législative est réunie à la puissance exécutrice, il n'y a point de libertés [...]. Il n'y a point encore de liberté si la puissance de juger n'est pas séparée de la puissance législative et de l'exécutrice. [...] »

Doc 1. Montesquieu, *De l'esprit des lois*, 1748.

« Si l'on recherche en quoi consiste le plus grand bien de tous, [...] on trouvera qu'il se réduit à deux objets principaux, la liberté et l'égalité. [...] À l'égard de l'égalité, il ne faut pas entendre par ce mot que les degrés de puissance et de richesse soient absolument les mêmes [...]. S'il est difficile qu'un grand État soit bien gouverné, il l'est beaucoup plus qu'il soit gouverné par un seul homme. [...] La personne publique doit prendre le nom de république [...]. »

Doc 2. Rousseau, *Du contrat social*, 1762.

« Tout homme naît avec un penchant assez violent pour la domination, la richesse et les plaisirs, et avec beaucoup de goût pour la paresse ; par conséquent tout homme voudrait avoir l'argent et les femmes ou les filles des autres, être leur maître [...]. Vous voyez bien qu'avec ces belles dispositions, il est aussi impossible que les hommes soient égaux [...]. »

Doc 3. Voltaire, article « Égalité » de l'*Encyclopédie*, 1764.

3 ★ Identifier l'auteur et la date d'un texte

a) Qui sont les auteurs de ces trois textes ?

....

....

b) Au cours de quel siècle ces trois textes sont-ils rédigés ?

....

c) Quelle est la grande idée défendue par Montesquieu dans le document 1 ?

....

....

4 ★★★ Trouver les mots-clés

Les auteurs des documents 1 et 2 réclament des changements majeurs dans la vie politique et la société. Complète le tableau ci-contre à l'aide de leurs idées principales : **Protéger les libertés et améliorer l'égalité – Partager les pouvoirs – Séparer les trois pouvoirs – Protéger les libertés du peuple – Instaurer une république.**

	La vie politique	La société
Montesquieu		
Rousseau		

5 ★★★ Exercer un regard critique sur un ou plusieurs textes

Pourquoi peut-on dire que Rousseau et Voltaire sont en désaccord (doc. 2 et 3) ?

....

....

3 La Révolution française et l'Empire (1789-1815)

Retiens l'essentiel

1 Les temps forts de la Révolution

▸ **La réunion des états généraux** de mai 1789 déçoit les espoirs des députés du tiers état. La Révolution française débute par leur révolte : le 17 juin, ils se proclament **Assemblée nationale constituante**.

▸ **Le 14 juillet 1789**, la prise de la Bastille, prison royale, est une action symbolique qui condamne les arrestations arbitraires et proclame la défense de la liberté. **La Révolution se propage ensuite dans les campagnes (la Grande Peur, juillet-août 1789).**

▸ **La nuit du 4 août 1789**, les droits seigneuriaux et les privilèges sont abolis. Les citoyens qui paient l'impôt peuvent voter (**suffrage censitaire**).

▸ Lors de l'année 1792, le peuple français se révolte contre le roi. Le 10 août, la famille royale est emprisonnée. **Le 21 septembre 1792, la République est proclamée. Louis XVI est guillotiné le 21 janvier 1793**.

▸ La première République est un échec. Les Girondins (députés républicains modérés) et les Montagnards (plus proches du peuple) s'opposent à la **Convention**, nouvelle assemblée élue au suffrage universel masculin. À partir de 1794, Robespierre et les Montagnards s'imposent et créent un Comité de Salut Public chargé de mener la **Terreur** contre tous les adversaires de la République. Les exécutions se multiplient jusqu'à celle de Robespierre, le 27 juillet 1794. En 1795, une nouvelle constitution donne naissance au **Directoire**, confronté à de nombreuses difficultés économiques et sociales.

À savoir

Constitution

La Constitution de 1791 est écrite par l'Assemblée constituante de 1789, qui réunit les députés du tiers état. Le 20 juin 1789, ils font le serment du Jeu de paume de ne pas se séparer avant d'avoir donné une constitution à la France. La Constitution de 1791 met fin à la monarchie absolue et instaure une monarchie constitutionnelle. Le roi partage le pouvoir avec le parlement.

Le Serment du Jeu de paume

2 Les temps forts du Consulat et de l'Empire

▸ Le 18 Brumaire de l'an VIII (9 novembre 1799), le général Bonaparte réalise un coup d'État et prend le pouvoir en instaurant le **Consulat**.

▸ Bonaparte est **consul à vie en 1802**. Il multiplie les réformes : création de la **Légion d'honneur**, des **lycées** (1802), des **préfets**, du **franc** (1803), du **Code civil** (1804).

▸ Bonaparte est sacré **empereur en 1804** et prend le nom de Napoléon Ier. Napoléon multiplie les **conquêtes militaires** jusqu'en 1811 (la France compte alors 130 départements), puis subit plusieurs **défaites** de 1812 à 1815 : la dernière, celle de Waterloo, entraîne la chute de l'Empire.

Comment faire ?

▸ **Comparer deux époques différentes à partir de documents**

Pour comparer des époques, il faut :

1° Relever les principaux repères chronologiques.

2° Relever les informations dans les documents : ce qui a changé, ce qui n'a pas changé, ce qui est nouveau.

Entraîne-toi : exercice 3, p. 185.

Corrigés → livret, p. 29

S'entraîner

QUIZ-TEST

Coche la (ou les) bonne(s) réponse(s).

1 En 1789 :

a) le roi est arrêté. ☐
b) la Bastille est prise d'assaut. ☐
c) les privilèges sont abolis. ☐

2 En 1792 :

a) la république est proclamée. ☐
b) le roi est guillotiné. ☐
c) la Terreur commence. ☐

La période révolutionnaire

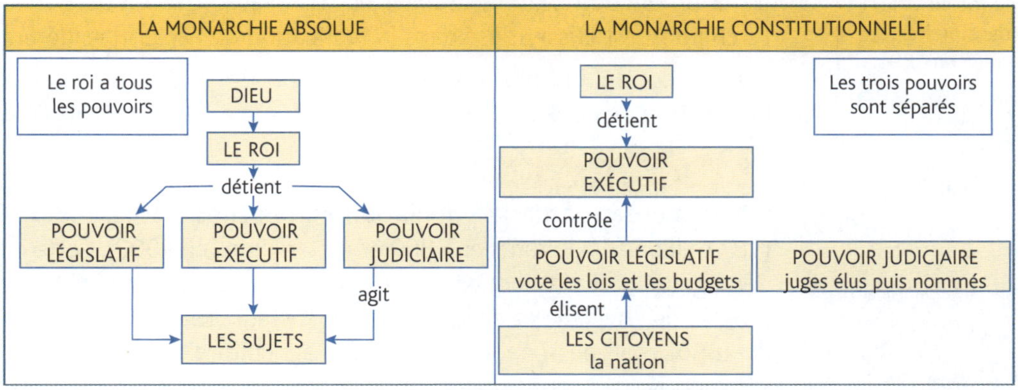

Doc. 1. Le pouvoir en France pendant la monarchie absolue et après la Constitution de 1791.

Article premier – Les hommes naissent et demeurent libres et égaux en droits.

Article 3 – Le principe de toute souveraineté[1] réside dans la Nation[2].

Article 7 – Nul homme ne peut être accusé, arrêté ou détenu que dans les cas déterminés par la loi.

Article 10 – Nul ne doit être inquiété pour ses opinions.

Article 11 – Tout citoyen peut parler, écrire librement.

Article 13 – Une contribution commune[3] est indispensable ; elle doit être également répartie entre les citoyens.

1 : souveraineté = pouvoir ; 2 : Nation = peuple, citoyens ; 3 : contribution = impôt

Doc. 2. La Déclaration des droits de l'homme et du citoyen, 26 août 1789 (extraits).

3 ★★ Relever les informations principales

a) Quelles sont les deux périodes qui sont comparées (doc. 1) ?

....

b) Quel est le changement apporté par la Révolution pour les pouvoirs du roi (doc. 1) ?

....

....

c) Qui paie l'impôt après la Révolution (doc. 2) ?

....

d) Quel est le nouveau pouvoir du peuple (doc. 1 et 2) ?

....

e) Quels sont les droits du peuple défendus par la Révolution (doc. 2) ?

....

4 La Révolution industrielle en Europe (XIXe siècle)

À savoir

Le syndicalisme et le socialisme

- Les syndicats sont autorisés en 1884.
Ils s'organisent peu à peu pour revendiquer l'augmentation des salaires, l'amélioration des conditions de travail et la diminution des horaires.
La CGT est créée en 1895.
- Un nouveau courant politique apparaît : le socialisme. Il s'oppose au libéralisme capitaliste.

Un piquet de grève à Paris

Retiens l'essentiel

1 Les deux phases d'industrialisation

- Le **XIXe siècle** se caractérise par la découverte de **nouvelles énergies** et la naissance de la **mécanisation** des procédés de fabrication. On fabrique désormais les produits dans des **usines**.
- **La première industrialisation (vers 1850) repose sur le charbon**. Il alimente les nouvelles machines à vapeur qui permettent la mécanisation de la production textile : le linge est tissé avec des métiers mécaniques. Le charbon est aussi utilisé dans la fabrication de l'acier (la sidérurgie).
- **La seconde industrialisation** (à partir de 1880) se caractérise par l'utilisation de deux nouvelles sources d'énergie : **le pétrole et l'électricité**.

2 Une société en mutation

- **L'augmentation de la population européenne** s'accélère au XIXe siècle (187 millions d'habitants en 1800 et 401 millions en 1900). Cette croissance démographique s'explique par la chute du taux de mortalité grâce aux progrès de l'hygiène et de la médecine (Pasteur crée le vaccin contre la rage en 1885), mais aussi par les progrès de l'agriculture.
- **L'urbanisation** accompagne l'industrialisation, car les paysans quittent la campagne pour chercher un emploi dans les usines des villes (c'est l'exode rural). Pour accueillir les nouveaux arrivants, des villes s'agrandissent et on construit des banlieues ouvrières.
- **Les conditions de travail** et de vie sont pénibles pour les **ouvriers** : ils font des journées de quinze heures et touchent des salaires très faibles.

Comment faire ?

Lire et utiliser une œuvre d'art

Des Glaneuses, 1857, J.-F. Millet

1° Relever la **date** à laquelle l'œuvre a été réalisée, pour la **situer dans une période**.
Ex. : « Les Glaneuses » est un tableau du XIXe siècle, peint pendant l'âge industriel.

2° Décrire la **scène** : le **lieu**, le ou les **personnage(s)**, les **objets** et les **symboles**.
Ex. : Ce tableau décrit une scène de la vie dans les campagnes. Les femmes ramassent les épis de blé oubliés, une fois les moissons terminées. Elles sont habillées en haillons.

3° Expliquer **les informations transmises par l'œuvre d'art** (parfois à l'aide d'un autre document).
Ex. : La vie des paysans est difficile, ils travaillent à la main sur la terre d'un propriétaire, ils sont pauvres et manquent de nourriture.

Entraîne-toi : exercices 3 et 4 p. 187.

Corrigés → livret, p. 29

S'entraîner

QUIZ-TEST

Coche la (ou les) bonne(s) réponse(s).

1 La première phase d'industrialisation repose sur :

a) l'utilisation du charbon. ☐
b) l'utilisation du pétrole. ☐
c) l'utilisation de l'électricité. ☐

2 La société au XIXe siècle se caractérise par :

a) l'augmentation de la population rurale. ☐
b) l'augmentation de la population urbaine. ☐
c) les conditions de vie pénibles des ouvriers. ☐

Les chemins de fer

C. Monet, *1877.*

1 : train à vapeur qui arrive en gare
2 : train qui quitte la gare
3 : rails
4 : quai de la gare
5 : charpente métallique en acier
6 : verrière
7 : vapeur
8 : nouveaux bâtiments du quartier de l'Europe
9 : pont de l'Europe

Doc. 1. La Gare Saint-Lazare.

La première ligne de chemin de fer française relie Saint-Étienne à Lyon en 1830. En 1837, la ligne Paris-Saint-Germain-en-Laye est la première à transporter des voyageurs. Cette ligne part de la gare Saint-Lazare qui est la plus ancienne des gares parisiennes.
La construction des gares transforme les villes : des axes de circulation sont ouverts, de nouveaux immeubles sont construits. Dans le quartier de la gare Saint-Lazare, un pont métallique est construit pour enjamber les douze voies ferrées.
Le chemin de fer favorise les progrès de l'économie : par exemple, les marchandises circulent en plus grande quantité et plus rapidement. Le chemin de fer transforme également les mentalités : les distances sont réduites, les hommes se déplacent plus nombreux et plus loin, découvrent de nouveaux espaces. En 1913, 70 % du trafic des marchandises et 95 % du trafic des voyageurs se font par le chemin de fer.

D'après L. Bonnet, Le Nouveau CRPE 2011, *Hachette.*

Doc. 2. Les débuts du chemin de fer.

3 ★ Situer les œuvres dans le temps

À quelle période a été réalisé le tableau de Claude Monet (doc. 1 et 2) ? ....

4 ★★ Décrire les œuvres

a) Relève deux informations qui rappellent que les progrès réalisés au XIXe siècle ont été permis par l'utilisation du charbon (doc. 1). ....

....

b) Décris le quartier de la gare Saint-Lazare (doc. 1 et 2).

....

....

5 ★★★ Expliquer ce que les œuvres nous apprennent sur la période étudiée

Donne deux raisons pour lesquelles l'invention du chemin de fer modifie la vie quotidienne de la population (doc. 2). ....

....

5 Conquêtes et sociétés coloniales au XIXe siècle

Retiens l'essentiel

Mots-clés

Impérialisme
Politique d'un État qui cherche à placer d'autres États sous sa dépendance politique, économique et culturelle.

Corvée
Travail imposé par les colons aux populations locales, par exemple pour la construction de routes ou de voies ferrées.

Indigène
Personne originaire du pays où elle se trouve ; terme utilisé par opposition au colon.

1 L'Europe et le reste du monde : la colonisation

- En **1815**, **l'Espagne et le Portugal** sont les principales puissances coloniales. Elles possèdent de vastes empires en Amérique latine tandis que l'Afrique et l'Asie sont très peu colonisées.
- Les conquêtes coloniales ralentissent avec l'abolition de l'esclavage (en 1833 dans les colonies britanniques, en 1848 en France). Elles reprennent pourtant autour de **1880**. En **1914**, **le Royaume-Uni et la France sont les principales puissances coloniales**. Leurs empires s'étendent en Afrique, en Asie et en Océanie. La colonisation est source de **rivalités entre nations européennes**, qui sont en concurrence pour étendre leur **impérialisme**.

2 Les sociétés coloniales sont inégalitaires

- **La mise en valeur des colonies sert surtout les intérêts de la métropole :** appropriation des terres par les colons, développement de cultures de plantation (ex. vignes en Algérie), exploitation des ressources naturelles. La construction des routes et des voies ferrées doit en priorité faciliter les exportations de marchandises vers l'Europe.
- **La colonisation ne profite ainsi qu'à une minorité de colonisés.** Dans leur grande majorité, les populations locales sont soumises au travail forcé (la **corvée**), à des conditions matérielles très difficiles. De plus, la religion, la langue du colonisateur sont souvent imposées aux **indigènes**.

Comment faire ?

Comparer des cartes historiques

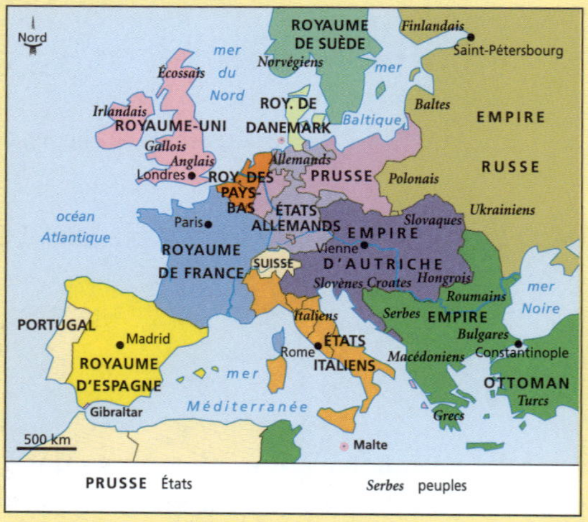

L'Europe en 1815

L'Europe en 1914

Pour comparer deux cartes historiques, il faut observer les frontières et la taille des territoires (ceux qui s'agrandissent ou ceux qui se réduisent), les noms des États, ceux qui disparaissent ou ceux qui sont créés.

Entraîne-toi : exercice 3, p. 189.

Corrigés → livret, p. 29

S'entraîner

QUIZ-TEST

Coche la (ou les) bonne(s) réponse(s).

1 A la fin du XIXe siècle :

a) la France a des colonies en Afrique. ☐

b) l'Allemagne a des colonies en Amérique du Sud. ☐

c) la France et le Royaume-Uni sont les deux premières puissances coloniales. ☐

2 Les sociétés coloniales :

a) sont égalitaires. ☐

b) sont inégalitaires. ☐

c) sont composées uniquement de colons. ☐

3 ★ L'Europe et le monde en 1815 et en 1914

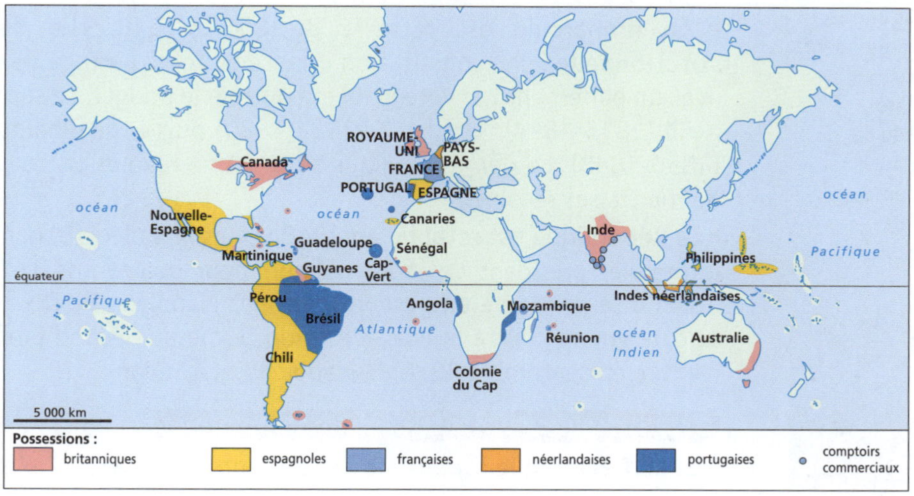

Doc. 1. Le monde en 1815.

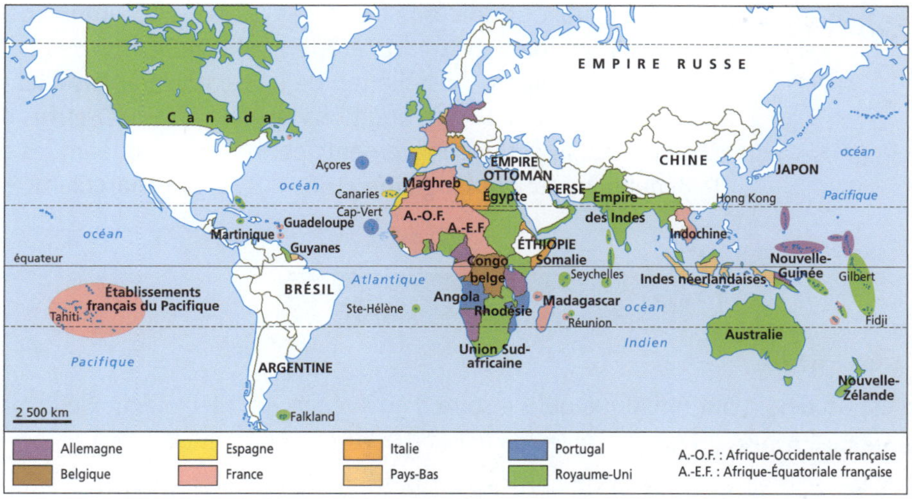

Doc. 2. Le monde en 1914.

a) Quels sont les deux empires les plus vastes en 1815 ? en 1914 ? ....

....

b) Quel est le continent le plus colonisé en 1815 ? en 1914 ? ....

....

Histoire

6 La vie politique dans la France du XIXe siècle

Retiens l'essentiel

1 Les progrès du droit de vote de 1815 à 1870

▸ Avant la Révolution française, l'immense majorité de la population n'a pas le droit de vote. **À partir de 1789, les Français deviennent des citoyens.** Le suffrage est **censitaire et masculin** : seuls les hommes de plus de 25 ans qui sont assez riches pour payer un impôt nommé le « cens » peuvent voter.

▸ En **1848**, le **suffrage universel masculin** est instauré : tous les hommes de plus de 21 ans ont le droit de vote. Les femmes en sont exclues.

2 Les régimes politiques de 1815 à 1870

▸ **La monarchie est rétablie de 1815 à 1848, elle devient constitutionnelle :** une constitution impose au roi le partage de ses pouvoirs avec un parlement qui vote la loi et contrôle le budget. Se succèdent Louis XVIII (1815-1824), Charles X (1824-1830) puis Louis-Philippe d'Orléans (1830-1848). Ce dernier abdique suite à une révolution du peuple après de mauvaises récoltes.

▸ **La République est rétablie en 1848 :** Louis Napoléon Bonaparte devient le premier président de la République, pour quatre ans. Le 2 décembre 1852, il se proclame **empereur**. Il devient Napoléon III. Dix-huit ans plus tard, la guerre contre la Prusse met un terme au Second Empire, après la capture en septembre 1870 de Napoléon III à Sedan.

3 La naissance difficile de la IIIe République

▸ **La IIIe République** est proclamée le 4 septembre 1870. L'opinion publique reste longtemps **divisée** entre idées monarchistes et idées républicaines. Les Républicains ne s'imposent véritablement qu'à partir de 1876.

▸ La IIIe République doit faire face à des crises. La **Commune de Paris** (mars-mai 1871) est une révolte qui éclate car le peuple refuse la défaite contre la Prusse, condamne l'installation de l'Assemblée à Versailles et s'inquiète de la détérioration de ses conditions de vie. L'**affaire Dreyfus** divise aussi la société française. Des mouvements politiques regroupent les opposants de la République : le **boulangisme** (1889-1891) et **l'anarchisme** (1892-1894).

À savoir

L'affaire Dreyfus

En 1894, Alfred Dreyfus est accusé à tort d'espionner pour l'Allemagne. L'affaire Dreyfus divise la société française : les « Dreyfusards » défendent le capitaine, tandis que les « anti-Dreyfus » prétendent que le fait qu'il soit juif prouve sa culpabilité. Dreyfus est défendu par de nombreux intellectuels tel Zola, qui écrit le fameux « J'accuse » (1898).

Dégradation de Dreyfus.

Comment faire ?

▸ **Analyser une caricature**

Une caricature est un dessin humoristique qui s'inspire d'un événement réel, qu'elle déforme, exagère.

Pour décrire une caricature, il faut :

→ Chercher la date de réalisation de la caricature pour la situer dans son contexte historique, retrouver l'événement qui est à l'origine de la caricature.

→ Prélever des informations sur les lieux, les personnages, les objets représentés dans la caricature.

Pour expliquer une caricature, il faut utiliser ses connaissances sur l'événement dont s'inspire la caricature, puis expliquer le message que veut transmettre l'auteur de la caricature.

Entraîne-toi : **exercices 3 et 4, p. 191.**

Corrigés → livret, p. 29

S'entraîner

QUIZ-TEST

Coche la (ou les) bonne(s) réponse(s).

1 Entre 1815 et 1870 :

a) la France est une république. ☐
b) la France est une monarchie. ☐
c) les régimes politiques changent. ☐

2 La IIIe république :

a) est proclamée en 1870. ☐
b) est gouvernée par Napoléon III. ☐
c) se termine avec l'affaire Dreyfus. ☐

Analyser une caricature

VOIS-TU MON CHER POPULUS,

La république ne nous convient pas, nous sommes trop corrompus ; crois-moi, je sais mieux que toi ce qu'il me..... je veux dire, ce qu'il te faut.

« VOIS-TU MON CHER POPULUS, La république ne nous convient pas, nous sommes trop corrompus ; crois-moi, je sais mieux que toi ce qu'il me… je veux dire, ce qu'il te faut. »

Doc. 1. Caricature parue dans *Le Charivari*, février 1834.

3 ★ Décrire une caricature

a) Quand cette caricature a-t-elle été réalisée ? Qui est alors au pouvoir ?

....

....

b) Il y a deux personnages : lequel est le roi, lequel est un républicain ?

....

....

c) Compare les conditions de vie de ces deux personnages.

....

....

4 ★★ Expliquer la caricature

a) Cette caricature est-elle une critique contre le roi ou contre le républicain ?

....

....

b) Quel est donc le message de cette caricature ?

....

....

c) Quelles ont été finalement les conséquences du mécontentement de la population ?

....

....

....

7 Société et culture dans la France du XIXe siècle

Retiens l'essentiel

1 La construction d'une culture républicaine et laïque

- **La IIIe République vote des lois qui protègent les libertés fondamentales** : la liberté de réunion (1881), de la presse (1881), par exemple.
- **Jules Ferry crée l'école républicaine.** L'école a pour mission de diffuser les valeurs de la République. Les lois de 1881-1882 instaurent un enseignement gratuit, laïque et obligatoire pour tous les enfants de 6 à 13 ans.
- **Les symboles républicains deviennent des symboles** officiels de la nation française : la devise Liberté, Égalité, Fraternité est adoptée ; la Marseillaise est proclamée hymne national ; le 14 juillet est instauré fête nationale.
- **La loi de séparation de l'Église et de l'État votée en 1905** impose la laïcité. Chaque citoyen est libre de pratiquer sa religion. Toutes les religions sont considérées comme égales, mais l'État doit respecter le principe de neutralité entre les religions, il n'aide financièrement aucune religion.

2 La condition féminine

- **Si la majeure partie des femmes travaille dans l'agriculture, l'industrie a de plus en plus recours à la main-d'œuvre féminine**, surtout dans le textile. Mais le travail des femmes est souvent critiqué, accusé de concurrencer et de fragiliser les conditions de travail des hommes, notamment par une concurrence dangereuse sur les salaires. Le travail des femmes pose aussi dans la société la question de la compatibilité d'un emploi salarié hors du foyer avec le rôle de mère de famille. Environ un quart des femmes qui travaillent exercent un emploi de services (vendeuses, dactylos, demoiselles des postes, sages-femmes, institutrices).
- Au tournant du siècle, **une minorité de femmes s'affirme dans les professions les plus valorisées** : la première femme médecin est diplômée en 1875. **Marie Curie** est la première femme professeur à la Sorbonne, en 1906. Ces femmes ont accès aux études supérieures, mais doivent faire face à de **vives critiques** au sein de la société.

À savoir

L'école républicaine

Jules Ferry fait voter des lois instituant l'école primaire gratuite (1881), obligatoire de 6 à 13 ans (1882) et laïque (1882). Cette école républicaine doit faciliter l'accès de tous les enfants à l'instruction. Elle permet aussi de transmettre les grands principes de la République, le respect des droits de l'homme, la nécessité du débat démocratique.

Jules Ferry

Marie Curie

Comment faire ?

Lire et comprendre une frise chronologique

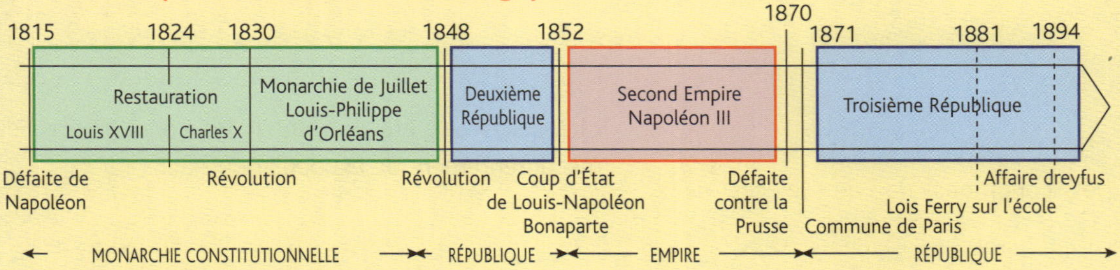

Pour lire et comprendre une frise chronologique, il faut relever les repères les plus importants, les périodes et les événements ponctuels, et les classer dans l'ordre chronologique.

S'entraîner

Corrigés → livret, p. 29

QUIZ-TEST

Coche la (ou les) bonne(s) réponse(s).

1 La culture républicaine s'impose :

a) grâce à l'école. ☐
b) avec les symboles républicains. ☐
c) par la force. ☐

2 Au XIXe siècle, les femmes :

a) ont le droit de travailler. ☐
b) ont souvent de nombreux diplômes. ☐
c) et les hommes sont égaux dans la société française. ☐

L'œuvre de la IIIe République (1870-1914)

1	21 au 28 mai 1871	Semaine sanglante : répression contre la Commune
2	14 juillet 1879	La Marseillaise est l'hymne national de la France
3	6 juillet 1880	Le 14 juillet devient jour de fête nationale
4	21 décembre 1880	Loi qui ouvre l'enseignement secondaire aux filles
5	16 juin 1881	Loi de Jules Ferry : l'école primaire devient gratuite pour tous les enfants
6	29 juillet 1881	Loi garantissant la liberté de la presse
7	28 mars 1882	Loi de Jules Ferry : l'école primaire est obligatoire (de 6 à 13 ans) et laïque (les symboles religieux sont enlevés des écoles)
8	21 mars 1884	Loi garantissant le droit d'appartenir à un syndicat
9	22 décembre 1894	Alfred Dreyfus est condamné à la déportation à vie en Guyane
10	2 juillet 1901	Loi qui autorise la création des associations
11	9 décembre 1905	Loi qui impose la séparation de l'Église et de l'État

Doc. 1. Quelques repères de l'histoire de la IIIe République de 1870 à 1914.

3 ★★ Retenir les événements essentiels

Complète le tableau en indiquant les numéros qui conviennent parmi les événements indiqués dans le document 1 (tous les numéros ne sont pas à utiliser et un même numéro peut être utilisé plusieurs fois).

THÈMES	ÉVÉNEMENTS
Plus de libertés	....
Le droit à l'école pour les enfants	....
La valorisation de la République	....
La lutte contre l'influence de l'Église	....

8 L'urbanisation et ses paysages

Retiens l'essentiel

1 Plus de la moitié de la population mondiale habite en ville

Plus de la moitié de la population mondiale habite aujourd'hui en ville. Les continents les plus urbanisés sont l'Europe, l'Amérique et l'Océanie. Certaines villes sont devenues des mégapoles.

L'Afrique et l'Asie sont moins urbanisées : leur taux d'urbanisation est de 40 % environ. Mais de plus en plus de personnes quittent la campagne pour habiter dans les villes (exode rural), ce qui provoque une « explosion urbaine ». Les **mégapoles** se multiplient, surtout en Asie.

2 Les paysages urbains sont très variés

En Europe, le centre des villes est constitué de **bâtiments anciens** qui constituent un **cœur historique**. Dans les villes les plus importantes, un **quartier d'affaires** est situé à proximité du centre. Les habitants de ces centres vivent dans des logements onéreux. Les villes s'étalent de plus en plus ; de nombreux citadins s'installent en **périphérie des villes** (ils y trouvent des logements moins chers et plus spacieux, des centres urbains accessibles en transport en commun ou voies rapides).

En Amérique du Nord, au centre des villes se trouve un **quartier des affaires** (CBD) autour duquel des habitants sont logés dans des quartiers souvent dégradés. La plupart des habitants vivent dans des **banlieues très étendues** (étalement urbain).

En Afrique et en Asie, le centre de ces villes est parfois constitué d'un ancien **quartier colonial**. Les villes les plus dynamiques abritent un **quartier d'affaires**. Des **quartiers résidentiels** occupés par des familles aisées sont construits à proximité de quartiers dégradés occupés par des familles pauvres. Les périphéries se caractérisent par des bidonvilles de plus en plus vastes, habités par des familles très pauvres.

Mot-clé

Mégapole

Une mégalopole est une ville de plus de 15 millions d'habitants.

À savoir

Le CBD

Londres

Au sein des métropoles, le CBD, Central Business District, est le quartier des affaires où se concentre l'activité financière, avec la Bourse, les firmes internationales, les banques, les grands centres commerciaux.

Comment faire ?

Lire un paysage urbain : Los Angeles

A : quartier des affaires ; B : quartier d'habitations proche du centre ; C : quartier d'habitations en banlieue ; D : bureaux construits en banlieue ; E : autoroute.

Deux outils permettent de lire un paysage.

→ On utilise un **zonage** du paysage pour relever les différents espaces.

→ On utilise un **pointage** pour distinguer des éléments ponctuels du paysage.

La lecture du paysage peut ainsi permettre de **réaliser un croquis**, qui fait apparaître les différents espaces et aménagements.

Entraîne-toi : exercices 3 et 4, p. 195.

Corrigés → livret, p. 29

S'entraîner

QUIZ-TEST

Coche la (ou les) bonne(s) réponse(s).

1 La population mondiale :

a) habite de plus en plus dans les villes. ☐
b) habite de plus en plus à la campagne. ☐
c) est plus urbanisée dans les pays pauvres que dans les pays riches. ☐

2 La population qui habite dans les villes :

a) se concentre dans les CBD. ☐
b) est de plus en plus nombreuse dans les quartiers centraux. ☐
c) vit de plus en plus en périphérie du centre-ville. ☐

Lagos, Nigeria

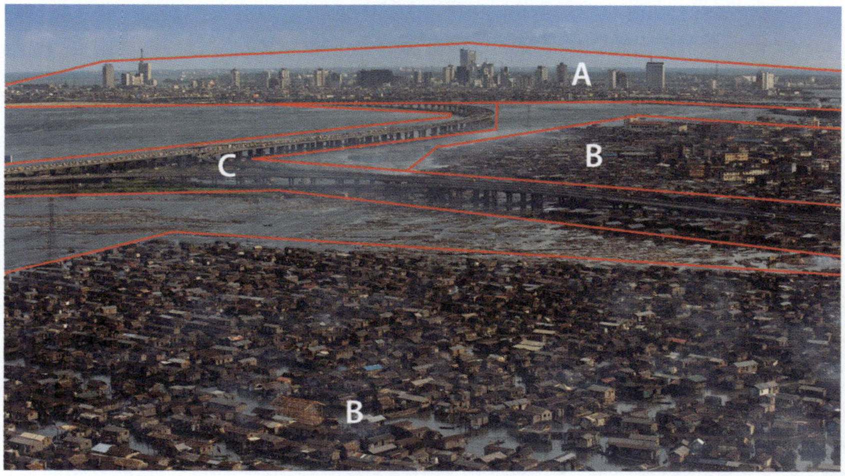

Doc. 1. Vue aérienne de Lagos, au Nigeria.

3 ★ Lire le paysage

a) Décris les espaces A et B.

....

....

....

b) Quelles sont les activités qui sont développées dans le quartier A ?

....

....

c) Qui habite dans les quartiers indiqués par la lettre B ?

....

....

4 ★ Construire un croquis

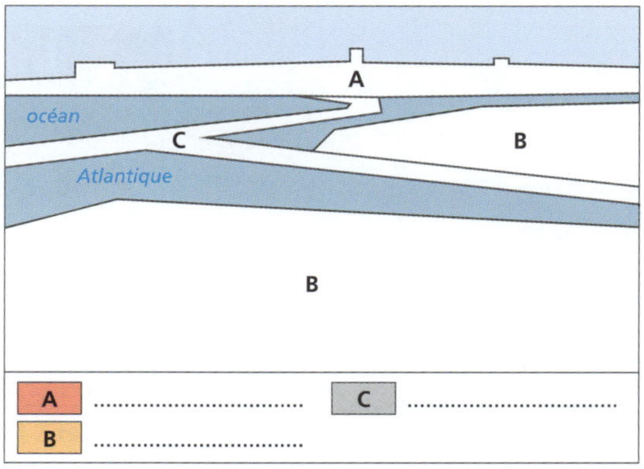

a) Complète la légende du croquis en associant aux lettres A, B et C la proposition qui convient parmi la liste suivante : **pont autoroutier** (qui relie le centre de la ville aux quartiers périphériques) – **bidonville** – **centre des affaires** (avec des immeubles de bureaux).

b) Colorie le croquis en t'aidant de la légende.

9 Les métropoles mondiales

Retiens l'essentiel

Mots-clés

Mondialisation

La mondialisation des échanges se caractérise par la multiplication des flux de marchandises, de capitaux et de personnes dans le monde.

Métropolisation

Concentration des hommes et des activités dans les grandes villes.

Shrinking Cities

Ville en décroissance.

Bâtiment abandonné à Détroit, États-Unis, 2015

1 Les métropoles mondiales concentrent richesses et pouvoirs

- Ces villes, appelées aussi « villes monde », concentrent non seulement la **population** mais aussi les **richesses** et les **pouvoirs** : politique (les bâtiments pour les chefs d'État, le gouvernement, etc.), économique (le quartier des affaires), culturel (les musées et les lieux de spectacle les plus prestigieux).
- **Les principaux échanges** entre les pays du monde se font le plus souvent entre ces métropoles. Elles sont reliées par **divers réseaux** (aérien, maritime, satellite, Internet, etc.). **Les métropoles les plus puissantes** sont New York (États-Unis), Tokyo (Japon), Londres (Royaume-Uni) et Paris (France).

2 Des villes restent à l'écart de la mondialisation

- Certaines villes (*Shrinking Cities*) qui étaient autrefois des métropoles mondiales sont désormais **en crise**. Ce phénomène se caractérise par **un déclin des activités économiques et de la production de richesses**, une diminution du nombre d'habitants, la multiplication des signes de pauvreté, qui touche plus fortement certains quartiers (avec l'augmentation du chômage et de l'insécurité).
- Les **paysages** de ces villes en déclin évoluent. Les premiers quartiers touchés ont d'abord été les centres-ville, où de nombreuses usines créées au XIXe siècle ont fermé leurs portes. Les quartiers où logeaient les populations ouvrières touchées par le chômage ont été peu à peu vidés de leurs habitants et se sont dégradés. La ville de **Détroit**, aux États-Unis, berceau de l'automobile américaine, s'est déclarée en faillite en 2013.

Comment faire ?

Localiser et situer les métropoles mondiales

→ **« Localiser »** signifie identifier, nommer ou placer sur une carte une vingtaine de métropoles mondiales.

→ **« Situer »** signifie comparer les métropoles mondiales les unes par rapport aux autres (nombre d'habitants, dynamisme).

La **légende d'une carte** présente des signes conventionnels de tailles et de couleurs différentes.

Les signes ont des tailles différentes	Les signes ont des couleurs différentes	Les signes ont des tailles et des couleurs différentes
La taille correspond à l'importance du phénomène étudié.	Le phénomène étudié a plus d'ampleur quand la couleur est plus foncée.	Des cercles de taille et de couleurs différentes permettent d'étudier deux phénomènes en même temps.

Entraîne-toi : **exercices 3 et 4, p. 197.**

Corrigés → livret, p. 30

S'entraîner

QUIZ-TEST

Coche la (ou les) bonne(s) réponse(s).

1 Une métropole est une ville :

a) peu peuplée. .... ☐
b) qui concentre les richesses. .... ☐
c) qui concentre les pouvoirs. .... ☐

2 Les métropoles en déclin :

a) perdent des habitants. .... ☐
b) attirent de nouveaux habitants. .... ☐
c) ont leur centre-ville qui se dégrade. .... ☐

3 ★ Localiser les métropoles mondiales

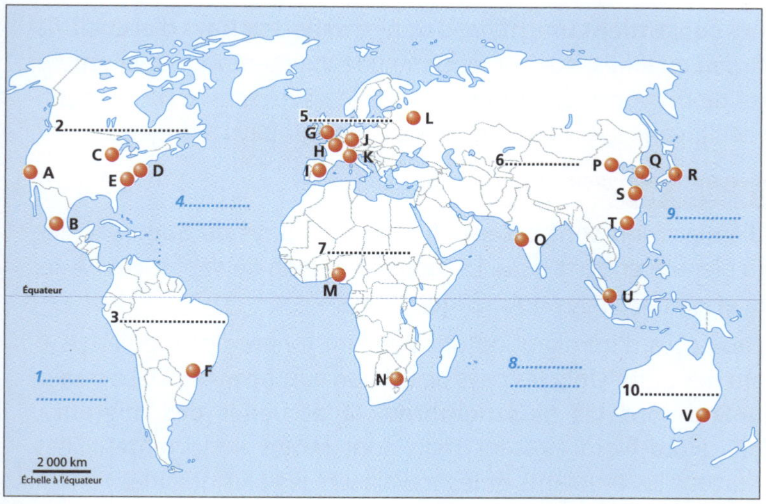

Doc. 1. Les 22 premières métropoles mondiales.

a) Indique sur la carte les noms des océans et des continents indiqués par les nombres 1 à 10.

b) Indique le nom des métropoles mondiales qui correspondent aux lettres A à V, à partir de la liste suivantes : Beijing, Chicago, Francfort, Hong-Kong, Johannesburg, Lagos, Londres, Los Angeles, Madrid, Mexico, Milan, Moscou, Mumbai, New York, Paris, São Paulo, Séoul, Shanghai, Singapour, Sydney, Tokyo, Washington.

4 ★★ Situer les métropoles mondiales

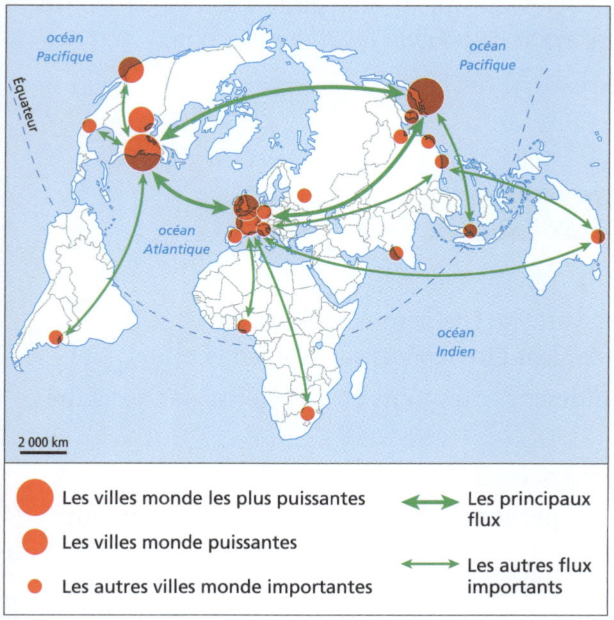

Doc. 2. Les principales métropoles mondiales et leurs connexions.

a) Quelles sont les 6 principales métropoles mondiales ? Réponds en faisant un classement en deux groupes.

....

....

....

....

b) Quelles sont les 4 métropoles mondiales qui échangent le plus ?

....

....

....

....

10 Les mobilités humaines dans le monde

Retiens l'essentiel

1 Les migrations se multiplient avec la mondialisation

▸ **Les flux migratoires concernent le plus souvent des peuples en grande difficulté**. La circulation rapide des informations permet aux peuples du monde entier de connaître les inégalités de conditions de vie sur la planète. Les migrants quittent des régions touchées par la pauvreté, les catastrophes climatiques ou la guerre avec l'espoir de rejoindre un pays qui offre de **meilleures conditions de vie** et **plus de sécurité**.

▸ **Les migrants constituent une main-d'œuvre dans leur pays d'accueil**. Ils sont souvent peu qualifiés, mais on observe une augmentation du nombre d'étudiants et de **migrants diplômés**. Lorsque leurs revenus le permettent, ils envoient de l'argent à leur famille restée dans leur pays d'origine.

2 Les migrations se diversifient

▸ **Les pays d'émigration sont essentiellement les pays du Sud** : 3/4 des émigrés de la planète en sont issus. La première région de départ est l'Asie, puis l'Afrique et certains pays d'Amérique latine.

▸ Les principaux pays d'immigration ont pendant longtemps été des pays riches du Nord (les États-Unis, les pays de l'Union européenne). **Désormais, les pays du Sud sont les plus nombreux à accueillir des migrants**. Les migrations Nord-Nord existent mais sont moins importantes. Elles concernent surtout les étudiants et les travailleurs les plus qualifiés.

▸ **Les migrations régionales sont les plus nombreuses** (3/4 des flux) : la plupart des migrants du continent américain viennent de ce continent (les Mexicains qui vont aux États-Unis, par exemple). Les flux internes augmentent aussi en Europe (des pays de l'Est vers ceux de l'Ouest), en Asie et en Afrique (les peuples qui fuient leur pays essaient de trouver refuge dans un État voisin, avant de pouvoir rejoindre l'Europe).

À savoir

Les réfugiés

Les réfugiés sont des personnes craignant d'être persécutées dans leur pays. Leurs conditions d'exil sont souvent dramatiques. Les dirigeants des pays d'immigration tentent de limiter les flux clandestins tout en portant secours à des populations en péril pendant leur exil.

Réfugiés syriens secourus par bateau en Grèce, en 2015.

Comment faire ?

▸ Utiliser la légende d'un planisphère

La légende d'un planisphère doit toujours être lue attentivement. Elle permet de prélever des informations simples. Quatre types d'informations doivent être repérés sur la légende.

→ La **nomenclature** : attention à la taille des noms, à différencier les mots en caractères gras des autres, ceux soulignés ou encadrés.

→ Les **figurés** : noter l'épaisseur des traits, les différentes couleurs.

→ Les **couleurs** : des couleurs différentes montrent des espaces différents, des couleurs qui sont plus ou moins foncées montrent une hiérarchie des espaces.

→ Le **texte** de la légende doit être lu avec précision.

Entraîne-toi : exercice 3, p. 199.

Corrigés → livret, p. 30

S'entraîner

QUIZ-TEST

Coche la (ou les) bonne(s) réponse(s).

1 Les migrations dans le monde se font surtout :

a) des pays pauvres vers les pays riches. ☐
b) des pays riches vers les pays pauvres. ☐
c) entre les pays pauvres. ☐

2 Les migrants :

a) fuient les pays en guerre. ☐
b) fuient les pays touchés par la pauvreté. ☐
c) sont le plus souvent très qualifiés. ☐

3 ★ Les flux migratoires dans le monde

À l'aide du planisphère ci-dessous et de sa légende, relie chacun des pays à la proposition qui convient, lorsque c'est possible :

États-Unis •	• Pays à très forte immigration
France •	
Japon •	• Pays à forte immigration
Mexique •	
Kazakhstan •	• Pays à très forte émigration
Maroc •	
Arabie saoudite •	• Pays à forte émigration

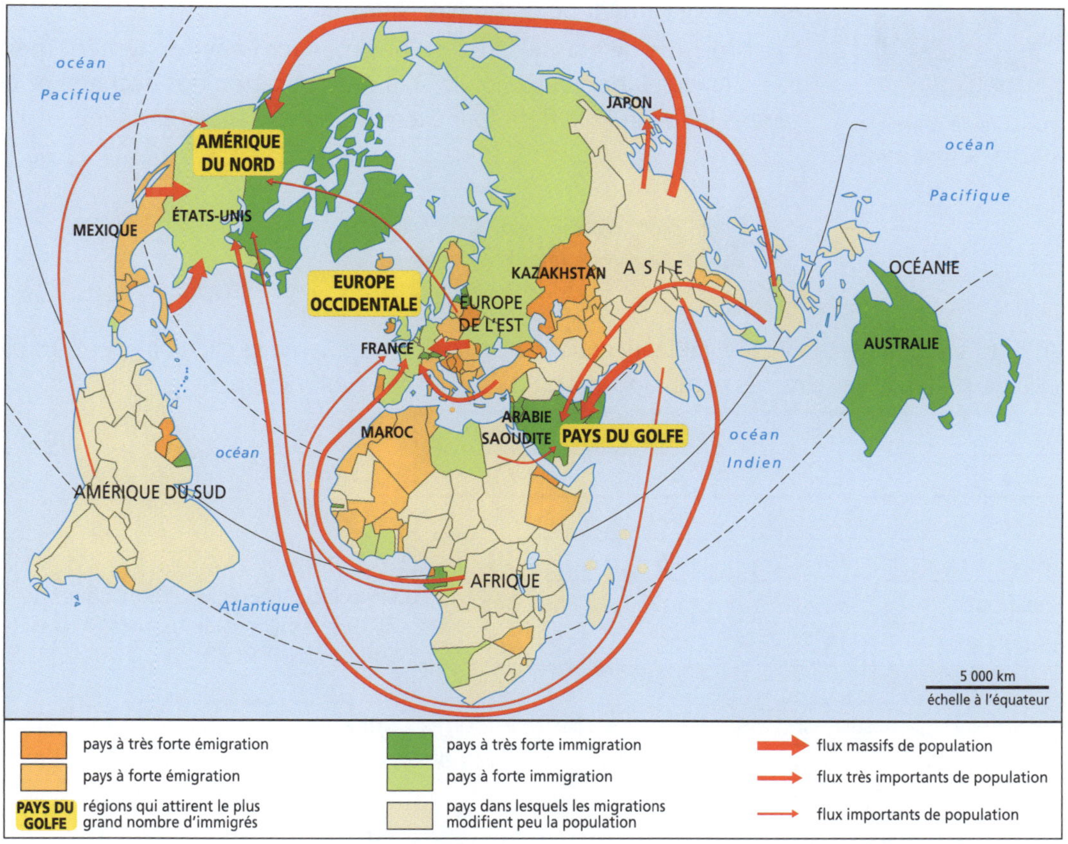

11 Le tourisme et ses espaces

Mots-clés

Le tourisme durable

Il s'agit d'un tourisme plus respectueux de la nature et soucieux de préserver les intérêts des populations locales. L'écotourisme (promenade en nature, VTT, trekking) se développe ainsi dans les espaces ruraux.

Le tourisme de masse

Concentration d'une grande masse de touristes dans un lieu précis.

Tourisme de masse, Costa Brava, Espagne

Retiens l'essentiel

1 De plus en plus de touristes dans le monde

▸ La multiplication des moyens de transport rapides et de longue distance, l'amélioration des conditions de vie et l'essor de la société de consommation ont entraîné la **multiplication des flux touristiques**.

▸ Les **principales régions de départ et d'accueil** des touristes se situent dans les **pays riches**, mais les régions touristiques se développent de plus en plus dans les pays du Sud.

▸ Même si les **flux internationaux** se multiplient, les migrations touristiques au sein **d'un même pays** demeurent importantes.

2 Le tourisme transforme les territoires

▸ Les **littoraux** et les **montagnes** sont les espaces les plus fréquentés par les touristes. L'essor de l'activité touristique a entraîné la création de **stations balnéaires** et de **stations de sport d'hiver**. Leurs nombreuses constructions (immeubles résidentiels, hôtels, commerces et restaurants, routes, aménagements de plages, créations de pistes de ski) ont dégradé les paysages.

▸ Le tourisme se développe aussi dans les **villes**. Les sites les plus visités sont les **centres-ville**, qui sont riches en musées. Les **parcs d'attraction** attirent également de nombreux touristes.

▸ Le **tourisme de masse** constitue une **menace l'environnement** (pollution liée à la circulation automobile, à la multiplication des déchets) et détruit parfois la faune et la flore (par exemple, en mer Méditerranée).

Comment faire ?

▸ Lire des documents statistiques

Ces documents sont de nature variée. Tableau, courbe, histogramme, graphique circulaire sont les plus courants. Ils permettent de faire des comparaisons ou d'étudier des évolutions :

	1995	2000	2019
Europe	305	386	742
Amériques	110	149	220
Afrique	19	26	71
Asie/Pacifique	82	113	363
Moyen-Orient	13	22	64

Les principales régions touristiques de 1995 à 2019 (en millions de touristes accueillis). Source : OMT 2020.

→ Pour étudier une évolution, on analyse les chiffres donnés pour plusieurs années, pour une région donnée (ex. : Europe). On observe une diminution, une stagnation ou une augmentation, dont l'ampleur peut être faible, modérée ou forte.

→ Pour faire des comparaisons entre les régions, on s'intéresse aux chiffres fournis pour une année (ex. : 2019).

Entraîne-toi : exercices 3 et 4, p. 201.

Corrigés → livret, p. 30

S'entraîner

QUIZ-TEST

Coche la (ou les) bonne(s) réponse(s).

1 Les flux touristiques dans le monde :

a) sont de plus en plus nombreux. ☐
b) concernent surtout les habitants des pays riches. ☐
c) se font surtout des pays pauvres vers les pays riches. ☐

2 Les principaux espaces touristiques sont :

a) les littoraux. ☐
b) les massifs montagneux. ☐
c) les villes. ☐

Les principales régions touristiques dans le monde

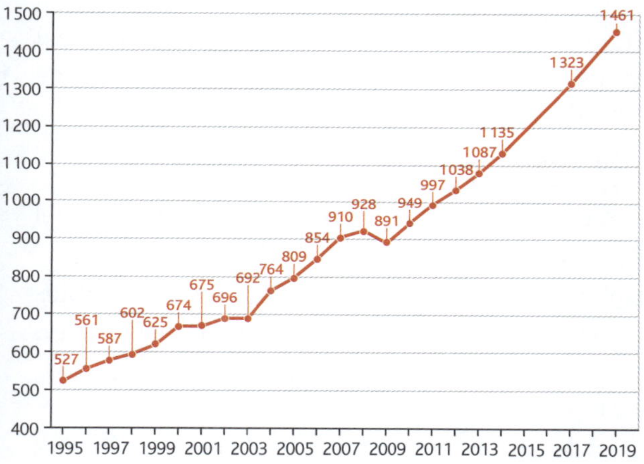

Doc. 1. L'évolution du nombre de touristes internationaux dans le monde (en millions de touristes).

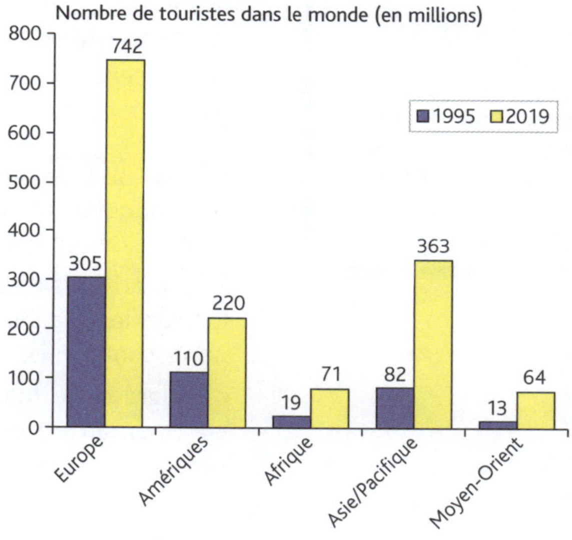

Doc. 2. Les principales régions touristiques de 1995 à 2019.

3 ★ Étudier une évolution

a) Quel est le nombre de touristes internationaux en 1995 ? En 2019 ?

....

....

b) D'après ces chiffres, quelle a été l'évolution du nombre de touristes internationaux dans le monde de 1995 à 2019 ?

....

....

4 ★★ Comparer différentes régions

Pour comparer le nombre de touristes dans les différentes régions du monde, indique « Vrai » ou « Faux » pour les propositions suivantes :

La région qui accueille le plus de touristes est l'Europe.	
Le nombre de touristes a augmenté dans toutes les régions.	
Les Amériques ont connu la plus forte augmentation du nombre de touristes.	
L'Asie/Pacifique a dépassé les Amériques comme région d'accueil des touristes	

12 Les mers et les littoraux dans le monde

Retiens l'essentiel

Mot-clé

Littoralisation

La littoralisation est la concentration des activités de production sur le littoral, autour de grands ports maritimes où sont par exemple créées des ZIP (zones industrialo-portuaires).

1 Les littoraux concentrent les populations et les activités

- Plus de **60 % de la population** vit aujourd'hui dans une zone côtière située à moins de 60 km d'une mer ou d'un océan. Huit des dix mégapoles les plus peuplées se trouvent sur un littoral. **Six milliards de personnes** devraient habiter un littoral en 2025, soit 75 % de la population mondiale. Les **densités de population** sur les littoraux sont cependant **inégales**, certains littoraux étant très peu peuplés.
- Les littoraux concentrent aussi les **activités de production**. Ces activités sont d'abord traditionnelles : la **pêche** et l'**agriculture**. Les littoraux profitent également de l'activité **touristique** (développement du tourisme balnéaire). Enfin, l'essor des **grands ports maritimes** et la multiplication des **industries** sur les littoraux (création de zones industrialo-portuaires) aboutissent à la création de grandes façades maritimes (ensembles de grands ports proches les uns des autres).

2 La domination du transport par voie maritime

- La **mondialisation** se caractérise par des échanges de marchandises qui sont réalisés en grande majorité (80 %) par voie maritime.
- La **maritimisation** s'explique par des **coûts de transport plus faibles** lorsque les marchandises sont transportées à travers le monde sur les porte-conteneurs.
- Malgré cette maritimisation des échanges, on note le maintien de la **continentalisation** des flux de marchandises : la moitié de ces échanges se réalise encore au sein des continents (par voie ferrée ou par camions).

Comment faire ?

Lire une carte des flux

Pour lire une carte des flux, il faut bien comprendre les figurés et les symboles utilisés.

→ Les figurés fléchés représentent les flux. Pour différencier les flux, on peut utiliser des tailles ou des couleurs différentes : plus un phénomène est important, plus le trait est épais ou de couleur foncée.

→ Des figurés ponctuels, comme des cercles ou des carrés, permettent de localiser des lieux précis. Ils peuvent aussi être de plusieurs tailles et de couleurs différentes : plus un phénomène est important, plus le cercle est grand ou de couleur foncée.

Entraîne-toi : exercice 4, p. 203.

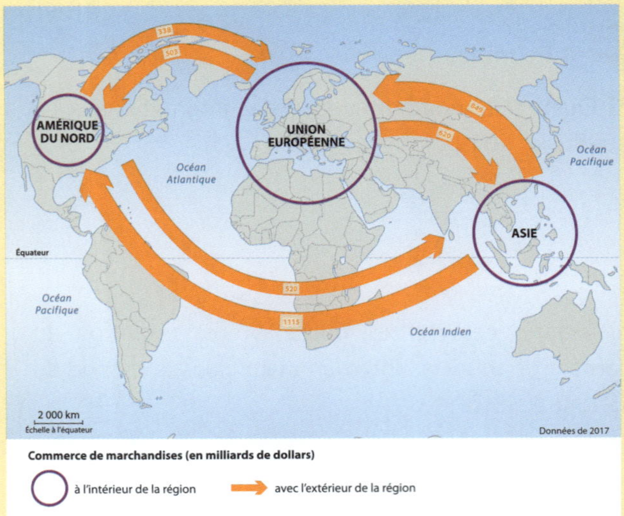

Corrigés → livret, p. 30

S'entraîner

QUIZ-TEST

Coche la (ou les) bonne(s) réponse(s).

1 Le commerce de marchandises dans le monde se fait surtout :

a) par voie maritime. ☐
b) par voie terrestre. ☐
c) par voie aérienne. ☐

2 Les littoraux concentrent :

a) plus de la moitié de la population mondiale. ☐
b) des habitants de moins en moins nombreux. ☐
c) des activités très diversifiées. ☐

3 ★★ Les flux de marchandises dans le monde

Vers ↓ / De →	Amérique du Nord	Europe de l'Ouest	Asie
Amérique du Nord	1 190	562	1 115
Amérique du Sud et centrale	174	99	157
Europe de l'Ouest	382	4 482	931
Afrique	25	182	166
Asie	520	730	3 103

Doc. 1. Les partenaires des trois principaux pôles d'échanges (en milliards de dollars) en 2017. Source : *World Trade Organization*

a) Quels sont les trois principaux pôles du commerce mondial de marchandises ?

....

b) Quels sont les trois principaux partenaires de chacun des trois pôles ?

....

....

4 ★★★ Compléter la légende d'une carte des flux

Complète la légende du document 2 avec les figures appropriées en t'aidant de l'exercice 3.

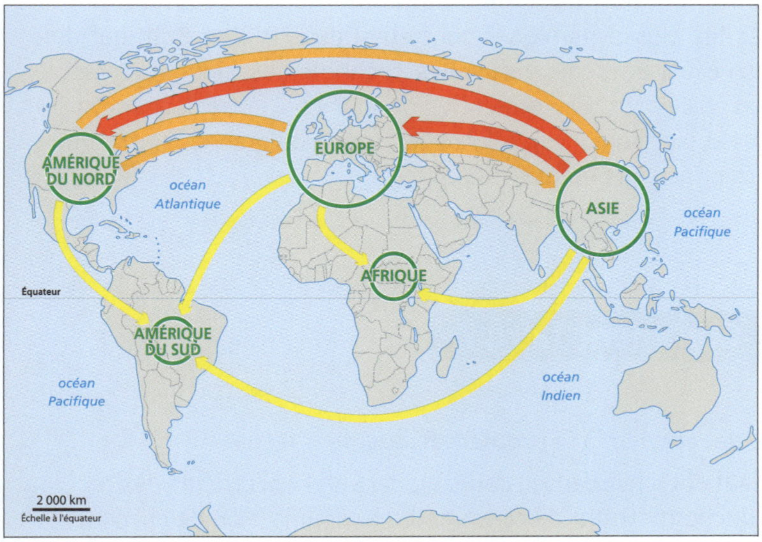

Doc. 2. Le commerce des marchandises dans le monde.

LÉGENDE

Les principaux flux entre les régions (en milliards $)

.... 800 à 1200

.... 300 à 800

.... 100 à 300

Les principaux flux intrarégionaux (en milliards $)

.... plus de 4000

.... 3000 à 4000

.... 1000 à 2000

.... moins de 1000

13 Les États-Unis dans la mondialisation

Retiens l'essentiel

1 Les États-Unis sont la première puissance mondiale

▸ **Les États-Unis sont la première puissance mondiale économique, politique, militaire, culturelle.** Leur **agriculture** est la première du monde. Ils sont la première **puissance industrielle**, surtout grâce aux industries de haute technologie. Ils sont aussi **une puissance commerciale**, **financière**, **touristique**. Sur le plan politique et militaire, les États-Unis sont le membre le plus influent du Conseil de sécurité de l'ONU. Leur armée est présente dans le monde entier. Ils sont enfin **une grande puissance culturelle** : la musique ou les films produits par de grandes compagnies sont écoutés et regardés dans le monde entier.

▸ **Les atouts des États-Unis sont nombreux**. L'immensité du territoire se traduit par une grande **variété de reliefs** : l'étendue des grandes plaines, la richesse de son sous-sol et la diversité des climats favorisent l'agriculture, le tourisme et l'industrie. La **population** est un autre atout : le revenu moyen des Américains est parmi les plus élevés au monde, ce qui constitue pour les entreprises un vaste **marché de consommation**. La **main-d'œuvre** est abondante et qualifiée.

2 La mondialisation bénéficie à certains territoires

▸ La **mondialisation** a favorisé les métropoles les plus puissantes du pays ainsi que les régions littorales et transfrontalières, qui bénéficient des principaux flux économiques.

▸ Le **cœur historique** des États-Unis est le **Nord-Est**. Le centre de cette région est la Mégalopolis, qui reste avec la mondialisation une région majeure du pays. Elle concentre de nombreux **pouvoirs** : la Maison Blanche à Washington, l'ONU et la bourse de Wall Street à New York, des universités connues dans le monde entier, telle celle de Harvard.

▸ Les espaces les plus dynamiques sont aussi dans la Sun Belt, qui doit son dynamisme à l'essor des **nouvelles technologies**, dont le symbole est la Silicon Valley en Californie (région qui concentre les industries informatiques et électroniques). Los Angeles réunit les grandes compagnies de cinéma, les principaux médias du pays.

Mots-clés

Mégalopolis
Région urbaine qui réunit les villes de la côte atlantique, de Boston à Washington. Son cœur est New York.

Sun Belt
« Ceinture du soleil » en français. Elle réunit les États allant du Nord-Ouest pacifique au Sud-Est atlantique, qui bénéficient d'une forte croissance économique due à la présence d'industries de haute technologie.

Silicon Valley

Comment faire ?

▸ **Compléter la légende d'un croquis**

Le croquis et sa légende doivent permettre de répondre à la **problématique** de la leçon.

Pour compléter la légende d'un croquis, il faut chercher dans le cours ou dans des documents des **informations** (vocabulaire, nom de lieux) qui permettront de comprendre la signification de chacune des zones colorées ou de tous les symboles figurant sur la carte.

Entraîne-toi : exercice 3, p. 205.

Corrigés → livret, p. 30

S'entraîner

QUIZ-TEST

Coche la (ou les) bonne(s) réponse(s).

1 La Mégalopolis se situe :

a) au Texas ☐
b) dans le Nord-Est ☐
c) en Californie ☐

2 La *Sun Belt* :

a) est le centre historique du pays ☐
b) abrite la Silicon Valley ☐
c) est en Californie ☐

Les régions les plus dynamiques des États-Unis

Doc. 1. Les mutations du territoire des États-Unis et la mondialisation.

Le Nord-Est demeure le cœur de la puissance des États-Unis dans le monde, mais on assiste au renforcement d'une ceinture périphérique composée principalement de la Floride, du Texas et de la Californie. La mondialisation valorise les grands ports et la littoralisation des industries. La « Sunbelt » concentre les industries de haute technologie et les industries culturelles qui dominent l'économie mondiale.

Les États-Unis disposent de métropoles qui jouent un rôle essentiel dans la mondialisation du pays. Le centre géographique du pays est peu peuplé, mais les grandes plaines constituent l'un des premiers greniers agricoles du monde, grâce au dynamisme des exploitations agricoles (notamment pour la production de céréales). Les montagnes Rocheuses à l'ouest ne sont que ponctuellement valorisées.

D'après L. Carroué, D. Collet, C. Ruiz, Les Amériques, Bréal 2008, pp. 204-221.

Doc. 2. Le territoire des États-Unis et la mondialisation

3 ★★★ Compléter une légende

En t'aidant du cours et du document 2, complète la légende du document 1 (carte) ci-dessus.

a) Des espaces au cœur de la mondialisation

- (orange) ....
- (jaune) ....
- (jaune bordé de rouge) ....
- (vert clair) ....

b) Les métropoles dans la mondialisation

- (cercle violet) ....
- • autres villes importantes
- ▭ mégapoles

c) Les principaux flux liés à la mondialisation

- → (noire) ....
- → (rouge) ....
- principales façades maritimes (ports importants)

d) Les espaces les moins dynamiques

- (beige) ....

14 Le rôle de la justice pour mineurs

Retiens l'essentiel

1 Les missions de la justice

- **La justice protège** les droits des citoyens : elle préserve la liberté de chacun à condition de respecter les limites imposées par la loi ; elle permet à la **victime** de défendre ses droits et d'obtenir des réparations, mais elle garantit aussi les droits de la **défense**.
- **La justice punit** : la justice pénale sanctionne les personnes coupables d'infractions.
- **La justice arbitre les conflits** : elle tente d'abord de trouver un arrangement entre les parties par la négociation, dans le respect de la loi. Si la conciliation échoue, un procès a lieu.

2 La justice des mineurs

- **La justice des mineurs repose sur un droit particulier**, avec des lois qui tiennent compte de la minorité des enfants. Le **juge des enfants**, le **tribunal pour enfants** et la **Cour d'assises des mineurs** sont des juridictions spécialisées pour les enfants.
- **La justice punit les mineurs délinquants.** Les **sanctions** qui leur sont imposées tiennent compte de la **gravité de l'infraction**, mais aussi de l'**âge du mineur**. La justice des mineurs privilégie **les sanctions éducatives.** Cependant, si les infractions commises sont trop graves, **des sanctions pénales plus sévères existent**. Les mineurs qui sont incarcérés doivent l'être dans des lieux qui leur sont réservés.
- **La justice protège les mineurs victimes de violence**. La justice **pénale** condamne sévèrement les adultes responsables de maltraitance sur des mineurs. La justice **civile** protège les droits de l'enfant au sein de sa famille.

À savoir — Les infractions

Les **contraventions** (les infractions les moins graves) sont gérées par le tribunal de police. Les **délits** sont jugés par le tribunal correctionnel. La Cour d'assises punit les **crimes**.

Comment faire ?

Comprendre le rôle du droit et de la règle

Un mineur arrêté pour braquage

Jeudi 16 avril, le tribunal pour enfants s'est prononcé sur le sort de R. B., 17 ans, poursuivi pour le braquage d'une boulangerie à Arras. Deux jeunes, munis d'une arme de poing, s'étaient rués sur une employée. Ils l'avaient bousculée et lui avaient volé la caisse, soit 1 300 euros. Ils ont été rapidement arrêtés. Le complice, âgé de 18 ans, a déjà été jugé et condamné à deux années de prison, dont un an ferme, par le tribunal correctionnel. R. B. a, lui, été jugé par le tribunal pour enfants.

D'après La Voix du Nord, *18 avril 2009.*

Pour comprendre le rôle du droit et de la règle à partir de l'étude d'une situation de la vie quotidienne, il faut :

1° **Décrire la situation :** quels sont les faits étudiés.

2° **Confronter la situation aux textes de loi** pour comprendre le rôle du droit, et ici le fonctionnement de la justice.

Entraîne-toi : exercices 3 et 4, p. 207.

Corrigés → livret, p. 31

S'entraîner

QUIZ-TEST

Coche la (ou les) bonne(s) réponse(s).

1 La justice :

a) punit les crimes et les délits. ☐
b) garantit le respect des droits de chaque citoyen. ☐
c) menace la liberté des citoyens. ☐

2 La justice des mineurs :

a) tient compte de l'âge des enfants. ☐
b) ne punit pas les enfants. ☐
c) protège les enfants victimes de violences. ☐

La justice et les mineurs

Le tribunal pour enfants a condamné R. B., 17 ans, à dix-huit mois de prison, dont dix avec sursis et mise à l'épreuve. Le tribunal a décidé de maintenir R. B. en détention au centre pénitentiaire pour mineurs de Quiévrechain, où il était placé en détention provisoire.

D'après La Voix du Nord, *18 avril 2009.*

Doc. 1. Peine de prison pour le braqueur de la boulangerie.

Art. 2 – Le tribunal pour enfants et la Cour d'assises pourront, lorsque les infractions l'exigent, prononcer une peine d'emprisonnement à l'encontre des mineurs de 13 à 18 ans en tenant compte de leur âge.

D'après l'ordonnance du 2 février 1945, révisée en 2007.

Doc. 2. Le statut pénal particulier des mineurs.

Art. 2 – Le tribunal pour enfants et la Cour d'assises pourront prononcer soit une sanction éducative à l'encontre des mineurs de 10 à 18 ans, soit une peine à l'encontre des mineurs de 13 à 18 ans.

D'après la loi de 2002.

Doc. 3. La loi définit les sanctions contre les mineurs.

Pour répondre aux questions, reporte-toi à l'article du « Comment faire ? » p. 206.

3 ★ Décrire la situation

a) Quelle est l'infraction commise par les deux jeunes (article p. 206) ?

....

....

b) Quelle est la différence importante entre les deux accusés (article p. 206) ?

....

....

4 ★★ Confronter ces situations à la loi

a) Pourquoi le braqueur mineur a-t-il une peine moins lourde que son complice âgé de 18 ans (article p. 206, doc. 2) ?

....

....

b) La peine imposée au jeune mineur braqueur de la boulangerie respecte-t-elle la loi (doc. 2 et 3) ? Justifie ta réponse.

....

....

....

Corrigés → livret, p. 31

Histoire-Géo-EMC : fais le bilan !

Coche, pour chaque exercice, la bonne réponse. Reporte-toi ensuite aux corrigés p. 31 pour obtenir ton score sur 10.

1 Au XVIIIᵉ siècle, la France est :

a) une monarchie. ☐
b) une république ☐
c) un empire. ☐

2 En 1789, le droit à la liberté et à l'égalité est garanti par :

a) le Serment du Jeu de paume. ☐
b) la Déclaration des droits de l'homme et du citoyen. ☐
c) la Constitution. ☐

3 Au cours du XIXᵉ siècle :

a) la population diminue. ☐
b) la population s'urbanise. ☐
c) la société d'ordres est rétablie. ☐

4 La IIIᵉ République est proclamée :

a) en 1848. ☐
b) en 1852. ☐
c) en 1870. ☐

5 Au XIXᵉ siècle, les femmes travaillent surtout comme :

a) institutrices. ☐
b) ouvrières dans les usines. ☐
c) agricultrices. ☐

6 Les continents les plus urbanisés sont aujourd'hui :

a) l'Europe, l'Amérique et l'Afrique. ☐
b) l'Europe, l'Amérique et l'Océanie. ☐
c) l'Europe, l'Afrique et l'Asie. ☐

7 Les migrations de population les plus nombreuses sont les migrations :

a) Nord-Nord. ☐
b) Sud-Nord. ☐
c) Sud-Sud. ☐

8 Les littoraux concentrent aujourd'hui :

a) une petite part de la population mondiale. ☐
b) plus de la moitié de la population mondiale. ☐
c) les trois-quarts de la population mondiale. ☐

9 Les espaces les plus dynamiques aux États-Unis sont :

a) la Mégalopole et la *Sun Belt*. ☐
b) le Nord-Est et les Rocheuses. ☐
c) les grandes plaines. ☐

10 La justice des mineurs privilégie :

a) les sanctions pénales. ☐
b) l'incarcération. ☐
c) les sanctions éducatives. ☐

TOTAL BILAN .... /10

Physique-Chimie Technologie

1 La tension électrique

Retiens l'essentiel

Mot-clé

Dipôle

Un dipôle est un élément d'un circuit qui possède deux bornes ou deux pôles. La pile, la lampe... sont des dipôles. Ils sont représentés par des symboles.

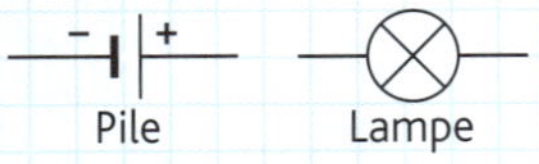

1 Définition

- **La tension électrique** est une grandeur physique. Elle se note ***U*** et son unité est le **volt** (V).
- La tension se mesure avec un **voltmètre** (schéma : 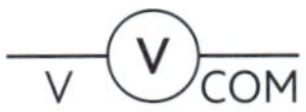

), qui se branche en dérivation avec le dipôle à étudier.

2 Faire fonctionner un dipôle

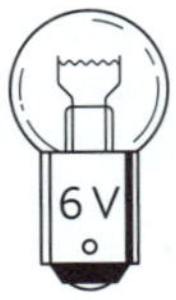

- Pour qu'un dipôle fonctionne normalement, il doit recevoir une tension proche de sa **tension nominale**. La tension nominale figure sur le dipôle (sur le culot d'une lampe par exemple).
- Si la tension reçue est supérieure à sa tension nominale, le dipôle est en **surtension**.
- Si la tension reçue est inférieure à sa tension nominale, le dipôle est en **sous-tension**.

3 Les lois de la tension

- **La loi d'additivité des tensions**

Dans un circuit en série, la tension aux bornes du générateur est égale à la somme des tensions aux bornes des autres dipôles.

Ex. : 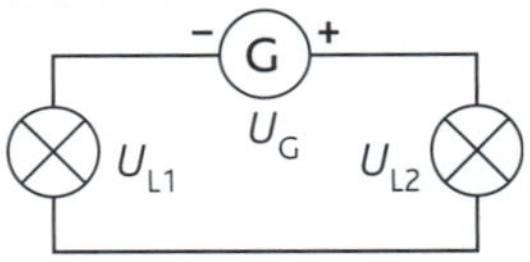

$U_G = U_{L1} + U_{L2}$

- **La loi d'unicité des tensions**

La tension est la même aux bornes de dipôles branchés en dérivation.

Ex. : 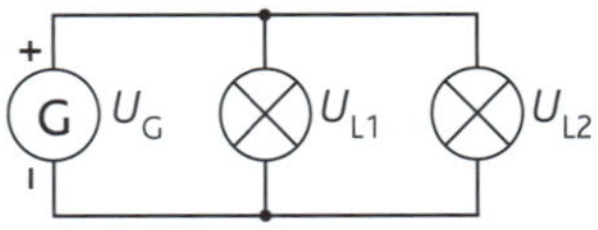

$U_G = U_{L1} = U_{L2}$

Comment faire ?

Mesurer la tension électrique aux bornes d'un dipôle

Pour mesurer la tension électrique aux bornes d'un dipôle, tu dois brancher un voltmètre en dérivation à ses bornes.

Schématiser une expérience

Représente le schéma électrique du circuit, puis ajoute le voltmètre en dérivation aux bornes de la lampe. N'oublie pas d'indiquer le nom des bornes du voltmètre.

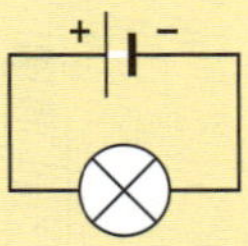

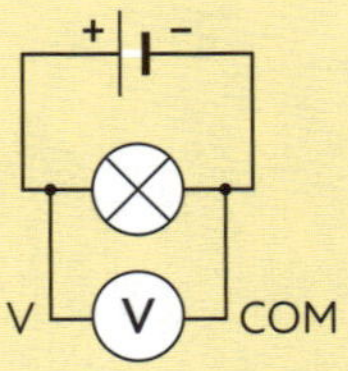

Attention !

La borne V doit être reliée à la borne ⊕ du générateur, la borne COM à la borne ⊖ du générateur.

S'entraîner

Corrigés → livret, p. 31

QUIZ-TEST

Coche la (ou les) bonne(s) réponse(s).

1 Une lampe de tension nominale 6V :

a) est en sous-tension si elle reçoit 2 volts. ☐
b) fonctionne normalement en 9 volts. ☐
c) est en surtension si elle reçoit 9 volts. ☐

2 Dans un circuit en série, on applique :

a) la loi d'unicité des tensions. ☐
b) la loi d'additivité des tensions. ☐
c) la loi d'égalité des tensions. ☐

3 ★ Mesure de tension

a) Place un voltmètre sur le schéma afin de mesurer la tension aux bornes du moteur. Indique le nom des bornes du voltmètre.

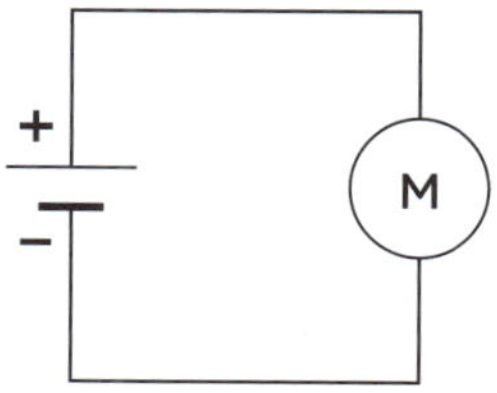

b) Explique en une phrase comment se branche un voltmètre.

....

....

4 ★ Interpréter une information

a) Quelle information peux-tu lire sur le culot de la lampe ?

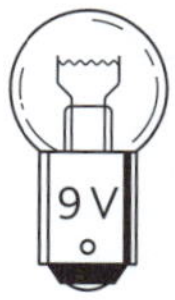

....

....

b) Quelle tension doit recevoir cette lampe pour fonctionner normalement ?

....

c) Complète le tableau suivant sur le fonctionnement du dipôle.

Tension reçue	3 V	9 V	12 V
Fonctionnement			

5 ★★ Tension dans un circuit

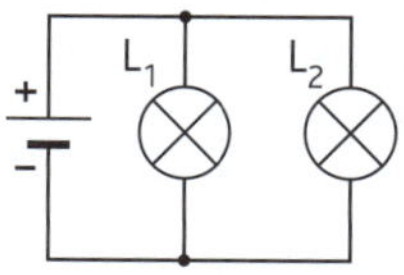

a) Comment sont reliées les lampes dans ce circuit ?

....

b) Quelle loi de la tension faut-il utiliser dans ce circuit ?

....

c) Quelle égalité décrit ce circuit ?

☐ $U_{pile} = U_{lampe1} + U_{lampe2}$
☐ $U_{pile} = U_{lampe1} = U_{lampe2}$

6 ★★★ Un peu de calcul

Dans ce circuit, la tension aux bornes du générateur est de 12 volts. La lampe reçoit une tension de 7 volts.

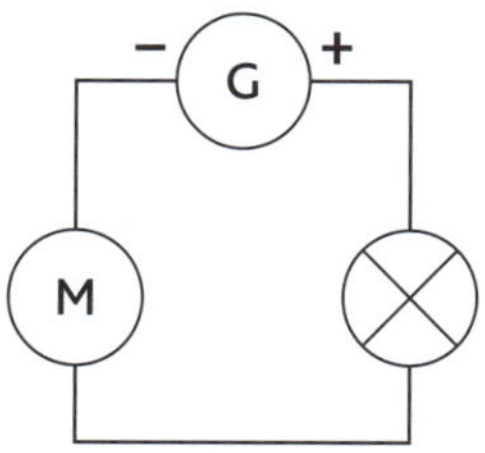

a) Quel appareil a été utilisé pour mesurer ces tensions ?

....

b) Quelle égalité décrit la tension dans ce circuit ?

....

c) Calcule la tension reçue par le moteur.

....

Physique-Chimie

2 L'intensité électrique

Retiens l'essentiel

1 Définition

▸ **L'intensité électrique** est une grandeur physique. Elle se note ***I*** et son unité est l'**ampère** (A).

▸ L'intensité se mesure avec un **ampèremètre** 

qui se branche **en série** dans le circuit.

La borne COM est reliée vers la borne négative de la pile, la borne A vers la borne positive.

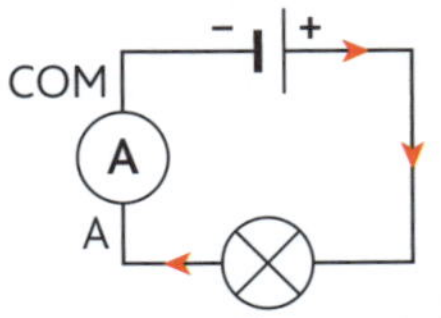

2 Les lois de l'intensité

▸ **La loi d'unicité des intensités**

L'intensité est la même en tout point d'un circuit monté en **série**.

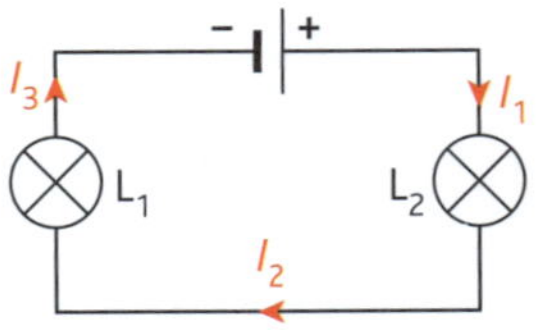

$I_1 = I_2 = I_3$

▸ **La loi d'additivité des intensités**

Dans un circuit avec **dérivations**, l'intensité du courant dans la branche principale est égale à la somme des intensités des branches dérivées.

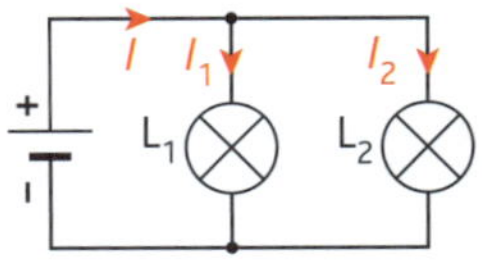

$I = I_1 + I_2$

À savoir

Éclat d'une lampe

- Selon l'intensité du courant qui la traverse, une lampe brillera plus ou moins fortement.
- L'intensité nominale d'un dipôle figure sur celui-ci.
- L'intensité du courant dans un circuit est indépendante de l'ordre des dipôles.

Comment faire ?

▸ **Identifier les branches d'un circuit pour utiliser la loi d'additivité des intensités**

→ Pour identifier les branches d'un circuit, repère le dipôle générateur, surligne-le et continue jusqu'aux nœuds. C'est la branche principale. La partie du circuit restante constitue les branches dérivées.

→ Nomme les courants électriques de chaque branche par une lettre.
Par exemple, l'intensité parcourant la lampe est notée I_L.

→ Écris l'égalité entre l'intensité du courant de la branche principale et la somme des intensités des branches dérivées : $I_G = I_L + I_M$

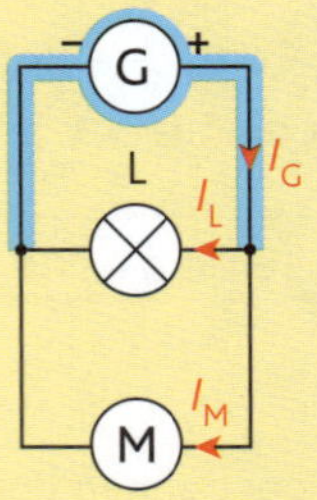

Corrigés → livret, p. 31

S'entraîner

QUIZ-TEST

Coche la (ou les) bonne(s) réponse(s).

1 L'intensité électrique :

a) a pour unité le volt de symbole V. ☐
b) a pour unité l'ampère de symbole A. ☐
c) se mesure avec un ampèremètre. ☐

2 Dans un circuit avec dérivations, on applique :

a) la loi d'unicité des intensités. ☐
b) la loi d'unicité des tensions. ☐
c) la loi d'additivité des intensités. ☐

3 ★ Schématiser un circuit

a) Schématise le circuit suivant au brouillon.

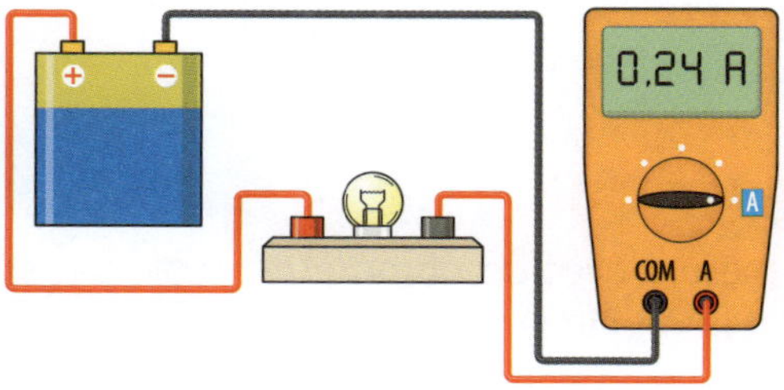

b) Quel est l'appareil de mesure utilisé ? Comment est-il branché ?

....

c) Quelle est la valeur mesurée par cet appareil ?

....

4 ★ Vrai ou faux

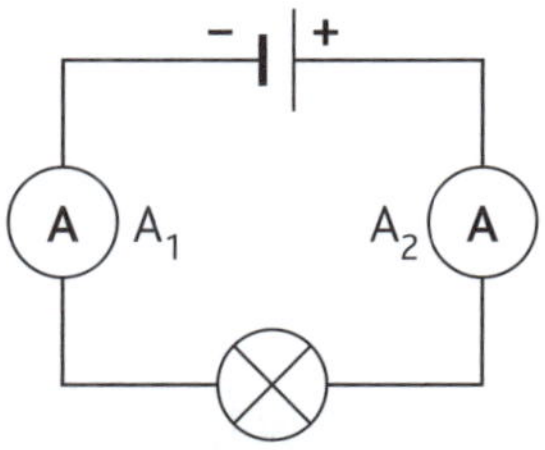

Dans ce circuit, on peut dire que les ampèremètres A_1 et A_2 :

	V	F
a) sont branchés en dérivation.	☐	☐
b) mesurent l'intensité électrique.	☐	☐
c) indiquent des valeurs identiques.	☐	☐
d) vérifient la loi d'unicité des intensités.	☐	☐

5 ★★ Un peu de déduction

a) Représente le circuit correspondant à l'égalité suivante : $I_{Pile} = I_{Moteur} = I_{Lampe}$.

b) Comment sont reliés les dipôles ? Justifie ta réponse.

....

....

6 ★★★ Additivité des intensités

Dans ce circuit, $I_{L1} = 0{,}2$ A et $I_{L2} = 0{,}3$ A.

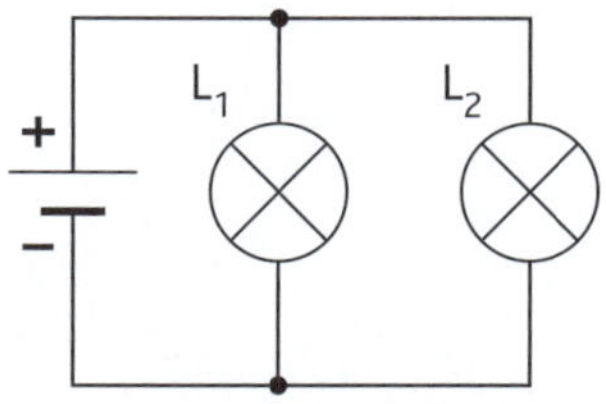

a) Surligne en bleu la branche principale et en vert les branches dérivées.

b) Représente en rouge les courants I_{pile}, I_{L1} et I_{L2}.

c) Quelle est l'égalité entres ces trois courants ?

....

d) Calcule l'intensité du courant dans la branche principale.

....

....

3 La résistance électrique

Retiens l'essentiel

1 Rôle du conducteur ohmique

- Un **conducteur ohmique** est un dipôle qui permet de diminuer l'intensité du courant dans un circuit en série. Il est caractérisé par sa **résistance électrique** *R*. L'unité de la résistance est l'**ohm** (Ω). Elle peut aussi s'exprimer en kilo-ohm (**1kΩ = 1000 Ω**).
- Dans ce circuit en série, l'intensité diminue quand la résistance du conducteur ohmique augmente.

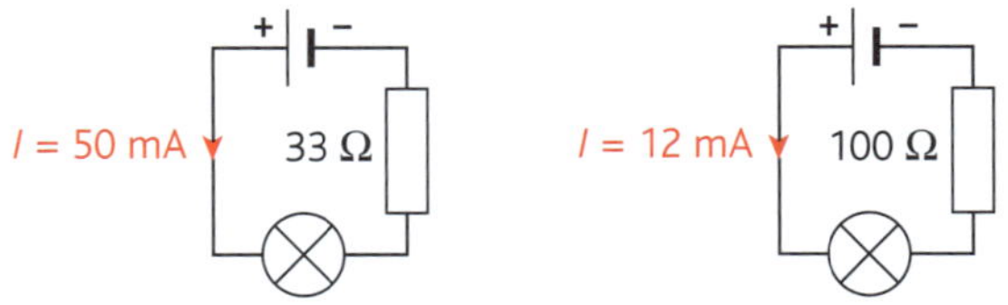

2 Mesure de la résistance électrique

- La **résistance** électrique se mesure avec un **ohmmètre**, branché aux bornes du conducteur ohmique.
- Le dipôle doit être **déconnecté** du circuit lors de la mesure de sa résistance.

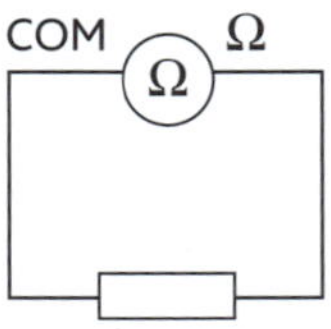

3 La loi d'Ohm

La **tension** ***U*** aux bornes d'un conducteur ohmique est égale au produit de sa **résistance** ***R*** par **l'intensité** du courant ***I*** qui le traverse.

La formule peut s'écrire $R = \frac{U}{I}$ et $I = \frac{U}{R}$.

Résistance en ohm

$$U = R \times I$$

Tension en volt — Intensité en ampère

À savoir

La caractéristique d'un dipôle

La caractéristique d'un dipôle est un graphique qui représente l'intensité du courant *I* traversant ce dipôle (en abscisse) et la tension *U* à ses bornes (en ordonnée).

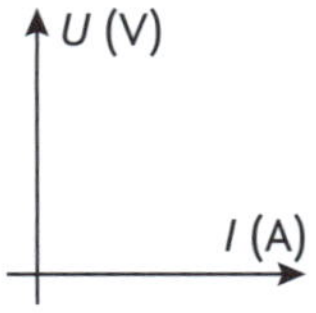

Comment faire ?

Identifier un dipôle d'après sa caractéristique

Pour identifier un dipôle d'après sa caractéristique :

→ Il faut d'abord mesurer **l'intensité *I*** du courant traversant le dipôle lorsqu'on fait varier la **tension *U*** à ses bornes.

U(V)	0	1	2	3	4
I(A)	0	0,025	0,05	0,075	0,1

→ Ensuite, il faut tracer la **caractéristique** du dipôle. Si le graphique obtenu est une droite passant par l'origine, alors le dipôle est un conducteur ohmique. Il répond donc à la loi d'Ohm.

→ Enfin, il reste à calculer sa résistance en utilisant la loi d'Ohm.

Ex. : $R = \frac{U}{I} = \frac{2}{0,05} = 40\ \Omega$.

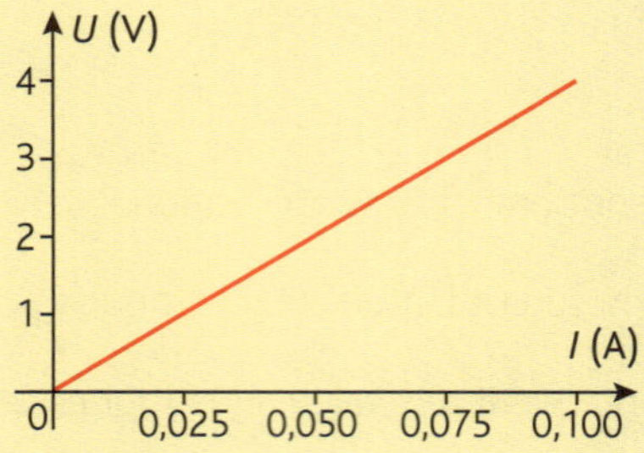

Corrigés → livret, p. 31

S'entraîner

QUIZ-TEST

Coche la (ou les) bonne(s) réponse(s).

1 La résistance électrique :

a) est un dipôle qui modifie le courant. .... ☐
b) a pour unité l'ohm de symbole Ω. .... ☐
c) a pour unité l'ohm de symbole O. .... ☐

2 Quelle(s) relation(s) traduit la loi d'Ohm ?

a) $U = R \times I$. .... ☐
b) $U = R + I$. .... ☐
c) $R = \frac{U}{I}$. .... ☐

3 ★ Observer

Les deux circuits sont construits avec la même lampe et la même pile.

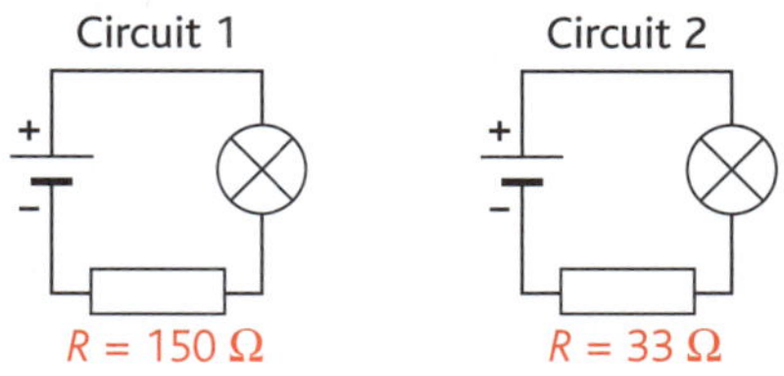

Dans quel circuit : 1 2

a) l'intensité est-elle la plus faible ? .... ☐ ☐
b) l'intensité est-elle la plus forte ? .... ☐ ☐
c) la lampe brille-t-elle le plus ? .... ☐ ☐
d) la lampe brille-t-elle le moins ? .... ☐ ☐

4 ★ Conversions

1 kΩ = ... Ω

2300 Ω = ... kΩ

15 kΩ = ... Ω

0,33 kΩ = ... Ω

5 ★★ Identifier un dipôle

Voici la caractéristique d'un dipôle inconnu.

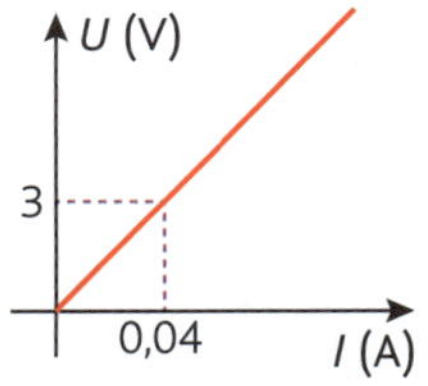

a) Quelle est la grandeur portée en abscisse ?

....

b) Quelle est la grandeur portée en ordonnée ?

....

c) Le dipôle étudié est-il un conducteur ohmique ? Justifie ta réponse.

....

....

d) Si c'est possible, détermine sa résistance.

....

....

6 ★★★ Loi d'Ohm

a) Un conducteur ohmique de résistance R = 220 Ω est parcouru par un courant d'intensité I = 0,04 A. Calcule la tension aux bornes de ce dipôle.

....

....

b) La tension U aux bornes d'un conducteur ohmique de résistance R = 560 Ω est U = 11,2 V. Calcule l'intensité du courant qui le traverse.

....

....

c) Calcule la résistance d'un conducteur ohmique parcouru par un courant de 0,02 A, sachant que la tension à ses bornes est de 5 V.

....

....

4 Vitesse et sécurité routière

Retiens l'essentiel

À savoir

Utiliser une formule

En modifiant la formule permettant de calculer la vitesse moyenne d'un objet, on peut :

- calculer une distance d :

$d = v \times t$

- calculer une durée t :

$t = \frac{d}{v}$

Modification du temps de réaction

En moyenne, il faut une seconde pour réagir. La fatigue, l'inattention, la consommation d'alcool, de drogues… augmentent fortement le temps de réaction, et donc la distance de réaction.

1 La vitesse moyenne d'un objet

▸ **La vitesse moyenne v d'un objet** est le quotient de la distance parcourue d par la durée t du parcours.

$$v = \frac{d}{t}$$

vitesse (m/s) — v ; distance (m) — d ; durée (s) — t

Remarque : le compteur de vitesse d'une voiture indique une vitesse instantanée.

▸ Dans **le système international des unités**, la vitesse s'exprime en mètre par seconde. La vitesse peut aussi s'exprimer en kilomètre par heure (km/h).

2 Vitesse et sécurité routière

▸ La **distance d'arrêt d'un véhicule** est la distance parcourue par ce véhicule entre la perception d'un danger par le conducteur et l'arrêt complet du véhicule. Elle est égale à la somme de la distance de réaction Dr (distance parcourue en 1 seconde) et de la distance de freinage Df : $Dr + Df = Da$.

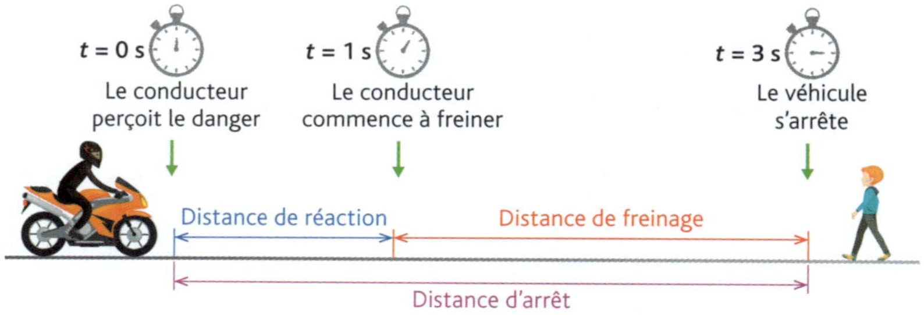

Comment faire ?

▸ **Convertir des distances et des durées**

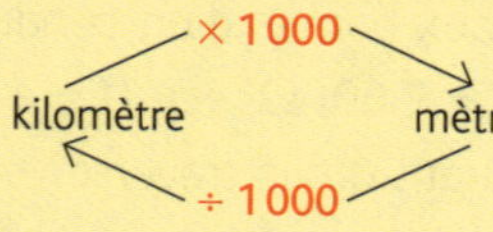

Ex. : Convertir 2,5 kilomètres en mètres

2,5 km = 2,5 × 1000 = 2500 m

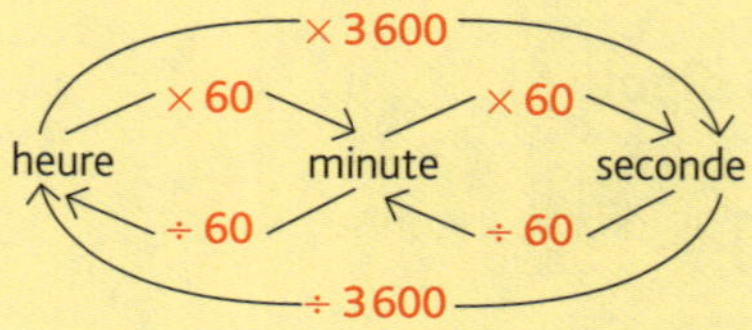

Ex. : Convertir 180 minutes en heures

180 min = $\frac{180}{60}$ = 3 heures

▸ **Convertir des vitesses**

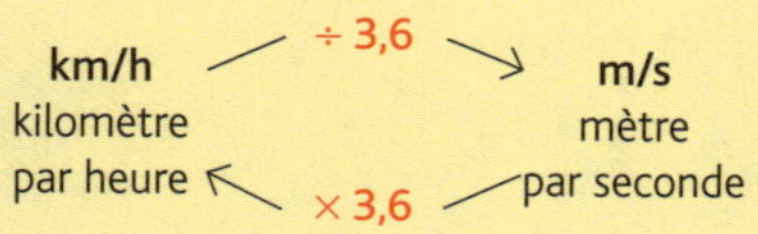

Ex. : Convertir 90 kilomètres par heure en mètres par seconde

90 km/h = $\frac{90}{3,6}$ = 25 m/s

Ex. : Convertir 5 mètres par seconde en kilomètres par heure

5 m/s = 5 × 3,6 = 18 km/h

Corrigés → livret, p. 32

S'entraîner

QUIZ-TEST

Coche la (ou les) bonne(s) réponse(s).

1 La formule pour calculer une vitesse est :

a) $v = \frac{t}{d}$ .... ☐

b) $v = d \times t$. .... ☐

c) $v = \frac{d}{t}$. .... ☐

2 Dans une heure, il y a :

a) 60 secondes. .... ☐

b) 120 minutes. .... ☐

c) 3 600 secondes. .... ☐

3 ★ Grandeurs

Pour chaque valeur, indique le nom et l'unité utilisés. Suis le premier exemple.

a) 15 km : c'est une distance en kilomètres.

b) 45 s : ....

c) 35 km/h : ....

d) 12 m/s : ....

e) 35 m : ....

f) 4 h : ....

4 ★ Conversions

Effectue les conversions suivantes :

a) 15 km = ... m

b) 3 500 m = ... km

c) 2 h 30 min = ... h

d) 45 min = ... s

e) 45 km/h = ... m/s

f) 35 m/s = ... km/h

5 ★★ Un peu de calcul

a) Au volant de sa voiture, Grégoire a parcouru 120 kilomètres en 2 heures et 30 minutes. Calcule sa vitesse moyenne en kilomètres par heure. Convertis ensuite la vitesse en mètres par seconde.

....

....

b) En EPS, Fanny effectue un cent mètres en douze secondes. Calcule sa vitesse moyenne en mètres par seconde. Convertis ensuite la vitesse en kilomètres par heure.

....

....

6 ★★ Ordinateur de bord

Margaux est partie de chez elle à 11 h 30. Avant de partir, elle a remis à zéro son compteur kilométrique.
Lorsqu'elle passe le panneau « Saint-Quentin », l'ordinateur de bord indique les informations ci-contre :

a) Remplis le carnet de route

Heure de départ : ....

Heure d'arrivée : ....

Durée du trajet : ....

Kilomètres parcourus : ....

b) Calcule sa vitesse moyenne.

....

c) Une semaine après son voyage, Margaux reçoit une contravention indiquant qu'elle a dépassé la vitesse autorisée en roulant à 95 km/h. Est-ce possible ?

....

7 ★★ Vitesse

Sur route sèche, une voiture roulant à une vitesse de 90 km/h a une distance de freinage de 45 mètres.

a) Convertis la vitesse en m/s.

....

b) Calcule la distance d'arrêt de ce véhicule sachant que le temps de réaction du conducteur est de 1 seconde.

....

5 La masse volumique

Retiens l'essentiel

Mots-clés

Kilogramme (kg)
Unité de la masse dans le système international.

Mètre cube (m^3)
Unité de volume dans le système international.

1 Masse d'un liquide ou d'un solide

▸ La masse d'un corps s'exprime en **kilogramme** (kg) et se mesure à l'aide d'une balance. En classe, on utilise une unité plus petite, le **gramme** (g).

▸ Pour mesurer la masse d'un liquide (ou d'un solide mou), il faut utiliser un récipient afin de le contenir. On utilise alors la tare de la balance.

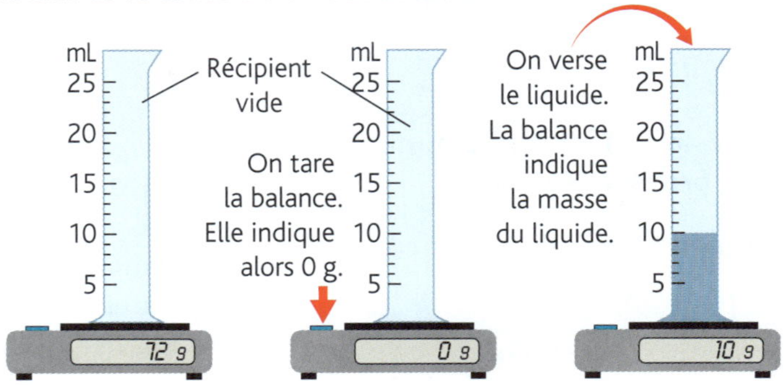

À savoir

Conversions d'unités

1 kg = 1 000 g

$1 m^3$ = 1 000 L

$1 cm^3$ = 1 mL

2 Volume d'un liquide ou d'un solide

▸ Le volume d'un corps s'exprime en **mètre cube** (m^3). En classe, on utilise usuellement une unité plus petite, le **millilitre** (mL). Le volume d'un liquide se mesure avec une éprouvette graduée.

▸ Pour mesurer le volume d'un solide, on peut utiliser la technique du déplacement d'eau.

On immerge le solide dans un récipient gradué contenant de l'eau. Il déplace un volume d'eau égal à son propre volume.

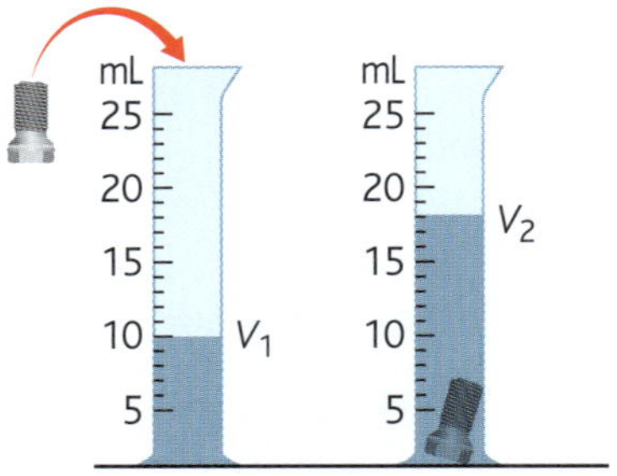

$V = V_2 - V_1$

$V = 18 - 10$

$V = 8$ mL

$V_{objet} = 8\ cm^3$

Comment faire ?

▸ **Calculer la masse volumique d'un corps**

→ La masse volumique ρ d'un corps correspond au quotient de sa masse (*m*) par son volume (*V*).

On peut identifier un corps grâce à sa masse volumique.

$$\rho = \frac{m}{V}$$

masse volumique (g/cm^3) ; masse (g) ; Volume (cm^3)

Remarque : La masse volumique peut aussi s'exprimer en kilogramme par mètre cube (kg/m^3).

→ On peut ici identifier un corps grâce à sa masse volumique.

Corps	Masse volumique
liège	0,24 g/cm^3
huile d'olive	0,92 g/cm^3
eau douce	1,0 g/cm^3
eau de mer	De 1,00 à 1,03 g/cm^3
glace	0,9 g/cm^3
fer	7,9 g/cm^3
or	19,3 g/cm^3

Corrigés → livret, p. 32

S'entraîner

QUIZ-TEST

Coche la (ou les) bonne(s) réponse(s).

1 L'unité de masse est le :

a) gramme. ☐
b) kilogramme. ☐
c) gramme par cm^3. ☐

2 La masse volumique :

a) se mesure avec une éprouvette graduée. ☐
b) permet d'identifier un corps. ☐
c) peut s'exprimer en kg/m^3. ☐

3 ★ Grandeurs et unités

Complète les phrases suivantes.

a) Le gramme est une unité de ....

b) La masse se mesure avec une ....

c) Une éprouvette permet de mesurer un ....

d) L'unité usuelle de volume est le ....

e) La .... a pour unité le kg/m^3.

4 ★★★ Expériences

Lors de la séance de TP, Karim pèse un échantillon de roche, puis l'immerge dans une éprouvette contenant 134 mL d'eau.

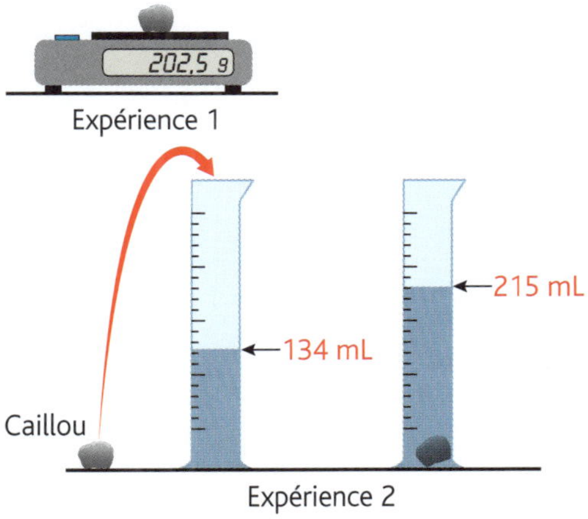

a) Utilise les expériences de Karim pour déterminer la masse et le volume du morceau de roche.

....

....

b) Calcule en g/cm^3, la masse volumique de cette roche.

....

....

5 ★★ Pyramide mystérieuse

Lors d'une campagne de fouille dans le Sud de l'Égypte, un archéologue a découvert une bague étrange de forme pyramidale. Afin de découvrir la nature du métal, l'archéologue réalise et note différentes mesures.

– Masse de l'objet : 179,5 g.

– Volume d'eau déplacé par l'objet : 9,3 mL.

Cette bague est-elle en or ?

....

6 ★★★ Calculs

Antoine veut acheter 3 m^3 de sable dans un magasin de matériau. Sa remorque peut supporter une charge maximale de 800 kg.
Masse volumique du sable sec 1 600 kg/m^3.
Masse volumique du sable mouillé 2 000 kg/m^3.

a) Calcule, en m^3 puis en litre, le volume maximal de sable sec que peut contenir la remorque d'Antoine.

....

....

b) Détermine le nombre de voyage que doit effectuer Antoine pour rapporter les 3 m^3 de sable.

....

....

c) À cause d'une forte pluie, le sable est saturé d'eau. Cela modifie-t-il les calculs d'Antoine ? Justifie ta réponse.

....

....

6 La combustion

Retiens l'essentiel

1 Définitions

La combustion

La combustion est une **transformation chimique** qui libère de la chaleur.

Les éléments de la combustion

La combustion nécessite trois éléments :

– Un **combustible**, matière qui brûle : bois, papier, charbon, gaz, etc.

– Un **comburant** qui fait brûler, en général le dioxygène de l'air.

– Une **source d'énergie** : étincelle, flamme, etc.

On peut les schématiser sur un triangle :

2 La transformation chimique

Au cours d'une transformation chimique, des **réactifs** sont consommés et des **produits** sont formés.

La combustion du carbone dans le dioxygène forme le dioxyde de carbone.

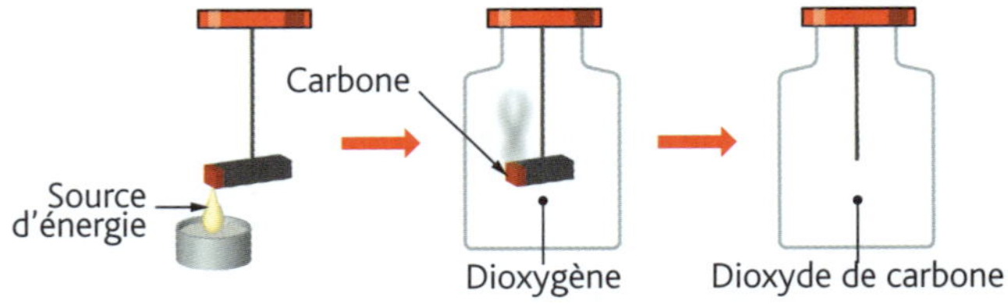

Le **bilan de réaction** de la transformation chimique s'écrit :

Carbone + Dioxygène → Dioxyde de carbone

Réactifs : Carbone + Dioxygène — Produit : Dioxyde de carbone

Le danger des combustions

- Lorsque la quantité de dioxygène est insuffisante, la combustion est incomplète. Un gaz très toxique, le monoxyde de carbone, se forme.
- Une combustion peut aussi être explosive.

Comment faire ?

Détecter la présence de dioxyde de carbone

→ L'eau de chaux réagit en présence de dioxyde de carbone. Elle se trouble et forme un précipité blanc.

→ On brûle du carbone dans un flacon de dioxygène. Après la combustion, le gaz formé trouble l'eau de chaux : c'est du dioxyde de carbone.

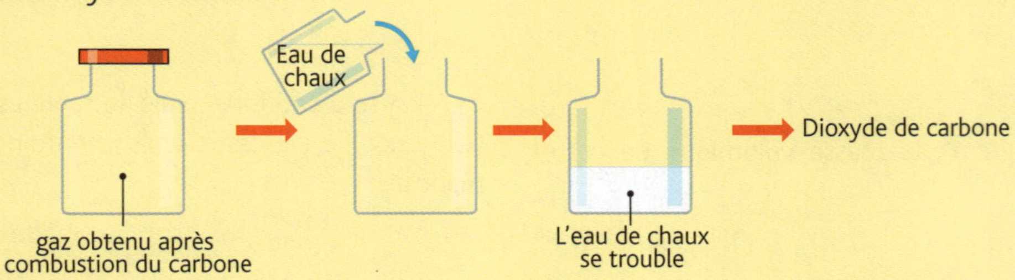

Corrigés → livret, p. 32

S'entraîner

QUIZ-TEST

Coche la (ou les) bonne(s) réponse(s).

1 Le dioxygène est :

a) un comburant. ☐
b) un combustible. ☐
c) une source d'énergie. ☐

2 L'eau de chaux permet de détecter la présence de :

a) carbone. ☐
b) dioxygène. ☐
c) dioxyde de carbone. ☐

3 ★ Le triangle du feu

Complète le tableau avec les termes suivants.

bois, étincelle, dioxygène, carton, flamme, carbone, air, butane

Combustible	Comburant	Source d'énergie

4 ★ Réaction de combustion

Relie chaque définition au terme qui lui correspond.

a) Corps consommé lors d'une combustion — 1. Produit

b) Transformation chimique libérant de l'énergie thermique — 2. Réactif

c) Corps formé lors d'une combustion — 3. Combustion

5 ★★ Le triangle du feu

Grégoire allume une bougie, puis place un pot en verre au-dessus de celle-ci. Explique pourquoi la bougie s'éteint après quelques instants.

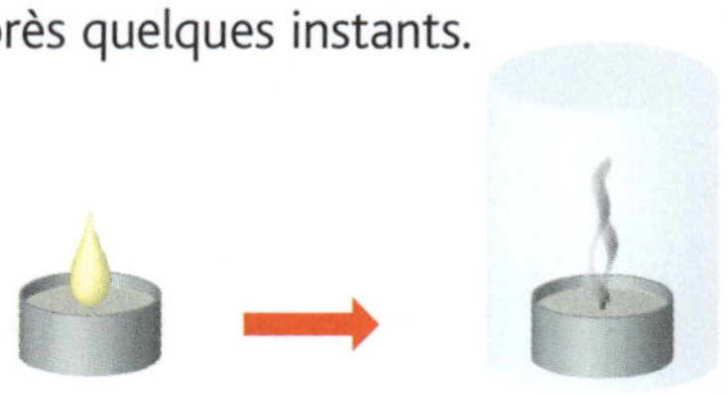

....

....

6 ★★ Identifier un gaz

Deux flacons contiennent des gaz inconnus. On réalise un test à l'eau de chaux dans chaque flacon.

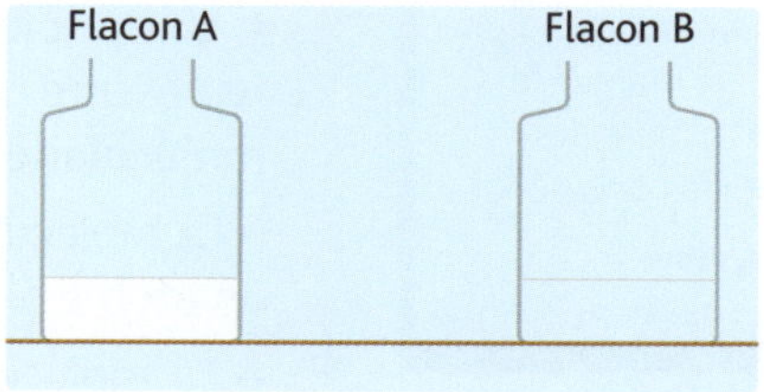

a) Quel est le rôle de l'eau de chaux ?

....

b) Dans quel(s) flacon(s) ce test est-il positif ? Justifie ta réponse.

....

c) Que peux-tu en conclure sur le contenu de chaque flacon ?

....

7 ★★★ La combustion du butane

Le butane est un gaz qui brûle dans le dioxygène. Il se forme alors du dioxyde de carbone et de l'eau.

a) Quels sont les réactifs de cette combustion ?

....

b) Quels sont les produits de la combustion ?

....

c) Écris le bilan de réaction de la combustion.

....

Physique-Chimie

7 Atomes et molécules

Retiens l'essentiel

1 Atomes

▶ La matière est constituée à partir d'**atomes**. Un atome est représenté par un symbole chimique et modélisé par une sphère colorée.

Atome	Carbone	Oxygène	Hydrogène	Azote
Symbole	C	O	H	N
Représentation				

2 Molécules

▶ Une **molécule** est composée de plusieurs atomes. On la représente par une formule chimique et par un **modèle moléculaire**.

H_2O

– La molécule d'eau contient deux atomes d'hydrogène et un atome d'oxygène. Sa formule chimique est H_2O.

– La molécule de méthane est formée de quatre atomes d'hydrogène et d'un atome de carbone. Sa formule chimique est CH_4.

CH_4

3 Atomes et transformation chimique

▶ Lors d'une transformation chimique, les atomes qui constituent les **réactifs** se réarrangent pour former de nouvelles molécules : les **produits**.

▶ Lors d'une transformation chimique, les atomes se **conservent** : il y a le même nombre d'atomes avant et après la transformation. La masse totale se conserve aussi.

▶ On peut traduire une transformation chimique par une **équation de réaction** qui s'écrit : **réactif1 + réactif2 → produit(s)**.

Mots-clés

Symbole chimique

Un symbole chimique est une lettre en majuscule (ou deux, la seconde étant en minuscule) qui représente le nom d'un atome.

Ex. : Carbone = C

Formule chimique

Formule chimique est l'écriture symbolique d'une molécule qui indique le nom et le nombre des atomes qui la constituent.

Ex. : Dioxygène = O_2

À savoir

Tableau périodique

Le tableau périodique regroupe l'ensemble des atomes présents sur Terre. Il permet de les repérer et de les classer.

Comment faire ?

▶ **Écrire l'équation de réaction de la combustion du carbone**

Le carbone brule dans le dioxygène pour former le dioxyde de carbone.

→ Identifie d'abord le nom des réactifs et des produits de cette transformation chimique :
réactifs : carbone et dioxygène ; produit : dioxyde de carbone.

→ Écris le bilan de réaction de cette transformation chimique :
Carbone + dioxygène → dioxyde de carbone.

→ Remplace les noms des molécules par leur formule chimique.
Tu obtiens alors l'équation de réaction : $C + O_2 \rightarrow CO_2$

Attention !

Si une molécule contient plusieurs fois le même atome, son nombre est indiqué en indice dans la formule chimique de la molécule.

Ex : dioxygène
> deux atomes d'oxygène
> formule chimique : O_2

Corrigés → livret, p. 32

S'entraîner

QUIZ-TEST

Coche la (ou les) bonne(s) réponse(s).

1 Un atome peut être représenté par :

a) un symbole chimique. ☐
b) une formule chimique. ☐
c) une sphère colorée. ☐

2 Au cours d'une transformation chimique :

a) les atomes se conservent. ☐
b) la masse totale se conserve. ☐
c) les molécules se conservent. ☐

3 ★ Atome ou molécule ?

❶ ❷ ❸ ❹

a) Dans les schémas, que représente chaque sphère de couleur ?

....

....

....

....

b) Pour chaque schéma, indique s'il s'agit d'un atome ou d'une molécule.

....

....

4 ★★ Identifier des molécules

Complète les cartes d'identités des molécules.

Nom :	Formule :
Composition :	Modélisation : 

Nom :	Formule :
Composition : 1 atome de carbone 2 atomes d'oxygène	Modélisation :

Nom : **Eau**	Formule :
Composition :	Modélisation :

Nom :	Formule : H_2
Composition :	Modélisation :

5 ★★★ La combustion du méthane

La combustion du méthane dans le dioxygène s'écrit :

$$CH_4 + 2O_2 \rightarrow CO_2 + 2H_2O.$$

a) Quel nom porte cette écriture ?

....

b) Quelle est la formule chimique du méthane ?

....

c) Nomme les produits formés.

....

....

d) Les molécules sont-elles conservées lors de la combustion ? Justifie ta réponse.

....

....

....

8 Univers et lumières

Mot-clé

Célérité

C'est le terme employé pour décrire la vitesse de propagation de la lumière dans le vide.

À savoir

Méthode de conversion

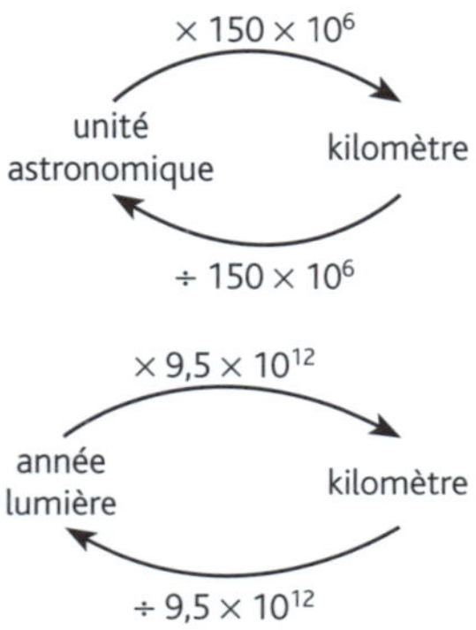

Retiens l'essentiel

1 L'Univers

- L'Univers (âgé d'environ 14 milliards d'années) est constitué de plusieurs centaines de milliards de **galaxies** réunies en amas. Entre ces galaxies règne le vide.
- Le Soleil est l'une des 100 milliards d'étoiles qui composent notre Galaxie : la **Voie lactée**.

La Voie lactée

2 Le système solaire

Le système solaire s'est formé il y a environ 4,6 milliards d'années. Il est composé de huit planètes qui gravitent autour d'un soleil.

3 La lumière

- Dans le vide, la lumière se propage en ligne droite à la vitesse (**célérité**) c ≈ 300 000 000 mètres par seconde, soit 300 000 kilomètres par seconde. Pour écrire la vitesse, on peut utiliser les puissances de dix. *Ex.* : $c = 3 \times 10^5$ km/s soit $c = 3 \times 10^8$ m/s
- La lumière visible constitue une partie des différents types de rayonnements. Certains rayonnements lumineux comme les **infrarouges** (IR) ou les **ultraviolets** (UV) sont invisibles à l'œil humain.

Comment faire ?

Mesurer des distances en astronomie

→ **Dans le système solaire**

L'**unité astronomique** (ua) est l'unité de longueur utilisée pour mesurer les distances dans le système solaire. Elle correspond à la distance moyenne entre la Terre et le Soleil : 150 millions de kilomètres.

1 ua ≈ 150×10^6 km

→ **Dans l'Univers**

L'**année-lumière** (a.l.) est l'unité de longueur utilisée pour mesurer les distances dans l'Univers. Elle correspond à la distance parcourue par la lumière en une année : 9 500 milliards de kilomètres.

1 a.l. ≈ $9,5 \times 10^{12}$ km

Corrigés → livret, p. 33

S'entraîner

QUIZ-TEST

Coche la (ou les) bonne(s) réponse(s).

1 Le système solaire s'est formé il y a environ :

a) 4,6 millions d'années. ☐
b) 4,6 milliards d'années. ☐
c) 10 milliards d'années. ☐

2 Entre les planètes et le Soleil, il y a :

a) le vide. ☐
b) de l'air. ☐
c) la Voie lactée. ☐

3 ★ Vrai ou faux ?

	V	F
a) La lumière se propage en ligne droite	☐	☐
b) Le système solaire contient 9 planètes	☐	☐
c) L'année-lumière est une durée	☐	☐
d) La lumière se propage dans le vide	☐	☐
e) La lumière se propage à 3 000 km/s	☐	☐
f) La lumière IR est invisible pour l'œil humain	☐	☐

4 ★ Décrire l'Univers

L'Univers est composé de différents corps célestes comme la Voie lactée, le système solaire, la Terre, le Soleil ou l'Amas de Persée.

a) Classe ces corps célestes par taille croissante.

....

b) Attribue une définition à chaque corps céleste.

- Ensemble de galaxies. ....
- Astre gravitant autour du Soleil. ....
- Regroupement d'un grand nombre d'étoiles comprenant le Soleil. ....
- Astre produisant sa propre lumière. ....
- Ensemble de planètes gravitant autour d'une étoile.

....

5 ★★ Distances

Utilise les termes suivants pour définir ci-après les deux distances utilisées en astronomie.

150 millions de kilomètres	distance parcourue par la lumière en un an	distance Terre-Soleil
unité astronomique	9 500 milliards de kilomètres	année-lumière

ua :

....

a.l. :

....

6 ★★ En route pour Mars

La lumière produite par le Soleil met 12 minutes et 40 secondes pour parvenir jusqu'à Mars.

a) Convertis, en seconde, la durée du trajet de la lumière du Soleil jusqu'à Mars.

....

b) Sachant que la célérité de la lumière est $c = 3 \times 10^8$ m/s, calcule, en mètre, la distance Terre-Mars. Convertis ensuite ta distance en kilomètre.

....

c) Convertis cette distance en unité astronomique.

....

7 ★★★ Calculer à la vitesse de la lumière

Dans la constellation de la Lyre on peut observer une étoile très brillante : Véga.
Elle se trouve à une distance de $2{,}37 \times 10^{14}$ km de la Terre.

a) Calcule, en année-lumière, la distance entre la Terre et Véga.

....

b) En quelle année a été émise la lumière de cette étoile si on l'observe cette nuit ?

....

9 Objet technique : analyse fonctionnelle

Retiens l'essentiel

Mots-clés

Objet technique
Objet fabriqué par l'homme et qui répond à un besoin.

Besoin
Sentiment de privation ou d'insatisfaction fondé sur le désir d'obtenir tel ou tel service.

Analyse fonctionnelle
C'est une méthode permettant la définition, la conception et la réalisation d'un objet technique.
Elle se décompose en trois étapes :
– définition du besoin ;
– analyse des fonctions du produit ;
– mise en œuvre du cahier des charges.

À savoir

La méthode de questionnement
Elle peut aussi être appelée « méthode des W ».
What?
Who?
Where?
When?
HoW?
Why?

1 La démarche de projet

▸ Lorsqu'une entreprise réalise un objet technique, elle doit d'abord s'assurer que celui-ci :
– trouve sa cible sur le marché, pour qu'il soit acheté par les clients ;
– possède les fonctionnalités attendues par les clients ;
– ait un prix adapté et compétitif pour les clients.

▸ L'**analyse fonctionnelle** regroupe les différentes étapes de conception d'un produit.

2 La notion de besoin

Pour savoir si un objet technique a une utilité, c'est-à-dire qu'il répond à un besoin réel, on utilise une **méthode de questionnement**.

Le besoin sera validé si on peut répondre simplement à toutes les questions.
Quoi ? De quel besoin s'agit-il ?
Qui ? Quelles sont les personnes concernées par ce besoin ?
Où ? Dans quel lieu le besoin est-il ressenti ?
Quand ? À quel moment le besoin est-il ressenti ?
Comment ? Sous quelle forme le besoin est-il mis en œuvre ?
Pourquoi ? Pour quelle raison le besoin est-il ressenti ?

3 Le diagramme « bête à cornes »

La « bête à cornes » est un outil de représentation qui permet d'identifier correctement le besoin afin de préparer l'analyse des fonctions du produit.

Grâce au diagramme « bête à cornes », on peut écrire une phrase simple pour exprimer le service rendu par le produit à l'utilisateur.

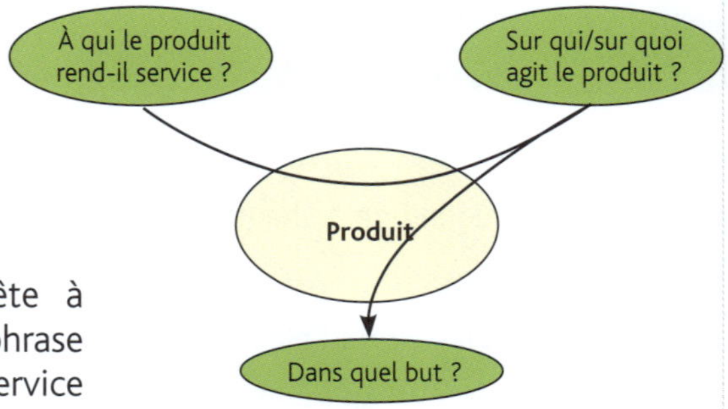

Comment faire ?

▸ **Construire le diagramme « bête à cornes » d'un chargeur de téléphone portable**

1) Placer le nom de l'objet au centre du diagramme.
2) Répondre aux trois questions.
3) Placer les réponses dans le diagramme.

→ À qui le produit rend-il service ? À l'utilisateur.
→ Sur qui/quoi agit le produit ? Sur la batterie.
→ Dans quel but ? Permettre de charger la batterie du téléphone portable.

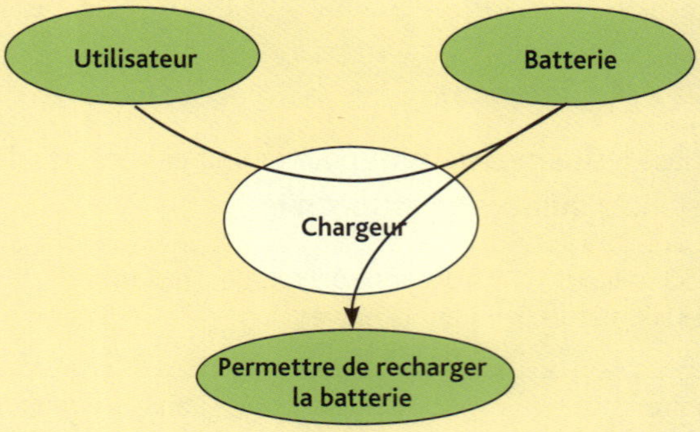

S'entraîner

Corrigés → livret, p. 33

QUIZ-TEST

Coche la (ou les) bonne(s) réponse(s).

1 L'ensemble des étapes de conception d'un objet technique se nomme :

a) la bête à cornes. ☐
b) l'analyse fonctionnelle. ☐
c) le cahier des charges. ☐

2 En technologie, la « bête à cornes » est :

a) un texte. ☐
b) un programme. ☐
c) un diagramme. ☐

3 ★ Définir le besoin

Détermine le besoin auquel répond chacun de ces objets techniques.

....

....

....

4 ★★ Un objet utile ou pas ?

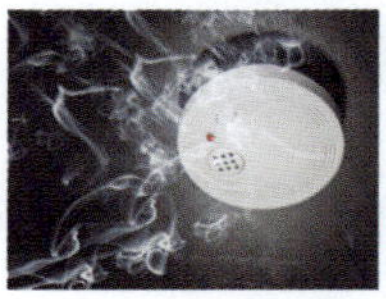

Une société commercialise des détecteurs avertisseurs autonomes de fumée (DAAF).

Réponds aux questions suivantes afin de savoir si cet objet technique a une utilité.

Quoi ? ....

Qui ? ....

Où ? ....

Quand ? ....

Comment ? ....

Pourquoi ? ....

5 ★★ L'enceinte Bluetooth®

Transforme le diagramme en une phrase exprimant le service rendu par une enceinte sans fil Bluetooth® à l'utilisateur.

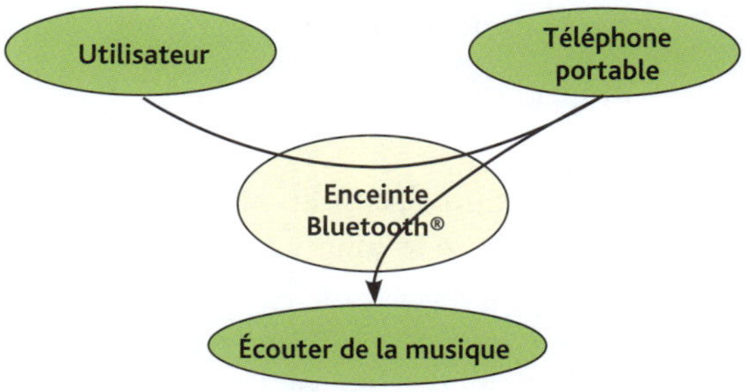

6 ★★ Le vélo électrique

Un vélo avec assistance électrique (VAE) est un vélo auquel on a ajouté un moteur. Il permet de se déplacer et d'avoir une aide lorsque l'effort à fournir est trop important.

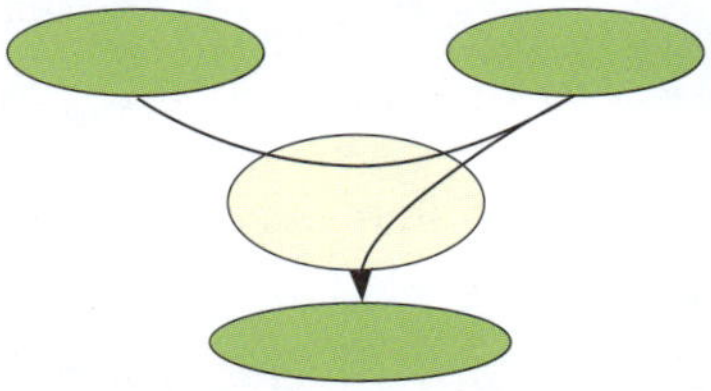

Complète le diagramme « bête à cornes » de cet objet technique avec les termes suivants : *se déplacer en ayant une assistance mécanique ; vélo électrique ; utilisateur ; route*.

7 ★★★ La souris d'ordinateur

a) Cite les trois questions permettant de remplir un diagramme « bête à cornes » puis réponds à ces questions pour l'objet souris d'ordinateur.

....

....

b) Construis le diagramme « bête à cornes » d'une souris d'ordinateur.

Technologie

Corrigés → livret, p. 34

Physique-Chimie Technologie : fais le bilan !

Coche, pour chaque exercice, la bonne réponse. Reporte-toi ensuite aux corrigés, p. 34, pour obtenir ton score sur 10.

1 La tension se mesure avec :

a) un voltmètre. ☐
b) un ampèremètre. ☐
c) un ohmmètre. ☐

2 Dans un circuit en série, on applique la loi :

a) d'unicité des tensions. ☐
b) d'unicité des intensités. ☐
c) d'additivité des intensités. ☐

3 Dans un circuit en série, un conducteur ohmique :

a) mesure l'intensité du courant. ☐
b) augmente l'intensité. ☐
c) diminue l'intensité électrique. ☐

4 Un véhicule parcourt 200 kilomètres en 2 heures. Sa vitesse moyenne est de :

a) 100 km/h. ☐
b) 150 km/h. ☐
c) 200 km/h. ☐

5 La masse volumique a pour formule :

a) $\rho = m / V$. ☐
b) $\rho = m \times V$. ☐
c) $\rho = m + V$. ☐

6 Lors d'une combustion :

a) des réactifs sont formés. ☐
b) des produits sont consommés. ☐
c) de la chaleur est libérée. ☐

7 Une molécule :

a) constitue les atomes. ☐
b) contient des atomes. ☐
c) possède un symbole chimique. ☐

8 La molécule d'eau a pour formule chimique :

a) HO_2. ☐
b) H2O. ☐
c) H_2O. ☐

9 Une année-lumière est :

a) une durée. ☐
b) une distance. ☐
c) une vitesse. ☐

10 Grâce au diagramme « bête à cornes » d'un objet, on peut savoir :

a) à qui l'objet rend service. ☐
b) le prix de l'objet. ☐
c) la durée d'utilisation de l'objet. ☐

TOTAL BILAN .... /10

SVT

1 La nutrition des plantes

Retiens l'essentiel

Mots-clés

Nodosité
Petits renflements présents chez certaines plantes, notamment les légumineuses, dus à la présence de bactéries symbiotiques.

Plant de pois

Symbiose
Association durable avantageuse pour les deux organismes vivants impliqués.

1 La nutrition et la croissance des végétaux chlorophylliens

▶ La croissance des végétaux est assurée par la **photosynthèse**. La plante prélève dans son milieu (sol/air) de la matière minérale (eau, dioxyde de carbone) qu'elle transforme en matière organique, en présence d'énergie lumineuse.

▶ La matière organique est synthétisée dans les **parties chlorophylliennes** de la plante (les feuilles) et est ensuite acheminée dans tout le végétal pour assurer son développement et le fonctionnement des cellules.

2 Une association étroite avec des micro-organismes

▶ Certains végétaux peuvent établir des **interactions fortes avec des micro-organismes.** C'est le cas des plantes de la famille des fabacées (légumineuses), importantes pour la nutrition de l'homme et des animaux domestiques.

▶ Les légumineuses (haricots, pois, soja…) présentent au niveau de leurs racines des renflements : les **nodosités**. Leur observation en coupe microscopique révèle la présence de **bactéries du genre *Rhizobium***.

3 Une association à caractère nutritif

▶ Les bactéries fournissent au végétal de la **matière minérale** (**azote**) utilisable pour leur synthèse de matière organique azotée (protéines). Le végétal fournit de la matière organique sous forme de glucose, source d'énergie, aux bactéries. Il s'agit d'une **symbiose**.

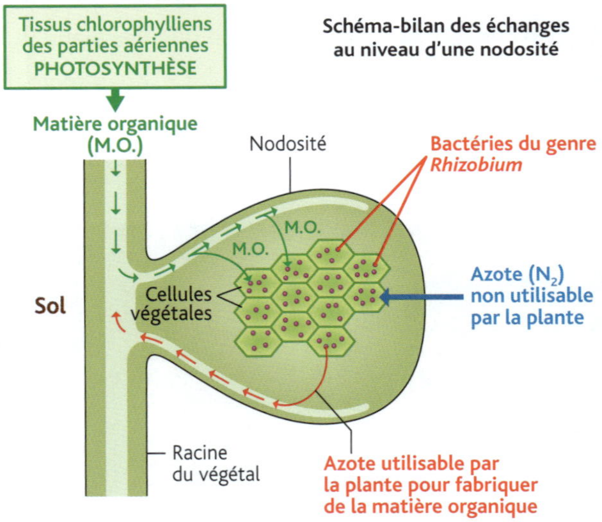

Schéma-bilan des échanges au niveau d'une nodosité

▶ En présence de ces micro-organismes, **les plantes ont une croissance et un développement plus rapides**.

Comment faire ?

▶ Enrichir la terre sans engrais chimique

→ Pour enrichir la terre du jardin, avant d'y cultiver des légumes, tu peux semer des plantes de la famille des fabacées, capables de capter l'azote atmosphérique grâce à la symbiose avec les bactéries.

→ La **luzerne** est ainsi très employée comme engrais vert. Semée en fin d'été, elle va pousser durant l'automne et permettre de ne pas laisser le sol nu l'hiver. Ensuite fauchée, ou abandonnée aux gels hivernaux, puis enfouie dans le sol, elle va l'enrichir en azote utilisable pour les végétaux suivants.

S'entraîner

Corrigés → livret, p. 34

QUIZ-TEST

Coche la (ou les) bonne(s) réponse(s).

1 Les légumineuses fabriquent leur matière organique :

a) uniquement grâce à la photosynthèse. .... ☐
b) à partir de la matière organique d'autres plantes. .... ☐
c) grâce à la photosynthèse mais également grâce à la symbiose avec des bactéries. .... ☐

2 Au niveau des nodosités de certaines plantes, l'association avec les bactéries se traduit par :

a) un bénéfice unique pour la plante qui peut ainsi assimiler l'azote (N_2). .... ☐
b) des bénéfices réciproques, car la plante reçoit de l'azote et la bactérie du glucose. .... ☐
c) un bénéfice unique pour les bactéries qui utilisent le glucose que fabrique la plante. .... ☐

3 ★★ L'importance des bactéries

On a cultivé dans des conditions strictement identiques deux lots de plants de soja : l'un présentant des nodosités au niveau des racines et l'autre dépourvu de nodosités.

Le tableau ci-dessous compare la croissance, après un an de culture, d'un plant seul ou en association avec une bactérie du genre *Rhizobium* (plant avec nodosités).

Plant	Longueur totale des pousses (en cm)	Masse de la plante sèche (en mg)
sans nodosités	68,5	0,42
avec nodosités	225,5	9,51

On sait que les bactéries fournissent de la matière minérale à la plante. Montre à l'aide de ces résultats que cette matière minérale est utilisée par la plante pour fabriquer sa matière organique et ainsi se développer plus vite.

....

....

....

4 ★★★ Le lichen : deux organismes en un

Il existe entre 13 000 et 20 000 espèces de lichens à travers le monde. Les lichens résultent de l'association de deux organismes vivants – une algue (végétal chlorophyllien) et un champignon microscopique – et vivent fixés sur de nombreux supports.

Lichens sur rocher

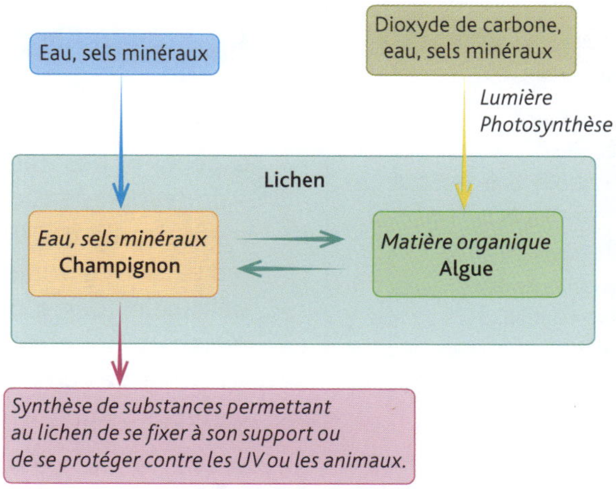

Les échanges au sein d'un lichen

À partir du schéma, explique pourquoi l'association algue/champignon formant le lichen est une symbiose.

....

....

....

2 Activités humaines et écosystèmes

Retiens l'essentiel

Mots-clés

Espèce invasive
Espèce introduite d'une façon ou d'une autre dans un milieu et montrant une grande capacité d'adaptation. Elle se développe jusqu'à nuire aux espèces déjà présentes.

Biodiversité
Diversité des êtres vivants peuplant un milieu.

1 L'écosystème naturel, un ensemble de vie équilibré et autonome

▸ Un **écosystème** comprend un milieu (le biotope), les êtres vivants qui le peuplent (la biocénose) et toutes les relations qui peuvent exister et se développer à l'intérieur de ce système.

▸ Dans l'écosystème, les êtres vivent en harmonie avec leur milieu et s'y maintiennent par la reproduction. Les « poids » respectifs de chaque espèce s'équilibrent pour ne pas mettre en danger le système entier.

2 Influence des activités humaines sur l'écosystème

▸ **L'homme par ses activités perturbe l'équilibre des écosystèmes.**

▸ **Par exemple, la cistude d'Europe** est une petite tortue carnivore qui fréquente plusieurs types de milieux humides de plaine. Elle a besoin de sites d'ensoleillement et de sites de reproduction adaptés.

Cistude d'Europe (*Emys orbicularis*)

▸ Les principales menaces d'origine humaine qui pèsent sur elle sont :
– la **disparition ou la modification des zones humides** du fait de l'urbanisation ;
– l'exploitation agricole intensive (pollution des milieux aquatiques…) ;
– l'**introduction** d'espèces invasives comme les tortues de Floride ;
– la **collecte d'individus** comme animaux de compagnie.

3 Des initiatives pour protéger les écosystèmes

L'homme, conscient de l'influence de ses activités sur les écosystèmes et leur biodiversité, prend des décisions concernant la protection des espèces et des milieux de vie :
– protection de certaines espèces (la cistude d'Europe est une espèce protégée depuis 1979) ;
– création de zones réservées à la protection des milieux et des espèces (réserves naturelles, parcs régionaux et nationaux) ;
– actions de communication et de sensibilisation ;
– études d'impact dans les projets d'aménagements.

Réserves Naturelles DE FRANCE

À savoir

Activités humaines néfastes

Les activités humaines impactant l'équilibre des écosystèmes sont :
– la combustion des énergies fossiles (ex. : carburant automobile) ;
– la pollution industrielle et agricole ;
– l'introduction d'espèces invasives (voir ci-dessus) ;
– la modification de l'environnement (urbanisation, déforestation…) ;
– le prélèvement direct d'espèces (chasse, pêche intensive).

Comment faire ?

▸ **Une journée de ramassage de déchets**

→ Les déchets aquatiques en général, et les plastiques en particulier, causent de nombreux dommages à l'écosystème marin.

→ Outre le fait de ne rien jeter dans la nature et de recycler tous les déchets qui peuvent l'être, tu peux organiser ou participer à une journée de ramassage des déchets.

Renseignements sur *http://www.oceaninitiatives.org/fr*

Corrigés → livret, p. 34

S'entraîner

QUIZ-TEST

Coche la (ou les) bonne(s) réponse(s).

1 Un écosystème est :

a) un système géré par des écologistes. ☐
b) un milieu naturel. ☐
c) un ensemble formé d'un milieu et d'une communauté d'êtres vivants qui interagissent entre eux ☐

2 Un écosystème naturel :

a) est un système où existent des échanges entre les êtres vivants et leur milieu. ☐
b) est toujours en déséquilibre. ☐
c) peut être perturbé et déséquilibré sous l'influence d'activités humaines. ☐

3 ★★ L'impact d'une espèce invasive

Le rat surmulot a été introduit accidentellement par l'homme au début du XXe siècle sur l'île de Trielen (France). Il s'est alors nourri d'œufs et de poussins à sa portée.

Comprenant qu'il constituait une menace pour l'équilibre de l'écosystème de l'île, des chercheurs ont capturé tous les rats de l'île en 1996.

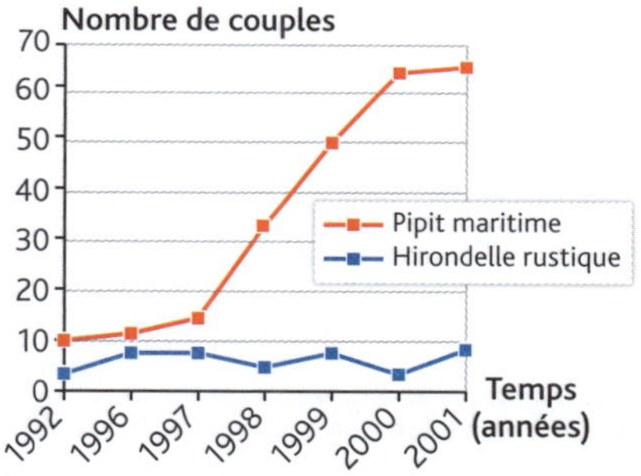

Doc. 1. Nombre de couples d'oiseaux ayant fait leur nid sur l'île de Trielen.

Doc. 2. Pour se reproduire, le pipit fait son nid au sol, dans l'herbe.

Doc. 3. L'hirondelle construit son nid le long des poutres des toitures.

a) Comment ont évolué les deux populations d'oiseaux après l'éradication des rats par l'homme ?

....

b) Quelle espèce était donc particulièrement fragilisée par la présence des rats sur l'île et pourquoi ?

....

c) Dans cet exemple, cite une action positive et négative de l'homme sur l'écosystème.

....

4 ★★ Une étude d'impact

La 3e phase des travaux concernant le tramway de l'agglomération bordelaise est en cours de réalisation. Le tramway passera en bordure de la réserve naturelle des marais de Bruges. Une enquête préalable a été réalisée.

Vison et Loutre d'Europe

La création de la nouvelle voie ferrée et le trafic qui l'accompagnera entraîneront une fragmentation de l'habitat de transit de ces deux espèces. Le rajout d'une nouvelle voie constitue un obstacle de plus à franchir et augmente le risque de collision.

Des grillages de contention seront disposés. Ils formeront des entonnoirs pour guider les animaux vers les rampes d'accès et les structures de franchissement.

Source : extrait simplifié d'une enquête préalable, http://www.bordeaux-metropole.fr

Doc. 4. Impact sur la faune sauvage.

a) Relève dans le texte les impacts des travaux et de la mise en circulation du tram dans cet écosystème pour les espèces considérées.

....

b) Quels aménagements sont mis en place pour pallier ces problèmes ?

....

c) Pourquoi l'étude d'impact est-elle une nécessité ?

....

3 Flore intestinale et santé

Mots-clés

Microbiote intestinal

Le microbiote intestinal, aussi appelé flore intestinale, est l'ensemble des micro-organismes qui se trouvent dans le tube digestif.

Pathogène

Qui entraîne une maladie.

À savoir

Formation du microbiote

Le microbiote se forme durant l'accouchement, à partir de la flore fécale et vaginale maternelle, puis se constitue par le biais de l'alimentation et le contact avec l'environnement, pour se stabiliser vers l'âge de deux ans.

Le microbiote en chiffres

- Abondance des bactéries : 100 000 milliards.
- Nombre d'espèces de bactéries différentes ≈ 1 000.
- Poids total : 1 à 2 kg.

Retiens l'essentiel

1 Une flore qui fait le poids

▸ Notre intestin héberge un nombre impressionnant de bactéries : **dix fois plus que le nombre de cellules du corps !** Des micro-organismes inoffensifs avec lesquels l'être humain a évolué et qui vivent en **symbiose** avec lui.

▸ Le **microbiote intestinal** est aujourd'hui considéré comme un « organe » à part entière doté de ses fonctions propres et indispensable à l'homme.

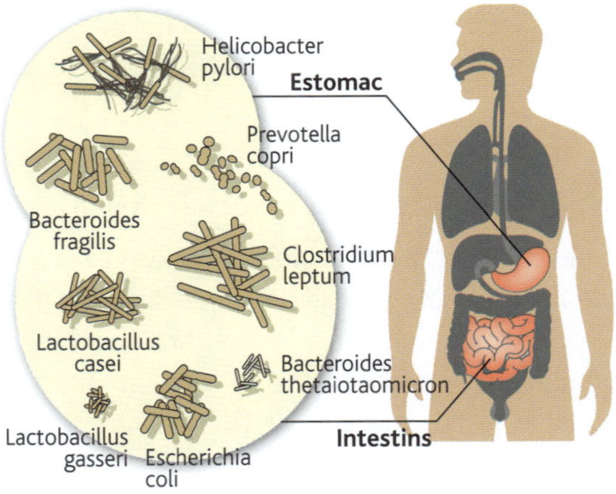

2 Une flore indispensable à notre santé

Le **microbiote intestinale** est impliqué entre autres dans :

– la digestion des fibres solubles alimentaires, car les cellules humaines ne possèdent pas les enzymes nécessaires à leur dégradation ;

– la protection contre d'autres micro-organismes **pathogènes.**

3 Une flore déséquilibrée provoque des dysfonctionnements

▸ Quand la flore intestinale est déséquilibrée, des **germes**, des **bactéries indésirables** peuvent proliférer, et être à l'origine de maladies ou d'infections.

▸ Des études ont confirmé que le microbiote des **personnes obèses** était différent de celui du reste de la population. La quantité de graisses stockées dans l'organisme pourrait être liée à la composition du microbiote intestinal.

Comment faire ?

▸ Observer des bactéries présentes dans la flore intestinale

Tu peux observer certaines bactéries présentes dans la flore intestinale comme *lactobacillus casei*, car elles se trouvent également dans les yaourts que tu manges.

Pour observer des bactéries :

→ Étale une fine couche de yaourt sur une lame.
→ Recouvre d'alcool et laisse évaporer.
→ Une fois la préparation sèche, recouvre de bleu de méthylène concentré pendant 10 minutes.
→ Rince délicatement à l'eau.
→ Observe au microscope.

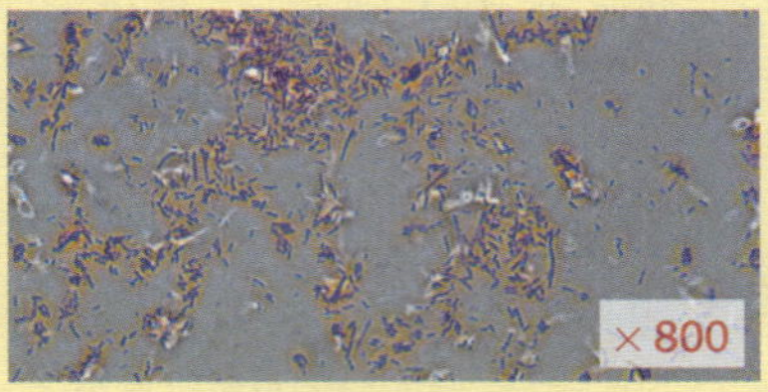

Bactéries lactiques colorées au bleu de méthylène et observées au microscope.

Corrigés → livret, p. 34

S'entraîner

QUIZ-TEST

Coche la (ou les) bonne(s) réponse(s).

1 Le microbiote intestinal :

a) est composé de milliards de bactéries pathogènes. ☐
b) est composé de milliards de bactéries indispensables à la santé humaine. ☐
c) est considéré comme un organe dans le corps humain. ☐

2 Le microbiote intestinal :

a) peut être déséquilibré, ce qui entraîne des maladies. ☐
b) est strictement identique d'une personne à l'autre. ☐
c) se met en place dès les premières années de la vie. ☐

3 ★★ Microbiote et asthme

Des études épidémiologiques ont montré que le microbiote intestinal des enfants asthmatiques diffère de celui des enfants sains.

Par ailleurs, les enfants nés par césarienne ont un microbiote intestinal différent des enfants accouchés par voie naturelle et présentent un risque plus élevé de développer un asthme.

En utilisant les informations de l'encadré « À savoir » de la page précédente, explique cette différence de microbiote entre un enfant né par césarienne et un enfant né par voie naturelle.

4 ★★★ Étude expérimentale sur l'obésité

Une équipe de chercheurs a transféré le microbiote d'un couple de jumelles : l'une obèse, l'autre mince, dans l'intestin dépourvu de bactéries de deux souris vivant séparément. Les souris ont ensuite reçu un régime alimentaire pauvre en graisse et riche en fibres.

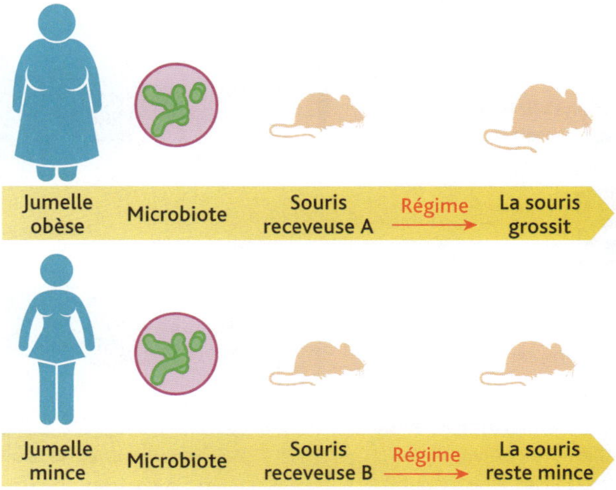

a) Montre, à l'aide de ces expériences et des résultats obtenus, l'influence du microbiote sur l'obésité.

b) Si les deux souris receveuses A et B cohabitent dans la même cage, elles restent toutes les deux minces. On sait que les excréments (crottes) de souris contiennent les mêmes bactéries que l'organisme, et que les souris en ingèrent. **Cela confirme-t-il ta réponse à la question a)** ?

4 Régimes alimentaires et santé

Mot-clé

Surpoids et obésité

Surpoids et obésité sont définis par l'Organisation mondiale de la santé comme une accumulation anormale ou excessive de graisse corporelle. Ils favorisent les maladies nutritionnelles (maladies cardio-vasculaires, diabète et certains cancers).

À savoir

L'IMC

L'indice de masse corporelle (IMC) est un indicateur de la corpulence d'un individu.

Les enquêtes en France ont montré que le nombre d'enfants en surpoids ou obèses a beaucoup augmenté en 20 ans. Actuellement, 1 enfant sur 6 est concerné.

Quelques valeurs repères :

→ IMC inférieur à 18,5 : maigreur

→ IMC compris entre 18,5 et 25 : normal

→ IMC compris entre 25 et 30 : surpoids

→ IMC supérieur à 30 : obésité.

Retiens l'essentiel

1 Une alimentation qui couvre des besoins

▸ Nos aliments, principalement composés de glucides, lipides et protides, apportent l'énergie utilisable par notre organisme pour son fonctionnement. **Ils constituent nos apports énergétiques.**

▸ Chaque personne a des besoins en énergie qui dépendent de son âge, de son sexe, de ses activités… **Il s'agit de ses besoins énergétiques.**

▸ Dans la situation idéale, les apports énergétiques sont **équivalents** aux besoins énergétiques.

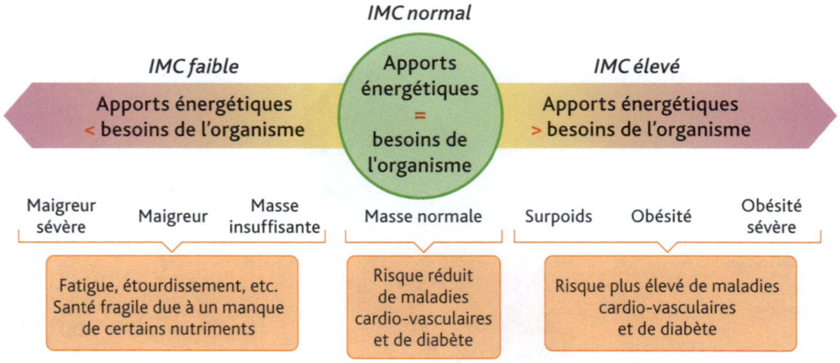

L'importance d'équilibrer apports et besoins

2 Une alimentation équilibrée

▸ Les apports alimentaires doivent également être satisfaisants d'un point de vue qualitatif, c'est-à-dire qu'il faut privilégier une alimentation variée et équilibrée, correctement répartie sur les différents repas de la journée.

▸ Une alimentation riche en graisses, en sucres et en sel, favorise l'**obésité** et les maladies nutritionnelles. Une alimentation riche en fruits et légumes, privilégiant les graisses d'origine végétale est au contraire bénéfique pour la santé.

3 Une alimentation qui influence la qualité de la flore intestinale

Les changements d'alimentation ont un effet sur la composition du microbiote (voir p. 234). L'**apport de fibres** dans l'alimentation modifie la biodiversité des bactéries présentes, induit une dépense d'énergie plus importante, une diminution du stockage des graisses et une sensation de satiété, autant d'effets bénéfiques en cas d'obésité ou de diabète.

Comment faire ?

▸ **Calculer son indice de masse corporelle (IMC)**

IMC = masse (poids en kg) divisée par la taille au carré (en m), soit M / T^2.

Exemple : une femme de 60 kg mesure 1,70 m. Son IMC = 60 / (1,70 × 1,70) = 60 / 2,89 = 20,76.

Corrigés → livret, p. 34

S'entraîner

QUIZ-TEST

Coche la (ou les) bonne(s) réponse(s).

1 On limite les risques de développer une maladie cardiovasculaire :

a) en mangeant tout ce que l'on veut si on pratique une activité physique. .... ☐

b) en limitant graisses et sucres et en pratiquant une activité physique. .... ☐

c) en grignotant toute la journée. .... ☐

2 L'IMC représente :

a) l'indice de masse corporelle. .... ☐

b) l'indice de masse cellulaire. .... ☐

c) le rapport entre la masse et la taille au carré. .... ☐

d) le rapport entre la taille et la masse au carré. .... ☐

3 ★★ Régime crétois contre régime américain

Le tableau ci-dessous compare la quantité de différents aliments absorbés quotidiennement en Crète et aux États-Unis, ainsi que les taux de mortalité par maladies cardio-vasculaires des deux pays.

		Crète	États-Unis
Aliments (en g par jour)	Pain	380	97
	Légumes secs	30	1
	Légumes verts	191	171
	Fruits	464	233
	Viande	35	273
	Poisson	18	3
	Graisse d'ajout	95 (huile d'olive)	33 (graisses industrielles)
Mortalité (pour 10 000 habitants suivis pendant 10 ans)	Maladies cardio-vasculaires	9	424
	% de mortalité par maladies cardio-vasculaires par rapport à la mortalité totale	1,40 %	44,10 %

D'après « Études des sept pays, A. Keys, 1970 et D. Kromhout, 1989.

a) Compare le nombre de morts par maladies cardio-vasculaires en Crète et aux États-Unis.

....

b) Indique dans le tableau ci-dessous les aliments qui semblent bénéfiques pour la santé et ceux qu'il est préférable de limiter.

Aliments à privilégier	Aliments dont il faut limiter la consommation
....	....
....	....

4 ★★ L'IMC d'un garçon

Le graphe ci-dessous permet de reporter, lors de visites chez le médecin, l'IMC d'un garçon.

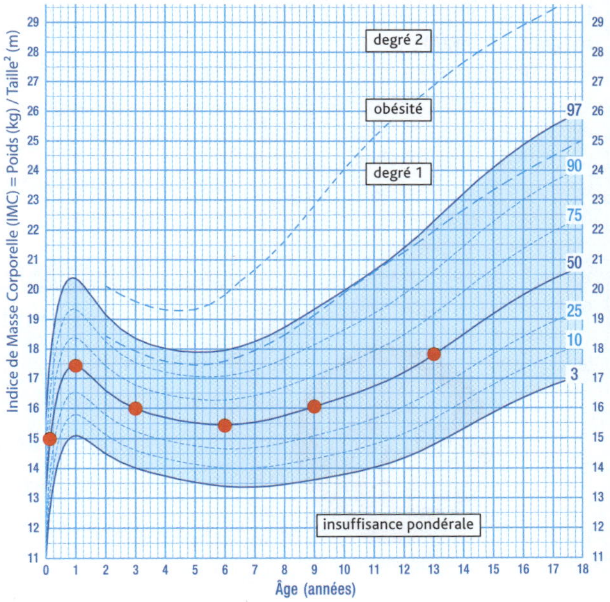

a) En examinant les courbes de corpulence (dont celle du garçon), indique comment évolue l'IMC de l'enfant de 0 à 18 ans.

....

b) Il existe un document identique pour les filles, mais toutes les courbes sont légèrement décalées vers le bas. Pourquoi ?

....

c) Quel est l'intérêt de suivre l'IMC d'un enfant ?

....

5 Sommeil, apprentissages et mémoire

Retiens l'essentiel

Mot-clé

Neurone

Cellule spécialisée du système nerveux.

À savoir

Explorer l'activité cérébrale

L'Électroencéphalogramme (EEG) est un examen qui repose sur la mesure de l'activité électrique du cerveau.

L'imagerie par résonnance magnétique (IRM) fonctionnelle repose sur le calcul, en temps réel, de la dépense d'oxygène liée à l'activité du cortex cérébral, en réponse à la réalisation d'une tâche. Elle a permis d'identifier avec précision les zones du cerveau actives au cours des activités journalières ou pendant le sommeil.

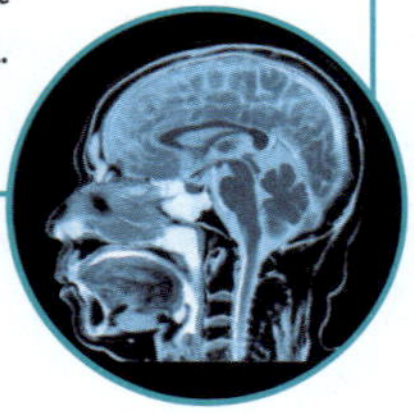

IRM fonctionnelle

1 Un cerveau qui se remodèle au fil de nos apprentissages

▸ Le cerveau est un **centre nerveux** constitué de neurones en très grand nombre. Ces neurones, en relation les uns avec les autres, forment un réseau complexe dans lequel circulent les messages nerveux.

▸ Le cerveau manifeste, durant toute la vie de l'individu, une **malléabilité** remarquable : les circuits formés par les neurones en communication ne sont pas figés, mais peuvent se réorganiser en fonction des activités et apprentissages réalisés par les individus, qui ont tous, de ce fait, un cerveau unique. On appelle **plasticité cérébrale**, cette propriété du cerveau qui permet d'acquérir de nouvelles capacités, mémoriser, s'adapter…

2 Rôle du sommeil, apprentissages et mémoire

▸ **Le sommeil est crucial pour la consolidation des apprentissages** et leur mise en mémoire.

▸ **Les souvenirs de la journée sont transférés pendant le sommeil** d'une zone profonde de stockage temporaire vers les zones périphériques du cerveau (cortex), ce qui permet leur consolidation à long terme.

▸ **Le sommeil favorise donc apprentissages et mémoire**, qui eux-mêmes reposent sur la plasticité du cerveau.

3 Sommeil et santé des adolescents

▸ **Nous passons un tiers de notre vie à dormir.**

▸ **Le manque de sommeil a des répercussions néfastes sur :**

– l'attention en classe (déficit de concentration, somnolence) ;
– l'apprentissage et la mémoire, donc les performances scolaires ;
– la gestion des émotions (irritabilité, dépression…) ;
– les prises de décision.

Comment faire ?

▸ **Optimiser les apprentissages en favorisant l'endormissement**

À ton âge, il est conseillé de dormir **9 à 10 heures par nuit.**

Ce qui peut t'empêcher de bien dormir	Ce qui peut t'aider à bien dormir
Regarder la télévision, jouer à des jeux vidéo sur ordinateur ou tablette tard le soir.	Du calme !
La lumière qui empêche la sécrétion de l'hormone du sommeil.	Favoriser des activités qui relaxent (lecture).
Manger trop copieusement et consommer des boissons énergisantes (cola, café…).	Se coucher à heure fixe et tenir compte des signes d'alerte (bâillements, paupières lourdes…).

Corrigés → livret, p. 35

S'entraîner

QUIZ-TEST

Coche la (ou les) bonne(s) réponse(s).

1 La plasticité cérébrale :

a) implique des modifications des connexions entre neurones. ☐
b) ne s'observe plus à l'âge adulte. ☐
c) est déterminée par les expériences vécues par les individus. ☐

2 Quelles incidences le manque de sommeil a-t-il sur l'organisme ?

a) une fatigue physique. ☐
b) des problèmes d'attention. ☐
c) des problèmes de mémorisation. ☐

3 ★ Une affaire de cerveau

Les chauffeurs de taxi londoniens doivent, avant d'exercer leur métier, suivre une formation très lourde de trois ans, qui doit leur permettre de se déplacer « les yeux fermés » parmi les 25 000 rues et ruelles de Londres.

Des chercheurs ont montré que ces chauffeurs ont un cerveau avec un hippocampe (zone cérébrale spécialisée dans la mémoire spatiale) plus développé que celui d'un autre individu.

Il semblerait par ailleurs qu'un chauffeur qui cesse de travailler voit son hippocampe rétrécir pour retrouver progressivement sa taille initiale.

a) Coche l'origine probable de ce développement important d'une zone du cerveau.

☐ Dès la naissance, certains individus développent un hippocampe plus gros qui les détermine à devenir chauffeur de taxi.

☐ L'hippocampe peut se développer du fait des nombreuses heures consacrées à l'apprentissage des rues de Londres et des connexions neuronales que cela entraîne.

b) Quel phénomène est ici mis en évidence ?

....

4 ★★ Sommeil et apprentissages

Des jeunes enfants sont entraînés le matin à associer par paires des cartes retournées (jeu de Memory).

Ils sont ensuite séparés en deux groupes : l'un fait la sieste et l'autre a droit à une période de repos, au calme mais sans dormir.

On les teste à plusieurs moments :
– juste après l'apprentissage ;
– après la sieste ou le repos ;
– le lendemain.

Les enfants qui ont fait la sieste correspondent aux colonnes orange, les autres aux colonnes bleues.

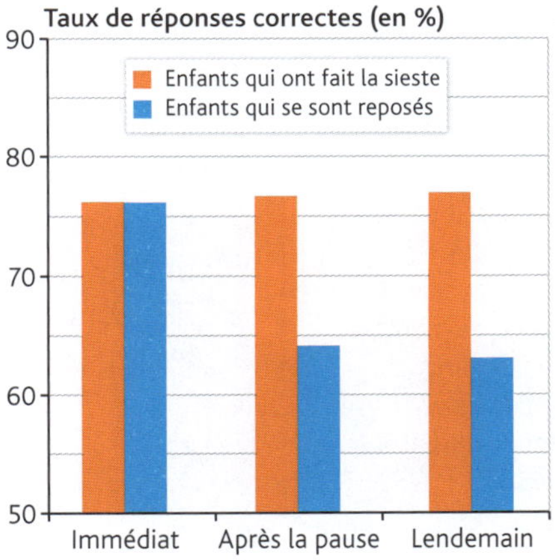

À l'aide des résultats du test, montre que la sieste puis le sommeil de la nuit permettent de consolider durablement les apprentissages.

....

....

....

....

6 La puberté

Mots-clés

Caractères sexuels secondaires
Caractères qui distinguent l'homme et la femme ; ils apparaissent à la puberté.

Puberté
Période de la vie où on acquiert la capacité à se reproduire.

Spermatozoïde
Cellule reproductrice mâle.

Ovule
Cellule reproductrice femelle. Spermatozoïde et ovule fusionnent lors de la **fécondation**, à l'origine d'une cellule-œuf, première cellule d'un nouvel individu.

À savoir

Les règles
À chaque cycle (28 jours en moyenne), la muqueuse utérine s'épaissit pour accueillir le futur embryon. En l'absence de celui-ci, cette couche qui contient des vaisseaux sanguins est éliminée : les règles se produisent et durent 3 à 6 jours.

Retiens l'essentiel

1 Des modifications importantes

- Les **caractères sexuels secondaires** apparaissent : poils (aisselles, pubis), développement de la poitrine et élargissement du bassin chez les filles, mue de la voie chez les garçons. La **puberté** est également une période de croissance importante.
- Les **caractères sexuels primaires** (organes reproducteurs présents dès la naissance) se développent et deviennent fonctionnels, ce qui est marqué par l'apparition des **règles** chez les filles et par les premières **éjaculations** de sperme chez les garçons.
- La **personnalité** se modifie.

2 L'appareil reproducteur masculin

- Chez l'homme, les testicules produisent en continu, en nombre considérable (1 000/sec), de la puberté à la fin de la vie, des **spermatozoïdes**.
- Lors de l'éjaculation, ces spermatozoïdes et des sécrétions des vésicules séminales (liquide séminal) et de la prostate forment le sperme.

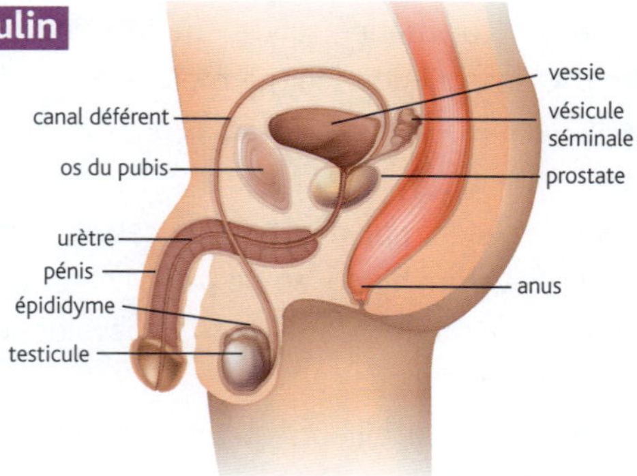

Appareil reproducteur masculin vu de profil et en coupe

3 L'appareil reproducteur féminin

Chez la femme, à partir de la puberté jusqu'à la ménopause (≈ 50 ans), un des deux ovaires émet, tous les 28 jours en moyenne (14 jours avant les règles), un **ovule** : c'est l'**ovulation**.

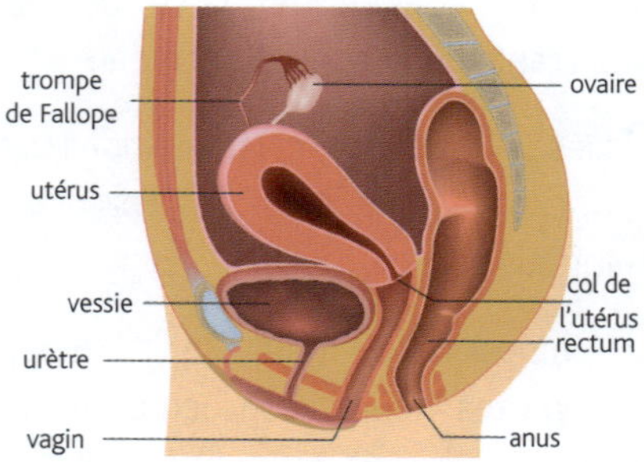

Appareil reproducteur féminin vu de profil et en coupe

Comment faire ?

Comprendre son cycle quand on est une jeune fille

La durée du cycle peut être facilement déterminée : le cycle débute le premier jour des règles et se termine avec le début des règles suivantes. En notant sur un calendrier, pendant quelques mois, la date de début de tes règles, tu vas pouvoir calculer la durée de ton cycle et savoir si celui-ci est régulier (ce qui n'est pas toujours le cas à la puberté). Si le cycle est régulier, on peut également **déterminer le jour de l'ovulation**, puisque celle-ci se produit 14 jours avant les règles.

Corrigés → livret, p. 35

S'entraîner

QUIZ-TEST

Coche la (ou les) bonne(s) réponse(s).

1 La puberté :

a) est la période de la vie au cours de laquelle on acquiert la capacité de se reproduire. ☐

b) se produit au même âge chez tous les individus. ☐

c) se manifeste uniquement par des changements visibles. ☐

2 Les spermatozoïdes sont produits :

a) en très grande quantité, de la puberté jusqu'à 50 ans environ. ☐

b) en très grande quantité, de la puberté jusqu'à la mort. ☐

c) une fois par mois, de façon cyclique de la puberté à la mort. ☐

3 ★★ L'âge des premières règles

Le graphe ci-dessous indique l'évolution de l'âge moyen des premières règles en France au cours des deux derniers siècles.

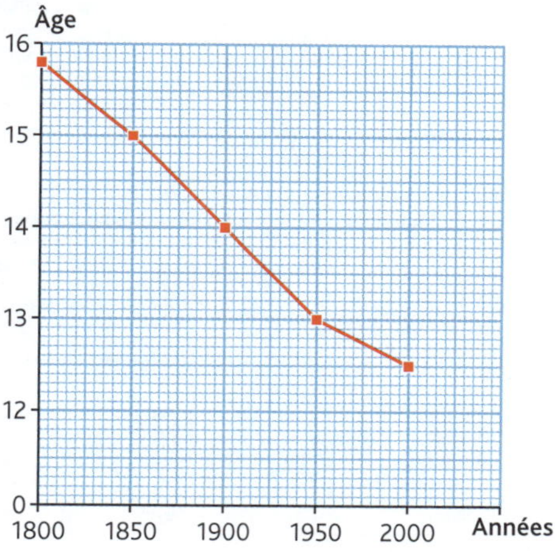

Doc. 1. Âge moyen de l'apparition des règles (1800-2000).

a) Décris l'évolution de l'âge moyen des premières règles en France entre 1800 et 2000.

....

« On sait depuis longtemps que le déclenchement de la puberté dépend des conditions nutritionnelles, et que les situations de carence (manque) alimentaire sont associées à un retard de puberté. On peut par ailleurs remarquer que l'obésité chez l'enfant est en augmentation constante dans la plupart des pays occidentaux et que, dans le même temps, on observe une diminution de l'âge d'apparition de la puberté. Un certain nombre d'études indiquent que les deux phénomènes sont très probablement liés ».

Extrait du dossier « Croissance et puberté », Inserm, 2007.

Doc. 2. Puberté et alimentation.

b) Relève dans le document 2 une cause possible de l'évolution de l'âge moyen des premières règles constatée précédemment.

....

4 ★★★ Règles et ovulation

Une adolescente note régulièrement les jours de ses règles (qui durent 5 jours) sur un calendrier.

Période des règles (10 au 14 mars)

		Mars			Avril
1	V		1	L	
2	S		2	M	
3	D		3	M	
4	L		4	J	
5	M		5	V	
6	M		6	S	
7	J		7	D	
8	V		8	L	
9	S		9	M	
10	D		10	M	
11	L		11	J	
12	M		12	V	
13	M		13	S	
14	J		14	D	
15	V		15	L	
16	S		16	M	
17	D		17	M	
18	L		18	J	
19	M		19	V	
20	M		20	S	
21	J		21	D	
22	V		22	L	
23	S		23	M	
24	D		24	M	
25	L		25	J	
26	M		26	V	
27	M		27	S	
28	J		28	D	
29	V		29	L	
30	S		30	M	
31	D				

a) Cette jeune fille a un cycle régulier de 30 jours. Repère comme cela a été fait pour le mois de mars, les dates où elle aura ses règles en avril.

....

b) Indique le jour probable de son ovulation pour le mois de mars.

....

7 Le déclenchement de la puberté

Retiens l'essentiel

1 Une puberté sous contrôle hormonal

Une hormone est une substance (message chimique) fabriquée par un organe, libérée dans le sang, puis transportée vers un (ou des) organe(s) sur lesquels elle agit à distance, provoquant une modification de son fonctionnement.

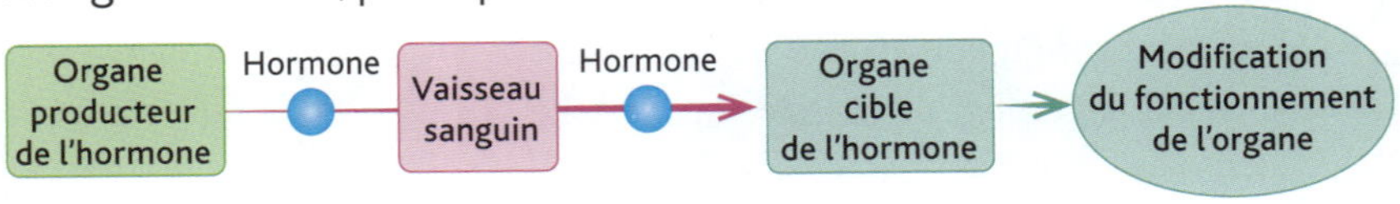

Schéma fonctionnel général du mode d'action d'une hormone

2 Le développement des organes reproducteurs

À la puberté, une augmentation progressive de la fabrication d'hormones par l'**hypophyse** se produit. La quantité de ces hormones cérébrales augmente dans le sang, provoquant une augmentation de la taille des organes reproducteurs.

3 L'origine des caractères sexuels secondaires

Les testicules et les ovaires fabriquent à leur tour des hormones sexuelles qui agissent sur de nombreux organes et provoquent l'apparition des caractères sexuels secondaires.

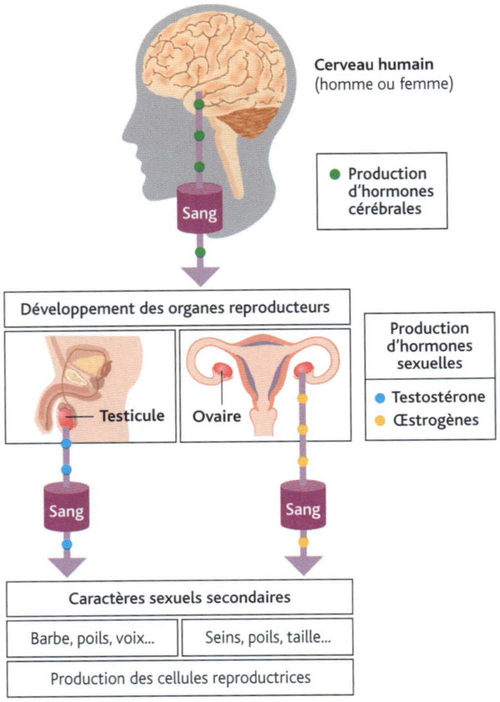

Le déclenchement des transformations du corps à la puberté

Mot-clé

Hypophyse

Petite glande située sous le cerveau.

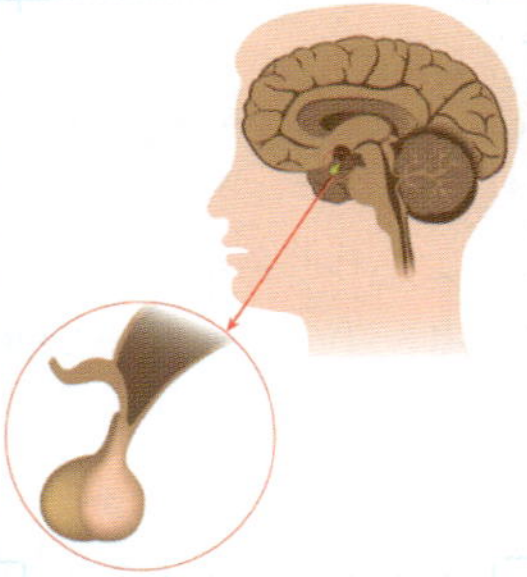

À savoir

Les hormones ovariennes

Œstrogènes et progestérone contrôlent le cycle de l'utérus par les variations de leur concentration sanguine. La baisse significative de ces hormones dans le sang en fin de cycle déclenche les règles.

Comment faire ?

▸ Réaliser des expériences virtuelles

Le logiciel « Cycle » te permettra de réaliser des expériences virtuelles permettant de comprendre la relation entre les ovaires et l'utérus.

1° Télécharge le logiciel Cycle sur :
http://svt.ac-rouen.fr/tice/animations/cycles/cycles.htm

2° Réalise virtuellement l'ablation des ovaires, puis celle de l'utérus. Note les effets sur les organes restant en place.

3° Remplace les organes enlevés par l'ablation en greffant de nouveaux organes ou en injectant des hormones afin de rétablir le fonctionnement du cycle de l'utérus.

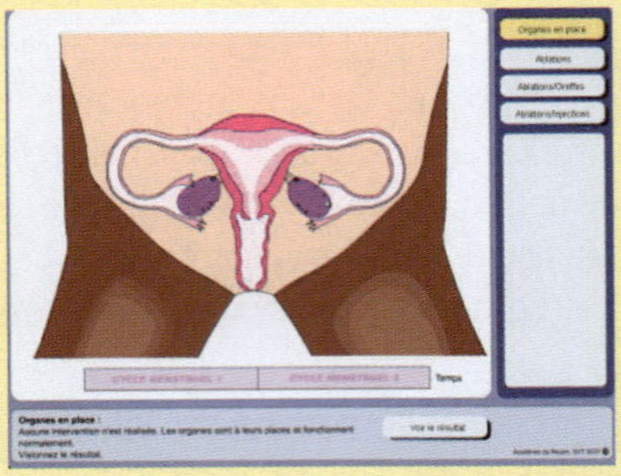

Corrigés → livret, p. 35

S'entraîner

QUIZ-TEST

Coche la (ou les) bonne(s) réponse(s).

1 La puberté est déclenchée par :

a) une augmentation des concentrations sanguines d'hormones cérébrales. ☐
b) des hormones cérébrales différentes selon le sexe de l'individu. ☐
c) une diminution des concentrations sanguines d'hormones sexuelles. ☐

2 Une hormone :

a) est une substance chimique distribuée à l'ensemble des organes par le sang. ☐
b) n'agit que sur des organes cibles dont elle modifie le fonctionnement. ☐
c) est toujours présente en même quantité dans le sang. ☐

3 ★★ La pilule

Chez une femme qui ne prend pas la pilule, une augmentation importante d'hormones cérébrales (pic de LH) à un moment du cycle stimule l'ovaire et provoque l'ovulation.
Quand une femme prend la pilule quotidiennement, elle ingère en fait des hormones sexuelles (œstrogènes et progestérone en proportion variable). La pilule a pour effet d'empêcher l'ovulation de se produire.

Le graphe ci-dessous indique l'évolution des hormones cérébrales (LH, FSH) en fonction du temps dans le sang d'une femme en l'absence de pilule puis avec prise du contraceptif.

Explique le principe d'action de la pilule.

....

....

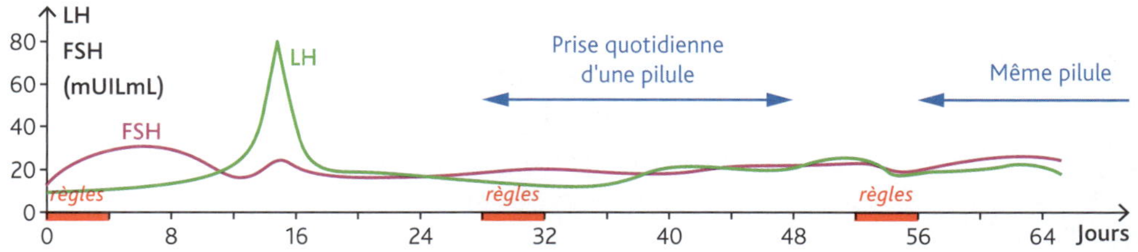

4 ★★★ Un retard de puberté

Un jeune homme de 18 ans consulte un médecin, inquiet de ne pas présenter les signes caractéristiques de la puberté : pilosité sur le visage, mue de la voix, etc. Une prise de sang est réalisée pour contrôler les concentrations sanguines de plusieurs hormones suite à laquelle un traitement à base d'hormones cérébrales (LH et FSH) est prescrit pendant un an.

Résultats de la prise de sang :

Concentration en hormones		Analyse de sang du jeune garçon	Valeurs normales
Hormones cérébrales	LH (UI/L)	< 1	2 à 10
	FSH (UI/L)	< 0,5	1 à 10
Testostérone		< 1	10 à 38

UI : Unités internationales

a) Indique l'origine du retard de puberté de ce garçon.

....

....

....

b) Le traitement prescrit devrait permettre l'apparition des caractères sexuels secondaires chez le garçon, pourquoi ?

....

....

....

8 La contraception

Retiens l'essentiel

Mot-clé

Contraception

Ensemble des méthodes (réversibles/temporaires) utilisées pour éviter une grossesse.

À savoir

Préservatif

Le préservatif est le seul contraceptif **qui protège les hommes et les femmes des IST** (maladies sexuellement transmissibles) comme le SIDA.

1 Éviter une grossesse non désirée par différents moyens

Afin de **maîtriser leur reproduction**, et d'empêcher une grossesse non désirée, les couples ont aujourd'hui accès à différentes méthodes de **contraception** qui se fondent sur le fonctionnement des appareils reproducteurs.

Appareil reproducteur de la femme (face)

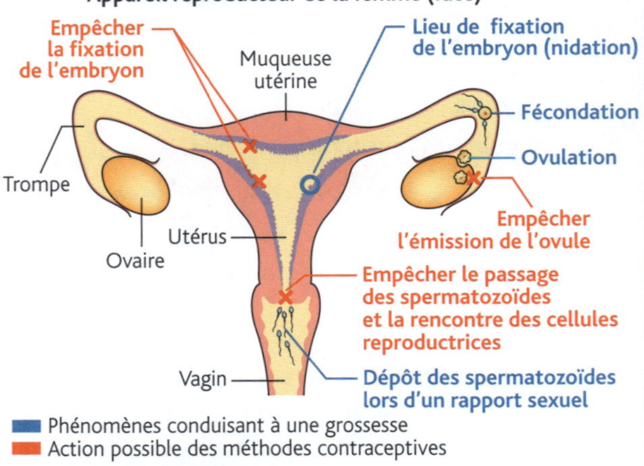

2 Les principales méthodes contraceptives

- Des **contraceptifs chimiques** bloquant l'ovulation :

– La pilule contraceptive s'avale une fois par jour à heure fixe pendant 21 jours.

– L'implant contraceptif, inséré sous la peau, est efficace pendant trois ans.

- Des **contraceptifs mécaniques** :

– **Le préservatif masculin**, placé sur le pénis en érection, empêche le dépôt des spermatozoïdes. À usage unique et utilisé correctement, il est très efficace.

– **Le préservatif féminin**, placé dans le vagin, a les mêmes effets.

– **Le DIU (dispositif intra-utérin) ou stérilet**, mis en place dans l'utérus empêche l'implantation de l'embryon.

Toutes les méthodes contraceptives ont une efficacité temporaire et réversible.

3 La pilule du lendemain : une contraception d'urgence uniquement

- Prise à titre exceptionnel, **la pilule du lendemain** vise à éviter l'ovulation ou la fixation de l'embryon. Elle diminue le risque de grossesse non désirée sans être efficace à 100 %.
- Délivrée gratuitement aux mineures, **elle ne doit en aucun cas se substituer à une contraception régulière assortie d'un suivi médical.**

Comment faire ?

S'informer et choisir une contraception

→ Tu peux téléphoner ou te rendre dans un **planning familial** (ou centre de planification). Consulte ce site : http://www.sante.gouv.fr/les-centres-de-planification-ou-d-education-familiale.html.

→ **L'infirmière scolaire du collège** peut également t'informer, t'orienter. Elle peut délivrer la contraception d'urgence sans ordonnance.

→ Pour élargir tes connaissances, tu peux également consulter le site suivant : www.contraceptions.org.

Corrigés → livret, p. 35

S'entraîner

QUIZ-TEST

Coche la (ou les) bonne(s) réponse(s).

1 L'emploi d'une méthode de contraception :

a) permet à un couple de choisir le bon moment pour avoir un enfant. ☐

b) protège systématiquement des IST (maladies sexuellement transmissibles). ☐

c) est efficace à 100 % même mal employée. ☐

2 Le préservatif :

a) est le seul moyen de contraception qui protège des IST. ☐

b) bloque l'ovulation chez la femme. ☐

c) peut être utilisé en plus de la pilule. ☐

3 ★ La première fois…

« La première fois que l'on fait l'amour, on ne peut pas tomber enceinte. »

Cette affirmation est fausse et grave. Corrige-la en apportant quelques précisions. Le site de l'INPES http://choisirsacontraception.fr peut t'aider à répondre.

....

....

4 ★ Pilule ou implant

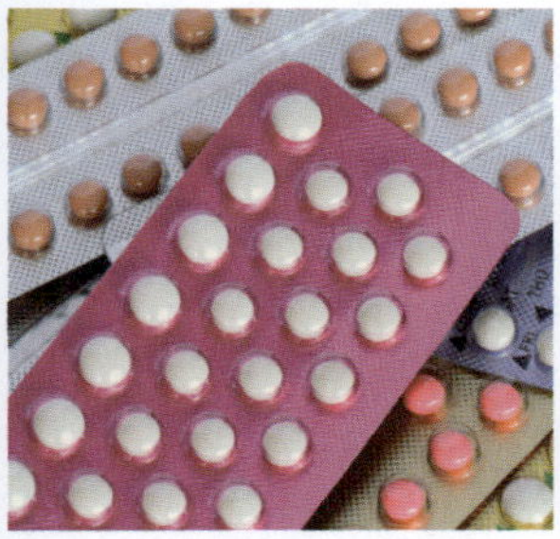

Pilule contraceptive

Pose d'un implant

Léa a des rapports réguliers avec son compagnon. Ses cycles sont réguliers et elle souhaite utiliser un contraceptif chimique mais hésite entre la pilule et l'implant, qu'elle redoute un peu… Le problème de Léa est qu'elle est vraiment tête en l'air !

Quelle méthode conseillerais-tu à Léa et pourquoi ?

....

....

....

5 ★★ Le recours à la chirurgie

La chirurgie est parfois une solution pour les hommes et femmes qui ne souhaitent pas (ou plus) avoir d'enfant.

– Chez l'homme, **la vasectomie**, opération pratiquée sous anesthésie locale par un urologue, consiste à sectionner les canaux déférents.

– Chez la femme, **la ligature des trompes**, pratiquée par un gynécologue obstétricien, consiste à obstruer les trompes avec un clip ou un anneau.

a) Repère sur les appareils reproducteurs de l'homme et de la femme (page 240) le lieu d'intervention de ces deux opérations.

b) Quel événement clé de la reproduction sexuée ne peut alors plus se réaliser si l'homme ou la femme ont eu recours à l'une de ces deux méthodes ?

....

....

....

....

c) Pourquoi ne peut-on pas vraiment parler de contraception pour ces deux méthodes, mais plutôt de « stérilisation à visée contraceptive » ?

....

....

....

9 La procréation médicalement assistée (PMA)

Retiens l'essentiel

Mots-clés

Infertilité

État non permanent qui implique pour un couple une difficulté à concevoir un enfant.

Stérilité

État définitif qui implique un couple une impossibilité à concevoir un enfant.

1 Une infertilité aux causes multiples

▶ **Homme** : l'infertilité peut être causée par une mauvaise qualité, un manque de mobilité, ou une insuffisance numéraire des spermatozoïdes.

▶ **Femme** : il peut s'agir d'un problème mécanique (obstruction des trompes), de troubles dans la réceptivité du spermatozoïde ou de troubles hormonaux et de l'ovulation.

▶ Certaines **IST** peuvent également entraîner une infertilité (voir page 244).

2 Les réponses médicales à l'infertilité

▶ Différentes techniques peuvent être proposées aux couples infertiles :
– un **traitement hormonal** pour stimuler l'ovulation ;
– l'**insémination artificielle**, qui consiste à injecter directement le sperme dans l'utérus de la femme en période d'ovulation.

▶ **La fécondation in vitro avec transfert d'embryon (FIV ou FIVETE)** qui peut être réalisée avec du sperme ou des ovules de donneurs.

3 Une technique expliquée : la FIVETE

▶ Après un **traitement hormonal** pour stimuler l'ovaire :

1. Déclenchement de l'ovulation, puis prélèvement d'ovules.

2. Recueil des ovules et du sperme.

3. Fécondation in vitro et mise en culture des œufs fécondés.

4. Sélection des embryons et implantation de 2 ou 3 dans l'utérus.

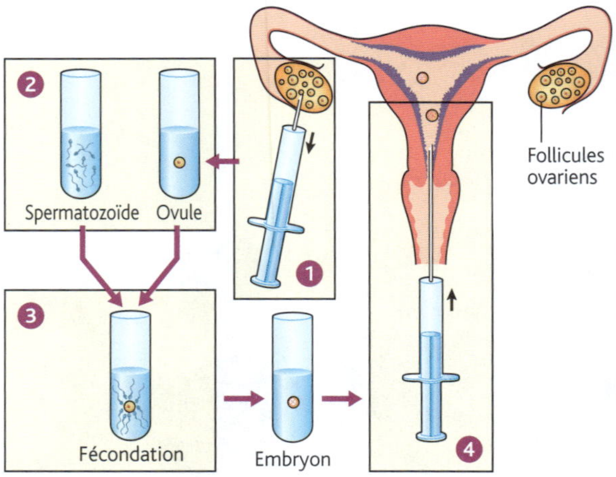

À savoir

Cadre légal

Les lois de bioéthique donnent un cadre légal à certaines questions touchant à la procréation : statut des embryons produits par FIV, dons de sperme, d'ovules ou d'embryons...

FIV avec ICSI

La fécondation in vitro avec ICSI (injection intracytoplasmique de spermatozoïde) représente désormais 63 % des FIV. Cette technique consiste à injecter directement un spermatozoïde dans l'ovule.

Comment faire ?

▶ Réaliser une fécondation « in vitro »

Les oursins se reproduisent à la fin de l'hiver en libérant dans l'eau de mer leurs cellules reproductrices. La fécondation est externe.

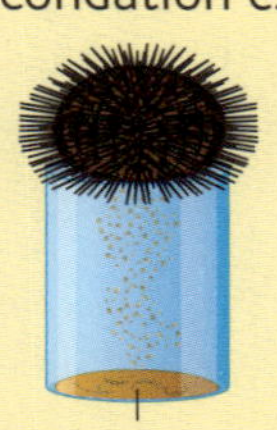
Les femelles libèrent un liquide épais orangé

Les mâles libèrent un liquide blanchâtre

Protocole de fécondation en laboratoire :

→ ramasser des oursins (ou en acheter des très frais) ;

→ placer les oursins sur des récipients remplis d'eau de mer ;

→ mélanger sur une lame mince deux gouttes, l'une contenant des ovules, l'autre des spermatozoïdes ;

→ recouvrir d'une lamelle et observer au microscope la fécondation se produire ainsi que les premières multiplications cellulaires.

Corrigés → livret, p. 35

S'entraîner

QUIZ-TEST

Coche la (ou les) bonne(s) réponse(s).

1 Les méthodes de PMA :

a) ne concernent que la femme. ☐
b) concernent des couples infertiles. ☐
c) ont 100 % de réussite. ☐

2 La fécondation in vitro :

a) consiste à injecter dans l'utérus de la femme des spermatozoïdes. ☐
b) consiste à mettre en présence spermatozoïdes et ovules hors de l'organisme. ☐
c) peut engendrer des naissances multiples. ☐

3 ★ Les jumeaux

Le graphe ci-dessous montre l'évolution du nombre du nombre de jumeaux en France de 1900 à nos jours.

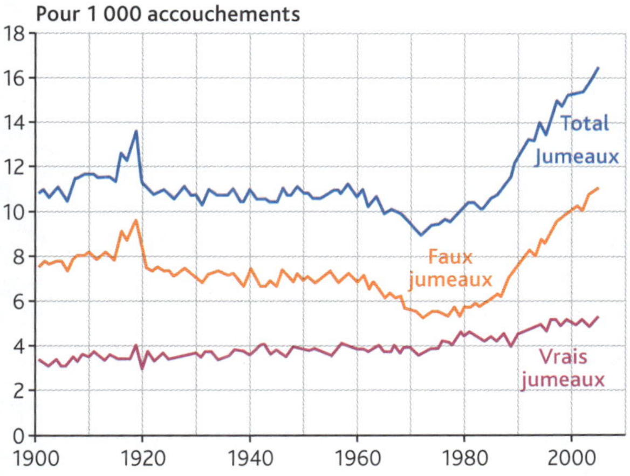

Doc. 1. Naissances gémellaires (= de jumeaux) de 1900 à nos jours (Insee).

1982 : naissance d'Amandine, premier bébé français né après une fécondation in vitro.

1992 : l'injection intra-cytoplasmique de spermatozoïde est mise au point à Bruxelles et révolutionne la prise en charge de l'infertilité masculine.

1994 : naissance d'Audrey, le premier bébé français conçu grâce à une injection intra-cytoplasmique de spermatozoïde.

Doc. 2. Quelques dates.

a) Quel constat peut-on faire quant à l'évolution du nombre de jumeaux en France en un peu plus de cent ans ?

....

b) Quelle est la raison principale de cette recrudescence de naissances gémellaires ?

....

4 ★ Infertilité et pesticides

Les chercheurs ont recherché la cause possible des nombreux cas d'infertilité rencontrés dans l'état du Missouri.

Une première étude a montré que le sperme de ces hommes avait une concentration en spermatozoïdes mobiles inférieure à la norme.

L'État du Missouri étant plus agricole, les chercheurs ont étudié la proportion d'hommes présentant un sperme altéré (concentration de spermatozoïdes inférieure à la moyenne) en fonction de l'exposition aux pesticides (nombre de pesticides trouvés dans les urines).

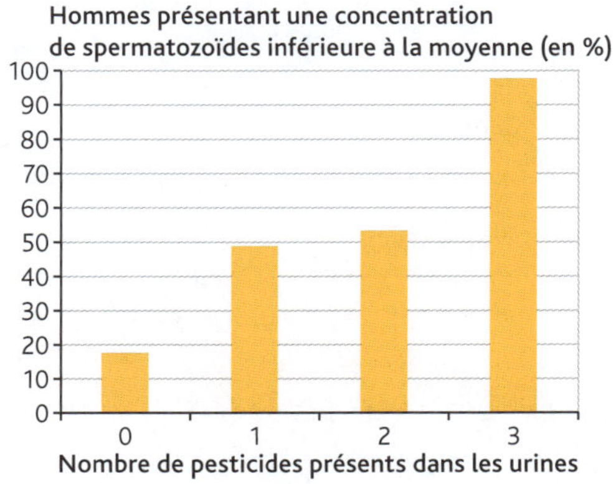

a) En utilisant le graphe, propose une origine possible aux cas d'infertilité observés dans l'État du Missouri.

....

b) Quelle méthode de PMA pourrait être proposée aux couples concernés ?

....

SVT

10 L'origine des caractères héréditaires d'un individu

Retiens l'essentiel

1 Des caractères qui font de chaque individu un être unique

▶ Tous les individus présentent les caractères de leur espèce (pour l'Homme : cheveux, nez...) : **les caractères spécifiques,** mais également des **variations individuelles** (couleur des cheveux, forme du nez...).

▶ Les caractères spécifiques et certaines variations individuelles se transmettent de génération en génération : ce sont **des caractères héréditaires**. À l'inverse, certains caractères, acquis en cours de vie, sous l'influence de l'environnement, ne sont pas transmissibles.

2 Des caractères héréditaires déterminés dès la conception

▶ Les parents transmettent à leurs enfants des informations. Ainsi, la cellule-œuf, résultat de la fécondation, à l'origine d'un nouvel individu, contient son programme génétique.

▶ Le phénotype d'un individu est le résultat de l'expression de son programme génétique et de l'influence des conditions de vie.

▶ Le programme génétique se situe dans **le noyau** de la cellule-œuf, mais on le retrouvera ensuite dans le noyau des différentes cellules de l'organisme.

3 Le support du programme génétique

▶ Dans le noyau des cellules, des chromosomes sont visibles quand la cellule se divise.

▶ Le nombre de chromosomes est caractéristique d'une espèce (23 paires chez l'Humain).

▶ Les caryotypes masculin et féminin diffèrent au niveau des **chromosomes sexuels**.

Un nombre anormal de chromosomes entraîne des modifications des caractères chez l'individu concerné. Le programme génétique est porté par les chromosomes, par les molécules d'ADN qui les constituent.

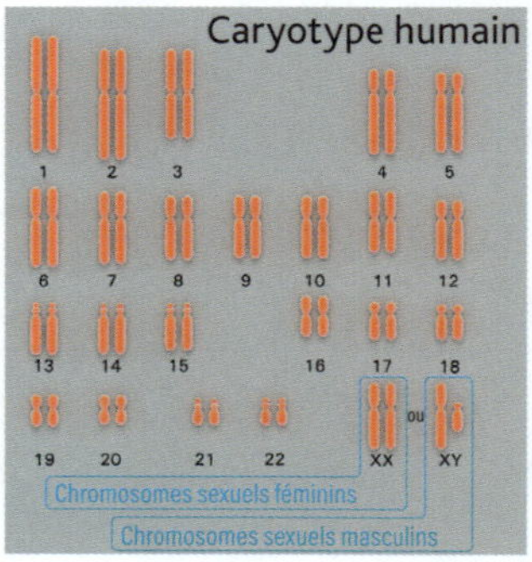

Mots-clés

Programme génétique
Ensemble des informations déterminant les caractères héréditaires d'un individu.

Caryotype
Représentation de l'ensemble des chromosomes d'une cellule.

Chromosome
Filament contenu dans le noyau et portant les informations génétiques.

Phénotype
Ensemble des caractères observables, à différentes échelles, d'un individu.

À savoir

Pourquoi les chromosomes ne sont-ils pas toujours visibles dans le noyau ?

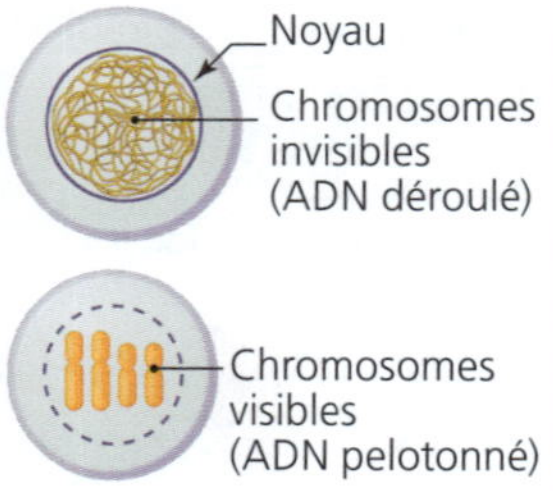

Comment faire ?

▶ **Déceler des anomalies du fœtus pendant la grossesse**

Un caryotype peut confirmer des anomalies vues à l'échographie.

Pour réaliser le caryotype du fœtus :

→ On prélève du liquide amniotique (amniocentèse), car il contient des cellules du fœtus.

→ On met ces cellules en culture et on ajoute une substance qui bloque la division cellulaire au moment où les chromosomes sont visibles.

→ On observe ces cellules au microscope après ajout d'un colorant spécifique des chromosomes.

→ Le caryotype peut alors être réalisé, puis interprété.

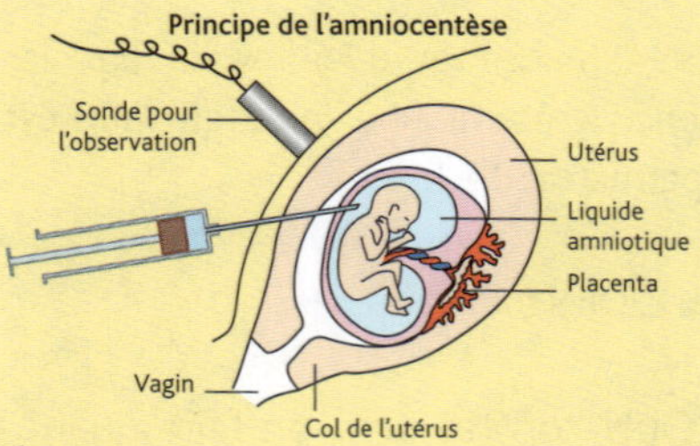

Corrigés → livret, p. 36

S'entraîner

QUIZ-TEST

Coche la (ou les) bonne(s) réponse(s).

1 Les caractères héréditaires :

a) sont transmis de génération en génération. . ☐

b) sont les mêmes pour tous les membres d'une famille. ☐

c) peuvent parfois être modifiés en cours de vie par des facteurs environnementaux. ☐

2 Les caryotypes humains :

a) comportent 23 chromosomes dont une paire de chromosomes sexuels. ☐

b) comportent 46 chromosomes dont une paire de chromosomes sexuels. ☐

c) peuvent comporter une anomalie du nombre à l'origine d'anomalies dans les caractères. ☐

d) diffèrent selon le sexe. ☐

3 ★ Analyser un caryotype

Le syndrome de Patau

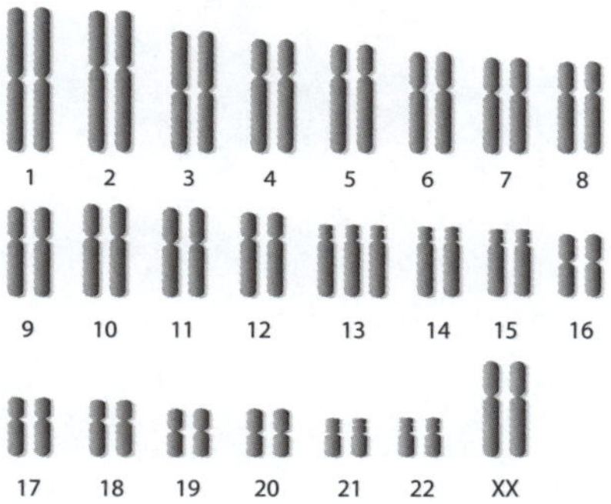

a) Pourquoi ce caryotype peut-il appartenir à un humain ?

....

....

b) Est-il possible de déterminer le sexe de la personne possédant ce caryotype ? Si Oui, précise-le.

....

c) Le syndrome de Patau est également appelé trisomie 13. Explique pourquoi.

....

d) La personne atteinte de ce syndrome présente de nombreuses malformations. En utilisant tes connaissances sur les chromosomes, explique pourquoi.

....

....

4 ★★ Localisation du programme génétique

On réalise l'expérience ci-dessous à partir de deux souris issues de deux élevages différents.

La première est blanche et la seconde, noire, fécondée par un mâle également noir, ne peut donner naissance qu'à des souriceaux noirs.

Le caractère étudié est la couleur du pelage.

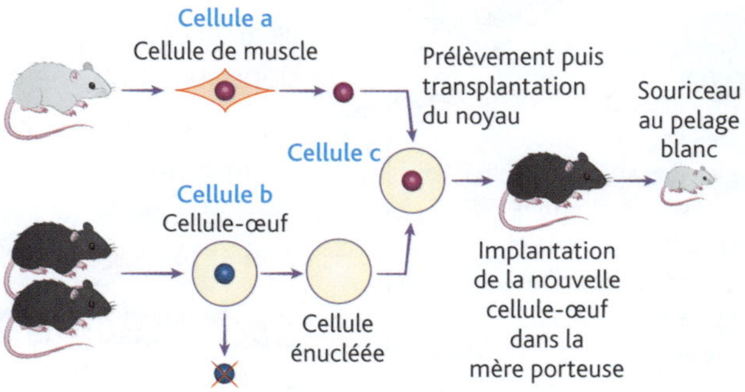

a) De quelle souris proviennent les constituants (membrane, cytoplasme et noyau) de cellule-œuf modifiée (cellule c) ?

....

b) En quoi le résultat de l'expérience nous permet-il d'affirmer que les informations génétiques d'un individu sont dans le noyau ?

....

c) Pourquoi peut-on affirmer que le programme génétique d'un individu est présent dans le noyau de toutes ses cellules et pas seulement dans la cellule initiale : la cellule-œuf ?

....

11 Les séismes

Retiens l'essentiel

Mots-clés

Magnitude
Grandeur (indiquée par l'échelle de Richter, 9 échelons) qui permet de mesurer l'énergie libérée par un séisme.

Fosses océaniques
Grandes dépressions, longues et profondes, longeant les continents.

Dorsale
Relief des fonds océaniques.

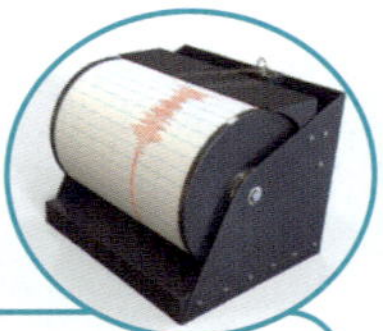

À savoir

Les sismographes
Des appareils appelés **sismographes** ou sismomètres enregistrent les vibrations du sol de façon continue et permettent ainsi d'étudier les séismes. Les enregistrements appelés **sismogrammes** peuvent être obtenus à des milliers de kilomètres de l'épicentre.

1 Les manifestations des séismes

- Un séisme ou tremblement de terre se caractérise par **une série de brèves secousses** de la surface terrestre, qui provoquent des dégâts plus ou moins importants et des déformations de la surface terrestre.
- On utilise **l'échelle MSK** (12 échelons) pour définir l'**intensité du séisme** qui exprime tous les effets ressentis et observés par les populations.

2 L'origine des séismes

- De **fortes contraintes s'exerçant sur les roches** en profondeur conduisent à une accumulation d'énergie qui finit par entraîner leur rupture. Elle se produit au niveau du **foyer**, et est à l'origine d'**ondes sismiques** qui se propagent dans toutes les directions et provoquent les dégâts les plus importants au niveau de l'**épicentre**, lieu en surface où les vibrations sont maximales.
- L'analyse et la comparaison des **sismogrammes** d'un même séisme permettent de déterminer la position et la magnitude du séisme.

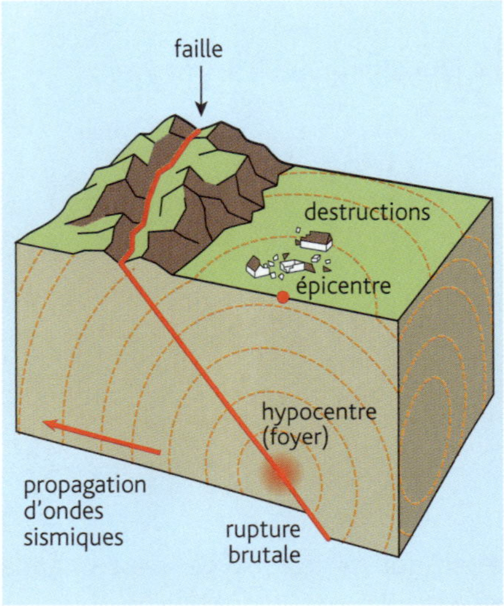

Origine d'un séisme

3 La répartition mondiale des séismes

La répartition des séismes à la surface du globe n'est pas due au hasard. Les séismes sont localisés le long des fosses océaniques, dans les zones des **chaînes de montagnes** et au niveau des dorsales océaniques.

Comment faire ?

Modéliser des ondes

Pour comprendre ce qu'est une onde, remplis d'eau à mi-hauteur une gouttière, dans laquelle tu places 2 petits « radeaux » en polystyrène avec mâts (tiges en fer) et drapeaux (gommettes). Fais délicatement tomber un galet plat dans la gouttière. Tu verras osciller les radeaux, au fil du déplacement de l'onde sans qu'ils ne se déplacent eux-mêmes. Une onde transporte de l'énergie sans transporter de matière.

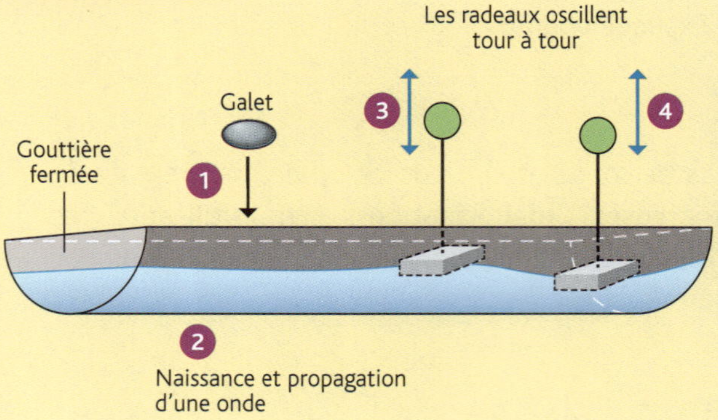

Corrigés → livret, p. 36

S'entraîner

QUIZ-TEST

Coche la (ou les) bonne(s) réponse(s).

1 Un séisme :

a) est causé par la rupture de roches en profondeur. ☐
b) se caractérise par des secousses de la surface terrestre. ☐
c) est systématiquement accompagné d'un tsunami. ☐

2 L'épicentre d'un séisme :

a) est le lieu dans le sous-sol où se produit la rupture des roches. ☐
b) est le lieu en surface où parviennent les premières ondes sismiques. ☐
c) est situé à la verticale du foyer. ☐
d) ne peut pas être localisé en mer. ☐

3 ★ Séisme d'Haïti

Le 12 janvier 2012, un violent séisme a touché Haïti provoquant la mort d'environ 230 000 personnes.
Le séisme a été enregistré dans les stations du réseau « Sismos à l'école » (sismographes installés dans des établissements scolaires français).

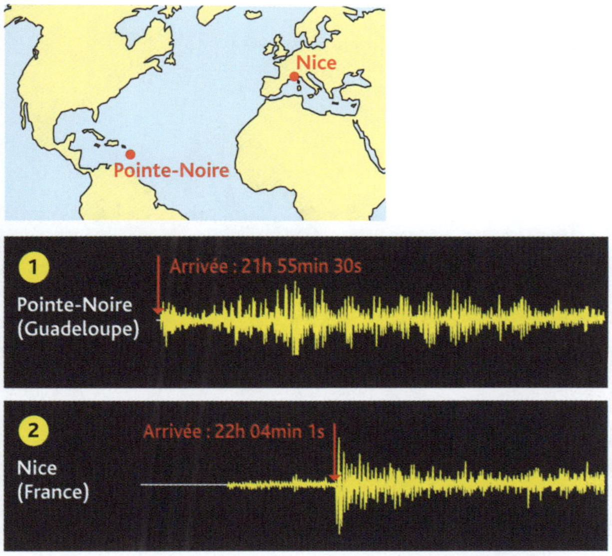

Doc. 1 et 2. Localisation de deux stations d'enregistrement (Pointe-Noire, Nice) et sismogrammes montrant l'arrivée des ondes dans les deux stations.

Coche la (ou les) bonne(s) réponse(s).

Le séisme a été enregistré par des sismographes de Guadeloupe et de métropole car les ondes sismiques :

a) se propagent dans toutes les directions depuis l'épicentre. ☐

b) ont provoqué un séisme en Guadeloupe et en métropole. ☐

c) peuvent être enregistrées partout dans le monde. ☐

Les ondes sismiques ne sont pas enregistrées au même moment car :

a) les stations de surveillance ne sont pas situées à la même distance du séisme. ☐

b) plus une station est éloignée de l'épicentre, plus elle reçoit les premières ondes tardivement. ☐

c) les appareils de surveillance n'ont pas la même sensibilité. ☐

4 ★★ Le séisme au Népal

Le 25 avril 2015, un violent séisme de magnitude 7,8 s'est produit au Népal. Il a provoqué d'importantes destructions et la mort de plus de 8 000 personnes.

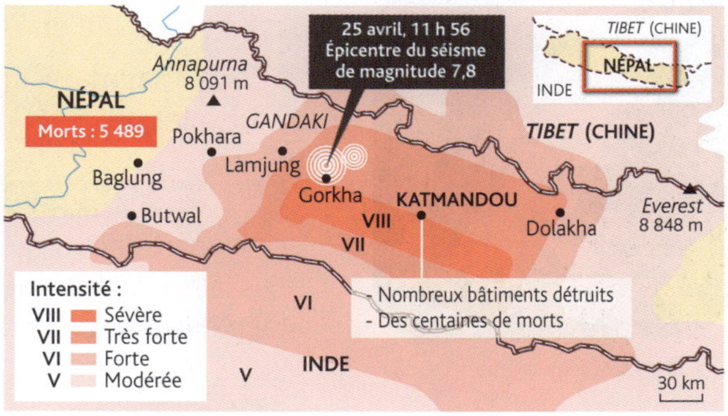

a) À proximité de quelle ville se situe l'épicentre du séisme ?

....

b) Les dégâts ont été particulièrement importants dans cette ville (bâtiments, temples, etc.) et le nombre de victimes est très élevé. Explique pourquoi.

....

....

12 Le volcanisme

Retiens l'essentiel

Mot-clé

Nuée ardente

Mélange de lave et de gaz brûlants.

À savoir

Lave ou magma ?

Le **magma** est une roche en fusion, composée d'un mélange de liquide, de solide et de gaz dissous.

La **lave** est un magma qui a perdu une grande partie de ses gaz.

Le magma est localisé en profondeur alors que la lave se trouve en surface.

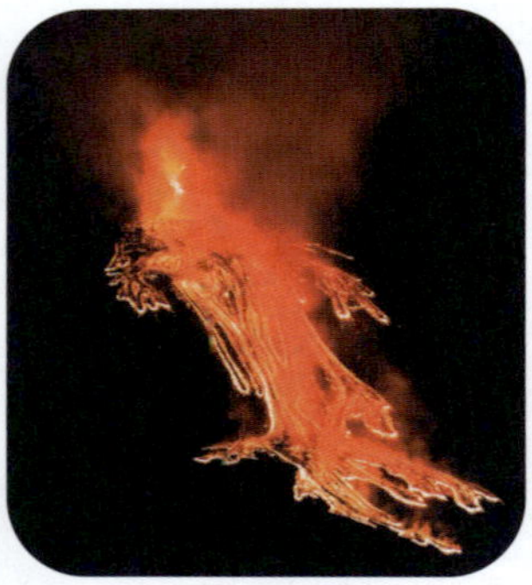

Coulée de lave

1 Des éruptions différentes

- **Le volcanisme est l'arrivée en surface de magma**. Il se manifeste par deux grands types d'éruptions.
- **Une éruption effusive** (Piton de la Fournaise, île de la Réunion) se caractérise par des coulées de lave fluide et des projections peu violentes de fragments de lave qui s'accumulent pour former un cône.
- **Une éruption explosive** (Mont Saint Helens, États-Unis) se caractérise par de violentes explosions projetant en altitude des panaches de cendres et des nuées ardentes, mélange de lave et de gaz brûlants.
- **Les volcans sont constitués par les matériaux** émis lors des éruptions.

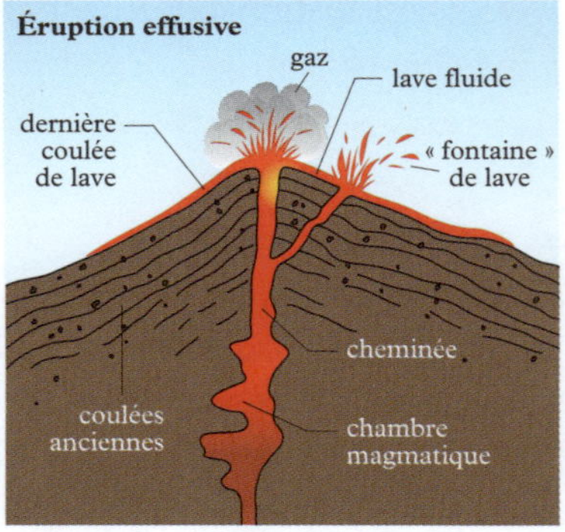

Un volcan effusif (volcan « rouge »)

2 L'origine des éruptions

- **La fusion partielle des roches du sous-sol** (entre 50 et 150 km) donne un magma riche en gaz. Stocké dans un réservoir magmatique en profondeur, ce magma remonte à la surface en se dégazant.
- L'arrivée en surface d'un **magma fluide** est à l'origine d'une éruption effusive.
- Si le **magma** est **visqueux**, l'éruption est explosive.

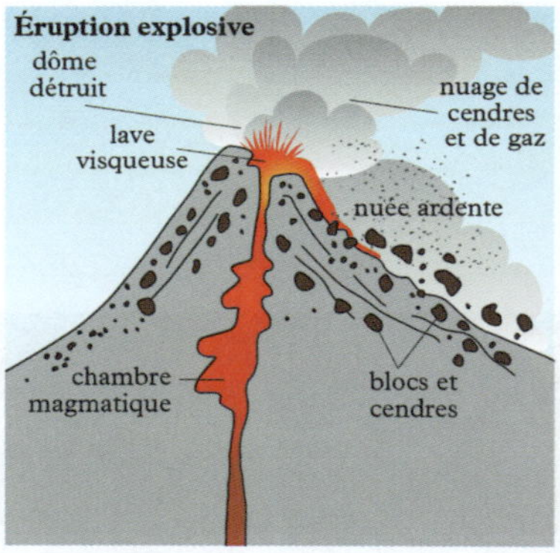

Un volcan explosif (volcan « gris »)

3 La répartition mondiale des volcans actifs

La plupart des volcans actifs sont alignés en bordure des continents, le long des fosses océaniques, dans des chapelets d'îles appelés arcs insulaires et le long des dorsales océaniques. Quelques volcans actifs sont isolés.

Comment faire ?

Construire un tableau comparatif

	Volcan effusif	Volcan explosif
Couleur dominante de l'éruption	rouge	gris
Magma et lave	fluides	visqueux
Dégazage	facile	difficile
Produits émis	coulées de lave	cendres, nuées ardentes
Édifice volcanique	cône (coulées superposées)	dôme
Dangerosité	++	++++

Corrigés → livret, p. 36

S'entraîner

QUIZ-TEST

Coche la (ou les) bonne(s) réponse(s).

1 Les éruptions effusives se caractérisent par :

a) de longues coulées de lave. ☐
b) des nuées ardentes. ☐
c) la formation d'un dôme de lave. ☐
d) la formation d'un cône volcanique. ☐

2 Les volcans actifs sont répartis :

a) au hasard aussi bien dans les océans que sur les continents. ☐
b) en bordure des continents et dans des arcs insulaires. ☐
c) au niveau des dorsales océaniques. ☐

3 ★ L'éruption du Colima

Le volcan Colima, dans le sud-ouest du Mexique, est entré en éruption le 8 août 2015. Il a projeté un panache de fumée et de cendres de quelque 3 000 mètres de haut. Le Colima était en activité depuis le 9 juillet, et les villages aux alentours, qui ont été évacués, ont été recouverts d'épaisses couches de cendre.

Volcan Colima (Mexique) éruption du 8 août 2015

a) À quel type d'éruption appartient celle du Colima ?

....

....

b) Quels éléments te permettent d'affirmer qu'il s'agit de ce type d'éruption ?

....

....

....

....

4 ★★ Les signes précurseurs d'une éruption

Entre le 8 et le 9 mars 1998, 2 300 séismes ont été enregistrés sur le **Piton de la Fournaise** (La Réunion).
– vers 14 h 10, des déformations sont observées à la surface du volcan.
– à 15 h 10, l'éruption commence : la lave s'écoule par 7 fissures sur la pente nord du volcan.

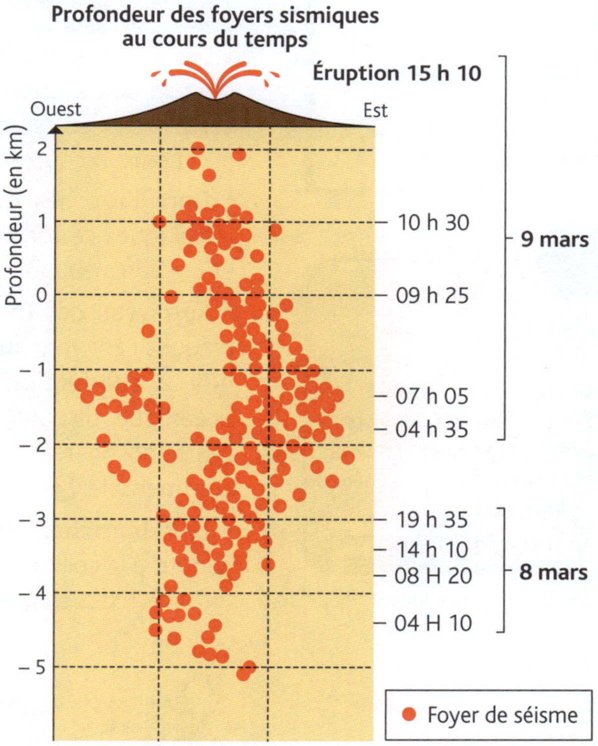

a) Comment varie au cours du temps la profondeur des séismes précédant l'éruption ?

....

b) Quel est l'intérêt de la surveillance sismique d'un volcan ?

....

13 La tectonique des plaques

Retiens l'essentiel

1 La surface terrestre : un puzzle de plaques

▸ La répartition similaire des séismes et des manifestations volcaniques à la surface du globe permet de délimiter une douzaine de plaques, assemblées comme les pièces d'un puzzle et dont les limites sont les zones actives du globe.

▸ L'étude de la propagation des ondes sismiques a permis de définir les plaques en profondeur. Épaisses d'une centaine de kilomètres, les plaques formées par la **lithosphère** rigide, reposent sur l'**asthénosphère** qui est moins rigide.

2 Les mouvements des plaques lithosphériques

▸ **Les plaques se déplacent** les unes par rapport aux autres sur l'asthénosphère : certaines s'écartent, d'autres se rapprochent ou coulissent.

▸ Dans l'axe des **dorsales océaniques**, les plaques se forment et s'écartent ❶ et l'océan s'élargit.

▸ Au niveau des **fosses océaniques**, les plaques convergent (se rapprochent). Il y a **subduction** : de la lithosphère océanique disparaît et s'enfonce dans l'asthénosphère sous une lithosphère continentale ❷.

▸ Le **rapprochement de deux plaques** aboutit à la collision des continents et à la formation des chaînes de montagnes ❸ .

❶
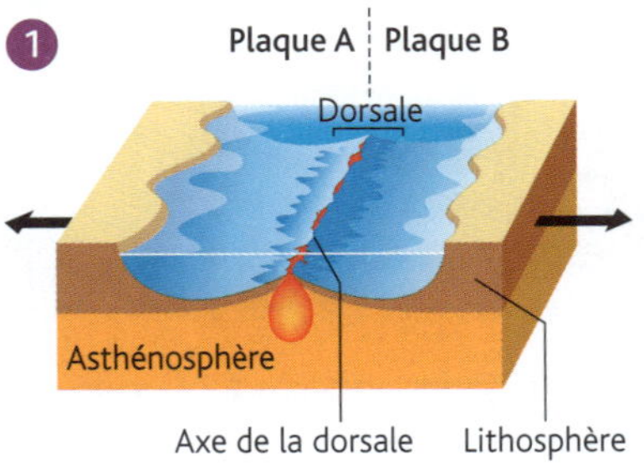

❷
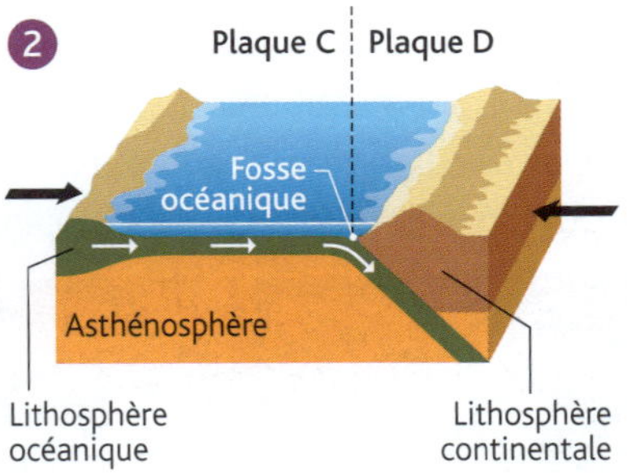

Zone de subduction

❸
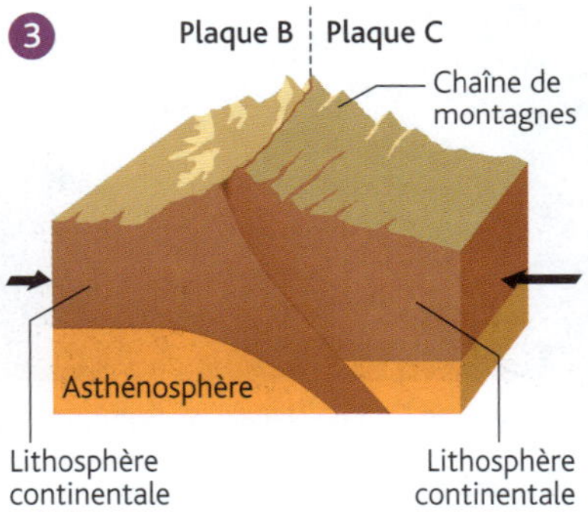

Naissance d'une chaîne de montagnes par collision

Mots-clés

Lithosphère
Couche superficielle rigide de la Terre, de 70 à 150 km d'épaisseur.

Asthénosphère
Couche située sous la lithosphère, constituée de roches solides, mais moins rigides que celles de la lithosphère.

Plaque lithosphérique
Portion de lithosphère rigide délimitée par des frontières ayant une activité sismique et volcanique importante. Elle peut être totalement océanique ou comporter à la fois une partie continentale et une partie océanique.

À savoir

GPS
On peut connaître avec précision le déplacement des plaques au cours du temps grâce au GPS (global positioning system) reposant sur l'exploitation de signaux radio émis par des satellites. La vitesse de déplacement des plaques, variable selon les régions du globe, est de l'ordre du cm/an.

Comment faire ?

▸ **Mettre en évidence le mouvement des plaques**

Sur un planisphère, décalque le contour de l'Afrique et de l'Amérique du Sud. Découpe ensuite le contour de ces deux continents.

Rapproche ensuite les deux pièces obtenues pour observer que les deux continents s'emboîtent parfaitement. Avant la naissance de l'océan Atlantique Sud, Afrique et Amérique du Sud ne formaient qu'un seul et même continent, ce qu'Alfred Wegener, en 1912 a mis en évidence.

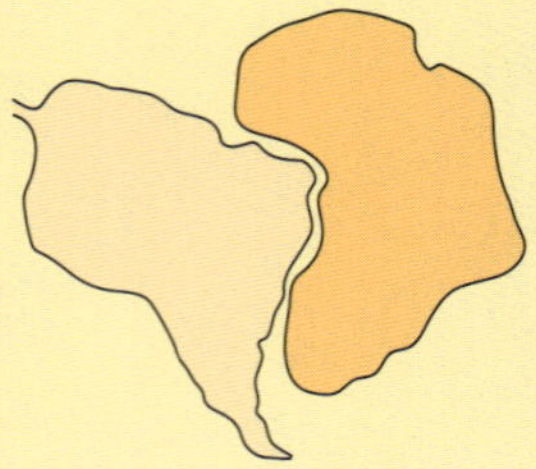

Corrigés → livret, p. 36

S'entraîner

QUIZ-TEST

Coche la (ou les) bonne(s) réponse(s).

1 Les limites des plaques :

a) sont les mêmes que celles des continents. ... ☐
b) concentrent les activités volcaniques et sismiques du globe. ☐
c) peuvent correspondre à une dorsale. ☐

2 Les plaques se forment :

a) dans les zones de rapprochement des plaques. ☐
b) dans l'axe des dorsales. ☐
c) au niveau des fosses océaniques. ☐

3 ★★ Une frontière de plaques en Indonésie

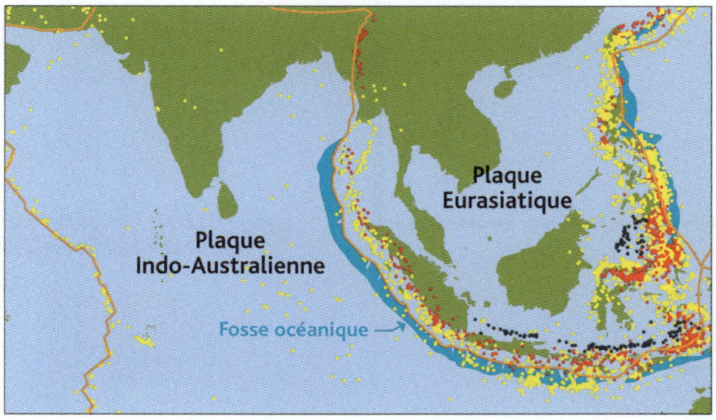

L'Indonésie est une région particulièrement active, siège de nombreux séismes.

Sur la carte ci-contre, les points colorés correspondent aux foyers des séismes) :

– points jaunes : foyers peu profonds ;

– points rouges : foyers moyennement profonds ;

– points noirs : foyers profonds.

Les frontières des plaques sont également matérialisées par un trait fin orangé.

Affirmations	VRAI	FAUX
On peut affirmer qu'il s'agit d'une frontière entre deux plaques du fait des nombreux séismes représentés.	......	......
Les plaques indo-australienne et eurasiatique convergent.	......	......
La plaque indo-australienne est constituée uniquement de l'Inde.	......	......
Les séismes sont de plus en plus profonds quand on s'éloigne de la fosse océanique, sous la plaque eurasiatique.	......	......
La plaque eurasiatique plonge par subduction sous la plaque indo-australienne.	......	......
La plaque indo-australienne plonge par subduction sous la plaque eurasiatique.	......	......
Sur le document, on observe également une dorsale océanique.	......	......

14 Prévenir les risques géologiques

Retiens l'essentiel

Mots-clés

Aléa
Probabilité que le phénomène se produise.

Enjeu
Personnes et biens menacés par le phénomène.

Prévision
Détermination à l'avance de ce qui peut se produire.

Prévention
Ensemble des mesures prises pour éviter ou limiter le risque.

À savoir

Le tsunami

Certains séismes sont suivis d'un tsunami ; série de vagues de 10 m de hauteur, voire davantage.
Suite à celui du 26 décembre 2004 en Indonésie, de nombreuses initiatives ont été prises pour éviter de telles catastrophes (système de détection de vagues anormales puis avertissement des populations et évacuation, construction de digues...). Malheureusement, un autre tsunami a fait des milliers de morts au Japon le 11 mars 2011.

1 Définir les risques géologiques pour l'homme

L'activité géologique de notre Planète présente des risques pour l'homme.

Le risque géologique dépend de l'**aléa** (sismique ou volcanique) et de l'**enjeu**.

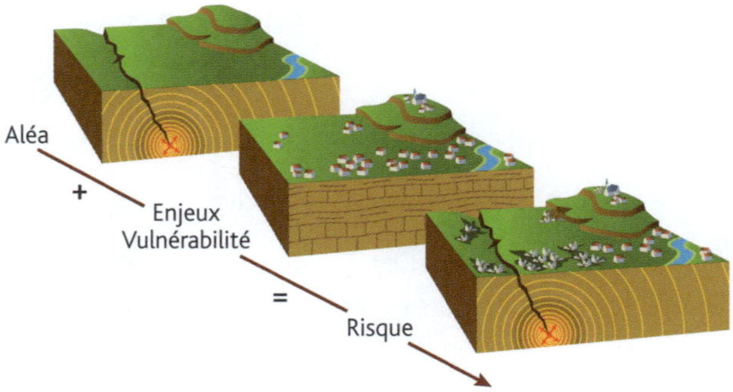

2 Faire face aux risques géologiques

Risques

↓

Prévision

- **Risques sismiques** :
  - Surveillance de l'activité sismique (sismographes), repérage des failles actives.
  - Prise en compte de la sismicité historique.
  - Pas de prévisions exactes.
- **Risques Volcaniques** :
  - Surveillance des signes précurseurs d'une éruption (sismicité, gonflement de l'édifice...).
  - Prévision possible avant l'éruption.

↓

Prévention
Protection des populations

- **Risques sismiques** :
  - Constructions résistantes aux secousses.
  - Information/éducation des populations.
  - Organisation des secours
- **Risques Volcaniques** :
  - Information des populations.
  - Plan d'évacuation des populations.

Actuellement, il est possible de prévoir une éruption volcanique. La prévision d'un séisme à court terme (date, lieu, magnitude) est quant à elle encore impossible. Seules les zones à risque sismique sont identifiées.

Comment faire ?

▸ Savoir agir en cas de séisme

→ Abrite-toi sous un meuble.
→ Éloigne-toi des bâtiments.
→ Coupe électricité et gaz.
→ Écoute la radio et suis les consignes.
→ Ne cherche pas à rejoindre tes proches.

Corrigés → livret, p. 36

S'entraîner

QUIZ-TEST

Coche la (ou les) bonne(s) réponse(s).

1 Le risque sismique est l'éventualité que :

- a) un volcan dangereux provoque des dégâts... ☐
- b) un séisme dangereux provoque des dégâts. . ☐
- c) un séisme survienne sans présenter de danger. ☐

2 Un risque volcanique existe :

- a) dès qu'il y a un volcan actif. ☐
- b) s'il y a un volcan actif proche d'une zone peuplée. ☐
- c) s'il y a un volcan actif près d'un océan. ☐

3 ★★ Aléa et risque sismique en France

Carte de l'aléa sismique en France

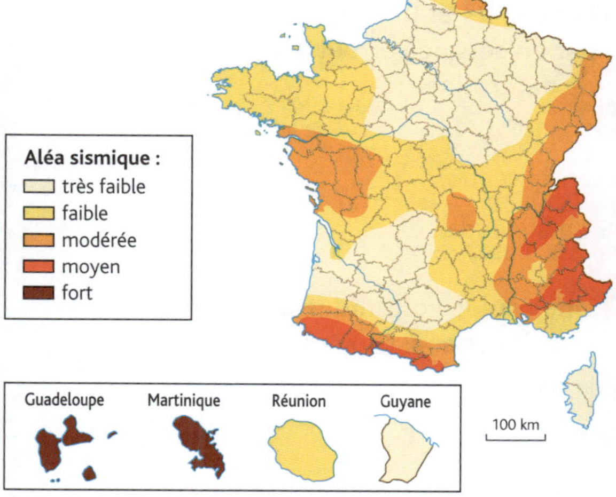

Carte du risque sismique en France

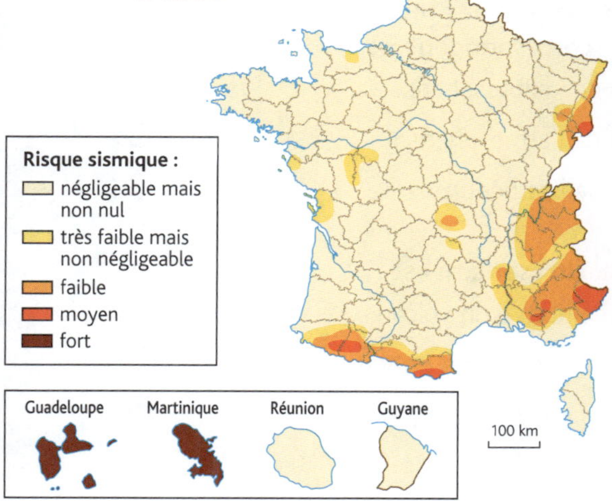

a) Quelles sont les régions françaises où l'aléa sismique est le plus élevé (moyen à fort) ?

....

b) Pourquoi la carte du risque sismique en France ne correspond pas exactement à celle de l'aléa sismique ?

....

4 ★★ Le tsunami du 11 mars 2011

En 2011, suite à un séisme de magnitude 9, le Japon a connu un tsunami d'ampleur historique.

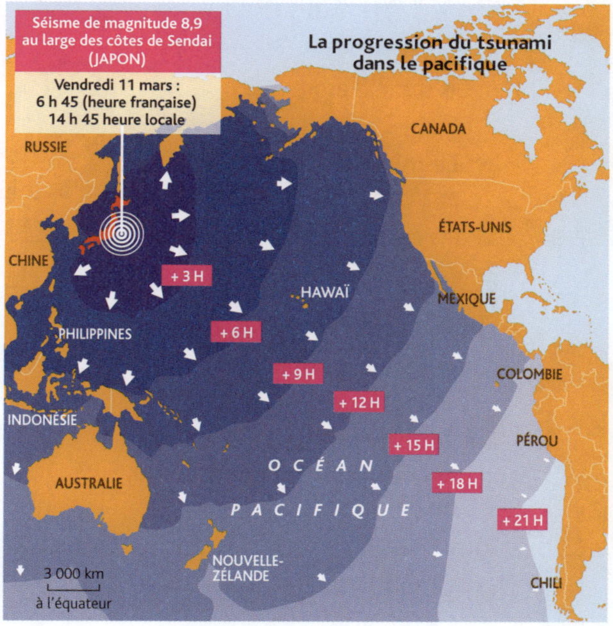

Nation	Alerte Tsunami	Évacuation	Hauteur des vagues	Morts recensés
Californie (États-Unis)	Oui	Oui	135 cm	1
Chili (Amérique du Sud)	Oui	Oui	83 cm	0

a) Quel phénomène géologique est à l'origine des vagues géantes d'un tsunami ?

....

b) Pourquoi le tsunami n'a-t-il pas fait de victime sur les côtes ouest de l'Amérique du Sud ?

....

Corrigés → livret, p. 36

SVT : fais le bilan !

Coche, pour chaque exercice, la bonne réponse. Reporte-toi ensuite aux corrigés, p. 36, pour obtenir ton score sur 10.

1 Pour se nourrir, certaines plantes vivent en symbiose avec :

a) des petits animaux. ☐
b) des bactéries. ☐
c) un tronc d'arbre ☐

2 Le microbiote intestinal est constitué :

a) des cellules du tube digestif. ☐
b) des sécrétions digestives. ☐
c) des micro-organismes hébergés par le tube digestif. ☐

3 Pour avoir une indication sur la corpulence d'un individu, on calcule :

a) sa masse. ☐
b) sa taille. ☐
c) son IMC. ☐

4 Chez une fille, la puberté est déclenchée par :

a) plusieurs hormones ☐
b) seulement des œstrogènes ☐
c) seulement de la testostérone ☐

5 Le seul moyen de contraception qui protège également des infections sexuellement transmissibles est :

a) l'implant. ☐
b) le stérilet (ou DIU). ☐
c) le préservatif. ☐

6 La FIVETE est une technique de :

a) contraception. ☐
b) procréation médicalement assistée. ☐
c) d'insémination artificielle. ☐

7 Les dégâts et les effets ressentis par un séisme permettent de déterminer :

a) son intensité. ☐
b) son épicentre. ☐
c) sa magnitude. ☐

8 Une coulée volcanique d'un volcan effusif est constituée :

a) de magma. ☐
b) de cendres. ☐
c) de lave. ☐

9 Les plaques tectoniques correspondent à :

a) de la lithosphère. ☐
b) de l'atmosphère. ☐
c) de l'asthénosphère. ☐

10 Un tsunami est :

a) le nom d'un volcan. ☐
b) un synonyme de séisme. ☐
c) une énorme vague. ☐

TOTAL BILAN .... /10

Orientation

Des idées pour un métier

L'année prochaine, en fin de troisième, vous allez devoir effectuer vos premiers choix d'orientation. Afin de vous aider dans ces choix, nous vous proposons ici un panorama des grands secteurs d'activité avec, pour chaque secteur :

- un exemple de métier ;
- une description de ce métier ;
- le profil requis pour l'exercer ;
- la formation qui conduit à ce métier ;
- une liste (non exhaustive) d'autres métiers de ce domaine d'activité.

Prenez le temps de parcourir ces quelques fiches métiers : elles ne manqueront pas de susciter chez vous des idées nouvelles ou des pistes de réflexion sur votre avenir !

Le droit

NOTAIRE

Métier : le principal rôle du notaire est d'authentifier des actes tels que les contrats de mariage, les actes de vente de biens immobiliers, les testaments. En signant et en datant ces documents, il leur donne force de loi. Il peut également gérer le patrimoine de ses clients. Il aide aussi parfois les entreprises à rédiger des contrats. Le notaire est tenu au secret professionnel.

Profil : être rigoureux, être diplomate, être à l'écoute des autres.

Formation : bac + 4 en droit, puis 3 ans de formation universitaire ou professionnelle. Dans les deux cas, un stage rémunéré est obligatoire. Bac général conseillé.

AUTRES MÉTIERS

Avocat, greffier, juge d'instruction, juge pour enfants, conseiller d'insertion et de probation, juriste d'entreprise, gardien de prison, huissier…

Le commerce

CHARGÉ D'ÉTUDES MARKETING

Métier : avant le lancement d'un nouveau produit sur le marché, le chargé d'études marketing essaie de décrypter les habitudes d'achat des consommateurs et analyse l'offre de la concurrence. Grâce aux sondages, réunions de consommateurs, visites de magasins, il dresse un tableau détaillé des tendances sociologiques et économiques. Grâce aux données recueillies, l'entreprise peut orienter au mieux sa stratégie commerciale et limite ainsi son risque financier. Le chargé d'études manie beaucoup les statistiques et les bases de données. Ses interlocuteurs sont nombreux.

Profil : être rigoureux, maîtriser les outils informatiques, aimer le travail en équipe.

Formation : bac + 5 (master pro) ou école de commerce.

AUTRES MÉTIERS

Boulanger, boucher, charcutier traiteur, libraire, chef de rayon, directeur de grande surface, étalagiste, commercial…

L'agriculture

HORTICULTEUR

Métier : sous serre ou en plein air, l'horticulteur cultive des fleurs et des plantes pour les jardineries, les fleuristes ou les particuliers. Lorsqu'il est en contact avec les clients, il les conseille dans leurs achats, leur explique quels soins prodiguer aux plantes. L'horticulteur peut aussi, à partir du projet d'un paysagiste, aménager des jardins et des espaces verts.

Profil : avoir envie de travailler au grand air, être habile, avoir une bonne résistance physique.

Formation : du CAPA productions horticoles (après la 3e) à bac + 2 (BTS Agricole). Bac STAV ou bac pro productions horticoles conseillés.

AUTRES MÉTIERS

Agriculteur, vétérinaire, éleveur, ingénieur agronome, pisciculteur…

L'environnement

TECHNICIEN EN TRAITEMENT DE L'EAU

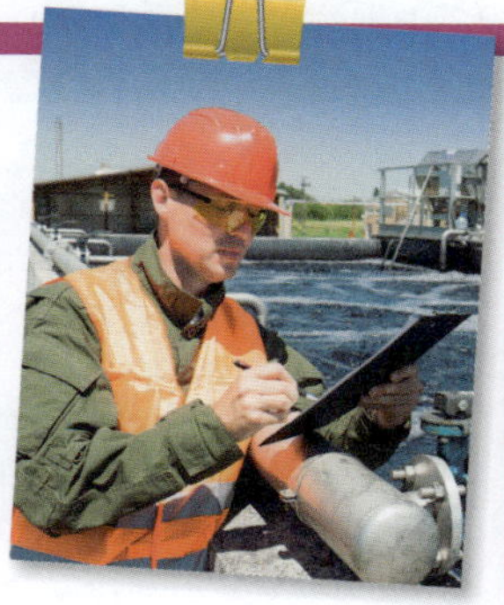

Métier : le technicien en traitement de l'eau est le garant de la qualité de l'eau potable que nous consommons. Il surveille le débit en fonction du niveau des réservoirs, modifie le taux de chlore ou d'ozone dans l'eau en fonction des résultats de laboratoire, doit agir en urgence si une pollution est détectée. L'usine de traitement et distribution de l'eau devant fonctionner en permanence, le technicien est souvent d'astreinte. Il encadre une équipe d'agents de la qualité de l'eau.

Profil : être rigoureux, être réactif, être prêt à une grande disponibilité, aimer le travail en équipe.

Formation : bac + 2 (BTS métiers de l'eau ou BTS Agricole gestion et maîtrise de l'eau). Bac STL biotechnologies ou bac pro gestion des pollutions et protection de l'environnement conseillés.

AUTRES MÉTIERS : conseiller en environnement, géologue, technicien en traitement des déchets, garde du littoral, garde forestier, animateur nature, acousticien, paysagiste…

Le spectacle et la culture

COSTUMIER

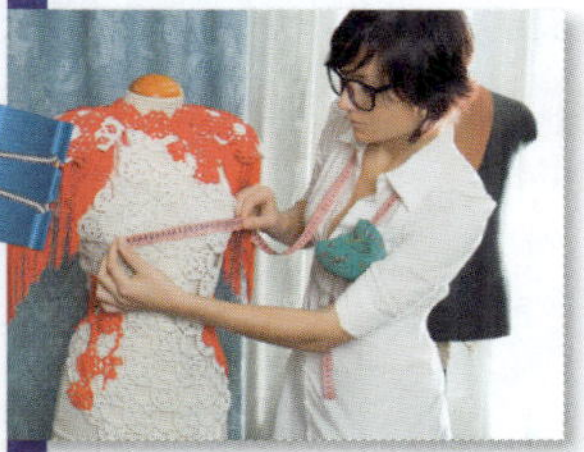

Métier : le costumier crée des tenues en fonction des indications du metteur en scène de théâtre ou du réalisateur de cinéma, et en fonction d'un budget défini. Ses vêtements doivent refléter la psychologie des personnages, être en conformité avec l'époque à laquelle se déroule l'action et offrir un certain confort au comédien. Le costumier présente d'abord des croquis et des échantillons, puis, une fois ceux-ci validés, il achète les tissus, les coupe aux bonnes mensurations, les coud, aidé de tailleurs et couturières. Il est le plus souvent intermittent du spectacle.

Profil : être très créatif, être minutieux, s'intéresser à l'histoire et à la mode.

Formation : bac + 2 (BTS design de mode, textile ou Diplôme des Métiers d'Art) ou bac + 3 en école de stylisme. Bac STD2A ou bac pro métiers de la mode-vêtement conseillés.

AUTRES MÉTIERS

Musicien, danseur, comédien, maquilleur, régisseur lumière, scénographe, ingénieur du son, agent artistique, médiateur culturel, conservateur territorial du patrimoine, bibliothécaire…

L'enseignement

CONSEILLER D'ORIENTATION-PSYCHOLOGUE

Métier : au sein des établissements scolaires, le conseiller aide individuellement les élèves à construire leur parcours de formation et à choisir un métier. Il dispose d'outils tels que les tests de motivation et les tests psycho-techniques. Il anime également des séances collectives d'information. En tant que membre de l'équipe éducative, il participe aux conseils de classe et donne son avis sur l'orientation dans telle ou telle filière. Dans les CIO (Centres d'Information et d'Orientation), il accueille des familles mais aussi des adultes non-francophones ou en reconversion professionnelle.

Profil : être à l'écoute des autres, être prêt à une mobilité géographique.

Formation : bac + 3 en psychologie, puis formation de 2 ans, accessible sur concours, pour obtenir un diplôme d'État. Bac général conseillé.

AUTRES MÉTIERS

Conseiller principal d'éducation, professeur des écoles, professeur de collège et lycée, auxiliaire de vie scolaire, documentaliste…

Les métiers d'art

ILLUSTRATEUR

Métier : l'illustrateur travaille pour la presse, l'édition, la publicité, pour des supports papier (livres, affiches, magazines) ou multimédia (sites Internet, jeux vidéo). Il doit identifier les attentes de son client et les contraintes du projet (charte graphique à suivre, format prévu, délais), puis il peut laisser libre cours à son talent et à son originalité. Aujourd'hui, il utilise beaucoup les logiciels graphiques. L'illustrateur est indépendant et doit très souvent démarcher des clients à l'aide de son book et de son site Internet.

Profil : être très créatif, être curieux, savoir être persuasif.

Formation : pas de diplôme obligatoire mais bac STD2A et bac +2 (BTS, Diplôme des Métiers d'Art) ou école d'art recommandés.

AUTRES MÉTIERS : ébéniste, bijoutier-joaillier, céramiste, encadreur-relieur, restaurateur d'œuvres d'art, relieur-doreur, styliste…

La sécurité et les secours

SAPEUR-POMPIER

Métier : à Paris et Marseille, les pompiers sont des militaires. Partout ailleurs, ce sont des professionnels (ils sont fonctionnaires) ou des volontaires (ils exercent un autre métier en parallèle). Ils éteignent des feux, mais secourent aussi les accidentés de la route, règlent des problèmes de fuite de gaz. Ils peuvent aussi se spécialiser pour intervenir sur des sites à haut risque chimique ou en haute montagne. Les pompiers s'entraînent constamment. Ils ont des astreintes de 24 ou 48 heures d'affilée.

Profil : avoir une excellente condition physique, être réactif, être prêt à une grande disponibilité.

Formation : recrutement sur concours, du diplôme du brevet à bac + 3 pour être pompier professionnel (bac toutes séries) ; diplôme du brevet ou CAP pour être sapeur-pompier de Paris ou marin-pompier de Marseille.

AUTRES MÉTIERS

Commissaire de police, gendarme, gardien de la paix, militaire, douanier, officier de l'armée de Terre/de l'Air, maître-nageur sauveteur, pilote de chasse, technicien de la police technique et scientifique…

La santé

PHARMACIEN

Métier : le pharmacien travaille le plus souvent en officine. Il est à la fois un commerçant et un professionnel de santé. Il délivre les médicaments prescrits par le médecin et conseille les malades lorsqu'ils présentent des pathologies légères. Il lui faut être très attentif aux ordonnances car il est responsable devant la loi en cas de problème. Le pharmacien peut également travailler à l'hôpital, en laboratoire ou dans l'industrie pharmaceutique (il met au point de nouveaux traitements, autorise leur mise sur le marché).

Profil : être rigoureux, être à l'écoute des autres.

Formation : bac + 6 (pour exercer en officine ou dans l'industrie pharmaceutique) bac + 9 (pour exercer à l'hôpital ou en laboratoire), en faculté de pharmacie.

AUTRES MÉTIERS

Infirmier, chirurgien, médecin généraliste, diététicien, anesthésiste, psychiatre, dentiste, ostéopathe, kinésithérapeute, ambulancier, secrétaire médicale, opticien, sage-femme…

Le tourisme

RÉCEPTIONNISTE

Métier : dans les hôtels, le réceptionniste veille au bon déroulement du séjour des clients et essaie de satisfaire au mieux leurs demandes, de jour comme de nuit. Il coordonne les différents services de l'hôtel (voituriers, bagagistes, cuisine, lingerie) en ce sens, effectue des réservations de restaurants, conseille des boutiques ou des activités culturelles. Le réceptionniste maîtrise obligatoirement plusieurs langues vivantes et possède une bonne culture générale.

Profil : être à l'écoute des autres, être diplomate, être réactif, pratiquer plusieurs langues vivantes.

Formation : bac technologique hôtellerie recommandé, puis bac + 2 (BTS tourisme par exemple) ou formation en école privée.

AUTRES MÉTIERS

Directeur d'office de tourisme, concepteur de voyages, interprète, guide-conférencier, billettiste, hôtesse de l'air/steward, maître restaurateur, directeur d'hôtel, maître d'hôtel, concierge…

L'informatique

WEBMASTER

Métier : le webmaster conçoit des sites Internet ou intranet. Il élabore l'architecture d'un site, décide de ses rubriques, l'alimente en contenus textuels, audio ou vidéo, effectue des tests pour détecter d'éventuels anomalies avant la mise en ligne. Une fois le site actif, il assure sa maintenance, le met à jour régulièrement, s'occupe de son référencement et effectue une veille technologique.

Polyvalent, il doit maîtriser les langages de programmation, avoir un sens graphique et des compétences rédactionnelles.

Profil : être créatif, être curieux, être polyvalent, avoir un bon niveau d'anglais.

Formation : bac + 2 minimum (BTS services informatiques aux organisations par exemple). Bac général, ou bac STI2D spécialité systèmes d'information et numérique, ou bac STD2A conseillés.

AUTRES MÉTIERS

Développeur multimédia, community manager, game designer, développeur informatique, administrateur de bases de données, webdesigner…

La communication et l'information

MAQUETTISTE

Métier : le maquettiste met en page des documents pour la presse, l'édition ou la publicité. Que ce soit pour des supports papier ou numériques, son objectif reste identique : faciliter la lecture et la rendre la plus attrayante possible. En s'appuyant sur une charte graphique prédéfinie, il décide du placement des textes et encadrés sur la page, de la police et de la taille des caractères employés, des couleurs utilisées, du positionnement des images. Ses outils indispensables sont les logiciels de publication assistée par ordinateur (PAO) et de retouche d'images.

Profil : être créatif, être curieux, être réactif.

Formation : bac + 2 minimum (BTS design graphique option communication et médias imprimés par exemple), formation en école des beaux-arts appréciée. Bac général, STD2A, ou bac pro production graphique ou artisanat et métiers d'art conseillés.

AUTRES MÉTIERS : attachée de presse, journaliste papier/radio/télévision, reporter photographe, journaliste reporter d'images, chargé de communication, graphiste, secrétaire de rédaction…

Le bâtiment

PLOMBIER

Métier : sur un chantier, le plombier installe des canalisations d'eau ou de gaz à partir des plans dessinés par un architecte. Il étudie le parcours des conduites, façonne les tuyaux, les relie entre eux et effectue les raccordements avec les appareils et équipements tels que baignoire, radiateur ou machine à laver. Le plombier intervient aussi chez les particuliers pour effectuer des réparations sur des tuyaux qui fuient ou des canalisations bouchées.

Profil : être habile, avoir une bonne résistance physique, être prêt à une grande disponibilité.

Formation : du CAP installateur sanitaire (après la 3e) à bac + 2 (BTS fluides, énergies, environnement par exemple). Bac pro aménagement et finition du bâtiment, ou technicien de maintenance des systèmes énergétiques et climatiques conseillé.

AUTRES MÉTIERS

Architecte, géomètre-topographe, urbaniste, chef de chantier, conducteur d'engins de travaux publics, chauffagiste, couvreur, peintre en bâtiment, électricien, domoticien…

La finance

CONTRÔLEUR DE GESTION

Métier : le rôle du contrôleur de gestion est de veiller à la bonne santé de son entreprise. À l'aide des informations qu'il collecte dans les différents services, il fixe des objectifs de rendement puis contrôle régulièrement si ces objectifs sont atteints. Si ce n'est pas le cas, il en informe la direction et émet des préconisations afin que l'entreprise soit plus performante. Il passe beaucoup de temps à analyser chiffres et données mais est également beaucoup au contact de ses collègues des autres services.

Profil : être rigoureux, maîtriser les outils informatiques, avoir une bonne résistance au stress.

Formation : bac + 5 (école de commerce ou master pro à l'université, avec spécialisation contrôle de gestion).

AUTRES MÉTIERS

Trader, analyste financier, expert-comptable, auditeur financier…

Le sport

PROFESSEUR D'ÉDUCATION PHYSIQUE ET SPORTIVE

Métier : le professeur d'EPS exerce dans les collèges et les lycées. Il doit maîtriser la pratique et les règles de nombreuses disciplines : volley-ball, handball, natation, gymnastique, athlétisme. Il enseigne ces sports en s'appuyant sur les objectifs fixés par l'Éducation nationale et en veillant à la sécurité des élèves. Il apprend aussi à chacun le respect de l'autre et essaie d'éveiller chez ses élèves l'esprit d'équipe ainsi que le sens de l'initiative.

Profil : avoir envie de travailler au contact des adolescents, être sportif, être pédagogue, être patient.

Formation : licence STAPS puis master (de préférence Métiers de l'Enseignement, de l'Éducation et de la Formation) pour passer le concours de recrutement (CAPEPS). Bac général conseillé.

AUTRES MÉTIERS : accompagnateur en moyenne montagne, guide de haute montagne, entraîneur sportif, moniteur de ski/de voile/d'équitation, cascadeur…

Le transport

CONDUCTEUR DE TRAIN

Métier : avant le départ, le conducteur de train prend connaissance de la vitesse à ne pas dépasser lors du voyage, du nombre de voitures que comprend le train, de la distance de freinage et de l'heure d'arrivée à respecter. Il contrôle aussi le bon fonctionnement des instruments de bord et des commandes. Lors du trajet, sa vigilance est sans cesse sollicitée : il doit être attentif à la signalétique extérieure, aux éventuels obstacles sur la voie. Il doit réagir avec sang-froid en cas d'incident. Il informe aussi les passagers des arrêts et heures d'arrivée.

Profil : être réactif, avoir une bonne vue, avoir une bonne résistance physique et psychologique.

Formation : formation dispensée par la SNCF. Recrutement à partir du CAP mais bac recommandé. Bac général ou bac pro électrotechnique, énergie, équipements communicants ou maintenance des systèmes mécaniques automatisés conseillés.

AUTRES MÉTIERS : chauffeur de taxi, chauffeur routier, convoyeur de fonds, moniteur d'auto-école, contrôleur aérien, pilote de ligne, marin de commerce, ingénieur aérospatial…

L'industrie

OPÉRATEUR SUR MACHINE À COMMANDE NUMÉRIQUE

Métier : l'opérateur conduit de manière informatisée des machines telles que des perceuses ou des fraiseuses pour fabriquer des pièces métalliques. Il travaille aussi bien dans le domaine de l'aéronautique que dans celui du textile ou de l'agroalimentaire. D'après les dessins industriels qui lui sont fournis, il sélectionne les outils et programme la machine. Il contrôle ensuite la qualité des pièces tout au long du processus de fabrication et effectue les rectifications nécessaires si elles ne sont pas conformes.

Profil : être habile, être minutieux, avoir une bonne résistance physique.

Formation : bac pro (pilotage des systèmes de production automatisée par exemple) minimum.

AUTRES MÉTIERS

Conducteur de ligne de production, dessinateur industriel, électromécanicien, métallier, technicien plasturgiste, planificateur de production…

Le social

AUXILIAIRE DE PUÉRICULTURE

Métier : l'auxiliaire de puériculture s'occupe des bébés et des enfants jusqu'à l'âge de 3 ans. Si elle travaille dans une maternité, elle donne des soins aux nouveau-nés, les change, prépare les biberons, conseille les jeunes mamans ; dans une crèche ou une halte-garderie, elle veille à l'hygiène des enfants, les guide vers l'autonomie et organise des activités d'éveil. Elle est placée sous la responsabilité d'une puéricultrice, d'une sage-femme, d'une infirmière ou d'un pédiatre.

Profil : avoir envie de travailler au contact des tout-petits, être patient, avoir une bonne résistance physique, avoir un grand sens des responsabilités.

Formation : diplôme d'État d'auxiliaire de puériculture obligatoire. Accès sur concours, sans condition de diplôme.

AUTRES MÉTIERS

Animateur socioculturel, assistante sociale, éducateur spécialisé, auxiliaire de vie sociale, médiateur social, chef de mission humanitaire…

Crédits photographiques

Dépliant : Histoire : Prise de la Bastille : © Josse/Photothèque Hachette ; Déclaration des droits de l'homme et du citoyen : ©Stéphane Piera/Roger-Viollet ; Le général Bonaparte au conseil des Cinq-Cents à Saint-Cloud, le 9 novembre 1799 (18 brumaire an VIII) : © Josse/Photothèque Hachette ; Napoléon Ier, empereur des Français : © Josse/Photothèque Hachette ; Bataille de Waterloo, le 18 juin 1815 : bataille de la Belle Alliance : © Josse/Photothèque Hachette ; La Liberté guidant le peuple (28 juillet 1830) : © Josse/Photothèque Hachette ; L'Abolition de l'esclavage dans les colonies françaises : © Musée du Château de Versailles/Photo 12 ; Portrait en pied de Napoleon III : © Josse/Photothèque Hachette ; Fusillade de communards : © Musée Carnavalet/Roger-Viollet ; Jules Ferry : © Jean Vigne/Kharbine-Tapabor ; Le capitaine Dreyfus : © Kharbine-Tapabor ; « J'Accuse... : lettre au Président de la République par Émile Zola » ; page de titre de « L'Aurore » n° 87 du jeudi 13 janvier 1898 : © Photothèque Hachette.
Géographie : Cartographie : gauche : Romuald Belzacq (Légendes Cartographie)/Cyrille Suss (CsCarto) ; droite : AFDEC ; Photographies : gauche : r.nagy/Shutterstock ; droite : Neil Mitchell/Shutterstock.

Guide Parents : couverture © Monkey Business Images/Shutterstock p. 2 : © bikeriderlondon/Shutterstock ; p. 3 : © Ermolaev Alexander/Shutterstock ; p. 4 : © chungking/Shutterstock ; p. 5 : haut : © Pressmaster/Shutterstock ; bas droite : © Hong Vo/Shutterstock ; p. 6 : © Monkey Business Images/Shutterstock ; p. 7 : © Monkey Business Images/Shutterstock ; p. 8 : gauche : © Marynchenko Oleksandr/Shutterstock ; droite : © tale/Shutterstock.

Couverture : dessins de couverture © tynyuk/Shutterstock et Stéphanie Benoit.

Intérieur de l'ouvrage : p. 4 : © yaviki/Shutterstock ; p. 7 : © Sabphoto/Shutterstock ; p. 46 : © Metro-Goldwyn-Mayer/ Photothèque Hachette ; p. 47 : © Photothèque Hachette ; p. 65 : © Poznyakov/Shutterstock ; p. 123 : © Andresr/Shutterstock ; p. 179 : © Everett Historical/Shutterstock ; p. 180 : © Photothèque Hachette ; p. 181 : Le Port de Bordeaux, Joseph Vernet © Gérard Blot/RMN ; p. 182 : © Photothèque Hachette ; p. 184 : © Josse/Photothèque Hachette ; p. 186 : haut : © J. Requet/ Photothèque Hachette ; bas : Des Glaneuses, Jean-François Millet, © Patrice Schmidt/musée d'Orsay, RMN ; p. 187 : La Gare Saint-Lazare, Claude Monet © Herbé Lewandowski/RMN (musée d'Orsay) ; p. 190 : © J. Requet/Photothèque Hachette ; p. 191 : © Roger-Viollet ; p. 192 : haut et bas : © Photothèque Hachette ; p. 194 : haut : © Tutti Frutti/Shutterstock ; bas : © Feoktistoff/Shutterstock ; p. 195 : © ARTHUS-BERTRAND Yann/hemis.fr ; p. 196 : © Matt Ragen/Shutterstock ; p. 198 : © Malcolm Chapman /Shutterstock ; p. 200 : Oleg Zaslavsky/Shutterstock ; p. 202 : Kamonrat/Shutterstock ; p. 204 : Soulgems/Shutterstock ; p. 206 : © JPC-PROD/Shutterstock ; p. 209 : © alice-photo/Shutterstock ; p. 216 : moto : © MuchMania/Shutterstock ; garçon : © BlueRingMedia/Shutterstock ; p. 217 : © Flipser/Shutterstock ; p. 219 : © D.R. ; p. 224 : haut : © Alex Mit/Shutterstock ; milieu : © pablofdezr/Shutterstock ; p. 227 : vélo : © Dudarev Mikhail/Shutterstock ; réfrigérateur : © ppart/Shutterstock ; enceintes : © Capture PB/Shutterstock ; détecteur de fumée : © gopixa/Shutterstock ; p. 229 : © Sergey Krasnoshchokov/Shutterstock ; p. 230 : © Meister Photos/Shutterstock ; p. 231 : © Zamytskiy Leonid/Shutterstock ; p. 232 : haut : © cynoclub/Shutterstock ; milieu : © Réserves Naturelles de Frances ; bas : © itakdalee/Shutterstock ; p. 233 : gauche : © Vishnevskiy Vasily/Shutterstock ; droite : © neil hardwick/Shutterstock ; p. 234 : © Michael Abbey/Science Source/BIOS-PHOTO ; p. 235 : © Andrey_Popov/Shutterstock ; p. 238 : marge : © Thanapun/Shutterstock ; bas : © Luciano Cosmo/Shutterstock ; p. 239 : © lSchmidt/Shutterstock ; p. 240 : haut : © BlueRingMedia/Shutterstock ; bas : © Alila Medical Media/Shutterstock ; p. 242 : marge : © Alila Medical Media/Shutterstock ; p. 244 : marge : © Mairie de Paris ; p. 245 : gauche : © areeya_ann/ Shutterstock ; droite : © Image Point Fr/Shutterstock ; p. 248 : haut © somersault1824/Shutterstock ; bas © Emre Terim/Shutterstock ; p. 249 : © Alila Medical Media/Shutterstock ; p. 250 : © Cico/Shutterstock ; p. 252 : © Wead/Shutterstock ; p. 253 : © Elena Kalistratova/Shutterstock ; p. 256 : © yankane/Shutterstock ; p. 259 : © Vlad Teodor/Shutterstock; p. 260 : haut droite : © Monkey Business Images/Shutterstock ; haut gauche : © NotarYES/Shutterstock ; bas : © dauf/Shutterstock ; p. 261 : haut : © Avatar_023/Shutterstock ; bas gauche : © holbox/Shutterstock ; bas droite : © Monkey Business Images/ Shutterstock ; p. 262 : haut : © Pressmaster/Shutterstock ; bas gauche : © YanLev/Shutterstock ; bas droite : © Marsan/ Shutterstock ; p. 263 : haut gauche : © racorn/Shutterstock ; haut droite : © baranq/Shutterstock ; bas : © Monkey Business Images/ Shutterstock ; p. 264 : haut gauche : © Andrey_Popov/Shutterstock ; haut droite : © Andrey_Popov/Shutterstock ; bas : © SpeedKingz/Shutterstock ; p. 265 : haut : © auremar/Shutterstock ; bas gauche : © auremar/Shutterstock ; bas droite : © oliveromg/Shutterstock.

hachette s'engage pour l'environnement en réduisant l'empreinte carbone de ses livres. Celle de cet exemplaire est de : 1,5 Kg éq. CO_2
Rendez-vous sur www.hachette-durable.fr
PAPIER À BASE DE FIBRES CERTIFIÉES

Achevé d'imprimer en mai 2022 en Espagne par Macrolibros
Dépôt légal : juin 2022 - Édition 01
15/4975/5

Tableaux de conversion

Conversion de longueurs

km	hm	dam	m	dm	cm	mm
	8	2,	7	3	5	

Exemple : 82,735 dam = 8 273,5 dm.

km = kilomètre
hm = hectomètre
dam = décamètre
m = mètre
dm = décimètre
cm = centimètre
mm = millimètre

Conversion d'aires

km^2	hm^2	dam^2	m^2	dm^2	cm^2	mm^2
	ha	a	ca			
			6,	7 8	2	
	4,	7 3	4 8			

m^2 = mètre carré
ha = hectare
a = are
ca = centiare

Attention, il y a deux chiffres par colonne.
Exemples : 6,782 m^2 = 67 820 cm^2; 4,7348 ha = 47 348 ca.

Conversion de volumes

km^3	hm^3	dam^3	m^3	dm^3			cm^3			mm^3
				hL	daL	L	dL	cL	mL	
	8,	5 7 6								
						3	0	8		

m^3 = mètre cube
L = litre
hL = hectolitre
daL = décalitre
dL = décilitre
cL = centilitre
mL = millilitre

Attention, il y a trois chiffres par colonne.
Exemples : 8,576 hm^3 = 8 576 dam^3 ; 308 cL = 3,08 L.

Suivi éditorial : EM

Intérieur de l'ouvrage, du Guide Parents et du dépliant :
– Mise en page de l'ouvrage et du Guide Parents : Soft Office
– Mise en page du dépliant : Domino, Soft Office
– Dessins techniques :
  • Courbes et graphiques : NDL Communication, Soft Office
  • Dessins techniques : Domino, Hachette Éducation, Soft Office
– Illustrations de la partie Langues : Pascale Mupa
– Cartographie :
  • Dépliant : Romuald Belzacq (Légendes Cartographie)/Cyrille Suss (CsCarto) ; AFDEC
  • Intérieur de l'ouvrage : Hachette Education ; Fabrice Le Goff (pages 188, 195, 197, 203) ; Romuald Belzacq (Légendes Cartographie)/Cyrille Suss (CsCarto) (page 192) ; Domino (pages 251, 255, 257).

Formulaire de géométrie

Périmètre

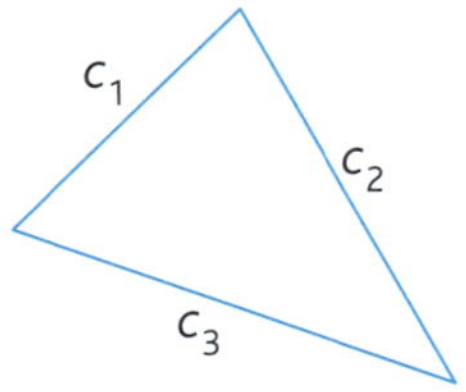

Triangle

$p = c_1 + c_2 + c_3$

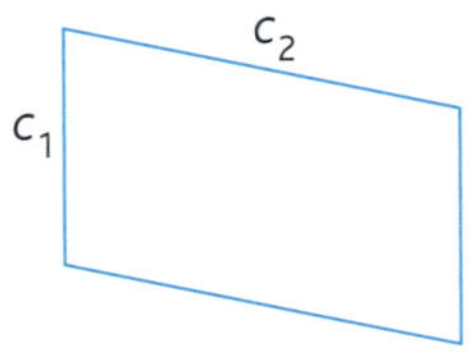

Parallélogramme

$p = 2(c_1 + c_2)$

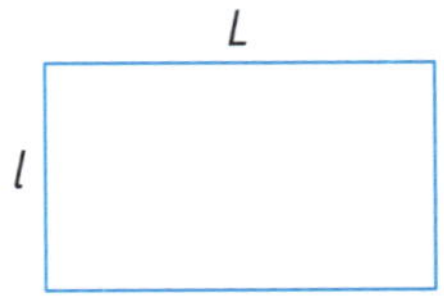

Rectangle

$p = 2(L + l)$

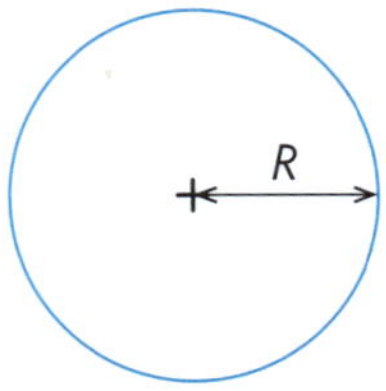

Disque

$p = 2\pi R$

Aire

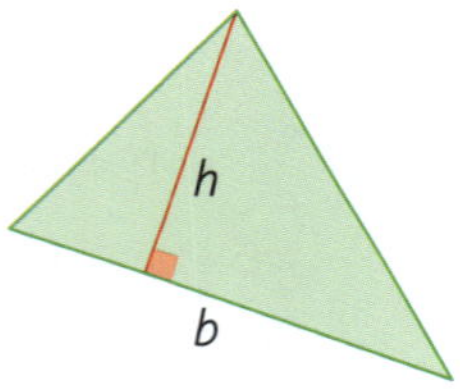

Triangle

$A = \dfrac{b \times h}{2}$

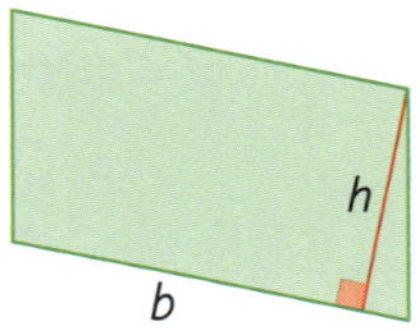

Parallélogramme

$A = b \times h$

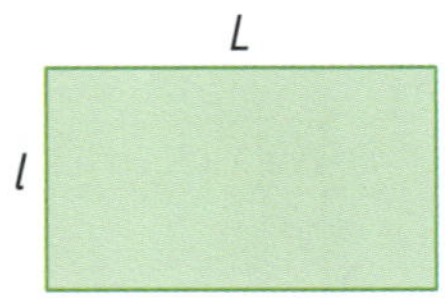

Rectangle

$A = L \times l$

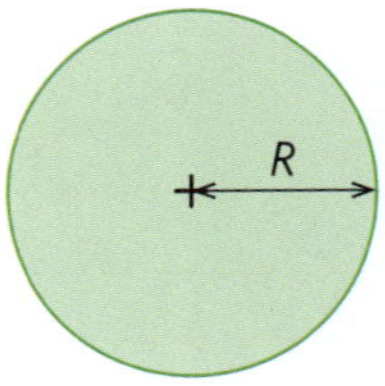

Disque

$A = \pi R^2$

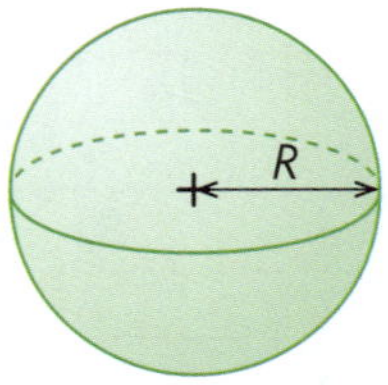

Sphère

$A = 4\pi R^2$

Volume

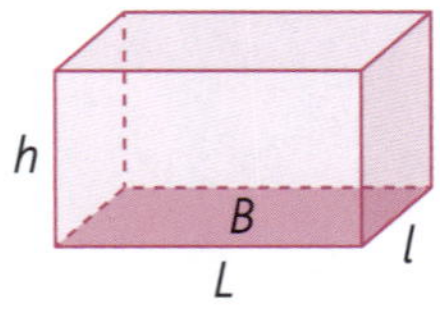

Parallélépipède

$V = L \times l \times h$

$V = B \times h$

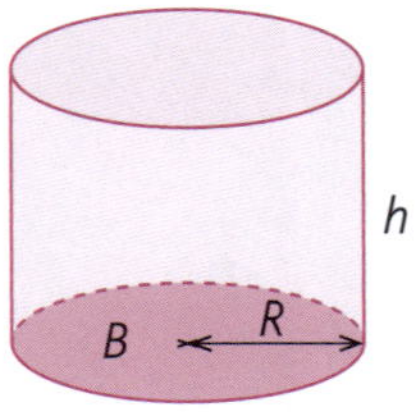

Cylindre

$V = \pi \times R^2 \times h$

$V = B \times h$

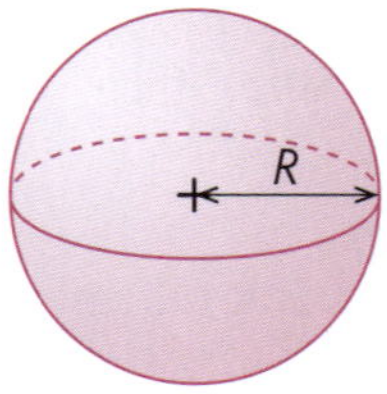

Boule

$V = \dfrac{4}{3} \times \pi \times R^3$

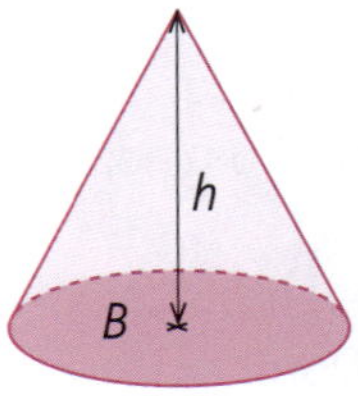

Cône

$V = \dfrac{B \times h}{3}$

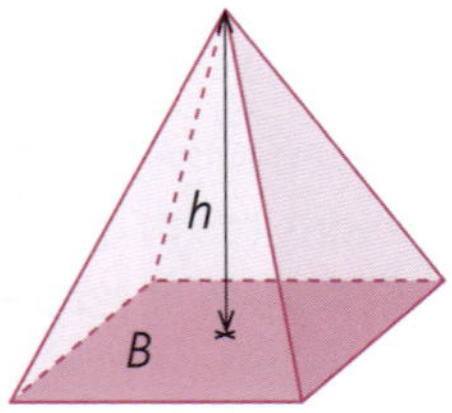

Pyramide

$V = \dfrac{B \times h}{3}$

Les verbes irréguliers en anglais

Anglais
Piste 27

Base verbale	Prétérit	Participe passé	Traduction
be	was/were	been	*être*
become	became	become	*devenir*
begin	began	begun	*commencer*
bite	bit	bitten	*mordre*
blow	blew	blown	*souffler*
break	broke	broken	*casser*
bring	brought	brought	*apporter*
build	built	built	*construire*
burn	burnt	burnt	*brûler*
buy	bought	bought	*acheter*
catch	caught	caught	*attraper*
choose	chose	chosen	*choisir*
come	came	come	*venir*
cost	cost	cost	*coûter*
cut	cut	cut	*couper*
do	did	done	*faire*
draw	drew	drawn	*dessiner*
dream	dreamt	dreamt	*rêver*
drink	drank	drunk	*boire*
drive	drove	driven	*conduire*
eat	ate	eaten	*manger*
fall	fell	fallen	*tomber*
feed	fed	fed	*nourrir*
feel	felt	felt	*(se) sentir*
fight	fought	fought	*se battre*
find	found	found	*trouver*
fly	flew	flown	*voler (avion)*
forget	forgot	forgotten	*oublier*
forgive	forgave	forgiven	*pardonner*
freeze	froze	frozen	*geler*
get	got	got	*obtenir*
give	gave	given	*donner*
go	went	gone	*aller*
grow	grew	grown	*grandir, pousser*
have	had	had	*avoir*
hear	heard	heard	*entendre*
hide	hid	hidden	*(se) cacher*
hit	hit	hit	*frapper*
hold	held	held	*tenir*
hurt	hurt	hurt	*(se) blesser*
keep	kept	kept	*garder*
know	knew	known	*savoir, connaître*

Base verbale	Prétérit	Participe passé	Traduction
learn	learnt	learnt	*apprendre*
leave	left	left	*partir, quitter*
lend	lent	lent	*prêter*
let	let	let	*laisser*
lose	lost	lost	*perdre*
make	made	made	*faire, fabriquer*
mean	meant	meant	*signifier*
meet	met	met	*rencontrer*
pay	paid	paid	*payer*
put	put	put	*mettre*
read	read	read	*lire*
ride	rode	ridden	*faire (cheval, vélo)*
ring	rang	rung	*sonner*
run	ran	run	*courir*
say	said	said	*dire*
see	saw	seen	*voir*
sell	sold	sold	*vendre*
send	sent	sent	*envoyer*
shine	shone	shone	*briller*
show	showed	shown	*montrer*
shut	shut	shut	*fermer*
sing	sang	sung	*chanter*
sit	sat	sat	*être assis*
sleep	slept	slept	*dormir*
smell	smelt	smelt	*sentir (odeur)*
speak	spoke	spoken	*parler*
spell	spelt	spelt	*épeler*
spend	spent	spent	*passer, dépenser*
spoil	spoilt	spoilt	*abîmer, gâter*
stand	stood	stood	*être debout*
steal	stole	stolen	*voler (dérober)*
swim	swam	swum	*nager*
take	took	taken	*prendre*
teach	taught	taught	*enseigner*
tell	told	told	*dire, raconter*
think	thought	thought	*penser*
throw	threw	thrown	*jeter*
understand	understood	understood	*comprendre*
wake (up)	woke (up)	woken (up)	*(se) réveiller*
wear	wore	worn	*porter (vêtement)*
win	won	won	*gagner*
write	wrote	written	*écrire*

Conjugaisons

	Indicatif			Conditionnel	Subjonctif
	Présent	Passé composé	Plus-que-parfait	Présent	Présent
Être	je suis tu es il, elle est nous sommes vous êtes ils, elles sont	j'ai été tu as été il, elle a été nous avons été vous avez été ils, elles ont été	j'avais été tu avais été il, elle avait été nous avions été vous aviez été ils, elles avaient été	je serais tu serais il, elle serait nous serions vous seriez ils, elles seraient	que je sois que tu sois qu'il, qu'elle soit que nous soyons que vous soyez qu'ils, qu'elles soient
Avoir	j'ai tu as il, elle a nous avons vous avez ils, elles ont	j'ai eu tu as eu il, elle a eu nous avons eu vous avez eu ils, elles ont eu	j'avais eu tu avais eu il, elle avait eu nous avions eu vous aviez eu ils, elles avaient eu	j'aurais tu aurais il, elle aurait nous aurions vous auriez ils, elles auraient	que j'aie que tu aies qu'il, qu'elle ait que nous ayons que vous ayez qu'ils, qu'elles aient
Chanter (1er groupe)	je chante tu chantes il, elle chante nous chantons vous chantez ils, elles chantent	j'ai chanté tu as chanté il, elle a chanté nous avons chanté vous avez chanté ils, elles ont chanté	j'avais chanté tu avais chanté il, elle avait chanté nous avions chanté vous aviez chanté ils, elles avaient chanté	je chanterais tu chanterais il, elle chanterait nous chanterions vous chanteriez ils, elles chanteraient	que je chante que tu chantes qu'il, qu'elle chante que nous chantions que vous chantiez qu'ils, qu'elles chantent
Finir (2e groupe)	je finis tu finis il, elle finit nous finissons vous finissez ils, elles finissent	j'ai fini tu as fini il, elle a fini nous avons fini vous avez fini ils, elles ont fini	j'avais fini tu avais fini il, elle avait fini nous avions fini vous aviez fini ils, elles avaient fini	je finirais tu finirais il, elle finirait nous finirions vous finiriez ils, elles finiraient	que je finisse que tu finisses qu'il, qu'elle finisse que nous finissions que vous finissiez qu'ils, qu'elles finissent
Aller	je vais tu vas il, elle va nous allons vous allez ils, elles vont	je suis allé(e) tu es allé(e) il est allé, elle est allée nous sommes allé(e)s vous êtes allé(e)s ils sont allés, elles sont allées	j'étais allé(e) tu étais allé(e) il était allé, elle était allée nous étions allé(e)s vous étiez allé(e)s ils étaient allés, elles étaient allées	j'irais tu irais il, elle irait nous irions vous iriez ils, elles iraient	que j'aille que tu ailles qu'il, qu'elle aille que nous allions que vous alliez qu'ils, qu'elles aillent
Dire	je dis tu dis il, elle dit nous disons vous dites ils, elles disent	j'ai dit tu as dit il, elle a dit nous avons dit vous avez dit ils, elles ont dit	j'avais dit tu avais dit il, elle avait dit nous avions dit vous aviez dit ils, elles avaient dit	je dirais tu dirais il, elle dirait nous dirions vous diriez ils, elles diraient	que je dise que tu dises qu'il, qu'elle dise que nous disions que vous disiez qu'ils, qu'elles disent
Faire	je fais tu fais il, elle fait nous faisons vous faites ils, elles font	j'ai fait tu as fait il, elle a fait nous avons fait vous avez fait ils, elles ont fait	j'avais fait tu avais fait il, elle avait fait nous avions fait vous aviez fait ils, elles avaient fait	je ferais tu ferais il, elle ferait nous ferions vous feriez ils, elles feraient	que je fasse que tu fasses qu'il, qu'elle fasse que nous fassions que vous fassiez qu'ils, qu'elles fassent

	Indicatif			Conditionnel	Subjonctif
	Présent	Passé composé	Plus-que-parfait	Présent	Présent
Pouvoir	je peux tu peux il, elle peut nous pouvons vous pouvez ils, elles peuvent	j'ai pu tu as pu il, elle a pu nous avons pu vous avez pu ils, elles ont pu	j'avais pu tu avais pu il, elle avait pu nous avions pu vous aviez pu ils, elles avaient pu	je pourrais tu pourrais il, elle pourrait nous pourrions vous pourriez ils, elles pourraient	que je puisse que tu puisses qu'il, qu'elle puisse que nous puissions que vous puissiez qu'ils, qu'elles puissent
Partir	je pars tu pars il, elle part nous partons vous partez ils, elles partent	je suis parti(e) tu es parti(e) il est parti, elle est partie nous sommes parti(e)s vous êtes parti(e)s ils sont partis, elles sont parties	j'étais parti(e) tu étais parti(e) il était parti, elle était partie nous étions parti(e)s vous étiez parti(e)s ils étaient partis, elles étaient parties	je partirais tu partirais il, elle partirait nous partirions vous partiriez ils, elles partiraient	que je parte que tu partes qu'il, qu'elle parte que nous partions que vous partiez qu'ils, qu'elles partent
Prendre	je prends tu prends il, elle prend nous prenons vous prenez ils, elles prennent	j'ai pris tu as pris il, elle a pris nous avons pris vous avez pris ils, elles ont pris	j'avais pris tu avais pris il, elle avait pris nous avions pris vous aviez pris ils, elles avaient pris	je prendrais tu prendrais il, elle prendrait nous prendrions vous prendriez ils, elles prendraient	que je prenne que tu prennes qu'il, qu'elle prenne que nous prenions que vous preniez qu'ils, qu'elles prennent
Venir	je viens tu viens il, elle vient nous venons vous venez ils, elles viennent	je suis venu(e) tu es venu(e) il est venu, elle est venue nous sommes venu(e)s vous êtes venu(e)s ils sont venus, elles sont venues	j'étais venu(e) tu étais venu(e) il était venu, elle était venue nous étions venu(e)s vous étiez venu(e)s ils étaient venus, elles étaient venues	je viendrais tu viendrais il, elle viendrait nous viendrions vous viendriez ils, elles viendraient	que je vienne que tu viennes qu'il, qu'elle vienne que nous venions que vous veniez qu'ils, qu'elles viennent
Vouloir	je veux tu veux il, elle veut nous voulons vous voulez ils, elles veulent	j'ai voulu tu as voulu il, elle a voulu nous avons voulu vous avez voulu ils, elles ont voulu	j'avais voulu tu avais voulu il, elle avait voulu nous avions voulu vous aviez voulu ils, elles avaient voulu	je voudrais tu voudrais il, elle voudrait nous voudrions vous voudriez ils, elles voudraient	que je veuille que tu veuilles qu'il, qu'elle veuille que nous voulions que vous vouliez qu'ils, qu'elles veuillent
Voir	je vois tu vois il, elle voit nous voyons vous voyez ils, elles voient	j'ai vu tu as vu il, elle a vu nous avons vu vous avez vu ils, elles ont vu	j'avais vu tu avais vu il, elle avait vu nous avions vu vous aviez vu ils, elles avaient vu	je verrais tu verrais il, elle verrait nous verrions vous verriez ils, elles verraient	que je voie que tu voies qu'il, qu'elle voie que nous voyions que vous voyiez qu'ils, qu'elles voient

AMÉRIQUE CENTRALE

1 JAMAÏQUE
2 HAÏTI
3 RÉPUBLIQUE DOMINICAINE
4 ANTIGUA ET BARBUDA
5 DOMINIQUE
6 SAINT-VINCENT ET LES GRENADINES
7 TRINITÉ-ET-TOBAGO

AFRIQUE

8 BURKINA FASO
9 GHANA
10 TOGO
11 BÉNIN
12 GUINÉE ÉQUATORIALE
13 DJIBOUTI
14 MALAWI
15 SWAZILAND
16 LESOTHO

EUROPE

17 DANEMARK
18 BELGIQUE
19 LUXEMBOURG
20 SUISSE
21 AUTRICHE
22 ESTONIE
23 LETTONIE
24 LITUANIE
25 RÉPUBLIQUE TCHÈQUE
26 SLOVAQUIE